Bianca Iosivoni

*Soul Mates*

*Flüstern des Lichts*

Bianca Iosivoni

# SOUL MATES

## FLÜSTERN DES LICHTS

Ravensburger

Als Ravensburger Taschenbuch
Band 58514
erschienen 2017

FSC
www.fsc.org
MIX
Papier aus verantwortungsvollen Quellen
FSC® C111262

4 6 8 7 5

Originalausgabe


Dieses Werk wurde vermittelt durch die
Literaturagentur Langenbuch & Weiß, Hamburg.

Umschlaggestaltung: Isabelle Hirtz unter Verwendung von Fotos
von Shutterstock/Mikhail_Kayl und Shutterstock/Guschenkova

Lektorat: Nadja Korthals



Printed in Germany

ISBN 978-3-473-58514-4

www.ravensburger.de

*Für Rike.*

*Und für die fremde Frau im Zug,*
*die unbedingt wollte, dass ich diese Geschichte schreibe.*
*Ich hoffe, sie findet einen Weg zu dir.*

# *Playlist*

Imagine Dragons – Demons
Emeli Sandé – Read All About It, Pt. III
Zella Day – Hypnotic (Vanic Remix)
X Ambassadors – Jungle
Within Temptation – Why not me?
Thomas Bergersen – Illusions
Within Temptation – Shot In The Dark
Skillet – Comatose
Three Days Grace – Never Too Late
Skillet – The Last Night
Linkin Park – Skin To Bone
Within Temptation – Iron
Florence And The Machine – Drumming Song
Bonnie Tyler – To Love Somebody
Mourning Ritual – Bad Moon Rising
Florence And The Machine – Seven Devils
Jill Andrews – Total Eclipse Of The Heart
Skillet – Awake and Alive
Jasmine Thompson – Titanium
Skillet – What I Believe
Skillet – Rise
Future World Music – Ascension
Jane Siberry – Calling All Angels
RAIGN – Don't Let Me Go
Lana Del Rey – Dark Paradise

»Wo Licht ist, da ist auch Schatten.«
*Johann Wolfgang von Goethe*

# Kapitel 1

Die Stimmen waren zurück. Sie flüsterten Worte, die ich nicht verstand, stöhnten und schrien ihren Schmerz in die Welt hinaus. Nur war ich die Einzige, die sie hören konnte. Binnen weniger Sekunden steigerten sie sich zu einem Kreischen, das in meinen Ohren klingelte und sich wie eine glühende Nadel hinter meiner Stirn anfühlte.

»Alles in Ordnung, Rayne?« Mrs Bowens' Stimme drang nur verzerrt zu mir durch.

Ich biss die Zähne zusammen, öffnete die Augen und zwang ein Lächeln auf mein Gesicht. »Ja«, behauptete ich, während ich mich so fest an den Verkaufstresen klammerte, dass die Kanten in meine Haut schnitten. Das Gefühl lenkte mich zumindest ein wenig von dem Kreischen ab, das niemand außer mir wahrzunehmen schien.

Manchmal half Schmerz kurzzeitig gegen die Schreie, doch wenn ich ehrlich war, hatte ich nicht die geringste Ahnung, wie ich sie loswerden sollte. Oder warum ich sie hörte. Schon wieder. Das letzte Mal war Monate her und die Panik darüber, dass die Stimmen zurück waren, drohte mir die Luft abzuschnüren.

»Das macht zwanzig Dollar.« Irgendwie brachte ich die Worte hervor und überreichte Mrs Bowens ihre Büchertasche.

»Danke, Liebes.« Die besorgten Falten auf ihrer Stirn glätteten sich. »Komm doch nächste Woche in der Bäckerei vorbei, wenn ich die neuen Rezepte ausprobiert habe. Hab einen schönen Feierabend und grüß deine Mom von mir.«

»Danke, das werde ich. Auch Ihnen noch einen schönen Abend.« Ich begleitete Mrs Bowens zum Ausgang, drückte die Tür hinter ihr ins Schloss und drehte das metallene Schild um. Mein Atem hinterließ eine kleine Spur Kondenswasser auf dem Glas und die schwache Spiegelung verriet mir, dass ich furchtbar aussah. Vermutlich genauso, wie ich mich gerade fühlte.

Das Läuten der Kirchenglocken durchbrach den Lärm in meinen Gedanken. Ich schloss die Augen und atmete tief durch. Einmal. Zweimal. Dreimal. Mit jedem Heben und Senken meiner Brust beruhigte sich mein Herzschlag ein bisschen mehr. Das Hämmern meines Pulses wurde weniger und die Schreie leiser. Aber sie waren noch immer da, versteckt in den hintersten Winkeln meines Bewusstseins. Bereit, jederzeit wieder hervorzukriechen.

Erst jetzt nahm ich die anderen Geräusche um mich herum wieder wahr. Vorbeifahrende Autos und Stimmen von draußen, gedämpfte Musik aus dem Verkaufsraum und ein Rumoren aus dem Lager. Alle paar Wochen sortierte meine Chefin die Bestände neu, wenn ihr wieder einmal ein besseres Ordnungssystem eingefallen war. Bücher waren Mariellas Leben und sie widmete ihnen jede Minute ihrer Zeit.

Ich warf einen Blick auf die antike Wanduhr, die eingebettet zwischen zwei Regalen stand. Kurz nach sieben. Feierabend. Im Vorbeigehen griff ich nach meiner Umhängetasche und schob mein Handy hinein.

»Mariella?« Ich blieb an der Tür zum Lager stehen. Zwischen den Regalreihen konnte ich sie nicht entdecken. »Ich mache Schluss für heute. Soll ich abschließen?«

»Nein. Ich bin gleich fertig und kümmere mich darum.« Ihre tiefe, kratzige Stimme kam von der anderen Seite des Lagers und warf ein Echo an die Wände.

»Alles klar. Bis morgen!« Meine eigene Stimme hallte zurück. Hell und weich, mit einer rauen Note.

Ohne eine Antwort abzuwarten, ging ich zur Kaffeemaschine im Hinterzimmer und befüllte zwei Becher. Damit verließ ich das *Butterfly Books* und zog die Tür zum Klingeln des Glöckchens hinter mir zu.

Draußen ging gerade die Sonne unter. Die Wärme des Septembertages hing noch in der Luft und machte eine Jacke unnötig. Die Blätter an den Bäumen begannen sich gerade erst zu verfärben, doch der Himmel war klar und das strahlende Blau schien im Orangerot der untergehenden Sonne zu brennen. Mit jedem Atemzug drang etwas Würziges und Feuchtes in meine Lunge, als wollte sich der herannahende Herbst bereits ankündigen.

Ich ging an den Autos vorbei, die neben dem Bürgersteig parkten, überquerte die Hauptstraße und folgte dem Weg bis zum Comicshop an der Ecke. Mit seinem quietschbunten Logo und der modernen Aufmachung stach er aus der breiten Masse der Läden heraus. Statt einer Klingel über der Tür kündigte die Titelmelodie von Batman mein Eintreten an.

Barry stand hinter dem Tresen, beide Ellbogen aufgestützt, das Kinn in der Hand und sah auf, als ich eintrat. Bei meinem Anblick hellte sich sein Gesicht auf und ich hätte schwören können, dass er mit einem Mal um zwanzig Jahre jünger wirkte.

»Na endlich«, brummte er und streckte die Hand nach dem Kaffee aus, als wäre es sein rettendes Lebenselixier.

»Ich freue mich auch, dich zu sehen«, sagte ich trocken und

stellte seinen Becher vor ihm auf der Glasplatte ab. Darunter befanden sich die ältesten und wertvollsten Ausgaben seiner geliebten Comics. »Wie geht's dir?«

»Ach, das Übliche. Die Hüfte ziept und meine Knie wollen auch nicht mehr so richtig, aber solange die Sonne scheint …« Über den Rand des Bechers hinweg schenkte er mir eines seiner berühmten Lächeln. Vor einem halben Jahrhundert hatte er damit sicher unzählige Mädchenherzen gebrochen. »Danke für den Kaffee.«

»Immer wieder gern.« Seit Barry eines Tages im *Butterfly Books* aufgetaucht war und mehr Bücher gekauft hatte, als er tragen konnte, hatten wir uns angefreundet. Obwohl er mit seinen sechsundsiebzig Jahren viermal so alt war wie ich, teilten wir denselben Büchergeschmack.

»Mariella lässt dich herzlich grüßen.«

Barry kniff die Augen hinter seiner schmalen Brille zusammen. »Lügnerin«, brummte er und sah zur Seite, doch das kurze Zucken in seinen Mundwinkeln verriet ihn. Genauso wie die Tatsache, dass eine gesunde Röte in seine Wangen schoss. »Was liest du gerade?«, wechselte er abrupt das Thema.

Diese Frage stellte er mir öfter, als es meine Englischlehrerin in der Highschool jemals getan hatte. Ich hatte schon immer gern gelesen, aber dank Barrys Empfehlungen hatte sich mein Konsum fast verdoppelt. Genau wie mein Stapel ungelesener Bücher, der sich bald bis an die Decke meines Zimmers türmte.

»Immer noch den dritten Band dieser neuen Fantasy-Reihe«, antwortete ich zwischen zwei Schlucken von meinem Kaffee.

Er begann zu strahlen, aber ich hob warnend die Hand. »Wehe, du verrätst mir, wie es ausgeht oder wer stirbt. Lass es mich allein rausfinden.«

»Die ganze Welt wird wissen, wie es ausgeht, wenn der Film erscheint.« Er rieb sich über das bärtige Kinn. »Na schön, wie du willst. Aber das Ende ist gut.«

Natürlich war es gut. Barry selbst hatte mir die Reihe in die Hand gedrückt. Inzwischen war ich süchtig und verbrachte jede freie Minute damit, meine Nase in den aktuellen Band zu stecken, statt die Regale in der Buchhandlung aufzuräumen oder das Schaufenster zu dekorieren. Von der Buchhaltung ganz zu schweigen.

Mein Handy vibrierte in meiner Tasche. Ich zog es hervor und las die eingegangene Textnachricht. »Nora steht im Stau. Ich soll Emma von der Schule abholen«, informierte ich Barry und trank meinen Kaffee aus.

»Grüß die Kleine von mir. Und pass auf dich auf.« Ein seltsamer Unterton schwang in seinen Worten mit.

An der Tür angekommen, drehte ich mich zu ihm um. »Wieso?«

Umringt von unzähligen Daredevil-, Wonder-Woman- und Batman-Sammelfiguren runzelte Barry die Stirn. »Es ist wieder jemand verschwunden.«

»In Chicago? Dort verschwinden doch ständig Leute und tauchen ein paar Tage später wieder auf«, erinnerte ich ihn. Solche Dinge geschahen in einer Großstadt nun mal, aber nicht in einem kleinen Städtchen wie Divine Creek.

»Das ist die vierte Person in den letzten zwei Wochen. Und ich rede nicht nur von Chicago. Pass einfach auf dich auf, Rayne. Besonders im Dunkeln.«

Es lag mir auf der Zunge, seine Bedenken erneut abzutun. Doch die Besorgnis in seinem Gesicht ließ mich innehalten. Das hier war nicht nur irgendeine seiner Verschwörungstheorien. Er meinte es ernst.

»Ich laufe nur über die Straße zu meinem Wagen. Mach dir keine Sorgen.«

»Gut.« Er nickte knapp. »Wir sehen uns morgen?«

Ich lächelte. »Selbe Zeit, selber Ort, frischer Kaffee.«

Als ich den Laden verließ, begleitete mich das scheppernde *Nananana*, das auch beim Hereinkommen ertönt war.

Inzwischen war die Sonne untergegangen und Kälte begann sich in der Stadt auszubreiten. Mit ihr kam der Nebel vom Fluss, der durch die Straßen kroch. Die Härchen auf meinen nackten Armen stellten sich auf.

Ich hatte Barry nicht belogen. Mein alter Hyundai Tucson wartete auf dem Parkplatz hinter der Buchhandlung auf mich. Doch noch bevor ich einen Schritt getan hatte, vibrierte es erneut in meiner Tasche. Verwundert zog ich mein Handy hervor. Auf dem Display war das Bild meiner kleinen Schwester zu sehen. Brauner Lockenkopf und rote Pausbacken. »Emma? Was ist los, Liebes?«

»Rayne!« Aus irgendeinem Grund klang sie atemlos. »Miss Miller war heute krank und wir hatten früher Schluss. Ich bin schon losgegangen.«

Ich schloss die Augen und unterdrückte ein Fluchen. Wie oft hatten Nora und ich ihr eingeschärft, uns in einem solchen Fall sofort anzurufen und in der Schule auf uns zu warten? Es war nicht das erste Mal, dass sich Emma selbst auf den Weg machte. Und vermutlich würde es auch nicht das letzte Mal sein. Allein der Gedanke daran, dass sie in der Abenddämmerung allein durch die Straßen lief, ließ mich schaudern.

»Emma, wo steckst du? Bleib, wo du bist, und ich hole dich dort ab.« Ich überquerte die Hauptstraße und hob entschuldigend den freien Arm, als ein Auto meinetwegen bremsen musste.

»Aber ich bin fast beim Buchladen!«, protestierte sie am anderen Ende der Leitung. »Ich bin …« Doch ihre Worte gingen in einem plötzlichen Rascheln unter.

Mit hämmerndem Herzen blieb ich neben der Bäckerei stehen. »Emma?«

Rauschen.

»Emma!«

Stille. Die Verbindung war abgebrochen.

Ich starrte auf mein Smartphone. Der Akku war zwar wie immer fast leer, aber noch war mein Handy nicht tot. Dafür war der Empfang miserabel. Ich setzte mich wieder in Bewegung und rief Emma zurück. Mit angehaltenem Atem lauschte ich, wurde jedoch sofort zur Mailbox weitergeleitet. »Verdammt!«

Emma hatte behauptet, in der Nähe zu sein, doch in Divine Creek war *alles* in der Nähe. Zumal ich der Entfernungseinschätzung einer Siebenjährigen nicht ganz traute.

Ein Klirren links von mir ließ mich zusammenfahren. Das Geräusch war aus einer kleinen Gasse gekommen, in der es außer Lieferanteneingängen und Müllcontainern nicht viel gab. Die Einheimischen nutzten solche Seitenstraßen als Abkürzungen; Touristen wussten vermutlich nicht einmal, dass sie existierten – und wenn, hätten sie sich wohl kaum hierher verirrt.

Ich machte einen Schritt in Richtung der Gasse. Das Licht der Straßenlampen reichte nur ein paar Meter weit.

»Emma?«

Meine Schwester kannte die Stadt sehr gut. Es würde zu ihr passen, durch die dunkelsten Straßen zu laufen, um so schnell wie möglich hier zu sein. Stirnrunzelnd sah ich auf mein Smartphone hinunter. Keine neue Nachricht. Kein Anruf.

Ein leises Wimmern drang an mein Ohr. Ich riss den Kopf hoch. Es könnte von einem Tier stammen, vielleicht von einer heimatlosen Katze oder einem Hundewelpen. Oder von einem kleinen Mädchen.

Innerlich verfluchte ich Barry und seine Warnungen. Hatte ich vorhin nichts darauf gegeben, jagten sie mir jetzt eine höllische Angst ein.

Allerdings nicht um mich selbst, sondern um meine kleine Schwester.

Ich sah die Straße hinunter. Ein Laden reihte sich an den nächsten, dazwischen Cafés und Restaurants, in denen es tagsüber von Touristen und Einheimischen nur so wimmelte. Divine Creek mochte zwar nur eine Kleinstadt von vielen sein, doch die pittoresken Häuser im Stadtkern, die roten Backsteinbauten mit den weißen Balkonen und Zierfassaden sowie die Geschichte der Stadt zogen regelmäßig Besucher an.

Die Innenbeleuchtung im *Butterfly Books* war ausgeschaltet, also war Mariella bereits nach Hause gefahren. Auf der anderen Straßenseite schlenderte ein Paar Arm in Arm an den Schaufenstern vorbei und blieb unter einem Schild mit der geschwungenen Aufschrift *Töpferei* stehen, um sich die Auslage anzusehen. Ein Radfahrer bog in halsbrecherischem Tempo an der Kreuzung ab. Davon abgesehen war alles ruhig. Von meiner Schwester weit und breit keine Spur.

Langsam betrat ich die Gasse. Jedes bisschen Vernunft in meinem Inneren schrie mich an, auf der Stelle umzukehren. Nach mehr als genug Horrorfilmen, die ich mit meinem besten Freund angeschaut hatte, wusste ich nur zu gut, was mit leichtsinnigen Frauen passierte, die allein in eine dunkle Gasse gingen und auch noch *Hallo* riefen. Als ob der Mörder mit einem freundlichen *Hier-bin-ich* antworten würde.

Aber wenn Emma etwas zugestoßen war und sie nur wenige Schritte von mir entfernt verletzt in der Dunkelheit lag, würde ich es mir nie verzeihen, nicht den Mut aufgebracht zu haben, nach ihr zu suchen.

»Emma?«, rief ich ein weiteres Mal. Meine Stimme verlor sich zwischen den Hausmauern, doch ich erhielt keine Antwort. Wäre sie tatsächlich hier, würde sie sich bemerkbar machen, oder? Aber was, wenn sie bewusstlos war? Möglicherweise war sie auf dem Kopfsteinpflaster gestolpert, hingefallen und hatte sich den Kopf angeschlagen. Vor drei Wochen war genau das einem Jungen in ihrer Klasse passiert, der bei Regen durch die Straßen gelaufen war.

Wieder hielt ich mir das Handy ans Ohr, während ich tiefer in die Gasse vordrang. Kein Klingeln am anderen Ende der Leitung. Das Klackern meiner Stiefelabsätze auf den Steinen und mein unruhiger Atem waren das Einzige, was ich hörte. Ich zuckte zusammen, als die Computerstimme mich erneut dazu aufforderte, eine Nachricht zu hinterlassen.

Nach etwa der Hälfte der Strecke blieb ich stehen. Hinter mir waren zwei Lieferanteneingänge, vor mir mindestens ein Dutzend grauer Müllcontainer. Daneben standen alte Kartons und ein Lattenrost. Etwas Kleines, Pelziges huschte an mir vorbei und stieß eine zerbrochene Flasche beiseite. Einen Moment lang klirrte das Glas auf den Steinen, dann wurde es wieder still.

Ich könnte weiterlaufen und am Ende der Gasse abbiegen, den Block umrunden und zur Hauptstraße zurückkehren. Aus dieser Richtung würde auch Emma kommen, ganz egal, welche Abkürzung sie nahm. Doch jede Faser meines Körpers warnte mich mit einem kalten Prickeln davor weiterzugehen.

Obwohl der Mond den Nachthimmel erhellte, schien es mit jeder Sekunde unaufhaltsam dunkler zu werden. Die Schatten wirkten tiefer, undurchdringlicher und krochen wie Nebelschwaden über die Wände. Ich blinzelte mehrmals, aber das Bild vor meinen Augen blieb dasselbe. Die Schatten bewegten sich tatsächlich.

Kopfschüttelnd wich ich zurück. Das musste ich mir einbilden. Ich sollte zur Buchhandlung gehen und dort auf Emma warten, um ihr anschließend eine Standpauke darüber zu halten, nicht allein durch die Straßen zu laufen.

Ich drehte mich um – und starrte in ein fremdes Gesicht.

Ich wich zurück. Stolperte. Strauchelte. Stützte mich an der vor Kälte feuchten Mauer ab.

Der Mann, der plötzlich hinter mir aufgetaucht war, war mindestens anderthalb Kopf größer als ich. Dabei gehörte ich mit meinen knapp ein Meter siebzig nicht gerade zur kleinsten Sorte Frau. Er hatte die Hände in die Hüften gestemmt und trug ein schwarzes T-Shirt, das wie eine zweite Haut an seinem Oberkörper klebte. Direkt über dem Kragen war eine wulstige Narbe zu erkennen. Als hätte jemand versucht, ihm die Kehle durchzuschneiden.

Bei der Vorstellung drehte sich mir der Magen um.

Langsam erschien ein Lächeln auf seinem Gesicht. Es wirkte schief wie ein Fratze, denn auch die Lippen waren von einer Narbe gezeichnet. Doch das war es nicht, was jede Alarmsirene in meinem Inneren zum Schrillen brachte, sondern der Ausdruck in seinen Augen. Absolute Leere, in der nur ein einziger Instinkt, ein einziger Daseinszweck schimmerte: Gier.

Panik machte sich in mir breit. Ich kannte diesen Ausdruck, wusste nur zu gut, was er zu bedeuten hatte.

Bewusst langsam stieß ich mich von der Wand ab und stellte mich breitbeinig hin. Meine Knie zitterten genau wie meine Hände, doch ich tat alles, um mir nichts davon anmerken zu lassen. Ich hatte schon früh gelernt, nach außen hin unbeteiligt zu wirken, obwohl ich innerlich Todesängste ausstand. Es war die einzige Möglichkeit zu überleben.

»Sie haben mich erschreckt«, brachte ich hervor, krampfhaft darum bemüht, die Fassung zu wahren, obwohl alles in mir wegrennen wollte. Aber davonzulaufen wäre wie eine Einladung für ihn gewesen, mich zu jagen.

Ich straffte meine Schultern und versuchte, an dem Mann vorbeizugehen, doch er stellte sich mir in den Weg. Langsam hob ich den Blick von seiner Brust und richtete ihn auf sein Gesicht.

Was ich dort sah, erschütterte mich noch immer, aber diesmal zuckte ich mit keiner Wimper.

»Lassen Sie mich vorbei.« Vier Worte, klar und deutlich ausgesprochen.

Statt meiner Bitte nachzukommen, kräuselte er die Lippen und schnitt mir ein weiteres Mal den Weg ab, als ich an ihm vorbeigehen wollte.

Das Atmen fiel mir plötzlich schwer und mein Herz begann so laut zu pochen, dass ich sicher war, er konnte es hören. Ich zwang die Panik zurück. Irgendwo dort draußen irrte meine kleine Schwester herum und ich musste sie finden.

Statt dem Kerl die Genugtuung zu geben, es noch einmal zu versuchen, drehte ich mich auf dem Absatz um – und erstarrte.

Wie aus dem Nichts stand er auf einmal wieder vor mir. Derselbe Mann im schwarzen T-Shirt. Dieselben Narben an Hals und Mund.

Ich stolperte zurück. »Was zum …?«

Seine Hand schnellte so plötzlich vor wie der Kopf einer Kobra. Reflexartig wich ich aus. Die Panik drohte wieder hervorzubrechen, versuchte, mich zu lähmen und an Ort und Stelle festzuhalten. Ich wollte weglaufen, doch meine Füße bewegten sich nicht, sondern schienen unter dem hypnotischen Blick des Fremden wie festgewachsen zu sein. Er fixierte mich unablässig und kam Zentimeter für Zentimeter näher. Mein Körper erstarrte, als hätte der Unbekannte einen Schalter in mir umgelegt. Ich wollte rennen, schreien, um mich schlagen, aber er ließ es nicht zu.

Instinktiv versuchte ich, mich so klein wie möglich zu machen, bis ich mit meiner Umgebung verschmolz, nicht mehr gesehen, nicht mehr wahrgenommen werden konnte. Es war die verzweifelte Vorstellung eines Kindes, das sich nicht anders zu helfen wusste. Als könnte sie mich vor jedem Leid beschützen, wenn ich nur fest genug daran glaubte. Und manchmal hatte es tatsächlich geklappt. Aber das würde es diesmal nicht. Nicht wenn mich dieser Mann so anstarrte, wenn er genau wusste, wo ich war. Dennoch versuchte ich es. Es war wie ein Reflex, auf den ich keinen Einfluss hatte.

Der Mann blieb abrupt stehen. Etwas veränderte sich in seiner Mimik. Verwirrung und Feindseligkeit gruben Falten in sein Gesicht. Ich sollte das Überraschungsmoment nutzen, um mich an ihm vorbeizuschieben und von hier zu verschwinden. Besser noch, umzudrehen und in die andere Richtung zu sprinten, doch meine Glieder schienen weiterhin wie festgefroren.

Hinter mir blitzte etwas auf. Die Scheinwerfer eines vorbeifahrenden Autos? Wahrscheinlich niemand, der sich die Mühe machen würde anzuhalten. Niemand, der auch nur ahnte, was in dieser kleinen Gasse mitten in Divine Creek passierte. Barrys Worte kamen mir wieder in den Sinn. Vier verschwundene Menschen. War ich im Begriff, Nummer fünf zu werden? Konnte das Grauen, von dem man täglich in den Nachrichten las, tatsächlich hinter der nächsten Ecke lauern?

Bevor ich realisierte, was ich tat, war meine Hand bereits in meine Handtasche geglitten und tastete nach dem Pfefferspray. Der Mann vor mir rührte sich noch immer nicht. Er taxierte mich, als würde er meine nächste Bewegung abwarten. Warum griff er nicht an?

Meine Finger streiften die kühle Metalldose in meiner Tasche. Im selben Moment spürte ich einen Luftzug hinter mir, dicht gefolgt von dem Geruch nach Wald und Regen.

»Vergehen wir uns wieder an unschuldigen Frauen?«

Die tiefe Stimme verursachte einen Riss in meinem imaginären Schutzschild. Einen Herzschlag lang blieb mir die Luft weg. Meine Aufmerksamkeit löste sich von dem Angreifer vor mir und richtete sich allein auf diese Stimme. Irgendetwas an der Art, wie er die Worte aussprach, löste ein Gefühl in mir aus, das ich nicht zuordnen konnte. Ich nahm all meine Willenskraft zusammen, holte mir die Kontrolle über meinen erstarrten Körper zurück und wirbelte herum.

Ohne ein einziges Geräusch verursacht zu haben, standen plötzlich zwei weitere Personen in der engen Gasse. Der hintere fiel mir als Erstes auf, weil er so groß und breit gebaut war. Mit dem sandfarbenen Haar, der grimmigen Miene und den massiven Oberarmen war er ein Schrank von einem Mann. Dennoch wusste ich intuitiv, dass sein Begleiter der Gefährlichere von ihnen war. Schwarzes Haar umrahmte sein Gesicht und fiel ihm in die Stirn. Er stand näher bei mir und war ein Stück kleiner als der andere Mann. Dennoch reichte ich ihm wohl gerade bis zur Nasenspitze.

Er beachtete mich nicht, schien mich nicht einmal wahrzunehmen. Seine Aufmerksamkeit war voll und ganz auf meinen Angreifer gerichtet, den ich noch immer hinter mir spürte. Doch als der Dunkelhaarige an mir vorbei- und auf ihn losgehen wollte, blieb er plötzlich auf gleicher Höhe mit mir stehen, als würde ihn eine unsichtbare Barriere zurückhalten.

Ich hielt den Atem an, als sich unsere Blicke trafen. Wie seine Stimme wenige Sekunden zuvor, schienen nun seine Augen etwas in mir auszulösen, von dem ich nichts gewusst hatte. Es hatte unzählige Momente in meinem Leben gegeben, in denen ich mich verloren gefühlt hatte. Allein. Dieses Gefühl war mir so vertraut wie das Gesicht, das mir morgens aus dem Spiegel entgegensah. Doch jetzt spürte ich etwas anderes. Etwas, was so neu und ungewohnt war, dass ich es zunächst nicht zuordnen konnte. Ich fühlte mich nicht verloren, nicht fehl am Platz – sondern angekommen.

Vielleicht benebelte aber auch nur das Adrenalin meinen Verstand.

Mein Herz hämmerte so laut, dass es jeder hier hören müsste. Ich umklammerte mein Pfefferspray und zog es aus der Tasche. Ich kannte keinen dieser Männer und jeder Einzelne von ihnen wirkte bedrohlich.

Ein Grollen zog meine Aufmerksamkeit auf sich und ich drehte mich wieder um. Die Schatten, die ich mir zuvor zwischen den Mauern eingebildet hatte, waren zurück und umgaben den Mann mit den Narben wie einen schützenden Mantel. Sie krochen über seine Schultern, wanderten seine Arme hinunter und schienen mit ihm zu verschmelzen.

Ich riss die Hand hoch, doch als er mich ansah, erstarb jeder Gedanke in meinem Kopf. Wie zuvor schien ein einziger Blick aus seinen Augen meinen Willen zu lähmen, denn sosehr ich es wollte, ich konnte den Knopf nicht drücken, um das Pfefferspray einzusetzen. Als wüsste er genau, was mit mir geschah, zog er einen Mundwinkel in die Höhe.

»Oh nein, das wirst du nicht tun.«, knurrte der Schwarzhaarige neben mir. Seine Stimme besaß ein dunkles Timbre, das in meinem Kopf widerhallte und auf meiner Haut pulsierte.

Mein Blick klebte noch immer an meinem Angreifer. Inzwischen sah ich nicht einmal mehr die Narbe an seinem Hals, denn er schien mehr und mehr mit den Schatten zu verschmelzen. Die Dunkelheit waberte über sein Gesicht und umschloss ihn wie ein schützender Kokon. Blitzschnell sprang der schwarzhaarige Mann an mir vorbei und rammte seinen Gegner so fest gegen die Hauswand, dass ich zusammenzuckte. Putz rieselte herab und einzelne Gesteinsbrocken fielen zu Boden.

Der Narbige kam mit unmenschlicher Geschwindigkeit wieder auf die Beine und holte aus. Ich sah die Bewegung nicht, hörte nur das Knacken, als seine Faust auf den Kiefer des Dunkelhaarigen traf. Dessen Kopf flog zurück, einen Sekundenbruchteil später folgte sein restlicher Körper. Wie sein Gegner kurz zuvor, krachte er in eine Hauswand, landete dann jedoch auf den Füßen. Ein dunkles Rinnsal floss aus seinem Mundwinkel, das er sich mit dem Handrücken wegwischte.

Ich folgte seinem Blick, sah aber statt meines Angreifers nur noch Dunkelheit.

»Verschwinde.« Eine fremde Stimme meldete sich zu Wort. Sie musste dem dritten Mann gehören, dem großen Kerl mit dem sandfarbenen kurzen Haar, der jetzt an mir vorbei- und seinem Freund zu Hilfe eilte.

Ohne Vorwarnung kam wieder Leben in meine Glieder und mein Arm fiel herab. Ich hatte mit einer Prügelei gerechnet, mit blutigen Nasen und zersplitternden Knochen. Vielleicht mit Messern, die gezückt wurden. Im schlimmsten Fall Schusswaffen. Womit ich nicht gerechnet hatte, war der Schatten, der über die Mauer kroch.

Oder mit dem plötzlichen Aufleuchten direkt vor mir. Reflexartig wandte ich mich ab, um mein Gesicht vor der Helligkeit zu schützen. Als ich mich wieder aufrichtete, erfüllte gleißendes Licht die Gasse. Und auch die beiden anderen Männer waren verschwunden.

Plötzlich bohrte sich der Schatten in das Licht, als wollte er es zum Bersten bringen. Doch das Licht bäumte sich auf und drängte die Dunkelheit zurück. Kurzzeitig sah ich so etwas wie Gestalten aufblitzen, bevor sie wieder in Licht und Dunkelheit untertauchten. Sie bewegten sich so schnell, dass ich ihnen mit bloßem Auge kaum folgen konnte. Ein Luftzug ließ mich herumwirbeln.

Der Schatten am Boden hinter mir nahm Konturen an, wurde zu derselben Person, die mich wenige Augenblicke zuvor angestarrt hatte, als wäre er die Schlange und ich das Kaninchen, das sich in sein Jagdrevier verirrt hatte. Über ihm kniete jemand. Das Licht wurde schwächer und ich erkannte wieder die schlanke Gestalt des Typs mit den dunklen Haaren. Er hob den Arm, als wollte er auf den unter ihm Liegenden einschlagen.

In diesem Moment blitzte die Klinge auf. Innerhalb von Sekunden geschahen mehrere Dinge gleichzeitig: Das Messer in seiner Hand sauste herab und ein Schrei erfüllte die Gasse. Erst als ich mir die Hand vor den Mund schlug, realisierte ich, dass ich es war, die geschrien hatte.

Der Schwarzhaarige zögerte nur für einen Sekundenbruchteil, irritiert von meiner Einmischung, doch das war genug. Der narbige Kerl rammte ihm seine Faust in die Rippen. Die Wucht warf ihn zu Boden, während der Narbige im selben Atemzug erneut in der Dunkelheit untertauchte. Wie Nebelschwaden glitt er über den Boden und verschwand in der Nacht.

Als ich den Blick hob, war ich allein mit den beiden Männern, die vor meinen Augen mit dem Licht verschmolzen waren.

Plötzlich stand der Dunkelhaarige vor mir und stieß mich mit dem Rücken voran gegen die Mauer. Bevor ich reagieren konnte, drückte er seinen Unterarm an meine Kehle. »Was zum Teufel sollte das?«

Ich starrte in das Gesicht meines Retters, der gerade fast einen Mann getötet hätte. Ein Mörder, der sich in Licht verwandelte?

Sein Blick bohrte sich in meinen, als wollte er mich allein damit an der Wand festnageln. »Warum hast du dich eingemischt, statt wegzulaufen? Hast du Todessehnsucht oder bist du einfach nur dämlich?«

Ich brachte kein Wort hervor, sondern konnte ihn nur anstarren. Seine Augen waren eine Mischung aus Grün und Braun, wie ich jetzt erkannte. Eine warme, strahlende Farbe, die nicht zu seinem markanten Gesicht mit den hohen Wangenknochen und dem ausgeprägten Kinn passen wollte. Ein Kinn, das von einem Bartschatten bedeckt wurde und ihm etwas Düsteres verlieh. Genau wie seine Brauen, die tief über den Augen saßen und zwischen denen sich eine Falte gebildet hatte.

Trotz dieser Lichtsache haftete etwas Dunkles an ihm. Etwas Gnadenloses. Doch obwohl alles an ihm hart und unnahbar wirkte, waren seine Lippen überraschend voll und sinnlich.

Großer Gott. Voll und sinnlich? Litt ich bereits unter Sauerstoffmangel oder was? Ich packte seinen Arm, konnte ihn jedoch keinen Zentimeter wegdrücken.

»Dachtest du, in einer unscheinbaren kleinen Stadt wie dieser würde dir nichts passieren?«, knurrte er so dicht vor meinem Gesicht, dass ich seinen Atem auf meiner Haut spürte. »Falsch gedacht.«

Der zweite Mann trat näher. »Colt …«

Das Wort durchdrang das Rauschen in meinen Ohren nur zeitverzögert. Es dauerte ein paar Sekunden, bis ich begriff, dass es ein Name war.

»Colt! Du tust ihr weh.«

Mein Instinkt war schneller als mein Verstand. Wieder stellte ich mir vor, einfach mit meiner Umgebung zu verschmelzen, in der Wand hinter meinem Rücken zu verschwinden, bis mich niemand mehr wahrnehmen konnte.

Ein überraschter Ausdruck erschien auf seinem Gesicht. Ich verstand nicht, wieso, aber das musste ich auch nicht. Diesmal nutzte ich den Moment. Hart trat ich diesem Colt auf den Fuß, dann packte ich seine Finger und verdrehte seine Hand, bis der Druck auf meinem Hals nachließ und ihm nichts anderes übrig blieb, als mich loszulassen. Ich wich nach rechts aus, stieß mich von der Mauer ab und ging instinktiv in Deckung, bevor er ausholen und mich schlagen konnte.

Meine Kehle brannte und ich musste husten. Dennoch tastete ich das Kopfsteinpflaster auf der Suche nach einem Gegenstand ab, mit dem ich mich verteidigen konnte. Das Pfefferspray hatte ich längst fallen gelassen. Meine Fingerspitzen stießen auf etwas Kühles, Glattes. Neben dem Müllcontainer lag noch immer die zerbrochene Glasflasche. Ich umfasste den Flaschenhals und kam wieder auf die Beine.

Mein Herz raste und jeder Atemzug hinterließ eine Flammenspur in meinem Hals. Jeder Muskel in meinem Körper zitterte und meine Stimme verweigerte mir ihren Dienst, als hätte dieser Kerl meine Stimmbänder beschädigt, während er mich gegen die Mauer gedrückt hatte. Schützend hielt ich die Flasche vor mich. Es war lächerlich, wenn man sich die beiden Männer genauer ansah. Groß, durchtrainiert und mit einer grimmigen Entschlossenheit, alles und jeden niederzuwalzen, der sich ihnen in den Weg stellte. Aber wer auch immer sie waren, *was* auch immer sie waren – ich würde mich nicht kampflos geschlagen geben. Nicht nach allem, was ich überstanden hatte. Nicht wenn Emma irgendwo dort draußen war und mich brauchte.

»Lass uns gehen.« Der Mann mit dem sandfarbenen Haar schlug Colt auf die Schulter, doch sein Blick ruhte dabei auf mir. Ein seltsamer Ausdruck lag darin, den ich nicht zu deuten wusste. War er ebenso wütend auf mich wie dieser Colt? War er verwundert? Oder waren ihm meine Anwesenheit und das, was ich gesehen hatte, schlichtweg egal?

Aber was hatte ich überhaupt gesehen? Ein Mann, der von Schatten verschluckt wurde, und zwei Kerle, die sich in pures Licht verwandeln konnten? Ahnten sie, dass mir niemand glauben würde? Oder warum schien es ihnen sonst gleichgültig zu sein, ob ich gleich zur nächsten Polizeistation – oder zur nächsten Zeitungsredaktion – rannte?

»Wartet!« Meine Stimme gehorchte mir wieder, doch ich brachte nur ein Krächzen hervor.

Die beiden hatten sich bereits abgewandt, drehten sich nun aber zu mir um. Ich erkannte einen fragenden Ausdruck in der einen und unverhohlene Ungeduld in der anderen Miene. Natürlich war Colt der Ungeduldige von ihnen, und ich war nicht scharf darauf, sein Temperament noch mal am eigenen Leib zu spüren.

Meine Gedanken rasten. Was wollte ich überhaupt sagen? Von »Danke« über »Wer seid ihr?« bis hin zu »Haltet euch von mir fern« schwirrte mir alles durch den Kopf. Gerade als ich dazu ansetzte, etwas zu sagen – irgendetwas –, bemerkte ich die unnatürlich dichte Dunkelheit hinter ihnen. Kein Mensch und kein Tier konnte sich auf diese Weise bewegen. Langsam und schleichend dehnte sich der Schatten immer weiter aus.

Wieder übernahm mein Instinkt die Kontrolle über mein Handeln. Ohne nachzudenken, holte ich aus – und warf die Glasflasche. Sie wirbelte durch die Luft und flog an Colt und seinem Begleiter vorbei. Die beiden zuckten nicht einmal zusammen, sondern starrten mich lediglich an. Dann drehten sie sich um. Genau in dem Moment, in dem sich die scharfen Kanten des Flaschenhalses in die dunkle Masse bohrten und darin stecken blieben. Eine Sekunde später materialisierte sich das Wesen vor unseren Augen.

Es war der Kerl mit der Narbe am Hals. Ohne mit der Wimper zu zucken, zog er sich die Flasche aus der Schulter und ließ sie zu Boden fallen. Das Zersplittern von Glas hallte in meinen Ohren wider, während sich sein mordlustiger Blick auf mich heftete.

Der Atem wich mir aus der Lunge. Ich stolperte zurück, doch ich hatte kaum einen Schritt getan, als sein Gesicht jede Farbe verlor. Mit einem Mal stand Colt vor ihm und zog einen Dolch aus seiner Brust. Ich konnte den schmatzenden Laut hören, als würde ich direkt danebenstehen. Blut strömte über die schwarze Klinge und tropfte auf das Kopfsteinpflaster. Es dauerte nicht lang, bis sich eine kleine Pfütze gebildet hatte. Der Mann sackte in sich zusammen, doch bevor er den Boden berührte, war er verschwunden.

Er war einfach fort.

Keine Leiche. Keine Überreste. Kein Schatten. Nichts.

Ich starrte Colt an, der die Klinge an seinem Hosenbein abwischte, als wäre all das Routine für ihn. Und vielleicht war es das auch. Ein Serienkiller aus Licht, der Schattenmonster verfolgte.

»Guter Wurf.« Die Worte kamen nicht von Colt, sondern von seinem Begleiter. Bildete ich mir das ein oder lag neben Überraschung eine Spur Anerkennung in seiner Stimme?

Ich versuchte, mein Zittern unter Kontrolle zu bekommen. Instinktiv tastete ich nach etwas, um mich daran festzuhalten, und fand die raue Hauswand, an die ich mich lehnte.

Das hier geschah nicht wirklich. Das konnte unmöglich wahr sein. Licht und Schatten und ein Mann, der einen anderen vor meinen Augen tötete?

»Rayne?«

Eine vertraute Stimme riss mich aus diesem Albtraum. Emma. Sie durfte das hier – was auch immer es war – auf keinen Fall sehen. Ohne die beiden Typen weiter zu beachten, lief ich zum Ende der Gasse und zog meine Schwester in eine Umarmung, bevor sie auch nur einen Schritt weitergehen konnte.

»Rayne!« Emmas kleine Arme schlangen sich um meinen Hals.

Dabei klemmte sie meine langen Haare ein, aber das Ziehen am Hinterkopf war ein willkommener Schmerz. Etwas Reales, genauso wie der warme Körper, der sich an meinen schmiegte.

Mit meiner Schwester im Arm richtete ich mich wieder auf. Doch als ich mich umdrehte und in die Gasse zurückblickte, waren die beiden Männer verschwunden. Ohne ein Wort, ohne einen Laut und ohne irgendwelche Spuren zu hinterlassen.

# Kapitel 2

Ich hatte kaum ein Auge zugetan. Nachdem ich Emma sicher nach Hause gebracht hatte und zu Bett gegangen war, hatte ich nicht schlafen können. Stundenlang hatte ich mich herumgewälzt, während wieder und wieder dieselben Bilder in meinem Kopf auftauchten und neue Fragen aufwarfen, ohne auch nur eine einzige zu beantworten.

Die Männer in der Gasse, die sich in pures Licht verwandeln konnten. Der Schatten, den sie angegriffen hatten. Und immer wieder das Bild von Colt mit dem Dolch. Er hatte den Schattenmann getötet. Einfach so. Als hätte er es schon unzählige Male zuvor getan.

War es real gewesen oder hatte ich mir all diese Ereignisse nur eingebildet? Keine der beiden Optionen gefiel mir. Wenn sich tatsächlich alles so abgespielt hatte, wie ich es in Erinnerung hatte, musste es eine sinnvolle Erklärung dafür geben. So gern ich darüber las, so wenig glaubte ich an das Übernatürliche. Wenn es jedoch keine vernünftige Erklärung dafür gab, blieb nur eine Möglichkeit übrig: Meine Augen oder mein Unterbewusstsein hatten mir einen Streich gespielt. Ich hatte nie unter Halluzinationen gelitten. Allerdings konnte jemand, der Stimmen hörte, nicht gerade behaupten, zu den gesündesten Menschen auf der Welt zu gehören. Auch wenn es meiner Therapeutin zufolge nur unterdrückte

Erinnerungen waren, die auf diese Weise an die Oberfläche zu dringen versuchten.

Gefühlte fünf Minuten, nachdem mir die Augen doch noch zugefallen waren, weckte mich ein Wispern in meinem Kopf. Stimmen, die zu einem Kreischen anschwollen, bis ich selbst den Mund aufreißen und schreien wollte.

Minuten verstrichen, bis sich meine Gedanken so weit beruhigt hatten, dass das Brüllen nachließ. Erschöpft lag ich im Bett und beobachtete, wie das zunehmende Tageslicht den Dingen in meinem Zimmer langsam ihre Konturen zurückgab. Dem Regal mit den zweireihigen Büchern und dem Stapel daneben. Dem Schreibtisch, an dem ich bis vor wenigen Wochen für meine Abschlussprüfungen gelernt hatte und den ich seither kaum noch benutzte. Genauso wenig wie den zusammengeklappten roten Laptop – es sei denn, um mir im Bett Serien und Filme anzuschauen oder meine Lieblingsautoren online zu stalken, um herauszufinden, wann ihr nächstes Buch erscheinen würde. Aber Letzteres konnte ich genauso gut in der Buchhandlung tun.

Seufzend drehte ich mich auf den Rücken und starrte an die Zimmerdecke. Jetzt, da es draußen hell wurde, waren die Leuchtsterne kaum mehr zu sehen. Nora und ich hatten sie in meiner ersten Nacht hier an die Decke geklebt. Sie sollten mir nachts die Angst vor der Dunkelheit und den Schrecken, die sich darin verbergen konnten, nehmen.

An Schlaf war nicht mehr zu denken. Ich war beinahe erleichtert, das leise Trippeln von Schritten auf dem Flur zu hören. Kurz darauf wurde meine Tür einen Spaltbreit geöffnet und Emma steckte ihren Kopf herein.

»Rayne?«, flüsterte sie.

Ich wandte ihr das Gesicht zu und lächelte. »Guten Morgen, kleine Maus.«

Mehr Aufforderung brauchte sie nicht. Emma schlüpfte ins Zimmer, rannte über die Dielen und den Teppich und hopste zu mir aufs Bett.

Mein Ächzen ging in einem Lachen unter, als sie sich auf meinen Bauch setzte und mit ihren großen himmelblauen Augen zu mir heruntersah. Augen, die denen von Nora glichen, aber nicht meinen. Wir hatten zwar alle braunes Haar, doch äußerlich war das unsere einzige Gemeinsamkeit. Emma wirkte wie eine jüngere Ausgabe ihrer Mutter. Und ich … Nun, Nora behauptete immer, ich wäre mit meinen schokoladenbraunen Augen und den gleichfarbigen Haaren besonders hübsch. Sie mochte mich nicht zur Welt gebracht haben, aber sie hatte mir auf jede erdenkliche Weise ein neues Leben geschenkt. Und eine aufgeweckte kleine Schwester noch dazu.

Ich kitzelte Emma, bis sie kichernd und schnaufend in ihrem Hello-Kitty-Schlafanzug neben mir lag. Dann wickelte ich die Decke um uns beide und drehte mich zu ihr.

»Ich hab eine Eins in der Schule bekommen«, berichtete sie so leise, als würde sie mir ein Geheimnis anvertrauen. »In Kunst. Mrs Cassidy hat mein Bild so gut gefallen, dass sie es im Klassenzimmer aufgehängt hat.«

Emma glühte förmlich vor Stolz. Und auch ich war stolz auf sie. Lächelnd kraulte ich ihr den Rücken, während sich die Szene wie ein Film vor meinem inneren Auge abspielte. Der Klassenraum mit den großen Fenstern, durch die das Sonnenlicht hereinfiel. Das Summen von Schülern, die wisperten, lachten oder sich gegenseitig ärgerten, wenn ihre Kunstlehrerin nicht hinsah. Der

Geruch von Wasserfarbe, der ebenso in der Luft schwebte wie der des Blumenstraußes auf dem Lehrerpult.

Ich konnte Emmas Bild vor mir sehen, als hätte ich es selbst gemalt. Eine bunte Blumenwiese mit einer strahlenden gelben Kugel darüber. Und mitten auf der Wiese thronte eine einzelne überdimensionale Blüte. Lilafarben. Nicht Rosa, denn diese Farbe hasste Emma ebenso sehr, wie sie Pink liebte.

»Du hast Blumen gemalt«, murmelte ich.

Sie sah mich aus großen Augen an. »Woher weißt du das?«

Einen Moment lang zögerte ich, von mir selbst überrascht, doch dann fügte sich alles auf die simpelste Weise. »Ganz einfach. Du liebst Blumen. Fast so sehr wie deine Mom und mich.«

Sie gluckste, als ich sie erneut kitzelte, und strampelte heftig mit den Beinen. Aber ich hatte schon bald Mitleid mit ihr und ließ sie los.

»Ich bin stolz auf dich, Kleines. Warum hast du mir gestern nichts davon erzählt?«

»Ich dachte, du bist böse auf mich.« Emmas Gesichtsausdruck wurde ernst, beinahe ängstlich. »Tut mir leid, dass ich einfach losgelaufen bin.«

Hätte ich je auch nur einen Funken Wut über ihr gedankenloses Verhalten empfunden, wäre er spätestens jetzt unter ihrem Blick dahingeschmolzen.

»Ich weiß, Liebes, und ich bin dir nicht böse. Aber tu das nie wieder, okay? Nora und ich sind nur einen kurzen Anruf entfernt und holen dich überall ab, egal wann, egal wo. Also versprich mir, nicht mehr allein loszugehen, sondern dich nächstes Mal sofort bei uns zu melden.«

»Versprochen.«

Ich strich ihr eine Locke hinters Ohr und lächelte. Mit einem zufriedenen Seufzen kuschelte sie sich näher an mich. Der Duft von Pfirsichen umgab mich und die Wärme ihres kleinen Körpers sprang auf mich über. Bis zu diesem Moment war mir nicht bewusst gewesen, wie kalt mir war. Doch so war Emma. Sie spendete Wärme und Licht, wohin sie auch ging. Ich würde alles für sie tun. Und dafür, sie nicht zu verlieren. Sie und Nora waren meine Familie. Meine Welt.

»Bis heute Abend!«, rief ich rund eine Stunde später und zog die Haustür hinter mir ins Schloss.

Milde Morgenluft schlug mir entgegen. Die Sonne strahlte über den wenigen Häuserdächern am Ende der Straße und die Blätter an den Bäumen wurden mit jedem Tag etwas bunter.

Ich warf einen Blick auf meine Armbanduhr. Es war noch früh und mir blieb mehr als genug Zeit, bevor wir das *Butterfly Books* öffneten. An jedem anderen Morgen wäre ich noch bei Nora und Emma geblieben und hätte mit ihnen gefrühstückt oder mich in die Fensternische in meinem Zimmer gesetzt und gelesen.

Aber nicht heute. Ich musste herausfinden, was gestern Abend wirklich passiert war. Mit den Schreien in meinem Kopf konnte ich leben, wenn es sein musste. Aber nicht damit, unter Halluzinationen zu leiden, in denen Männer aus Licht und Schatten einander bekämpften und töteten.

Ich folgte dem kurzen Weg, der von unserer Haustür bis zum Straßenrand hinunterführte. Divine Creek war eine kleine Stadt und ich mit dem Rhythmus ihrer Einwohner ebenso vertraut wie mit den Büchern in Mariellas Laden. So früh am Morgen waren nur wenige Menschen unterwegs. Meredith, die ältere Schwester einer früheren Mitschülerin, joggte wie jeden Morgen um diese Zeit die Straße entlang und winkte mir kurz zu. Der Hund der Andersons bellte. Abgesehen davon und vom Zwitschern der Vögel war es friedlich und still.

Dennoch konnte ich das Gefühl nicht abschütteln, beobachtet zu werden. In meinem Nacken begann ein Kribbeln, das langsam meine Wirbelsäule hinabwanderte. Ich unterdrückte ein Schaudern und zwang mich dazu weiterzugehen. Bevor ich meinen Wagen am Straßenrand erreichte, nahm ich eine Bewegung aus dem Augenwinkel wahr. Im Haus nebenan wurde die Tür geöffnet und eine hochgewachsene Gestalt in Jeans und T-Shirt trat heraus.

Gray.

Ohne nachzudenken, überquerte ich den Rasen zwischen unseren Häusern und fiel ihm um den Hals. »Du bist zurück!«

Wie selbstverständlich hob er mich vom Boden und wirbelte mich herum. Der Geruch von Rauch, der wie eine zweite Haut an ihm zu haften schien, seit er bei der Feuerwehr in Chicago angefangen hatte, drang mir in die Nase.

»Hast du etwa nicht mehr damit gerechnet?« In seinen grauen Augen lag ein amüsiertes Funkeln, als er mich wieder absetzte. Doch ich bemerkte auch die dunklen Ringe darunter.

»Könnte sein«, gab ich zurück. »Ich hatte schon ganz vergessen, wie du aussiehst.«

Gray lachte und etwas von der Anspannung, die er ständig mit sich herumtrug, schien von ihm abzufallen. »Oh, jetzt weiß ich wieder, was mir in den letzten acht Wochen gefehlt hat.« Er wuschelte mir durchs Haar, wie ich es immer bei Emma tat.

Grinsend schlug ich seine Hand beiseite. Er wusste genau, wie sehr ich das hasste, und trotzdem machte er es immer wieder. Aber so waren Ersatzbrüder nun mal. »Ich dachte, du kommst erst morgen zurück.«

»Die Jungs haben mich früher gehen lassen.«

»Wahrscheinlich warst du mal wieder der Beste und sie wollten dich nur loswerden, damit die anderen auch eine Chance haben.«

Er zog die Schultern hoch. »Möglich.« Dieser Kerl war so verdammt bescheiden. »Ich bin erst seit ein paar Stunden hier und wollte gerade tot ins Bett fallen. Aber als ich dich gesehen habe, musste ich kurz Hallo sagen.«

»Hallo.« Ich gab ihm einen kleinen Schubs. »Und jetzt geh schlafen. Du siehst furchtbar aus.«

»Du bist schlimmer als der Chief«, brummte Gray und zog eine Grimasse. Dann hob er die Hände in einer kapitulierenden Geste. »Schon gut, ich verschwinde ins Land der Träume, während du arbeiten gehst wie all die normalen Leute da draußen.«

Schon im Gehen schüttelte ich den Kopf. »Seit wann bin ich normal?«

»Gutes Argument.« Er winkte zum Abschied. »Bis später.«

Ich sah, wie er im Haus verschwand und seinen Worten hoffentlich Taten folgen ließ. Der gemeinsame Morgen mit Emma und das Wiedersehen mit meinem besten Freund hatten die Welt wieder geradegerückt. Beinahe genug, um mein Erlebnis vom Vorabend zu vergessen. Doch das Summen im hintersten Winkel meines Kopfes war noch immer da. Die Stimmen warteten nur darauf, wieder Macht über meinen Verstand zu gewinnen und mich in die Knie zu zwingen. Ich wusste nicht, ob sie etwas mit dem zu tun hatten, was gestern passiert war. Wie sollte ich noch zwischen der Realität und Fiktion unterscheiden, wenn mir die Stimmen und Schreie in meinem Kopf schon so vertraut waren, als wären sie real?

Es gab nur eine Sache, die ich mit absoluter Sicherheit wusste: Ich musste herausfinden, ob und was in dieser Gasse passiert war. Wenn schon nicht um meinetwillen, dann für meine Familie. Denn ihnen Sorgen zu bereiten, war das Letzte, was ich wollte.

Meine Umhängetasche schlug mir rhythmisch gegen die Hüfte, während ich über den leeren Parkplatz marschierte und die Gasse ansteuerte, in der ich Dinge gesehen hatte, die unmöglich sein sollten. Niemand konnte sich in Licht oder Schatten verwandeln.

Noch im Gehen zog ich ein flaches Lederetui hervor und schob es mir in die hintere Hosentasche. Es war lächerlich, sich an das kleine bisschen Sicherheit zu klammern, das mir diese Geste vermittelte, doch das kümmerte mich nicht. Gestern war ich nichts ahnend und unbewaffnet in diese Seitenstraße gestolpert. Heute würde mir das nicht passieren.

Sonnenstrahlen wärmten meinen Rücken, bis ich zwischen den beiden Gebäuden aus rotem Backstein stehen blieb. Bei Tag sah die Gasse aus wie jede andere. Hintereingänge, Müllcontainer, Glasscherben und Abfall. Mein Blick fiel auf die zerbrochene Flasche, die mitten im Weg lag. Genau dort, wo dieser Schattenmann sie hingeworfen hatte, nachdem er sie sich aus der Schulter gezogen hatte. Bei der Erinnerung daran schauderte ich.

Mit klopfendem Herzen näherte ich mich der Stelle. Hier hatte Colt ihm ein Messer in den Körper gerammt. Trotz der schwachen Beleuchtung gestern Abend erinnerte ich mich noch genau an das Blut, das auf den Boden getropft war. Doch als ich jetzt in die Hocke ging, entdeckte ich keine Spuren auf dem grauen Kopfsteinpflaster. Keine dunklen Flecken, nicht einmal Kratzer, Schlieren oder etwas anderes, das auf einen Kampf hindeutete.

Ich streckte die Hand nach den Steinen aus, als mich ein plötzliches Prickeln in meinem Nacken innehalten ließ. Mein Puls schoss in die Höhe. Ich hatte keine Schritte gehört, dennoch wusste ich mit absoluter Sicherheit, dass ich nicht allein war. Nicht mehr.

»Was für ein schöner Morgen …«

Jeder Muskel in meinem Körper verspannte sich. Diese Stimme würde ich überall wiedererkennen. Tief und volltönend, warm und mit einer unterschwelligen Härte. Mehr Gegensätze waren kaum möglich.

Bewusst langsam richtete ich mich auf und drehte mich um.

Keine drei Meter von mir entfernt stand Colt. Schwarzes Haar, so wild wie das Gesicht, das es umrahmte. Dazu breite Schultern und lange Beine. Er musterte mich mit einem Blick, der mindestens ebenso dunkel war wie diese Gasse am vergangenen Abend.

»… wäre man nicht auf so unschöne Weise geweckt worden«, beendete er seinen Satz und kam auf mich zu. Seine Bewegungen waren geschmeidig und kontrolliert. Wie die eines Raubtieres, das sich seiner Beute näherte. »Diese Schreie können echt lästig sein.«

Das Pochen in meinem Brustkorb setzte einen Moment lang aus. Meinte er etwa das, was ich glaubte, was er meinte? Und falls ja, woher wusste er von den Stimmen? Wie konnte er es wissen, wenn der einzige Mensch, dem ich davon erzählt hatte, meine Therapeutin war? Und jetzt tauchte dieser Kerl auf und sprach davon, als wäre es das Selbstverständlichste der Welt?

»Welche Schreie?«, brachte ich hervor und zwang mich dazu, nicht vor ihm zurückzuweichen.

Colt blieb einen halben Schritt entfernt stehen. Wieder nahm ich den würzigen Geruch von Wald wahr. Aber es war nicht Regen, der sich dazu mischte, wie ich zuerst angenommen hatte. Es war frische, salzige Meeresluft. Eine ungewöhnliche Kombination, die ebenso intensiv und eigenwillig war wie die Person, von der dieser Geruch ausging.

Ich müsste nur die Hand ausstrecken, um Colt zu berühren. Wie konnte er eine Illusion sein, wenn ich ihn doch sehen, hören und, mit etwas Mut, auch fühlen konnte? Aber falls er doch eine war, hatte meine Vorstellungskraft eindeutig einen Preis verdient.

Colts Blick wanderte an mir hinab, als würde er nach etwas suchen. Als er wieder aufsah, hatte sich eine Falte zwischen seinen tief liegenden Augenbrauen gebildet. Wonach auch immer er Ausschau hielt, er hatte es nicht gefunden.

»Du weißt genau, wovon ich rede«, murmelte er gefährlich leise. »Es heißt, die Täter kehren an den Ort des Verbrechens zurück. Anscheinend gilt das auch für die Zeugen.«

Ich hatte nicht die geringste Ahnung, worauf er hinauswollte. Doch obwohl all meine Sinne in Alarmbereitschaft waren, kam ich nicht umhin, ihn ebenfalls von oben bis unten zu mustern. Anders als bei unserer letzten Begegnung war Colt heute nicht ganz in Schwarz gekleidet. Ein weißes T-Shirt blitzte unter seiner Lederjacke hervor und vervollständigte den lässigen James-Dean-Look, dank dem ihm die Frauen sicher reihenweise zu Füßen lagen.

Gut, dass ich nie ein Fan von James Dean gewesen war. Oder von kaltblütigen Mördern.

Ich erinnerte mich an das Gefühl, beobachtet zu werden, als ich das Haus heute Morgen verlassen hatte, und mein Magen verkrampfte sich.

»Verfolgst du mich?« Überraschenderweise war meine Stimme klar und schneidend.

Seine Augen weiteten sich und ich glaubte, ein Zucken in seinen Mundwinkeln wahrzunehmen. »Möglich.« Colt trat näher, was mich unwillkürlich zurückweichen ließ. »Aber nur, weil du mir keine andere Wahl lässt.«

Was zum Henker sollte das bedeuten?

»Bitte sag nicht, dass du eine Art Stalker bist.«

»Stalker?«

»Du weißt schon.« Ich stieß mit dem Rücken gegen die Hauswand und schauderte, als die Kälte durch mein dünnes T-Shirt drang. Doch das hielt Colt nicht davon ab, noch näher zu kommen. »Typen, die ihr Objekt der Begierde beobachten, es verfolgen und jedes Detail in ein kleines schwarzes Notizbuch schreiben.«

Diesmal war das Zucken in seinen Mundwinkeln eindeutig – und arrogant. »Sehe ich so aus, als müsste ich irgendein Objekt meiner Begierde stalken?«

»Du siehst wie der Kerl aus, dem die Frauen von selbst nachlaufen.«

Langsam breitete sich ein Lächeln auf seinem Gesicht aus und plötzlich war die Gefahr, die von ihm ausging, beinahe greifbar. Genau wie die Hitze, die sich unerwarteterweise in meinem Bauch sammelte.

»Dich eingeschlossen?«

Ich öffnete den Mund, brachte jedoch keinen Ton hervor, und klappte ihn wieder zu. Wenn es einen guten Zeitpunkt zum Sterben gab, dann war er jetzt. Ich wartete, zählte die Sekunden, doch das Schicksal hatte kein Erbarmen mit mir und ließ mich weiteratmen.

Wenigstens konnte ich mir in einer Sache nun absolut sicher sein: Wer auch immer Colt war – er war keine Halluzination. Halluzinationen hatten kein solches Mundwerk und drängten dich nicht gegen eine Hausmauer. Zweimal. Was bedeutete, dass dieser Kampf gestern ebenfalls real gewesen war. Genau wie die Tatsache, dass Colt mich beinahe erwürgt hätte. Dieser Kerl hatte ein ernsthaftes Aggressionsproblem.

»Glaub mir, ich habe Besseres zu tun, als dich zu stalken«, sagte er mit einer stählernen Ruhe, die über etwas anderes hinwegzutäuschen versuchte. Was genau, konnte ich nicht feststellen, aber ich spürte, dass da noch mehr war. Er wirkte fast schon widerwillig, dass er sich mit alledem herumschlagen musste. Gleichzeitig wich er nicht zurück, sondern schien dieses kleine Geplänkel zu genießen.

Ich schluckte hart, um meine trockene Kehle zu befeuchten. »Versuchst du, mir zu drohen, damit ich niemandem erzähle, was du getan hast? Das kommt ein bisschen spät, meinst du nicht?«

Colt stützte sich mit einer Hand neben meinem Kopf an die Mauer und zog die Brauen in die Höhe. »Muss ich das denn?«

Erwartete er etwa ein ängstliches »Nein« von mir? Oder vielleicht das Versprechen, für immer zu schweigen? Ich war nur aus einem einzigen Grund nicht sofort zur Polizei gegangen: In dieser Sache traute ich mir selbst nicht mehr. Was war noch echt und was ein Produkt meiner überschäumenden Fantasie?

»Die Schreie, die du hörst, sind so real wie du und ich.« Colts forschender Blick verließ mich keine Sekunde. »Aber das weißt du bereits, nicht wahr? Also verrätst du mir lieber gleich, wer du bist, damit wir diese Sache schnell und sauber hinter uns bringen können.« Kaum hatte er dies ausgesprochen, lehnte er sich noch weiter vor und kam mir viel zu nahe.

Die Geste legte einen Schalter in mir um. Wieder reagierte ich schneller, als meine Gedanken folgen konnten. Vor meinem geistigen Auge verschwand ich, wurde eins mit meiner Umgebung, um ungesehen zu bleiben, um nicht gefunden zu werden. Gleichzeitig packte ich Colt mit beiden Händen an seiner Lederjacke und stieß ihn mit aller Kraft von mir.

Er stolperte zurück. Ein Teil von mir ahnte, dass er es absichtlich tat – oder es vielmehr geschehen ließ. Das hielt mich jedoch nicht davon ab, nach dem Lederetui in meiner hinteren Hosentasche zu greifen. Die Klinge fühlte sich kühl unter meinen Fingerkuppen an und brannte sich zugleich in meine Haut. Ich holte aus, wie ich es unzählige Male zuvor getan hatte, schnellte mit dem Arm nach vorn – und ließ los.

Colt reagierte in Lichtgeschwindigkeit. Mit einer Bewegung, der ich nicht mal mit den Augen folgen konnte, fing er das Wurfmesser knapp vor seinem Gesicht.

Das Ganze hatte nur wenige Sekunden gedauert, dennoch zitterten meine Muskeln auf einmal so heftig, als wäre ich stundenlang gerannt. Der angehaltene Atem explodierte in meiner Lunge und kam mir in einem erstickten Keuchen über die Lippen. Wut, Überraschung und eine viel zu vertraute Panik tobten in meinem Inneren und kämpften um die Vorherrschaft.

»Du bist schnell«, stellte Colt fest und senkte seine Hand. »Aber nicht schnell genug.«

Bevor ich blinzeln konnte, zerschnitt etwas schmales Silberfarbenes die Luft, sauste haarscharf an meinem rechten Ohr vorbei und blieb im Zement zwischen zwei Mauersteinen stecken. Ich musste nicht hinsehen, um zu wissen, dass es sich dabei um mein Wurfmesser handelte. Und dass Colt nicht getroffen, sondern absichtlich an mir vorbeigeworfen hatte.

Jedes Wort erstarb auf meinen Lippen. Ich konnte ihn nur anstarren. Den Typ, der mich gerettet und bedroht, der mich in die Ecke gedrängt und verschont hatte, obwohl ich ihn mehr als einmal provoziert hatte.

»Du bist keine Dunkelseele«, stellte er ruhig fest, während die Klinge noch immer hinter mir in der Mauer vibrierte. »Sonst hätte dir der Drecksack gestern nicht aufgelauert. Sie töten sich nicht gegenseitig, das verbietet ihnen ihr Kodex.« Er legte den Kopf schief und betrachtete mich weiterhin wie etwas, das er nie zuvor gesehen hatte. »Und doch hörst du die Schreie …«

Er kam einen Schritt näher und ich hasste mich dafür, dass ich instinktiv zurückwich, bis ich wieder gegen die Hauswand stieß. Es war ein Reflex, den man mir vor so vielen Jahren eingebläut hatte und gegen den ich bis heute machtlos war.

Colt runzelte die Stirn und blieb stehen. Sein Blick tastete mich ein weiteres Mal ab, als erwartete er, etwas Neues zu entdecken. Aber was sollte sich in den letzten Minuten schon an mir verändert haben?

Auf einmal weiteten sich seine Augen. Echte Überraschung breitete sich auf seinem Gesicht aus und er wirkte so verblüfft, als hätte ich mich vor seinen Augen in Luft aufgelöst. »Du hast keine Ahnung, wer du bist, oder? *Was* du bist?«

Was ich war? Gut möglich, dass ich gerade nicht die einzige hier anwesende Person war, die ihren Verstand verlor. Wovon zum Teufel redete er da?

In nicht allzu weiter Ferne ertönten die Kirchenglocken und rissen mich aus meiner Starre. Ich unterdrückte die Panik und stieß mich von der Mauer ab.

»Ich habe keine Ahnung, wovon du redest. Aber wenn du nicht der Polizei erklären willst, warum du diesen Mann getötet und mir gleich zweimal in derselben Gasse aufgelauert hast, solltest du dich von mir fernhalten.« Meine Beine zitterten, dennoch zwang ich mich dazu, mein Wurfmesser aus der Mauer zu ziehen und dann einen Fuß vor den anderen zu setzen.

Obwohl ich wusste, wie gefährlich es war, einem potenziellen Angreifer den Rücken zuzukehren, tat ich es. Ich verließ die Seitenstraße, ohne mich ein einziges Mal umzudrehen.

Mit jedem Schritt spürte ich Colts Blick auf mir, der sich wie ein flammender Pfeil in meinen Rücken bohrte. Erst als ich an der Hauptstraße angelangt war, wagte ich es, mich ihm erneut zu stellen.

Doch als ich mich umwandte, war die Gasse leer. Von Colt keine Spur – und wieder hatte ich weder etwas gehört noch gesehen.

# Kapitel 3

Den Vormittag über stürzte ich mich in die Arbeit. Ich beriet Kunden, sortierte die Bücher auf den Verkaufstischen, telefonierte mit Vertretern, gab Bestellungen auf und kümmerte mich sogar freiwillig um die Abrechnungen des Vormonats. All das, um meine Gedanken davon abzuhalten, zurück zu dieser kleinen Gasse zu wandern. Zurück zu Colt.

Mittags holte mich Gray zum Essen ab und für eine Stunde dachte ich nicht mehr an Stimmen, die nur ich hören konnte, an Schattenmänner oder blutige Dolche. Mit leuchtenden Augen erzählte Gray mir von seiner Weiterbildung, die nicht nur in Chicago, sondern zum Teil auch in New York City und Boston stattgefunden hatte. Im Gegenzug brachte ich ihn auf den neuesten Stand, was den Klatsch und Tratsch in der Stadt anging, und ärgerte ihn mit Andeutungen zu den neuen Folgen unserer Lieblingsserie, die er in den letzten Wochen verpasst hatte. Als Rache drohte er, bei unserem nächsten gemeinsamen Frühstück mit Nora und Emma keine Portion von seinen berühmten Pancakes für mich zu machen. Es war so vertraut, so normal, dass ich selbst nach dem Mittagessen noch lächeln musste, wenn ich daran zurückdachte.

Anschließend stürzte ich mich wieder in die Arbeit. Die Kunden kamen und gingen. Manche von ihnen saßen mit einem Kaffee und ihrem Notebook oder einem unserer gebrauchten Bücher in der Leseecke. Im Hintergrund hörte ich zwei Leute eifrig über einen neuen Roman diskutieren.

»Rayne?«

»Ja?« Ich sah von den Taschenbüchern auf, die ich gerade stapelte. Zum dritten Mal heute.

Mariella stand breitbeinig vor mir, die Hände in die Hüften gestemmt, und musterte mich aus wachsamen Augen. Immer wieder waren mir ihre besorgten Blicke aufgefallen, doch sie hatte in den vergangenen Stunden kein Wort über meinen übertriebenen Eifer verloren. Ich arbeitete seit vier Jahren im *Butterfly Books*. Zuerst nur als Aushilfe, um mir in der Highschool etwas dazuzuverdienen und Nora zu entlasten; seit meinem Abschluss ganztags. Ich war kein Neuling mehr und musste niemanden beeindrucken, indem ich arbeitete wie eine Verrückte.

»Jemand hat nach dir gefragt.« Sie nickte Richtung Eingangsbereich, wobei ihr eine schwarzgraue Locke aus dem kunstvoll frisierten Dutt fiel.

»Okay«, sagte ich und richtete mich auf. »Danke.«

Hastig durchquerte ich die Buchhandlung. Vorbei an Regalen voller Bücher über ferne Welten, mit unzähligen Abenteuern, starken Helden und Liebesgeschichten, die nur darauf warteten, gelesen zu werden. Vorbei an der Leseecke, die mit ihren gemütlichen Sofas und Sesseln so aussah, als hätte sie eine Zeitreise aus dem letzten Jahrhundert hinter sich. Antike Möbel, die unmöglich bequem sein konnten, wären da nicht die vielen bunten Kissen gewesen. Über allem hing der himmlische Duft von Büchern und frisch gemahlenen Bohnen. Doch nicht einmal das konnte meine Anspannung vertreiben.

Ich erreichte den Eingangsbereich und öffnete bereits den

Mund, um den neuen Kunden zu begrüßen, als die Worte zusammen mit dem Lächeln auf meinen Lippen erstarben. Meine Kehle begann zu brennen, als wollte sie mich daran erinnern, wie mir dieser Typ vor nicht mal vierundzwanzig Stunden die Luft abgedrückt hatte.

»Das ist nicht dein Ernst, oder?«, zischte ich und sah mich nach Mariella um. Glücklicherweise war sie hinten geblieben. »War ›Halt dich von mir fern‹ nicht deutlich genug? Muss ich es dir auch noch aufschreiben? Was willst du hier?«

»Lesen.« Colt zuckte mit den Mundwinkeln. »Vielleicht auch ein Buch kaufen.«

»Ein schwarzes Notizbuch?«

»Vielleicht schaue ich es mir mal an.« Er wirkte noch immer so, als könnte er einer Frau mit einem Lächeln im Gesicht das Genick brechen. Doch statt des Misstrauens und forschenden Ausdrucks lag nun eine gewisse Ruhe in seinen Zügen. Wenn er zu solch einer Emotion überhaupt fähig war.

»Außerdem habe ich gehört, dass der Kaffee hier gut sein soll.«

War das sein Ernst? Ich biss die Zähne so fest zusammen, bis ich ein Knirschen hörte. Reichte es nicht, mir in dieser Gasse aufzulauern? Musste dieser Kerl jetzt auch noch an meinem Arbeitsplatz auftauchen? Und wozu? Er wusste genauso gut wie ich, dass ich mit dieser Geschichte nicht zur Polizei gehen konnte. Was wollte er also von mir?

»Keine Sorge.« Sein Blick wanderte an mir auf und ab und hinterließ eine Feuerspur auf meiner Haut. »Ich finde mich zurecht.« Colt zwinkerte mir zu. Wenige Sekunden später verschwand er zwischen den Regalen.

Ich konnte ihm nur nachstarren. Erst Licht- und Schattenwesen, und jetzt tauchte dieser Kerl in meiner Buchhandlung auf? Ich konnte nur hoffen, dass er sich diesmal genauso schnell wieder in Luft auflöste wie heute Morgen.

Leider wurde mir dieser Wunsch nicht erfüllt. Colt bedankte sich mit einem charmanten Lächeln bei Mariella für den Kaffee, dann machte er es sich auf einem der Sofas gemütlich und wirkte dabei nicht so, als hätte er vor, diesen Platz in den nächsten Stunden wieder zu verlassen. Mir blieb nichts anderes übrig, als mich meinem Schicksal zu fügen – und Colt zu ignorieren.

Das war leichter gesagt als getan. Obwohl Colt in einem Buch vertieft zu sein schien, spürte ich seine Blicke ständig auf mir. Ganz gleich, ob ich hinter der Kasse stand, die Regale neu befüllte oder am Telefon eine Bestellung aufnahm. Immer war da dieses Prickeln in meinem Nacken, das mir verriet, dass er mich beobachtete.

Es war nervenaufreibend.

Colts Blicke ließen keinen Zweifel daran aufkommen, dass er mit mir sprechen wollte. Die Antwort auf all meine Fragen saß den ganzen Nachmittag in der Leseecke und blätterte ein Buch nach dem anderen durch. Ich wusste nicht, warum ich ihn nicht einfach zur Rede stellte. Aber vielleicht ahnte mein Unterbewusstsein bereits, dass es kein Zurück mehr geben würde, wenn ich die Wahrheit erfuhr.

Bis kurz vor Feierabend hatte ich einen Bücherstapel umgestoßen, mich mehrmals beim Abkassieren vertippt und einen Kaffee, den ich für einen Kunden zubereitet hatte, über meine Hand verschüttet. Vor zehn Minuten war Mariella ins Lager gegangen und ich hatte soeben den letzten Kunden bedient.

Meine Nerven waren zum Zerreißen gespannt.

Sobald das Klingeln über der Tür verebbte, durchschritt ich die

Buchhandlung und setzte mich in einen Sessel schräg gegenüber von Colt. Er senkte den Wälzer mit Platons gesammelten Werken und hob fragend die Brauen.

»Ich gebe auf«, sagte ich geradeheraus. »Hast du nichts Besseres zu tun, als die ganze Zeit hier herumzusitzen?«

»Doch. Aber es ist erstaunlich entspannend.«

Ich wusste nicht, wer von uns überraschter war. Er über seine eigene Aussage oder ich. Ein Kerl, der aussah wie Colt und dann auch noch gerne las?

Ich räusperte mich. »Warum bist du hier?«

Er klappte das Buch zu. Der dumpfe Laut schien in der Luft zwischen uns zu vibrieren. Behutsam legte er es auf einem roten Sofakissen ab. »Ob du es glaubst oder nicht, ich bin hier, um dir zu helfen.«

»*Du* …«, wiederholte ich ungläubig, »willst *mir* helfen? Über eine Klippe oder vor den nächsten Bus?«

Sein Lächeln war gefährlich. »Wenn ich das wollte, wärst du längst tot.«

Ein Schauer kroch über meine Haut. Die Härchen auf meinen Armen und in meinem Nacken stellten sich auf, aber ich wusste nicht, ob es an der unterschwelligen Drohung oder an seiner Nähe lag. Ich schüttelte den Kopf und versuchte, diese seltsame Empfindung wieder zu vertreiben. Wer zum Teufel war dieser Kerl? Und was bildete er sich überhaupt ein? Erst bedrohte er mich und tötete dieses Schattenwesen direkt vor meinen Augen – und jetzt wollte er mir helfen? Ernsthaft?

»Angenommen, du sagst die Wahrheit und willst mir aus irgendeinem Grund tatsächlich helfen, nachdem du mich halb erwürgt und ein Messer nach mir geworfen hast …«

»Du hast zuerst eins nach mir geworfen«, unterbrach er mich amüsiert.

»Du hast mich herausgefordert«, brachte ich zwischen zusammengebissenen Zähnen hervor.

Colt lehnte sich ein Stück nach vorn und mit der Bewegung drang mir wieder sein Geruch nach Wald und Meer in die Nase. »Du mich auch.«

Ich unterdrückte jeden Impuls in mir, tief einzuatmen. »Ich hatte Angst«, gab ich nach einem Moment leise zu.

Etwas veränderte sich in Colts Mimik, wurde eine Spur weicher. »Die hatte ich auch.«

»Irgendwie bezweifle ich, dass es überhaupt etwas gibt, das dir Angst macht.«

Wieder dieses Lächeln, doch statt einer Antwort lehnte er sich nur in die Polster zurück und sah mich abwartend an.

»Wer bist du? Ich kann noch hier sitzen, im Gegensatz zu diesem Schattenkerl, also willst du mich zumindest nicht umbringen.«

»Gut erkannt.« Colt streckte den Arm auf der Rückenlehne aus. »Aber woher willst du wissen, dass ich einer von den Guten bin?«

»Keine Ahnung.« Er hatte mich am Leben gelassen. Sprach das nicht dafür, dass er auf der richtigen Seite stand? Zumindest hoffte ich das. »Wer bist du?«, wiederholte ich. »*Was* bist du und warum bist du hier?«

»Du weißt es wirklich nicht, oder? Du hast keine Ahnung, was los ist. Was die Schreie bedeuten. Wer du eigentlich bist.«

»Ein Mensch«, gab ich nüchtern zurück, gefolgt von einem bissigen »Und was bist *du*?«

Colt schwieg. Rein vom Aussehen her konnte er nicht viel älter sein als ich, Anfang zwanzig vielleicht, doch in seinen Augen lag ein tief gehendes Wissen, ein Verständnis für die Welt, das sonst nur ältere Menschen besaßen. Erfahrungen, die er gesammelt haben musste und die über das hinausgingen, was andere in diesem Alter erlebt hatten.

»Ich bin eine Lichtseele.« Er sprach die Worte langsam aus, trotzdem ergaben sie keinen Sinn für mich. »Und was genau du bist, weiß ich noch nicht, um ehrlich zu sein.«

»Eine Lichtseele?«, wiederholte ich.

Ein nicht zu deutender Ausdruck legte sich auf sein Gesicht. Wie eine Maske, die all seine Gefühle vor der Außenwelt verbergen sollte. »Ja.«

»Und der Kerl mit den Schatten gestern Abend war …« Ich suchte in meinem Gedächtnis nach dem Wort, das Colt heute Morgen benutzt hatte. »Eine Dunkelseele?«

»Richtig.« Sein Blick ruhte unablässig auf mir, tastete, forschte, war auf der Suche nach etwas, von dem ich noch immer nicht wusste, was es war. Wieder breitete sich dieses Prickeln von meinem Nacken ausgehend über meinen Körper aus. »Die Leute, die in letzter Zeit in dieser Gegend verschwunden sind, waren seine Opfer. Seine und die anderer Dunkelseelen, die sich hier herumtreiben. Miles und ich sind auf der Jagd nach ihnen, um sie davon abzuhalten, noch mehr unschuldige Menschen zu töten.«

Zu töten. Ich dachte an Barrys Warnung, als er von den vermissten Personen gesprochen hatte, und mir drehte sich der Magen um. Waren sie wirklich ermordet worden? Von jemandem, der sich in Dunkelheit verwandeln konnte? Und ein paar Kerle, die einem Männermagazin entsprungen sein könnten, jagten sie? Wie absurd war das bitte?

»Du glaubst mir nicht«, bemerkte Colt. Zwischen seinen Brauen bildete sich eine steile Falte.

»Oh doch, ich glaube dir. Lass mich nur schnell Frodo zum Tee einladen, dann können wir weiterreden.« Ich zog mein Smartphone aus meiner Hosentasche. Ich hatte genug gehört.

Colt legte eine Hand auf meine und hielt sie fest. Die Berührung kam so unerwartet, dass ich den Kopf hochriss. Meine Hände waren immer kalt. Außer im Hochsommer fror ich eigentlich ständig. Aber durch diese kleine Berührung fühlte es sich so an, als würde etwas von seiner Wärme auf mich übergehen, als würde er sie mit mir teilen. Sie wanderte über meine Haut, durchflutete mich und vertrieb jegliche Kälte aus meinem Körper.

»Du hast mit eigenen Augen gesehen, was gestern passiert ist. Warum fällt es dir so schwer, es zu glauben?«

Ich entriss ihm meine Hand. Sofort verschwand die Wärme wieder. Mein Herz raste, mein Mund war trocken. Ich versuchte, meine Gedanken zu sortieren, mich auf das Wesentliche zu konzentrieren: auf das, was gestern wirklich geschehen war.

»Was ich gesehen habe, war, wie du einen Mann getötet hast.« Meine Stimme war nur ein Krächzen, doch der Vorwurf darin nicht zu überhören. »Und jetzt willst du den Samariter spielen und erzählst mir irgendwas von Licht- und Dunkelseelen?«

Colt rieb sich über die dunklen Stoppeln an seinem Kinn. »Bist du sicher, dass das alles ist, was du gesehen hast? Wo ist die Leiche? Wo sind die Spuren am Tatort? Und wie konnte der Kerl von einer Sekunde zur nächsten verschwinden und hinter uns auftauchen?«

»Du hast ihm einen verdammten Dolch in die Brust gerammt!«

Er neigte den Kopf zur Seite, als würde er ernsthaft über meinen Vorwurf nachdenken. »Sagen wir, ich habe dafür gesorgt, dass er niemandem mehr schaden kann. Wäre es dir lieber, wenn er weiter frei herumläuft? Sich das nächste Opfer aussucht, es vielleicht noch mal bei dir versucht? Oder bei deiner kleinen Schwester?«

Alles in mir gefror zu Eis – und zerbarst. Ich sprang auf. »Halt meine Schwester da raus!«

Colt stand ebenfalls auf. »Das war keine Drohung. Aber du musst wissen, in was du hier reingeraten bist. Das ist kein Spiel, Rayne.« Ihm schien nicht einmal bewusst zu sein, dass er mich gerade zum ersten Mal bei meinem Namen genannt hatte. Dann sah ich in seine Augen, die im Licht hier drinnen mehr grün als braun wirkten, und erkannte, dass er es sehr wohl wusste.

»Denkst du vielleicht, ich *wollte* sehen, wie du eine Klinge in seinen Körper bohrst?«

»Nein.« Er zog die Brauen zusammen. »Ich glaube, du siehst viel mehr, als dir bewusst ist. Gleichzeitig verschließt du die Augen vor dem Offensichtlichen. Wusstest du, dass du die Fähigkeit hast, mit deiner Umgebung zu verschmelzen, bis man dich kaum noch sehen kann? Als wolltest du unsichtbar sein.« Er hob die Hand, als wollte er sie an mein Gesicht legen. Doch ich versteifte mich und er ließ sie wieder sinken. »Das erklärt einiges.«

Schattenmänner? Lichtseelen? Und jetzt auch noch unsichtbar werden? Fassungslos schüttelte ich den Kopf. Dieser Kerl war verrückt.

Colt seufzte und mit diesem Laut schien all seine Geduld zu Staub zu zerfallen. »Du glaubst mir immer noch nicht? Wie du willst. Ich habe keine Zeit, den Babysitter für jemanden zu spielen, der sein Schicksal nicht akzeptieren will. Vor allem nicht, wenn sich noch mehr von diesen Typen da draußen herumtreiben.« Ohne Vorwarnung packte er mein Handgelenk und zog mich näher. Von irgendwoher hatte er plötzlich einen Kuli in der Hand und kritzelte eine Reihe von Zahlen auf meinen Unterarm. »Melde dich bei mir, wenn du aus der Das-glaube-ich-nicht-Phase raus bist.«

Colt warf den Kuli aufs Sofa und fing ein letztes Mal meinen Blick ein.

Ich konnte mich nicht rühren, stand nur wie angewurzelt da. Wieder überkam mich dieses seltsame Gefühl wie gestern Abend, als würde er mehr sehen als alle anderen. Als könnte er Dinge wahrnehmen, die ich mir nicht einmal selbst eingestehen wollte.

Und mit einem Mal wusste ich nicht mehr, wer gefährlicher war. Der Kerl, der mich in dieser Gasse angegriffen hatte – oder mein unfreiwilliger Retter, der ihn getötet hatte. Und der mir jetzt helfen wollte.

Bevor ich einen klaren Gedanken formen oder etwas sagen konnte, ließ Colt mich los und verschwand zwischen den Regalen. Blinzelnd lauschte ich seinen Schritten, die leiser wurden, je näher er dem Ausgang kam.

Bis sie schließlich ganz verstummten.

Ich musste mich nicht umdrehen, um zu wissen, dass er verschwunden war.

Mein Leben folgte einfachen Regeln. Jeden Morgen nach dem Aufstehen fuhr ich zur Arbeit. An freien Tagen schlief ich aus und verbrachte die Zeit mit Nora und Emma oder unternahm etwas mit Gray. Manchmal redeten wir nur oder sahen uns die neuesten Folgen unserer Lieblingsserie an, kochten gemeinsam, gingen spazieren oder fuhren nach Chicago. Ab und zu verbrachte ich solche Tage auch bei Barry im Comicladen und half ihm aus, obwohl er das nie länger als ein paar Stunden zuließ, bevor er mich wieder rauswarf. Meine Nächte waren dagegen allesamt zu kurz, weil ich mich in der Regel nicht von dem Buch, das ich gerade las, losreißen konnte und erst nach Mitternacht das Licht ausmachte. Frühestens.

All das waren Dinge, die normale Menschen taten.

Soweit ich mich zurückerinnern konnte, hatte ich mich an jedes bisschen Normalität geklammert, dessen ich habhaft werden konnte. Ich wollte nicht das Waisenmädchen sein, das sich nicht an die ersten fünf Jahre seines Lebens erinnerte. Aber vor allem wollte ich nicht jemand sein, der Stimmen hörte, die außer ihr niemand wahrnahm. Und jetzt auch noch Licht- und Schattenwesen.

Die Metallklinge glitt aus meinen Fingern und bohrte sich in die Holzplatte, die bereits unzählige Kerben aufwies. Ich rollte mit den Schultern, holte ein zweites Mal aus und warf das nächste Messer. Es traf den schwarzen Punkt genau in der Mitte.

»Wer hat dir denn die Laune verdorben?«

Ertappt drehte ich mich zu Nora um, die mit der untergehenden Sonne im Rücken aus dem Haus kam und in Jeans und ärmellosem T-Shirt durch den Garten auf mich zulief. Sie hatte die Hände in die Hosentaschen geschoben und trug das Haar zu einem hohen Pferdeschwanz gebunden. Nicht zum ersten Mal fiel mir auf, wie hübsch sie war und dass Emma eines Tages genauso aussehen würde wie ihre Mutter. Bei dem Gedanken schlich sich ein bittersüßes Gefühl in meine Brust, das ich schnell unterdrückte. Wir waren eine Familie – äußerliche Ähnlichkeiten hin oder her.

»Rayne! Rayne!« Direkt hinter Nora tauchte Emma auf, überholte ihre Mutter und rannte auf mich zu. Ich legte das letzte Wurfmesser ab, ging in die Hocke und breitete die Arme für sie aus. Sie stürzte sich hinein und riss mich beinahe zu Boden.

»Hey, wo kommst du denn her?«, rief ich lachend, bevor ich Emma durchknuddelte.

»Wir hatten wieder früher Schluss und Mom hat mich von der Schule abgeholt.« Sie löste sich von mir und drehte sich zu ihrer Mutter um. »Darf ich reingehen und Netflix schauen? Bitte, bitte! Danach mach ich auch gleich meine Hausaufgaben, ja?«

Ich presste die Lippen aufeinander, um nicht laut loszuprusten. Nora setzte eine strenge Miene auf, die ich insgeheim ihr *Mom-Gesicht* nannte.

»Na gut, aber nur eine Folge«, gab sie nach. Ihre Worte gingen beinahe in Emmas Quietschen unter.

So schnell sie aufgetaucht war, wetzte sie über den Rasen und verschwand im Haus.

Belustigt sah ich zu Nora, doch mein Lächeln erstarb, als ich ihr Stirnrunzeln bemerkte. »Was ist los?«

»Das sollte ich dich fragen.« Mit einem Nicken deutete sie auf die selbst gebaute Zielscheibe.

»Warum? Mir geht's gut.« Ich hob das letzte Messer auf, holte aus und warf. Es landete mindestens zehn Zentimeter neben der Holzplatte im Gras.

Verdammt.

Nora zog die Brauen in die Höhe. »Allein schon deine Wurftechnik spricht Bände, Liebes. Und du weißt, ich war nie ein Fan von diesem Hobby.«

Kein Wunder mit einem kleinen Kind im Haus. Trotzdem hatte Nora es mir erlaubt. Zwei Jahre, nachdem sie mich bei sich aufgenommen hatte, und elf Monate nach meinem Therapiebeginn hatte Wut alle anderen meiner Emotionen überschattet. Mit vierzehn halfen beruhigende Tätigkeiten wie Zeichnen oder Basteln längst nicht mehr und auch der Selbstverteidigungskurs, den ich seit damals immer wieder belegte, besänftigte mich nur bedingt. Auf der Suche nach einer Art, dem Zorn in mir Ausdruck zu verleihen, ohne jemandem zu schaden, war ich auf Messer gestoßen. Es hatte etwas Befreiendes, seine ganze Energie in eine Klinge zu legen, auszuholen und sie mit aller Kraft auf ein Ziel zu werfen. Doch heute wollte sich diese befreiende Wirkung nicht einstellen.

Um mich davon abzulenken, betrachtete ich meine Adoptivmutter von der Seite. Die Falten auf ihrer Stirn und der besorgte Ausdruck in ihren Augen galten nicht allein meiner Wurftechnik. Sie hatte schon beunruhigt gewirkt, als sie mit Emma aus dem Haus gekommen war.

»Da ist noch etwas anderes, oder?«, hakte ich nach. Ich wusste nicht, was ich erwartete, aber nach den letzten vierundzwanzig Stunden konnte es nichts Gutes sein.

»Emmas Lehrerin Miss Miller ist nicht krank«, sagte Nora schließlich. Kummer und Angst schwangen in ihrer Stimme mit. »Gestern ist sie nicht zum Unterricht erschienen und seit Mittwochabend hat sie niemand mehr gesehen.«

Kälte breitete sich in mir aus. »Woher weißt du das?«

Ich hatte die Frage kaum ausgesprochen, als Nora die Augenbrauen hob. Wir wussten beide, woher sie ihre Informationen bezog. Als Sozialarbeiterin hatte sie einen guten Draht zur Polizei, selbst dann, wenn sich das Amt, in dem sie arbeitete, in Chicago und nicht in Divine Creek befand.

Ich befeuchtete mir die trockenen Lippen. »Willst du damit sagen, sie ist verschwunden?« So wie die Personen, von denen Barry gesprochen hatte?

Unwillkürlich kamen mir Colts Worte in den Sinn. *Wäre es dir lieber, wenn er weiter frei herumläuft? Sich das nächste Opfer aussucht?* Bestand die Möglichkeit, dass auch Emmas Lehrerin zu diesen Opfern gehörte? Alles in mir wehrte sich gegen diese Vorstellung, aber ich glaubte auch nicht an Zufälle. Barry hatte mich gewarnt, Emmas Lehrerin verschwand scheinbar spurlos und plötzlich tauchten Colt und dieser Miles in der Stadt auf und töteten ein Schattenwesen?

Nora zog die Schultern hoch. »Ich weiß es nicht, Rayne. Du kennst mich. Ich hoffe auf das Beste, aber es sieht nicht gut aus. Inzwischen sind achtundvierzig Stunden vergangen und die Polizei behandelt es als einen Vermisstenfall.« Sie hob die Hand und strich mir eine Haarsträhne hinters Ohr. »Sei vorsichtig, wenn du allein unterwegs bist, okay? Ich will nicht, dass dir auch noch etwas passiert.«

Ich zwang mich zu einem beruhigenden Lächeln. »Ich pass schon auf.«

Die schwarze Tinte auf meinem Arm schien zu brennen, als wollte sie meine Worte Lügen strafen. Colts Nummer prangte auf meiner Haut und erinnerte mich jedes Mal, wenn mein Blick darauf fiel, an all das, was ich nicht wahrhaben wollte. Aber wie konnte ich etwas anzweifeln, das ich mit eigenen Augen gesehen hatte? Colt hatte sich in gleißendes Licht verwandelt. Der Mann in der Gasse hatte sich aus Schatten in eine menschliche Form materialisiert. Und Colt hatte ihn getötet. Doch selbst wenn ich all das für eine Sekunde glaubte – wie könnte ich dann ausgerechnet der Person trauen, die eine andere vor meinen Augen ermordet hatte?

# Kapitel 4

Es vergingen Tage, in denen ich nichts mehr von Colt hörte oder sah. Die Zahlen auf meinem Arm verblassten und verschwanden schließlich ganz. Ich hatte ihn nicht angerufen oder mir seine Nummer notiert. Es schien beinahe so, als wäre er nie in mein Leben getreten und ich nie in diese Gasse.

Beinahe. Denn auch wenn sich Colt nicht persönlich blicken ließ, hatte ich einen neuen Dauergast im *Butterfly Books*: Miles. Sein Freund mit den sandfarbenen Haaren, der mit ihm in die Stadt gekommen und ebenfalls auf der Jagd nach Dunkelseelen war. Immerhin hatte Miles nicht versucht, mich zu erwürgen. Dafür war er genauso hartnäckig wie Colt.

Am Montag hatte ich ihn bemerkt, da er sich den ganzen Tag in der Nähe der Buchhandlung aufhielt, ohne sie zu betreten. Er sah sich die Schaufenster an, saß im Café gegenüber in der Sonne oder lief mir scheinbar zufällig während der Mittagspause über den Weg. Gestern hatte er das Versteckspiel aufgegeben und war die meiste Zeit über im *Butterfly Books* geblieben. Heute begrüßte ich ihn bereits mit einer Tasse Kaffee an der Tür, als wir den Laden öffneten.

»Wie lange soll das noch so gehen?«, fragte ich ihn, während ich ihm zur Leseecke folgte.

Miles ließ sich mit einem Seufzen in die Polster sinken und

streckte die langen Beine aus. Auf den filigranen Sitzmöbeln wirkte seine große Gestalt so deplatziert wie in einem rosa Puppenhaus, doch das schien ihn nicht weiter zu stören.

Ich blieb vor ihm stehen und stemmte die Hände in die Hüften. Wir hatten bisher kaum ein Wort miteinander gewechselt und im Gegensatz zu Colt folgte Miles auch nicht jeder meiner Bewegungen mit seinen Blicken. Dennoch war es offensichtlich, dass er den Aufpasser für mich spielte. Oder den *Babysitter*, wie Colt es so charmant ausgedrückt hatte.

»Was meinst du?« Miles nippte an seinem Kaffee und gab einen zufriedenen Laut von sich. »Ich lese gern.« Wie zur Bestätigung seiner Worte hielt er eine Dystopie in die Höhe, die ich vor ein paar Monaten auch schon gelesen hatte. »Warst du schon an der Stelle im letzten Drittel, wo sie …«

»Ja«, unterbrach ich ihn.

Ein müdes Lächeln umspielte seine Lippen. »Spannend, oder?« Unter seinen Augen hatten sich dunkle Ringe gebildet und sein Gesicht wirkte blasser als in den vergangenen Tagen.

Seufzend setzte ich mich in den Sessel neben ihn. »Warum bist du hier, statt im Bett zu liegen und dich auszuschlafen?« Miles zuckte mit den Schultern und setzte zu einer Antwort an, doch ich kam ihm zuvor. »Keine Lügen. Ich will die Wahrheit wissen.«

Ein Schatten trat in seine blauen Augen und er blickte zur Seite. Auf einmal wirkte er sehr viel älter als zuvor. »Du kennst sie längst.« Er rieb sich über den Nacken und sah mich wieder an.

Ein Klingeln ertönte von der Tür her, aber Mariella lief bereits an uns vorbei in Richtung Eingangsbereich. Für den Moment waren Miles und ich ungestört. Das musste ich ausnutzen.

»Okay …« Ich atmete tief durch. Ich konnte nicht fassen, dass wir tatsächlich dieses Gespräch führten, andererseits hatte ich nichts zu verlieren. »Colt sagte, ihr wärt hier, um diese …« Ich senkte meine Stimme zu einem Flüstern, »… diese Dunkelseelen zu jagen. Sind sie dafür verantwortlich, dass auf einmal so viele Leute verschwinden?«

Miles nickte knapp.

»Was passiert mit den Vermissten? Findet ihr sie und bringt sie zurück zu ihren Fa…«

»Sie sind tot«, fiel er mir ins Wort. Ruhig und tonlos. »Wer auch immer ihnen in die Hände fällt, ist verloren.«

Ein Schauder lief mir über den Rücken und ich senkte den Blick auf meine ineinander verschränkten Finger. »Eine davon war die Lehrerin meiner Schwester.«

Ich hatte Miss Miller bei Emmas Einschulung kennengelernt. Sie war freundlich und steckte all ihre Zeit und Energie in den Unterricht. Außerdem kam sie regelmäßig ins *Butterfly Books*, um auf eigene Kosten Bücher für ihre Schüler zu kaufen. Niemand hatte je ein böses Wort über sie verloren. Und jetzt sollte sie tot sein?

»Du hattest Glück«, riss Miles mich aus meinen Gedanken. Er musste den fragenden Ausdruck auf meinem Gesicht bemerkt haben, denn er sprach ohne Umschweife weiter. »Letzte Woche wärst du fast ein weiteres Opfer geworden.«

»Du meinst, wenn ihr nicht rechtzeitig aufgetaucht wärt?«

Er schüttelte den Kopf. »Wenn du deine Kräfte nicht rechtzeitig eingesetzt hättest. Das hat ihn überrumpelt.«

»Meine … Kräfte?« Ich stieß ein ungläubiges Lachen aus. Doch dann erinnerte ich mich an das, was Colt erzählt hatte. »Du redest von diesem … Was ist das überhaupt? Kann ich mich plötzlich unsichtbar machen?«

Ich konnte nicht glauben, dass mir diese Worte tatsächlich über die Lippen kamen.

»Keine Unsichtbarkeit«, sagte er und beobachtete mich aufmerksam. »Sondern eine Illusion. Du stellst dir etwas vor und die anderen sehen es, aber es ist nicht real.«

Ich blinzelte. »Du willst mir allen Ernstes weismachen, ich könnte die Illusion von Unsichtbarkeit bewirken – und dann bin ich nicht mal wirklich unsichtbar?«

Sein tiefes Lachen hallte durch die Buchhandlung. Aus irgendeinem Grund musste ich ebenfalls lächeln.

»Was? Das ist eine berechtigte Frage.«

»Oh, das ist wirklich gut.« Miles wischte sich über die Augen, ehe er wieder zu mir sah. »Das muss ich Jeff erzählen.«

Aus dem vorderen Bereich hörte ich Stimmen. Mariella verabschiedete einen Kunden und begrüßte im gleichen Atemzug einen neuen. Uns blieben noch ein paar Minuten Zeit.

»Jeff?«, hakte ich nach.

Miles nickte. »Er ist einer von uns und kann genau wie du Illusionen erzeugen.«

Ich wusste nicht, warum mich diese Aussage überraschte. Irgendwie hatte ich geglaubt, Colt und Miles wären die einzigen Lichtseelen, doch es ergab Sinn, dass mehr von ihnen existierten. Schließlich schien es auch genügend Dunkelseelen zu geben, die man jagen konnte. Gott, dachte ich gerade ernsthaft über dieses Thema nach?

»Ich kann sehen, wie es in deinem Kopf arbeitet«, kommentierte Miles.

»Wirklich? Ich meine … so richtig?«

Wieder füllte sein Lachen die Buchhandlung, doch diesmal

schüttelte er den Kopf. »Nein. Und das ist auch besser so. Ich will gar nicht wissen, was die Leute denken.«

Meine Schultern sackten erleichtert herab. Die Vorstellung, dass jemand die Gedanken eines anderen lesen konnte, war gruselig.

Obwohl sich mein Verstand nach wie vor weigerte, an all das zu glauben, wollte ich mehr erfahren. Miles machte es mir leicht, mich auf das Thema einzulassen. Er ging so locker damit um, als würden wir über Mrs Bowens Törtchenkreationen oder die Bestseller in unserem Schaufenster sprechen. Und nicht über Illusionen, Licht- und Dunkelseelen.

Ich wollte ihm gerade eine weitere Frage stellen, als ich Schritte hörte, die sich uns näherten. Gleich darauf erklang eine vertraute Stimme.

»Rayne?«

Ich drehte mich zu Gray um und lächelte ihn überrascht an. »Hey. Was machst du denn hier?« Kaum ausgesprochen, stand ich auf und umarmte ihn zur Begrüßung.

Er legte einen Arm um mich und brachte seinen Mund nahe an mein Ohr. »Alles okay?«, fragte er so leise, dass nur ich ihn hören konnte.

Das war Gray. Er wusste noch weniger über meine Vergangenheit als Nora, akzeptierte jedoch mein Misstrauen Fremden gegenüber. Insbesondere fremden Männern gegenüber. Bei Miles machte ich mir jedoch keine Sorgen, was mich selbst ein wenig überraschte. Zwar wirkte er so, als könnte er mir mit Leichtigkeit jeden einzelnen Knochen brechen, aber er strahlte nichts Bedrohliches aus. Anders als Colt. Dieser Kerl schien das Wort *Bedrohung* neu zu definieren, doch auch bei ihm glaubte ich mittlerweile nicht mehr, dass er mir ernsthaft wehtun würde. Zumindest nicht körperlich.

»Ja«, flüsterte ich zurück und löste mich von Gray.

Miles hatte sich nicht von der Stelle gerührt. Sein Blick wanderte zwischen uns hin und her, und ich war mir nicht sicher, ob er versuchte, unser Verhältnis zueinander zu ergründen, oder ob er bei Gray das Gleiche zu entdecken versuchte wie bei mir. Irgendeine Kraft oder etwas in dieser Richtung.

»Gray, das ist Miles. Miles, das ist mein bester Freund Gray.«

Sie schüttelten sich die Hände, taxierten sich kurz mit Blicken, dann schienen sich beide wieder zu entspannen.

Flüchtig sah Gray zu Miles, ehe er sich mir zuwandte. »Ich habe Nora vorhin in der Stadt getroffen. Sie hat mir von Emmas Lehrerin erzählt. Ist es wahr?«

Ich presste die Lippen aufeinander und nickte langsam.

»Scheiße.« Gray fuhr sich durch das kurze Haar, das so viel heller war als meines. Dann schien er einen Entschluss zu fassen.

»Oh nein.« Ich stieß ihm den Zeigefinger in die Brust. »Fang du nicht auch noch an, den Beschützer spielen zu wollen. Davon habe ich schon genug.«

Er blinzelte irritiert und aus dem Augenwinkel bemerkte ich, wie Miles sein Schmunzeln hinter der Kaffeetasse zu verbergen versuchte.

»Das wollte ich überhaupt nicht sagen«, behauptete Gray und hob abwehrend die Hände.

»Ja, klar.« Ich gab ihm einen Klaps gegen den Oberarm.

»Doch, wirklich.« Seine Miene wurde ernst und er zog mich ein Stück zur Seite. Offenbar wollte er nicht, dass irgendjemand sonst hörte, was er mir mitzuteilen hatte. »Ich muss dich um einen Gefallen bitten. Es geht um meine Mom.«

Ich wusste genau, was das zu bedeuten hatte. Gray war nicht

der Typ, der um Hilfe bat. Er half allen anderen, setzte in seinem Job täglich sein Leben aufs Spiel, verlangte jedoch nie etwas im Gegenzug. Wenn er sich an jemanden wandte, dann nicht ohne guten Grund.

»Was ist los?« Ein leises Summen begann in meinem Hinterkopf wie eine Warnung, doch ich ignorierte es.

»Sie hat wieder getrunken und ist in einem ziemlich üblen Zustand. Ich würde dich nicht darum bitten, aber ich bin im Dienst und muss zurück zur Feuerwache. Kannst du heute Abend nach ihr sehen?«

Hinter seinen Worten lag so viel mehr als nur das, was er aussprach. Das stille Geheimnis zwischen uns, über das wir nie geredet hatten, weil es nicht nötig war. Die Flaschen in seinem Haus. Die Verstecke seiner Mom für den Alkohol. Ich bräuchte mehr als zwei Hände, um abzuzählen, wie oft Gray und ich das Haus auf den Kopf gestellt hatten, um das ganze Zeug loszuwerden.

»Natürlich. Ich kümmere mich später darum. Mach dir keine Sorgen.«

»Danke.« Erleichterung erhellte sein Gesicht und ich konnte förmlich sehen, wie die Anspannung von ihm abfiel wie eine Last, die er schon viel zu lange mit sich herumtrug.

Gray hätte nach der Highschool ausziehen und die Stadt verlassen können. Es war sein Traum, seit wir uns kannten. Die Welt bereisen, Abenteuer erleben und Divine Creek hinter sich lassen. Doch seiner Mom zuliebe war er hiergeblieben und wohnte weiterhin in seinem Elternhaus, um ein Auge auf sie zu haben.

Gray zog seinen Pieper aus der Hosentasche. Falten erschienen auf seiner Stirn, während er die Nachricht las. »Ich muss los. Es brennt auf der O'Malley-Farm.«

Ich begleitete ihn zur Tür, obwohl er fast schon hinausrannte.

»Danke noch mal!«, rief er mir über die Schulter zu und lief auf dem Gehweg vor der Buchhandlung fast in einen Mann hinein. »Entschuldigung!«

Dann war er fort.

Mein Blick wanderte zu dem Mann, der nach dem Beinahe-Zusammenstoß angehalten hatte – und mir blieb die Luft weg. Das Summen im hintersten Winkel meines Bewusstseins nahm meinen ganzen Kopf ein. Ich hörte es wispern und klagen. Doch als die ersten Schreie ertönten, konnte ich vor Schreck nicht einmal zusammenzucken.

Denn ich kannte diesen Mann. Sein Gesicht würde ich niemals vergessen, genauso wenig wie den Blick aus seinen stahlblauen Augen, die so hell waren, dass sie fast durchscheinend wirkten. Er war etwas fülliger als früher und die Zeit hatte tiefere Falten in seine Haut gegraben, aber ich wusste genau, wen ich vor mir hatte.

»Ed …«

Im Gegensatz zu mir schien er kein bisschen überrascht zu sein, wirkte vielmehr so, als hätte er damit gerechnet, mich hier anzutreffen. Und genauso ungerührt, wie er mich angesehen hatte, wandte er sich jetzt ab und spazierte den Gehweg hinunter. Als hätte er nicht die geringste Sorge der Welt, während meine um mich herum zusammenbrach.

»Rayne?« Mariella legte eine Hand auf meine Schulter und löste den Türgriff behutsam aus meinen verkrampften Fingern. »Was ist los, Schätzchen? Du bist ganz blass. Willst du dich einen Moment hinlegen?«

Ich wollte mich nicht hinlegen. Ich wollte wegrennen, schreien, auf etwas einschlagen. Aber mein Körper war wie erstarrt, während in meinem Kopf das Chaos ausbrach. Die Schreie waren zurück – genau wie Ed. Der Mann, von dem ich mir gewünscht hatte, ihn nie wieder sehen zu müssen.

»Rayne.« Auf einmal war auch Miles an meiner Seite.

»Ich muss nur …« Meine Stimme klang fremd. Dumpf, als würde ich sie nur durch Watte hören. »Bin gleich zurück«, flüsterte ich.

Irgendwie schleppte ich mich in Richtung Hinterzimmer. Übelkeit breitete sich in mir aus, zog meinen Magen zusammen und ließ mich würgen. Noch im Flur schränkte sich mein Sichtfeld auf die weiße Wand ein, an der ich mich mit beiden Händen abstützte. Da war ein Trommeln in meinen Ohren, das sich zu den Schreien mischte. Mein Puls? Mein Herzschlag? Irgendwo blitzte etwas auf, doch ich konnte mich nicht umdrehen und nachsehen, was es war. Meine Muskeln zitterten und als ich mich von der Wand löste, gaben meine Knie nach, als würden sie nicht mehr auf die Befehle meines Gehirns hören.

Gleich war es vorbei. Gleich würde ich auf dem Boden aufschlagen und in erlösender Dunkelheit versinken.

Doch der Aufprall kam nicht.

Zwei Hände packten mich von hinten und hielten mich fest, aber die Schwerkraft schien zu stark zu sein und zog uns gemeinsam zu Boden. Langsam. Als würde derjenige, der mich gepackt hatte, meinen Fall bremsen.

Ich fiel auf die Knie, dann wurde ich mit dem Rücken an einen warmen Oberkörper gezogen. Im selben Moment umhüllte mich der Geruch von Wald und Meer.

»Atme«, zischte eine tiefe Stimme hinter mir. »Konzentrier dich nur auf deine Atmung.«

*Colt.* Die Schreie in meinem Kopf ließen keinen klaren Gedanken außer diesem zu. Es war Colt, der meinen Sturz verhindert hatte. Colt, der mich festhielt, als ich davonrennen wollte. Der mir beruhigende Worte zuflüsterte, obwohl ich nur noch schreien wollte. Und der mich wärmte, als sich mein Körper wie von einer Eisschicht bedeckt anfühlte.

»Atme, Rayne«, befahl er erneut. »Langsam. Ruhig.«

Ich schnappte nach Luft, doch sie schien nicht bis in meine Lunge vordringen zu können. Colt wiederholte seine Worte. Leiser. Eindringlicher. Sein Atem streifte mein Ohr und meinen Hals. Das Hämmern in seinem Brustkorb erinnerte mich daran, dass er wirklich hier war. Er war real. Die Stimmen in meinem Kopf nicht.

Von irgendwoher nahm ich die Kraft, das zu tun, was er gesagt hatte. Ich schloss die Augen und konzentrierte mich auf meine Atmung. Ein. Und aus. Ein. Und aus.

Ein helles Kreischen in meinem Kopf entlockte mir ein Wimmern. Gleichzeitig zuckte auch Colt zusammen.

»Schh«, flüsterte er und strich mir über das Haar. Die Geste hatte etwas so Tröstendes, dass es mir die Kehle zuschnürte. Seine Wange lag an meiner und seine Arme umschlossen mich, als wollte er mich vor den Schreien beschützen, die in mir tobten.

Mehrere Minuten vergingen, bis meine Atmung gleichmäßiger wurde und der Schmerz zusammen mit den Stimmen nachließ. Eine nach der anderen wurde leiser, bis aus dem Chor gellender Schreie nur noch ein Wispern geworden war. Mit ihnen wich auch die Anspannung aus meinen Muskeln, die sich zuvor so fest verkrampft hatten, dass sie jetzt vor Anstrengung zitterten. Zurück blieb ein Scherbenhaufen in meinem Inneren, zersprungenes Glas, das sich mit jedem Atemzug tiefer in meine Seele bohrte.

Colt saß noch immer hinter mir und flüsterte mir beruhigende Worte ins Ohr. Ich verstand nicht alles davon und vielleicht war ihm nicht einmal bewusst, was er da tat, aber es spielte keine Rolle. Seine Stimme allein genügte, um mich aus der Dunkelheit zurückzuholen, in die mich die Schreie hatten reißen wollen. Seine Stimme und die Wärme, die mich von allen Seiten umgab.

Ich hielt die Augen noch einen Moment lang geschlossen, atmete tief den würzig-frischen Duft ein, der meine Gedanken klärte und sie gleichzeitig in ein einziges Chaos stürzte. Mein Herzschlag verlangsamte sich nicht, obwohl die Stimmen nachgelassen hatten, und mein Puls trommelte noch immer in meinen Ohren.

Ich wusste nicht, wie lange wir so auf dem kalten Fußboden saßen. Sekunden? Minuten? Stunden? Genauso wenig wusste ich, warum Mariella nicht nach hinten kam, um nach mir zu sehen. Gleichzeitig war ich dankbar dafür. Ich wollte nicht, dass mich jemand anderes in diesem Zustand sah.

Erst als ich sicher war, wieder die Kontrolle über meine Gedanken und meinen Körper zu haben, befreite ich mich aus Colts Umarmung. Meine Knie waren weich und ich musste mich an der Wand abstützen, um aufstehen zu können. Schwerfällig lehnte ich mich dagegen und drehte mich zu Colt um.

Er kam ebenfalls auf die Beine. Seine ganze Haltung drückte Schmerz aus. Sein Gesicht war blass und seine Brust hob und senkte sich genauso schnell wie meine.

Ein letztes Aufbäumen der Stimmen in meinem Kopf brachte mich dazu, mich innerlich zu verkrampfen. Colt kniff im selben Moment die Augen zusammen.

Und mit einem Mal verstand ich es. Die Tatsache, dass er geglaubt hatte, ich wüsste, wer oder was ich war. Seine Ungeduld und Wut am Anfang in dieser Gasse.

Er hörte sie auch. Er hörte dieselben Schreie wie ich.

Aber wie war das möglich? Wie konnte er das Wispern und Kreischen wahrnehmen, wenn sie sich doch nur in meinem Kopf abspielten? Wenn sie ein Produkt meiner Fantasie waren?

»Glaubst du mir jetzt?«, fragte er schwer atmend und lehnte sich mit dem Rücken an die gegenüberliegende Wand.

Wir standen nur anderthalb Schritte voneinander entfernt, während sich die Stimmen nach und nach verflüchtigten.

Ich begriff noch immer nicht, was passiert war oder was das alles zu bedeuten hatte. Sollte ich das Unmögliche akzeptieren und glauben, dass das, was Colt und Miles mir erzählt hatten, tatsächlich … wahr sein konnte?

»Was du hörst, nennen wir Opferstimmen«, erklärte Colt schließlich leise. Sein Blick ruhte auf mir, doch in ihm lagen weder Ungeduld noch Wut. Wie ich schien er in diesem Moment etwas zu akzeptieren, gegen das er sich zuvor gesträubt hatte.

»Warum hörst du sie auch?«

»Deinetwegen.« Kein Vorwurf schwang in seinen Worten mit. »Ich höre sie durch dich.«

»Wie …? Wie ist das möglich?« Mit beiden Händen fuhr ich mir durchs Haar, krallte mich darin fest, als würde ich nach Halt suchen, wenn sich alles, was ich bisher über das Leben und die Welt zu wissen geglaubt hatte, als falsch erwies. »Willst du damit andeuten, ich würde diese … Opferstimmen irgendwie auf dich übertragen?«

»Rayne? Alles in Ordnung?« Mariellas Stimme hallte durch den Flur.

»Alles okay«, rief ich zurück, ohne meinen Blick von Colt zu lösen. »Ich komme gleich.« Dann wandte ich mich wieder an ihn. »Du solltest besser …«

»Ich weiß«, unterbrach er mich. Nach einem Moment des Schweigens fügte er hinzu: »Miles wird in deiner Nähe bleiben.«

Vor meinen Augen begann er bereits, mit dem durch das Fenster hereinfallende Licht zu verschmelzen. Seine Konturen verschwammen wie bei einem unscharfen Foto und wurden immer blasser.

»Warte!« Ich machte einen Schritt nach vorn.

Kaum ausgesprochen, stand Colt wieder vor mir. Vollständig. Menschlich.

Ich unterdrückte den Drang, die Hand auszustrecken und ihn zu berühren, um sicherzugehen, dass er tatsächlich da war. »Warum muss Miles hier bleiben? Du hast die Dunkelseele doch getötet?«

Etwas Sanftes legte sich auf Colts Gesicht. »Weil der Kerl dich zwar angegriffen hat, aber nichts mit den Schreien zu tun hat, die du hörst.«

Mein Magen verkrampfte sich mit einer bösen Vorahnung. »Sondern?«

»Da du selbst keine ehemalige Dunkelseele zu sein scheinst, muss es eine in deinem Umfeld geben. Jemand, den du kennst und dem du es vermutlich nie zutrauen würdest. Deshalb passt Miles auf dich auf.«

Mariella hatte mir früher Feierabend gegeben, obwohl ich ihr versichert hatte, dass es mir gut ging. Doch ihrem strengen Blick war meine Erschöpfung ebenso wenig entgangen wie Miles, meinem neuen Aufpasser.

Als ich meinen Hyundai am Straßenrand vor unserem Haus parkte, war es erst Nachmittag. Ich wäre lieber in der Buchhandlung geblieben und hätte mich in Arbeit vergraben oder den restlichen Tag bei Barry im Laden verbracht, statt mich mit meinen eigenen Gedanken herumzuschlagen. Doch Mariella blieb unerbittlich und Barry war heute Morgen zur Comic-Con nach Baltimore gefahren.

Ich schaltete den Motor aus und lehnte mich im Fahrersitz zurück. Obwohl ich mich die vergangenen Stunden halbwegs erfolgreich hatte ablenken können, herrschte noch immer Chaos in meinem Kopf. Übernatürliche Kräfte waren plötzlich nicht mehr nur etwas, das ich aus Büchern kannte, sondern so real wie Colt und Miles. Doch wenn es wirklich solche Dinge wie Licht- und Dunkelseelen gab, warum wussten die Leute dann nichts davon? Vor allem, wenn Dunkelseelen dafür verantwortlich waren, dass Menschen spurlos verschwanden und nie wieder auftauchten?

Das Gesicht von Miss Miller blitzte in meinen Gedanken auf und ich rieb mir über die Augen, um das Bild zu vertreiben. Vergebens. Es würde Emma das Herz brechen, zu erfahren, dass eine ihrer Lieblingslehrerinnen nie wiederkehren würde. Und wie real war die Gefahr, die noch immer dort draußen schlummerte? Die Wesen, die Colt und Miles jagten?

Ich atmete tief durch und schob all diese Fragen beiseite. Darauf hatte ich im Moment keine Antworten und es gab nichts, das ich tun konnte, bevor ich nicht wieder mit einem der beiden sprach. Aber es gab eine andere Sache, um die ich mich jetzt kümmern konnte.

Wir wohnten am Stadtrand, direkt am Ende einer Straße mit nur wenigen Nachbarn. Es war ruhig, als ich die Plastiktüte vom

Beifahrersitz nahm und ausstieg. Ein paar Vögel machten mit einem Zwitschern auf sich aufmerksam, doch auch sie würden bald gen Süden aufbrechen. Irgendwo lief ein Radio und das quietschende Geräusch einer Schaukel drang an mein Ohr.

Ich ging über das frisch gemähte Gras zum Haus von Gray und seiner Mom. Es war nicht das erste Mal, dass ich für ihn einsprang, trotzdem fühlte es sich seltsam an. Früher war Mrs Altman eine liebevolle, rücksichtsvolle Frau gewesen. Jung geblieben, strahlend und voller Tatendrang. Dann hatte ihr Mann die Familie verlassen und alles hatte sich verändert.

Als ich an die Tür klopfte, rechnete ich nicht damit, dass sie mir öffnete. Aus Sekunden wurden Minuten, während ich ein zweites und ein drittes Mal mit den Fingerknöcheln gegen das Holz schlug, dessen weiße Farbe langsam abblätterte. Vor dem Haus stand ihr Wagen, doch aus dem Inneren war nichts zu hören. Ob sie schlief?

Ein kurzer Blick nach links und rechts, dann bückte ich mich und holte den Ersatzschlüssel unter dem schweren Blumentopf hervor. Dort lag er schon seit Jahren, aber bisher hatte ich nie davon Gebrauch machen müssen.

Ich drehte den Schlüssel herum und schob ihn zurück in sein Versteck, bevor ich die Tür öffnete. Im Flur war es dunkel, doch ich meinte, leise Stimmen zu hören. Sie klangen wie aus einem der Schwarz-Weiß-Filme, die Grays Mom sich so gern ansah.

»Mrs Altman?«, rief ich und drückte die Tür hinter mir zu. »Hier ist Rayne. Ich habe Ihnen etwas zu essen mitgebracht.« Die Plastiktüte knisterte, während ich mir einen Weg durch den Flur bahnte, vorbei an der Garderobe bis zum offenen Durchgang ins Wohnzimmer.

Und tatsächlich. Über den Fernsehbildschirm flackerten schwarzweiße Bilder. Ich erkannte die Frau in dem Film nicht, doch bei dem Mann musste es sich um Humphrey Bogart handeln. Nora war ein riesiger Fan seiner Filme.

Das Sofa war leer. Eine Wolldecke war zurückgeschoben und die mehrmals geflickten Kissen platt gedrückt. Auf dem Couchtisch stand ein unangetastetes Glas Wasser – sicherlich hatte Gray es heute Morgen dort hingestellt. Daneben lagen eine Fernsehzeitschrift und zwei leere Kaffeetassen. Obwohl nichts von alledem den Anschein erweckte, sie würde wieder trinken, glaubte ich, einen Hauch von Whiskey in der Luft wahrzunehmen.

Mit der Tüte in der Hand ging ich in die Küche – und blieb abrupt im Türrahmen stehen. Grays Mom stand mit dem Rücken zu mir, in einem Kleid, das einen Fleck an der Seite aufwies, und klammerte sich an den Rand des Spülbeckens. Direkt daneben stand eine geöffnete Flasche Whiskey. Sie war zur Hälfte geleert.

Mitleid und Fassungslosigkeit tobten in mir, gespickt von einer Spur Angst. Angst um diese einst so starke Frau, die den Kampf gegen sich selbst immer wieder verlor.

»Mrs Altman!« Ich stellte das mitgebrachte Essen auf den Küchentisch und war in zwei Schritten bei ihr. Aus irgendeinem Grund schien sie ihr rechtes Bein nicht belasten zu wollen, also schlang ich den Arm um ihre Taille und stützte sie. »Was ist passiert?«

»Rayne?« Sie schien mich erst jetzt zu bemerken und bei ihrer Begrüßung schlug mir der alkoholgetränkte Atem entgegen. Ihre Augen glichen denen von Gray, doch sie hatten ihren Glanz schon vor langer Zeit verloren.

»Ja«, bestätigte ich knapp und versuchte, sie behutsam aus der Küche zu führen. »Lassen Sie uns zurück ins Wohnzimmer gehen.

Ich habe Essen mitgebracht, frisch vom Asiaten in der Stadt.« Gebratenes Hühnchen mit Gemüse. Es war ihr Leibgericht, aber vielleicht hatte sich auch das inzwischen geändert.

»Oh, Rayne …«, murmelte sie, ließ sich jedoch ohne Protest von mir nach nebenan bringen. »Ich habe mir den Knöchel verknackst. Bin einfach auf der letzten Treppenstufe gestolpert.«

Ich versuchte, mich auf ihre Worte zu konzentrieren, doch das fiel mir zunehmend schwerer. Je mehr sie sagte, desto mehr roch ich den Alkohol, der ihr aus allen Poren zu dringen schien. Gray hatte nicht übertrieben.

Jedes Mal, wenn etwas von diesem unverwechselbaren Geruch seinen Weg in meine Nase fand, tauchten weitere Bilder vor meinem inneren Auge auf. Erinnerungen an eine Zeit, die ich am liebsten ebenso verdrängt und weggesperrt hätte wie die ersten fünf Jahre meines Lebens. Doch sie verfolgten mich gnadenlos.

Mal war es Whiskey gewesen, mal Bier. Etwas davon hatte immer in der Luft gehangen, war wellenartig von ihm ausgegangen und hatte jedes seiner Worte getränkt. Ich hörte seine schleppenden Schritte, als wäre er hinter mir, während ich Mrs Altman vorsichtig auf das Sofa half und die Decke über ihre Knie ausbreitete.

Als ich nach dem Wasserglas griff, schlossen sich meine Finger so fest darum, als wäre es ein Baseballschläger oder eine andere Waffe, mit der ich mich verteidigen konnte. Dabei hatte ich hier nichts zu befürchten. Obwohl der Geruch von Alkohol schwer in der Luft hing und mir die Kehle zuschnürte, war es nicht wie früher. Damals hatte ich nichts gehabt, um mich zur Wehr zu setzen, wenn er ausholte. Wie ironisch war es, eine Fähigkeit zu besitzen, mit der ich eine Art schützende Illusion heraufbeschwören konnte, ohne mich tatsächlich damit schützen zu können?

Ich drückte Mrs Altman das Glas in die Hand und richtete mich auf. »Trinken Sie das. Ich bin gleich zurück.«

Doch auf dem Weg in die Küche holte mich die Vergangenheit wieder ein. Ich konnte seine Stimme hören, glatt, mit diesem rauen Unterton. Anfangs hatte ich nicht begriffen, woher dieses Heisere in seinen Worten kam und worauf sich diese Gier in seinen Augen richtete. Ich war zu jung gewesen. Zu unschuldig. Bis ich der Wahrheit nicht mehr entfliehen konnte.

Diesmal war ich diejenige, die sich an das Spülbecken in Grays Küche klammerte. Es waren nicht die Opferstimmen, nicht das Kreischen in meinem Kopf, das mich wünschen ließ, tot zu sein. Sondern er. Sein Gesicht. Diese völlig bewegungslose Miene, als er mich in der Tür des *Butterfly Books* gesehen hatte.

Konnte er es wirklich sein? War Ed tatsächlich hier? Nach all den Jahren?

Aber wie hatte er mich gefunden? Divine Creek war eine Kleinstadt. Eingebettet zwischen grünen Hügeln und einem kleinen Flusslauf wirkte sie wie aus einer anderen Welt. Trotzdem waren wir nur etwas mehr als eine Autostunde von Chicago entfernt. In der drittgrößten Stadt der Vereinigten Staaten war ich trotz ihrer Millionen Einwohner ausgerechnet bei Nora gelandet. Eine fremde Frau hatte mich zum Jugendamt gebracht, wo mein Leben eine neue Wende genommen hatte. Selbst in Chicago müsste es schwer für Ed sein, mich aufzuspüren. Doch in Divine Creek? Eigentlich dürfte er nicht einmal wissen, dass ich hier war.

Eigentlich.

Denn das Gesicht, das ich heute gesehen hatte, schien sich wie ein Brandmal in mein Bewusstsein eingebrannt zu haben.

Hatte ich mich getäuscht? Das letzte Mal hatte ich Ed an meinem zwölften Geburtstag gesehen. Das war mehr als sechs Jahre her. Die Möglichkeit, ihn mit jemand anderem verwechselt zu haben, war also durchaus real. Ziemlich wahrscheinlich sogar. Doch wie wahrscheinlich war es nach allem, was in den vergangenen Tagen um mich herum geschehen war? Ich wusste nicht mehr, ob ich meinen eigenen Augen trauen konnte oder ob mir meine Fantasie einen grausamen Streich gespielt hatte.

Ich atmete tief durch, zwang die aufsteigende Panik zurück und löste meine Hände vom Rand des Spülbeckens. Um mich abzulenken, nahm ich die Pappschachteln und Servietten aus der Tüte, suchte in den Schränken nach sauberen Tellern und begann, das Essen aufzuwärmen. Wenige Minuten später kehrte ich zu Grays Mom zurück.

»Bitteschön«, sagte ich und stellte Teller und Besteck auf dem Esstisch ab. Dann trat ich zu ihr ans Sofa. »Ich helfe Ihnen hoch.«

Sie ignorierte meine Hand, schob die Decke beiseite und hievte sich allein hoch. Beim ersten Versuch sank sie wieder in die Polster zurück, beim zweiten fand sie genügend Kraft, um selbst auf die Beine zu kommen.

Ich blieb die wenigen Schritte neben ihr, die es bedurfte, um von der Couch zum Esstisch zu gelangen. Nur zur Sicherheit.

»Guten Appetit.«

Ich glaubte, ein gemurrtes »Danke« zu hören, während sie die erste Gabel voll Gemüse zum Mund führte.

Obwohl ich vor langer Zeit mit angesehen hatte, was die Trinkerei aus einem Menschen machen konnte, erschreckte mich Mrs Altmans Anblick jedes Mal aufs Neue. Ihre einst makellose Haut war eingefallen und von tiefen Falten durchzogen. Papierdünne Lippen und Ringe unter den Augen waren dazugekommen, außerdem hatte sie extrem abgenommen. Zwar war sie für eine Weile zu Treffen der Anonymen Alkoholiker gegangen und es schien ihr damals tatsächlich besser gegangen zu sein, aber lange hatte sie es nicht ausgehalten. Die Besserung war nur von kurzer Dauer gewesen.

Ich wusste, dass Nora regelmäßig nach ihr sah, doch auch sie konnte nicht viel für Mrs Altman tun. Genauso wenig wie Gray. Sie war eine erwachsene Frau und musste ihre Entscheidungen selbst treffen. Aber wenigstens eine davon konnte ich ihr abnehmen. Nämlich die, was sie als Nächstes trinken wollte.

Im Vorbeigehen tätschelte ich ihr den Arm und kehrte in die Küche zurück. Mrs Altman fand immer neue Verstecke für ihre Alkoholvorräte, dennoch war es für Gray und mich meistens ein Leichtes gewesen, sie zu finden. Als Erstes öffnete ich die Schranktüren unter der Spüle und fischte einen Rotwein heraus, den ich im Ausguss entleerte. Dann ging ich in ihr Schlafzimmer. Auch hier entdeckte ich Flaschen, die meisten davon noch voll, ein paar bereits angebrochen.

Vor meinem inneren Auge konnte ich förmlich sehen, wie Mrs Altman auf dem Teppich kniete und den Whiskey unter dem Bett versteckte. Genau dort fand ich eine weitere Flasche. Allein vom Geruch im Schlafzimmer wurde mir übel, und bei dem Gedanken daran, dass diese einst so liebevolle Frau dasselbe Zeug in sich hineinschüttete wie mein ehemaliger Pflegevater, zog sich alles in mir zusammen.

Mrs Altman war nicht wie Ed. Sie hatte sich nie gegen ihr Kind gewendet, hatte nie die Hand gegen Gray erhoben. Sie war einfach … verloren. Und ich wünschte mir so sehr, ihr dabei helfen zu können, sich selbst wiederzufinden.

# Kapitel 5

Ich lehnte die Stirn gegen die kühle Fensterscheibe und stellte die Tasse mit heißer Schokolade beiseite. Es war Stunden her, seit Nora und Emma nach unserem Spieleabend ins Bett gegangen waren, aber ich konnte noch immer nicht schlafen. Obwohl ich nur Grillenzirpen und ein Motorrad in der Ferne durch mein einen Spalt offen stehendes Fenster hörte, wollte sich die Ruhe einfach nicht einstellen. Inzwischen war mein Kakao nur noch lauwarm und die Marshmallows hatte ich bereits herausgelöffelt.

Der Zeichenblock lag zu meinen Füßen auf der breiten Fensterbank, die ich mit Kissen ausgelegt hatte. Jetzt nahm ich ihn zur Hand, schlug ihn auf und setzte den Kohlestift auf das raue Papier. In meinem Kopf kreisten unzählige Gedanken, zu viele Fragen, die an mir nagten. Ich hatte es schon mit Lesen probiert, es aber nach fünf Seiten aufgegeben, da ich sofort wieder vergaß, was ich gerade gelesen hatte. In solchen Fällen half nur noch Zeichnen, um vor der Außenwelt genau wie vor meinen eigenen Gedanken zu fliehen.

Ich konzentrierte mich nicht darauf, was ich zeichnete, sondern überließ es ganz meinen Fingern, den Stift zu führen und schwarze Striche aufs Papier zu werfen. Meist waren es Gebäude, die einen Weg in meine Zeichnungen fanden. Die malerischen Häuser in Divine Creek. Die romantische Brücke über dem Fluss. Die Wolkenkratzer Chicagos. Manchmal waren es aber auch Menschen, die mir wichtig waren oder denen ich in der Buchhandlung begegnet war. Am häufigsten aber bannte ich die Bilder in meinem Kopf aufs Papier. So wie heute.

Inzwischen bereute ich es, mir Colts Handynummer nicht aufgeschrieben oder wenigstens Miles danach gefragt zu haben, bevor ich nach Hause gefahren war. Denn nun saß ich bis morgen auf glühenden Kohlen. Unwissend, was um mich herum geschah und was als Nächstes passieren würde.

Ein plötzliches Geräusch ließ mich hochschrecken. Mit hämmerndem Herzen sah ich mich um. Das warme Licht der Nachttischlampe erhellte jede Ecke meines Zimmers und versicherte mir, dass ich allein war.

Meine Schultern entspannten sich, doch das Pochen in meiner Brust wollte nicht aufhören. Ich war mir sicher, etwas gehört zu haben. Es hatte beinahe geklungen wie …

Da! Etwas Kleines flog gegen meine Fensterscheibe und prallte davon ab. Drei Sekunden später ertönte dasselbe Geräusch erneut. Als würde jemand Kieselsteine gegen mein Fenster werfen.

Zögernd spähte ich nach draußen, sah aber nur Dunkelheit. Auf der anderen Seite des Grundstücks erhob sich Mrs Altmans Haus, doch im Inneren brannte kein Licht. Grays Wagen stand nicht in der Einfahrt, also war seine Schicht wohl noch nicht zu Ende. Er war die einzige Person, die mir einfiel, die nachts Steinchen gegen mein Fenster werfen würde. Wieso auch nicht? Gray war ein unverbesserlicher Romantiker. Die Frau, die er mal heiraten würde, konnte sich glücklich schätzen.

Ich legte den Zeichenblock vor mich auf die Kissen und richtete mich auf den Knien auf, um besser sehen zu können. Jemand bewegte sich zwischen den Ahornbäumen. Dunkle Kleidung, ein weißes T-Shirt und eine Lederjacke. Colt trat in den fahlen Lichtschein der Straßenlaterne, der auf den Rasen fiel, und hob die Hand. Mein Herzschlag setzte aus. Bevor ich überhaupt begriff, was hier geschah, schob ich das Fenster auf und lehnte mich nach draußen.

»Was machst du hier?« Ich zischte die Worte nur, dennoch kamen sie mir in der nächtlichen Stille erschreckend laut vor. Wenn Nora uns hörte und davon aufwachte …

»Du gehst besser zur Seite«, kam es von Colt und ich hätte schwören können, dass er seinen Mund dabei nicht bewegt hatte. Wie um Himmels willen …?

Vor meinen Augen nahmen seine Konturen einen hellen Schein an, als würde er mit dem Licht der Straßenlaterne verschmelzen. Ehe ich mich versah, war da nur noch ein Aufblitzen, ein Lichtstrahl, schneller als ich ihn mit bloßem Auge erfassen konnte, der von draußen bis in mein Zimmer führte. Und dann stand er plötzlich vor mir.

»Gottverfluchte … Butterblume!« Ich sprang auf und stolperte zurück, bis ich gegen meinen Schreibtischstuhl stieß. Es dauerte ein, zwei Sekunden, bis ich den Schock so weit überwunden hatte, um Colt gegen den Arm zu schlagen. Fest. »Tu das nie wieder! Du kannst dich nicht einfach hier rein … beamen oder wie auch immer du das gemacht hast.«

Ich kannte seine wütende, ungeduldige Seite, die tröstende und die arrogante. Das freche Grinsen auf seinem Gesicht war neu. Es ließ ihn jünger wirken, fast schon unbekümmert. Als würde er nicht Geheimnisse mit sich herumschleppen, die schwerer wogen, als ich mir vorstellen konnte.

»Butterblume?«, wiederholte er mit hochgezogenen Brauen.

Ich zuckte mit den Schultern und glättete mein weites Schlafshirt. Es trug das Logo der Chicago Blackhawks und hatte früher mal Nora gehört. Kurz nachdem sie mich bei sich aufgenommen hatte, hatte sie es zur Kleiderspende geben wollen, aber ich hatte es aus der Tüte stibitzt. Damals hatte ich ständig unter Albträumen gelitten, aber etwas von Nora bei mir zu haben, hatte mich irgendwie beruhigt, selbst wenn sie selbst nicht da war.

»Ich will nicht, dass Emma irgendwelche Schimpfworte von mir aufschnappt. Also muss ich kreativ sein.«

Colt nickte langsam, als würde er es tatsächlich verstehen, und ließ seinen Blick durch mein Zimmer wandern. Ich konnte mir gut vorstellen, wie es auf ihn wirken musste. Zwei blasslila Wände, Bücher über Bücher, die nicht nur Regal und Boden einnahmen, sondern auch den Schreibtisch. Daneben ein Laptop, der Stuhl, über dessen Lehne ich vorhin meine Klamotten geworfen hatte, und die Zielscheibe an der Wand, in der meine drei Wurfmesser steckten. Sein Blick landete auf dem Zeichenblock. Bevor ich ihn aufhalten konnte, nahm er ihn in die Hand und begann darin zu blättern.

Sekundenlang konnte ich ihn nur anstarren. Nicht mal ich, die diese Bilder gezeichnet hatte, sah sie mir hinterher nochmals an. Und jetzt studierte Colt meine Werke mit so intensivem Blick, dass mir schlagartig heiß wurde.

»Lass das.« Ich riss ihm den Block aus der Hand und legte ihn zurück auf die Fensterbank.

»Warum? Die Bilder sind gut. Sogar sehr gut.« Seine Stimme klang überrascht.

»Danke. Aber es ist nur ein Hobby. Ich zeige sie niemandem und sehe sie mir nicht mal mehr selbst an.«

»Warum nicht?«

»Weil …« Ich zögerte. Eigentlich war ich mir selbst nicht sicher, warum. Statt einer Antwort verschränkte ich die Arme vor der Brust und starrte ihn finster an. »Was machst du überhaupt hier? Und was habt ihr Kerle ständig damit, in das Schlafzimmer eines Mädchens zu klettern – oder euch reinzubeamen?«

Seine Mundwinkel wanderten in die Höhe. »Erwartest du darauf eine ehrliche Antwort?«

Der Blick, mit dem er mich von oben bis unten musterte, angefangen bei meinem Haar, das mir offen über die Schultern fiel, bis hinunter zu meinen violett lackierten Fußnägeln, sprach Bände. Hitze explodierte in meinen Wangen, aber ich würde jetzt ganz sicher nicht klein beigeben.

»Natürlich. Also, warum stehst du wie ein liebeskranker Teenager nachts mitten in meinem Zimmer? Und wenn du jetzt sagst, du wolltest mich beim Schlafen beobachten, rufe ich die Polizei.«

»Du liest eindeutig zu viele Bücher«, murmelte Colt kopfschüttelnd. Dann wurde seine Miene ernst. »Wir brauchen beide Antworten. Und du musst erfahren, wer, oder besser gesagt, was du bist. Hast du ein paar Stunden Zeit?«

Ein ungläubiges Lachen kam mir über die Lippen. »Ist das dein Ernst?« Trotz meiner Reaktion begann sich ein vorfreudiges Kitzeln auf meiner Haut auszubreiten. Eine Spur von Abenteuerlust, die mir neu war.

»Wieso nicht? Du bist erwachsen und kannst machen, was du willst. Wenn ich dir irgendetwas antun wollte, hätte ich das längst getan. Mehrfach.«

Dagegen konnte ich nichts einwenden. Dennoch kannte ich diesen Kerl überhaupt nicht. Ich wusste nichts von ihm, außer seinem

Vornamen, dieser Lichtsache und dass er dieselben Schreie hörte wie ich. Durch mich. Aber wenn ich mich wirklich von ihm bedroht fühlen würde, hätte ich längst meine Wurfmesser auf ihn geworfen. Er hatte meine Neugier geweckt, und ich wollte wissen, was Colt mir zeigen könnte.

Er schien mein Zögern zu bemerken. »Ich verspreche, du bist vor Sonnenaufgang wieder zurück. Lebendig. Ohne einen einzigen Kratzer.«

»Soll mich das jetzt beruhigen?«

»Sollte es.« Er trat einen Schritt näher, berührte mich jedoch nicht. Trotzdem schien sich alles in mir auf ihn auszurichten wie eine Kompassnadel, die immer nach Norden strebte. »Für gewöhnlich mache ich keine Versprechungen. Und wenn ich es tue, halte ich sie auch.«

Ich wusste nicht, warum ich ihm glaubte. Vielleicht lag es an der Art, wie er mich ansah, als er das sagte. Offen. Aufrichtig. Es war ihm ernst und trotz allem, was dagegensprach, begann ich ihm langsam zu vertrauen.

»Okay«, gab ich nach und löste meine verschränkten Arme. »Warte draußen auf mich. Ich muss mich zuerst umziehen.« Und das würde ich auf keinen Fall tun, während er hier herumstand.

Glücklicherweise sparte sich Colt jeglichen Kommentar, nickte lediglich und war im nächsten Moment mit einem Aufleuchten verschwunden. Ich blinzelte und sah kurzzeitig Sterne, als hätte mich das Blitzlicht einer Kamera geblendet. Ob ich mich jemals daran gewöhnen würde?

Fünf Minuten später war ich umgezogen und schlich in Jeans, T-Shirt und Chucks die Treppe hinunter. Ein Blick in den Spiegel im Flur, und ich stellte erleichtert fest, dass ich mich noch nicht abgeschminkt hatte. Ich trug nicht viel Make-up, hatte ich noch nie, aber etwas Puder und Mascara mussten sein. Kurz fuhr ich mir noch mit den Fingern durch mein dunkelbraunes Haar, dann zog ich mir an der Garderobe die Jacke über und hängte meine Tasche um. Darin befanden sich neben meinem Handy, dessen Akku schon fast leer war, ein zweites Set Wurfmesser, ohne die ich das Haus nicht mehr verließ. Schon gar nicht nachts. Mit einem Mörder.

Als ich fertig war, lauschte ich noch einmal auf ein Geräusch, das darauf hindeutete, dass Nora oder Emma wach geworden waren. Stille war die einzige Antwort, die ich erhielt. Also schlüpfte ich aus der Haustür und zog sie so leise wie möglich hinter mir zu.

Ein Kribbeln tanzte über meine Haut, ein kleiner Adrenalinrausch, obwohl es im Grunde nicht mal verboten war, was ich hier tat. Colt hatte recht. Ich war erwachsen. Prinzipiell konnte ich tun und lassen, was ich wollte. Nur hätte ich niemals gedacht, dass *nachts mit einem wildfremden Kerl davonschleichen* zu diesen Dingen gehören würde.

Ich entdeckte Colt am Straßenrand und blieb überrascht stehen. Was auch immer ich erwartet hatte, ihn auf einem Motorrad sitzend vorzufinden, gehörte eindeutig nicht dazu. Aber es passte zu ihm, genau wie die schwarze Bikerjacke und die Handschuhe, die er sich in der Zwischenzeit angezogen hatte.

Schweigend hielt er mir einen Ersatzhelm hin, und ich glaubte, trotz der nächtlichen Dunkelheit etwas Herausforderndes in seinen Augen funkeln zu sehen. Als wollte er mich testen, wollte herausfinden, ob ich mich wirklich hinter ihn auf die Maschine schwingen würde, ohne zu wissen, wohin es ging oder was er mit mir vorhatte. Und das Zucken in seinen Mundwinkeln verriet mir, dass er mit einem Rückzieher rechnete. Das unwissende Mädchen aus der Kleinstadt, das sich lieber in die Fantasiewelten ihrer Bücher zurückzog, statt sich der Realität zu stellen. Genau so musste ich in seinen Augen wirken.

Diese stumme Herausforderung traf einen Nerv bei mir. Kommentarlos nahm ich den Helm entgegen und stülpte ihn mir über den Kopf. Dann setzte ich mich hinter Colt und versuchte, eine gute Stelle zum Festhalten zu finden, aber er nahm mir die Entscheidung ab, indem er nach meinen Händen griff und sie auf seinem Bauch platzierte. Sogar durch die Jacke spürte ich feste, harte Muskeln unter meinen Fingern. Ich biss mir auf die Unterlippe, um keine Reaktion zu zeigen.

»Warum kannst du nicht wieder dieses Lichtding machen und uns einfach hinbeamen?«, fragte ich, um meine Gedanken in eine andere Richtung zu lenken.

»Solange du dich nicht selbst im Licht bewegen kannst, würde dein Körper dieses *Lichtding* nicht aushalten. Bis wir ankommen, wäre nicht mehr viel von dir übrig.« Er startete den Motor. »Bereit?« Colt wartete mein Nicken ab, dann klappte er das Visier seines Helms herunter. »Halt dich fest.«

Ohne weitere Vorwarnung erwachte die Maschine unter mir mit einem Röhren zum Leben. Die Vibration erfasste meine Muskeln und ich verstärkte meinen Griff um Colts Mitte. Für den Bruchteil einer Sekunde legte er seine Hand auf meine, als wollte er mich beruhigen, dann gab er Gas und wir brausten durch die Nacht.

Divine Creek wurde immer kleiner hinter uns, bis es schließlich ganz zwischen den Hügeln und Feldern verschwand. Wir mieden die Interstates und Städte, dennoch wurde schnell klar, wohin wir fuhren. In Richtung Chicago.

Doch bevor wir die Außenbezirke der Windy City erreichten, bog Colt auf eine Landstraße ab. Bald gingen die Wiesen in ein Waldgebiet über und der Weg wurde schmaler. Colt drosselte die Geschwindigkeit nur minimal. Er schien jede Windung des Weges auswendig zu kennen. Der Motor röhrte in der Nacht und ich spürte jede Unebenheit im Boden, jeden Stein, jede Wurzel, aber ich empfand keine Angst. Im Gegenteil. Auch wenn ich es niemals offen zugegeben hätte, genoss ich es doch auf eine verrückte Art und Weise, zusammen mit Colt durch die Nacht zu fahren. Es hatte etwas unglaublich Befreiendes, während ich mich gleichzeitig so sicher fühlte wie kaum jemals zuvor.

Ich war beinahe enttäuscht, als sich die Baumstämme nach wenigen Minuten teilten und der Weg breiter wurde. Eine Hütte tauchte mitten im Wald auf. Hinter den Fenstern brannten Lichter wie das Signal eines Leuchtturms in der Finsternis. Daneben spiegelte sich der Halbmond auf der glatten Oberfläche eines kleinen Sees.

Ein »Oh« entkam mir, sobald wir anhielten. Ich nahm den Helm ab und fuhr mir durch das Haar, während mein Blick von dem Gebäude zurück zu Colt wanderte.

Wortlos schaltete er den Motor aus und nahm sich den Helm ebenfalls ab, während ich bereits wieder festen Boden unter den Füßen suchte. Ein Frösteln wanderte durch meinen Körper und ich versuchte, meine Muskeln zu lockern, die nach dieser Fahrt ungewohnt steif waren. Vielleicht lag es aber auch an der Nervosität, die sich in mir ausbreitete.

»Sicher, dass wir hier sein dürfen?«

Wo auch immer *hier* war.

»Sicher.« Colt trat neben mich. »Sag mir, was du siehst.«

»Was ich sehe? Da ist eine Hütte, ein See und jede Menge Wald. Sollte da sonst noch was sein?«

Zugegeben, auf den zweiten Blick wirkte die Hütte nicht so heruntergekommen wie auf den ersten. Die Wände bestanden aus schmalen Baumstämmen, die teilweise bereits von Efeu und anderen Pflanzen bedeckt waren. Auch das Dach schmiegte sich perfekt in die Natur ein, lagen doch Blätter und Moos darauf. Tagsüber vermittelte das Ganze sicher einen heimeligen Anblick. Nachts und in Gesellschaft eines Typs, den ich erst vor wenigen Tagen kennengelernt hatte, nicht unbedingt.

»Dieser Ort wird durch eine Illusion geschützt.« Ein Lächeln lag in Colts Stimme, selbst wenn er es nicht zeigte. »Ohne zu wissen, wonach man suchen muss, findet man ihn nicht. Man sieht lediglich eine leere Lichtung vor sich.« Er warf mir einen nicht zu deutenden Blick zu. »Weißt du, es ist gleichzeitig faszinierend und frustrierend, wie selbstverständlich du deine Kräfte einsetzt, ohne es zu merken.«

Ich runzelte die Stirn. »Was willst du damit sagen?«

»Die Leute, die Illusionen erschaffen können, nennen wir Bewahrer. Und es heißt, nur andere Bewahrer können diese Trugbilder durchbrechen und die Wahrheit sehen. Der Rest von uns sieht nur die Illusion, es sei denn, wir wissen, was sich dahinter verbirgt und wonach wir suchen müssen. Du hast das gerade bestätigt.« Colt wandte sich mir ganz zu und hob die Hand, als wollte er mir das Haar zurückstreichen, überlegte es sich jedoch im letzten Moment anders und senkte sie wieder. Diesmal zur Faust geballt. »Du siehst die Welt, wie sie ist, Rayne. Du verfällst keinen Illusionen.«

Ich war mir nicht sicher, ob das ein Kompliment oder eine

schlichte Tatsache war. In jedem Fall klang es aus Colts Mund wichtig. Als wäre diese Gabe etwas Besonderes, obwohl ich sie nicht verstand. Genauso wenig wie ich *ihn* verstand – oder dieses dumpfe Pochen in meiner Brust.

»Komm mit.« Colt ging voraus. Es gab keinen Weg, nur einen Pfad aus zertretenem Gras, der zur Hütte führte. »Das Gebäude ist eine Art Treffpunkt. Es gehört William.«

»William?«

»Unser Anführer.« Colt blieb vor einer massiven Eingangstür stehen und hielt sie mir auf. »Aber das kann er dir selbst erzählen.«

An der Schwelle zögerte ich. Ein weiterer Schritt und mein Leben würde nicht mehr dasselbe sein. Doch hatte es sich nicht schon vor Tagen geändert? An jenem Abend, als ich Colt und Miles *getroffen* hatte? Ich atmete tief durch. Es gab schon jetzt kein Zurück mehr. Entschlossen betrat ich die hell erleuchtete Hütte.

Von innen wirkte sie deutlich größer als von außen. Wir standen in einem Wohnraum. Auch hier war alles aus Holz, aber in der Küchennische links standen Kühlschrank, Mikrowelle, Kaffeemaschine, Wasserkocher und noch mehr Geräte, die ich auf die Schnelle nicht identifizieren konnte. Auf der rechten Seite waren drei schwere Ledersofas und ein kleiner Tisch. An der Wand hing ein Fernseher, der ohne Ton lief. Darunter befand sich ein Kamin, in dem die letzten Reste eines Feuers brannten. Hinter einer Couch erkannte ich einen Tischkicker.

Ich zog die Brauen in die Höhe und drehte mich zu Colt um. »Was ist das hier?«

»Komm mit.« Colt hatte sich inzwischen seine Jacke und die Handschuhe ausgezogen und ging auf die gegenüberliegende Tür zu.

Ich tat es ihm nach, schob nur das Lederetui mit meinen Wurfmessern in meine hintere Hosentasche und folgte ihm.

Als Colt die Tür öffnete, stellte ich überrascht fest, dass sich dahinter eine Treppe befand, die in die Tiefe führte. Ich biss mir auf die Unterlippe, um das nervöse Flattern in meinem Bauch zu vertreiben, und ging hinter Colt die Stufen hinunter.

Während wir hinabstiegen, hörte ich die dröhnenden Bässe eines Songs, der mir bekannt vorkam. Aber erst, als wir unten ankamen, einem schmalen Gang folgten und Colt eine metallene Doppeltür mit beiden Händen aufstieß, erkannte ich das Lied. Es war *Jungle* von X Ambassadors – und der Sound passte perfekt zu dem, was sich mit einem Mal vor meinen Augen abspielte.

Stickige Luft schlug mir zusammen mit dem Geruch von Schweiß und Deo entgegen. Auf Matten, die im Raum verteilt waren, rangen mindestens ein halbes Dutzend Typen miteinander. Ihre durchtrainierten Oberkörper glänzten und ihre Attacken waren ebenso schnell wie jene von Colt. Hin und wieder blitzte es, wenn einer von ihnen im Flutlicht verschwand und an anderer Stelle wieder auftauchte und weiterkämpfte.

Hinter mir fiel die Tür zu, doch ich registrierte es kaum. Die ganze Halle vibrierte vor Energie, von Kampfgeräuschen und Rufen, während das Hämmern der Bässe in mir widerhallte.

»Heilige Scheiße …«, murmelte ich.

Colt blieb links von mir stehen. Aus dem Augenwinkel bemerkte ich, wie sich eine weitere Person zu uns gesellte. Sie hatte eine schmale Statur und blondes Haar, das ihr glatt über die Schultern fiel. »Hi, ich bin Liv«, wandte sie sich an mich.

Ich riss mich von dem Anblick der Trainierenden los und drehte mich zu ihr. »Rayne.«

Liv lächelte herzlich und ich stellte fest, dass sie ungefähr in meinem Alter sein musste und unheimlich hübsch war. Ebenmäßige, helle Haut wie die einer Elfenkönigin, feine Gesichtszüge und riesige, leuchtend blaue Augen.

»Schön, dich kennenzulernen. Wir Mädels sind hier unterbesetzt.«

Ich folgte ihrem Nicken und sah zurück zu den Kämpfenden. Erst jetzt erkannte ich eine junge Frau unter ihnen. Ihre Haut hatte einen warmen Braunton mit einem leicht goldenen Schimmer. Sie trug einen schwarzen Sport-BH zu einer gleichfarbigen Trainingshose, die sich an jede ihrer rasend schnellen Kicks schmiegte. Sie besaß eine dunkle Lockenmähne, von der ich nur träumen konnte. Für das Training hatte sie diese jedoch zu einem hohen Pferdeschwanz gebunden, den sie jetzt richtete. Dann winkte sie einen der Männer mit einem Lächeln auf den Lippen heran.

Colt stieß einen leisen Pfiff aus. »Gegen Keira hat er keine Chance.«

»Darauf würde ich nicht wetten«, murmelte Liv.

Erst jetzt erkannte ich, wen diese Keira herausgefordert hatte: Miles. Er war beinahe doppelt so groß wie sie und mit deutlich mehr Muskelkraft ausgestattet. Die beiden umkreisten einander mit kampfbereit erhobenen Fäusten. Ihre Bewegungen glichen einem Tanz, so eingespielt und geschmeidig, dass meine Selbstverteidigungskurse lächerlich dagegen wirkten. Ich zuckte vor Schreck zusammen, als Miles ausholte, aber Keira parierte den kraftvollen Schlag, ohne mit der Wimper zu zucken. Im Gegenzug steckte Miles nicht nur einen, sondern gleich zwei Hiebe von der jungen Frau ein.

»Liv?« Colt sah an mir vorbei zu ihr.

Liv deutete mit einem Nicken Richtung Trainingsfläche. »Geh schon. Ich kümmere mich um unseren Gast.«

Colt brauchte keine weitere Aufforderung. Mit einer fließenden Bewegung zog er sich das T-Shirt über den Kopf und ließ es neben mir auf den Betonboden fallen. »Willkommen im Trainingslager der Lichtseelen.«

Ich konnte nicht anders, als ihm nachzustarren. Mein Blick glitt über ein Tattoo, das in verschnörkelten Linien über seine linke Schulter den Rücken hinunter verlief.

Er entfernte sich so schnell, dass ich keine Details erkennen konnte, aber ich sah, wie sich die Linien von einem Punkt ausgehend ausbreiteten. Als hätte er sich von dieser Stelle aus immer weiter tätowieren lassen.

Jetzt stellte er sich Miles entgegen, der seine Trainingsrunde mit Keira beendet zu haben schien. Diese trat an den Rand der Matten und griff nach einer Flasche Wasser und auch die anderen Trainierenden machten Colt und Miles Platz.

Als sie aufeinander losgingen, waren ihre Angriffe so geschmeidig wie die eines Panthers und so schnell wie meine Wurfmesser. Sie nutzten nicht nur die Matten für ihr Training, sondern auch die Wände und die Decke, wenn sie sich im Licht bewegten und einander durch die Halle jagten.

Dabei fielen mir die vielen Waffen auf, die an den Wänden befestigt waren. Dolche in verschiedenen Formen und Farben, Wurfmesser und -sterne. Sogar einschneidige japanische Kampfmesser und Militärmesser.

»Komm. Hier ist es zu laut.« Liv wandte sich zum Gehen und ich sah ein letztes Mal zurück zu Colt.

Er schien völlig auf sein Gegenüber konzentriert zu sein. Zum

Glück – denn in diesem Moment erschien Miles hinter ihm und holte zum Schlag aus. Ich öffnete den Mund, doch Colt reagierte schneller, als ich eine Warnung hätte rufen können. Schneller als menschenmöglich. Er duckte sich in letzter Sekunde, packte seinen Angreifer und warf ihn über die Schulter hart auf die Matte. Das dadurch entstehende Geräusch übertönte sogar die Musik um uns herum. Liv zuckte zusammen, kommentierte das Ganze jedoch mit keinem Wort.

Durch eine Seitentür verließen wir die Trainingshalle und folgten einem schmalen Flur. Hin und wieder zeigte Liv auf eine der Türen und erklärte mir, was sich dahinter verbarg. Die Duschen grenzten direkt an die Halle an, gefolgt von einem Lagerraum für weitere Waffen, Werkzeuge und Kleidung.

Wieder oben in der Hütte angekommen, zeigte sie mir das kleine Esszimmer. Darin befand sich ein Tisch mit verschiedenen Stühlen. Manche waren einfache Holzstühle, manche gepolstert, andere nur Hocker. Die zusammengewürfelte Einrichtung verströmte einen gewissen Charme.

»Nebenan befindet sich Williams Büro, aber er trainiert noch mit den anderen«, erklärte Liv. »Sonst hat keiner ein eigenes Zimmer, aber die Sofas sind ganz bequem, wenn einer von uns mal hier übernachten muss.«

»Ihr wohnt nicht hier?« Seltsam, dass ich wie selbstverständlich davon ausgegangen war.

Liv lachte. »Alle zusammen? Das würde wohl kaum jemand länger als einen Tag aushalten. Dieses Haus ist ein Treffpunkt und Trainingsort. Ich wohne in Chicago, genau wie Jeff und William. Colt hat dort auch eine Wohnung, benutzt sie aber kaum. Dafür ist er zu ruhelos. Genau wie Miles und Keira.«

Noch während sie das sagte, drückte sie eine Tür auf und brachte mich direkt ins Paradies: in eine Bibliothek.

Der Raum war nur wenige Quadratmeter groß und beinhaltete doch das, was für mich die ganze Welt bedeutete. Regalreihen nahmen die gesamten Wände ein, erstreckten sich bis zur Zimmerdecke und zur gegenüberliegenden Seite, wo bodentiefe Fenster einen Blick ins Grüne eröffneten. Im Zentrum standen cognacfarbene Ledersessel um einen antik anmutenden Tisch. Auf einer Armlehne entdeckte ich eine zusammengefaltete Decke und im Kamin prasselte ein Feuer, als hätte dieser Raum nur auf uns gewartet.

»Setz dich ruhig.« Liv ging zu einer Kommode, die so perfekt mit den Bücherregalen verschmolz, dass ich sie zuerst nicht wahrgenommen hatte. Darauf befanden sich Tassen und eine metallene Kanne sowie Zuckerstreuer und Milchkännchen. »Das muss alles ziemlich verwirrend für dich sein. Aber ich freue mich, dass du hier bist.«

»Was hat Colt dir erzählt?« Ich wählte den Ledersessel am Rande der Gruppe, der der Tür am nächsten stand. Weiche Polster umfingen mich wie eine Umarmung und ich konnte gar nicht anders, als mich seufzend zurückzulehnen.

»Nicht viel.« Liv hantierte mit den Tassen. »Aber das tut er nie. Das meiste habe ich von Miles erfahren. Dass du in einer Buchhandlung arbeitest und keine Ahnung von deinen Kräften hattest. Schwarz, grün oder weiß?« Sie deutete auf die verschiedenen Teesorten.

»Ist das eine Fangfrage? Wenn ich schwarz wähle, tendiere ich zu den bösen Dunkelseelen, bei weiß zu den Lichtseelen?«

Liv kräuselte die Lippen. »Es ist nur Tee, Rayne.«

Einen Moment lang zögerte ich, dann deutete ich mit einem Nicken auf die rechte Packung. »Schwarz.«

»Gute Wahl.« Liv gab zwei Beutel in die Tassen. Als sie das heiße Wasser aus der Kanne darübergoss, erfüllte der unverwechselbare Duft von Schwarztee die Luft. Gleichzeitig legte sich eine Ruhe über mich, wie ich sie nur selten erlebt hatte. Es war dasselbe Gefühl, wie wenn man morgens von Sonnenstrahlen und Vogelzwitschern geweckt wurde. Man öffnete die Augen mit einem Lächeln, weil es Sonntag war und man nicht aufstehen musste. Stattdessen konnte man den ganzen Tag im Bett bleiben und lesen. Herrlich.

Ich schüttelte den Kopf, um diese Gedanken loszuwerden und mich auf das Hier und Jetzt zu konzentrieren, doch die Ruhe blieb. Liv stellt eine Tasse vor mich auf den Tisch und setzte sich mir schräg gegenüber.

»Du machst irgendwas, oder?« Ich rieb mir über die Schläfen, als könnte ich die Empfindung damit vertreiben, die sich wie eine warme Decke um mich gelegt hatte.

»Oh.« Sie blinzelte erstaunt und richtete sich auf. »Entschuldige bitte. Ich dachte, es würde dir helfen, dich ein bisschen zu entspannen, aber ich habe es wohl etwas übertrieben.« Sie wirkte ernsthaft zerknirscht.

»Schon gut.« Ein letztes Mal massierte ich mir die Schläfen, dann senkte ich die Hände. »Aber mir ist es lieber ohne.«

Die imaginäre Decke wurde so schnell von meinen Schultern gerissen, dass ich nach Luft schnappte. Fort war jegliche Ruhe, die von mir Besitz ergriffen hatte. Und obwohl ich sie mir sofort zurückwünschte, wusste ich, dass sie nicht real gewesen war. Es war nicht meine wahre Gefühlslage, sondern Livs Einfluss.

»Wie hast du das gemacht?«, fragte ich und griff nach meiner

Tasse. Nach Illusionen und Gedankenkontrolle konnte mich nichts mehr überraschen.

»Ich bin eine Einflüsterin.« Sie zog die Schultern hoch. »Ich kann die Gefühle meiner Mitmenschen beeinflussen.«

»Wow.«

Sie nickte. »Wir alle haben eine Gabe, manche von uns auch zwei. Meine Spezialität sind Emotionen.«

Wenn das, was ich vorhin gespürt hatte, nur ein Bruchteil von Livs Fähigkeiten gewesen war, wollte ich nicht wissen, wozu sie im Ernstfall in der Lage war.

»Keine Sorge. Ich habe allen versprochen, meine Kräfte nicht bei ihnen einzusetzen. Die einzigen Ausnahmen sind das Training oder wenn ich ein paar Hitzköpfe beruhigen will. Leider bemerken sie das inzwischen ziemlich schnell.« Sie versuchte, reumütig zu wirken, doch das Schmunzeln verriet sie. »Vor allem Colt. Er hasst es, wenn ich in seinen Gefühlen herumstochere.«

»Colt hat Gefühle?«

Livs helles Lachen erfüllte die Bibliothek. »Oh ja, die hat er. Auch wenn er alle Welt glauben lässt, es wäre anders.« Sie prostete mir mit ihrer Tasse zu und trank einen Schluck. Genießerisch schloss sie die Augen. »Es ist so ein Jammer. Abgesehen von mir weiß hier niemand einen Earl Grey zu schätzen.«

»Das stimmt nicht ganz«, erklang eine tiefe Stimme von der Tür her.

# Kapitel 6

Ich zuckte zusammen und drehte mich um. Ein Mann stand im Türrahmen, breitbeinig, die Hände in die Hüften gestemmt. In seinem dunklen Bart und an seinen Schläfen hatten sich die ersten grauen Haare unter das kräftige Braun gemischt. Ich schätzte ihn auf ungefähr fünfzig, aber aufgrund seiner gesunden Bräune und der jugendlichen Ausstrahlung war es schwer, sicher zu sein. Er lächelte, wodurch sich kleine Falten rund um seine Augen bildeten.

»Du magst grünen Tee. Das ist nicht dasselbe wie ein Earl Grey.« Liv ließ sich nicht aus der Ruhe bringen, sondern stand auf und goss das dampfende Wasser in eine dritte Tasse.

»Erwischt.« Der Mann betrat die Bibliothek und kam mit ausgestreckter Hand auf mich zu. »Willkommen. Ich bin William.«

Bevor ich mich versah, schüttelte ich seine Hand und starrte auf die Narbe an seinem Wangenknochen. Sie war zwei, drei Zentimeter lang und führte vom Augenwinkel schräg abwärts.

Ich blinzelte mehrmals und zwang mich dazu, den Blick davon loszureißen. »Rayne.«

»Ich weiß.« Dankend nahm er die Tasse von Liv entgegen und setzte sich mir gegenüber in einen der Ledersessel. Statt sofort weiterzusprechen, nippte er an seinem Tee und musterte mich.

Meine Muskeln verspannten sich, ohne dass ich etwas dagegen tun konnte. Liv zufolge hatte Miles bereits einen Bericht über mich abgeliefert. Unweigerlich fragte ich mich, was er wohl außer den Punkten, die Liv genannt hatte, erzählt hatte und was William in mir sah, wenn er mich so studierte. In seinen Augen lag das Selbstbewusstsein eines Mannes, der mit sich im Reinen war. Er musste sich nicht aufspielen, damit jeder wusste, dass er der Anführer dieser Gruppe war. Er strahlte es mit jedem Atemzug aus. Obwohl er mir nichts getan hatte und mir freundlich begegnete, wollte ich nicht unbedingt mit ihm allein sein.

»Colt hat mir von den Opferstimmen erzählt, die du hörst«, sagte er schließlich. »Das muss sehr erschreckend für dich sein – vor allem, da du nicht weißt, wo sie herkommen.« In seinen Worten schwang neben Mitgefühl auch eine deutliche Frage mit. Er misstraute mir nicht direkt, schien Colts Erklärungen aber auch nicht völlig zu glauben.

»Was ist Ihre Erklärung?«

Seine Mundwinkel hoben sich zu einem überraschten Lächeln. »Ich habe noch keine. Aber ich hoffe, dieses Treffen wird uns allen ein paar Antworten liefern.« Er stellte seine Tasse ab und schloss für einen kurzen Moment die Augen. Als er wieder aufsah, richtete sich seine Aufmerksamkeit erneut auf mich. »Du bist beunruhigt«, stellte er fest. »Aber du überspielst es gut.«

Ich zog die Brauen hoch. »Können Sie auch Gefühle lesen?«

»Keine Gefühle«, schaltete sich Liv wieder ein. »Aber Gedanken.«

Amüsiert schüttelte William den Kopf. »Das Einzige, wozu ich fähig bin, ist, euch im Zweifelsfall über Gedankenübertragung zu kontaktieren und zu warnen. Ein Nebeneffekt davon, der Aufpasser dieser wilden Truppe zu sein.«

»William untertreibt mal wieder.« Colt trat herein. Ein einziges

Wort und ein einziger Schritt von ihm genügten, um den Raum ebenso einzunehmen wie William wenige Minuten zuvor. Inzwischen hatte er sich umgezogen und verströmte einen frischen Duft. Beim Näherkommen bemerkte ich, dass sein Haar feucht von der Dusche war.

Er hielt meinen Blick fest, als wollte er sichergehen, dass es mir gut ging – oder um mich nervös zu machen.

»Wo sind Miles und Keira?« Livs Frage unterbrach unser stummes Duell.

»Trainieren noch.« Colt ließ sich in einen Sessel neben mir fallen. Lässig streckte er die Beine aus, die in einer dunklen Jeans steckten, und überkreuzte sie an den Knöcheln.

»Warum bin ich hier?« Die Frage war aus meinem Mund, bevor ich richtig darüber nachdenken konnte. Ich sah erst Colt, dann einen nach dem anderen an.

»Aber du bist doch eine von uns.« Liv klang verblüfft.

Ich wollte Einspruch erheben, als die Tür ein weiteres Mal aufging.

»Oh nein, habe ich das Aufklärungsgespräch verpasst?« Ein fremder Kerl stand in der Tür. Er war schmaler gebaut als Colt oder William und sein Haar hatte dieses typische Straßenköterblond, das sich keiner genauen Farbe zuordnen ließ. Feuchte Strähnen fielen ihm in die Stirn, während er in die Runde schaute.

»Jeff …« Warnend schüttelte Liv den Kopf.

Das war also Jeff. Jeff, der Illusionen erschaffen konnte – genau wie ich, wenn es nach Colt und Miles ging.

»Würdet ihr uns kurz allein lassen?« Williams Stimme war ruhig, duldete jedoch keinen Widerspruch.

Liv stand umgehend auf, nahm ihre dampfende Tasse mit und

packte Jeff am T-Shirt, um ihn mit sich zu ziehen. Mein Blick zuckte zu Colt. Er schien zu zögern, machte dann aber ebenfalls Anstalten, aufzustehen und dem Befehl nachzukommen.

»Bitte bleib.« Die Worte entschlüpften mir, bevor ich sie aufhalten, geschweige denn darüber nachdenken konnte. Ich wandte mich an William. »Ich möchte, dass Colt hierbleibt.« Mein Vertrauen in ihn war vielleicht nicht das stärkste, dennoch war es größer als jenes, das ich dem Anführer der Lichtseelen entgegenbrachte.

Dieser nickte unmerklich und Colt ließ sich zurück in seinen Sessel fallen. Möglicherweise bildete ich es mir nur ein, doch auch er wirkte erleichtert. Als wollte er mich nicht allein lassen. Vielleicht ging es ihm aber auch nur darum, herauszufinden, warum wir beide dieselben Stimmen hörten und wie wir sie loswerden konnten.

Meine kurzzeitig empfundene Erleichterung verflüchtigte sich, als ich meine Aufmerksamkeit zurück auf William richtete. Aus irgendeinem Grund zog sich alles in mir zusammen. Als wüsste ein Teil von mir bereits, dass mir nicht gefallen würde, was auch immer gleich folgen sollte.

»Also …«, sagte ich gedehnt und umklammerte das warme Porzellan meiner Teetasse. »Warum bin ich hier?«

»Nun …« William wechselte einen Blick mit Colt, ehe er sich ganz auf mich konzentrierte. »Du hast sicher mitbekommen, dass wir nicht alle gleich sind. Manche von uns können sich im Licht bewegen, andere in der Dunkelheit. Und in seltenen Fällen gibt es auch jene, die im Nebel wandeln können. Das sind die Nebelseelen. Sie bleiben lieber für sich und mischen sich nicht ein. Sie gelten als neutral.«

Colt schnaubte, schwieg aber.

»Ihr seid die Lichtseelen.«

Es war mehr eine Feststellung als eine Frage, dennoch nickte William. »Korrekt.«

»Und das macht euch automatisch zu den Guten? Was ich von Colt in dieser Gasse gesehen habe, fällt nicht gerade in diese Kategorie.«

Colt durchbohrte mich mit seinem Blick, aber William lachte auf. Es klang voll und aufrichtig. In seinen Augen blitzte es vergnügt. »Gutes Argument.« Er trank einen Schluck von seinem Tee, dann lehnte er sich in seinem Sessel zurück. »Licht und Dunkel bedeuten nicht automatisch gut oder böse. Was uns unterscheidet, sind nicht irgendwelche Bezeichnungen, sondern unsere Taten. Dunkelseelen empfinden Vergnügen dabei, anderen zu schaden. Sie entführen und töten Menschen, um ihre Essenzen in sich aufzunehmen. Ihre Seelen. Dadurch werden sie stärker und bleiben länger jung. Auf diese Weise haben sie zumindest die Illusion von Unsterblichkeit.«

Ich konnte nicht verhindern, dass meine Gedanken wieder zu Miss Miller wanderten. Wie konnte eine so herzliche Frau das Opfer eines so grausamen Verbrechens werden? Warum geschahen diese Dinge so plötzlich und sinnlos?

William schien etwas von meinen Gedanken zu ahnen oder zu lesen, vielleicht hatte ihm auch Miles davon erzählt. Ein mitfühlender Ausdruck lag auf seinem Gesicht. »Tut mir leid, Rayne. Du hast eines der Opfer in deiner Stadt gekannt, nicht wahr?«

Ich presste die Lippen aufeinander und nickte knapp. Nicht mir musste man Beileid bekunden, sondern Emma und allen anderen Schülerinnen und Schülern von Miss Miller. Ihrer Familie und ihren Freunden.

»Dann seid ihr eine Art … übernatürliche Polizei? Ihr versucht, die Dunkelseelen zu stoppen?«

»So ungefähr.« Wieder tauschte William einen Blick mit Colt, und ich kam nicht umhin, festzustellen, dass da noch etwas anderes stattfand. Etwas, das ich nicht hören sollte. Eine stumme Kommunikation zwischen den beiden.

»Es existiert kein Gefängnis auf der Welt, das sie festhalten kann. Kein Ort, an den wir sie dauerhaft verbannen könnten.«

Ich rief mir in Erinnerung, was Colt gesagt hatte. Er hatte seine Tat nie wirklich abgestritten.

»Wir nennen uns zwar Licht- oder Dunkelseelen, doch trotz dieser Unterscheidung gibt es Gemeinsamkeiten. Unseren Ursprung und die besonderen Kräfte, die damit einhergehen«, fuhr William fort. »Jeder besitzt ein bis zwei, die ihn auszeichnen. Colt und Miles gehören zu den Kriegern. Den Einzigen, die es tatsächlich mit unseren Feinden aufnehmen können, weil ihre Sinne schärfer, ihre Stärke und Geschwindigkeit bedeutend gesteigert sind. Außerdem ist Colt ein Fährtenleser und Miles ein Heiler.«

»Und was ist mit Ihnen? In welche Kategorie fallen Sie?«

William lächelte. »Ich bin ein Krieger und ein Seelenleser.«

Das mit dem Krieger glaubte ich sofort, wenn ich ihn mir ansah. Breite Schultern, kräftige Statur, durch und durchtrainiert. Aber selbst ohne dieses Wissen strahlte William eine Kraft und ein Selbstvertrauen aus, die sicherlich jeden zweimal überlegen ließen, sich mit ihm anzulegen.

»Davon abgesehen bin ich ein Anführer, daher auch die Sache mit der Telepathie.« Er tippte sich an die Schläfe. »Diese Fähigkeit wird von Anführer zu Anführer weitergegeben und in der Regel besitzen sie immer zwei Personen gleichzeitig: der Anführer und sein Stellvertreter. Das bedeutet, dass wir die Einzigen sind, die dazu in der Lage sind, zu jeder Lichtseele Kontakt aufzunehmen und sie im Notfall zu warnen. Immer und überall. Aber wir können keine Gedanken lesen«, fügte er hinzu, als wollte er mich damit beruhigen. »Nur die Anführer besitzen mit der Telepathie eine zusätzliche Kraft.«

Ich nickte langsam und versuchte zu verarbeiten, was er mir da erzählt hatte. Eine Sache ließ mich jedoch nicht los. »Was ist ein Seelenleser?«, fragte ich.

Diesmal war es Colt, der das Wort ergriff. »Seelenleser sind rar. Es heißt, in jeder Generation existieren nur ein bis zwei von ihnen. Sie besitzen die Fähigkeit zu erkennen, welche Kräfte in dir schlummern. Noch seltener können sie diese Kräfte erwecken, wenn die Anlagen dafür zwar vorhanden, sie aber bisher nicht sichtbar geworden sind.«

Ich stellte meine Tasse auf den Tisch und rieb mir über die Stirn. Ein Pochen hatte dahinter eingesetzt. Kein Wispern, sondern der Beginn von mörderischen Kopfschmerzen. »Das bedeutet, Sie können mir sagen, welche …« Ich musste mich zwingen, die Worte auszusprechen. »Welche Fähigkeiten ich habe? Was ich bin? Woher diese Schreie stammen?«

»Theoretisch ja.« Nachdenklich wiegte William den Kopf hin und her. »Deine Kräfte zu erkennen, dürfte nicht schwierig sein. Du musst wissen, dass viele Menschen das Potenzial in sich tragen, ihre Gaben jedoch nie zutage treten. Andere haben den letzten Funken dieser Macht schon vor Generationen verloren. Und dann gibt es noch solche, deren Kräfte früh erwachen. Manchmal sogar von ihnen selbst unbemerkt.«

Etwas zog sich in mir zusammen. Ich erinnerte mich an Colts

Aussage, wie frustrierend und faszinierend es sei, dass ich meine Fähigkeiten einsetzte, ohne es selbst zu merken. Für die Illusionen mochte das stimmen, aber was würde William noch in mir entdecken? Übertrug ich diese Stimmen tatsächlich irgendwie auf Colt, sodass er ebenfalls darunter litt?

»Licht- und Dunkelseelen können überall auftauchen«, schaltete sich Colt ein und warf mir einen durchdringenden Blick zu. »Jederzeit und schneller, als du blinzeln kannst. In der Gasse hattest du Glück. Das wird nicht immer so sein.«

Einen Moment lang starrte ich ihn nur an, dann schnaubte ich. »Wow, danke für die beruhigenden Worte.«

»Das hier ist real, Rayne. Die Stimmen, die du hörst, sind real. Es handelt sich um die Schreie jener, die einer Dunkelseele zum Opfer gefallen sind. Und derjenige, der sie getötet hat, ist dir bereits so nahe, dass du die Auswirkungen davon spürst. Für gewöhnlich trifft das nur auf ehemalige Dunkelseelen zu, die die Seiten gewechselt haben. Manchmal auch auf Nebelseelen. Aber bei dir?« Er zog die Schultern hoch, als könnte er es sich genauso wenig erklären wie ich.

»Woher wollt ihr wissen, dass ich keine Dunkel- oder Nebelseele bin?«

»Wärst du eine Dunkelseele, würdest du die Opferstimmen nicht hören.« Colt klang beinahe monoton, als er das sagte. In seinem Gesicht war keine Regung zu lesen. »Dunkelseelen haben kein Gewissen, keine Schuldgefühle. Opferschreie sind die Manifestation dieser Emotionen. Und Nebelseelen stehen von Anfang an nur auf ihrer eigenen Seite.«

»Okay …« Ich nickte langsam. Dennoch ließ mich eine Frage nicht los. »Warum ich? Und wer soll diese Dunkelseele sein? Niemand, den ich kenne, würde jemandem absichtlich Schaden zufügen.« Schon gar nicht töten. Ich dachte an meine Familie, meine Freunde. Nein, keiner von ihnen wäre zu so etwas in der Lage. Der Gedanke an Ed tauchte in meinem Kopf auf, doch ich verdrängte ihn genauso schnell, wie er aufgetaucht war. Dieser Mann war schon lange kein Teil meines Lebens mehr – die Opferstimmen sehr wohl.

»Das ist genau das, was wir in Erfahrung bringen müssen.« William legte seine Hände auf den Tisch, die Innenseiten nach oben gedreht. »Eine Berührung ermöglicht es mir, in dich hineinzublicken und herauszufinden, welche Kräfte du besitzt. Es könnte uns auch einen Hinweis auf die Dunkelseele in deiner Nähe geben. Welche Absichten sie hegt und ob sie sich überhaupt darüber bewusst ist, wer und vor allem was du bist.«

Ich zögerte. Die Vorstellung, jemanden wie William in meinem Kopf herumgeistern zu lassen, war mir nicht geheuer. Ich wusste nicht, wie genau er in mir lesen würde, aber ich war ziemlich sicher, dass es nicht viel mit Privatsphäre zu tun hatte. Wenn ich schon meiner Therapeutin gegenüber nicht völlig ehrlich sein konnte, wie dann bei William?

Es war Colts Nicken, das den Ausschlag gab. Ich war hier, um Antworten zu erhalten. So knapp vor dem Ziel würde ich nicht kneifen, selbst wenn ich mich dafür einem völlig Fremden ausliefern musste. »Was soll ich tun?«

»Leg deine Hände auf meine und schließ die Augen.«

Ich atmete tief durch, dann folgte ich seiner Anweisung. Seine Handflächen waren warm und fühlten sich rau unter meinen an. Vom vielen Training oder Kämpfen gegen Dunkelseelen? Rammte er einen Dolch mit derselben Selbstverständlichkeit in diese Wesen hinein wie Colt bei dem Mann in der Gasse? Denn egal, wie sie es nannten, es war Mord. Aber wie falsch war Mord an einem Verbrecher?

»Versuch, an nichts zu denken, Rayne.« Williams Stimme legte sich wie ein Schleier auf meine Sinne. Meine Schultern sanken herab und meine Atmung verlangsamte sich. »Ich kann dir nur helfen, wenn du es zulässt.«

Es fühlte sich an, als würde ich mich in diesem Schwebezustand zwischen Wachen und Schlafen befinden, ohne in die eine oder andere Richtung zu wandern. Es war beruhigend. Friedlich. Dann spürte ich etwas Neues in mir. Etwas Fremdes. Vorsichtig suchte es sich seinen Weg durch mich hindurch, räumte Schicht um Schicht beiseite und grub sich tiefer.

Ich verzog das Gesicht. Das Friedliche verblasste, war nur noch ein flüchtiger Gedanke, während sich all meine Konzentration auf das richtete, was William mit mir machte: Er legte mich bloß. Las in mir. Erkannte jede Facette, jeden dunklen Fleck. Und er bohrte weiter. Tiefer, immer tiefer. Bis sein Drängen so laut in mir widerhallte wie die Schreie in meinem Kopf.

Aber ich nahm auch Dinge von ihm wahr. Ich sah Bilder und bruchstückhafte Momente, die nicht meiner Fantasie entsprungen sein konnten. Wie William einem sehr viel jüngeren Colt ein Pflaster aufs Knie klebte und ihm die Schulter tätschelte. Wie er eine weinende Liv tröstete, indem er sie in eine feste Umarmung zog. Wie er eine Geburtstagstorte mit brennenden Kerzen vor ihr abstellte und klatschte, als Liv sie ausblies. Wie er mit einer Frau sprach, deren Gesicht von langem Haar umrahmt wurde, das wie die untergehende Sonne leuchtete.

In diesem Moment brach der Kontakt ab. Ich wusste nicht, ob

ich meine Hände zurückgezogen hatte oder William seine. Schweißperlen standen auf seiner Stirn, die nun von tiefen Falten durchzogen wurde. Sein Atem ging schnell und er starrte mich an, als hätte er Dinge erfahren, mit denen er nicht gerechnet hatte. Abrupt löste William den Blickkontakt und sah zu Colt.

Während erneut ein stummer Austausch zwischen den beiden stattfand, realisierte ich, dass ich zitterte. Meine Muskeln waren so angespannt, als müsste ich gleich um mein Leben rennen.

»Was haben Sie gesehen?« Meine Stimme klang rau und blechern, und ich räusperte mich.

Mit dem Handrücken wischte sich William den Schweiß von der Stirn. Eine einzige Bewegung und er hatte seine Beherrschung zurückerlangt. Aber mir war die Überraschung, die sich für einen kurzen Moment in seinem Gesicht gespiegelt hatte, nicht entgangen. Genauso wenig wie das Entsetzen.

»Colt hatte recht.« Auch William klang heiser und wirkte mit einem Mal so müde und blass, als hätte ihn diese Sache unheimlich viel Kraft gekostet. »Du bist eine Bewahrerin wie Jeff und kannst Illusionen erschaffen.«

»Aber …?«, hakte ich mit hämmerndem Herzen nach. Dass ich wie einer seiner Leute war, sollte ihn nicht derart beunruhigen.

»Da ist noch etwas.« Seine Miene wurde ernst. »Du besitzt auch die Fähigkeiten eines Einflüsterers. In deinem Fall geht es um Erinnerungen. Du kannst in das Gedächtnis anderer Menschen blicken, Rayne. Und ich glaube, du bist dir dessen nicht einmal bewusst.«

Sekundenlang starrte ich ihn an und wartete darauf, dass er loslachte und das Ganze zu einem Scherz erklärte. Erinnerungen lesen? Ich?

Doch dann kamen mir die Bilder und Momente in den Sinn,

die ich vor meinem inneren Auge gesehen hatte, als William in mir gelesen hatte. All das waren Erlebnisse, die ich mir nicht hatte ausdenken können, denn ich wusste weder, wie Colt früher ausgesehen hatte, noch, wer diese rothaarige Frau war. Keira aus der Trainingshalle war es definitiv nicht.

Nach und nach fielen mir unzählige Ereignisse ein, bei denen ich plötzlich Dinge gewusst hatte, die ich unmöglich wissen konnte. Etwa die Verstecke von Mrs Altmans Alkoholvorräten, die ich jedes Mal mit Leichtigkeit gefunden hatte. Oder wie Emmas Schulunterricht verlaufen war, wenn sie mir davon erzählte. Bisher hatte ich es auf Intuition oder meine ausgeprägte Vorstellungskraft geschoben, doch jetzt war ich mir da nicht mehr so sicher. Vor allem nicht, wenn mich die beiden Männer mir gegenüber gleichermaßen besorgt musterten.

Bevor ich etwas sagen oder dem Chaos in meinem Kopf Ausdruck verleihen konnte, erhob sich William. »Ich denke, das sind genug neue Informationen für heute. Colt wird dich nach Hause bringen. Du bist hier immer willkommen, Rayne. Wenn du Fragen hast oder es sonst etwas gibt, kannst du dich jederzeit an mich oder die anderen wenden.«

William verließ die Bibliothek mit großen Schritten – als wäre ihm plötzlich ein wichtiger Termin eingefallen. Dabei hatte ich ihn längst nicht alles gefragt, was ich wissen wollte. Zwar mochte ich jetzt um zwei übernatürliche Kräfte reicher sein, wusste aber noch immer nicht mehr über diese Opferstimmen.

»Willst du noch bleiben? Oder soll ich dich zurückfahren?«, fragte Colt in einem Tonfall, den ich nicht von ihm kannte. Er wirkte … vorsichtig. Als müsste er auf jedes Wort achten, um ja nichts Falsches zu sagen.

Was zum Teufel war auf einmal los? Was hatte ich verpasst?

Einen Moment lang spielte ich tatsächlich mit dem Gedanken, hier zu bleiben, um nach weiteren Antworten zu suchen. Doch Williams Reaktion hatte mir zu denken gegeben, und wenn ich ehrlich war, wollte ich gar nicht mehr wissen. Nicht jetzt, nicht heute Nacht. Mein Kopf schwirrte auch so schon.

»Lass uns gehen.« Ich stand auf und ging zur Tür, ohne einen Blick zurückzuwerfen. Colt war direkt hinter mir, obwohl ich eher seine Präsenz wahrnahm, als ihn tatsächlich zu hören. Er bewegte sich so verflucht leise.

Wir schwiegen, bis wir sein Motorrad erreicht hatten und ich den Helm aufsetzte. Während der Fahrt versuchte ich, gleichzeitig den Kopf frei zu bekommen und Colts Nähe auszublenden. Er hatte kein Wort mehr gesagt, aber hinter ihm auf dem Motorrad zu sitzen, während mir der Wind die Haare zerzauste und ich Colts Wärme selbst durch unsere Jacken hindurch spüren konnte, stürzte meine Gedanken nur noch mehr ins Chaos.

Als wären die Dinge, die ich heute erfahren hatte, nicht beunruhigend genug, mischte sich noch etwas anderes darunter. Eine leise Ahnung, eine innere Stimme, die nichts mit den Schreien in meinem Kopf gemein hatte. Stattdessen warnte sie mich davor, dass etwas nicht stimmte. Die Art, wie Colt und William reagiert hatten, sobald sie von meinen Kräften wussten, passte nicht zu ihrer zur Schau gestellten Ruhe. Sie waren alarmiert. Beide. Und bis vor wenigen Minuten war ich der festen Überzeugung gewesen, dass Colt nicht einmal die Bedeutung dieses Wortes kannte.

Er stieg nicht ab, als er mich zu Hause ablieferte, nahm jedoch den Helm ab und suchte meinen Blick. Wortlos hielt er mir einen

Zettel mit ein paar Zahlen hin, die ich als seine Handynummer wiedererkannte. Er zögerte, stellte dann aber die Frage, die ich bereits in seinen Augen lesen konnte. »Kommst du zurecht?«

Warum sollte ich nicht zurechtkommen? *Das* war die viel bedeutendere Frage. Er wusste eindeutig mehr als ich, und was auch immer es war, es konnte nichts Gutes bedeuten.

Mit klopfendem Herzen sah ich dabei zu, wie er den Zweithelm verstaute und wieder aufstieg. Doch als er weiterfahren wollte, stellte ich mich ihm in den Weg. »Was war vorhin los? Nachdem William in mir gelesen hat. Ihr habt so … beunruhigt gewirkt.«

Colt musterte mich mit einem spöttischen Lächeln, aber es wirkte falsch. Aufgesetzt. Es passte nicht zu der Sorge, die ihm gerade noch ins Gesicht geschrieben war. »Warum sollten wir beunruhigt sein?«

»Warum beantwortest du meine Frage mit einer Gegenfrage?« Ich trat einen Schritt vor und platzierte meine Hände neben seinen auf dem Lenker. Colt wich keinen Zentimeter zurück. Die unerwartete Nähe ließ Hitze in mir aufsteigen. Sie färbte meine Wangen und meine Stimme. »Sag mir die Wahrheit.«

Sein Blick zuckte zu meinen Lippen, als hätte er die Veränderung in meiner Tonlage ebenfalls wahrgenommen, und für einen Moment stockte mir der Atem. Dann sah er mir wieder in die Augen. Sekunden vergingen, in denen wir einander anstarrten. Ein weiteres Duell, bei dem keiner von uns nachgeben wollte.

So war ich nicht. So … herausfordernd. Für gewöhnlich ging ich Konfrontationen aus dem Weg, statt sie zu suchen. Doch Colt schien diese neue Seite in mir hervorzukitzeln.

Schließlich seufzte er. »Uns ist nur eine Person mit der gleichen

Kraft bekannt. Auch sie kann Erinnerungen lesen, sie manipulieren, durch neue ersetzen und sogar löschen.«

Ich hielt den Atem an. »Wer ist es?«

»Lauren. Die Anführerin der Dunkelseelen.«

# Kapitel 7

Ich trug dieselbe Kraft in mir wie die gefährlichste aller Dunkelseelen. Wie jemand, der andere Menschen tötete, ohne mit der Wimper zu zucken. Jemand, der Freude am Töten empfand.

»Rayne?«

Ruckartig hob ich den Kopf und starrte in das Gesicht von Dr. Hawthorn. Sie saß mir gegenüber in einem bequemen Sessel, zwischen uns ein kleiner Tisch mit Taschentüchern. Bei jedem meiner Termine war es eine neue farbenfrohe Packung.

»Alles in Ordnung?«, fragte Dr. Hawthorn mit leicht geneigtem Kopf. Selbst bei dieser Geste fiel keine Strähne aus ihrem grau melierten Haar, das sie stets in einem ordentlichen Dutt trug. Ihre Augen wirkten durch die Brille größer, verloren jedoch nie ihre sanfte Geduld. »Wie geht es dir heute?«

»Gut«, log ich und zwang mich zu einem Lächeln. Ich verschränkte die Arme vor der Brust, löste sie im selben Moment jedoch wieder. Das war eine abwehrende Haltung, und ich wollte nicht, dass Dr. Hawthorn weiterbohrte. Ich hatte nie verstanden, wie andere Menschen scheinbar problemlos lügen konnten. Ich wand mich wie ein Fisch auf dem Trockenen, wenn ich nicht die Wahrheit sagen konnte oder wollte. »Wirklich. In der Buchhandlung läuft es prima, zu Hause ist alles in Ordnung und Gray ist von seiner Weiterbildung zurück.«

Zwar wirkte Gray wie so oft angespannt und übermüdet, aber ich hatte das Gefühl, dass ihm die Zeit fernab von Divine Creek und seiner Mom gutgetan hatte. Seit diesem Zwischenfall gleich zu Beginn seiner Ausbildung bei der Feuerwehr war er nicht mehr derselbe.

Dr. Hawthorn nickte und notierte sich etwas auf den Block in ihrer linken Hand. Ich hasste es zu wissen, dass sie ihre eigenen Schlüsse aus meinem Verhalten und meinen Antworten zog und sie sich aufschrieb. Als wäre ich eine Laborratte, deren Testergebnisse man festhalten musste. Kaum war dieser Gedanke in meinem Kopf aufgetaucht, wollte ich mich selbst dafür treten. Diese Sitzungen waren nie ein Vergnügen gewesen, und hinterher fühlte ich mich jedes Mal wie ein Schwamm, den man bis zum letzten Tropfen ausgewrungen hatte. Aber Dr. Hawthorn hatte mir geholfen. Sehr sogar.

Ich rollte mit den Schultern und versuchte, mich zu entspannen. Mein Blick wanderte durch den kleinen Raum, blieb am Schreibtisch vor dem Fenster hängen und streifte über das Bücherregal, das mit Fachliteratur vollgestopft war. Darauf standen gerahmte Fotos von Dr. Hawthorns Kindern und Enkeln. Meine verkrampften Muskeln lösten sich. Ich kannte ihre Tochter Sandra und deren Zwillinge. Sie kam gern mit den beiden Jungs in der Buchhandlung vorbei, ließ die Kinder in der Leseecke spielen und gönnte sich einen Moment der Ruhe mit einem Kaffee und einem guten Buch.

Dr. Hawthorn sah von ihren Notizen auf. »Hast du genug Freizeit?«

Ich nickte.

»Was tust du in dieser Zeit?«

*Neue Leute kennenlernen. Bevorzugt nachts. In dunklen Gassen oder versteckten Hütten im Wald.*

»Das Übliche«, erwiderte ich gedehnt. »Lesen. Zeit mit meiner Familie und mit Gray verbringen, spazieren gehen, zeichnen, Messer werfen.«

Sie nickte und machte sich wieder eine Notiz. Oder hakte sie etwas ab?

»Hast du Albträume?«

»Nicht mehr oder weniger als sonst.« Albträume waren, abgesehen von den Wochen, nachdem ich vor Ed weggelaufen war und seine Rache fürchtete, nie mein Problem gewesen. Es waren die Dinge, die geschahen, während ich wach war, die mir Angst einjagten.

»Und die Stimmen? Was ist mit den Schreien?«

*Treiben mich in den Wahnsinn.* Ich hörte sie inzwischen schon so häufig, dass ich gar nicht mehr wusste, wann sie überhaupt angefangen hatten. An diesem viel zu warmen Sommernachmittag vor zwei Jahren, als ich mir mitten in einer Mall eingebildet hatte, Ed zwischen all den Leuten zu sehen? Damals war ich in Panik geraten und hatte Gray nach draußen gezerrt, obwohl er sich gerade ein neues Handy hatte kaufen wollen. Doch zu jener Zeit war Flucht die einzige Option gewesen. Ich hatte noch nicht gewusst, dass ich niemals vor diesen Schreien davonlaufen konnte.

Dr. Hawthorn erwiderte meinen Blick ruhig. All die Jahre hatte sie mir nie etwas anderes als Geduld und Verständnis entgegengebracht. Sie wollte mir helfen. Trotzdem zögerte ich. Colt und den Lichtseelen zufolge hatten diese Schreie eine übernatürliche Ursache.

»Ab und zu höre ich sie noch«, sagte ich wahrheitsgetreu. Trotzdem erwachte eine leise Unruhe in mir, weil ich ihr die Details vorenthielt.

Dr. Hawthorn nickte ermutigend und schrieb etwas auf ihren Block. »Wie schlimm ist es?«

»Unterschiedlich. Meist habe ich sie gut im Griff.«

»Und wenn nicht?«

Dann tauchte Colt wie aus dem Nichts auf und schaffte es, mich zu beruhigen. Zumindest war das letztes Mal passiert. Allerdings wusste ich bis heute nicht, wie ihm das gelungen war.

»Ich möchte, dass du ehrlich mit mir bist, Rayne.« Dr. Hawthorn legte Block und Stift auf ihren Schoß und faltete die Hände darauf. Durch ihre Brillengläser sah sie mich aus klaren blauen Augen an. »Ist es schlimmer geworden mit den Stimmen? Wir hatten jetzt eine längere Pause und wenn du willst, dann kann ich …«

»Ich brauche keine Medikamente«, fiel ich ihr ins Wort. Allein der Gedanke an dieses Gefühl der falschen Ruhe und gelähmten Gedanken ließ mein Herz vor Panik schneller pochen. Aber vor allem wollte ich nicht darauf angewiesen sein. Ganz egal ob übernatürlich oder nicht – ich wollte selbst damit klarkommen. »Ich schaffe das auch so.«

Sie musterte mich einen Moment lang, dann lehnte sie sich zurück. »In Ordnung. Aber wenn es schlimmer wird, rufst du mich bitte umgehend an.«

Ich nickte erleichtert. »Natürlich.«

Die nächsten zwanzig Minuten berichtete ich ihr von meinem Alltag und davon, wie ich mit allem zurechtkam. Die Lichtseelen erwähnte ich mit keinem Wort. Es war eine Sache, fremde Stimmen zu hören und sich seiner Therapeutin anzuvertrauen, aber eine völlig andere, von Licht- und Schattenmenschen zu erzählen, die sich bekriegten.

Als ich die Praxis verließ und auf die Straße hinaustrat, war es, als würde ich gegen eine Wand aus heißer Luft laufen, die in der Mittagshitze flimmerte. Das grelle Sonnenlicht blendete mich. In den letzten Tagen hatte der Spätsommer noch einmal alles gegeben und die Temperaturen in die Höhe getrieben. Ich zog einen Haargummi aus meiner Hosentasche und band mir das Haar im Gehen zu einem hohen Pferdeschwanz. Wie immer nach einem Termin bei Dr. Hawthorn fühlte ich mich einerseits erleichtert, andererseits aber auch leer und kraftlos. Selbst in dieser einen Stunde hatte ich es nicht geschafft, die Gedanken an das Übernatürliche, das plötzlich zu meinem Leben gehörte, beiseitezuschieben. Und jetzt kehrten sie mit voller Wucht zurück.

Es war sechs Tage her, seit ich William und die anderen Lichtseelen getroffen hatte. Ein Teil von mir war neugierig und drängte darauf, mehr zu erfahren. Der andere hatte Angst. Allein die Vorstellung, dieselbe Kraft wie jemand zu besitzen, vor dem sich alle fürchteten, bereitete mir Bauchschmerzen.

Ich ging zu meinem Wagen und setzte mich hinters Steuer. Die letzten Minuten war ich so in Gedanken vertieft gewesen, dass ich erst jetzt meine Gänsehaut bemerkte. Seltsam, wo es doch so warm war. Ich warf einen Blick in den Rückspiegel und runzelte die Stirn. Es war niemand zu sehen, dennoch hätte ich schwören können, dass mich jemand beobachtete. War es Colt, der den Aufpasser für mich spielte? Oder wieder Miles? Oder war es jemand anderes, etwas Dunkles, das mich aus der Ferne im Auge behielt?

Mein Wagen stand am Bordstein vor der Praxis. Auf der Straße war es ruhig, nur hin und wieder fuhr ein Auto vorbei. Auf dem

Gehweg waren nur wenige Leute unterwegs, da sich die meisten an die Hauptstraße hielten, wo sich der Großteil der Geschäfte und Restaurants befand. In dieser Seitenstraße gab es nur ein paar Ärzte, eine kleine Bio-Bäckerei und den Kindergarten, in den Emma bis zu ihrer Einschulung gegangen war.

Ich sah noch mal in den Rückspiegel. Nichts Auffälliges. Bildete ich es mir nur ein? Kopfschüttelnd startete ich den Motor und fuhr los. Aber auch auf der Fahrt zurück ins *Butterfly Books* konnte ich dieses Gefühl nicht abschütteln. Es begleitete mich den restlichen Tag über und erinnerte mich in ruhigen Momenten, wenn ich gerade keine Kunden bediente oder mit Mariella sprach, daran, dass jemand in der Nähe war. Dass ich beobachtet wurde.

Abends machte ich die Kasse, verabschiedete mich von meiner Chefin und goss den Kaffee für Barry in einen Becher. Da ich schon den ganzen Tag über so ruhelos gewesen war, verzichtete ich heute Abend lieber auf Koffein. Wie immer hatte meine Abendroutine etwas Beruhigendes und ließ mich sogar mein Unwohlsein vergessen.

Inzwischen ging die Sonne mit jedem Tag ein bisschen früher unter. Hatte ich vor zwei Wochen noch bei Dämmerung Feierabend gemacht, war es jetzt schon fast völlig dunkel. Der Herbst kam in großen Schritten näher, auch wenn man das bei der schwülwarmen Luft kaum bemerkte. Ich zog die Ladentür hinter mir zu, schob den Riemen meiner Umhängetasche zurecht und machte mich auf den Weg zum Comicladen.

Als ich an der Gasse vorbeikam, in der alles angefangen hatte, nahm ich eine Bewegung neben mir wahr. Eine Hand tauchte aus der Dunkelheit auf und legte sich um meinen rechten Arm. Reflexartig riss ich meinen Arm zurück – und rammte dem Angreifer im nächsten Moment meinen Ellbogen gegen das Kinn.

Kaffee schwappte über und brannte sich in meine Haut, aber ich bemerkte den Schmerz kaum. Der Fluchtinstinkt hatte die Kontrolle über meinen Körper übernommen.

Ich ließ den Becher fallen, bereit, um mein Leben zu rennen. Aber die Hand packte mich erneut und zerrte mich zurück. Mit dem Rücken stieß ich gegen eine Hausmauer und sah in ein Paar grün-brauner Augen.

»Verdammt, ich bin's.« Colt wischte sich über den Mund und sah auf seine blutigen Finger hinab. »Autsch. Schlägst du immer erst zu, bevor du Fragen stellst?«

Mein Herz hämmerte in meiner Brust. Die Panik hielt mich noch immer fest, doch jetzt mischte sich Überraschung dazu. Und Verwirrung. »Lauerst du Leuten immer in dunklen Gassen auf?«, schoss ich zurück.

Ein letztes Mal fuhr Colt sich über den Mund, dann senkte er die Hand. »Ich habe dir nicht aufgelauert, sondern auf dich gewartet.«

»Hier?« Ich deutete um mich. Dieselbe Gasse, in der wir uns kennengelernt hatten. Dieselbe Gasse, in der mich die Dunkelseele angegriffen hatte. »Normale Menschen wären einfach in die Buchhandlung gekommen.«

»Ich bin nicht normal. Keiner von uns ist es. Du genauso wenig, Rayne.« Wie um seine Worte zu beweisen, hielt er den Kaffeebecher in die Höhe, den ich kurz zuvor fallen gelassen hatte. Colt hatte ihn aufgefangen. Mitten im Flug. Nachdem er mich halb zu Tode erschreckt hatte.

»Was willst du?«, fragte ich, während ich in meiner Umhängetasche nach einem Taschentuch suchte. Inzwischen brannte meine Hand an den Stellen, wo ich das heiße Getränk verschüttet hatte.

Sobald ich eines gefunden hatte, drückte ich es auf die gerötete Haut und nahm den Becher von Colt entgegen.

»Das wird gleich besser«, sagte er, ohne auf meine Frage einzugehen.

»Woher willst du das wissen?«

»Ganz einfach.« Er zuckte mit den Schultern. »Wir heilen schneller als andere Menschen und werden seltener krank. Sieh es als einen Vorteil, den die Evolution mit sich gebracht hat. Du bist eine von uns, Rayne, ob es dir gefällt oder nicht.«

Beschleunigte Heilung? Ich versuchte, mich daran zu erinnern, wann ich mich zuletzt verletzt hatte oder krank gewesen war. Es musste ewig her sein und jedes Mal war der Schmerz so schnell verflogen, wie er aufgetaucht war. Wieso war mir das nie aufgefallen?

Dennoch schüttelte ich den Kopf. »Ich habe die gleiche Kraft wie das personifizierte Böse«, erinnerte ich ihn, »und du behauptest trotzdem, ich wäre eine von euch? Eine Lichtseele?«

»Das bist du erst, wenn du dich für eine Seite entschieden hast.«

»Wie denn?«, rief ich. »Muss ich laut verkünden, dass ich eine Lichtseele sein will? Müsst ihr ein Ritual mit Blut vollziehen? Wie funktioniert es?«

»Es ist keine bewusste Entscheidung. Du musst es mit jeder Faser deines Seins wollen. Mit ganzer Seele. Erst dann kannst du dich wie auch der Rest von uns in Licht oder Schatten bewegen. Du kannst froh sein, diese Wahl zu haben. Nebelseelen haben sie nicht.«

»Warum nicht?«

»Sie sind von Natur aus anders und haben eine andere Sichtweise auf die Dinge. Was sie nicht zu den Guten macht.« Eine Warnung schwang in seinen Worten mit, dann fügte er widerwillig etwas hinzu: »Aber auch nicht zu den Bösen.«

»Du magst sie nicht«, stellte ich fest.

»Das würdest du auch nicht, wenn du schon mal eine getroffen hättest.« Er fuhr sich durch das Haar und rückte ein Stück von mir ab. »Nichtsdestotrotz wirst du das früher oder später, genauso, wie du noch mehr Dunkelseelen begegnen wirst. Keiner verlangt von dir, dass es dir gefällt, aber wir müssen dich vorbereiten. Und da du dich nicht mehr gemeldet hast, musste ich zu dir kommen.« Der Sarkasmus war nicht zu überhören, aber ich meinte, auch eine leise Besorgnis darin wahrzunehmen. »Dein Training startet morgen früh. Acht Uhr. Ich hole dich ab.«

*Wie bitte?*

»Du kannst nicht einfach hier in deinem ... deinem ... James-Dean-Look auftauchen, mich halb zu Tode erschrecken und über mein Leben bestimmen.« Mit jedem meiner Worte wurde sein Lächeln eine Spur breiter. Ich funkelte ihn an. »Was, wenn ich arbeiten muss?«

»Musst du nicht. Das habe ich überprüft.«

Ich war kurz davor, ihm den Rest Kaffee ins Gesicht zu schütten. Der Impuls war da, und Barry würde es sicher verstehen, aber ich beherrschte mich.

»Warum?«

Colt seufzte. Zögerte. »Du musst trainieren, genau wie der Rest von uns. Erst wenn wir sicher sind, dass du dazu in der Lage bist, dich zu verteidigen, lassen wir dich in Ruhe, wenn es das ist, was du willst. Bis dahin arrangierst du dich besser mit der Situation.«

»Ich kann mich verteidigen.« Mit einem Nicken deutete ich auf seinen Mund, der ... nicht mehr blutete? Heilige Scheiße. Colt hatte nicht übertrieben, als er von schneller Heilung gesprochen hatte.

»Ich rede davon, sich gegen eine Dunkelseele zu behaupten. Nicht davon, einem unvorbereiteten Mann eine blutige Lippe zu schlagen.«

»Als ob du je unvorbereitet wärst …«

Er grinste. Dieser Mistkerl wagte es tatsächlich zu grinsen. »Glaub mir, ich bin vorbereitet.« Sein Blick wanderte an mir hinab, von oben nach unten und wieder zurück, und hinterließ dabei ein Prickeln auf meiner Haut. »Auf alles, was passieren könnte.«

Ich musste mich räuspern, um meiner Stimme die nötige Kraft zu verleihen. »In deinen Träumen.«

»Oh ja, dort auf jeden Fall.«

Gegen meinen Willen musste ich lachen. »Du hast auf alles eine passende Antwort, oder?«

»Genau wie du.« Seine Augen funkelten amüsiert. »Acht Uhr.« Damit wandte er sich ab.

»Colt!«, rief ich, bevor er wieder in der Gasse verschwinden konnte.

Er drehte sich um. Fragend zog er die Brauen hoch.

»Warst du heute den ganzen Tag in meiner Nähe, ohne dich bemerkbar zu machen?«

»Wovon redest du da?« Mit gerunzelter Stirn kam er zu mir zurück. »In den letzten Tagen war keiner von uns in deiner Nähe. Wir haben ein paar Probleme mit einigen Dunkelseelen in Chicago, um die wir uns kümmern müssen. Außerdem hat William darauf gehofft, dass du von selbst zurückkommst.«

Mein Herz begann zu hämmern. Hart und alarmierend. »Das heißt, keiner von euch war heute hier?«

Colt schüttelte den Kopf. Inzwischen war jede Belustigung aus seinem Gesicht verschwunden. »Warum? Was hast du gesehen?«

»Ich … nichts. Aber den ganzen Tag über hatte ich das Gefühl, beobachtet zu werden. Als wäre jemand in der Nähe, der sich nicht zeigt, mich aber keine Sekunde aus den Augen lässt.«

»Eine Dunkelseele?«

Entweder das oder … Ed. Seit dieser Begegnung vor dem *Butterfly Books* vor einer Woche hatte ich jeden Gedanken an meinen früheren Pflegevater so gut es ging verdrängt.

Dennoch hatte ich mich dabei erwischt, wie ich mich lieber zweimal umsah, wenn ich das Haus verließ. Und ich hasste mich dafür. Ein kurzes Wiedersehen und ich ließ zu, dass er wieder jeden meiner Schritte kontrollierte.

»Rayne?« Colt kam näher, hielt jedoch inne, als ich zurückwich. Besorgnis und Verwirrung lagen in seiner Stimme.

Ich schüttelte den Kopf. »Ich weiß es nicht. Es war bloß ein Gefühl. Vielleicht werde ich auch nur paranoid.«

»Das glaube ich nicht. Komm.«

»Wohin?«

Colt deutete zur Hauptstraße. »Ich bringe dich nach Hause. Und danach sehe ich mich hier ein bisschen um.«

Das Angebot war verlockend, aber leider konnte ich es nicht annehmen. Zumindest nicht sofort. Ich hielt den dampfenden Becher in die Höhe. »Vorher muss ich noch etwas erledigen.« Schließlich wartete Barry auf mich und seinen Kaffee. Und ich weigerte mich, mein Leben von der Angst bestimmen zu lassen. Nie wieder würde ich das zulassen. Das hatte ich mir geschworen, als Nora die Adoptionspapiere unterschrieben hatte.

Und ich würde jetzt nicht damit anfangen, dieses Versprechen mir selbst gegenüber zu brechen.

Als würde er etwas von meinen Gedanken ahnen, nickte Colt

nach einem Moment. »In Ordnung. Ich warte solange hier, aber du kommst nicht drum herum, dass ich dich nach Hause begleite.«

Meine Schultern entspannten sich. »Ich werde dich erst los, wenn ich euer Superheldentraining absolviert habe, was?«

Seine Mundwinkel zuckten. »Ganz genau.«

Den nächsten Morgen verbrachte ich über der Kloschüssel. Das Summen in meinem Kopf hatte mich geweckt. Binnen weniger Herzschläge war daraus ein kreischendes Crescendo geworden, das mich aus dem Bett und über den Flur bis ins Badezimmer trieb, wo ich meinen Mageninhalt entleerte.

Meine Muskeln zitterten unkontrolliert, und zu dem Dröhnen in meinen Gedanken mischte sich ein leises Wimmern, das nur aus meiner Kehle stammen konnte. Ich betätigte die Spülung und hievte mich hoch. Draußen war es noch dunkel, doch meine innere Uhr sagte mir, dass es kurz vor Sonnenaufgang sein musste. Es lohnte sich also nicht mehr, zurück ins Bett zu kriechen, wenn ich ohnehin bald wieder aufstehen müsste. Stattdessen stieg ich in die Dusche und schaltete das Wasser ein. Zuerst traf mich ein kalter Strahl, der mich zusammenzucken ließ, doch das war mir nur recht. Es stoppte die Schreie in meinem Kopf wenigstens für einen kleinen Moment.

Colt mochte gestern zwar die Gegend rund um die Buchhandlung und mein Zuhause überprüft haben, aber er hatte nichts gefunden. Keine Spuren, die auf eine Dunkelseele hindeuteten. Aber wenn ich heute die Schreie hörte, wie konnte er dann nichts finden?

Fast noch schlimmer war es zu wissen, dass ich mir dieses Gefühl, beobachtet zu werden, gestern nicht bloß eingebildet hatte.

Da war jemand gewesen. Es musste einfach so sein. Die Stimmen an diesem Morgen ließen keinen Zweifel daran.

Nach und nach erwärmte sich das Wasser und mir entrang sich ein leises Seufzen. Ich drückte die Stirn gegen die himmelblauen Kacheln und schloss die Augen.

Langsam atmen. Zählen. Dr. Hawthorns Methode hatte bisher immer funktioniert, um die Stimmen loszuwerden. Ihrer Theorie zufolge waren sie ein Nachhall meiner Vergangenheit, meiner ersten fünf Lebensjahre, an die ich keine Erinnerung mehr hatte. Offenbar war es nicht unüblich, dass sich das Bewusstsein mithilfe einer Blockade vor zu schmerzhaften Erlebnissen schützte.

Bis zu jenem Abend in der Gasse, als ich Colt, Miles und eine Dunkelseele kennengelernt hatte, hatte ich dieser Theorie geglaubt. Doch jetzt? Eine Erinnerungsblockade klang plausibler als die Schreie der Opfer einer Dunkelseele. Vielleicht war es auch beides. Allerdings wollte ich nach wie vor nicht herausfinden, was damals geschehen war. Die Vergangenheit war vorbei. Erledigt. Vergessen. Welchen Unterschied machte es, wenn ich herausfand, woher ich stammte und warum ich in einem Kinderheim gelandet war? Zu wissen, ob meine Eltern tot waren oder mich einfach nie gewollt hatten, würde nichts an der Person ändern, die ich heute war. Und ich hatte hart dafür gekämpft, diese Person zu werden. Das würde ich mir weder von meiner Vergangenheit noch von den Stimmen in meinem Kopf zerstören lassen. Selbst wenn das bedeutete, das Übernatürliche als Teil meines Lebens, als Teil von mir selbst akzeptieren zu müssen.

Wenige Minuten später schaltete ich das Wasser aus, gerade rechtzeitig, um das Klopfen an der Tür zu hören.

»Rayne?« Noras Stimme klang gedämpft. Von uns dreien war

sie die Frühaufsteherin – und das nicht nur, weil sie jeden Tag die Strecke bis nach Chicago und zurück pendeln musste.

»Bin gleich fertig«, rief ich und schlang ein Handtuch um meinen nassen Körper. Wassertropfen perlten aus meinen langen Haaren und rollten über meinen Rücken, als ich den Raum durchquerte und die Tür entriegelte. Ich konnte nur hoffen, dass ich nicht so furchtbar aussah, wie ich mich fühlte.

»Guten Morgen.« Trotz der Schatten unter ihren haselnussbraunen Augen lächelte mich Nora warm an. Das war eines der Dinge, die ich am meisten an ihr liebte. Ganz gleich wie es ihr ging, sie verströmte stets eine Wärme und Herzlichkeit, bei der man sich sofort wohlfühlte.

»Alles in Ordnung?« Fragend legte sie den Kopf schief, wodurch ihre braunen Locken über ihre Schulter fielen. In diesem Moment sah sie wie das erwachsene Ebenbild von Emma aus. »Ich habe dich würgen gehört.«

Ich presste die Lippen aufeinander. Nicht nur, dass ich diesen Teil meines Morgens am liebsten ausgeblendet hätte, ich wollte auch nicht, dass Nora sich meinetwegen unnötig Sorgen machte. Davon hatte sie in ihrem Job als Sozialarbeiterin schon genug, auch ohne dass ich noch eins draufsetzte. Außerdem – was hätte ich ihr schon erzählen können? Dass sich eine Dunkelseele in meiner Nähe herumtrieb, mich aus der Ferne beobachtete und dafür verantwortlich war, dass ich Stimmen in meinem Kopf hörte? Eher nicht. Und erst recht nicht vor dem ersten Kaffee.

»Nur eine kleine Magenverstimmung«, murmelte ich. Wenn ich die Worte laut aussprach, wurden sie möglicherweise wahr. Dann wäre der unliebsame Morgen über der Kloschüssel tatsächlich nur das Ergebnis eines aufgewühlten Magens – und nicht das der Stimmen in meinem Kopf. Gott, ich hoffte, dass es nur daran lag. Ich war nicht scharf darauf, jeden neuen Tag auf diese Weise zu beginnen.

Nora hob die Hand und strich mir eine feuchte Haarsträhne hinters Ohr. »Bist du sicher? Wenn es dir nicht gut geht, sollten wir vielleicht einen Termin bei …«

»Alles bestens«, unterbrach ich sie und zwang mich zu einem Lächeln. *Bitte, bitte hör auf, mich so anzusehen.* Ich ertrug es nicht, der Frau Kummer zu bereiten, die mein Leben in eine neue, so viel bessere Richtung gelenkt hatte, indem sie mich bei sich aufgenommen hatte.

Sie schien etwas sagen zu wollen, zögerte dann jedoch. Nora kannte mich gut genug, um mich nicht zu drängen. Zwar seufzte sie, nickte aber auch. »In Ordnung. Aber du passt auf dich auf, ja?«

Bittersüß. Das war das richtige Wort, um zu beschreiben, welche Empfindung ihre leise Bitte in mir auslöste. Das Wissen, dass sich jemand um mich sorgte, war selbst nach all den Jahren, die ich bei Nora verbracht hatte, noch immer ungewohnt und kostbar.

»Immer.« Ich drückte ihr einen Kuss auf die Wange, schnappte mir meine Schlafsachen aus dem Bad und ging zurück in mein Zimmer.

Ich hatte gerade meine Unterwäsche und eine Jeans angezogen, als ich jemanden in der Küche rumoren hörte. Mit dem Top in der Hand ging ich in den Flur und zog mir das Kleidungsstück über den Kopf. »Nora? Was ist … Oh mein Gott!« Ich zuckte zusammen, als ich Gray vor dem Herd stehen sah. »Was machst du denn hier?«

Er winkte mir mit einem Pfannenwender zu. Die Schatten unter seinen Augen waren verschwunden. Stattdessen lag ein belustigter

Ausdruck auf Grays Gesicht. »Dir auch einen guten Morgen, Rayne. Nichts für ungut, aber du siehst aus, als hätte man dich aus dem Fluss gezogen.«

Automatisch fasste ich an mein feuchtes Haar, senkte die Hand jedoch wieder und schnappte mir lieber einen von Emmas Buntstiften vom Esstisch, um ihn nach Gray zu werfen. Lachend ging er in Deckung.

Erst jetzt bemerkte ich den Duft von Pancakes, der in der Luft hing. Gespickt mit einer würzigen Note, irgendeiner Zutat, die zu Grays Geheimrezept gehörte. Mindestens einmal im Monat veranstalteten wir ein großes Frühstück mit Pancakes, Speck, Rührei, jeder Menge Obst, Joghurt und frisch gepresstem Saft. Früher war auch Grays Mom dabei gewesen, doch inzwischen sahen wir Mrs Altman kaum noch außerhalb ihres Hauses.

Doch statt mich darüber zu freuen, verzog ich nun das Gesicht. »Oh nein ...«

Gray musterte mich mit schief gelegtem Kopf. »Sag nicht, dass du es vergessen hast.«

Das hatte ich nicht. Zumindest nicht direkt. Ich hatte nur geglaubt, es wäre an einem anderen Tag und nicht heute.

Er runzelte die Stirn. »Was ist?«

»Nichts, ich ...« *Hatte meinen freien Tag bereits mit Kampftraining mit übernatürlichen Lichtwesen verplant. Um mich gegen Bösewichte mit Superkräften schützen zu können, die mich töten wollten.* Wahrscheinlich nicht die beste Erklärung für meine fehlende Begeisterung. »Ich hab schon was vor«, gab ich zögernd zu. »Tut mir leid. Ich hatte total vergessen, dass wir heute frühstücken wollten.«

Hinter mir erklangen Schritte und Nora drückte mir im Vorbeigehen einen Kuss auf den Kopf. »Lass mich raten. Dein anderer Termin lehnt draußen an einem Motorrad und wartet auf dich.«

Was? Colt war schon da? Es war nicht mal Viertel vor acht.

Schmunzelnd goss sich Nora eine Tasse Kaffee ein. »Ist das ein Date?«

Ich öffnete den Mund, brachte jedoch keinen Ton hervor. Nicht mal ein ungläubiges Lachen. »Das ist nicht … das … Himmel!« Ich schüttelte den Kopf. »Kein Date.«

Nicht mal, wenn die Hölle zufror.

»Schade.« Nora stand am Fenster und schob den Vorhang ein Stückchen beiseite. »Er sieht gut aus. Wie der Typ *harte Schale, weicher Kern*. Wenn du ihn nicht daten willst, dann hätte ich …«

»Nora!« Mit einem Satz war ich bei ihr und packte den Vorhang. Doch statt ihn sofort wieder zuzuziehen, sah ich nach draußen. Colt hob im selben Moment den Kopf. Unsere Blicke trafen sich so plötzlich, dass ich zurückzuckte, als ob ich einen Stromschlag bekommen hätte. Mein Puls raste, während Nora nur belustigt den Kopf schüttelte.

»War nur ein Scherz, Kleines.« Sie zog mich an sich und brachte ihren Mund nahe an mein Ohr. »Aber sei trotzdem vorsichtig bei deinem Nicht-Date, okay?«

Ihr warmer, blumiger Duft umfing mich und erinnerte mich an die Nächte, in denen ich nicht hatte schlafen können und Nora bei mir geblieben war. Stundenlang hatte sie neben mir gelegen, mir tröstend über den Arm und Rücken gestrichen und mir leise Geschichten erzählt. Keine Märchen, denn dafür war ich schon zu alt gewesen, sondern Erlebnisse aus ihrem Leben und von ihrer Arbeit. Sie hatten alle ein gutes Ende, auch wenn der Weg dorthin hart und schmerzvoll gewesen war. Man durfte niemals aufgeben, das hatte sie mir beigebracht.

Ich suchte ihren Blick, in dem eine leise Sorge zusammen mit einem Vertrauen lag, das sie schon immer in mich gehabt hatte. Ich wusste nicht, woher oder warum, ließ mich aber davon einnehmen und selbst mit neuer Zuversicht erfüllen. »Okay«, gab ich leise zurück.

»Gut.« Sie löste sich lächelnd von mir. »Und zur Strafe, weil du das Familienfrühstück auslässt, bist du nächstes Mal mit Kochen dran.«

»Was?«, entfuhr es Gray und mir gleichzeitig. Er schnaubte ungläubig. »Willst du, dass sie uns vergiftet?«

»Oh, *dich* werde ich auf jeden Fall vergiften«, drohte ich und hob den nächsten Stift zum Angriff, aber Gray ging bereits in Deckung.

Wie war ich nur bei diesen verrückten Leuten gelandet? Doch gegen mein Lächeln und das warme Gefühl in meiner Brust war ich machtlos. So schräg es auch war – diese Leute waren meine Familie. Mein Zuhause.

Kurz darauf hatte ich mir das Haar geföhnt und zu einem Pferdeschwanz gebunden, etwas Mascara aufgetragen und schulterte meine Tasche. Inzwischen duftete es im ganzen Haus nach Pfannkuchen und mir knurrte der Magen. Von Nora war nichts mehr zu sehen, vermutlich weckte sie gerade Emma. Ich öffnete die Kühlschranktür und verstaute eine Flasche Wasser in meiner Tasche. Als ich die Tür wieder schloss, hielt mir Gray wortlos einen Teller hin.

»Danke.« Ich stürzte mich auf den Pancake und hatte ihn innerhalb von Sekunden aufgegessen. Jetzt bereute ich es umso mehr, nicht beim Frühstück dabei zu sein.

Amüsiert stellte Gray den leeren Teller in die Spüle und wandte sich wieder zu mir. Mit einem Mal war jede Belustigung aus seinem Gesicht verschwunden und von einem ernsten Ausdruck ersetzt worden. »Ich weiß, es geht mich nichts an«, begann er zögerlich, »aber ich muss trotzdem fragen. Weißt du, was du da tust, Rayne?«

»Was meinst du?«

»Du redest nicht über deine Vergangenheit und das ist okay. Aber ich erinnere mich noch gut daran, wie misstrauisch du mir gegenüber am Anfang warst. Das hat sich mit der Zeit zwar gebessert, aber für gewöhnlich bist du Fremden gegenüber noch immer zurückhaltend. Und jetzt hast du dich plötzlich mit diesen zwei Kerlen angefreundet und verschwindest mit einem von ihnen irgendwohin? Ich weiß, ich war einige Wochen nicht da, aber das?«

Ich brauchte einen Moment, um zu begreifen, dass er nicht nur von Colt sprach, sondern auch von Miles. Gray hatte die kurze Begegnung im *Butterfly Books* offensichtlich nicht vergessen. Und er hatte recht. Das klang überhaupt nicht nach mir. Aber wie sollte ich es ihm erklären? Die Wahrheit konnte ich ihm nicht sagen. Nicht nur, dass er mir nicht glauben würde, ich wollte ihn auch nicht in Gefahr bringen.

»Es ist …«

»Kompliziert, schon verstanden«, beendete Gray meinen Satz, als ich nicht weitersprach. Er versuchte, es sich nicht anmerken zu lassen, aber er war enttäuscht. Ich kannte diesen Ausdruck auf seinem Gesicht, sah ihn jedes Mal, wenn er von einer Schicht oder Weiterbildung zurückkehrte und feststellen musste, wie sehr sich seine Mom in seiner Abwesenheit hatte gehen lassen. Bisher hatte diese Enttäuschung nie mir gegolten. Dass sie es jetzt tat, schmerzte. Sehr sogar.

»Ich kann es dir nicht erklären.« Er wollte sich abwenden, aber ich hielt ihn am Arm fest. »Es tut mir leid. Vertrau mir einfach, okay?«

Etwas veränderte sich in seinen Augen. »*Dir* vertraue ich. Dem Kerl dort draußen und dem anderen aus der Buchhandlung nicht.«

»Es reicht, wenn du mir vertraust.« Ich stellte mich auf die Zehenspitzen und umarmte ihn. Gray war immer für mich da gewesen, so wie ich für ihn. Ich wollte nicht, dass sich daran jemals etwas änderte.

Er zögerte einen Moment, dann legte er seine Arme um mich. »Wenn dir irgendetwas komisch vorkommt oder du dich unwohl fühlst, ruf mich an, okay? Dann setze ich mich in den Wagen und hole dich ab, egal wann, egal wo.«

Mit einem Mal brannten meine Augen und mir entkam ein ersticktes Lachen. »Ich weiß. Danke.« Ich drückte ihm einen Kuss auf die stoppelige Wange, dann löste ich mich wieder von ihm.

»Und sag dem Kerl dort draußen, wenn er dich schlecht behandelt, reiße ich ihm den Arsch auf«, fügte er mit einem Schmunzeln hinzu. Doch der drohende Unterton in seiner Stimme verriet mir, wie ernst er diese Warnung meinte.

»Das werde ich. Und jetzt muss ich los. Danke für den Pancake!«

Im Flur zog ich mir meine Chucks an, dann verließ ich das Haus. Doch als ich auf die Straße trat, stockte mir der Atem. Colt lehnte noch immer an seinem Motorrad, in einem grauen T-Shirt, das sich von seiner restlichen schwarzen Kleidung abhob. Aber es war sein Blick, der mir den Atem nahm.

»Sieht so aus, als müssten wir heute nicht nur trainieren, sondern auch die Sache mit den Opferstimmen angehen«, begrüßte er mich. Trotz des ernsten Tonfalls entging mir das Funkeln in seinen Augen nicht.

»Du genießt das hier, oder?«, fragte ich und nahm ihm den Ersatzhelm ab.

Seine Mundwinkel zuckten. »Keine Ahnung, wovon du redest.«

Von wegen. Ich wollte mir den Helm aufsetzen, hielt dann aber inne und löste das Zopfgummi aus meinen Haaren. Beim zweiten Versuch glitt der Helm problemlos über meinen Kopf. Ich tastete nach dem Verschluss, aber Colt war schneller. Ohne meinen Blick loszulassen, schob er die Schnalle zu und ließ seine Finger eine Spur zu lange an meinem Kinn.

Ich schluckte hart, versuchte, seine Nähe und das Gefühl, das sie in mir auslöste, auszublenden. Bevor ich reagieren konnte, setzte er sich auf das Motorrad. Ich holte tief Luft und tat es ihm nach.

Als ich die Arme um seine Taille legte, umfingen mich wieder der Duft nach Wald und Meer, genau wie die Wärme, die von Colt ausging. Viel alarmierender, als dass ich es tatsächlich genoss, war jedoch diese seltsame Vertrautheit. Es sollte sich nicht so anfühlen, hinter ihm auf einem Motorrad zu sitzen und die Arme um ihn zu schlingen, wenn ich es bisher nur zweimal getan hatte. Bekannt, meinetwegen sogar gewohnt – ja. Aber nicht so vertraut, wie mich in mein Bett zu kuscheln und die Decke über mich zu ziehen.

»Was sollte dieser Auftritt eigentlich?« Es sollte vorwurfsvoll klingen, kam mir jedoch nur als abgelenktes Murmeln über die Lippen.

»Ist dein Freund jetzt eifersüchtig?«

»Wie bitte?« Ich erstarrte. Gray war alles Mögliche für mich, aber sicher nicht mein Freund.

Zwar konnte ich sein selbstsicheres Lächeln nicht sehen, es aber in jeder einzelnen Silbe hören. »Hat er einen Grund dazu?«

»Was? Natürlich nicht!«

Colt klappte sein Visier hinunter und startete den Motor. »Warum regst du dich dann auf?«

Dieser Mistkerl. Ich sollte ihm den Hals umdrehen, kam aber nicht gegen dieses kleine Lächeln an, das ich einfach nicht von meinen Lippen verbannen konnte, während wir losfuhren.

# Kapitel 8

Es war exakt eine Woche her, seit ich zuletzt hier gewesen war. Bei Tageslicht wirkte die Hütte im Wald regelrecht idyllisch. Colt hielt das Motorrad an. Es war das einzige Fahrzeug, das ich entdecken konnte. Keine anderen Bikes und auch keine Autos. Beamten sich diese Leute regelmäßig in Lichtgeschwindigkeit hierher?

Ich stieg ab und streifte mir den Helm vom Kopf. Noch bevor ich ihn absetzen konnte, hörte ich meinen Namen.

»Rayne!« Liv sprang von ihrem Platz auf den Stufen auf und kam mir mit einem Lächeln entgegen. Sie schien mich umarmen zu wollen, bremste jedoch im letzten Moment ab und entschied sich dagegen. Diese Gefühlssache schien ihre Vorteile zu haben. »Schön, dass du zurück bist.«

»Hallo, Liv.« Ich lächelte zurück. Bevor ich etwas sagen konnte, ging die Tür zur Hütte auf und ein junger Mann ging mit großen Schritten auf uns zu.

»Hi, ich bin Jeff.« Ohne zu zögern, griff er nach meiner Hand und schüttelte sie. »Letztes Mal wurden wir einander nicht offiziell vorgestellt.«

Ich nickte. Von Jeff hatte ich bisher mehr gehört als gesehen. Bei meinem letzten Besuch war er nur kurz in die Bibliothek gekommen und gleich darauf von Liv wieder nach draußen gezerrt worden. Im Gegensatz zu ihr hatte er nicht diese sanfte Art, sondern verströmte ein Selbstbewusstsein und einen Charme, dem man sich nur schwer entziehen konnte. Seine Augen waren grau, funkelten gut gelaunt und glichen denen von Liv auf eine Weise, die kein Zufall sein konnte. Waren sie Geschwister? Cousin und Cousine? Anderweitig verwandt?

»Rayne«, erwiderte ich und schob meine Hand in meine Hosentasche. »Du bist der mit den Illusionen. Ein …« Ich suchte nach dem richtigen Begriff. »Ein Bewahrer?«

»Richtig.« Jeff wechselte einen Blick mit Colt und Liv, dann legte er mir wie selbstverständlich einen Arm um die Schultern und führte mich von den beiden fort in Richtung des Hauses. Mir blieb nichts anderes übrig, als neben ihm herzugehen. »Du wirst heute eine Menge lernen, darum fangen wir am besten gleich an. Du bist meine erste Schülerin, also sorry schon mal für meine chaotischen Erklärungen.«

Ich konnte nicht anders, als zu lächeln. Trotzdem entwand ich mich seinem Arm. Mein Misstrauen Fremden gegenüber mochte sich mit den Jahren etwas gelegt haben, aber ich ließ mich noch immer nicht gern von Menschen anfassen, die ich kaum kannte. Selbst wenn sie so nett waren wie Jeff.

Er schien mir die Geste nicht übelzunehmen, sondern nickte lediglich. »Also, es gibt zwei Arten von Illusionen: defensive und offensive. Letztere werden vor allem dazu benutzt, den Gegner anzugreifen oder ihn zu verwirren. Zum Beispiel so.« Kaum ausgesprochen, streckte er die Hand aus. Flammen züngelten über seine Haut. Im ersten Moment zuckte ich zusammen, dann durchbrach ich die Illusion und erkannte, dass da in Wirklichkeit nichts war.

»Wow.«

Jeff grinste und ließ den Arm wieder sinken. »Nach dem, was ich gehört habe, hast du dich auf die defensiven spezialisiert.«

»Du meinst dieses Unsichtbarwerden, ohne wirklich unsichtbar zu sein?«

»Genau.«

»Wie kommt es, dass ich es nie zuvor bemerkt habe? Oder jemand anderes?«

»Das können wir testen. Setz deine Illusion ein.«

»Wie?« Ich blinzelte perplex. »Jetzt?«

»Jetzt.«

Ich erstarrte. Erst seit Colt und Miles mir von dieser Fähigkeit erzählt hatten, wusste ich überhaupt, dass ich sie besaß. Ich hatte nie versucht, eine Illusion bewusst zu erschaffen. Es geschah rein instinktiv.

Jeff bemerkte mein Zögern und gab jemandem hinter mir ein Zeichen. »Du musst dich bedroht fühlen, schätze ich?«

Ich spürte, wie sich jemand näherte, und wirbelte herum. Colt stand nur einen Meter von mir entfernt, der Ausdruck in seinem Gesicht so düster und einschüchternd wie bei unserer ersten Begegnung. Diesmal wich ich jedoch nicht vor ihm zurück, sondern hielt seinem Blick stand.

Sekunden tickten vorbei, während sich gleichzeitig die Zeit um uns herum zu verlangsamen schien. Vögel flogen nicht mehr von Ast zu Ast, sondern schwebten. Das leise Plätschern des Sees gegen das Ufer wurde seltener. Sogar meine Atmung verlangsamte sich, als bräuchte meine Lunge plötzlich weniger Sauerstoff. Colt schien es ebenfalls zu bemerken und zog verblüfft die Brauen hoch.

Jeffs Räuspern unterbrach den Moment und holte uns zurück

in die Wirklichkeit. »Es funktioniert nicht, weil sie keine Angst vor dir hat.«

Ohne Vorwarnung trat Colt einen Schritt vor. Ich wich reflexartig zurück, bis ich gegen die Blockhütte prallte, aber er folgte mir und blieb so dicht vor mir stehen, dass sich unsere Schuhspitzen beinahe berührten. Seine Mundwinkel zuckten herausfordernd. »Das können wir ändern.«

Selbst wenn ich es gewollt hätte, hätte ich nicht verhindern können, dass sich dieser Schalter in meinem Kopf umlegte. Als würden meine Instinkte die Kontrolle übernehmen, wollte ich wieder ganz klein und unscheinbar werden, mit den Baumstämmen in meinem Rücken verschmelzen, bis die Gefahr vorüber war. Zwar hatte ich keine Angst mehr vor Colt, aber das bedeutete nicht, dass er mich nicht überrumpeln konnte.

»Das ist es«, rief Jeff neben uns. »Du musst dich tatsächlich bedroht fühlen, erst dann setzt dein Unterbewusstsein diese Kraft frei.«

Ich runzelte die Stirn. Gleichzeitig brachte Colt wieder gebührenden Abstand zwischen uns.

Begeistert deutete Jeff auf mich, als hätte er soeben eine der größten Fragen der Menschheit gelöst. »Wenn die Illusion stark genug ist, verschwimmen deine Konturen, bis es so aussieht, als wärst du gar nicht mehr da.«

Ich brauchte einen Moment, um zu begreifen, was Jeff mir zu erklären versuchte. Und um zu begreifen, wie recht er damit hatte. Wenn ich an all die Male zurückdachte, in denen ich mich hatte verstecken wollen. Mich in Luft auflösen, damit mich niemand wahrnahm. Ich hatte es unzählige Male getan. In den Heimen, bei Pflegefamilien, in der Highschool. Bei Ed.

»Du musst lernen, diese Fähigkeit gezielt einzusetzen, sonst bringt sie dir nicht viel.«

»Und wie?«, fragte ich und ignorierte Colts forschenden Blick, der weiterhin auf mir lag.

»Dafür hast du mich. Wir werden daran arbeiten. Aber zuerst ein bisschen trockene Theorie«, fügte er mit einem entschuldigenden Lächeln hinzu. »Komm mit.«

Er deutete mir an, ihm zu folgen. Colt blieb beim Haus zurück und von Liv war nichts mehr zu sehen.

»Wie bereits erwähnt, gibt es verschiedene Arten von Illusionen«, begann Jeff. »Die stärksten defensiven Taktiken beginnen damit, dass man selbst wie ein Chamäleon mit der Umgebung verschmilzt. Man wird praktisch unsichtbar, aber nur solange man die Umgebung exakt nachahmen und dieses Bild aufrechterhalten kann. Sehr praktisch, um den Gegner zu verwirren, leider aber auch sehr anstrengend. Die größte Kunst ist es, nicht nur sich selbst, sondern auch andere Personen oder ganze Orte vor den Augen anderer verschwinden zu lassen.«

Ich hörte ihm gebannt zu. In gemächlichen Schritten gingen wir um die Hütte herum. Noch bevor wir die Terrasse auf der Rückseite erreichten, hörte ich Stimmen, Ächzen und Kampfgeräusche. Sobald wir um die Ecke bogen, wusste ich, warum. Miles, Keira und zwei weitere Lichtseelen, die ich nicht kannte, trainierten auf der freien Fläche hinter dem Haus. Die Feuerstelle, der Holztisch und die dazugehörigen Bänke schienen sie nicht zu stören. Sie sprangen darüber, nutzten sie als Deckung und um ihre Trainingspartner aus dem Konzept zu bringen. Diesmal kämpften sie, ohne ihre Lichtfähigkeiten einzusetzen. Man hätte sie für eine Gruppe normaler Kampfsportler halten können, wenn ihre Bewegungen und Reflexe nicht dennoch so rasend schnell gewesen wären.

Im Vorbeigehen deutete Jeff auf einen muskelbepackten Kerl mit wasserstoffblondem Haar, das er zusammengebunden trug. »Das ist Hendrik. Er ist ein Einflüsterer und Heiler und erst seit ein paar Tagen bei uns. Ursprünglich kommt er aus Skandinavien.«

Ich blieb abrupt stehen. »Heißt das, euch gibt es nicht nur hier? In der Nähe von Chicago?«

Jeff blickte verdutzt drein, dann lachte er kurz und trocken auf. »Machst du Witze? Dieses Land mag eine Weltmacht sein, aber das Übernatürliche haben wir nicht für uns gepachtet. Licht-, Dunkel- und Nebelseelen gibt es auf der ganzen Welt. Aber vor allem wir Lichtseelen neigen dazu, uns zusammenzuschließen.«

»Warum?«

»Gemeinsam sind wir stärker.« Er zuckte mit den Schultern, als wäre es selbstverständlich. »Davon abgesehen ziehen wir uns gegenseitig an. Warum genau, weiß keiner. Vielleicht liegt es an dem Erbe, das wir alle in uns tragen, vielleicht sind es auch unsere Kräfte, die uns andere Personen mit ebensolchen Fähigkeiten spüren lassen.« Jeff nickte noch mal in Hendriks Richtung. Inzwischen hatte er uns bemerkt und zwinkerte mir gut gelaunt zu. »Lass dich nicht von ihm täuschen. Er sieht zwar wie einer dieser typischen Kerle aus dem hohen Norden aus, aber seine Haare sind gefärbt.«

Ich grinste und folgte Jeff, der die Trainierenden in einem Bogen umrundete. »Miles und Keira kennst du ja schon.« Miles nickte mir zu, während mich seine Trainingspartnerin komplett ignorierte. »Der andere Typ heißt Fernando«, fuhr Jeff fort.

»Aus Mexiko?«

»Spanien.« Jeff grinste. »Zumindest hat er spanische und marokkanische Vorfahren, ist aber durch und durch Amerikaner. Und ironischerweise ein Pazifist, obwohl er zu unseren Kriegern gehört.«

»Aber er trainiert mit euch …?«, wandte ich ein.

»Wir müssen uns alle verteidigen lernen, ganz egal, über welche Kraft wir verfügen. Besonders die Krieger haben den Auftrag, den Rest der Gruppe zu verteidigen. Sieh es als eine Art naturgegebene Aufgabenverteilung.«

»Was ist unsere Aufgabe?« Die Frage verließ meinen Mund, bevor ich sie aufhalten konnte. Seit wann sah ich mich selbst als Teil dieser Gemeinschaft?

Jeff blieb am Rande des Platzes neben den ersten Bäumen stehen und lehnte sich mit dem Rücken gegen einen Stamm. Er war schmaler gebaut als Miles und Colt und nur wenige Zentimeter größer als ich. Doch als er jetzt sprach, wirkte er so entschlossen wie ein Krieger. »Schutz. Wir Bewahrer schützen unsere Treffpunkte mit Illusionen. Aber nicht nur vor unseren Feinden, sondern auch vor den Menschen. Es gibt einen Grund, weshalb niemand von unserer Existenz weiß.« Stolz deutete er mit beiden Daumen auf sich. »Das sind wir.«

Ich wollte etwas dazu sagen, bemerkte dann jedoch, wie sich sein Gesichtsausdruck veränderte. »Was ist los?«

Mit zusammengekniffenen Augen starrte er auf einen Punkt zwischen den Bäumen. Ich folgte seinem Blick, konnte jedoch nichts Ungewöhnliches erkennen. Ein Schwarm Vögel verließ die Baumkronen und erhob sich in die Lüfte.

»Nichts.« Jeff schüttelte den Kopf und winkte jemanden heran. »Ich dachte, ich hätte etwas gesehen«, murmelte er und wandte sich an Fernando, der neben uns stehen blieb. In knappen Worten bat Jeff ihn, die Umgebung zu prüfen und anschließend William Bescheid zu geben. »Wir stehen hier direkt am Rande meiner Illusion«, erklärte er. »Also müssen wir etwas vorsichtiger sein. Versuchen wir es mit einer kleinen Übung für den Anfang. Leg deine Hand auf die Rinde so wie ich.«

Ich tat, was er verlangte, und spürte das sonnengewärmte Holz unter meinen Fingern. Jeffs Hand war etwas größer als meine und wies eine Narbe vom Daumen abwärts in seiner hellen Haut auf. Es wirkte wie eine Verbrennung, die bis zu seinem Handgelenk reichte.

»Jetzt schließ die Augen. Stell dir vor, wie deine Hand mit dem Baum verschmilzt. Wie sich die Struktur der Rinde anfühlt, welche Farben und Formen sie hat. Gut, du machst das sehr gut, Rayne.«

Ich spürte ein Summen auf meiner Haut, zusammen mit einer Wärme, als würde ein Sonnenstrahl direkt darauf fallen. Gleichzeitig hatte ich das Gefühl, mit dem Stamm zu verschmelzen, als wäre mein Arm ein neuer Ast.

»Sieh hin«, forderte Jeff mich leise auf.

Ich öffnete die Augen – und erstarrte. »Heilige Scheiße!«

Mein Handgelenk schien im Baum zu enden. Erst bei genauerem Hinsehen erkannte ich meine Finger unter all der Rinde. Ruckartig zog ich meine Hand zurück und starrte sie ungläubig an. Helle, vom Sommer leicht gebräunte Haut, lange Finger, davon nicht alle ganz gerade, kurze Nägel mit durchsichtigem Nagellack. Alles schien normal zu sein.

Jeff grinste. »Du bist ein Naturtalent. Kein Wunder nach der ganzen Übung, ohne dass du dir deiner Kraft überhaupt bewusst warst.«

Ich hatte meinen Unglauben dem Übernatürlichen gegenüber bereits in jener Nacht abgelegt, in der Colt mich zu William und den Lichtseelen gebracht hatte. Aber sollte ich noch irgendwelche Zweifel gehegt haben, lösten sich diese jetzt auf. Das hier war unfassbar.

Jeff schob die Hände in die vordere Tasche seines Sweaters. »Eine Illusion blendet uns alle im ersten Moment, auch Bewahrer. Aber nur wir sind dazu in der Lage, eine Illusion zu durchbrechen und die Wahrheit zu erkennen. Es ist ein Teil unserer Fähigkeit, der ebenso trainiert werden muss wie jeder andere.«

»Das heißt, du siehst, dass eine Illusion vorhanden ist, und auch das, was verborgen ist?«

Er lächelte. »Genau. Natürlich spielen weitere Faktoren mit hinein, wie das Alter und die Erfahrung des Bewahrers, und ob es eine akute oder dauerhafte Illusion ist.«

»Dauerhaft?«

»Sieh dich um.« Jeff deutete um sich, auf den Waldrand, die Trainierenden hinter uns neben der Feuerstelle, die Hütte und den See. »All das ist durch meine Illusion geschützt, um vor Dunkelseelen, aber auch vor den Menschen sicher zu sein. Damit das auch so bleibt, wenn ich mal nicht anwesend bin, muss dieses Trugbild ständig bestehen bleiben.« Er ging weiter und mir blieb nichts anderes übrig, als ihm zu folgen. Wir liefen noch immer am Waldrand entlang, jetzt jedoch in Richtung See. »Um aus einer akuten Illusion eine dauerhafte zu machen, musst du einen Teil von dir selbst zurücklassen, um sie zu verankern. Manchmal reicht ein Kleidungsstück, das du oft genug getragen hast, am sichersten wird die Sache jedoch mit ein paar Tropfen Blut.«

Ich schauderte. Nicht weil ich kein Blut sehen konnte, sondern weil ich es mir viel zu gut vorstellen konnte, wie Jeff seine Illusionen auf diese Weise an diesen Ort band. Es musste ihn eine Menge Kraft – und Blut – gekostet haben, das hier zu bewerkstelligen: eine Illusion, die nicht nur die Hütte verschleierte, sondern auch die Lichtung bis zum Waldrand und Seeufer. Andernfalls würden wir wohl kaum so gemächlich hier herumspazieren.

Doch auf einmal blieb Jeff abrupt stehen und wirbelte herum. Ich folgte seinem Blick und erstarrte.

Fünf dunkel gekleidete Gestalten standen im Schatten der Bäume, nur wenige Meter von uns entfernt. Breitbeinig. Selbstbewusst. Der Vordere trat einen Schritt vor und lächelte uns süffisant entgegen. »Hi.«

Jeff versteifte sich neben mir. »Scheiße.«

Er hatte kaum ausgesprochen, als sich die Fremden in Dunkelheit auflösten. Sie verschmolzen mit den Schatten um sie herum, vertieften sie und dehnten sich zwischen den Bäumen aus. Ein Aufblitzen später stand Colt vor uns, das Gesicht den Dunkelseelen zugewandt.

»Bring sie in Sicherheit«, befahl er. Seine Stimme war so leise, dass ich nicht sicher war, die Worte tatsächlich gehört oder nur in meinen Gedanken wahrgenommen zu haben. Wie Williams Befehl in jener Nacht duldete auch dieser keinen Widerspruch – und nun erkannte ich auch, warum. Diese stumme Kommunikation zwischen William und Colt vor einer Woche hatte ich mir nicht nur eingebildet. Laut William besaßen nur ein Anführer und sein Stellvertreter die Gabe der Telepathie. Und wenn auch Colt darüber verfügte, dann war er … der stellvertretende Anführer.

Jeff schob mich hinter sich, rührte sich aber nicht vom Fleck. »Wo ist Liv?«

In diesem Moment leuchtete es auf und Miles erschien neben Colt. Obwohl er direkt von einer Trainingssession kam, war er weder außer Atem noch verschwitzt, sondern verströmte eine wilde Entschlossenheit.

»Liv ist bei William.« Miles warf uns einen kurzen Blick über die Schulter zu. »Verschwindet!«

In derselben Sekunde tauchte ein Schatten vor ihm auf und Miles wurde mehrere Meter weit nach hinten geschleudert. Ich wich instinktiv zurück, doch Colt trat den Dunkelseelen bereits in den Weg und wehrte die nächste Attacke ab, nur um gleich darauf mit den Sonnenstrahlen zu verschmelzen und zu verschwinden.

Jeff ergriff meinen Arm. »Bleib bei mir und lass mich keine Sekunde los.«

Ich folgte der Anweisung, ohne Fragen zu stellen, packte ihn am Saum seines T-Shirts und machte mich bereit loszurennen. Zurück zur Hütte oder auf die andere Seite des Waldes, der uns hoffentlich Schutz bieten würde. Aber Jeff rührte sich nicht. Stattdessen hob er die Hände und bewegte die Finger, als würde er die Luft vor sich verweben. Und dann sah ich es. Jeff webte tatsächlich, er erschuf eine Illusion von unserer Umgebung, die sich wie ein Kunstwerk über unseren Körpern ausbreitete. Sein Gesicht war angespannt und ein Schweißtropfen rann ihm über die Schläfe, aber es funktionierte. Niemand schien uns noch wahrnehmen zu können.

Mein Puls raste und ein heißer Schmerz schoss durch meine rechte Handfläche, in die ich unbewusst meine Fingernägel bohrte. Jeff zog mich mit sich, langsam, Schritt für Schritt, während er die Illusion aufrechterhielt und uns damit für alle Blicke unsichtbar machte. Ich sah nicht, wohin ich trat, rutschte aus und geriet ins

Straucheln. Meine Finger lösten sich von Jeffs Shirt, doch er packte mich im letzten Moment am Handgelenk. Seine Miene war verzerrt, als hätte er Schmerzen, aber er schüttelte nur den Kopf und zog mich weiter. Eine solche Illusion für sich selbst zu erschaffen, musste schon anstrengend sein – aber für zwei Personen? Ich konnte mir gar nicht ausmalen, wie viel Kraft ihn das gerade kostete.

Wir bewegten uns immer weiter über die Wiese, zurück zum Haus, gingen aber nicht hinein. Offenbar hatte Jeff es auf den Wald dahinter abgesehen, der sich endlos weit auszudehnen schien. Hinter mir hörte ich die Kampfgeräusche, das Stöhnen und die Schreie, das Knacken von Ästen – oder waren es Knochen?

Jeff beschleunigte seine Schritte. Ich nahm ein Flackern um uns herum wahr, als würde seine Illusion nicht mehr lange standhalten. Und dann sah ich, wie sie Stück für Stück zerbrach und wie ein Spiegel zersplitterte. Ich versuchte, ihm zu helfen, versuchte, unsere Umgebung auf uns zu übertragen, um seine Illusion doch noch aufrechtzuerhalten, aber es klappte nicht. Ich hatte diese Kraft nie zuvor bewusst eingesetzt, geschweige denn beim Laufen und für zwei Personen.

Das letzte Stück rannten wir. Mitten durch Dornen, die nach meinen Hosenbeinen griffen wie gierige Finger. Bis hin zu den Baumstämmen, die uns den nötigen Schutz boten. Hinter einer Ansammlung von Büschen ging Jeff in Deckung und zog mich mit sich. Ich versank im weichen Waldboden. Meine Muskeln zitterten, meine Kehle brannte und in meinen Ohren hörte ich ein Rauschen. Ich hätte nach der Highschool niemals mit dem Lauftraining aufhören sollen.

Jeff hielt mich unten, sein Arm lag auf meinen Schultern und sein Oberkörper lehnte über mir. Langsam hob ich den Kopf und schob ein gelb verfärbtes Blatt beiseite, das mich an der Nase kitzelte.

»Siehst du etwas?«, flüsterte ich.

»Schh!« Es war ein scharfes Zischen, das mir deutlich zu verstehen gab, dass die Gefahr noch nicht vorüber war.

Dann spürte ich es auch. Eine eisige Kälte, die wie eine Schar Ameisen meine Wirbelsäule hinunterkrabbelte und sich ausbreitete. Wir waren nicht allein. Ich hielt die Luft an, damit uns mein Keuchen nicht verriet.

Stille. Sogar die Vögel hatten ihr Zwitschern eingestellt. Irgendwo knirschte ein Ast. Dann noch einer. Näher. Lauter. Jeff drückte mich noch weiter nach unten. Der Geruch von Erde und verrottenden Blättern drang mir in die Nase. Ich schloss die Augen und versuchte, so flach wie möglich zu atmen. Ich wusste, wie man sich versteckte und dabei fast unsichtbar wurde – jetzt war genau die richtige Situation, um dieses Wissen einzusetzen. Und zwar schnell.

Ich konzentrierte mich auf den Untergrund, spürte jeden Stein und jeden Ast unter mir, fühlte, wie sie sich in meine Haut bohrten. Wärme schoss durch meine Adern und füllte mich aus. Gleichzeitig schmiegte sich mein Körper an das Laub und die weiche Erde darunter. Ich grub die Finger in den Waldboden, nahm die Feuchtigkeit und Kühle wahr. In meinen Gedanken verschmolz ich damit, wurde eins mit meiner Umgebung.

Blätter raschelten. Schritte näherten sich, kamen in unsere Richtung. Langsam und bedächtig, als wäre jemand auf der Hut – oder auf der Suche nach jemandem. Die Geräusche wurden lauter. Gleichzeitig verstärkte sich das kalte Prickeln auf meiner Haut.

Wer auch immer hier war, musste ganz in der Nähe sein. Ich hob den Kopf ein winziges bisschen an. Zwischen Moos und vertrockneten Ästen sah ich ein Paar Beine nur wenige Meter von uns entfernt. Mein Körper verkrampfte sich, doch Jeff legte mir beruhigend die Hand auf die Schulter.

Die Person ging weiter, entfernte sich von uns, aber ich traute mich noch nicht aufzuatmen. Erst als das kalte Prickeln auf meiner Haut nachließ, wagte ich es, mich langsam aufzurichten und umzusehen.

Jeff setzte sich ebenfalls auf, vorsichtig und auf jede Bewegung bedacht. Er mochte nicht die Fähigkeiten eines Kriegers besitzen, aber auch er hatte eindeutig eine Kampfausbildung absolviert.

»Gut gemacht. Deine Illusion hat uns den Hintern gerettet.« Er strich sich die Blattreste von seinem Sweater. »Ich hätte keine zweite hingekriegt. Du hast uns gerade so gut wie unsichtbar gemacht.«

Das Gefühl, mit dem Wald um mich herum zu verschmelzen, war noch immer da, summte in meiner Mitte, nahm mich aber nicht mehr völlig ein. Dasselbe hatte ich empfunden, als ich meine Hand gegen den Stamm gedrückt und sie mit einer Illusion getarnt hatte, wie Jeff es mich gelehrt hatte. Und jetzt hatte ich uns beide getarnt. Ich lächelte. Vielleicht wurde …

Jeff schrie auf.

Ich sprang auf die Beine, knickte im selben Moment wieder ein. Meine Gliedmaßen schienen nicht mehr auf die Befehle meines Gehirns hören zu wollen. Ich sackte auf die Knie und sah gerade noch, wie Jeff mindestens zehn Schritte weiter gegen einen Baum prallte und dann zu Boden fiel.

»Wusste ich doch, dass ich etwas gehört habe«, knurrte eine

fremde Stimme. Sie war tief, grimmig – und klang zufrieden. »Ich hätte zwar lieber einen Krieger in die Finger bekommen, aber zwei Bewahrer sind auch nicht übel. Für den Anfang.«

Als wüsste er genau, dass ich ihn beobachtete, drehte er sich zu mir um. Ich hatte mit einem Hünen gerechnet, einem starken Kämpfer wie aus den Comics in Barrys Laden. Doch ich sah mich einem schlaksig wirkenden Mann gegenüber, der kaum älter sein konnte als William. Er trug eine schwarze Hose und ein dunkelblaues T-Shirt, dessen Ärmel sich um seinen Bizeps spannten. Braunes Haar bedeckte seine Stirn beinahe vollständig und reichte bis zu den tief liegenden Augenbrauen. Sein Gesichtsausdruck war eine Mischung aus Selbstüberzeugung und perverser Vorfreude. Als er meinen Blick bemerkte, hob er herausfordernd eine Augenbraue.

Mein Herzschlag setzte aus. Ich sah an ihm hinab, direkt zu den roten Flecken an seinen Händen, und mir drehte sich der Magen um. Wen hatte er verletzt? Colt? Miles?

Mit jedem Schritt, den er auf mich zumachte, vertiefte sich sein Lächeln.

Bevor ich mir darüber bewusst wurde, was ich tat, war ich bereits aufgestanden. Meine Gliedmaßen zitterten noch immer, aber tief in meinem Inneren erwachte eine neue Kraft.

»Sieh mal einer an.« Ein amüsierter Ausdruck legte sich auf das Gesicht des Fremden. »Da will es jemand auf die harte Tour.« Er ließ seinen Nacken knacken, dann setzte er sich in Bewegung.

Ich blieb regungslos stehen, tastete nur vorsichtig nach dem Lederetui in meiner hinteren Hosentasche. Die Klingen fühlten sich kühl und glatt unter meinen Fingerkuppen an. Alles in mir wehrte sich dagegen, einfach auszuharren, während ein Angreifer auf mich zukam. Es kostete mich meine ganze Willenskraft, nicht vor ihm zurückzuweichen. Er musste glauben, dass ich vor Angst erstarrt war. Nur dann hatte ich den Hauch einer Chance.

Ich wartete den richtigen Moment ab, zählte in Gedanken die Meter zwischen uns. Dann zog ich in einer fließenden Bewegung die erste Klinge hervor, holte aus und warf. Die zweite folgte im nächsten Atemzug. Das erste Messer fing er ab, bevor es ihn erreichte, das nächste schlug er zur Seite – nur um vom dritten getroffen zu werden. Es schnitt durch seine Haut wie durch warme Butter und bohrte sich in seine linke Schulter.

Strauchelnd blieb er stehen, den Blick überrascht auf die Stelle gerichtet. Blut trat aus der Wunde und breitete sich auf seinem T-Shirt aus. »Autsch«, murmelte er, doch sein Mund verzog sich zu einem teuflischen Lächeln. Mit einem Ruck riss er das Messer aus seiner Schulter, holte aus und wirbelte herum.

Alles geschah so schnell, dass ich nicht einmal nach Luft schnappen konnte. Das Messer – *mein* Messer – traf Jeff, der sich inzwischen wieder aufgerappelt hatte, in den Oberschenkel. Sein Schrei hallte in meinen Ohren wider. Er sank auf die Knie und hielt sich das verletzte Bein.

»Um dich kümmere ich mich später«, kam es beinahe gelangweilt von der Dunkelseele, ehe sie sich wieder mir zuwandte. »Zuerst bist du dran, Kleine.«

Diesmal ließ ich meinem Überlebensinstinkt freien Lauf. Ich wich zurück, machte kehrt, stolperte über eine Wurzel, die aus dem Boden ragte, und hievte mich wieder hoch. Ohne mich umzusehen, rannte ich so schnell ich konnte los. Aber ich kam nur ein paar Meter weit. Mit einem Mal schienen die Schatten der Bäume nach mir zu greifen. Ich konnte nicht mehr atmen, konnte mich nicht bewegen. Panik setzte ein und ließ mich erstarren. Eine Hand tauchte wie aus dem Nichts auf, packte mich am Hals und riss mich von den Füßen. Plötzlich flog ich durch die Luft und sah den Boden auf mich zurasen. In letzter Sekunde erinnerte ich mich an meine Selbstverteidigungskurse und daran, wie wichtig es war, sich richtig abzurollen. Doch als ich auf dem Boden aufkam, schoss ein scharfer Schmerz durch meinen linken Arm bis hinauf in meine Schulter. Mein Schrei wurde von den Blättern erstickt.

Schritte kamen näher. Er ließ sich Zeit, rechnete mit keiner Gegenwehr. Für ihn war ich nur eine einfache Lichtseele mehr auf seiner Liste. Keine Kriegerin, die ihm etwas entgegenzusetzen hatte. Mit zusammengebissenen Zähnen richtete ich mich wieder auf. Erst auf einem Ellbogen, dann auf Händen und Knien. Ich war fertig damit, ein Opfer zu sein.

Der Fremde stieß einen leisen Pfiff aus. »Da hat jemand Todessehnsucht. Den Wunsch kann ich dir gern erfüllen.«

Ich holte Luft, um ihm die passende Antwort zu liefern – und erstarrte. Wärme breitete sich in meinem Nacken aus, wanderte durch meinen Körper und mit ihr kam eine unendliche Erleichterung. Ich spürte Colts Gegenwart, ohne ihn zu sehen. Es war unmöglich, ihn nicht wahrzunehmen. Für einen Sekundenbruchteil wunderte ich mich, warum mein Angreifer es nicht tat.

Gleich darauf stand die Dunkelseele vor mir und riss mich an meinem Oberarm in die Höhe. »Dachtest du wirklich, du könntest es mit mir aufnehmen?«

»Nein.« Ich lächelte schwer atmend. »Aber er kann es.« Mit einem Nicken deutete ich hinter ihn.

Der Mann wirbelte herum, doch es war bereits zu spät. Colt packte ihn und schleuderte ihn gegen den nächsten Stamm. Das

Holz ächzte, Blätter fielen herab und ein Schwarm Vögel stob mit einem protestierenden Krächzen auf.

Aber ich hatte nur Augen für Colt. Entsetzt stellte ich fest, dass Blut von seiner Schläfe rann. Seine Brust hob und senkte sich schwer. Seine Arme waren verdreckt und wiesen Kratzer auf. Und – ich sog scharf die Luft ein – auf seiner rechten Seite war ein roter Fleck auf seinem T-Shirt zu sehen, der mit jeder Sekunde größer wurde. Er schien es nicht einmal zu merken.

Entschlossen macht er einen großen Schritt auf seinen Gegner zu. Aus dem hinteren Bund seiner Hose zog er den Dolch mit der schwarzen Klinge hervor. Ich wusste, was jetzt kam, hatte ich es doch vor nicht allzu langer Zeit mit eigenen Augen gesehen. Ich wandte mich ab. Auf keinen Fall wollte ich das noch einmal miterleben und vor allem wollte ich nicht daran beteiligt sein. Den schmerzenden Arm fest an meine Brust gepresst, eilte ich zu Jeff. Inzwischen lehnte er an einem Baumstumpf und zog sich mein Wurfmesser aus dem Bein. Sein Mund verzog sich zu einem stummen Schmerzensschrei. Schweiß lief ihm über das blasse Gesicht, aber er blieb zumindest bei Bewusstsein. Das war ein gutes Zeichen, da war ich mir sicher.

Ich zog meine Jacke aus, knüllte sie zusammen, dann legte ich sie in Jeffs Hand und presste beides auf die Wunde, um die Blutung zu stoppen. »Drück fest drauf.«

Zum Glück tat er, was ich sagte.

Mit zittrigen Knien und einem hämmernden Schmerz, der in meinem linken Arm pulsierte, drehte ich mich nach Colt um.

Doch er war nirgends zu sehen. Genauso wenig wie die Dunkelseele. Panik erfasste mich. Hatte ich die Situation falsch eingeschätzt? War Colt etwas zugestoßen?

»Nein!« Verzweifelt sah ich mich um. Mit einem letzten Blick zurück auf Jeff entfernte ich mich ein paar Schritte. Colt musste hier irgendwo sein. Er konnte sich nicht einfach in Luft auflösen. In Licht vielleicht, aber nicht in Luft.

»Colt …?« Meine Stimme hallte durch den Wald. Leise zuerst, dann lauter. »Colt!«

Schritte näherten sich. Stimmengewirr. William traf als Erster ein, dicht gefolgt von Miles, dessen Kleidung ebenfalls Blutspuren aufwies. Es war nicht festzustellen, was davon sein eigenes und was fremdes Blut war.

»Jeff ist verletzt!«, rief ich und deutete in seine Richtung. Sofort waren Miles und Liv bei ihm. Ich sah noch, wie Miles seine Hand auf Jeffs verletztes Bein legte, dann trat William vor mich.

»Wo ist Colt?«

Ich wich einen halben Schritt zurück. »Ich … ich weiß es nicht.«

»Rayne.« Er packte mich an den Schultern. »Wo ist er?«

Warum fragte er das ausgerechnet mich? Sollte er als Anführer nicht eine Art sechsten Sinn oder so etwas haben, um seine eigenen Leute aufzuspüren? Woher sollte gerade ich wissen, was mit Colt passiert war? Ich stieß Williams Hände beiseite, wich aber nicht noch weiter zurück. Er drohte mir nicht, er war nur besorgt. Ein Gefühl, das ich nur zu gut nachempfinden konnte. Mein Blick wanderte durch den Wald, über Büsche und Baumstämme. Von irgendwoher vermeinte ich ein leises Rauschen zu hören, wie von einem Fluss, der in den See neben der Hütte münden musste. Aber ich hörte nichts von Colt. Keine Stimme, kein Hilferuf, nicht einmal ein Ächzen, wie es jetzt von Jeff kam. Ich sah nur bunt gefärbte Blätter auf dem Boden liegen. Rote, gelbe, braune und … schwarze? Ich erstarrte, als ich den dunklen Haarschopf bemerkte.

»Dort!« Ich rannte los. Meine Beine waren schneller als mein Verstand, sogar schneller als der Schmerz. Ich vergaß meinen verletzten Arm. Colt lag auf dem Boden, doch das Rot um ihn herum waren keine heruntergefallenen Blätter, sondern Blut. Viel zu viel Blut.

»Nein«, stieß ich hervor und fiel neben ihm auf die Knie. Wieder und wieder kam mir nur dieses Wort über die Lippen.

Nein.

Nein, nein, nein.

Das konnte nicht passieren. Nicht hier. Nicht jetzt. Nicht *er*. Nicht, nachdem ich mich kurz zuvor noch darüber geärgert hatte, mich mit ihm herumschlagen zu müssen. Er hatte gesagt, dass mir nichts geschehen würde, und er hatte Wort gehalten. Aber sich selbst hatte er nie in dieses Versprechen mit eingeschlossen.

Meine Augen brannten. Irgendjemand packte mich und zog mich weg. Plötzlich kniete Miles neben Colt, zerrte sein Shirt hoch und legte seine Hände auf den langen Schnitt an Colts Seite, direkt unter seinen Rippen. Ich riss mich los, stolperte zurück.

Miles war schon ganz grau im Gesicht. Schweißperlen standen auf seiner Stirn und tränkten sein T-Shirt. Je blasser Miles wurde, desto mehr Farbe schien Colt zu bekommen, aber es war noch immer nicht genug. Er bewegte sich nicht, schien kaum zu atmen. Nach wenigen Momenten sah Miles auf und schüttelte den Kopf.

Ich griff nach seinem Handgelenk, als er seine Hände zurückziehen wollte. »Bitte.« Panik lag in meiner Stimme, machte sie schwer und zittrig.

Miles blickte mich ruhig an, doch in seinen Augen lag so viel Bedauern, dass es mir die Kehle zuschnürte. »Er ist zu schwer verletzt. Allein kann ich ihn nicht heilen.«

»Er hat mir das Leben gerettet!« Wenn Colt nicht aufgetaucht wäre, würde ich hier liegen. Blutend und dem Tod nahe.

»Rayne …« Liv legte mir ihre Hand auf die Schulter, aber ich schüttelte sie ab.

»Was ist los mit euch? Ihr könnt ihn nicht einfach sterben lassen! Was ist mit dem anderen Heiler? Mit Hendrik?«

William schüttelte den Kopf. »Er ist nicht hier.«

Ich hatte ihn doch eben noch trainieren gesehen. Wie konnte er jetzt weg sein? Hatten die Dunkelseelen ihn mitgenommen? Ihn getötet?

Wieder versuchte jemand, mich auf die Beine zu ziehen. Ich stieß ihn beiseite und erkannte, dass es Jeff war. In seiner Hose prangte ein Loch, der Stoff und seine Haut waren blutverkrustet, aber von seiner Verletzung war so gut wie nichts mehr zu sehen. Miles hatte Jeff geheilt, der durch mein Messer verwundet worden war. Hätte ich die Dunkelseele nicht herausgefordert und meine Wurfmesser eingesetzt, könnten sie jetzt beide unverletzt sein.

Oh Gott … War es etwa meine Schuld?

Übelkeit explodierte in meinem Magen. Die Wahrheit war wie eine Faust, die mich mit voller Wucht traf. Es war meine Schuld, dass Colt hier lag. Wenn ich vor der Dunkelseele weggelaufen wäre, statt sie anzugreifen … Wenn ich Colt nicht mitten im Kampf den Rücken zugewandt und darauf vertraut hätte, dass er es allein schaffte … Wenn ich …

Ich blendete es aus. Meine Gedanken. Meine Gefühle. Alle hier versammelten Menschen. Meine Hände zitterten, als ich sie an Colts Gesicht legte. Seine Haut war kalt und er war schrecklich blass. Aber er atmete noch. Flach und stockend, doch er atmete. Er kämpfte. Ich würde nicht zulassen, dass es umsonst war.

»Colt!« Ich rief seinen Namen, als könnte er mich dort, wohin ihn die Bewusstlosigkeit mitgenommen hatte, hören. Wärme floss durch meinen Körper, nahm jede Zelle ein und schien noch weiter zu wandern. Vor meinem inneren Auge sprang etwas von meiner Wärme auf Colt über, hüllte ihn ein, holte ihn zurück.

Die Stimmen der anderen waren auf einmal weit entfernt. Mein Herzschlag schien sich zu verlangsamen. Ich schloss die Augen und konzentrierte mich nur auf Colt. Im Gegensatz zu Miles war ich keine Heilerin, aber wenn meine Fähigkeiten zu irgendetwas gut waren, dann sollten sie ihn wieder zurückbringen. Colt durfte nicht sterben. Nicht so. Nicht meinetwegen. Das würde ich nicht zulassen.

Ich hatte keine Ahnung, was ich hier tat. Mein Instinkt hatte die Kontrolle übernommen, vielleicht war es aber auch nur Verzweiflung. In Gedanken sah ich Colts Verletzungen. Die lange Schnittwunde an seiner rechten Seite, knapp unterhalb der Rippen. Die aufgeschürften Fingerknöchel und zerkratzten Unterarme, die Schürfwunden an seinem rechten Wangenknochen und an seiner Stirn. Aber ich ging noch tiefer, nahm mehr wahr. Er hatte zwei geprellte Rippen. Oder waren sie gebrochen? Das Gefährlichste war jedoch der Blutverlust, der ihn schwächte und ihm das Bewusstsein raubte. Ich litt mit ihm, fühlte seine Schmerzen, als wären es meine eigenen, und atmete scharf ein. Was auch immer gerade passierte – es tat weh. Mit einem Mal schmerzte meine Seite und ich fühlte ein Brennen in meinem Gesicht, wie ich es seit Jahren nicht mehr gespürt hatte.

Raue Finger schlossen sich um mein Handgelenk. Als ich die Augen öffnete, sah ich direkt in die von Colt. Sie leuchteten in einem intensiven Grün und starrten mich in einer Mischung aus

Ungläubigkeit und Faszination an. Ich wollte mich aufrichten, den anderen zeigen, dass Colts Zustand nicht so schlimm war, wie sie dachten, und den Platz für Miles freigeben, damit er ihn heilen konnte. Doch kaum, dass ich mich ein Stück bewegte, brach ich neben Colt zusammen.

Mein gesamter Körper schmerzte, als wäre ich in einen Kampf geraten. Ich hörte William und Jeff, ohne zu verstehen, was sie sagten. Panik durchflutete mich, aber ich konnte mich nicht bewegen, konnte kaum einen klaren Gedanken fassen.

Plötzlich kniete Liv neben mir und strich mir über die Schläfe. Mit der Berührung ging eine tiefe Ruhe einher, die nach und nach jeden Winkel meiner Seele erfasste. Die Erschöpfung drohte mich zu überwältigen, aber ich zwang mich dazu, meine zugefallenen Lider wieder aufzureißen.

»Nicht …«, brachte ich hervor, aber es war nicht viel mehr als ein Krächzen.

Liv legte ihre andere Hand an meinen Arm und murmelte etwas. Ich verstand die Worte nicht, da sich meine Aufmerksamkeit wieder auf Colt richtete. Miles und Jeff halfen ihm auf die Beine, als hätte er nicht Minuten zuvor noch im Sterben gelegen. Er wirkte blass und verschwamm immer wieder vor meinen Augen, aber ich erkannte, dass seine Verletzungen weniger geworden waren. Die Schürfwunden in seinem Gesicht wirkten kleiner und aus seiner Seite sickerte kaum noch Blut.

Was war passiert? Hatte ich ihn geheilt? Aber wie war das möglich?

Ich versuchte, mich aufzusetzen, wurde jedoch zurückgedrückt. Wieder war da Liv, die mit leiser Stimme auf mich einredete und mir ihre Gefühle aufzwang. Ich konnte mich nicht länger gegen die

Müdigkeit wehren, die mit der Entspannung einherging, die Liv mir einflößte. Ein letztes Mal hob ich den Kopf, um an mir hinabzusehen.

Kratzer auf meinen Armen. Meine Fingerknöchel brannten. Und an meiner rechten Seite breitete sich ein immer größer werdender roter Fleck aus.

Mein Kopf sank zurück. Und mit der Bewegung kam die Bewusstlosigkeit und trug mich fort.

# Kapitel 9

Die Stimmen waren zurück. Diesmal schwollen sie jedoch nicht zu Schreien in meinem Kopf an. Sie sprachen miteinander. Manche von ihnen waren ganz in der Nähe, andere entfernten sich von mir. Ich verstand sie nicht, nahm nur die hellen und tiefen Tonlagen wahr. Nur langsam wurden sie deutlicher und ich hörte geflüsterte Befehle und gewisperte Fragen. Meine Glieder fühlten sich schwer an, brannten und schmerzten. Und mir war kalt. So kalt …

Als ich die Augen öffnete, konnte ich meinen Blick zunächst nicht fokussieren. Ich sah graue Flecken in der Ferne und es dauerte mehrere Sekunden, bis ich begriff, dass die Decke so weit oben war, dass ich bis auf herabhängende Tapetenfetzen keine Details erkennen konnte. Ich wusste nur eines: Das hier war nicht die Trainingshalle der Lichtseelen und auch kein anderer Raum der Hütte im Wald. Aber wenn ich nicht mehr dort war, wo war ich dann? Und was war passiert?

Die Erinnerung überfiel mich so schnell und hart wie ein Kübel Eiswasser, den jemand über mir ausschüttete. Und mit einem Mal war alles wieder da.

Die Dunkelseelen.

Der Angriff.

Colt.

Ruckartig richtete ich mich auf. Im selben Moment schoss ein scharfer Schmerz durch meine Seite und ich stöhnte auf. Mit der Hand suchte ich nach Halt, um nicht zurückzufallen, ertastete jedoch nur bröckeliges Mauerwerk. Schritte näherten sich.

»Hey …«, sagte eine fremde Stimme. Plötzlich stand eine schwarzhaarige Frau neben mir. Ihr Gesicht war eher rund, was durch das streng zurückgebundene Haar nur noch verstärkt wurde. Die Frisur bildete einen merkwürdigen Kontrast zu dem femininen Sommerkleid, das ihre Kurven umspielte. Dazu trug sie eine dünne Jacke, als wäre sie gerade erst angekommen. »Ganz ruhig.«

Wer war sie? Wo war ich? Und wo waren alle anderen?

Entgegen ihrer Worte versuchte ich aufzustehen, schaffte es aber nur, meine Beine über den Rand der provisorischen Pritsche zu schwingen. Erschöpft lehnte ich mich mit dem Rücken gegen die kühle Wand.

»Was ist passiert?«

Eine große Hand legte sich auf meine Schulter und ich zuckte zurück. »Es ist alles in Ordnung, Rayne.« Wie aus dem Nichts war William vor mir aufgetaucht und bedachte mich mit einem eindringlichen Blick. »Du bist in Sicherheit. Gleich wird es dir besser gehen.«

Die Schwarzhaarige betrachtete mich stirnrunzelnd. Wie eine Ärztin griff sie nach meiner Hand, musterte die Schürfwunden an meinen Knöcheln und die Kratzer auf meinen Armen. Dann deutete sie auf den dunklen Fleck auf meinem T-Shirt. »Warum hat sie die gleichen Verletzungen wie Colt?«

*Colt.* Ich erinnerte mich daran, dass es mir irgendwie gelungen war, ihn aus der Bewusstlosigkeit zu holen, doch was danach geschehen war, wusste ich nicht mehr. Als hätte sich ein Schleier über meine Gedanken gelegt, der es mir erschwerte, meine Erinnerungen abzurufen. Liv hatte irgendetwas mit mir gemacht, dann war ich hier aufgewacht. Wo auch immer *hier* war.

»Warum?«, wiederholte die Schwarzhaarige. Sie klang alarmiert, aber ihre Hände waren ruhig, als sie nach dem Saum meines T-Shirts griff und den Stoff behutsam hochschob. Ich zuckte zusammen, doch sie ignorierte es. Ihre Frage richtete sich nicht an mich, sondern an William.

Dieser sah zwischen uns hin und her. »Dafür haben wir später Zeit. Du musst ihr helfen, Nell.«

Nell presste die vollen Lippen aufeinander, tat aber, was William befahl. Hatte man sie gerufen, um Colt und mich zu heilen? Und was war mit Miles und Jeff?

Sie beugte sich über mich und legte ihre Hand sanft über den Schnitt an meiner Seite. Aus der Nähe erkannte ich, wie jung sie war. Die Frisur ließ sie älter wirken, aber sie musste um die zwanzig sein, vielleicht sogar jünger. Meine Gedanken drifteten ab, sobald ich die Wärme spürte, die von ihrer Berührung ausging. Es war nicht dieses angenehme Gefühl von Sonnenstrahlen wie bei der Illusion, die Jeff mir beigebracht hatte, sondern ein heißes Stechen wie von kleinen Nadeln, die sich in meine Haut bohrten. Ich verzog das Gesicht, gab jedoch keinen Laut von mir. Das Ganze dauerte vielleicht zwei, drei Minuten, dann stand Nell wieder auf.

Ich atmete tief ein – und spürte keinen Schmerz mehr. Verblüfft sah ich an mir hinab. Mein T-Shirt war noch immer blutdurchtränkt, aber ich war unverletzt. Dafür hatte sich an der Stelle, wo der Schnitt gewesen war, eine dünne helle Narbe gebildet. Als ich den Kopf hob, traf mein Blick auf den von Colt. Er konnte noch nicht lange am Fußende der Pritsche stehen, sonst hätte ich ihn sicher früher bemerkt. Die Arme vor der Brust verschränkt, lehnte er mit einer Schulter an der Wand und musterte mich ruhig. Er war noch immer geisterhaft blass und unter seinen Augen lagen tiefe Schatten, aber er lebte und schien nun ebenfalls unverletzt zu sein.

Hastig schob ich den Stoff hinunter und setzte mich auf. »Was ist …?«

»Du hast es gewusst, oder?«, unterbrach Colt mich. Doch seine Frage war nicht an mich, sondern an William gerichtet.

»Ich hatte so eine Ahnung.« Nachdenklich wiegte er den Kopf hin und her. »Sicher war ich erst, als sie dir das Leben gerettet hat.«

»Was gewusst?« Mit pochendem Herzen und einem unguten Gefühl im Bauch blickte ich von einem zum anderen.

Williams Miene wurde nachsichtig. »Ihr seid Seelenpartner, Rayne. Deshalb konntest du Colt im Wald heilen, als Miles dazu nicht mehr in der Lage war. Genauer gesagt hast, du einen Teil seiner Verletzungen auf dich genommen.«

Mit offenem Mund starrte ich die beiden an. Colt und William sahen ernst aus. Aber in Nells Augen spiegelte sich … blankes Entsetzen. Ohne ein weiteres Wort wandte sie sich ab und eilte davon.

William wirkte nicht besonders glücklich darüber, aber er folgte ihr nicht. »Du musst wissen, Platon zufolge existierten vor Jahrtausenden in jedem menschlichen Körper zwei Seelen. Die beiden Hälften eines Ganzen. Es heißt, die Götter hatten Angst vor diesen Menschen, also spalteten sie die Seelen. Seither sind wir alle auf der Suche nach der einen Person, die uns vervollständigt.«

Das Hämmern in meiner Brust verstärkte sich. Ich sah von William zu Colt und wieder zurück, während mein Verstand zu begreifen versuchte, was er gerade erzählte. »Aber dass ich Colt helfen konnte, macht mich bestenfalls zu einer Heilerin. Sicher nicht zu seiner …« Die Bezeichnung lag mir schwer auf der Zunge und ich brachte sie kaum über die Lippen. »… Seelenpartnerin.«

»Seelenpartner können in jeder Form auftauchen, Rayne.« William deutete hinter sich, wo sich weitere aus Holzkisten zusammengeschobene Pritschen befanden. Auf einer davon saß Jeff, neben ihm eine besorgte Liv. »Die beiden sind nicht nur Zwillinge, sondern auch Seelenpartner. Sie hatten das seltene Glück, vom ersten Moment an miteinander verbunden zu sein.«

Zwillinge? Dass ich nicht selbst darauf gekommen war … Ich betrachtete Jeff und Liv genauer. Die äußerliche Ähnlichkeit war durchaus vorhanden, aber bisher war mir darüber hinaus nichts Ungewöhnliches an ihnen aufgefallen. Doch während ich sie beobachtete, erkannte ich den Gleichklang in ihren Bewegungen, die blind aufeinander eingespielt waren. Die Harmonie, die sie umgab, selbst wenn sie sich kabbelten wie jetzt, als Jeff seiner Schwester trotz der Umstände ein Lächeln aufs Gesicht zauberte.

»Ich muss mich um ein paar Dinge kümmern«, sagte William. »Der Angriff hat uns unerwartet und schwer getroffen. Wenn du Fragen hast, Rayne …«

Sogar eine Menge.

»Danke«, erwiderte ich nur und zwang mich zu einem Lächeln. Auf keinen Fall wollte ich William aufhalten. Er schien mehr als genug zu tun zu haben. Die heruntergekommene Halle wirkte wie ein kleines Lazarett, mit provisorischen Betten und Decken auf dem Boden, um Verletzte zu behandeln, Wunden zu heilen oder um sich auszuruhen. Die Lichtseelen mochten über schnelle Heilungsfähigkeiten verfügen, aber auch das schien eine gewisse Zeit zu benötigen.

Während ich William nachsah, nahm ich eine Bewegung aus

dem Augenwinkel wahr. Ich reagierte nicht darauf, bis Colt neben mir in die Hocke ging. Solange William hier gewesen war, hatte ich ihn ignorieren können. Ich hatte nicht die geringste Ahnung, was diese Seelenpartnersache zu bedeuten hatte – und allein die Tatsache, welches Gewicht ihr alle beimaßen, bereitete mir eine Höllenangst.

Unvermittelt setzte Colt sich neben mich. »Was du heute getan hast …«

Ich atmete tief durch, um das nervöse Flattern in meiner Magengrube zu beruhigen, doch das hatte nur zur Folge, dass mich der Geruch von Wald und Meer überschwemmte. Ich schloss die Augen. Was es auch war, ich wollte es nicht hören. Ich hatte rein instinktiv gehandelt, ohne zu wissen, was ich da überhaupt tat. Panik und Intuition hatten die Kontrolle über mich übernommen. Wie seltsam, dass ich so große Angst davor gehabt hatte, Colt zu verlieren, obwohl wir uns doch kaum kannten.

Einen Moment lang musterte er mich von der Seite. »Danke. Das wollte ich nur sagen.«

Ich drehte den Kopf zu ihm. Erst jetzt fiel mir auf, wie dicht wir beieinandersaßen. Seine Schulter berührte meine fast und ich musste all meine Willenskraft aufbringen, ihm weiter in die Augen zu sehen, statt meinen Blick wandern zu lassen. Zu seinen Lippen. Den breiten Schultern. Über seinen Körper, der meinem so nahe war, dass sich die kleinen Härchen auf meiner Haut aufstellten.

»Kein Problem«, flüsterte ich.

Er zog einen Mundwinkel in die Höhe. »Ruh dich aus. Du hast heute eine Menge mitgemacht.«

»Du auch.« Die Worte entschlüpften mir, bevor ich darüber nachdenken konnte.

Colt, der gerade dabei war aufzustehen, hielt mitten in der Bewegung inne. »Stimmt. Aber ich muss William helfen.«

»Die Pflichten des stellvertretenden Anführers?«

Wieder stoppte Colt und drehte sich langsam zu mir um. Die Intensität in seinem Blick raubte mir schier den Atem.

»Was ist?«, brachte ich hervor.

»Nichts.« Langsam schüttelte er den Kopf. »Du siehst so viel mehr, als dir bewusst ist.« Damit ging er in großen Schritten aus der Halle.

Ich sah ihm nach, bis er hinter einem der vielen Betonpfeiler durch eine Doppeltür in einen Flur verschwand.

Genau das hatte er schon einmal zu mir gesagt. Damals hatte er von den Illusionen gesprochen. Was meinte er jetzt damit?

Mein Blick wanderte durch den Raum. Große Fenster sorgten für genügend Tageslicht und offenbarten, dass wir uns irgendwo weit oben befinden mussten. Die Halle schien nur ein Teil eines riesigen Gebäudes zu sein.

Ich schaute zu Liv, die inzwischen auf der anderen Seite des Raumes neben einer Pritsche stand und ihre Hand beruhigend auf die Stirn eines Verletzten legte. Ächzend stand ich auf und stellte beim Näherkommen fest, dass es sich dabei um Miles handelte. Auch er hatte einiges abbekommen und zusätzlich dazu noch Jeff und Colt geheilt. Sein Gesicht war nicht mehr so kränklich grau wie im Wald, aber noch immer erschreckend blass. Die Augen hatte er geschlossen.

Ich blieb am Fußende stehen und wartete, bis Liv ihre Arbeit beendet hatte und mich bemerkte. »Wie geht es ihm?«, fragte ich leise. Meine Stimme klang inzwischen kräftiger, aber noch immer rau. Kein Wunder, meine Kehle fühlte sich staubtrocken an. Für ein Glas Wasser hätte ich in diesem Moment sogar meine Seele verkauft. Oder eher meine Seelenhälfte.

»Besser.« Liv stand auf, nahm einen Lappen aus einer Schale mit Wasser, wrang ihn aus und legte ihn Miles auf die Stirn. »Er muss sich ausruhen. Wieso bist du schon auf den Beinen?« Sie betrachtete mich von oben bis unten.

Ich ahnte, was für einen Anblick ich abgeben musste. Mit blutiger Kleidung, zerzausten Haaren und wahrscheinlich ebenso blassem Gesicht wie alle anderen hier. Ich zuckte mit den Schultern. Dank Nell hatte ich keine Schmerzen mehr. »Es geht mir gut. Was ist mit dir?«

Liv lächelte angestrengt. »Ich bin okay.« Wir wussten beide, dass es eine Lüge war. Vermutlich hatte sie ihre Fähigkeiten seit Stunden eingesetzt. Sie wirkte, als könnte ein einzelner Windhauch sie umpusten.

»Setz dich.« Ich deutete auf die leere Pritsche neben Miles.

Zu meiner Überraschung tat sie es ohne Widerspruch. Ein Seufzen kam ihr über die Lippen, als sie sich auf die Seite legte und zusammenrollte. Ich sah mich nach einer Decke um, fand aber nur dort eine, wo ich kurz zuvor gelegen hatte. Ich kehrte damit zu Liv zurück, um sie behutsam zuzudecken.

»Danke.« Ihr Lächeln wirkte schon wieder etwas echter. Aber dafür fielen ihr beinahe die Augen zu.

»Schon gut. Wo ist dein Bruder?«

Liv richtete sich auf den Ellbogen auf, ließ den Blick durch die Halle wandern und seufzte schließlich. »Wieder unterwegs, wie es scheint. Er wollte eine Illusion erschaffen, um diesen Ort zu schützen, solange wir hier sind.«

Nachdem er dank meines Wurfmessers fast verblutet wäre?

Keine gute Idee. Dennoch nickte ich Liv beruhigend zu. »Ich helfe ihm dabei.«

»Warte, Rayne!«, rief sie, aber ich hörte nicht auf sie, sondern ging zurück zu der Stelle, wo ich aufgewacht war, nahm meine Tasche und die blutverschmierte Jacke. Dann verließ ich die Halle und trat in einen langen Gang.

Diese Leute hatten mich beschützt und geheilt. Das Mindeste, was ich tun konnte, war, wenigstens zu versuchen, Jeff bei der neuen Illusion zu helfen. Nur weil ich kein Teil dieser Welt sein wollte, bedeutete das nicht, dass ich sie in Gefahr wissen wollte.

Meine Muskeln protestierten bei jedem Schritt. Zwar hatte ich keine Schmerzen mehr, fühlte mich aber nun so erschöpft, als hätte ich tagelang nicht geschlafen. Ein modriger Geruch hing schwer in der Luft. Es musste Jahre her sein, dass dieses Gebäude benutzt worden war. Dafür sprachen nicht nur die zerbrochenen Fensterscheiben, sondern auch die Pfützen auf dem Boden, die ich jetzt umrundete. Hier und da hatte sich die Natur eingeschlichen. Moos bedeckte einen Teil des Betons und einige grüne Ranken kletterten die mit Graffiti beschmierten Wände hoch.

Ganz automatisch tastete ich nach dem Lederetui in meiner hinteren Hosentasche. Es war … leer. Vermutlich lagen meine Wurfmesser noch immer im Wald bei der Hütte, nachdem ich sie geworfen, aber mein Ziel nicht getroffen hatte. Nicht richtig. Nicht so, um wenigstens einen Teil von alledem verhindern zu können.

Erst jetzt bemerkte ich, wie still es um mich herum war. Das einzige Geräusch war das leise Knirschen unter meinen Füßen, wenn ich auf Glassplitter trat, die neben den Fenstern auf dem Boden lagen. Beim Hinaussehen erkannte ich die Wolkenkratzer von

Chicago in der Ferne. Wahrscheinlich befanden wir uns auf einem ehemaligen Fabrikgelände außerhalb der Stadt. Die Gegend rund um das Gebäude schien verlassen zu sein. Sicher verirrte sich fast nie jemand hierher – Jeff musste bestimmt keine große Illusion herbeizaubern, um Fremde und Dunkelseelen fernzuhalten.

Da war er wieder, dieser Gedanke, der mir bereits im Wald keine Ruhe gelassen hatte. Wenn nur die Personen mit der gleichen Kraft eine Illusion als solche erkannten, musste unter den Dunkelseelen, die uns angegriffen hatten, ein Bewahrer sein. Wie hätten sie sonst den Standort der Lichtseelen aufspüren können?

Kopfschüttelnd ging ich weiter, folgte dem Flur, bis ich eine Treppe entdeckte, die nach unten führte. Ich machte ein paar Schritte darauf zu, hielt dann mitten in der Bewegung inne.

Da war ein Geräusch. Ganz in der Nähe.

Langsam drehte ich mich um die eigene Achse und sah mich suchend um. Statt die Treppe anzusteuern, bog ich nach links in einen weiteren Gang ab. Stimmengemurmel. Es kam aus dem Raum rechts von mir, dessen Tür nur angelehnt war. Unwahrscheinlich, dass Jeff dort drinnen war und mit irgendjemandem diskutierte. Ich vermutete ihn eher draußen, wo er seine Illusion wob, um sie dann an diesem Ort zu verankern.

Ich sollte weitergehen. Lauschen gehörte sich nicht, das hatte Nora mir erklärt, kurz nachdem ich bei ihr untergekommen war und ein Gespräch zwischen ihr und einem anderen Sozialarbeiter mit angehört hatte. Doch genau wie damals fiel mein Name, und ich brachte es nicht über mich, das zu überhören. Also näherte ich mich der Tür und drückte mich daneben gegen die Wand.

»Warum habt ihr mir nicht gesagt, dass sie deine Seelenpartnerin ist?«, fragte Nell. Sie klang aufgebracht.

»Damit du sie hättest sterben lassen?«, kam es trocken von Colt.

»Das hätte ich niemals getan, das weißt du ganz genau. Ich bin hier nicht diejenige mit der …«

Schnelle Schritte. Dann ein Geräusch, als würde jemand gepackt werden.

»Vorsicht«, knurrte Colt so leise, dass ich ihn kaum verstand. »Du stehst genauso nahe am Abgrund wie ich, also pass auf, was du sagst.«

Wovon redete er da? Von was für einem Abgrund sprach er?

»Und wir zwei sind nicht die Einzigen.« Nells Stimme klang trotzig. Colt musste sie losgelassen haben oder sie hatte sich selbst aus seinem Griff befreit. »Jede Heilkraft ist anders, das wisst ihr. Miles muss sehen oder fühlen, was er heilen soll. Ich dagegen sehe zu viel.«

»Was hast du gesehen?« Auch William schien sich in dem Raum zu befinden.

»Alte Wunden. Narben auf ihrer Seele.« Mir drehte sich der Magen um, aber Nell schnaubte nur und sprach weiter. »Kein Wunder, dass ausgerechnet sie deine Seelenpartnerin ist. Du wirst die Dunkelheit nicht los, Colt, und in Rayne steckt eine Menge davon.«

»Das reicht.« Obwohl William die Stimme nicht erhob, erzielten die Worte ihre Wirkung. Als Colt und Nell schwiegen, fuhr er fort. »Danke, dass du so schnell hergekommen bist, Nell. Ohne dich hätten wir es nicht geschafft. Du kannst jetzt wieder zurück zu deiner Arbeit im Krankenhaus, aber Fernando wird dich begleiten. Keine Widerrede.«

Sie sagte etwas, das ich nicht verstand, dann näherten sich Schritte. Instinktiv zog ich den Kopf ein und drückte mich gegen die Wand. Auf der Suche nach einem Versteck zuckte mein Blick den kahlen Flur entlang. Ohne Erfolg.

Nell stieß die Tür auf und rauschte in die entgegengesetzte Richtung davon, ohne mich zu bemerken. Doch die Erleichterung darüber, nicht beim Lauschen erwischt worden zu sein, verflog schnell, als sich Nells Worte wieder in meine Gedanken mischten. *Alte Wunden. Narben.* Die vertraute Wut bahnte sich einen Weg durch meine Adern – gepaart mit Machtlosigkeit. Doch hier hatte ich keine Wurfmesser zur Hand, um mich abzureagieren und die Kontrolle zurückzugewinnen.

»Wir werden sie verlieren.« Erneut drang Williams Stimme aus dem Zimmer. »Und dann haben wir ein ernsthaftes Problem.«

»Eine Heilerin weniger.« Colts Stimme klang müde. »Dabei haben wir heute schon Hendrik verloren.«

»Das war nicht deine Schuld.«

»Ich weiß. Aber trotzdem …« Ein Seufzen – und dann: »Sie ist meine Seelenpartnerin und besitzt die gleiche Kraft wie Lauren.« Colt klang alles andere als glücklich darüber, vielmehr frustriert. Verzweifelt. »Was für eine beschissene Ironie ist das?«

Ich presste mir die Hand vor den Mund, um keinen falschen Laut von mir zu geben. Jedes falsche Geräusch könnte mich verraten. Langsam entfernte ich mich von der Tür. Mein Puls raste, mein Magen rebellierte – und ich wünschte mir, ich wäre nie Zeugin dieses Gesprächs geworden.

Draußen auf dem Fabrikgelände fand ich Jeff, den Rücken durchgedrückt, das Gesicht der Stadt zugewandt und die Hände gehoben, um seine Illusion zu weben. Obwohl ich lautlos stehen geblieben war und ihn beobachtete, schien er meine Anwesenheit zu bemerken und drehte sich ruckartig zu mir um. Als er mich erkannte, verschwand das Misstrauen aus seinem Gesicht und machte Erleichterung Platz. »Sieht so aus, als hättest du heute mehr Übungsmöglichkeit bekommen, als geplant.«

»Wie geht es dir?«, erkundigte ich mich.

Er sah auf das Loch in seiner Jeans und seufzte dann. »Mir gut, der Hose weniger.«

»Kann ich dir helfen?«

Überrascht starrte er mich an. »Hattest du für heute noch nicht genug Action?«

»Doch«, gab ich ehrlich zu. »Aber wenn ich helfen kann, würde ich das gern tun. Außerdem«, fügte ich nach einem kurzen Moment hinzu, »kannst du mir dann vielleicht auch einen Gefallen tun.«

Er zögerte, schien mit sich zu ringen, nickte dann aber. »Einverstanden. Ich könnte etwas Hilfe gebrauchen.« Einfach so, ohne nachzufragen, was ich von ihm wollte, nahm Jeff mein Angebot an. Das Vertrauen, das er mir damit entgegenbrachte, schnürte mir die Kehle zu. »Komm.« Jeff winkte mich heran. »Ich zeige dir, wie du eine Illusion um ein Gebäude legen und diese verankern kannst.«

Die Straßen Chicagos hatten sich nicht verändert. Unendlich viele Hochhäuser, die in den Himmel ragten und der Umgebung einen einheitlichen Farbton verliehen – Grau. Ich schlang die Arme um mich, nicht, weil mir kalt war, sondern um das Blut an meinem Shirt zu verstecken. Meine Jacke war da leider auch keine Hilfe. Ich hatte sie zwar darübergezogen, aber auch hier prangte ein riesiger dunkelroter Fleck mit Jeffs Blut auf einer Seite und einem Ärmel. Fragen von Fremden oder die Aufmerksamkeit eines Polizisten waren das Letzte, was ich gebrauchen konnte.

Nachdem Jeff mich ein weiteres Mal an diesem Tag unterrichtet und wir eine Illusion um das Fabrikgebäude gezogen hatten, hatte er mich in die Stadt gefahren. Ich hatte mich nicht von den anderen verabschiedet, aber nach allem, was heute geschehen war, wollte ich nur noch eines: nach Hause. Vielleicht hätte ich Jeff bitten sollen, mich zurück nach Divine Creek zu bringen, aber er hatte so erschöpft gewirkt, dass ich es einfach nicht übers Herz gebracht hatte, ihn zu fragen.

Und jetzt stand ich hier, umringt von Wolkenkratzern, über denen sich der dunkle Nachthimmel erhob, und Menschenmassen, die in der Rushhour nach Hause eilten. Jeff hatte mich zwei Blocks von Noras Arbeitsstelle entfernt abgesetzt. Während wir die Illusion aufgebaut hatten und auch während der Fahrt, war mir mein desolater Zustand nicht so ins Auge gesprungen wie jetzt, da ich vor einem Schaufenster stehen blieb und vor meinem eigenen Spiegelbild zurückzuckte.

Dass ich nach diesem Tag bescheiden aussah, war nicht sonderlich überraschend und dennoch erschreckend. Heute Morgen war ich mit Colt losgezogen, um bei den Lichtseelen unterrichtet zu werden. Um zu lernen. Und ich hatte gelernt. In den letzten Stunden hatte ich mehr gelernt, als ich je wissen wollte. Wie gefährlich Dunkelseelen tatsächlich waren, welche Kräfte in mir steckten und die Tatsache, dass Colt und ich Seelenpartner waren.

*Seelenpartner* … Ich runzelte die Stirn. Was sollte das überhaupt bedeuten? Colt war allem Anschein nach alles andere als begeistert darüber. Und ich … ich wusste nicht einmal, was ich davon halten sollte.

Ich bürstete mein Haar mit den Fingern, bis es in nicht mehr ganz so wilden Wellen über meine Schultern fiel, und wischte mir die Mascaraspuren unter den Augen weg. Aber gegen das Blut auf meiner Kleidung konnte ich nichts tun. Nora würde einen halben Herzinfarkt bekommen, wenn sie mich so sah. Und wie sollte ich es ihr erklären?

Es gab nur eine Person, an die ich mich in einer Situation wie dieser wenden konnte. Gray würde mir zwar die Hölle heißmachen, aber er würde Nora nichts verraten. Mein Daumen zitterte, als ich seinen Namen in der Kontaktliste meines Handys suchte und auf den Anrufen-Button drückte. Nervös nagte ich an der Unterlippe und lauschte dem Klingeln. Gray würde alles stehen und liegen lassen, um mich abzuholen. Daran bestand kein Zweifel. Ich musste ihm nur sagen, wo ich war.

Es klingelte ein zweites Mal und ich hielt den Atem an. Aber das dritte Tuten in meinem Ohr blieb aus. Wie versteinert stand ich da, starrte auf die vorbeieilenden Menschen und versuchte, das nächste Klingeln mit bloßer Willenskraft heraufzubeschwören. Doch mein Smartphone blieb stumm. Sekunden tickten vorbei, bis ich den Arm senkte und auf das dunkle Display sah. Nein. Das konnte nur ein grausamer Scherz sein. Immer wieder drückte ich auf den Ein-Aus-Knopf an der Seite, aber der Bildschirm blieb schwarz. Mein Handy war tot.

Ich schluckte die beginnende Übelkeit hinunter. Ich hatte an diesem Tag einen Angriff von Dunkelseelen überstanden, hatte einen Teil von Colts Verletzungen auf mich genommen, war selbst geheilt worden und hatte zusammen mit Jeff eine Illusion um ein ganzes verdammtes Fabrikgebäude gezogen. Ein leerer Akku würde mich jetzt nicht zur Verzweiflung bringen.

Aber meine Augen brannten, als ich dem Strom der Passanten folgte und mich von ihm mitziehen ließ. Mein Herz raste und meine Gedanken waren wie gelähmt. Jetzt blieb nur noch Nora, um zurück nach Hause zu kommen, es sei denn, ich nahm den Bus. Falls ich den letzten nach Divine Creek nicht schon verpasst hatte.

Ein kalter Wind ließ mich frösteln. Ich schlang die Arme noch enger um mich und schlug den Weg zum Jugendamt ein. Mir blieben noch ein paar Minuten, um mir eine gute Erklärung dafür einfallen zu lassen, warum meine Kleidung blutdurchtränkt, ich aber nicht verletzt war.

Vielleicht hätte ich Colt oder William Bescheid geben sollen, dass Jeff mich nach Chicago fuhr, aber Colts Reaktion wollte mir einfach nicht aus dem Kopf gehen.

*Sie ist meine Seelenpartnerin und besitzt die gleiche Kraft wie Lauren. Was für eine beschissene Ironie ist das?*

Es waren nicht nur die Worte, sondern die Art, wie er es gesagt hatte. Ungläubig. Verzweifelt.

Ich rieb mir über die Arme, während ich an einer Ampel wartete. Die vielen fremden Menschen um mich herum machten mich nervös. Nachdem ich nun bereits einige Jahre in Divine Creek verbracht hatte, erschienen mir der Verkehr, die Gespräche und Telefonate, die ich unfreiwillig mit anhörte, ohrenbetäubend. Obwohl ich selbst lange in Chicago gelebt hatte, sehnte ich mich sofort nach der Einfachheit und Ruhe der Kleinstadt.

Die Ampel schaltete um und ich setzte mich in Bewegung. Nur noch eine Straße bis zu Noras Büro. *Bitte lass sie noch da sein …* Plötzlich rempelte mich jemand von hinten an und ich stolperte.

Mein Herz hämmerte, während ich dem Fremden nachsah. Er beachtete mich nicht, sondern eilte ohne jede Entschuldigung weiter.

Ich sah auf und bemerkte den Blick eines Mannes. Er stand

ruhig, nur wenige Meter entfernt, neben dem Schaufenster eines Ladens, in dem Kinderkleidung verkauft wurde. Die Ironie dieses Bilds drehte mir den Magen um. Ich hatte nicht einmal gemerkt, dass ich stehen geblieben war, bis ich registrierte, wie seine Mundwinkel in die Höhe wanderten. Es war dasselbe selbstzufriedene Lächeln wie früher. Dieselben stahlblauen Augen. Wie schon vor dem *Butterfly Books* wirkte er völlig gelassen. Als wäre es keine Überraschung, mich hier, ganz in der Nähe des Jugendamtes, anzutreffen. Als würde nicht gerade die Welt um mich herum zusammenbrechen.

»Hallo Rayne.« Die heisere Stimme bohrte sich wie eine rostige Klinge unter meine Haut.

»Ed …« Ich brachte seinen Namen kaum hervor. Ich hätte ihm vor die Füße spucken sollen, doch in diesem Moment war ich wieder das kleine Mädchen, das sich unter dem Bett oder im Schrank vor ihm versteckte. Angst lähmte meinen Körper und legte sich schwer auf meine Brust. Wie konnte er hier sein? Wie hatte er mich gefunden?

»Was willst du?« Ich wusste nicht, woher ich die Kraft nahm, diese Frage auszusprechen. Vielleicht war es pure Verzweiflung.

»Oh, nichts Besonderes.« Ed setzte sich in Bewegung und blieb viel zu nahe vor mir stehen. Er verströmte einen frischen, sauberen Geruch, dennoch meinte ich, sogar darunter noch den Alkohol riechen zu können, der ihm aus den Poren drang. »Nur eine alte Bekanntschaft auffrischen. Du weißt doch, wie sehr ich deine Gesellschaft genieße.« Er sprach die Worte aus, als würde es sich dabei um einen guten Whiskey handeln.

Ich musste die Zähne zusammenbeißen, um gegen den Brechreiz anzukommen, der in mir aufzusteigen drohte. Wut breitete sich in mir aus. »Zu schade, dass das nicht auf Gegenseitigkeit beruht. Halt dich von mir fern!«

Ich wandte mich zum Gehen – und spürte im selben Moment, wie sich warme Finger um mein Handgelenk schlossen. Eine schwielige, schwitzige Hand. Die Erinnerung flammte in aller Deutlichkeit auf. Ein anderer Ort, eine andere Zeit. Ich saß in einer Ecke zusammengekauert, die Arme eng um die Knie geschlungen. Ed redete auf mich ein, aber ich hörte ihm nicht zu. Ich versuchte, ihn auszublenden. Ihn und seinen schweren, von Whiskey getränkten Atem. Seine Berührungen an meiner Schulter … meinen Rippen … meiner Hüfte. Damals war ich zu jung gewesen, um zu begreifen, was er von mir wollte. Warum sein Blick sich veränderte, wenn er mich betrachtete.

Gewaltsam riss ich mich aus der Erinnerung, schaffte es aber nicht, der Umklammerung zu entkommen. »Lass mich los.« Was ein scharfer Befehl sein sollte, kam nur als ein flehendes Flüstern über meine Lippen.

»Was willst du tun, hm? Um Hilfe schreien? Die Polizei rufen?« Er schnaubte verächtlich. »Du hast schon damals nicht gegen mich ausgesagt und wirst es auch heute nicht tun. Und weißt du auch, warum?« Mit einem Ruck zog er mich näher. »Weil du noch immer dasselbe verängstigte kleine Mädchen bist wie früher.«

Ich sah mich Hilfe suchend um, aber die Passanten liefen einfach vorbei, als würden sie nicht bemerken, was direkt vor ihren Augen geschah. Oder als würden sie es nicht sehen wollen. Wir standen zwischen zwei Gebäuden am Beginn einer Seitenstraße. Es bedurfte nur ein, zwei Schritte, um uns allen Blicken zu entziehen. Ed musste diesen Ort bewusst gewählt haben. Als hätte er hier auf mich gewartet – oder mich verfolgt. Das ständige Prickeln in meinem Nacken. Ich hatte es mir nicht nur eingebildet. Jemand hatte mich tatsächlich beobachtet, aber nicht nur hier in Chicago, sondern auch zu Hause in Divine Creek. Es war Ed. Er musste es die ganze Zeit gewesen sein und das als eines seiner kranken Spielchen ansehen.

Ich zerrte an meinem Arm. Vergeblich. Seine Finger bohrten sich so fest in meine Haut, dass ich sicherlich Spuren von dieser Begegnung davontragen würde.

»Lass mich los oder ich schreie«, brachte ich keuchend hervor.

Belustigung zuckte über seine Gesichtszüge. »Und was dann, hm? Verbreitest du Lügen darüber, dass dein ehemaliger Pflegevater dich belästigt hat? Oh, Rayne …« Ein hartes Lachen kam ihm über die Lippen. »Wer sollte dir glauben?«

Panik begann im Takt meines Herzens in meiner Brust zu pochen. »Jeder, du kranker Bastard!«

»Vorsicht.« Seine Stimme wurde zu einem rauen Flüstern. »Sonst könnte ich das Interesse an dir verlieren und mich netteren Mädchen zuwenden. Deiner kleinen Schwester zum Beispiel. Wie heißt sie doch gleich? Ach ja, richtig.« Er lächelte breit. »Emma.«

Kälte breitete sich in mir aus. Sekundenlang war ich unfähig, mich zu bewegen, zu denken oder gar zu atmen.

»Halt sie da raus!«, zischte ich mit aller Kraft, die ich aufbringen konnte.

Ed nickte, scheinbar zufrieden mit meiner Antwort. »Ich werde ihr kein Haar krümmen, solange du kooperierst, Rayne. Wenn nicht oder wenn du jemandem etwas hiervon erzählst, werde ich der kleinen Emma einen Besuch abstatten.«

Ohne Vorwarnung ließ er mich los und ich stolperte zurück, bis ich mit dem Rücken gegen eine Hausmauer stieß. Mein Atem ging so schnell, als wäre ich meilenweit gerannt.

Ed sah auf die silberne Armbanduhr, die unter seinem Hemdsärmel hervorlugte, und schnalzte mit der Zunge, als hätte er einen wichtigen Termin und müsste sich beeilen. Als er mich wieder ansah, erkannte ich so viel Zufriedenheit und Genugtuung in seinem Gesicht, dass mir der Ekel beinahe die Luft abschnürte.

»Wir sehen uns wieder, Rayne.« Er überbrückte die Distanz zwischen uns und streckte die Hand nach mir aus. Instinktiv schloss ich die Augen. Jeder Gedanke an Schutz oder Sicherheit war utopisch. Das hier war die harte Wirklichkeit. Ed strich mir eine lange Haarsträhne aus dem Gesicht und wickelte sie um seine Finger. »Und das nächste Mal bist du hoffentlich zuvorkommender.«

Ich drückte mich gegen die Wand und starrte auf einen imaginären Punkt über seiner Schulter. Meine Hände lagen flach auf dem rauen Stein, statt Ed zu packen und all die Techniken einzusetzen, die ich in meinen Selbstverteidigungskursen gelernt hatte. Es war wie eine Blockade in meinem Kopf, die mich in eine Zeit zurückversetzte, in der ich mich nicht gegen diesen Mann zur Wehr hatte setzen können. Eine Zeit, in der ich hilflos gewesen war. Genauso hilflos wie heute.

Denn in einem Punkt hatte Ed recht: Trotz Selbstverteidigungskursen und übernatürlichen Kräften, trotz all der schönen Erlebnisse der letzten Jahre war ich tief in meinem Inneren noch immer dasselbe kleine Mädchen, das verängstigt in seinem Zimmer saß und ihm hilflos ausgeliefert war.

# Kapitel 10

Ich wusste nicht, wie lange ich am Rande der Seitenstraße stehen blieb. Mein Puls raste selbst dann noch, als Ed längst fort war. Genauso lange hingen seine Worte in der Luft, zusammen mit der Frage, wie er mich gefunden hatte. Woher wusste er von meinem Leben und meiner Familie in Divine Creek? Wie hatte er ahnen können, dass ich heute in Chicago sein und allein durch die Straßen laufen würde? Es musste eine vernünftige Erklärung dafür geben. Es sei denn …

Die andere Möglichkeit sandte einen kalten Schauder über meinen Rücken. Konnte das sein? Konnte ausgerechnet mein ehemaliger Pflegevater eine Dunkelseele sein? War er für die Schreie verantwortlich, die ich seit ein paar Wochen wieder vermehrt hörte? Und jetzt hatte er sogar Emma bedroht. Allein beim Gedanken daran zog sich alles in mir zusammen.

Es war die Sirene eines Kranken- oder Feuerwehrwagens in der Nähe, die mich ruckartig zurück in die Gegenwart holte. Oh Gott. Wie spät war es inzwischen? Ich rannte los, rempelte Leute an, lief über die Straße, ohne auf die Ampel zu achten. Ich versuchte, so schnell wie möglich den Bürokomplex zu erreichen, in dem sich das Jugendamt befand – obwohl ich es bereits ahnte: Ich kam zu spät. Nora war schon längst nach Hause gegangen.

Ziellos wanderte ich durch die Straßen, schlang meine Jacke

enger um mich und bereute es, mir nichts Wärmeres angezogen zu haben. Nachts wurde es inzwischen bedeutend kühler, noch dazu war ein eisiger Wind aufgekommen. Zitternd vergrub ich die Hände so tief wie möglich in meinen Taschen und zog den Kopf ein. Den Blick auf den Boden gerichtet, lief ich immer weiter, vorbei an Restaurants und den lachenden Menschen, die heraustorkelten, vorbei an verliebten Pärchen, die Händchen haltend an den Schaufenstern vorbeischlenderten, und viel zu stark geschminkten Mädchen, die sich in den nächsten Club schmuggeln wollten.

Ich dachte nicht mehr nach, setzte einfach nur einen Schritt vor den anderen. Wenn ich anhielt, würde das Gedankenkarussell wieder einsetzen.

Mit der Zeit wurde es ruhiger um mich herum, aber nicht in meinem Inneren. Ein stechender Schmerz machte sich in meiner Brust bemerkbar und krallte sich fest. So fest, dass er sich bis in meine Seele bohrte und Dinge zutage förderte, die ich vergessen wollte. Ich versuchte, davor wegzurennen, doch vor meinen Erinnerungen gab es keine Flucht. Egal, wie weit ich lief, sie waren immer bei mir, schwelten in der hintersten Ecke meines Bewusstseins, bis sie wieder zutage treten konnten.

Aber da war noch etwas. Eine Art innerer Drang, ein Sehnen nach etwas, für das ich keinen Namen hatte und das mich durch die Straßen von Chicago führte, ohne dass ich wusste, wohin. Ich folgte der Empfindung, ließ mich von meiner Intuition leiten. Aber als ich eine Ewigkeit später vor ein paar Stufen stehen blieb und den Blick hob, verstand ich es.

Dieses Gefühl hatte mich zu Colt geführt.

Er entdeckte mich sofort. Hatte er meine Anwesenheit gespürt, so wie ich seine manchmal wahrnahm?

Ohne den Blick von mir zu nehmen, kam er die Stufen herunter. Ich sah kurz an ihm vorbei und erkannte, dass wir vor einem Apartmentkomplex standen, der so viele Stockwerke hatte, dass ich den Kopf in den Nacken legen musste, doch nicht einmal dann hätte ich sie alle sehen können. Das Gebäude schien fast nur aus Glas zu bestehen und hatte eine hell erleuchtete Lobby, die warm und einladend wirkte.

Ich wandte mich wieder zu Colt. Er hatte sich inzwischen umgezogen, statt des grauen T-Shirts mit dem Blutfleck verbarg nun ein schwarzes Shirt die verblassende Narbe an seiner Seite, die an derselben Stelle lag wie meine.

Er blieb direkt vor mir stehen. »Wo warst du?«

Ich blinzelte irritiert. »Jeff hat mich in der Stadt abgesetzt.«

»Schön, dass ich das jetzt auch erfahre.« Unverfälschte Wut lag in seiner Stimme – und traf einen empfindlichen Nerv.

»Du warst anderweitig beschäftigt. Ich wusste nicht, dass ich mich bei dir abmelden muss, wenn ich nach Hause will.«

Die Sehnsucht oder was auch immer mich hierher getrieben hatte, war verschwunden. Jetzt wünschte ich mir, lieber das Geld für ein Taxi ausgegeben zu haben, das mich zurück nach Divine Creek brachte, als hier bei Colt zu sein.

Ich wusste nicht, was ich erwartet hatte, als ich ihn plötzlich vor mir gesehen hatte. Ich war erleichtert gewesen, doch auch davon war jetzt nichts mehr zu spüren.

»Wir wurden heute angegriffen.« Colt gab sich keine Mühe, die Stimme zu senken. Eine ältere Frau, die gerade auf das Gebäude zusteuerte, vor dem wir standen, warf uns einen misstrauischen Blick zu. »Und du wärst beinahe draufgegangen, weil du so leichtsinnig warst, mich … Und dann haust du einfach ab?«

»Ist das dein Ernst?«

Sekundenlang konnte ich ihn nur ungläubig anstarren. Er warf mir vor, dass ich ihm das Leben gerettet hatte? Dass ich gegangen war, obwohl sehr wohl jemand gewusst hatte, wo ich war? Was zum Teufel fiel ihm eigentlich ein?

»Ja, ich bin einfach *abgehauen*«, wiederholte ich, »weil ich nichts mit alledem zu tun haben will. Nicht mit euch, nicht mit den Dunkelseelen oder mit irgendwelchen übernatürlichen Kräften. Nicht mit dir!« Ich gab ihm einen Stoß gegen die Brust. »Denkst du, ich hätte es mir ausgesucht, deine Seelenpartnerin zu sein? Nein! Ich hatte in dieser Sache genauso wenig Mitspracherecht wie du.«

Und damit machte ich auf dem Absatz kehrt. Ich hatte genug. Genug von übernatürlichen Wesen, von Angriffen und davon, Leute, die mir nach so kurzer Zeit wichtig zu werden begannen, verbluten zu sehen.

»Rayne …«

Ich wirbelte zu ihm herum. »Weißt du was? Das war ein Fehler. Ich hätte niemals herkommen sollen. Keine Ahnung, warum ich es getan habe.«

»Rayne.« Colt war mir gefolgt, streckte die Hand nach mir aus, aber ich stieß sie zur Seite. Seine Augen weiteten sich überrascht.

Sekunden vergingen, in denen sich keiner von uns rührte. Es hätte mich nicht gewundert, wenn er einfach gegangen wäre. Wenn er sich umdrehen und im Licht irgendeiner verdammten Straßenlaterne oder Reklametafel verschwinden würde. Ich hatte ihm schließlich keinen Grund zum Bleiben gegeben.

»Ich weiß, was du hier tust, Rayne.« Seine Stimme war tief und überraschend sanft. »Du fühlst dich in die Ecke gedrängt und schlägst um dich. Und da ich der Einzige bin, der in Reichweite ist, gehst du auf mich los. Aber soll ich dir was verraten?«

»Was?«

Ehe ich mich versah, streckte er die Hand erneut nach mir aus und zog mich fest an sich. Seine Wärme und der Geruch von Wald und Meer schlugen wie eine Welle über mir zusammen. Im ersten Moment konnte ich nicht reagieren, sondern war wie erstarrt. Ich hatte ihm all das an den Kopf geworfen und er … umarmte mich? Nach und nach entspannte sich mein Körper. Wie von selbst schmiegte ich mich an Colt und legte die Arme um ihn. Meine Augen fielen zu und ich ließ den wilden Duft, der so typisch für ihn war, für einen kurzen Moment all meine Ängste und Zweifel davontragen.

»Es funktioniert nicht«, murmelte er. Sein Mund war an meinem Ohr und sein Atem streifte meinen Hals. »Du kannst dich noch so sehr dagegen wehren, aber du und ich, wir sind jetzt ein Team. Wir sind miteinander verbunden. Das wirst du nicht los – und mich genauso wenig. Zumindest nicht so leicht.« Obwohl ich sein Gesicht nicht sah, konnte ich das Lächeln in seiner Stimme hören. Langsam löste er sich von mir und suchte meinen Blick. »Du bist nicht die erste Lichtseele, die sich ihrer Macht bewusst wird und sich mit aller Kraft gegen ihr Schicksal wehrt. Was meinst du, was für einen Stress wir damals mit Jeff und Liv hatten?«

Zögerlich zog ich die Mundwinkel hoch. »Das sagst du doch bloß, damit ich mich besser fühle.«

Ein kurzes Grinsen blitzte in Colts Miene auf, das den Blick auf eine andere Seite von ihm freigab. Eine jungenhafte, sorglose Seite. »Ich würde dich nie anlügen, nur damit du dich besser fühlst.«

»Beruhigend.« Seufzend rieb ich mir mit beiden Händen über das Gesicht und schob mir ein paar Haarsträhnen hinters Ohr. »Warum glaubst du immer noch, dass ich eine Lichtseele bin und zu euch gehöre?«

Colt ließ mich los, blieb jedoch, wo er war. Mit einem Mal war jedes Lächeln verschwunden und Ernsthaftigkeit legte sich auf seine Züge. »Die Entscheidung liegt noch immer bei dir und die kann dir auch keiner abnehmen. Aber du hast bereits zu viel in deinem Leben durchgemacht, als dass du Menschen schaden wollen würdest. Das, was ich wahrnehme, wenn ich dich anschaue, ist gut.«

»Trotzdem fürchtet ihr euch vor mir«, erinnerte ich ihn leise und sprach damit endlich das aus, was mir seit jenem Abend in der Hütte im Wald auf der Seele brannte. »Dass ich die gleiche Kraft wie Lauren habe, macht euch Angst.«

»William und ich haben keine Angst vor dir, Rayne. Wir sind besorgt.«

»Warum?«

Er seufzte tief und wandte den Blick ab. »Das ist eine lange Geschichte, und ich glaube, für heute haben wir beide schon genug.« Als er sich mir wieder zuwandte, erkannte ich nichts als Ehrlichkeit in seinen Augen. »Soll ich dich nach Hause fahren?«

Zu unser beider Überraschung schüttelte ich den Kopf. »Ich will nicht nach Hause.«

Seltsam, wo doch genau das in den letzten Stunden mein einziges Ziel gewesen war. Aber jetzt erkannte ich, dass es nicht meine Familie oder die Zuflucht meines Zimmers war, nach der ich mich sehnte. Ich wollte einen Moment Ruhe. Eine Pause von dem Chaos. Selbst wenn es nur für ein paar Stunden war.

Colt nickte langsam, als wüsste er, was in mir vor sich ging. »Dann weiß ich genau, wo wir hingehen.«

Als Colt sein Motorrad anhielt, standen wir vor einem weiteren der vielen Hochhäuser Chicagos. Diese Gegend war jedoch nicht auf den Postkartenmotiven zu sehen. Graffiti prangten an den Mauern. Keine bunten Kunstwerke wie auf dem Fabrikgelände, sondern Tags oder mehr als deutliche Botschaften. Hinter den meisten Fenstern war es stockdunkel, einige waren eingeschlagen. Die Straßenlampen flackerten, als wären sie viel zu lange nicht mehr gewartet worden.

»Nicht unbedingt die luxuriöseste Gegend«, murmelte Colt, nachdem er den Motor ausgeschaltet und seinen Helm abgenommen hatte.

»Das macht nichts.« Ich zog mir den Helm ebenfalls aus, nicht jedoch die Lederjacke, die Colt mir gegeben hatte, bevor wir losgefahren waren. Als ich vom Motorrad abstieg, behielt ich den Ersatzhelm und die Papiertüte in der Hand. Wir hatten einen kurzen Zwischenstopp bei einem Drive-in eingelegt und uns ein paar Burger einpacken lassen. »Ich bin keinen Luxus gewöhnt.«

Es war die Wahrheit. Die Heime, in denen ich den größten Teil meiner Kindheit verbracht hatte, waren in Ordnung gewesen, sauber und aufgeräumt, aber sicher nicht luxuriös. Bei Ed und Martha war es dagegen fast schon zu perfekt gewesen. Ein typisches Mittelschichthaus und dennoch kein richtiges Zuhause. Den beiden war es nur um den schönen Schein gegangen, während das, was sich darunter verbarg, kaum schrecklicher hätte sein können.

»Rayne?«

Ich riss meinen Blick von dem mindestens fünfzehnstöckigen

Gebäude los und drehte mich zu Colt um. Zwischen seinen Brauen hatte sich eine Falte gebildet. Wahrscheinlich hatte er mich gerade nicht zum ersten Mal angesprochen, aber ich war so in meine Erinnerungen vertieft gewesen, dass ich es nicht gehört hatte.

»Alles in Ordnung?«

»Ja«, erwiderte ich und zwang mich zu einem Lächeln. Aber die Falte zwischen seinen Brauen wollte nicht verschwinden. Wenigstens bohrte er nicht weiter nach.

Colt steuerte direkt auf das Hochhaus zu. Noch im Gehen kramte er in seiner Hosentasche und warf einem alten Mann ein paar Münzen in den Hut, der neben der Tür auf dem Boden kauerte. Die Eingangshalle war verlassen, aber ich hatte auch nicht mit einem Rezeptionisten und übereifrigen Pagen gerechnet. Colt ging an den Briefkästen vorbei und steuerte die Treppe an. Mit einem Fuß auf der ersten Stufe drehte er sich zu mir um.

»Der Fahrstuhl funktioniert leider nicht«, informierte er mich, als wäre ihm das gerade erst eingefallen.

Ich runzelte die Stirn. »In welchem Stock wohnst du?«

»Im achten.« Er zuckte herausfordernd mit den Mundwinkeln. »Wenn es einen guten Zeitpunkt gibt, sich für uns zu entscheiden und das Licht als Fortbewegungsmittel zu nutzen, dann wäre das wohl jetzt.«

»Ha, ha«, machte ich, doch die Tatsache, wie locker er mit diesem Thema umging, gefiel mir. Ähnlich wie Miles damals im *Butterfly Books* gelang es jetzt auch Colt, dieser Sache einen Hauch von Alltäglichkeit zu verleihen. Von Normalität, obwohl nichts daran normal war.

»Dann werden wir wohl laufen müssen. Sieh es als Ersatz für das ausgefallene Training.« Bevor ich darauf reagieren konnte, setzte er sich in Bewegung und ich musste mich beeilen, um mit ihm Schritt zu halten.

»Trifft es dich gar nicht?« Die Frage kam mir über die Lippen, bevor ich darüber nachdenken konnte.

»Was?«

»Der Angriff heute. Dass jemand von deinen Leuten verschwunden ist.« Wir erreichten die erste Etage und gingen an einer Tür vorbei, die zu den Wohneinheiten führen musste, bevor wir die Stufen zum nächsten Stock nahmen.

»Glaubst du, es ist mir egal?«, gab Colt zurück. Ohne meine Antwort abzuwarten, schüttelte er den Kopf. »Das ist es nicht. William kümmert sich darum, dass wir Hendrik finden, und er wird auch seine Familie informieren. Im Moment kann ich nichts daran ändern. Jeder von uns hat getan, was er konnte. Scheiße, ich wäre heute auch draufgegangen, wenn du nicht gewesen wärst.«

Vielleicht. Vielleicht wäre es auch nie so weit gekommen, wenn ich nicht dort gewesen und meine Wurfmesser auf die Dunkelseele geschleudert hatte. Zumindest wäre Jeff dann nicht fast verblutet, weil ihn eines davon getroffen hatte.

Als wir endlich vor Colts Wohnungstür ankamen, war ich völlig außer Atem. Keuchend stützte ich mich mit den Händen auf meinen Oberschenkeln ab und versuchte, das Brennen in meiner Brust zu vertreiben. Colt hingegen schien problemlos acht weitere Stockwerke laufen zu können, ohne dass es seinen Puls in die Höhe trieb. Ich beneidete und hasste ihn gleichermaßen dafür.

»Das mit dem Sport üben wir noch mal, hm?«, kommentierte er trocken, während er seinen Wohnungsschlüssel hervorzog.

Ich richtete mich auf und gab ihm einen Stoß gegen die Schulter. »Was willst du von mir? Meine sportlichen Aktivitäten beschränken sich darauf, beim Lesen die Seiten umzublättern.« Und Messer zu werfen.

»Das werden wir ändern.«

»Ich glaube, ich will doch lieber nach Hause.«

Statt eines Konters bekam ich sein tiefes Lachen zu hören und musste lächeln. Irgendetwas sagte mir, dass nur die wenigsten Menschen diese Seite von Colt sahen. Vielleicht waren wir uns doch nicht so unähnlich. Genau wie ich schien auch er eine Mauer um sich herum aufgebaut zu haben, die nur schwer zu überwinden war.

Ich folgte ihm in den dunklen Flur und stellte erstaunt fest, wie sehr ich ihm trotz allem vertraute. Abgesehen von Gray oder Barry wäre ich keinem anderen Mann in seine Wohnung gefolgt. Noch dazu spätabends. Allein. Doch die Bedenken stellten sich nur kurz ein, dann betätigte Colt den Lichtschalter und meine Anspannung verflüchtigte sich. Wir waren nicht hier, weil er mehr von mir wollte, als ich zu geben bereit war. Wir waren hier, weil wir beide miteinander klarkommen mussten – und weil Colt da gewesen war, als ich dringend jemanden gebraucht hatte.

Eine einsame Glühbirne hing von der Decke herab und erhellte den kargen Flur. Links neben der Tür stand eine Kommode, der man die Gebrauchsspuren vieler Jahre deutlich ansah.

»Du kannst heute Nacht hier bleiben, wenn du willst.« Colt legte Schlüssel, Helm und Handy darauf ab. »Hinter der ersten Tür links ist das Bad. Du kannst ein Shirt von mir haben«, fügte er mit Blick auf mein blutiges Outfit hinzu.

Ich nickte dankbar. »Kann ich das benutzen?«, fragte ich und deutete auf sein Handy. »Ich will kurz daheim anrufen.«

»Klar«, erwiderte Colt, als wäre es das Selbstverständlichste der Welt, mir sein Telefon zu überlassen.

Er entsperrte das Display mit einer Wischbewegung und überreichte mir das Handy.

Ich begann zu wählen. Die wenigsten Menschen kannten ihre eigene Telefonnummer auswendig, da bildete ich leider auch keine Ausnahme. Aber ich wusste Noras Handynummer, weil sie diese nie geändert und ich sie in meiner Anfangszeit bei ihr oft gewählt hatte.

Es klingelte nur zweimal, ehe sie abhob. »Hallo?«

»Ich bin's.«

Mit einem Mal fühlte ich das Gewicht von allem, was an diesem Tag geschehen war, auf meinen Schultern. Ich lehnte mich mit dem Rücken gegen die Wohnungstür und schloss die Augen, um Noras Stimme zu lauschen.

»Rayne? Wo steckst du? Ist alles in Ordnung?«

»Alles okay.« Ich räusperte mich und zwang mich dazu, die Augen wieder zu öffnen. »Ist Emma bei dir?«

»Ja, natürlich. Wieso fragst …«

»Gut«, unterbrach ich sie. »Ich schaffe es leider nicht mehr zurück und werde über Nacht in Chicago bleiben.«

»Rayne …« Nora klang verblüfft. Besorgt. Ich wünschte, ich könnte ihr das ersparen, aber die Wahrheit konnte ich ihr unmöglich erzählen. Nicht nur, dass sie mir nicht glauben würde, ich wollte sie auch keiner Gefahr aussetzen. Je weniger Nora und Emma mit dieser ganzen Seelensache zu tun hatten, desto sicherer waren sie. Zumindest redete ich mir das ein.

»Mir geht's gut«, brachte ich hervor, obwohl meine Kehle eng wurde. Zum ersten Mal belog ich Nora und hatte Geheimnisse vor ihr. »Ich komme morgen früh zurück und gehe direkt zur Arbeit.«

Sie zögerte, ganz so, als würde sie mit sich ringen. Ich konnte mir gut vorstellen, wie sie zu Hause in unserem Wohnzimmer stand, das Smartphone mit der einen Hand am Ohr, die andere Hand in ihrem Haar vergraben. Sie hatte mir immer vertraut, und ich hatte ihr nie einen Grund gegeben, es nicht zu tun. Ich konnte nur beten, dass sich nichts daran ändern würde.

»Ich hoffe, du weißt, was du tust«, antwortete sie nach einer Weile ruhig. Ich kannte diesen Tonfall. Es war derselbe, den sie bei den Jugendlichen im Amt anschlug, wenn sie zu ihnen durchdringen wollte. »Pass auf dich auf, Liebes.«

Ich schluckte den Kloß in meinem Hals hinunter. »Mach ich. Du auch auf dich – und Emma.«

Mein schlechtes Gewissen brannte sich wie ein glühendes Eisen in meine Brust. Ich musste ihr von Ed erzählen. Von seinem unerwarteten Auftauchen. Seiner Drohung. Aber wenn er sich tatsächlich als Dunkelseele herausstellte, würde ich Nora damit nur in Gefahr bringen. In diesem Fall konnten mir nur Colt und die anderen Lichtseelen helfen, meine Familie zu beschützen.

Ich verabschiedete mich mit dem wehmütigen Gefühl, soeben etwas Wertvolles verloren zu haben. Als ich aufsah, stand Colt am Ende des Flurs und hielt mir ein T-Shirt entgegen.

»Danke«, murmelte ich und ging an ihm vorbei ins Badezimmer, um mich umzuziehen.

Als ich zurückkehrte, hatte er sich eine Decke unter den Arm geklemmt. Ohne irgendwelche Fragen zu stellen, griff er nach dem Türknauf. »Komm mit.«

Ich verzog das Gesicht. »Noch mehr Treppen?«

Er schnaubte leise. »Tut mir leid. Aber es wird dir gefallen.«

»Das hoffe ich für dich«, murmelte ich, schnappte mir im Vorbeigehen die Tüte mit unserem Essen und folgte ihm aus der Wohnung.

Meine Befürchtung bewahrheitete sich: mehr Treppen. Irgendwann hatte ich aufgehört, die Stockwerke zu zählen, und versuchte nur noch, das Ziehen in meinen Beinen zu ignorieren. Das würde Muskelkater geben. Doch als ich meinte, keine einzige Stufe mehr gehen zu können, endeten sie abrupt vor einer grauen Stahltür. Colt öffnete sie und ging hindurch.

Klare Nachtluft wehte mir entgegen und Kies knirschte unter meinen Chucks, als ich ihm aufs Dach folgte. Ich wusste nicht, was ich erwartet hatte, aber sicher nicht diese absolute Ruhe. Um uns herum erhoben sich die Wolkenkratzer in jeder Himmelsrichtung, während weit unten das Leben tobte. Aber hier oben war es völlig still. Nur der Wind trug hin und wieder ein paar Geräusche zu uns herüber und ließ mich vor Kälte erzittern. Abgesehen davon schienen wir allein auf der Welt zu sein.

»Das ist unglaublich«, flüsterte ich und näherte mich der Absperrung am Rande des Dachs. Die Betonmauer reichte mir bis zur Hüfte, darüber waren Eisenstangen angebracht, die ich mit den Händen umfasste.

Die Nacht hatte sich über Chicago herabgesenkt, aber von überallher waren kleine, funkelnde Lichter zu sehen, die die Stadt und ihre äußeren Bezirke in ein Sternenmeer verwandelten. Wenn ich die Augen zusammenkniff, glaubte ich, sogar den beleuchteten Kirchturm von Divine Creek in der Ferne zu erkennen.

Colt trat neben mich. »Egal wie dunkel es sein mag, einen Funken Licht findest du überall. Und wo Licht ist, da sind auch wir.«

Die Lichtseelen. Ein schöner Gedanke. Ich realisierte nicht einmal, dass ich lächelte, bis ich Colts Blick bemerkte. Er ruhte aufmerksam, aber auch irgendwie zufrieden auf mir.

»Viel besser«, murmelte er. Mit dem Daumen strich er mir über den Mundwinkel. »Das Lächeln steht dir besser als dieser verschreckte Ausdruck.«

Ich bewegte mich nicht, als er sich von der Mauer abstieß und sich ein paar Schritte entfernte. Einerseits war ich erstaunt, wie leicht er mich bereits durchschauen konnte, andererseits war es auf seltsame Weise beruhigend. Unwillkürlich musste ich an Jeff und Liv denken. Die beiden waren seit ihrer Geburt zusammen und kannten es nicht anders. Sie waren aufeinander eingespielt. Colt und ich dagegen … Nun, vielleicht begannen wir mit den ersten Schritten in die richtige Richtung. Winzige Schritte, aber immerhin.

Inzwischen hatte er die Decke auf dem Boden ausgebreitet und sich hingesetzt. Nachdenklich ging ich zu ihm hinüber und setzte mich mit etwas Abstand neben ihn. Wir aßen unsere Burger schweigend. Colt hatte bezahlt und ich hatte so lange auf ihn eingeredet, bis er sich damit einverstanden erklärt hatte, dass ich ihm meinen Anteil zurückzahlen würde. Erst dann hatte ich die Tüte mit dem Essen guten Gewissens annehmen können.

Sobald Colt fertig war, schob er die Verpackungen beiseite und legte sich der Länge nach auf den Rücken. Die Arme hinter dem Kopf verschränkt, richtete er seinen Blick nach oben. Ich zögerte nur einen Herzschlag lang, dann schluckte ich den letzten Bissen hinunter und legte mich neben ihn.

Wieder raubte mir der Anblick den Atem. Über uns funkelten die Sterne, nur von einigen wenigen kleinen Wolken verdeckt. Sterne, die man in der Stadt nie zu sehen bekam, weshalb man oft vergaß, dass sie überhaupt existierten.

»Das ist der einzige Ort in der Stadt, an dem ich durchatmen und nachdenken kann.« Colts gedämpfte Stimme fügte sich ohne

Weiteres in die nächtliche Stille ein. Der ganze Lärm, die Autos, die Sirenen und die vielen Menschen waren hier oben weit, weit weg.

Und plötzlich verstand ich. Statt mich zu fragen, was passiert war, hatte Colt mich hier heraufgebracht, weil er instinktiv geahnt hatte, was ich wirklich brauchte. Ruhe. Abstand. Eine Pause von dem Wahnsinn, der mein Leben in Beschlag genommen hatte.

Ich drehte den Kopf zu ihm und musterte ihn von der Seite. Seine starke Kieferpartie zeichnete sich aus dieser Perspektive noch deutlicher ab, ebenso der dunkle Bartschatten, der sie bedeckte. Ich machte keinen Hehl daraus, dass ich ihn beobachtete, und doch blickte Colt weiter ruhig zum Himmel hinauf, als würde er es nicht einmal bemerken.

»Danke«, wisperte ich. Gut möglich, dass ich ihm heute das Leben gerettet hatte, aber er hatte mich vor mir selbst gerettet.

Colt antwortete nicht, er sah lediglich kurz zu mir herüber und zog die Mundwinkel ein Stückchen hoch, dann richtete er seine Aufmerksamkeit wieder auf den Sternenhimmel. Ich folgte seinem Beispiel. Während ich einzelne Sternbilder zu finden versuchte, beruhigte sich meine Atmung, und auch meine Muskeln begannen, sich nach und nach zu entspannen. Kein Wunder, dass Colt diesen Ort aufsuchte, wenn er nachdenken wollte. Vermutlich hatte man hier oben nicht einmal Handyempfang und war somit völlig von der Welt abgeschnitten.

»Wie ist das so?«, fragte ich nach einer Weile leise. »Sich im Licht zu bewegen?«

Colt ließ sich so viel Zeit mit der Antwort, bis ich glaubte, er hätte mich nicht gehört. Doch dann schüttelte er den Kopf. »Unbeschreiblich. Es ist, als würdest du ein Teil davon werden. Du atmest keinen Sauerstoff mehr ein, sondern Licht. Durch deine

Adern fließt kein Blut mehr, sondern Sonnenschein. Und dann ist da noch der Rausch der Geschwindigkeit.«

»Der Rausch?«

Er drehte den Kopf zu mir. »Du bewegst dich so schnell, wie es keinem Menschen möglich ist. Du bist an keinen Ort mehr gebunden, kannst in wenigen Minuten, oder auch nur in Sekunden, überall auf der Welt sein. Das ist die absolute Freiheit.«

Ein neues Gefühl keimte in meiner Brust auf, und es dauerte ein paar Sekunden, bis ich begriff, dass es Sehnsucht war. Die Sehnsucht nach etwas, das ich nie erlebt hatte. Aber so wie Colt es beschrieb, klang es wie etwas, das ich unbedingt erleben wollte. Wäre da nicht auch die Kehrseite der Medaille. Wenn ich mich im Licht bewegte, wäre ich eine Lichtseele. Ein Zurück würde es dann nicht mehr geben, dann wäre ich endgültig ein Teil dieser Welt. Colts Welt. Allerdings wusste ich noch immer nicht, ob ich das wollte – oder ob mir überhaupt eine Wahl blieb.

»Du hast es gewusst, oder?« Ich sah Colt nicht an, als ich die Frage aussprach, die mir seit heute Nachmittag unter den Nägeln brannte. »Dass wir Seelenpartner sind, meine ich.«

»Mir ging es ähnlich wie William. Ich hatte so eine Ahnung, ein unbestimmbares Gefühl, seit ich dich das erste Mal gesehen habe. Und da ist noch die Sache mit den Opferstimmen. Du hast etwas an dir, das …« Er schüttelte den Kopf und schwieg.

Ich biss mir auf die Unterlippe, um nicht nachzuhaken, was er damit meinen könnte. Bezogen sich seine Worte lediglich auf die Opferschreie? Oder war da noch etwas anderes? Hatte er in dem Moment, in dem wir uns das erste Mal gesehen hatten, auch etwas gespürt? Etwas, das keinen Sinn ergeben hatte, bis … ja, bis ich erfahren hatte, dass wir Seelenpartner waren.

»Ist es normal, seinen Seelenpartner nicht sofort zu erkennen?«, versuchte ich es anders.

»Wenn man sich nie zuvor begegnet ist? Möglich«, gab Colt zu. »Es geschieht so selten, dass es dafür keine Gesetzmäßigkeiten gibt. Im Grunde hat jeder von uns irgendwo dort draußen einen Seelenpartner, aber finde den mal bei einer Bevölkerung von sieben Milliarden Menschen. Im einfachsten und besten Fall ist es dein Zwilling, wie bei Liv und Jeff. Aber es soll dort draußen auch Seelenpartner geben, die Mutter und Kind oder Vater und Kind waren, oder Fremde, die zu besten Freunden oder Liebespaaren wurden.«

Mir war nicht entgangen, dass er nur die eine Seite beschrieben hatte. »Und im schlechtesten Fall …?«, hakte ich leise nach.

Colts Kiefermuskeln spannten sich an. Ich konnte es deutlich in seinem Profil erkennen, während er weiter Richtung Himmel starrte. »Im schlechtesten Fall wird dein Seelenpartner dein schlimmster Feind. Die Person, die dir am meisten schaden und dich am schlimmsten verletzen kann.«

Ein Schauder kroch meine Wirbelsäule hinunter und ließ mich erzittern. Das bedeutete dann wohl, Colt und ich hatten eine Fifty-Fifty-Chance. Freunde, Feinde oder Lieb…er nicht darüber nachdenken. Ich schob dieser Möglichkeit einen Riegel vor, bevor sie sich als Gedanke in meinem Kopf manifestieren konnte. Sich auf Colt einzulassen, wäre das Dümmste, was ich in der aktuellen Lage tun konnte. Dann gäbe es nämlich erst recht kein Zurück mehr aus dieser Welt von Licht und Schatten.

Wortlos griff Colt nach meinen Händen und schloss seine darum. »Deine Finger sind kalt.«

Im ersten Moment erstarrte ich, zu überrascht von der nebensächlichen und doch so intimen Geste. Ich atmete tief ein und aus, aber es half nicht gegen das schnelle Pochen in meiner Brust.

»Meine Finger sind immer kalt«, murmelte ich, denn es war nicht der Wind, der mich frösteln ließ. Es waren all jene Erinnerungen und Gefühle, die ich nicht einmal hier ganz abschütteln konnte.

Colts Wärme ging auf mich über und begann sich langsam auszubreiten. Von meinen Fingern über meine Arme, bis ich das Gefühl hatte, er hätte mich in eine weiche Decke gewickelt. Nie zuvor hatte eine so simple Berührung eine solche Wirkung auf mich gehabt.

»Wer war es?«, fragte Colt nach einer Weile leise.

»Ed.« Ich brachte den Namen kaum über die Lippen. »Er war mein Pflegevater, bevor … bevor ich bei Nora gelandet bin.«

Colt drehte sich auf die Seite, stützte den Kopf in die Hand und sah ruhig auf mich hinunter. »Ist er dafür verantwortlich?«

Für mein Misstrauen? Den verschreckten Ausdruck in meinen Augen? Die Kälte, die ich einfach nicht loszuwerden schien?

»Ja.« Ich lächelte humorlos. »An meinem zwölften Geburtstag bin ich weggelaufen. Eine Frau hat mich auf der Straße gefunden und zum Jugendamt gebracht. Dort habe ich Nora getroffen. Ich hätte ihn damals anzeigen und vor Gericht gegen ihn aussagen sollen, aber ich … ich hatte solche Angst, dass er mich aufspüren und dafür bestrafen würde.« An Eds Bestrafungen erinnerte ich mich lebhaft. Und jeder Blick in den Spiegel ließ mich daran zurückdenken, wenn ich meinen Rücken betrachtete. Auf meiner Haut prangten nicht viele Narben, aber die wenigen, die dort waren, würde ich niemals vergessen. Dafür hatte Ed gesorgt. »Ich habe ihn jahrelang nicht mehr gesehen und hatte gehofft … Aber dann ist er letzte Woche vor der Buchhandlung aufgetaucht. Und vorhin in der Stadt.«

Colt fluchte mit zusammengebissenen Zähnen. Ich spürte die Wut, die von ihm ausging, als wäre es meine eigene. Obwohl ich fast sicher war, dass er gleich aufspringen würde, blieb er weiterhin neben mir liegen.

»Hat er dir etwas getan?« Jedes Wort schien ihn Kraft zu kosten, so schwer kam ihm die Frage über die Lippen.

Hastig wandte ich den Blick ab und richtete ihn zurück nach oben. Früher hatte ich mir immer gewünscht, so weit weg zu sein wie die Sterne. Nie hatte ich den Drang gespürt, mehr über meine Herkunft oder Vergangenheit zu erfahren. Der einzige Wunsch, der mich begleitete, seit ich denken konnte, war der, zu verschwinden. Die Flucht zu ergreifen. Mein Zuhause bei Nora und Emma in Divine Creek war der einzige Ort, an dem ich dieses Gefühl nicht verspürt hatte.

Und jetzt, hier bei Colt.

Ich befeuchtete meine Lippen und konzentrierte mich auf ein Funkeln neben einer kleinen Wolke. »Nein, er hat mich … nur beobachtet.« Ich atmete tief ein und stockend wieder aus, doch der Ekel blieb. »Gott, seine Blicke und das stumme Versprechen darin waren viel schlimmer als die Schläge. Eine Zeit lang wollte ich sogar, dass er mich schlägt, nur damit er mich nicht mehr auf diese Weise ansieht. Und dann hat er angefangen, mich anzufassen …«

Wieder schüttelte mich ein Schauder, diesmal griff Colt aber nicht nach meinen Händen, um mich zu wärmen. Mit einer Bewegung, die beinahe grob war, zog er mich an sich und schlang einen Arm um mich. Plötzlich ruhte mein Kopf auf seiner Brust und das Geräusch seines hämmernden Herzens füllte mein Ohr. Wie immer war es mein erster Reflex, mich zu versteifen, aber noch bevor ich bewusst darüber nachdenken konnte, schien ein Teil von mir zu erkennen, dass keine Gefahr drohte. Meine Muskeln lockerten sich und die letzte Anspannung verschwand mit einem tiefen Seufzen.

Eine Weile lagen wir schweigend aneinandergeschmiegt auf der Decke, ehe Colt erneut das Wort ergriff. »Ich wünschte, ich könnte dir versprechen, dass er seine gerechte Strafe bekommt. Aber wir wissen beide, dass ich das nicht kann.« Seine Stimme klang rau. Noch immer schwelte Wut darin. »Was ich dir versprechen kann, ist, dass ich herausfinden werde, ob er die Dunkelseele ist, die für die Opferschreie verantwortlich ist. Und wenn das der Fall ist, sorge ich persönlich dafür, dass er dir nichts mehr anhaben kann, das schwöre ich.«

Mit Colts Versprechen legte sich eine nie gekannte Ruhe über mich. Eine innere Entschlossenheit, die sich tief in meinem Bewusstsein verankerte. Ich hob den Kopf und suchte seinen Blick.

»Nicht du«, verbesserte ich ihn leise, »sondern wir. Zusammen.«

Er zog einen Mundwinkel in die Höhe. Mehr Bestätigung brauchte ich nicht.

# Kapitel 11

Ein Schrei weckte mich. Ich riss die Augen auf und starrte in die Dunkelheit. In meinen Ohren klingelte es und mein Herz raste, als wäre ich meilenweit gerannt. Jeder Muskel in meinem Körper war aufs Äußerste angespannt. Bereit zum Kampf – oder zur Flucht.

Wieder tauchte das Kreischen in meinem Kopf auf. So schrill und laut, dass ich das Gesicht verzog. Meine Handflächen brannten vor Schmerz, weil ich meine Fingernägel hineingebohrt hatte, aber ich brauchte dieses Gefühl. Der Schmerz war das Einzige, was mich bei Verstand hielt.

Hinter mir senkte sich die Matratze. Ein starker Arm legte sich über der Decke um mich und zog mich mit dem Rücken voran an eine warme Brust.

Instinktiv wollte ich mich dagegen wehren. Ich holte mit dem Ellbogen aus und rammte ihn hinter mich. Ein erstickter Laut drang an mein Ohr, dicht gefolgt von einem Fluchen.

»Schh …«, machte eine tiefe Stimme an meinem Ohr. Ich erkannte sie, noch bevor ich Colts Geruch wahrnahm. »Es ist okay. Alles ist okay. Du bist in Sicherheit.«

Wir wussten beide, dass es eine Lüge war. Der Stimmenchor in meinem Kopf belehrte uns eines Besseren. Ein erstickter Schrei drang an meine Ohren, aber es dauerte einige Atemzüge lang, bis ich realisierte, dass ich diejenige war, die geschrien hatte. Als bräuchten die Stimmen einen Katalysator, als müsste ich es herauslassen, weil ich sonst implodieren würde.

Hinter mir verkrampfte Colt sich und seine Umarmung wurde fester. Er hörte das Kreischen ebenfalls. Durch mich. Dass wir Seelenpartner waren, musste wie ein Fluch für ihn sein.

»Atme«, raunte er an meinem Ohr. »So wie letztes Mal, erinnerst du dich? Konzentrier dich auf deine Atmung, Rayne.«

Ich versuchte es, brachte jedoch nur ein Wimmern zustande. Wie glühende Nadelspitzen bohrten sich die Schreie in meinen Kopf, zerschnitten alle Gedanken, brannten sich in mein ganzes Sein und hinterließen nur eine Spur aus Asche und Staub.

»Rayne!«

Verzweifelt klammerte ich mich an Colts Stimme. Obwohl er selbst Schmerzen haben musste, flüsterte er mir beruhigende Worte ins Ohr. Ich konnte ihre Bedeutung nicht ausmachen, aber hielt mich an ihrem Klang fest. Ich schloss die Augen und versuchte, ruhig zu atmen. Zu zählen. So wie Dr. Hawthorn es mir beigebracht hatte. Wie Colt es mir bei meiner Attacke in der Buchhandlung gezeigt hatte. Etwas Heißes lief über meine Wangen, aber ich nahm es kaum wahr. Atmen. Nur noch atmen.

Endlich wurden die Schreie leiser, wichen langsam hinter meine Gedanken zurück, bis sie nur noch ein Wispern waren. Sekunden vergingen, in denen ich mich nicht traute, die Augen aufzuschlagen, aus Angst, die Schreie würden zurückkehren. Erst als auch das letzte Flüstern verebbte und Stille sich in meinem Kopf ausbreitete, wagte ich es, erleichtert aufzuatmen.

Auch Colt entspannte sich hinter mir, er ließ seine Schultern sinken, doch sein Arm lag immer noch um meine Taille und hielt mich fest. Er musste nicht fragen, ob es mir besser ging, denn er spürte es. Trotzdem hob er die Hand und wischte mir die Tränenspuren mit dem Daumen von den Wangen.

Ich öffnete die Augen, wagte es jedoch nicht, mich zu rühren. Nach und nach kehrten die Erinnerungen an den Abend zurück. Unser Streit vor dem Apartmentkomplex. Die Fahrt hierher. Die Stunden auf dem Dach, bis ich trotz des pfeifenden Winds vor Erschöpfung eingeschlafen war. Colt musste mich zurück in seine Wohnung gebracht haben, denn jetzt lag ich in seinem Bett und hatte keine Schuhe und auch keine Jacke mehr an. Es musste mitten in der Nacht sein.

Ich spürte Colts Haut an meiner, sein Gesicht an meinem Hals, zwischen uns nichts außer einer dünnen Decke. Es war nicht das erste Mal, dass er mich so festhielt, und doch fühlte es sich so an, als wären wir uns nie näher gewesen. Lag es an der Dunkelheit, die uns wie ein schützender Kokon umgab? Daran, dass die Opferstimmen uns beide quälten und der Schmerz uns miteinander verband?

Ich spürte seinen schnellen Herzschlag in meinem Rücken. Mit jedem Heben und Senken seiner Brust streifte sein Atem meinen Hals und brachte die Härchen in meinem Nacken dazu, sich aufzurichten. Eine Gänsehaut breitete sich von der Stelle über meinen Rücken aus und ich musste einen Schauer unterdrücken.

»Wir fahren zu William, bevor ich dich nach Divine Creek zurückbringe.« Es war keine Frage, sondern klang fast wie ein Befehl. »Als Seelenleser ist er der Einzige, der mit absoluter Sicherheit sagen kann, ob Ed eine Dunkelseele ist oder nicht.«

»Was ist mit dir?«, warf ich leise ein und versuchte, meine Konzentration auf irgendetwas anderes zu fokussieren als auf seinen warmen Körper hinter mir. »Du bist ein Fährtenleser.«

Ich spürte, wie sich sein ganzer Körper anspannte. Seine Antwort klang gepresst. »Ich kann zwar die Energie von Leuten aufspüren und sie sogar manipulieren, aber ich kann mich durchaus auch irren.«

Ich wollte nachhaken, wollte herausfinden, was ihn so belastete, dass er diese Worte kaum über die Lippen brachte. Aber mir war klar, dass jetzt nicht der richtige Zeitpunkt dafür war.

Doch dann begann Colt von selbst leise zu erzählen: »Als ich zu den Lichtseelen kam, war ich ein Krieger. Das Spurenlesen kam erst später dazu. Krieger können trainiert werden, aber Fährtenleser gibt es nicht viele auf der Welt. William hat sein Bestes getan, aber letzten Endes musste ich mir selbst beibringen, die Energien anderer zu lesen und aufzuspüren. Und was das Beeinflussen dieser Energien angeht …« Er schnaubte. »Ich habe bis heute keine Ahnung, was ich damit anfangen soll.«

Mit einem solchen Geständnis hatte ich nicht gerechnet, doch irgendwie beruhigten mich seine Worte. Ich zögerte, sprach dann aber doch die Frage aus, die mich seit dem Moment beschäftigte, in dem Colt Nora kennengelernt hatte. »Was ist mit deinen Eltern?«

Vielleicht war es die nächtliche Stille, die uns in Sicherheit wiegte. Vielleicht auch die Tatsache, dass ich ihm nicht ins Gesicht sehen konnte. Was es auch war, ich war froh darum, dass Colt weiterredete. Dass er sich mir ein kleines bisschen öffnete.

»Mein Erzeuger ist verschwunden, bevor ich ihn kennenlernen konnte. Gut möglich, dass er nicht mal weiß, dass er einen Sohn hat.«

»Aber du könntest ihn finden, wenn du es willst, oder? Mit deinen Kräften als Fährtenleser, meine ich.«

»Wahrscheinlich schon.« Ich spürte, wie Colt hinter mir mit den

Schultern zuckte. »Normalerweise brauche ich einen persönlichen Gegenstand oder muss an einem Ort sein, an dem die gesuchte Person war, um ihre Energie wahrzunehmen und verfolgen zu können. Ich habe diese Fähigkeit so lange trainiert, bis ich sie perfektioniert habe. Mittlerweile suche ich regelmäßig nach verschwundenen Leuten.«

»Für die Polizei?«

Ein ersticktes Lachen hinter mir. »Für Kautionsbüros. Sie bezahlen mich, damit ich die Kerle finde, die untergetaucht sind, ohne ihre Schulden zu begleichen.«

Oh. Damit hatte ich nicht gerechnet.

»Also hast du dein Talent zum Beruf gemacht«, murmelte ich und kam nicht gegen mein Lächeln an. Denn zum ersten Mal wurde dieses Thema nicht allein von Gefahr und Dunkelheit begleitet, sondern auch von etwas Positivem. »Und deine Mom?«, fragte ich leise. »Was hält sie davon?«

Colt hielt einen Moment inne. »Wir stehen uns nicht besonders nahe. Nicht mehr«, murmelte er rau. Und dann, bevor ich etwas darauf erwidern konnte: »Rayne?«

»Ja?«

»Wenn Ed eine Dunkelseele ist …« Colt ließ den Rest des Satzes in der Luft hängen.

Ich biss mir auf die Lippen. Was dann? Würde Colt ihn jagen wie die Kautionsbetrüger und dann töten, wie er den Mann in der Gasse getötet hatte? Würde ich es zulassen? Oder schlimmer noch: Genugtuung dabei empfinden? Nicht die Vorstellung ließ mich schaudern, sondern, dass ich keine Antwort auf diese Fragen hatte. Als Ed meine kleine Schwester erwähnt hatte … In dem Moment hätte ich ihn am liebsten eigenhändig umgebracht. Ich würde alles tun, um Emma vor diesem Monster zu beschützen. Aber was machte das aus mir? Aus Colt? Konnte ich wirklich zulassen, dass er loszog und jemanden ermordete? Selbst wenn dieser Jemand mein Leben jahrelang zur Hölle auf Erden gemacht hatte?

Als der Morgen graute, waren Colt und ich bereits bei dem Hochhaus, vor dem ich ihn gestern Abend gefunden hatte. Nachdem wir mit dem Fahrstuhl – ich hatte mich geweigert, die Treppe zu nehmen – in den achtzehnten Stock gefahren waren, standen wir jetzt in einem langen Flur und klopften an Williams Wohnungstür. Erfolglos. Plötzlich öffnete sich eine andere Tür schräg gegenüber und Jeff streckte den Kopf heraus. Sein Haar stand in alle Richtungen ab und er sah aus, als könnte er genauso dringend einen Kaffee brauchen, wie ich mir einen herbeisehnte.

»William ist nicht da«, murmelte er und rieb sich den Schlaf aus den Augen.

Colt erstarrte neben mir. »Was meinst du mit *er ist nicht da*?«

»Er ist schon letzte Nacht nach Skandinavien geflogen, um den Lichtseelen dort die Nachricht von Hendriks Verschwinden zu überbringen und irgendwas mit ihnen zu besprechen. Anscheinend reicht Laurens Einfluss weiter, als wir dachten. Die Dunkelseelen beginnen sich jetzt auch in Nordeuropa zu formieren.«

Ich warf Colt einen verwunderten Seitenblick zu. »Solltest du das als sein Stellvertreter nicht als Erstes erfahren?«

»Sollte ich«, erwiderte er stirnrunzelnd. »Aber ich war wohl zu beschäftigt.«

Neben Jeff erschien nun auch Liv in der Tür. Erst als sie die Augenbraue in die Höhe zog und Jeff mich vielsagend taxierte, realisierte ich, wie zweideutig das gerade geklungen hatte.

»Nicht was ihr denkt!« Am liebsten wäre ich im Boden versunken. »Er hat nicht … *wir* haben nicht …« Wahrscheinlich hatte mein Gesicht schon einen knallroten Farbton angenommen. Großartig. Und das vor dem ersten Kaffee.

Jeff grinste, Livs Mundwinkel zuckten und Colt lachte leise.

»Kommt erst mal rein.« Sie hielt uns die Tür auf.

Nicht nur die Tatsache, dass die beiden so nahe bei William wohnten, war überraschend, sondern auch, dass die Zwillinge sich eine Wohnung teilten. An den Wänden hingen Kunstdrucke neben Filmplakaten und auf dem Couchtisch im Wohnzimmer lagen Kabel und Platinen, vermutlich Bestandteile eines Computers.

»Jeffs Spielwiese«, klärte Liv mich auf. Ohne stehen zu bleiben, steuerte sie die Küche und dort direkt die Kaffeemaschine an. Gott sei Dank!

»Womit wart ihr denn so beschäftigt, wenn ich fragen darf?«, rief Jeff mir hinterher und schloss die Wohnungstür hinter Colt.

Statt zu antworten, sah Colt mich einen Moment lang an, als würde er stumm nach meiner Erlaubnis fragen. Ich nickte unmerklich.

»Opferstimmen«, erwiderte Colt und ließ sich mit einem Ächzen auf das Ecksofa fallen. Jetzt fielen mir die dunklen Ringe unter seinen Augen und die Müdigkeit in seinem Blick noch deutlicher auf. Hatte er nach dem nächtlichen Zwischenfall überhaupt noch geschlafen?

»Mist.« Mitfühlend verzog Jeff das Gesicht und setzte sich Colt schräg gegenüber. Nur mit Shorts und einem T-Shirt mit den Teenage Mutant Ninja Turtles darauf schien er noch seine Schlafklamotten zu tragen. »Habt ihr dafür schon eine Lösung gefunden? Oder den Schuldigen?«

Ein Schatten legte sich auf Colts Gesicht. »Noch nicht. Aber es gibt einen Verdächtigen. Wir brauchen nur Williams Einschätzung, um ganz sicherzugehen.«

»Dann müsst ihr euch wohl gedulden. Er ist mindestens zwei, drei Tage unterwegs. Wahrscheinlich länger, bis alles geklärt ist.« Jeff schüttelte ungläubig den Kopf. »Nicht zu fassen, dass du es nicht gehört hast, als er uns alle mitten in der Nacht telepathisch angefunkt hat. Ich war gerade erst eingeschlafen!«

Liv kehrte mit drei Tassen zurück und drückte mir eine davon in die Hand. Der aromatische Duft von Kaffee drang mir in die Nase und schon sah die Welt anders aus. Liv war wirklich ein Schatz.

»Sieht so aus, als würden die Opferstimmen wie eine Art Störsender funktionieren«, stellte sie fest und gab auch Colt eine der dampfenden Tassen. Er bedankte sich mit einem Nicken bei ihr.

»Hey, und warum bekomme ich keinen Kaffee?«, protestierte Jeff und erntete dafür einen Klaps gegen den Hinterkopf.

»Weil du keinen verdient hast, Bruderherz.« Liv führte ihre eigene Tasse an die Lippen und pustete vorsichtig hinein. Der Teebeutel befand sich noch darin und der Zettel wickelte sich um ihren kleinen Finger. Unwillkürlich musste ich an unsere erste Begegnung denken und wie sie mir Tee angeboten hatte. Weiß, grün oder schwarz? Ich war so misstrauisch gewesen. Wann hatte sich das gelegt?

Jeff murmelte etwas in seinen nicht vorhandenen Bart. Ich verstand zwar nicht, was er sagte, aber es brachte ihm einen weiteren Schlag gegen den Hinterkopf von seiner Schwester ein. Grummelnd lehnte er sich zurück. »Um sicherzugehen, könnte Colt die Leute in deiner Umgebung trotzdem prüfen«, schlug er vor. »Familie, Freunde und so weiter. Es muss nicht immer irgendein Verbrecher sein. Nicht jeder Kriminelle besitzt übernatürliche Kräfte und nicht jede Dunkelseele ist ein … ah, doch. Das schon.« Er grinste.

»Und wie wollt ihr das machen?«, fragte ich mehr in meine Tasse als in die Runde. Die Vorstellung, dass sie mein Leben auseinandernehmen würden, behagte mir gar nicht.

»Colt macht sein Spurenleserding und prüft ihre Energien.« Jeff zuckte mit den Schultern, als wäre das völlig selbstverständlich.

Colt warf ihm einen warnenden Blick zu. »Ich kann den Kreis der Verdächtigen eingrenzen. Um ganz sicherzugehen, brauchen wir William.«

»Aber …«, begann Jeff.

»Das klingt doch nach einem guten Plan«, schaltete sich Liv hastig ein. »Im Prinzip kann es ja schon reichen, am selben Ort zu sein wie die betreffende Person. Am besten wäre es aber wohl, ihr persönlich zu begegnen.«

Ich dachte daran, dass Nora und Gray Colt bereits gesehen hatten, als er vor dem Haus auf mich gewartet hatte. War das wirklich erst knapp vierundzwanzig Stunden her? Ich schüttelte den Kopf. »Und wie? Es wäre ein bisschen auffällig, wenn du plötzlich überall auftauchst, oder?«

»Nicht, wenn du ihn deiner Familie vorstellst«, warf Jeff grinsend ein. Für meinen Geschmack genoss er diese Sache viel zu sehr.

Ich zögerte. »Wie ein … Date?«

Colt lächelte gefährlich langsam. »Ist das ein Problem?«

Die unerwartete Hitze in meinem Bauch war völlig deplatziert. Ich räusperte mich und versuchte, das Gefühl zu vertreiben. »Nein … natürlich nicht. Auch wenn ich Nora ungern anlüge.«

Ich kniff die Augen zusammen. Dass Colt es wagte, schon wieder so unverschämt zu grinsen …

Auch Liv wirkte amüsiert. »Colt holt dich morgen Abend ab, und wenn wir uns dann alle zufällig im selben Club treffen, weil wir mal einen freien Abend gebrauchen können, na ja … Dann ist es kein richtiges Date.«

»Sehr gut, Schwesterherz.« Jeff klopfte ihr so fest auf die Schulter, dass es mich nicht überrascht hätte, wenn sie vom Sofa gefallen wäre. »Die Idee könnte glatt von mir stammen.«

»Ich weiß.« Sie zog eine Grimasse. »Du färbst auf mich ab.«

»Na schön.« Ich biss die Zähne zusammen. »Wir tun so, als ob. Aber ich kann dir jetzt schon sagen, dass niemand von meiner Familie und meinen Freunden eine Dunkelseele ist.«

Colt ließ mich nicht aus den Augen. »Wir werden sehen.«

Einen Tag später war ich so nervös, als hätte ich tatsächlich ein Date. Dabei gab es überhaupt keinen Grund zur Aufregung. Colt würde Nora, Emma und vielleicht auch Gray kennenlernen, dann war diese Sache ein für alle Mal abgehakt. Ich wusste nicht mal, weshalb wir unsere Zeit damit verschwendeten, wo doch alles auf Ed hindeutete.

Dann hörte ich Emma im Wohnzimmer quietschen und erinnerte mich wieder, warum es wichtig war, jede einzelne Person in meinem Umfeld zu prüfen. Ich tat es für sie und für Nora. Damit sie in Sicherheit waren, sobald wir die Dunkelseele identifiziert hatten. Wenn William zurück war, würde er sich Ed genauer ansehen und in ihm lesen. Sollte er wider Erwarten keine Dunkelseele sein, würde ich mit Nora reden. Ich musste ihr davon erzählen, dass er zurück war, und wir würden gemeinsam überlegen, wie wir weiter vorgingen. Allein beim Gedanken daran, dass ich meine schlimmsten Erlebnisse vor Gericht vor lauter Fremden ausbreiten müsste, wurde mir übel. Aber ich würde es tun. Um Emma vor diesem Bastard zu schützen, würde ich alles tun.

Ein letztes Mal strich ich mein dunkelrotes Oberteil glatt. Es ließ meine rechte Schulter frei und fiel locker bis zu meiner Taille herab. Ab dort schmiegte sich der Stoff eng über meine dunkle Jeans. Erneut strich ich über mein Shirt. Meine Hände waren feucht und meine Haut kribbelte.

Wie waren wir vom Training mit den Lichtseelen plötzlich hier gelandet? Kurz vor einem Date mit Colt, das keines war, und einem gemeinsamen Abend mit den Lichtseelen? Für Colt, Jeff und die anderen mochte das normal sein. An einem Tag kämpften sie um ihr Leben, am nächsten stand ein Besuch in einem Club an. Aber vielleicht mussten sie das so machen. Vielleicht mussten sie ihr Leben leben, um die Last ihrer Verantwortung tragen zu können.

»Du siehst toll aus«, sagte Nora von der Tür her.

Ich lächelte, drehte mich aber nicht zu ihr um. Auf mich wirkte das Mädchen mit der vom Sommer gebräunten Haut und den großen braunen Augen eher wie ein Nervenbündel. Obwohl der neue Lidschatten meine Augenfarbe auf eine Art und Weise betonte, wie ich es nie zuvor gesehen hatte. Es gefiel mir.

»Fehlt nur noch eine Kleinigkeit.« Nora trat hinter mich und legte mir etwas um den Hals. Die Silberkette schmiegte sich an meine Haut, als hätte sie schon immer dorthin gehört. Ich tastete nach dem Anhänger, während Nora die Kette in meinem Nacken schloss. Dann traf ihr Blick meinen im Spiegel. »Perfekt.«

Meine Augen glänzten verdächtig im Halbdunkel. »Das kann ich nicht annehmen. Das ist …«

»Ein Geschenk«, unterbrach sie mich mit einem warmen Lächeln. »Ich wollte es dir schon früher geben, aber ich habe auf den passenden Moment gewartet. Der Ring hat meiner Großmutter gehört und ist seit drei Generationen in der Familie. Jetzt seit vier«, fügte sie hinzu.

Sie freute sich so für mich, dass sich mein Herz unwillkürlich verkrampfte. Nora glaubte, das hier wäre eine richtige Verabredung. Etwas Ernstes, weil ich nie zuvor einen Jungen mit nach Hause gebracht und ihn ihr vorgestellt hatte. Die Wahrheit war, es hatte sich nie gelohnt. In der Highschool war ich zwar mit ein, zwei Typen ausgegangen, aber keiner davon hatte mir genug bedeutet, um ihn ihr vorzustellen. Und jetzt? Jetzt belog ich Nora und sogar Emma, indem ich so tat, als wäre Colt mehr für mich, als er tatsächlich war. Mein schlechtes Gewissen meldete sich lautstark. Ich musste es ihr sagen. Colt und ich könnten als Freunde zusammen ausgehen. Dann würde ich wenigstens nicht diese Vorfreude in Noras Augen sehen, die mir die Kehle zuschnürte.

»Danke.« Ich drehte mich zu ihr um und umarmte sie so fest, wie schon lange nicht mehr. Für einen kurzen Moment war ich nicht mehr die selbstständige, erwachsene Adoptivtochter, sondern einfach nur ein Mädchen, das sich an seine Mutter schmiegte. Noras weicher Duft umgab mich, während sie mir sachte über den Rücken strich. Eine stumme Geste, die mich wissen ließ, dass ich nicht allein war. Und sollte ich ihr eines Tages die Wahrheit sagen können, ohne sie dadurch in Gefahr zu bringen, würde ich es tun. Das schwor ich mir in diesen Sekunden. »Ich werde gut darauf aufpassen.«

»Das weiß ich«, erwiderte Nora leise. Sie gab mir einen Kuss auf die Wange, dann löste sie sich von mir. »Und jetzt geh und hab Spaß. Ich weiß, dass du vorsichtig bist und ich mir um dich keine

Sorgen machen muss, aber ich tue es trotzdem. Das verstehst du doch, oder?«

»Ja.« Ich hatte kaum ausgesprochen, als es schon an der Tür klingelte.

»Ist er das?« Lächelnd zupfte Nora ein paar Strähnchen meines hochgesteckten Haares zurecht. »Genau pünktlich. Das ist ein gutes Zeichen.«

Bevor ich etwas erwidern konnte, lief sie so aufgeregt aus meinem Zimmer, als würde *ihr* Date dort draußen warten und nicht meins. Schnell schlüpfte ich in meine Chucks und folgte Nora. Ich erreichte den Eingangsbereich in dem Moment, in dem sie die Tür öffnete.

Colt stand davor. Er trug eine dunkle Jeans und ein gebügeltes schwarzes Hemd. Darüber die Lederjacke, die so typisch für ihn war. Doch am Erstaunlichsten war der kleine Strauß Blumen in seiner Hand. Blumen!

*Ernsthaft?*

Als hätte er meine Gedanken gehört, hob er den Blick und zuckte belustigt mit den Mundwinkeln. *Keine Sorge, die sind nicht für dich.*

Ich hörte seine Stimme in meinem Kopf und fuhr vor Schreck zusammen. Hatte er gerade in Gedanken mit mir gesprochen? Ich war zu keiner Antwort fähig, sondern konnte nur stumm dabei zuschauen, wie er Nora die Blumen überreichte. Oh mein Gott, kicherte sie etwa gerade? Im Vorbeigehen warf sie mir einen ihrer Hab-ich's-dir-doch-gesagt-Blicke zu. Offenbar hatte sie ein völlig falsches Bild von Colt. Kein Wunder, er hatte sie schließlich nicht bei ihrem ersten Treffen zu erwürgen versucht oder vor ihren Augen eine Dunkelseele erdolcht.

Nur mit Mühe widerstand ich dem Drang, die Arme vor der Brust zu verschränken. Mir gefiel nicht, welchen Eindruck Colt jetzt schon auf meine Adoptivmutter gemacht hatte. Und dann sah er mich auch noch auf diese Weise an …

Als hätte er alle Zeit der Welt, musterte er mich langsam von Kopf bis Fuß. Dabei wirkte er so konzentriert wie ein Künstler, der sich jeden Zentimeter seines Modells einprägen wollte, um es dann auf Papier zu bannen. Ich schluckte hart, als sich unsere Blicke trafen. Zwischen seinen Brauen hatte sich eine Falte gebildet. Sein Gesichtsausdruck wirkte beinahe kritisch, wäre da nicht diese Hitze in seinen Augen. Das Grün und Braun schien zu einer Einheit zu verschmelzen und sich von Sekunde zu Sekunde zu verdunkeln.

Ich wusste nicht, wie lange wir im Eingangsbereich standen, ohne uns zu bewegen oder ein Wort zu sagen. Trippelnde Schritte näherten sich und holten mich aus meiner Starre. Emma blieb mit wippenden Locken neben mir stehen und beäugte Colt skeptisch. Ich wollte sie einander gerade vorstellen, als Colt in die Hocke ging und meiner Schwester die Hand hinhielt.

»Hallo, kleines Fräulein. Du musst Emma sein.« Sein Lächeln war überraschend herzlich.

Emma zögerte. Anders als ihre Mom schien sie nicht so leicht zu beeindrucken zu sein. Ich wüsste zu gerne, was in ihrem Kopf vor sich ging, während sie Colt betrachtete, als wäre er ein unbekanntes Fabelwesen, das einem ihrer Bücher entsprungen war und auf einmal in unserem Flur stand. Dann, als hätte sie sich ihre Meinung über den Besucher gebildet, trat sie einen Schritt vor und schüttelte seine Hand, die so viel größer war als ihre.

»Stimmt. Und wer bist du?«

Ich biss mir auf die Lippen, um nicht zu lachen. So ernst und förmlich hatte ich Emma nur einmal erlebt, nämlich als sie bei ihrer Einschulung ihre neuen Lehrer und die Direktorin getroffen hatte. In diesen Momenten schlug Noras Erziehung durch.

Auch Colts Mundwinkel zuckten, aber er unterdrückte sein Grinsen und blieb völlig ernst. »Ich heiße Colt. Und ich wollte deine Schwester abholen.«

»Ihr geht zusammen aus? So richtig? Mit Knutschen und so?« Ihr Blick wanderte zwischen Colt und mir hin und her, dann zog sie die Stupsnase kraus. »Eklig!«

Diesmal konnte ich mein Lachen nicht zurückhalten, auch wenn mir gleichzeitig Hitze in die Wangen schoss. Emma war einfach zu goldig. Auch Colt schien amüsiert, als er ihr etwas zuflüsterte, was ich nicht verstand, und sich dann wieder aufrichtete.

»Warum bist du überhaupt noch wach, hm?« Ich wuschelte ihr durch die Locken.

»Ich war schon fast im Bett, aber du hast nicht Gute Nacht gesagt.« Anklagend deutete sie auf ihren Hello-Kitty-Schlafanzug und schob die Unterlippe vor.

Etwas in mir schmolz. Ich ging in die Hocke und breitete die Arme aus. Emma zögerte keine Sekunde und schmiegte sich an mich. »Ich bringe dich schnell ins Bett«, sagte ich zu ihr. »Wartest du so lange?« Ich sah zu Colt und stand mit Emma auf dem Arm wieder auf.

»Klar.« Er nickte mir zu. »Lass dir Zeit.«

Ich lächelte dankbar, dann brachte ich Emma in ihr Zimmer. Auf dem Weg dorthin spielte sie mit meinen Haarsträhnen und wickelte sie sich um die Finger.

»Ich will noch nicht schlafen …«

»Aber es ist schon spät.« Behutsam legte ich sie ins Bett, steckte die Decke fest und setzte mich neben sie.

»Musst du wirklich gehen?« Müdigkeit schwang in Emmas Stimme mit. Ihre Augen waren ganz klein geworden und sie schien ein Gähnen nur mit Mühe unterdrücken zu können.

»Ja.« Ich strich ihr das Haar aus der Stirn. »Aber wenn du jetzt brav einschläfst, bin ich zurück, bevor du wieder aufwachst.«

»Versprichst du es?«

»Ja.« Ich lehnte mich zu ihr hinunter und gab ihr einen Kuss auf die Wange. »Gute Nacht, kleine Maus.«

Bevor ich mich aufrichten konnte, schlang sie die Arme noch mal um meinen Hals. Lächelnd erwiderte ich die Umarmung.

»Colt ist nett. Ich glaube, ich mag ihn.« Ihre Worte waren wie ein Geheimnis, das sie mir ins Ohr flüsterte.

Wider besseres Wissen freute ich mich darüber. Dass Nora und Emma ihn mochten, war mir wichtig, selbst wenn das hier kein richtiges Date, sondern nur eine Farce war. Ein Mittel zum Zweck. Dennoch spürte ich Erleichterung darüber, dass meine Familie Colt so schnell und leicht akzeptiert hatte.

»Er hat gesagt, er passt auf uns auf.« Ihr Blick war überraschend ernst. »Damit wir alle für immer zusammenbleiben können.«

Ich spürte ein Ziehen in meiner Brust. »Das hat er gesagt?«

Sie nickte heftig, dann kräuselte sie die Nase. »Ich will aber noch nicht schlafen«, nuschelte sie, obwohl ihr bereits die Augen zufielen.

»Nora liest dir gleich etwas vor, okay? Dann kannst du noch ein paar Minuten aufbleiben.« Ein letztes Mal strich ich ihr über die Wange. »Schlaf gut.«

Emma murmelte etwas, doch ihre Stimme war nicht viel mehr

als ein Hauchen. Vermutlich war sie bereits eingeschlafen. Dennoch ließ ich ihre Nachttischlampe an, als ich aufstand und ihre Tür leise hinter mir zuzog.

Sobald ich auf den Flur trat, hörte ich Nora reden. Es war nur ein Flüstern, dafür aber so eindringlich und ernst, wie ich es von den Predigten kannte, die sie ihren Jugendlichen auf dem Amt hielt, wenn sie Mist gebaut hatten.

Irritiert folgte ich der Stimme und entdeckte Nora mit Colt im Eingangsbereich. In diesem Moment drehte sie sich zu mir um und kam lächelnd auf mich zu. »Viel Spaß, Liebes.« Sie drückte mich etwas zu fest an sich. »Ich habe dir dein Pfefferspray in die Tasche gepackt. Pass auf dich auf.«

Bevor ich darauf antworten oder überhaupt eine Reaktion zeigen konnte, ließ sie mich los und wandte sich an Colt. »Du weißt, was dir blüht, wenn du sie mir nicht heil zurück nach Hause bringst, junger Mann.« Kaum ausgesprochen, drückte sie im Vorbeigehen meinen Arm und verschwand in Emmas Zimmer.

Ich konnte ihr nur nachstarren. Licht- und Dunkelseelen? Übernatürliche Kräfte? Seelenpartner? Alles nachvollziehbar. Aber das hier?

Kopfschüttelnd ging ich zu Colt hinüber. »Worüber habt ihr geredet?«

»Oh, das Übliche.« Er zuckte mit den Schultern. »Sie hat mir erklärt, dass sie hervorragende Kontakte zur Polizei hat, mit nur einem Klick herausfinden kann, wo ich wohne, und mir die Eier abschneiden wird, sollte ich dir zu nahe kommen oder dir das Herz brechen.«

Ich starrte ihn mit offenem Mund an. »Das hat sie nicht wirklich gesagt, oder?«

»Oh doch.« Er grinste.

Wo war das Loch, um im Erdboden zu versinken, wenn ich es mal brauchte? Eigentlich könnte ich froh sein, dass wir hier allen nur etwas vormachten und es kein echtes Date war. Dennoch schoss mir das Blut in die Wangen. Ohne Vorwarnung hob Colt die Hand an mein Gesicht. Für den Hauch einer Sekunde strich er mir mit dem Daumen über den Wangenknochen. Die Berührung war so kurz und leicht, dass ich mir nicht sicher war, sie tatsächlich gespürt zu haben.

»Rot steht dir«, murmelte er.

»Du siehst gleich rot«, fauchte ich, spürte jedoch, wie die Hitze sich noch weiter ausbreitete.

Wie selbstverständlich griff er nach meiner Hand und zog sachte daran. »Lass uns gehen.«

Ich schnappte mir meine Jacke und Tasche und folgte ihm nach draußen. »Lass mich raten: Emma und Nora sind keine Dunkelseelen?«

»Nein.« Er blieb so abrupt mitten auf dem Weg zur Straße stehen, dass ich beinahe gegen ihn geprallt wäre. »Wer wohnt dort?« Er deutete auf das Nachbarhaus, in dem Licht brannte. Ich versteifte mich unwillkürlich. »Gray und seine Mom.«

»Lass mich das kurz überprüfen.«

»Oh nein«, protestierte ich und zog ihn an seiner Hand zurück. »Ich werde ganz sicher nicht an Grays Tür klopfen, nur um dich ihm vorzustellen. Geht's noch? Das wäre so unauffällig, wie bei Snapchat zu verkünden, dass wir auf der Suche nach einer Dunkelseele sind. Außerdem sind er und seine Mom ganz sicher keine.«

Colts Miene blieb unbewegt. »Wenn das so ist, hast du sicher nichts dagegen, wenn ich mich selbst davon überzeuge.«

Bevor ich noch etwas tun konnte, ging die Haustür nebenan auf und Gray trat auf die Veranda. Hatte er die Diskussion etwa mitbekommen? Oder nur zufällig durch das Fenster gesehen?

»Alles in Ordnung?«, rief er zu uns rüber und zerstörte damit die letzte Möglichkeit, ein Treffen der beiden zu verhindern.

Ich presste die Lippen aufeinander und sammelte mich kurz, ehe ich mich zu ihm umdrehte. »Hi, Gray. Ja, alles in Ordnung. Wir wollten gerade los.« Die letzten Worte waren an Colt gerichtet, aber der beachtete mich nicht.

Gemächlich kam Gray die Stufen herunter und streckte Colt seine Hand entgegen, als er vor uns stehen blieb. »Freut mich, dich kennenzulernen. Endlich mal«, fügte er mit einem Seitenblick in meine Richtung zu. »Ich bin Gray.«

Ich zwang mich dazu, tief durchzuatmen. Wäre das hier ein echtes Rendezvous, wäre ich längst vor Scham gestorben, noch bevor wir überhaupt losgefahren waren. Mehrfach. So aber biss ich die Zähne zusammen und zog die Mundwinkel in die Höhe.

»Colt«, stellte er sich mit gefährlich ruhiger Stimme vor und legte mir eine Hand auf den unteren Rücken. Vor Schreck wäre ich fast zusammengezuckt, aber Colts Aufmerksamkeit war nach wie vor auf Gray gerichtet. »Schön, endlich Raynes besten Freund zu treffen. Ich hab schon viel von dir gehört.«

*Wie bitte?*

»Tatsächlich?« Kurz zuckte sein Blick zu mir, dann wandte er sich wieder an Colt. »Ich kann leider nicht dasselbe behaupten.«

»Okay, das reicht«, unterbrach ich diese lächerliche Unterhaltung. Lieferten sich die zwei gerade allen Ernstes ein stummes Duell, wer von ihnen als Erster wegsah? Ich packte Colt an der Jacke und zog daran. »Wir müssen los. Gray – wir sehen uns später.«

»Bis dann.« Er warf mir ein knappes Lächeln zu.

Erst als wir die Straße erreicht hatten, ließ ich Colts Jacke los, und wagte es, mich noch mal umzudrehen. Gray war wieder im Haus verschwunden. Gott sei Dank.

»Was zum Teufel sollte das?«, zischte ich.

Colt steuerte einen schwarzen Jeep an, den ich nie zuvor gesehen hatte. »Was meinst du? Ich habe geprüft, ob er eine Dunkelseele ist, so wie wir es besprochen hatten.« Er öffnete die Beifahrertür.

»Oh nein.« Ich drückte die Tür mit der flachen Hand wieder zu. »Das meine ich nicht. Ich rede von diesem lächerlichen Revierverhalten. Was sollte *das*?«

»Keine Ahnung, wovon du redest. Er ist übrigens keine Dunkelseele.«

»Ich weiß«, gab ich zähneknirschend zurück. Dann bemerkte ich die nachdenkliche Falte zwischen seinen Brauen. »Aber …?«

»Aber da ist eine Schwere um ihn herum.« Er zögerte kurz, als würde er dem Gefühl, den Energien oder was auch immer er als Fährtenleser wahrnahm, nachspüren. »Verlust. Schuldgefühle.«

Meine Schultern fielen herab. Auch ich spürte diese ständige Anspannung bei Gray. Früher war er ganz anders gewesen. In der Highschool hatte er immer ein Grinsen im Gesicht und einen lockeren Spruch parat gehabt. Er war ein Freund, mit dem man bis ans Ende der Welt gehen könnte. Das war er auch heute noch, aber die lockere Art war verschwunden.

»Seine Mom hat Probleme und er kann ihr nicht helfen«, gab ich leise zu. »Außerdem macht er sich Vorwürfe, wenn er jemanden nicht retten kann. Er ist Feuerwehrmann«, fügte ich auf Colts fragenden Blick hinzu.

Er nickte knapp. »Das erklärt einiges. Wir haben zwar nichts gefunden, aber dein Zuhause können wir auf jeden Fall ausschließen. Mit wem hast du tagsüber viel Kontakt? Während der Arbeit?«

»Mit der ganzen Stadt?«

»Sehr hilfreich, Rayne.«

»Aber so ist es.«

Abgesehen von meiner Chefin Mariella, meinen abendlichen Besuchen bei Barry im Comicladen und den Terminen bei meiner Therapeutin gab es niemanden.

»Gut. Das sehen wir uns in den nächsten Tagen an.«

»Und was jetzt?«, fragte ich seufzend.

Colt öffnete die Beifahrertür und deutete ins Wageninnere. »Jetzt gehen wir aus. Steig ein.«

# Kapitel 12

Ich war noch nie in einem Club gewesen, schon gar nicht mit einem gefälschten Ausweis, der aus mir eine Einundzwanzigjährige machte. Ich hatte auch noch nie Alkohol getrunken. Es stand allerdings auch nicht sehr weit oben auf meiner To-do-Liste. Genau genommen stand es überhaupt nicht darauf, denn jeder Tropfen Alkohol erinnerte mich an Ed, und ich würde einen Teufel tun und das Zeug jemals anrühren. Zu groß war die Angst, eines Tages so zu werden wie er – oder mich selbst so zu verlieren wie Grays Mom.

Aber auf den Club freute ich mich. Irgendwie zumindest.

»Der ist von Jeff«, erklärte Colt und deutete auf den Ausweis in meiner Hand.

»Will ich wissen, woher Jeff ein Foto von mir hat?«

»Wahrscheinlich von deinem Facebookprofil oder direkt von deinem Computer. Du solltest deine Passwörter ändern.«

Ich konnte ihm nur nachstarren, unentschlossen, ob ich lachen oder entsetzt sein sollte. Dann beschloss ich, es mit Humor zu nehmen. Ich war hier, um Spaß zu haben und auf andere Gedanken zu kommen. Das würde ich mir nicht von meinen Bedenken bezüglich Jeffs Hackerkenntnissen zunichtemachen lassen.

Das *Black & White* befand sich in einer Nebenstraße, abseits der Clubs und Diskotheken, die hauptsächlich von Touristen besucht wurden. Colt ging einfach an der langen Warteschlange vorbei und mir blieb nichts anderes übrig, als ihm zu folgen. Er begrüßte die Türsteher per Handschlag. Die beiden Männer könnten einem auch ohne Superkräfte problemlos Angst einjagen. Der rechte wirkte wie ein ehemaliger Boxer und hatte Oberarme, die sogar noch muskelbepackter waren als die von Miles. Der andere Mann war schmaler gebaut, hatte jedoch einen so finsteren Gesichtsausdruck aufgesetzt, dass ich unwillkürlich den Kopf einzog. Eine falsche Bewegung, und ich würde gleich am Straßenrand liegen und nach Luft japsen.

Sie wechselten ein paar Worte mit Colt, dann deutete der Größere auf mich. Zögerlich trat ich näher. Was passierte, wenn man mit einem gefälschten Ausweis erwischt wurde? Polizeikontrolle? Geldstrafe? Gefängnis?

Mein Herzschlag beschleunigte sich und meine Hände wurden feucht. Plötzlich war ich sicher, dass man mir an der Nasenspitze ablesen konnte, dass das nicht mein richtiger Ausweis war. Nora würde einen Herzinfarkt bekommen, wenn sie erfuhr, dass ihre brave Adoptivtochter sich nachts heimlich in irgendwelche Clubs einschmuggeln ließ. Ich sah mich bereits hinter Gittern, aber der Boxer-Türsteher warf nur einen kurzen Blick auf meinen Ausweis, dann nickte er Colt zu und hob das Absperrseil, um uns hindurch zu lassen. Erst als wir an der Garderobe ankamen, wagte ich es, wieder zu atmen.

Colt warf mir einen amüsierten Seitenblick zu. »Ich hätte erwähnen sollen, dass wir öfter herkommen und die Leute uns kennen, oder?«

Sekundenlang starrte ich ihn fassungslos an, dann gab ich ihm einen Stoß gegen den Oberarm. »Allerdings! Ich habe Todesängste ausgestanden.«

Er grinste und wartete, bis ich meine Jacke abgegeben hatte, dann führte er mich in den Hauptraum.

Schon von draußen war die Musik zu hören gewesen, trotzdem traf sie mich wie ein Schlag, als wir den Vorraum verließen. Die Bässe wummerten und im ersten Moment sah ich nichts außer unzähligen Menschen. Sie sammelten sich auf der Tanzfläche und bewegten sich zu einem Remix, den der DJ aufgelegt hatte.

Darüber befanden sich zwei weitere Etagen. Leute lehnten an den balkonartigen Absperrungen und sahen auf die Feiernden hinunter.

Ich entdeckte Liv zuerst. Sie stand etwas abseits neben der Bar und redete mit Keira, die mit ihrer Lockenmähne zwischen all den anderen Frauen herausstach. Als hätte sie uns in dem Moment gespürt, in dem wir das *Black & White* betreten hatten, drehte Liv sich zu uns um. Sie sagte etwas zu Keira, dann kam sie auf uns zu. Diesmal zögerte sie nicht, sondern umarmte mich sofort. Unbeholfen erwiderte ich die Geste.

»Da bist du ja!« Sie musste schreien, um gegen die dröhnende Musik anzukommen.

Ich war beruhigt zu sehen, dass auch Liv nicht aufgestylter war als ich. Sie trug ein blaues Kleid, das ihre Augen betonte, die sie ausnahmsweise geschminkt hatte. Das blonde Haar fiel ihr wie immer glatt und locker über die Schultern. Statt High Heels, die sie so groß machen würden wie mich, hatte sie Chucks angezogen. Kein Wunder, dass mir dieses Mädchen von Anfang an sympathisch gewesen war.

»Habt ihr alles geklärt?«

Die Frage war an Colt gerichtet, der mit einem Nicken antwortete. Dann beugte er sich zu mir hinunter. Ich war so abgelenkt von der plötzlichen Nähe und seinem warmen Atem an meinem Ohr, dass ich von seinem Satz nur »… zu trinken?« hörte.

Am liebsten hätte ich auf Livs halb volles Glas gedeutet und das Gleiche genommen, obwohl ich keine Ahnung hatte, was sie trank. Aber es war bunt, hatte ein Schirmchen am Rand und mit Sicherheit genügend Alkohol, um mich den peinlichen Auftritt zu Hause vergessen zu lassen. Nora würde mich morgen mit Fragen bombardieren und auch von Gray konnte ich mir sicher noch etwas anhören.

»Ein Wasser«, sagte ich stattdessen.

Colt musterte mich einen Moment lang, als versuchte er, in mir zu lesen, dann nickte er.

»Ich entführe sie solange.« Liv griff nach meinem Handgelenk und zog mich mit sich.

Sie bahnte uns einen Weg durch die Menge bis zu einer Wendeltreppe, die in die obere Etage führte. Die Hand auf dem Geländer, folgte ich Liv und merkte erleichtert, wie die Musik leiser wurde, sobald wir eine Sitzecke am anderen Ende des Raumes erreicht hatten. Seufzend ließ ich mich neben Liv in die Polster fallen, überrascht darüber, dass hier überhaupt etwas frei war.

»Das ist unser Stammplatz«, rief sie über die Musik hinweg und bedachte mich mit ihrem typischen warmen Lächeln. »Wie fühlst du dich?«

Ich holte schon Luft, um zu antworten, überlegte es mir dann jedoch anders. »Ich schätze, das weißt du besser als ich, oder?«

Sie lachte, schüttelte aber den Kopf. »Oh nein, hier drinnen setze ich dieses … Talent nicht ein. Emotionen von so vielen Menschen würden mich durchdrehen lassen.«

»Das geht? Du kannst das einfach abschalten?«

»Nicht abschalten, aber auf ein Minimum reduzieren, ja.« Sie wirkte nachdenklich, beinahe traurig. »Ich war ein Wrack, als Colt uns damals aufgespürt hat. Jeff war verzweifelt, weil er nicht wusste, wie er mir helfen sollte, und unsere Eltern waren so hilflos, dass sie kurz davor waren, mich einweisen zu lassen. In den ersten Tagen mussten mich die Lichtseelen isolieren. William war der Einzige, der zu mir durchgedrungen ist. Das Erste, was er mir beigebracht hat, war, mich auf mich selbst zu fokussieren und alles andere auszublenden, damit ich nur meine eigenen Gefühle spüre und nicht mehr die von allen um mich herum. Andernfalls würde ich heute vermutlich in einer Gummizelle sitzen.« Es klang wie ein Scherz, aber der bittere Ernst in ihren Worten war nicht zu überhören.

Wie musste es für sie gewesen sein, die Gefühle all dieser Menschen wahrzunehmen? Wenn jede erdenkliche Emotion auf sie einprasselte? Wut, Freude, Neugier, Hass, Liebe, Mitgefühl und noch vieles mehr? Ich konnte es regelrecht vor mir sehen. Ein abgedunkelter Raum mit hartem Betonboden. Graue Strumpfhosen, die an den Knien aufgerissen waren. Blutige Male in den Handflächen, die von den kurzen Fingernägeln stammten. Heiße Tränen, die über meine Wangen rollten. Das Ziehen an meiner Kopfhaut, weil ich die Finger so fest in den Haaren vergrub, um dem Sturm in meinem Inneren zu entkommen, das mich zu zerreißen drohte.

»Rayne?«

Keuchend schnappte ich nach Luft. Ich war wieder hier, saß in dieser Nische mit Liv, während das Treiben um uns herum weiterging wie zuvor. Ich blinzelte, um das Gedankenchaos zu vertreiben, doch ein kleiner Teil davon blieb wie ein dunkler Fleck in mir zurück.

Livs Gesichtsausdruck war überraschend ernst – und mitfühlend. »Du hast etwas gesehen, oder? Eine Erinnerung von mir?« Sie presste sich die Finger an die Lippen. »Oh Gott, das tut mir leid, ich wollte nicht …«

»Schon gut.« Ich legte ihr die Hand auf den Arm. »Das war nicht deine Schuld. Manchmal … passiert das einfach.« Meistens bei Emma, Nora oder auch bei Gray, einmal bei William und jetzt auch bei Liv. Nie bei Colt. Egal wie oft er in meiner Nähe war, von ihm hatte ich noch nie eine Erinnerung aufgefangen.

Liv beobachtete mich nachdenklich. »William kann dir dabei helfen, weißt du? Wir müssen lernen, unsere Kräfte zu beherrschen, statt uns von ihnen beherrschen zu lassen. Oder von unserer Angst davor. Und bevor du jetzt etwas sagst«, sie hob abwehrend die Hände. »Ich weiß genau, wie es ist, in den Köpfen der Menschen zu sein, obwohl man es nicht will.«

Sie hatte recht. Liv war der letzte Mensch, der das nicht verstehen würde. Ich musste mich erst noch daran gewöhnen, etwas, das jahrelang alltäglich für mich gewesen war, als etwas Übernatürliches anzusehen. Aber das war kein Thema, über das ich heute Abend reden wollte. Hier und heute ging es nicht darum, an diese Dinge zu denken. Ich wollte normal sein. Wenigstens ein paar Stunden lang.

»Was machst du eigentlich, wenn du keine Lichtseele bist?«, fragte ich schließlich.

Liv wirkte perplex, dann lächelte sie breit. »Ich studiere Psychologie im zweiten Semester und helfe nebenher bei Nell im Krankenhaus aus.« Ihre Augen leuchteten. Es überraschte mich nicht, dass Liv einen Beruf anstrebte, in dem sie anderen Menschen helfen konnte. Dieses Mädchen war so mitfühlend, dass man sie nur gernhaben konnte.

»Und danach?«, bohrte ich weiter. »Willst du deine eigene Praxis eröffnen?«

»Ich weiß es noch nicht.« Ihr Lachen war kurz und hell. »Das liegt noch in weiter Zukunft. Ich kann mich ja noch nicht mal entscheiden, ob ich ein Auslandssemester in Europa absolvieren will oder nicht.«

»Wegen Jeff?«

»Zum Teil, ja.« Liv senkte den Blick, aber bevor ich näher nachfragen konnte, lächelte sie schon wieder. »Was ist mit dir? Du arbeitest in einer Buchhandlung, richtig?«

Ich nickte. Diesmal war ich es, die lächelte. »Ich habe schon immer gern gelesen. Also war es wohl abzusehen, was ich später mal machen würde. Neben der Schule habe ich bei Mariella im Laden ausgeholfen und als ich diesen Sommer mit der Highschool fertig war, bin ich einfach dort geblieben.«

»Das ist toll.« Sie holte Luft, um etwas hinzuzufügen, schloss den Mund jedoch unverrichteter Dinge wieder. Auf einmal schien ihr Cocktail überraschend interessant zu sein. Sie hielt den Kopf gesenkt und spielte mit dem Strohhalm zwischen ihren Fingern.

Ich sah mich um, um festzustellen, was ihre Stimmung plötzlich so drückte. Unten an der Bar saßen und standen noch immer unzählige Leute. Drei Barkeeper versuchten, mit den Bestellungen nachzukommen und wirkten dabei ziemlich gestresst. Zwischen den Leuten entdeckte ich Miles, der sich mit einer hübschen Brünetten unterhielt. Wenige Meter weiter stand Jeff, mit dem Ellbogen auf der Theke aufgestützt und im Gespräch mit einer kleinen Rothaarigen vertieft.

Ich wandte mich wieder Liv zu. Sie räusperte sich und setzte ein Lächeln auf, aber es erreichte ihre Augen nicht. Sie fragte mich irgendetwas über die Buchhandlung, doch ich hörte nur mit halbem Ohr zu. Dass ihr Zwillingsbruder ein Mädchen aufzureißen versuchte, konnte sie nicht auf diese Weise treffen, oder? Seelenpartner hin oder her. Also blieb nur noch … Miles.

In diesem Moment hob er den Kopf und sah in unsere Richtung. Seine Aufmerksamkeit galt aber nicht mir, sondern Liv. Sofort spürte ich, wie viel Intensität in seinen Augen lag, denn ich kannte diese Art von Blicke nur zu gut. Nicht von Miles, sondern von …

»Colt.«

Als wäre er aus meinen Gedanken entsprungen, tauchte er in dieser Sekunde an unserem Tisch auf. Er stellte ein Glas Wasser vor mir ab, einen Cocktail vor Liv und hatte sich für sich selbst ein Bier unter den Arm geklemmt.

»Danke.« Ich rutschte etwas zur Seite, um ihm Platz zu machen.

»Alles klar bei euch?«

»Ja.« Wie um ihre Worte zu unterstreichen, trank Liv ihren alten Cocktail aus und griff nach dem neuen Glas. Doch da weiteten sich ihre Augen überrascht und sie senkte hastig den Blick.

Wie aus dem Nichts tauchte Miles auf und trat an unseren Tisch. »Na, wie läuft das *Date*?«

Am liebsten hätte ich ihm dieses süffisante Grinsen aus dem Gesicht gewischt, beschränkte mich aber darauf, einen Bierdeckel nach ihm zu werfen. Er wich so schnell aus, dass ihn mein Geschoss nicht mal streifte.

»So mies also, ja?« Miles begrüßte Colt per Handschlag, warf mir ein gut gelauntes Lächeln zu und sah dann zu Liv hinüber, die wieder einmal in ihren Cocktail starrte. Sie nickte Miles nur kurz zu und beschäftigte sich dann wieder mit ihrem Strohhalm.

Verblüfft sah ich zwischen den beiden hin und her. Und mit einem Mal war es so offensichtlich, dass ich mich fragte, wieso ich es nicht schon früher bemerkt hatte. Die Art, wie sie immer nach ihm fragte oder wie Miles während des Angriffs als Erstes dafür gesorgt hatte, dass Liv in Sicherheit war. Sie schienen nicht zusammen zu sein, sonst hätte Miles vorhin nicht mit einer anderen Frau geflirtet, aber zwischen ihnen war eindeutig etwas.

»Hey.« Miles winkte mir von der gegenüberliegenden Tischseite zu. »Wo bist du mit deinen Gedanken?«

»Nirgendwo.« Ich trank einen Schluck von meinem Wasser. »Ich habe mir nur gerade dein Leben durch deine Erinnerungen angeschaut.«

Miles' Augen weiteten sich vor Schreck. Sekundenlang wurde es totenstill an unserem Tisch. Bis Colt in Lachen ausbrach.

»Sie verarscht dich, Mann.«

»Woher …?« Miles deutete zwischen Colt und mir hin und her. Erleichterung zeichnete sich auf seinem Gesicht ab, doch da war noch immer ein Hauch von Misstrauen. »Bist du sicher?«

Ich konnte es ihm nicht verübeln. Niemand wollte seine komplette Vergangenheit vor einem anderen Menschen ausgebreitet sehen.

Colt nickte und warf mir einen wissenden Blick zu. Doch selbst wenn er mein Seelenpartner war, bezweifelte ich, dass er wusste, wann ich meine Fähigkeit einsetzte und wann nicht. Ich bemerkte es ja selbst erst, wenn es schon zu spät war. Außerdem hätte ich dann auch etwas spüren müssen, wenn Colt seine Kräfte nutzte, oder?

»Gott sei Dank.« Miles seufzte erleichtert. »Das war nicht nett, Rayne.«

Ich grinste. »Sorry. Ich konnte einfach nicht anders.«

Auch Liv wirkte amüsiert, doch als Miles zu ihr sah, errötete sie und blickte schnell in eine andere Richtung.

Ein paar Sekunden lang sah ich mir das Ganze an, dann räusperte ich mich. »Ich war noch nie hier. Ich schaue mich mal ein bisschen um. Lauft nicht weg.«

Mit meinem Glas in der Hand rutschte ich von der Sitzbank und stand auf, nachdem Colt mich rausgelassen hatte. Er sagte nichts dazu, aber ich spürte seinen fragenden Blick auf mir.

Ich kam gerade mal bis zur Treppe, als ich wieder dieses Prickeln im Nacken spürte, das mir langsam vertraut wurde. Statt nach unten zu gehen, blieb ich stehen und lehnte mich gegen die Balustrade.

Einen Herzschlag später tauchte Colt neben mir auf und stützte sich mit beiden Händen auf das Geländer. »Was hast du vor, Rayne?«

»Ist Miles noch bei Liv?«

Colt sah zurück zum Tisch und dann wieder zu mir. »Ja.«

Ich kämpfte gegen mein Lächeln an. »Hat er sich neben sie gesetzt?«

»Ja.« Colt kniff die Augen zusammen, doch der kritische Ausdruck wurde durch das Zucken in seinen Mundwinkeln gedämpft. »Versuchst du gerade, die Kupplerin zu spielen?«

»Vielleicht …?«

Er schnaubte amüsiert. »Und ich dachte, Liv wäre die Emotionenleserin.«

»Hm«, machte ich nachdenklich und betrachtete mein Glas. Mit einem letzten großen Schluck trank ich es aus. »Sie kann Gefühle wahrnehmen, aber manchmal übersieht sie wohl das Offensichtliche.«

Sachte stieß er mich mit der Schulter an. »An wen erinnert mich das nur?«

Ich unterdrückte den Impuls, ihm die Zunge rauszustrecken, und presste die Lippen aufeinander. Endlose Sekunden verstrichen, in denen ich Colts Blick auf mir spürte, bevor ich zu ihm hinüberschaute.

»Du warst also noch nie hier?«

Ich zuckte mit den Schultern. »Nein. Ich war bis auf dieses eine Mal auch noch nie über Nacht weg, habe keinen Alkohol getrunken, nie geraucht, nie rebelliert.«

Zumindest nicht, seit ich bei Nora war. Davor war ich öfter von den Pflegefamilien und aus den Heimen weggelaufen, als ich zählen konnte. Das war meine Art der Rebellion gewesen.

»Eine Tochter wie aus dem Bilderbuch.« Seine Miene wurde nachdenklich.

Ich ahnte, dass er es nicht dabei belassen würde, und hielt unwillkürlich die Luft an. Jemand mit meiner Geschichte sollte kein solches Musterverhalten an den Tag legen. Nicht mal ein ganz normaler Teenager in meinem Alter sollte das. Sogar Nora und Mariella hatten mir indirekt zu verstehen gegeben, dass es in Ordnung war, mich auszutoben, auszuprobieren und ein bisschen zu rebellieren, aber irgendetwas hinderte mich daran. Vielleicht, weil ich Angst hatte, diese Seite meines Ichs kennenzulernen. Angst davor, dass die Zeit bei Ed und Martha doch mehr Spuren hinterlassen hatte, als ich zugeben wollte. Angst davor, so zu werden wie sie und Nora zu enttäuschen. Ich hatte schon so oft alles verloren, dass ich das, was ich nun hatte, niemals aufs Spiel setzen würde.

Colt hakte nicht nach, sondern nahm mir das leere Glas aus der Hand und stellte es beiseite. Dann deutete er zur Treppe. »Komm.«

»Wohin?«, fragte ich, folgte ihm aber bereits die Stufen hinunter. Unten angekommen, griff er nach meiner Hand. Die Berührung ließ mich zusammenzucken. Das Gefühl von seiner Haut an meiner sandte ein heißes Kribbeln meinen Arm hinauf. Falls Colt es bemerkte oder ebenfalls spürte, ließ er sich nichts davon anmerken.

Ohne sich umzusehen, bahnte er uns einen Weg an den Leuten vorbei, bis auf die Tanzfläche. Erst dort hielt er an und drehte sich zu mir um.

Colt legte seine freie Hand auf meinen unteren Rücken und zog mich etwas näher. Der Stoff seines schwarzen Hemds fühlte sich weich an, als ich meine Hand auf seine Schulter legte. Sofort wurde ich von seiner Wärme und seinem Geruch umfangen und schloss die Augen. Es fühlte sich an, als würde ich barfuß durch einen Wald gehen und an einer Klippe herauskommen, an der sich die Wellen am Gestein brachen.

Es war nicht das erste Mal, dass ich Colt so nahe war, doch zu jener Zeit hatten uns die Opferschreie fest im Griff gehabt. Jetzt war nichts davon zu hören. Keine Stimmen, nicht einmal ein entferntes Wispern. Um uns herum bewegten sich unzählige Leute zur Musik, und doch hatte ich das Gefühl, als wären wir ganz allein auf der Tanzfläche.

Ich passte mich Colts Bewegungen an. Zunächst noch zögerlich, weil ich versuchte, genau auf die Musik zu hören, doch schon bald merkte ich, dass ich mich zu sehr bemühte. Wenn ich einfach losließ, wenn ich es einfach geschehen ließ, fanden wir von ganz allein den richtigen Rhythmus.

Der aktuelle Song war eine sinnliche Mischung aus Pop und Rock, der uns dazu zwang, uns schneller zu bewegen, aber gleichzeitig ruhigere Momente erlaubte. In einem solchen stellte ich mich auf die Zehenspitzen und brachte meinen Mund nahe an Colts Ohr, damit er mich trotz der dröhnenden Bässe verstehen konnte.

»Wie ist das so?«, rief ich. »Einen Seelenpartner zu haben?«

»Das müsstest du Jeff oder Liv fragen«, gab Colt zurück und führte mich in eine Drehung. Ein, zwei Herzschläge lang war ich in der Menge, nur durch meine Hand mit Colt verbunden, dann zog er mich wieder an sich. »Ich hatte noch nie einen.«

Ich versuchte, den kribbelnden Schauer zu unterdrücken, der durch meinen Körper wanderte, und mich stattdessen auf das Gespräch zu konzentrieren. »Also gibt es nur einen Seelenpartner? Einen einzigen Menschen da draußen, der ... deine zweite Hälfte ist?«

Colts Blick traf meinen. So intensiv, so dunkel, dass ich unwillkürlich den Atem anhielt. »Ja.«

Was bedeutete das für uns beide? Ich wollte es verstehen. Aber meine Gedanken verblassten mehr und mehr, während sich mein ganzes Sein auf ihn richtete. Es war wie an dem Nachmittag, als wir meine Kräfte getestet hatten. Ein Teil von mir fürchtete sich vor ihm und davor, wie nahe er mir kommen könnte. Aber ein anderer, viel zu großer Teil entspannte sich in Colts Gegenwart. Ohne zu wissen, warum, fühlte ich mich sicher bei ihm. Mehr noch. Es fühlte sich an, als wäre ich genau dort, wo ich immer hingehört hatte.

»Woran denkst du gerade?« Seine Stimme war rau und er hob die Hand, als wollte er mir das Haar zurückstreichen oder sie an meine Wange legen. Unbewusst verkrampfte ich mich und er ließ die Hand wieder sinken.

»An nichts Besonderes.«

Selbst wenn ich es gewollt hätte, hätte ich nicht gewusst, wie ich meine Gedanken in Worte fassen könnte. Ich war schon immer besser darin gewesen, mich in Bildern und Zeichnungen auszudrücken.

Wieder führte Colt mich in eine Drehung und einen Moment lang spürte ich ihn hinter mir. Die Wärme, die von ihm ausging und auf mich übersprang, als würde er eine Decke um meine Schultern legen. Sein Atem in meinem Nacken. Seine Hand an meiner Hüfte.

Was auch immer ich zuvor gedacht und mit welchen Fragen ich mich auseinandergesetzt hatte, all das rückte zunehmend in den Hintergrund. Nicht, weil Colt meine Gedanken dominierte, sondern weil seine Nähe für eine Ruhe in mir sorgte, die ich nie zuvor gespürt hatte. Eine Ruhe, nach der ich mich so lange gesehnt hatte und die ich um jeden Preis festhalten wollte.

Als ich mich wieder zu ihm umdrehte, waren wir uns näher als zuvor. Seine Brust streifte mich bei jeder Bewegung. Seine Hand lag tief auf meinem Rücken und brannte sich durch den dünnen Stoff meines Oberteils. Und sein Mund schwebte über meinem. Aber es war nicht nur das Gefühl seines warmen Atems auf meinen Lippen, das mich völlig einnahm, sondern seine Augen. Hier drinnen wirkten sie nicht mehr grün, sondern tiefbraun … und verlangend.

Hitze schoss durch mich hindurch und hinterließ ein Prickeln auf meiner Haut. Zittrig stieß ich den Atem aus, während das Pochen in meiner Brust immer stärker wurde.

Was passierte hier? Warum hatte ich das Gefühl, als würden wir stillstehen, obwohl wir uns noch immer zur Musik bewegten? Warum schien alles um uns herum leiser, langsamer und blasser zu werden? Ich wollte ihn danach fragen, brachte aber kein Wort hervor. Für eine kurze Ewigkeit schien es fast so, als wären wir allein auf der Welt.

Dann erstarrte Colt plötzlich. So eng, wie wir gerade miteinander tanzten, spürte ich seine Anspannung sofort.

»Was ist los?«

Aber er schien meine Frage gar nicht gehört zu haben. Seine Stirn war gerunzelt. Mit gehobenem Kopf richtete er den Blick konzentriert in die Ferne.

*Dunkelseelen.*

## Kapitel 13

*Dunkelseelen.*

Keine Lippenbewegung, nicht einmal ein kurzes Zucken, dennoch hörte ich seine Stimme klar und deutlich in meinen Gedanken. Und mit ihr kam das Entsetzen. Die Angst. Denn ich erinnerte mich nur zu gut an meine letzten beiden Begegnungen mit diesen Wesen.

Und jetzt waren sie hier. In diesem Club voller Menschen, die nicht einmal ahnten, wie groß die Gefahr und wie real das Übernatürliche tatsächlich war.

Kälte kroch durch meine Adern und setzte sich in meiner Brust fest. Ein Teil von mir wollte herausfinden, wo in den dunklen Ecken des Clubs sie sich versteckten, aber ein anderer wollte die Flucht ergreifen. So schnell wie möglich von hier verschwinden. Ich kannte diese lähmende Angst nur zu gut, war sie doch vor der Zeit mit Nora mein ständiger Begleiter gewesen. Aber diesmal würde ich mich nicht verstecken oder weglaufen. Nicht, wenn ich etwas tun konnte.

*Sie müssen uns hierher gefolgt sein. Macht euch bereit.*

Wieder ertönte Colts Stimme in meinem Bewusstsein, als würde er mir direkt ins Ohr sprechen. Dann senkte er den Kopf und suchte meinen Blick.

»Wie kann ich helfen?«, fragte ich, bevor er etwas sagen konnte.

Seine Brauen hoben sich vor Überraschung, doch er fing sich schnell wieder. *Indem du deine Kräfte nicht einsetzt. Wir müssen dich unbemerkt hier rausschaffen.*

»Was? Aber …«

»Sie dürfen nicht wissen, dass du dich noch nicht für eine Seite entschieden hast«, unterbrach er mich, ungeachtet dessen, dass die anderen Leute ihn hören konnten. »Geh zu Jeff. Neben der Treppe.«

Colts Worte duldeten keinen Widerspruch. Er war nicht mehr der, mit dem ich die Tanzfläche betreten hatte. Seine Züge waren hart, die Lippen zu einer grimmigen Linie zusammengepresst und in seinen Augen lag pure Entschlossenheit. Jetzt war er ganz Krieger. Bereit, seine Leute zu verteidigen.

Ich drehte mich um, um seinem Befehl nachzukommen. Hier drinnen gab es zu viele Menschen. Ich durfte niemanden in Gefahr bringen, nur weil Colt auf mich aufpassen musste, statt auf sie. Oder auf sich selbst.

Ich hatte gerade mal ein paar Schritte in Richtung Treppe gemacht, als sich eine Dunkelseele aus dem Schatten löste und sich mir in den Weg stellte.

Oh, verdammt.

Ich riskierte einen Blick zurück, nur um die anderen dunklen Gestalten auf der Tanzfläche zu bemerken, die sich als Einzige nicht zur Musik bewegten. Ohne auf die Tanzenden zu achten, war ihre ganze Aufmerksamkeit auf Colt und mich gerichtet. Und sie kamen näher.

Mein Puls schoss in die Höhe. Unbewusst tastete ich nach der Kette und schloss die Faust um den Anhänger. *Pass auf dich auf.* Das waren die letzten Worte gewesen, die Nora mir heute Abend mit auf den Weg gegeben hatte. Genau wie Barry, bevor ich in dieser Gasse auf meine Angreifer getroffen war. Wie kam es eigentlich, dass ich immer dann in Schwierigkeiten geriet, wenn mir jemand vorher riet, auf mich aufzupassen?

Colt drehte sich um, da auf seiner Seite deutlich mehr Dunkelseelen lauerten als auf meiner. Wir standen Rücken an Rücken, wie ich es bei Miles und den anderen im Training gesehen hatte. Nur war das hier keine Übung, sondern die Realität.

»Hast du deine Wurfmesser dabei?«, fragte Colt so leise, dass seine Stimme beinahe in der Musik unterging.

»Nein.«

Ich hatte nur das Pfefferspray von Nora in meiner Tasche, aber das konnte ich hier drinnen nicht einsetzen. Nicht, ohne dabei auch den ganzen anderen Leuten auf der Tanzfläche Augen und Atemwege zu verätzen.

»Dann hoffe ich, dass du beim Training gut aufgepasst hast.«

»Welches Training?«

Die erste Dunkelseele kam auf mich zu. Ich ging in Stellung, auch wenn ich keine Ahnung hatte, was mich gleich erwarten würde. Ein Schlag ins Gesicht? Eine neue mysteriöse Kraft?

Ich konnte gerade noch nach Luft schnappen, als es vor mir aufblitzte. Plötzlich stand Colt da, blockte die Attacke des Angreifers ab und schickte ihn mit einem Tritt in den Bauch durch die Menge bis an den Rand der Tanzfläche.

»Erste Lektion: Lass sie nie so nahe an dich herankommen, dass sie dich angreifen können. Und wenn doch, dann musst du schneller sein als sie.«

Kaum ausgesprochen, spürte ich Colts Hand auf meinem Arm. Mit der Berührung schien etwas von seiner Wärme auf mich überzugehen – aber da war noch mehr. Mein Herzschlag beruhigte sich, meine Gedanken schärften sich, bis ich das Gefühl hatte, die Dunkelseelen selbst mit geschlossenen Augen unter all diesen Menschen ausmachen zu können.

Als Colt mich losließ, blieb das Gefühl weiterhin in mir bestehen. Was auch immer er getan hatte, es durchströmte mich mit neuer Kraft, von der ich nicht einmal gewusst hatte, dass sie in mir steckte. Einer Kraft, die ich schon im nächsten Moment einsetzen musste, denn einen Wimpernschlag später trat eine junge Frau aus den Schatten direkt neben mir und holte aus. Reflexartig riss ich den Arm in die Höhe. Ihr Arm prallte gegen meinen und ein Vibrieren schoss durch meine Muskeln, aber ich spürte keinen Schmerz. Ich nutzte die Hebelwirkung, um sie zurückzustoßen, dann holt ich aus und schlug zu. Etwas Heißes durchzuckte meine Hand, ein kurzes Aufflackern von Schmerz, der sofort wieder verebbte. Die Dunkelseele wurde von der Wucht meines Schlags umgeworfen und fiel in die Menge zurück.

Blut rauschte in meinen Ohren. Meine Fingerknöchel pochten. Um uns herum begannen die Leute unruhig zu werden, ein paar beschwerten sich lautstark, riefen nach der Security. Aber ich konnte mich nur auf die Dunkelseele konzentrieren, war völlig davon gebannt zu sehen, wie sich die Frau mit dem Handrücken über die blutige Lippe wischte.

Ich hatte das getan. Aber wie war das möglich? Ich hatte zwar gelernt, mich zur Wehr zu setzen und Gegner von mir abzuschütteln – aber das hier? Seit wann konnte ich eine andere Person einfach umwerfen? Noch dazu eine Dunkelseele?

*Seelenpartner können sich ihre Kräfte teilen*, beantwortete Colt meine Fragen in Gedanken, als hätte ich sie laut ausgesprochen. *Wenn beide einverstanden … oder verzweifelt genug sind.*

Bevor ich darüber nachdenken konnte, war die Frau wieder da. Diesmal war ich zu langsam. Ich konnte zwar ihre Faust abblocken, aber ein Tritt traf mich direkt in die Magengrube. Alle Luft wich aus meinem Körper. Ich stolperte zurück, riss den Kopf hoch – und warf mich zur Seite, als sie wieder angriff. Der zweite Tritt verfehlte mich, aber sie war so schnell bei mir, dass ich wieder nur ihren nächsten Schlag abwehren konnte.

*Wir müssen sie nach draußen locken.*

Colts Stimme schien überall zugleich zu sein. Sie hallte über die Musik hinweg und gleichzeitig tief in mir wider.

Ich schaffte es ein weiteres Mal, die Attacke der Frau mit dem Unterarm abzublocken. Mit der linken Hand stieß ich sie zurück, mit der rechten holte ich aus – und wurde von hinten gepackt. Zwei Arme schlangen sich um mich und hielten mich erbarmungslos fest.

»Rayne!«

Irgendjemand rief meinen Namen, aber ich erkannte die Stimme nicht, konnte mich nur auf das Hämmern in meiner Brust und die beginnende Panik konzentrieren. Ich schlug um mich. Mein Puls raste, meine Atemzüge waren viel zu hektisch. Ich musste mich beruhigen, musste irgendwie die Kraft wiederfinden, die Colt mit mir geteilt hatte. Denn sonst konnte ich noch so viel versuchen, mich zu wehren, ohne mich aus dem Griff befreien zu können.

Das Licht der Scheinwerfer zuckte über die Tanzfläche und auf einmal stand Jeff neben mir – nur wenige Schritte entfernt. Er wirbelte herum und streckte die Hand aus, als wollte er etwas auf die Frau werfen, die erneut zum Angriff überging. Rotgoldene Flammen schossen aus Jeffs Fingern direkt auf die Dunkelseele zu.

Ich blinzelte einmal, zweimal, dann waren die Flammen verschwunden. Eine Illusion. Aber die Frau nahm sie noch immer wahr, stolperte zurück und hielt sich den Arm schützend vors Gesicht.

Ich verlor den Kontakt zum Boden, als mich der Mann grob zurückriss. Wieder rammte ich meinen Ellbogen in seine Rippen, aber das ließ ihn gerade mal zusammenzucken. Er ließ mich nicht los. In Gedanken stellte ich mir dieselben Flammen vor, die ich bei Jeff gesehen hatte, malte mir aus, wie sie über meinen Körper tanzten, hörte das Knistern in meinen Ohren und spürte die Hitze auf meiner Haut. Und als ich an mir hinabsah, entdeckte ich die Illusion.

»Was zum Teufel!?« Der Griff um meine Arme lockerte sich.

Ich nutzte das Überraschungsmoment, befreite mich aus der Umklammerung und stolperte nach vorn. Aber zum Luftholen blieb kaum Zeit. Ich spürte einen Lufthauch an meiner Wange, wich zur Seite aus und packte den Mann, der wieder nach mir greifen wollte. Mit einer Bewegung, die ich bislang nur während meiner Selbstverteidigungskurse in der Sicherheit einer Trainingshalle geübt, aber schon ein paar Mal bei Colt gesehen hatte, warf ich den Kerl über meine Schulter zu Boden.

Etwas knackste in meinem Schultergelenk und ein heißer Schmerz schoss durch meinen Arm. Ich wirbelte herum, suchte nach Colt. Er war nur wenige Schritte von mir entfernt in einen Kampf verwickelt und schickte seinen Gegner mit einem gezielten Hieb zu Boden. Doch der richtete sich wieder auf und machte eine Handbewegung, die Colt urplötzlich erstarren ließ. Und dann krümmte er sich vor Schmerz.

»Colt!«

Ich kämpfte mich an den Leuten vorbei, um zu ihm zu gelangen. Seltsamerweise brach niemand in Panik aus. Beinahe so, als würden sie den Kampf nicht einmal wahrnehmen oder nur für eine gewöhnliche Prügelei halten.

Als ich Colt erreichte, bewegte er sich noch immer nicht. »Wir müssen hier raus.« Ich griff nach seiner Hand. Die Berührung ließ ihn zusammenzucken, riss ihn jedoch nicht aus seiner Starre.

Ich folgte seinem Blick zu einem Mann am anderen Ende des Clubs. Bewegungslos stand er da, dunkel gekleidet, die Hände locker an seinen Seiten und starrte zu uns herüber. Seine Konturen schienen mit der Dunkelheit zu verschwimmen wie schwarzer Rauch.

»Wer ist das?«

»Jemand, der mich tot sehen will«, stieß Colt hervor. »Verschwinde!«

»Was ist mit dir?«

»Geh schon!« Entschieden schob er sich vor mich, wie um mich vor den Blicken des Angreifers zu schützen. »Ich komme nach.«

Ich wollte protestieren, da tauchte Jeff neben uns auf. Als er die Dunkelseele bemerkte, stieß er einen Fluch aus und griff nach meinem Arm. »Weg hier!«

Ich ließ zu, dass er mich von Colt wegzog, auch wenn mein Instinkt mir sagte, dass es ein Fehler war. Dass er meine Hilfe brauchte, wenn er diese Dunkelseele besiegen wollte.

Irgendwie gelang es Jeff, uns durch die Menschenmenge zu manövrieren, bis wir fast bei der Treppe waren, die ich vorhin mit Colt heruntergekommen war. Ich warf einen Blick nach oben – und erstarrte.

Liv stand an der Balustrade im ersten Stock, die Augen geschlossen, die Hände gehoben wie ein Dirigent – und so blass, dass es mich nicht überrascht hätte, wenn ihre Knie gleich nachgeben würden.

Jeff folgte meinem Blick, ohne auch nur eine Sekunde lang stehen zu bleiben. »Sie beruhigt die Leute, damit niemand in Panik ausbricht.«

Noch während er das sagte, konnte ich es spüren. Ruhe und Gelassenheit, die sich wie eine warme Decke um meine Schultern legten und meine Mundwinkel nach oben wandern ließen. Im selben Moment schüttelte ich den Kopf, um dem Zauber zu entgehen. Es war nicht echt, genauso wenig wie das, was Jeff und ich mit unseren Kräften anstellen konnten. Apropos Kräfte.

»Aber sie sehen uns, oder? Sie sehen, dass gekämpft wird.«

Jeff hob die freie Hand. Im schummrigen Licht hier drinnen konnte ich nichts Genaues erkennen, bemerkte aber das dunkle Blut, das über seine Handkante lief und in den Ärmel seines Shirts sickerte.

»Ich habe meine Illusionen mit Blut verankert, damit niemand etwas von unseren Kräften bemerkt, sondern das nur für eine normale Prügelei hält.« Er blieb kurz neben der Bar stehen, um sich zu orientieren. »Siehst du das Mädchen da drüben?«

Ich folgte seinem Blick zu einem der Notausgänge. Daneben stand ein Mädchen, das wie vierzehn, höchstens fünfzehn wirkte. Sie hatte noch ihre Jacke an und das kurze Haar unter einer Beanie versteckt. Ähnlich wie Liv hatte sie die Arme angehoben und die Augen konzentriert geschlossen. Um sie herum schienen sich die Schatten zu bewegen, nach ihr zu greifen, aber sie doch nie ganz einzuhüllen.

»Was ist mit ihr?«

»Sie ist eine Dunkelseele, aber auch ein Bewahrer wie wir.« Er zog mich weiter. »Eine Anfängerin. Niemand würde versuchen, diese Art von Illusionen die ganze Zeit über selbst aufrechtzuerhalten, wenn er sie verankern kann.«

Wir eilten weiter. Bei einem Notausgang rammte Keira gerade eine Dunkelseele so heftig gegen die Wand, dass ich zusammenzuckte. In Gedanken war ich aber noch immer bei der Bewahrerin. Vielleicht waren Licht- und Dunkelseelen sich doch nicht so unähnlich, wie ich zunächst angenommen hatte. Zumindest setzten beide Seiten alles daran, nicht von den Menschen entdeckt zu werden.

Am Notausgang angekommen, schloss Miles zu uns auf, die Miene grimmig und mit einem Bluterguss im Gesicht. Die Haut rund um sein Auge verfärbte sich bereits in den schillerndsten Farben. »Ich halte die Stellung und hole Liv.«

Jeff nickte wie selbstverständlich. Anscheinend war das hier kein einmaliger Zwischenfall und sie ein eingespieltes Team. Keira übernahm die Führung und riss die Tür auf. Wir folgten ihr ins Freie. Als ich mich umdrehte, wurden wir von niemandem mehr verfolgt. Miles blockierte die Tür und stellte sich bereits der nächsten Dunkelseele entgegen.

»Zum Auto«, rief Jeff.

»Warte!« Ich stemmte die Fersen in den Boden und zwang ihn zum Stehenbleiben. »Was ist mit Colt? Wir können nicht ohne ihn gehen.«

»Er kommt zurecht.«

»Er ist ein Krieger, schon vergessen?«, fügte Keira hinzu. Als ich mich noch immer nicht von der Stelle rührte, fixierte sie mich mit einem stechenden Blick. »Zwing mich nicht dazu, dich k. o. zu schlagen und mitzunehmen. Ich hätte kein Problem damit.«

Daran hatte ich nicht den geringsten Zweifel. Trotzdem wehrte sich alles in mir dagegen, Colt hier zurückzulassen. Vielleicht war es die Sache mit den Seelenpartnern, vielleicht die Tatsache, dass er mir in den Momenten geholfen hatte, als die Opferschreie mich beinahe meinen Verstand gekostet hatten. Was es auch war – ich konnte jetzt nicht gehen. Nicht so. Nicht ohne ihn. Und erst recht nicht, wenn dort drin jemand war, der ihn tot sehen wollte.

Ich machte auf dem Absatz kehrt und rannte zurück.

»Rayne!« Das war Jeff. Etwas blitzte neben mir auf, aber ich schlug einen Haken und wich den Händen aus, die mich packen wollten.

Es war Wahnsinn, in den Club zurückzugehen, nachdem wir uns gerade erst einen Fluchtweg erkämpft hatten. Aber ich konnte nicht anders.

Miles war zu sehr mit der Dunkelseele beschäftigt, um mich zu bemerken. Ich schob mich an ihm vorbei und tauchte in der Menge unter. Die warmen, verschwitzten Körper schienen zu einer Masse zu verschmelzen, in der ich nur langsam vorwärts kam. Die Musik dröhnte in meinen Ohren, die Bässe hallten in meinem Brustkorb wider. Ich versuchte, all das auszublenden und mich ganz auf mein Gefühl zu verlassen. Colt war hier irgendwo ganz in der Nähe. Und er war in Schwierigkeiten. Dessen war ich mir genauso sicher wie meines nächsten Atemzugs.

Ich blieb am Rande der Tanzfläche stehen und versuchte, einen Überblick zu gewinnen. Mein Herz hämmerte im gleichen schnellen Rhythmus wie die Musik, die aus den Boxen drang und jedes Kampfgeräusch übertönte.

Verdammt, hier drinnen war es viel zu dunkel, um erkennen zu können, was am anderen Ende des Clubs geschah. Ich warf einen schnellen Blick nach oben, konnte aber auch Liv nirgendwo mehr sehen. Hoffentlich hatte Miles sie inzwischen in Sicherheit gebracht.

Noch während ich mich weiter umschaute und mir einen Weg an der Tanzfläche vorbei zur anderen Seite des Clubs bahnte, spürte ich das vertraute Prickeln im Nacken. Zuerst war es nur ganz leicht, wie ein Hauch, der meine Haut streifte. Dann wurde es deutlicher. Colt musste ganz in der Nähe sein. Was auch immer diese Seelenpartnerschaft für uns beide in Zukunft bedeuten würde, einer Sache wurde ich mir in diesem Moment unweigerlich bewusst: Wir waren für immer miteinander verbunden. Im Guten wie im Schlechten.

Ich quetschte mich an einer Gruppe vorbei, die sich um einige Stehtische versammelt hatte und gerade auf jemanden anstieß, nichts von dem ahnend, was um sie herum passierte. Als ich sie umrundet hatte, hatte sich das Prickeln in meinem Nacken in ein Brennen verwandelt. Ich sah mich um, versuchte, zwischen den dunklen Ecken des Clubs und Dunkelseelen zu unterscheiden, aber es gelang mir nicht.

Auf der anderen Seite, hinter der Tanzfläche, schien die Dunkelheit dichter zu sein, als wäre sie eine lebende, atmende Masse. Sie kroch die Wände entlang und wich zurück, wenn ein Lichtstrahl aus einem der Scheinwerfer die Schatten durchschnitt.

Ich machte einen Schritt nach vorne, als sich eine warme Hand um meinen Oberarm legte und mich zurückriss.

*Was zum Teufel tust du da?*

Colts Stimme explodierte in meinem Kopf. Im gleichen Moment traten gleich drei Männer aus der dunklen Ecke. Ich reagierte instinktiv, packte Colt an seinem Hemd und zog ihn an den Tischen vorbei bis in die hinterste Ecke. Es war Wahnsinn, sich in der Dunkelheit vor Schattenwesen zu verstecken, aber uns blieb keine andere Wahl. Colt mochte stark sein, aber nicht mal er konnte es mit so vielen auf einmal aufnehmen. Nicht, wenn seine Atmung bereits abgehackt war und ein feines Blutrinnsal von seiner Schläfe abwärts lief.

Bevor er protestieren konnte, drückte ich ihn gegen die Wand und schloss die Augen, um mir ins Gedächtnis zu rufen, was Jeff mir beigebracht hatte. Eine Hand lag auf Colts Brustkorb, die andere ertastete die Holzvertäfelung hinter ihm. Ich stellte sie mir in Gedanken vor, malte sie mir aus und versuchte, uns beide damit eins werden zu lassen.

*Rayne. Was tust du?*

Colts Stimme durchbrach meine Gedanken wie ein Peitschenhieb, störte meine Konzentration überraschenderweise aber nicht. Instinktiv drückte ich mich etwas fester an ihn und versuchte, uns beide mit der dunklen Ecke verschmelzen zu lassen, bis wir weder für die Gäste noch für die Dunkelseelen auffindbar waren.

*Dir helfen*, beantwortete ich seine Frage verspätet.

Er suchte meinen Blick und hielt ihn fest. In seinen Augen funkelte so viel Wut, dass ich unwillkürlich die Luft anhielt, aber statt mich wegzuschieben, legte er seine Arme um mich und zog mich an sich. Trotzdem konnte ich den Zorn spüren, der in ihm tobte, als würde er um ihn herum pulsieren und wie Nadelspitzen auf meine Haut treffen.

Ich warf einen schnellen Blick über die Schulter zurück, doch dadurch geriet die Illusion ins Wanken. Vor meinen Augen begann es zu flimmern, bis ich Colts Finger an meinem Kinn spürte und er meinen Kopf zurückdrehte.

*Mach die Augen zu.*

Obwohl seine Anspannung fast zum Greifen war, blieb Colts Stimme diesmal völlig ruhig. Ich stellte seine Anweisung nicht infrage, sondern tat, was er gesagt hatte. Sofort konnte ich die Holzvertäfelung in Gedanken wieder klarer sehen. Colt schloss mich fester in seine Arme, bis ich das Gesicht an seinem Hals vergrub und nichts anderes mehr wahrnahm außer seinem Geruch und seiner Wärme.

Gleichzeitig begann mein Herz zu rasen. Doch es war nicht die Gefahr, die uns unmittelbar umgab. Ich fühlte mich sicher, obwohl ich mit dem Rücken zu gleich mehreren potenziellen Angreifern stand. Weil ich bei Colt war. Und weil ich aus irgendeinem Grund mit absoluter Sicherheit wusste, dass er niemals zulassen würde, dass mir etwas passierte.

Sekunden tickten vorbei, vielleicht waren es auch Minuten. Die Zeit schien mir zu entgleiten. Irgendwann spürte ich etwas Warmes an meiner Wange und öffnete blinzelnd die Augen. Zuerst nahm ich Colt nur unscharf wahr, dann klärten sich seine Gesichtszüge. Wortlos griff er nach meiner Hand und löste uns von der Wand.

Dann lief er so schnell durch die Menge, dass ich es gerade so schaffte mitzuhalten. Meine Muskeln zitterten, als wäre ich meilenweit gerannt, und immer wieder verschwamm mir die Umgebung vor Augen. Nie zuvor hatte ich diese Kraft so lange und so intensiv eingesetzt. Schon gar nicht, um nicht nur mich selbst, sondern auch jemand anderen damit zu schützen.

Die kalte Nachtluft traf mich unvorbereitet und weckte meine Sinne. Irgendwie hatten wir es nach draußen geschafft. Waren im Club noch Dunkelseelen? Oder hatten wir sie vertrieben?

Colt ließ meine Hand erst los, als wir die anderen erreichten. Sie hatten sich in einer Art Hinterhof versammelt, der überraschend gut ausgeleuchtet war und sich neben der viel befahrenen Straße befand.

Jeff kam als Erstes auf uns zu. »Ich hab versucht, sie aufzuhalten, aber …«

Ein einziger Blick von Colt genügte, um ihn zum Schweigen zu bringen. Dann wandte er sich an Keira. »Ich sichere die Gegend. Sorg du dafür, dass alles da drinnen aufgeräumt ist und keine Spuren zurückbleiben.«

Sie nickte und rauschte an uns vorbei zurück in den Club.

Ich folgte Colts Blick zu Liv, die fast noch blasser aussah als zuvor und von Miles gestützt wurde, der seinen Arm um ihre Taille gelegt hatte.

Sie nickte hastig, als hätte sie soeben einen Auftrag per Gedankenkraft bekommen, und löste sich von Miles. »Ich kriege das hin.«

»Nimm Jeff mit.«

Wieder ein Nicken, dann ging sie zusammen mit ihrem Bruder den Weg zurück, den wir gerade erst gekommen waren.

Keiner der Lichtseelen sah mich an und im Gegensatz zu mir schien jeder genau zu wissen, was er tun musste. Oder bekam eine Aufgabe von Colt zugeteilt, der wieder wie selbstverständlich die Rolle des Anführers übernommen hatte. Niemand wagte es, seine Befehle infrage zu stellen.

Als nur noch Miles, Colt und ich übrig waren, drehte er sich zum ersten Mal wieder zu mir um. »Miles wird dich nach Hause bringen.«

Wie von selbst tasteten meine Finger nach meiner Kette – und fassten ins Leere. Blinzelnd schaute ich an mir hinunter. Erst ungläubig, dann starr vor Schreck. Nein. Das konnte nicht sein. Ich konnte das Erbstück von Nora nicht verloren haben. Nicht jetzt. Nicht hier. Colts Worte traten in den Hintergrund. Ich konnte nur noch daran denken, dass ich irgendwo in diesem Club den Anhänger verloren hatte, den meine Adoptivmutter mir geschenkt hatte. Den Ring, der seit Generationen in der Familie war.

»Rayne. Geh mit Miles.« Colts Stimme duldete keinen Widerspruch. Sie zeigte nicht einmal den Hauch einer Emotion, aber ich konnte noch immer seine unterdrückte Wut spüren. Sie ging wie in Wellen von ihm aus, kurz davor, ihn zu übermannen. Oder mich.

»Ich kann nicht«, widersprach ich, ungeachtet der Tatsache, dass Miles mich verblüfft anstarrte und auch Colt überrascht die Brauen hochzog.

Er machte einen Schritt auf mich zu und senkte die Stimme: »Das war keine Bitte.«

»Ich kann noch nicht gehen. Nicht jetzt. Ich habe meine Kette verloren.«

Irgendwann während des Kampfs musste sich der Verschluss gelöst und die Kette heruntergefallen sein, vielleicht war sie aber auch zerrissen, als ich mich auf der Suche nach Colt an den ganzen Leuten vorbeigequetscht hatte. Panik meldete sich mit einem Hämmern in meiner Brust. Die Kette konnte überall dort drinnen sein.

»Rayne …«

»Nein.«

Sekundenlang starrten wir uns an, während Colt mich allein mit seinem zornigen Blick dazu bringen wollte, seinem Befehl Folge zu leisten, und ich mich ihm entgegenstellte. Um uns herum war es still geworden. So leise, als würde die Welt den Atem anhalten. Miles tat es ganz bestimmt.

Gut möglich, dass ich gerade gegen irgendein ungeschriebenes Gesetz verstieß, indem ich mich weigerte, dem Befehl des stellvertretenden Anführers nachzukommen, aber das kümmerte mich nicht. Ich wollte meine Kette zurückhaben. Ich *musste* sie zurückhaben. Abgesehen davon ließ ich mich nicht gerne herumschubsen und aus dem Weg räumen, wenn man mich nicht mehr brauchte.

*Du hast dir heute schon genug geleistet.* Diesmal sprach Colt die Worte nicht aus, ich hörte sie in meinem Kopf, wo sie ganz allein für mich bestimmt waren. *Treib es nicht zu weit.*

*Oder was?*

Er kniff die Augen zusammen. *Oder wir können dich nicht mehr beschützen. Noch mal zurückzukommen, war lebensmüde. Du hast nicht die geringste Ahnung, wem du da drinnen deine Kräfte offenbart hast.*

»Wie denn, wenn du es mir nicht sagst?«, platzte es aus mir heraus. »Ihr habt mich hergebracht, also lass mich jetzt auch hier bleiben. Wenigstens bis ich meine Kette wiedergefunden habe.«

Miles machte sich mit einem Räuspern bemerkbar. »Die Gefahr ist noch nicht vorüber …«

»Sie hat gerade erst angefangen«, bestätigte Colt, ohne den zornigen Blick von mir zu nehmen. »Du hast deine Kräfte vor den Dunkelseelen offenbart – und das gleich zweimal. Jetzt werden sie dich jagen.«

Ein kalter Schauder kroch mein Rückgrat hinab, aber ich ignorierte das Gefühl. »Eurer Meinung nach ist doch sowieso eine ganz in meiner Nähe – wegen der Opferschreie«, erinnerte ich die beiden leise. »Ich muss nur kurz meine Kette holen. Ich brauche nicht lange.«

Ich machte einen Schritt nach vorn, an Colt vorbei, aber er packte mich blitzschnell am Arm. Sein Griff war nicht grob, aber bestimmt.

*Geh nach Hause, Rayne. Ich werde es kein weiteres Mal sagen.*

In jedem einzelnen Wort schwang so viel aufgestauter Zorn mit, dass ich schauderte. Als ich nicht sofort reagierte, ließ Colt mich abrupt los und ging an mir vorbei. Ein kurzes Aufleuchten später war er verschwunden.

Ich blieb allein mit Miles zurück, der zwar lange nicht so wütend wie Colt wirkte, aber genauso entschlossen.

»Lass uns gehen.«

Es dauerte rund eine Stunde, bis Miles den Wagen, mit dem Colt mich abgeholt hatte, am Straßenrand anhielt. Ich sah zu meinem Zuhause hinüber, wo kein einziges Licht mehr brannte, genauso wenig nebenan bei Gray und seiner Mom. Wenigstens würde ich Nora nicht sofort unter die Augen treten und ihr beichten müssen, dass ich ihre Kette verloren hatte. Auch wenn das nur ein kleiner Trost war.

»Danke fürs Nach-Hause-Bringen.« Obwohl ich den Club nur widerwillig verlassen hatte, war ich Miles trotzdem dankbar. Nicht nur dafür, dass er mich sicher nach Hause begleitet hatte, sondern dass er ständig da zu sein schien, um auf mich aufzupassen, obwohl er sicher genug andere Dinge zu tun hatte.

»Kein Problem.« Er stieg ebenfalls aus und brachte mich bis zur Haustür. »Eins noch.«

»Ja?« Die Hand bereits auf dem Türknauf, drehte ich mich noch mal zu ihm um.

»Mach es ihm nicht so schwer.« Miles schob die Hände in seine Hosentaschen und musterte mich mit einem nachdenklichen, fast schon bedrückten Blick. »Ich weiß, er hat sich vorhin unmöglich benommen, aber er hat seine Gründe. Wir alle haben unser Päckchen zu tragen. Colts Situation ist … anders. Schwieriger.«

»Was … was willst du damit sagen?«

Doch er schüttelte bereits den Kopf. »Das sind Dinge, die er dir selbst erzählen muss, wenn er so weit ist. Sei einfach nicht so hart zu ihm. Gute Nacht, Rayne.«

Ich konnte ihm nur nachsehen, wie er den Weg zurück zu seinem Wagen ging und einstieg.

Und als das Brummen des Motors in der Nacht verklang, stand ich noch immer an der Tür und starrte in die Finsternis.

*Wir alle haben unser Päckchen zu tragen, aber Colts Situation ist anders. Schwieriger.*

Wieder und wieder hallten Miles' Worte in meinem Kopf wider, aber ich konnte ihnen keinen Sinn entlocken. Inwiefern war Colts Situation anders? Weil er der stellvertretende Anführer nach William war und somit mehr Verantwortung als die restlichen Lichtseelen trug? War es das? Oder meinte Miles etwas anderes, etwas, das ich mir nicht einmal vorstellen konnte, weil ich noch immer neu in dieser Welt aus Licht und Schatten war?

Eine Gänsehaut breitete sich auf meinen Armen aus.

Schaudernd öffnete ich die Tür und schlüpfte hinein. Ich schlich die Treppe nach oben und wich den Stufen aus, die schon seit unserem Einzug knarrten.

In meinem Zimmer angekommen, tastete ich nach dem Lichtschalter, hielt dann aber mitten in der Bewegung inne. Mondlicht schien durch mein Fenster und tauchte die Kissen auf der Fensterbank und ein Stück des Teppichs in fahles Licht. Ich wollte mich schon abwenden, um aus meinen Schuhen zu schlüpfen und meine Schlafsachen anzuziehen, als ich ein Funkeln aus dem Augenwinkel bemerkte.

Zögerlich trat ich näher. Auf der Bank lag etwas, das im Licht des Mondes schimmerte. Erst als ich direkt davor stand, erkannte ich es.

Ein unterdrückter Laut, teils Lachen, teils Schluchzen, kam mir über die Lippen und ich sank auf die Knie. Vor mir lag die Kette, die Nora mir heute Abend gegeben hatte. Der Ring schimmerte im Mondlicht, als wäre er völlig unwirklich. Vorsichtig, um sicherzugehen, dass er auch tatsächlich da war, strich ich mit den Fingerspitzen darüber. Das Metall war kühl, erwärmte sich jedoch sofort, als ich das Schmuckstück in die Hand nahm und es an meine Brust drückte.

Er hatte es gefunden und mir zurückgebracht. Trotz allem, was heute Abend geschehen war, war Colt noch mal zurückgegangen und hatte nach meiner Kette gesucht. Weil er wusste, wie viel sie mir bedeutete. Und weil es ihm nicht egal war. Weil *ich* ihm nicht egal war, ganz gleich, wie wütend er auf mich war.

# Kapitel 14

Die Sonne war noch nicht aufgegangen, aber der Himmel wurde langsam heller und war in ein violettes Farbspiel getaucht. Kühle Luft hüllte mich ein und legte sich schon nach wenigen Metern wie ein feuchter Schleier auf meine Kleidung. Nebel kroch über den Boden und dämpfte meine Schritte. Ansonsten war zu dieser frühen Stunde an einem Samstagmorgen kein einziges Geräusch zu hören. Kein Vogelzwitschern, keine vorbeifahrenden Autos und keine anderen Menschen, die schon unterwegs waren.

Ich schrieb Colt eine Nachricht und warnte ihn vor, dass ich kurz vorbeikommen würde, dann startete ich den Motor und schaltete die Scheinwerfer ein. Wenn ich mich beeilte, würde ich es problemlos nach Chicago und rechtzeitig ins *Butterfly Books* schaffen. Ich könnte Colt auch nach meiner Schicht aufsuchen oder ihn anrufen, aber ich wollte persönlich mit ihm sprechen. Ich musste mich bedanken – und entschuldigen.

Gestern hatte ich nicht über die Konsequenzen nachgedacht, als ich in den Club zurückgegangen war und meine Kräfte eingesetzt hatte, um Colt und mich vor den Dunkelseelen zu tarnen. Was kein Grund war, mich so rigoros nach Hause zu schicken, aber ich war zumindest bereit zuzugeben, dass wir beide einen Fehler gemacht hatten.

Während der Fahrt schaltete ich das Radio ein und musste lächeln, als ein Song einer meiner Lieblingsbands gespielt wurde. So schrecklich wie der gestrige Abend geendet hatte, so gut schien der heutige Tag zu werden. Ich legte die Strecke in weniger Zeit als normalerweise zurück, kam selbst in Chicago gut durch den morgendlichen Verkehr und fand das Hochhaus, in dem Colt wohnte, auf Anhieb wieder. Als ich es betrat, hatte ich unsere kleine Auseinandersetzung von gestern fast schon wieder vergessen und nicht einmal der kaputte Fahrstuhl konnte meine Stimmung trüben.

In der richtigen Etage angekommen, zog ich mein Handy aus meiner Tasche und runzelte die Stirn. Noch immer keine Antwort. Seltsam. Unschlüssig blieb ich im Flur stehen und nagte an meiner Unterlippe. Es war noch ziemlich früh. Vielleicht hatte er meine Nachricht noch gar nicht gelesen. Oder aber er hatte sie gesehen, es jedoch nicht für nötig gehalten, mir zu antworten. Im Grunde war es egal, denn jetzt war ich schon hier.

Ich ging zur richtigen Tür, atmete noch einmal tief durch, dann hob ich die Hand und klopfte.

Stille. Aus der Wohnung war kein Laut zu hören. Ich runzelte die Stirn. War Colt nicht zu Hause? An diese Möglichkeit hatte ich überhaupt nicht gedacht, als ich mich auf den Weg gemacht hatte. Aber selbst wenn dem so wäre, konnte er in Lichtgeschwindigkeit hier sein, damit ich nicht umsonst vorbeigekommen war.

Ich klopfte ein zweites Mal, diesmal lauter, und sah wieder auf mein Handy. Keine Nachricht und auch kein verpasster Anruf. Mein Herz begann zu hämmern und ein ungutes Gefühl breitete sich in meiner Magengrube aus. Wir hatten es zwar alle aus dem Club rausgeschafft, aber Colt war noch einmal zurückgegangen, um meinen Anhänger zu holen. Vielleicht war ihm eine Dunkelseele gefolgt, ohne dass er es bemerkt hatte. Konnte er in Gefahr gewesen sein und ich als seine Seelenpartnerin hatte nichts davon gemerkt?

Ich war kurz davor, ihm eine weitere Nachricht zu schreiben oder Miles nach ihm zu fragen, als plötzlich Schritte aus dem Inneren der Wohnung zu hören waren. Die Tür schwang auf und Colt starrte mir aus müden Augen entgegen. Sein schwarzes Haar stand in alle Richtungen ab. Ich hatte ihn offensichtlich geweckt. Dafür sprachen auch der dunkle Bartschatten, die tief sitzende Hose – und das fehlende T-Shirt.

Seit er mich das erste Mal zu den Lichtseelen gebracht hatte, hatte ich ihn nicht mehr oben ohne gesehen – schon gar nicht aus der Nähe. Mein Blick blieb an seinem Tattoo hängen. Es zog sich in schmalen und breiteren Linien über seine gesamte linke Schulter und seinen Oberarm hinunter. Kreisförmig, mit Dornen und weichen Wellen. Ein Teil davon hatte sich auf seiner Brust verewigt und endete über seinem Herzen. Ich wusste, dass sich die gleichen schwarzen Linien auch auf seinem Rücken wiederfanden.

Ich umklammerte mein Smartphone fester, um den Drang zu unterdrücken, die Hand auszustrecken und Colts Tattoo mit den Fingerspitzen nachzufahren. Am liebsten hätte ich herausgefunden, ob sich seine Haut an diesen Stellen anders anfühlte oder genauso warm und glatt war wie an seinem restlichen Körper.

Als mir bewusst wurde, dass ich ihn anstarrte und mein Blick gefährlich weit nach unten gewandert war, riss ich den Kopf in die Höhe und sah zu Colt hoch. Der Überraschung in seinem Gesicht nach zu urteilen, hatte er meine Nachricht nicht gelesen und auch nicht damit gerechnet, dass ich zu dieser Uhrzeit bei ihm aufkreuzen könnte. Vielleicht hätte ich ihm einen Kaffee mitbringen sollen.

»Ähm …« Ich räusperte mich. »Guten Morgen?«

»Rayne …« Er rieb sich mit Daumen und Zeigefinger über die Augen, dann stützte er sich mit dem Unterarm am Türrahmen ab. »Was machst du hier?«

Ich musste mich zusammenreißen, um nicht auf seinen hervortretenden Bizeps zu achten, sondern ihm weiterhin nur ins Gesicht zu sehen. »Ich hab dich vorgewarnt, dass ich kurz vorbeischaue.« Wie zum Beweis hielt ich mein Handy in die Höhe. »Darf ich reinkommen?«

Colt zögerte mehrere Sekunden lang, rieb sich noch mal übers Gesicht, dann machte er einen Schritt zur Seite. Wow. Entweder war er müder, als ich zuerst geglaubt hatte, oder immer noch sauer auf mich.

»Was gibt's?« Mitten im Flur blieb er stehen und drehte sich zu mir herum. Die Erschöpfung in seinem Blick war von Besorgnis ersetzt worden. »Gab es gestern noch Probleme?«

Ich schüttelte den Kopf. Colt musterte mich noch einen Herzschlag lang prüfend, dann ging er in die offene Küche und schaltete die Kaffeemaschine ein. Das Tattoo auf seiner Haut begleitete jede seiner Bewegungen, dehnte und streckte sich aus und zog sich zusammen. Es war gleichermaßen faszinierend wie irritierend.

»Könntest du dir vielleicht etwas überziehen?«, fragte ich, als er zwei Tassen aus dem Hängeschrank holte und sich wieder zu mir umdrehte.

»Warum?« Seine Mundwinkel zuckten. »Macht es dich nervös?«

*Ja, verdammt.*

»Es lenkt mich ab.«

*Soso.*

Ich hörte seine Stimme in meinem Kopf, obwohl er kein Wort

gesagt hatte, und verschränkte die Arme vor der Brust. Statt einer Antwort zog ich nur die Augenbraue in die Höhe und wartete. Colt schien es nicht eilig zu haben, meiner Bitte Folge zu leisten.

»Warum bist du hier, Rayne?«, fragte er leise.

Ich zog die Kette unter meinem Pullover hervor und hielt sie in die Höhe. »Danke.«

Colt musterte mich einen Moment lang, ohne eine Reaktion zu zeigen.

Ich hatte plötzlich das Bedürfnis, mich zu rechtfertigen. Aber als ich Luft holte, öffnete sich eine Tür hinter mir.

»Colt, ich … oh. Ups.« Die Frauenstimme erstarb.

*Was zum Teufel …?*

Ich starrte Colt an, der völlig ruhig hinter der Kücheninsel stand, während die Kaffeemaschine hinter ihm gurgelte. Ein seltsames Schweigen legte sich über uns.

Ich war wie erstarrt. Auf keinen Fall wollte ich der Fremden, wer auch immer es war, ins Gesicht blicken. Ich konnte mir nur zu gut vorstellen, wie sie aussah. Verschlafen, zerzaust und mit einem entspannten Ausdruck auf dem Gesicht, der sicher nicht von einem traumhaft guten Schlaf herrührte. Trotzdem zwang ich mich dazu, mich umzudrehen.

Mir gegenüber stand eine junge Frau, die nicht viel älter als ich sein konnte und genau den Gesichtsausdruck trug, den ich befürchtet hatte. Gleichzeitig wirkte sie irritiert. Natürlich war sie hübsch. Blondes Haar fiel ihr bis auf die Schultern und wirkte so, als hätte sie es nur schnell mit den Fingern gekämmt, nachdem sie aufgestanden war. Wenigstens war sie im Gegensatz zu Colt vollständig angezogen, mit einem knallroten Kleid, High Heels und einer dünnen Jacke, die sie sich über den Arm gelegt hatte.

»Oh mein Gott.« Sie wurde blass, während sie zwischen Colt und mir hin und her sah. Panik schwang in ihrer Stimme mit. »Sag mir nicht, dass das deine Freundin ist. Ich wusste nicht …«

»Sie ist nicht meine Freundin«, unterbrach Colt sie ruhig, fast schon emotionslos.

Ich spürte einen Stich in der Brust und hasste mich im selben Moment für diese Reaktion. Nein, ich war nicht seine Freundin, aber ich war seine Seelenpartnerin. Ich war … jemand, mit dem er gestern Nacht getanzt hatte, für den er ein verloren gegangenes Familienerbstück gesucht und wiedergefunden hatte. Jemand, den er mit zu sich aufs Dach genommen und in seinem Bett hatte schlafen lassen. Spielte nichts davon eine Rolle?

Ich war nur die Person, die ihm das Schicksal zugeteilt hatte. Diejenige, wegen der er ebenfalls unter den Opferschreien litt. Mehr nicht. Ich war nicht die, mit der er seine Nächte verbrachte, und ganz sicher nicht diejenige, für die er irgendwelche Gefühle hegte. Von einer seltsamen Verpflichtung einmal abgesehen. Und ich hatte mir auch noch die Mühe gemacht, heute früh herzufahren, um mich bei ihm zu bedanken. Weil ich gedacht hatte, er hätte es für mich getan, und weil ich mich für gestern bei ihm hatte entschuldigen wollen. Gott, ich war so eine Idiotin.

»Okay …« Die junge Frau atmete tief durch, dann deutete sie Richtung Treppenhaus. »Ich gehe jetzt besser.«

Ich würde sie sicher nicht aufhalten, aber Colt setzte sich sofort in Bewegung und begleitete sie zur Tür. Was auch immer er zu ihr sagte, ich verstand es nicht, aber ich hörte ihr helles Lachen und biss die Zähne zusammen. Um meine Hände und Gedanken zu beschäftigen, ging ich zur Kaffeemaschine hinüber und nahm die gefüllte Tasse heraus.

»Tja«, murmelte ich, während ich die Schränke durchsuchte. »Da hatte jemand letzte Nacht seinen Spaß.«

Mit einem amüsierten Gesichtsausdruck hielt Colt mir den Zuckerstreuer hin. »Würdest du mir glauben, wenn ich dir sage, dass das nur meine Nachbarin war? Oder meine Ärztin?«

»Aber sicher doch.« Ich schüttete mehr Zucker in meinen Kaffee als sonst und griff nach der Milch, die Colt aus dem Kühlschrank geholt und neben mich gestellt hatte. »Ich kann mir auch genau vorstellen, wo sie dich behandelt hat.« Mein Blick wanderte bis unterhalb seiner Gürtellinie.

Seine Mundwinkel zuckten. Aus irgendeinem Grund schien ihn das alles nicht in geringster Weise zu berühren oder ihm peinlich zu sein. Es wirkte eher so, als würde er es genießen. »Ah, verstehe …«

»Was verstehst du?«

»Bist du etwa eifersüchtig?« Die Belustigung in seiner Stimme war nicht zu überhören.

Innerlich zuckte ich zusammen, schaffte es jedoch, die Milch in meine Tasse zu gießen, ohne dabei auch nur einen Tropfen zu verschütten. Worauf sollte ich auch eifersüchtig sein? Auf diese Superblondine? Auf das, was die beiden letzte Nacht miteinander getrieben hatten?

»Als hätte ich das nötig.« Irgendwie gelang es mir, unbeteiligt zu klingen. Ich trank einen Schluck von meinem Kaffee und lehnte mich gegen den Tresen. »Nur weil irgendein toter Philosoph behauptet, wir wären Seelenpartner, heißt das nicht, dass du mich plötzlich kennst, Colt. Oder dass ich dich mögen muss.«

Seine Miene wurde ernst und er schwieg einen Moment.

»Das stimmt. Seelenpartner müssen sich nicht mögen. Sie müssen nicht mal befreundet sein. Aber es wird keinen einzigen Menschen auf der Welt geben, der dich besser kennen und verstehen wird als ich.«

Er sagte das mit einer solchen Bestimmtheit, als wüsste er genau, wovon er da redete. Als würde er mich in- und auswendig kennen, obwohl wir uns vor ein paar Wochen das erste Mal begegnet waren. Aber er hatte sich auch nie fremd angefühlt. Bedrohlich, undurchschaubar, faszinierend, feindselig und beschützend – aber niemals fremd. Als hätte sich ein Teil von uns schon immer gekannt und jetzt würden wir uns nur an das erinnern, was wir vor langer Zeit vergessen hatten.

»Und du bist doch eifersüchtig«, wiederholte er und klang dabei ziemlich selbstzufrieden.

»Bin ich nicht«, widersprach ich. »Was du nachts tust und mit wem, geht mich nichts an.«

»Bullshit.« Er machte einen Schritt auf mich zu. Dann noch einen.

Mein Puls schoss in die Höhe und hämmerte so laut in meinen Ohren, dass es mich nicht überrascht hätte, wenn Colt ihn ebenfalls hören würde.

Ich setzte alles daran, eine unbewegte Miene aufzusetzen. Er kam noch einen halben Schritt auf mich zu und stützte sich mit den Händen rechts und links neben mir auf der Theke ab.

Unbewusst hielt ich den Atem an. Jetzt waren wir uns fast wieder so nahe wie gestern auf der Tanzfläche. Nahe genug, dass ich seinen Duft wahrnahm und nur die Hand heben müsste, um ihn zu berühren und die Linien seines Tattoos nachzufahren. Um das Hämmern seines Herzens unter meinen Fingerspitzen zu spüren. Meine Finger kribbelten, bettelten darum, diesem Drang nachzugeben und dieses Risiko einzugehen.

»Vielleicht willst du ja nachsehen, wie ich den gestrigen Abend in Erinnerung behalten habe.« Colt beugte sich näher, bis sein Atem mein Gesicht streifte und seine Körperwärme mich wie eine Umarmung einhüllte, obwohl er mich noch immer nicht berührte.

»Nein, danke«, brachte ich hervor. »Ich muss es nicht auch noch mit eigenen Augen sehen.« Und fühlen. Denn mit den Erinnerungen anderer Menschen schienen auch immer Emotionen einherzugehen, ob ich mich dagegen wehrte oder nicht.

Colt nahm mir die Tasse aus der Hand und stellte sie ohne hinzusehen neben mir ab. »Die Eifersucht steht dir«, wisperte er dicht vor meinen Lippen. »Endlich mal etwas, das du nicht kontrollieren kannst.«

»Ich kann dich nicht kontrollieren.«

*Und meine Gefühle.*

»Ganz genau …«

Ich legte eine Hand auf seine Brust, ohne zu wissen, ob ich ihn damit aufhalten oder anspornen wollte. Bevor ich es verhindern konnte, kristallisierte sich ein Bild vor meinem inneren Auge. Gedämpftes Licht, laute Musik, dunkle Ecken und überall Menschen. Auf der Tanzfläche, an der Bar und den Balustraden der beiden oberen Stockwerke. Ich konnte die Mischung aus Drinks, Schweiß, Parfums und der Nebelmaschine riechen, als wäre ich wieder dort. Nur dass ich es diesmal nicht selbst erlebte, sondern durch Colt.

Sein Blick wanderte durch den Club. Prüfend. Auf der Suche nach den anderen Lichtseelen. Miles an der Bar. Jeff nur ein paar Schritte entfernt. Keira auf der Tanzfläche. Liv oben am Tisch, genau wie ich. Dann richtete sich seine Aufmerksamkeit ganz auf mich und es fühlte sich an, als würde sich etwas in meiner Brust verschieben, als würde ein Puzzlestück endlich an seinen richtigen Platz rücken.

Ich erlebte mit, wie er uns die Getränke brachte, wie er sich neben mich setzte und mich schließlich zur Tanzfläche führte. Die ganze Zeit über war er mit seinem Blick, seinen Gedanken bei mir und als er mich in seine Arme zog …

Abrupt riss ich mich aus der Erinnerung und starrte geradewegs in Colts Augen. Hier drinnen waren sie fast ganz grün. Seine Atmung ging genauso unregelmäßig wie meine, und ich wusste, dass auch er den gestrigen Abend erneut am eigenen Leib gespürt hatte. Dass er mir diese Erinnerung nicht nur gezeigt, sondern wir sie gemeinsam erlebt hatten.

Jede Berührung. Jeden einzelnen Schauer, den er dabei gespürt hatte. Die Hitze, die sich in seinem Körper ausbreitete, als er mich an sich zog. Diese Mischung aus glühendem Verlangen und einem so starken Beschützerinstinkt, dass er beinahe übermächtig wurde. Aber da war noch mehr. Eine Furcht, die ich nicht verstand und die sich tief in ihm geregt hatte, während wir getanzt hatten. Ich mochte diese Angst nicht ganz begreifen, aber ich kannte alle anderen Gefühle nur zu gut. Auch mich ließ seine Nähe alles andere als kalt, aber ich hätte nie geglaubt, dass er dasselbe für mich empfinden könnte. Dass ich eine ebenso starke Wirkung auf ihn hatte wie er auf mich.

Und dann schob ich alle Bedenken beiseite. Ich legte die Hand in Colts Nacken, zog ihn näher – und küsste ihn.

Ich küsste ihn.

Im ersten Moment war er wie erstarrt, doch dann kam Leben in ihn. Statt mich von sich zu schieben, schlang er einen Arm um meine Taille und zog mich an sich. Warm und hart. Mein Körper schmiegte sich so perfekt an seinen, als würde ich genau dorthin gehören. Colts rechte Hand lag an meiner Wange. Gleichzeitig strich er mit dem Daumen über meine Haut. Es war diese Mischung aus Bestimmtheit und Zärtlichkeit, die mir die Knie weich werden und meinen Puls in die Höhe schnellen ließ. Und sein Mund … sein Mund löschte jeden Funken Verstand aus meinem Bewusstsein aus, bis ich nur noch fühlen konnte. Sein Körper an meinem, das Knabbern an meiner Unterlippe und wie er erschauerte, als ich die Arme um seinen Hals schlang und meine Finger in sein Haar schob. Alles andere schien nicht mehr zu existieren. Da war nur noch Colt und sein Duft nach Wald und Meer, der mich einhüllte.

Seine Finger glitten von meiner Wange, hinterließen eine prickelnde Spur auf meinem Hals und wanderten von dort an meiner Seite abwärts. Ich spürte seine Hände an meiner Taille, dann verlor ich den Kontakt zum Boden und fand mich auf der Küchenanrichte wieder. Colt ließ mich keine Sekunde lang los, schob sich zwischen meine Beine und vergrub die Finger in meinem Haar. Intuitiv drängte ich mich gegen ihn, weil ich so viel mehr von ihm spüren wollte. Alles. Ich wollte sein Tattoo mit den Fingern und meinen Lippen nachfahren, wollte jeden Winkel seines Körpers erkunden. So wie er mich gerade in den Wahnsinn trieb, indem er sich an mich drückte, mit der freien Hand über mein Bein strich und seinen Mund auf meinen presste, als gäbe es kein Morgen mehr.

Das hier war nicht mein erster Kuss, aber ich war nie zuvor so geküsst worden wie in diesem Moment. So als würde Colt mich mehr wollen als seinen nächsten Atemzug, als würde er alles daran setzen, dass wir eins miteinander wurden, weil wir die zwei Teile eines Ganzen waren.

Und ich wollte es auch. Ich wollte es so sehr, dass es fast schon wehtat. Ich zog ihn an mich, bis es nicht mehr näher ging. Und als Colts Zunge langsam an meinen Lippen entlangstrich, öffnete ich sie für ihn. Unsere Zungen berührten sich, und ich musste mir eingestehen, dass ich mich geirrt hatte. Es ging *noch* näher und die erste Berührung entlockte mir ein Stöhnen. Colt erschauerte und dann … löste er sich so abrupt von mir, dass ich fast vom Tresen gerutscht wäre. Im letzten Moment hielt ich mich fest und warf dabei beinahe die Kaffeetasse um.

Colt wich einen Schritt zurück, dann noch einen, bis er gegen die Kücheninsel stieß. In seinem Gesicht war dieselbe Erregung zu sehen, die auch in mir tobte – und reines Entsetzen. Sekundenlang starrten wir einander an, während sich seine Brust genauso schnell hob und senkte wie meine. Nur dass ich in seiner Miene Bedauern und so etwas wie Abscheu lesen konnte.

»Verdammt, ich … wir … Das hätte nie passieren dürfen. Ich hätte nicht … Scheiße!« Er fuhr sich mit der Hand durchs Haar, bohrte die Finger in seinen Nacken.

Was hätte er nicht tun dürfen? Der plötzliche Abstand zwischen uns hinterließ eine Sehnsucht in mir, wie ich sie nie zuvor erlebt hatte. Gleichzeitig war ich völlig verwirrt. Hatte ich etwas falsch gemacht?

Als ich vom Tresen rutschte und vorsichtig einen Schritt auf ihn zumachte, wich Colt vor mir zurück, als könnte er es nicht ertragen, mir noch einmal zu nahe zu kommen. Das Pochen in meiner Brust wurde stärker, doch nun aus einem ganz anderen Grund als zuvor.

»Colt …?« Meine Stimme war nicht mehr als ein Wispern, und als ich die Lippen aufeinanderpresste, konnte ich ihn noch immer schmecken.

Aber was auch immer ich in diesem Moment empfand, ihm schien es nicht so zu gehen. Ich konnte die Reue so deutlich von seinem Gesicht ablesen, als stünde sie ihm mit einem von Emmas Filzstiften auf die Stirn geschrieben.

»Es tut mir leid, Rayne.«

Und dann war er weg. Bevor ich überhaupt begreifen konnte, was hier geschah, trat er in einen Streifen Sonnenlicht, der durch die großen Fenster hereinschien, und war verschwunden.

Ich blieb allein in seiner Wohnung zurück, mit hämmerndem Herzen und einer Kälte, die über meine Haut kroch und mich durchdrang, als wollte sie mich nie wieder aus ihrem eisigen Griff entlassen.

Es war seltsam, dass man es nicht hörte, wenn das eigene Herz brach. Dass es so still und lautlos geschah. Aber ich hatte es auch nicht gehört, als ich mich in ihn verliebt hatte. Ich hatte es nicht einmal gemerkt … bis es zu spät war.

# Kapitel 15

Sonnenstrahlen brachen sich in den bunten Mosaikfenstern, durch die rotes, blaues und grünes Licht auf den Boden fiel. Dort, wo früher Kirchenbänke gestanden hatten, lagen jetzt Trainingsmatten, die fast den ganzen Hauptraum der Kathedrale füllten.

Aus dem Augenwinkel nahm ich eine blitzschnelle Bewegung wahr und wich aus. Zu spät. Miles erwischte mich an der rechten Seite. Ich strauchelte und schnappte nach Luft, während sich der Schmerz pulsierend von der Stelle an meinen Rippen ausbreitete.

»Alles in Ordnung?«, fragte er und ließ die zu Fäusten geballten Hände sinken.

»Ich bin okay.« Probehalber dehnte ich mich etwas und stellte erleichtert fest, dass das Pochen in meinen Rippen bereits nachließ. Schneller zu heilen als normale Menschen, hatte eindeutig seine Vorteile.

»Sicher?« Stirnrunzelnd musterte er mich von oben bis unten. Von der Anstrengung war ihm als Krieger kaum etwas anzusehen. Ich dagegen wischte mir mit dem Unterarm über die Stirn und versuchte, meine Atmung wieder unter Kontrolle zu bringen. »Du trainierst seit Tagen ohne Pause und wenn du doch mal eine einlegst, dann nur, um mit Jeff Illusionen zu üben. Es ist okay, einen Gang runterzuschalten, Rayne.«

Noch während er sprach, schüttelte ich den Kopf, denn ich

wollte keinen Gang runterschalten. Ich wollte mich ablenken, musste mich abreagieren und irgendetwas tun, um meine Gedanken und Gefühle unter Verschluss zu halten. Und wenn das Trainingsstunden bis spät in die Nacht im neuen Hauptquartier der Lichtseelen bedeutete, nahm ich das gerne in Kauf. Genauso wie die blauen Flecken und schmerzenden Muskeln – oder den langen Fahrweg.

Die Kathedrale befand sich weit außerhalb von Chicago, umringt von einer Handvoll verlassener Häuser. Niemand würde diesem Ort seine Aufmerksamkeit schenken. Zur Sicherheit hatte Jeff ihn auch noch mit der Illusion eines bewohnten, aber heruntergekommenen Farmhauses getarnt. Nach dem Angriff der Dunkelseelen war die Hütte im Wald einfach nicht mehr sicher gewesen und das Fabrikgelände außerhalb von Chicago schien nur ein Zwischenstopp gewesen zu sein. Ein Ort, den die Lichtseelen nur in Notfällen aufsuchten und für solche bereithielten.

Ich ließ meinen Blick durch den Innenraum wandern. Entlang der Wände befanden sich Tische und Bänke, auf denen wir unsere Sportsachen abgelegt hatten. Am anderen Ende der Kirche, wo der Altar sein sollte, lag ein Sammelsurium an Waffen ausgebreitet. Klingen, so scharf, dass sie unmöglich nur fürs Training gedacht sein konnten.

Geduldig hatte Jeff mir in den letzten Tagen erklärt, wie ich mich noch besser an meine Umgebung anpassen konnte, und wir hatten versucht, etwas Neues aus dem Nichts zu erschaffen. Bei den Flammen im Club war es mir leichter gefallen, da ich in Panik gewesen war. Doch diese Kraft bewusst zu steuern, verlangte mir deutlich mehr ab. Nach den ersten Trainingseinheiten hatte Miles ihn abgelöst und trainierte seither mit mir diverse Verteidigungstechniken, während Jeff uns zuschaute und seine Kommentare dazu abgab.

»Lass uns weitermachen«, sagte ich jetzt.

»Wie du willst.« Miles stellte sich mittig auf die Matte und winkte mich heran. »Denk an deine Beinarbeit«, erinnerte er mich und hob die Fäuste, bereit für den Übungsschlag.

Ich nahm die gleiche Haltung ein und verlagerte mein Gewicht, um ausweichen zu können, aber auch genug Spielraum für einen Gegenangriff zu haben. Wenige Minuten später lag ich mit dem Rücken auf der Matte und schnappte keuchend nach Luft. Miles tauchte über mir auf und hielt mir seine Hand zum Aufstehen hin. Ich zögerte eine Sekunde, ergriff sie dann aber doch und ließ mich von ihm hochziehen.

Sofort begab ich mich wieder in Position und versuchte, mich an Miles' Anweisungen zu erinnern. Bisher hatte er sich darauf konzentriert, mir Verteidigungstechniken wie das Abblocken von Attacken zu zeigen. Dabei hatten wir uns vor allem auf die Armarbeit konzentriert, im Kampf gegen die Dunkelseelen hatte ich ihn und Keira aber auch Kicks einsetzen und auf dem Boden ringen gesehen.

Den ersten beiden Hieben konnte ich ausweichen, aber Miles war verflucht schnell. Ich musste meine ganze Konzentration zusammennehmen und alles andere um mich herum ausblenden, um bei seinem übermenschlichen Tempo mithalten zu können. Als ich das nächste Mal auswich, spürte ich den Luftzug seiner Faust an meiner Wange und mein Puls schoss in die Höhe. Das war knapp gewesen.

Seinen nächsten Schlag blockte ich erfolgreich mit den Unterarmen ab, aber er traf mich mit solcher Wucht, dass ich einen Schritt zurück stolperte. Ich wischte mir die feuchten Haarsträhnen aus der Stirn und versuchte, das schmerzhafte Pochen in meinen Armen auszublenden.

»Du sollst sie trainieren, nicht liebkosen.«

Ich erstarrte, als ich die tiefe und viel zu vertraute Stimme hinter mir hörte. Das Training hatte mich so in Beschlag genommen, dass ich das warme Prickeln in meinem Nacken nicht bemerkt hatte. Aber jetzt spürte ich, wie sich die Wärme über meinen Körper ausbreitete.

Miles sah stirnrunzelnd an mir vorbei. »Ach, komm schon, Colt. Sie ist keine Kriegerin wie du und ich.«

Colt sparte sich eine Antwort darauf. Schweigend zog er seine Lederjacke aus und ließ sie zu Boden fallen. Die Schuhe folgten als Nächstes, dann betrat er die Matte genauso lautlos, wie er hier aufgetaucht war. Ein Blick von ihm genügte, um Miles beiseitetreten zu lassen – und mir weiche Knie zu bereiten. Vor Nervosität? Oder weil ich mich noch immer viel zu gut daran erinnern konnte, wie sich seine Lippen auf meinen anfühlten, wie er schmeckte, wie es war, wenn er sich gegen mich presste?

»Bereit?« Seine Stimme war rau und hatte einen harten Unterton angenommen.

Fünf Tage. Fünf Tage waren vergangen, seit ich frühmorgens bei Colt aufgetaucht war, seine Erinnerung an den Abend im Club gelesen und ihn geküsst hatte. Fünf Tage, seit er den Kuss erwidert, mich an sich gezogen und dann einfach stehen gelassen hatte. Seitdem hatte ich ihn nicht mehr gesehen. Seit fünf verdammten Tagen.

Mit zusammengepressten Lippen nickte ich Colt zu und nahm die Kampfhaltung ein, die Miles mir beigebracht hatte. Ich mochte erst vor Kurzem mit Kampfsport anfangen haben, aber ich war keine blutige Anfängerin mehr. Seit ich bei Nora lebte, hatte ich jedes Jahr mindestens einen Selbstverteidigungskurs absolviert, manchmal auch zwei. Und ich lernte schnell.

Aber nicht schnell genug. In der einen Sekunde stand Colt noch drei, vier Meter von mir entfernt, einen Wimpernschlag später war er direkt vor mir. Ich reagierte instinktiv, indem ich mich zur Seite warf und wieder auf die Beine sprang. Sofort war Colt wieder bei mir und drängte mich mit gezielten Hieben zurück. Ich wehrte sie einen nach dem anderen ab, musste aber bei jedem Rückwärtsschritt um mein Gleichgewicht kämpfen. Colt schonte mich nicht, was die Geschwindigkeit anging, aber er hielt sich mit dem Krafteinsatz zurück. Ich hatte gesehen, was ein einziger Schlag von ihm gegen eine Dunkelseele ausrichten konnte. Doch auch wenn er jetzt nicht alles gab, ging er nicht gerade zimperlich mit mir um.

Bei seiner nächsten Attacke reagierte ich einen Sekundenbruchteil zu langsam. Bevor ich mich versah, krachte ich so hart auf die Matte, dass jedes bisschen Sauerstoff aus meiner Lunge gepresst wurde.

»Das nennst du Training?«, rief Miles vom Rand der Matte aus. »Für mich sieht das eher nach Aggressionsabbau aus.«

Colt warf ihm einen drohenden Blick zu, woraufhin Miles abwehrend die Hände hob. »Schon gut, Kumpel. Sie ist deine Seelenpartnerin. Aber wenn du sie kaputt machst, bekommst du keine neue.«

Sollte mich das jetzt etwa beruhigen? Ich atmete tief ein, dann sprang ich wieder auf die Beine. An meinen Armen begannen sich blaue Flecken zu bilden, aber inzwischen wusste ich, dass sie schnell wieder heilen würden. Was sie leider nicht weniger schmerzhaft machte.

»Wir können weitermachen.« Ich wischte mir den Schweiß von der Stirn und brachte mich in Position.

Wenige Sekunden später landete ich wieder auf der Matte. Dann noch mal, als Colt blitzartig hinter mir auftauchte und mir die Beine wegkickte. Diesmal blieb ich liegen und starrte keuchend auf das Kreuzgewölbe über mir. Die Rippen an der Decke bildeten ein gleichmäßiges, sich ständig wiederholendes Muster, was einen seltsam beruhigenden Effekt auf meine Sinne hatte. Genau wie die kühle Luft, die sich angenehm auf meine verschwitzte Haut legte, während ich noch immer nach Luft schnappte.

»Steh auf!« Colt stand schräg vor mir, die Arme in die Seiten gestützt und starrte mit finsterem Blick auf mich hinab. Wenigstens wirkte er auch nicht mehr allzu frisch. Sein Haar war zerzaust, seine Brust hob und senkte sich schnell, und ich meinte, einen feinen Schweißfilm auf seiner Stirn zu erkennen.

Ich rollte mich zur Seite und kam auf die Knie. Meine Muskeln zitterten vor Anstrengung und jeder Atemzug brannte in meiner Kehle, aber ich kam wieder auf die Beine.

»Noch mal«, forderte er und hob die Arme, bereit für den nächsten Angriff.

Ich schüttelte den Kopf. »Wenn du mich schon fertigmachen willst, dann zeig mir wenigstens, wie ich selbst angreifen kann.«

»Eine Dunkelseele wird dir nicht die Zeit lassen, sie anzugreifen. Du musst lernen, dich zu verteidigen.«

»Nein.«

Jeff und Miles, die bis eben noch in eine angeregte Diskussion vertieft gewesen waren, verstummten plötzlich. Ich nahm den Blick nicht eine Sekunde von Colt.

»Ich habe genügend Selbstverteidigungskurse gemacht. Ich muss nicht lernen, mich zu verteidigen. Oder wie man einem Gegner entwischt, nur um dann wegzulaufen. Ich will kämpfen.«

Verblüffung breitete sich auf seinem Gesicht aus, aber es war nur ein flüchtiger Ausdruck, dann wurden seine Züge wieder grimmig. »Ist das dein Ernst?«

»Ja.« Ich hatte es satt, auf die Ersatzbank geschoben zu werden. Von Colt, wenn er mich küsste und dann einfach stehen ließ, aber kein Problem damit hatte, das Mädchen von letzter Nacht zur Tür zu begleiten und sich von ihr zu verabschieden. Aber auch von den Lichtseelen, die mich zwar trainierten, in erster Linie jedoch zu beschützen versuchten. Wenn ich ein Teil dieser Welt war, wollte ich für mich selbst einstehen können. Und vielleicht, ganz vielleicht wollte ich es Colt und mir selbst nach dieser Sache am Samstagmorgen auch einfach nur beweisen.

Herausfordernd zog ich eine Augenbraue hoch.

Colts Mundwinkel wanderten in die Höhe. »Wie du willst.«

Er stellte sich hinter mich und legte seine Hände als Erstes an meine Hüften.

Ich zuckte zusammen, wich aber nicht vor ihm zurück.

»Du musst dein Gewicht verlagern«, sagte er so dicht an meinem Ohr, dass sein Atem über meinen Hals strich. »Beweg deine Hüften mit jedem Schlag. Deine Kraft kommt von dort.«

Mein Herz setzte kurz aus. Ich unterdrückte den Drang, die Augen zu schließen, und versuchte mich ganz darauf zu konzentrieren, was Colt sagte.

»Gut«, wisperte er und umfasste meine Handgelenke. Wahrscheinlich spürte er den rasenden Puls unter seinen Fingern. Aber wenn es so war, ließ er sich nichts davon anmerken. »Du musst immer in Bewegung bleiben und deine Deckung oben behalten.

Sobald du stehen bleibst, zu langsam reagierst oder dich ablenken lässt, bist du tot.«

»Okay.« Meine Stimme war nicht mehr als ein heiseres Flüstern.

»So.« Er hielt meine linke Hand zur Verteidigung auf Kinnhöhe, dann kam er noch etwas näher, bis ich die Wärme seines Körpers und den weichen Stoff seines T-Shirts in meinem Rücken spüren konnte und unwillkürlich erschauerte. Colt zog meinen rechten Arm zurück, als würde ich zum Schlag ausholen. »Versuch nicht, dein Ziel zu treffen, sondern dahinter, als würdest du hindurchschlagen wollen.«

Ich nickte, unfähig, auch nur einen Ton hervorzubringen.

Warum machte er das? Warum kam er mir wieder so nahe und berührte mich, obwohl er mich vor wenigen Tagen von sich gestoßen hatte? Obwohl er den Kuss so offensichtlich bereute?

Ein, zwei atemlose Sekunden lang verharrte Colt so, von hinten an mich gedrückt, die Arme um mich gelegt, dann löste er sich von mir und stellte sich vor mich. Ich atmete einmal tief durch, dann holte ich aus und schlug zu.

Colt fing meine Faust mit der Hand ab. »Mehr Kraft. Und beweg deine Hüften. Du schlägst nicht nur mit der Faust, sondern mit dem ganzen Körper.«

Ich wiederholte die Übung wieder und wieder, erst mit rechts, dann mit links. So lange, bis ich spürte, wie eine neue Kraft durch mich hindurchfloss, ganz so, als gäbe es ein unsichtbares Band, mit dem Colt seine Fähigkeiten mit mir teilte. Je länger wir trainierten, desto stärker fühlte ich mich. Meine Bewegungen wurden geschmeidiger und ich reagierte schneller als je zuvor. Aber mit dieser Kraft verstärkte sich auch jedes Gefühl in mir. Wut. Demütigung. Verzweiflung. Sehnsucht.

Als Colt zum Gegenangriff überging, blockte ich ihn mit beiden Armen ab. Ohne zu straucheln. Ohne zurückzuweichen. Seine Augen weiteten sich vor Überraschung. Ich nutzte den Moment, um seinen Arm beiseitezuschieben und Colt mit einem Tritt gegen die Knie zu Boden zu schicken. In letzter Sekunde packte er mich an meinem Shirt und wir landeten beide hart auf der Matte. Er auf dem Rücken, ich halb auf ihm.

Ich stand so schnell wieder auf, als hätte ich mir an ihm die Finger verbrannt. Und in gewisser Weise hatte ich das auch. Sehr.

»Warum bist du abgehauen?«

»Rayne …« Er sprach meinen Namen wie eine Warnung aus und sprang auf.

Es war mir egal, ob die anderen uns hören konnten oder was sie darüber dachten. Ich wollte eine Antwort. Ich *brauchte* eine Antwort. Nach fünf endlosen Tagen, in denen ich jede einzelne Minute mit den Gedanken an ihn, mit den Erinnerungen an diesen Kuss zu kämpfen hatte, brauchte ich endlich eine Antwort.

»Komm schon. Du kannst mich einfach stehen lassen, aber hast nicht den Mumm, mir die Wahrheit zu sagen?«

Colt griff an, aber ich blockte seine Attacke ab. Für einen winzigen Moment waren wir uns so nahe, dass sein warmer Atem mein Gesicht streifte. »Ich bin gegangen, weil es ein Fehler war.«

Ich stieß ihn zurück. Hart. Wir starrten einander an, verschwitzt, schwer atmend und mit brennenden Muskeln, während sich Stille um uns herum ausbreitete, als würden alle anderen die Luft anhalten.

Dann machte ich auf dem Absatz kehrt. Ohne ein einziges Wort ging ich an Colt vorbei, hob meine Sporttasche auf und verließ die Kathedrale, ohne zurückzusehen. Mit jedem Schritt hämmerte mein Herz ein bisschen mehr, und als ich in den kühlen Oktoberabend hinaustrat, raste es so sehr, dass ich alles dafür getan hätte, dieses schmerzhafte Pochen in meiner Brust loszuwerden. Genauso wie diese verdammten Gefühle, die sich eingeschlichen hatten, ohne dass ich es bemerkt hatte. Und ohne, dass ich mich dagegen wehren konnte.

Am nächsten Tag schloss ich den Laden erst spät hinter mir ab. Ich hatte so lange wie möglich herumgetrödelt, um meine Gedanken zu beschäftigen und mich abzulenken. Es war schon dunkel und mein Atem bildete kleine Wölkchen, während ich meinen Mantel fester um mich schlang und dem Gehweg folgte. Für einen kurzen Moment blieb ich neben der Gasse stehen, in der alles begonnen hatte. Auch jetzt war sie so dunkel, dass ich nicht bis ans Ende sehen konnte. Nur mit Mühe unterdrückte ich ein Schaudern. Ich würde die Dunkelheit nie mehr mit denselben Augen sehen wie früher. Damals hatte ich Angst davor gehabt, weil nachts alles passieren konnte. Heute wusste ich, dass es die Wahrheit war. Und welche Monster wirklich in den Schatten lauerten.

Entschlossen wandte ich mich ab und überquerte die Straße. Obwohl es erst kurz nach sieben war, waren nur wenig Menschen unterwegs. Aus den Schaufenstern leuchteten mir die ersten Halloweendekorationen entgegen: künstliche Kürbisse, Lichterketten mit blinkenden Totenköpfen und Geister aus weißen Laken mit aufgemalten Gesichtern. Auch die Auslage des Comicshops wies die ersten gruseligen Gestalten auf, aber das war nur der Anfang. Wenn Barry erst mal fertig war, würde sein Laden einem Gruselkabinett Konkurrenz machen können. Fiese Jumpscares beim Öffnen der Tür inklusive.

»Hallo Barry«, begrüßte ich ihn und stellte den dampfenden Becher vor ihm auf der Glastheke ab. »Hier kommt dein Kaffee.« Ich lächelte.

»Danke«, brummte er. Aber statt sich wie sonst direkt einen genüsslichen Schluck zu genehmigen, griff er nur mürrisch danach.

Ich folgte seinem kritischen Blick nach draußen. »Was ist los?«

»Mrs Bowens hat Kürbismuffins gebacken.«

Ich runzelte die Stirn. »Das ist doch super. Oder hat sie dir diesmal nichts zum Probieren vorbeigebracht?«

»Doch.« Er zog die Nase kraus. »Aber es sind Rosinen drin.«

Ich presste die Lippen aufeinander, um nicht zu grinsen. Jedes Jahr probierte Mrs Bowens neue Rezepte für ihr Gebäck aus. Bisher hatte sie damit alle begeistern können, sogar jemanden, der so kritisch war wie Barry, was Desserts anging. Anscheinend hatte sie dieses Jahr danebengelegen.

»Und weißt du, was sie noch gemacht hat?«, fuhr Barry fort und trank einen Schluck von seinem Kaffee. »Früchtebrot! Niemand mag Früchtebrot. Nicht zu Weihnachten und erst recht nicht zu Halloween.« Anklagend deutete er auf einen kleinen Teller mit kaum angerührten Muffins.

Diesmal konnte ich mich nicht zurückhalten. Ich lachte auf und hielt mir schnell die Hand vor den Mund, als Barry mir einen bösen Blick zuwarf. Nach allem, was in den letzten Wochen passiert war, tat es so unheimlich gut, über etwas Normales zu reden. Selbst wenn es sich bei diesem Etwas nur um Halloweenvorbereitungen handelte. Normalität. Alltag. Etwas, das ich schmerzlich vermisst hatte, ohne mir dessen überhaupt bewusst gewesen zu sein.

»Hast du es ihr gesagt?«

»Natürlich habe ich es ihr gesagt! Dieses Zeug kann man nicht auf die Menschheit loslassen.« Er schob den Teller mit dem Zeigefinger so weit von sich, bis er fast vom Verkaufstresen fiel.

»Ich schätze mal, sie hat es nicht besonders gut aufgefasst?«

Barry brummte etwas Unverständliches und nippte an seinem Becher.

»Du solltest dich bei ihr entschuldigen.«

Er funkelte mich an. »Woher willst du wissen, dass ich unhöflich war? Ich habe ihr nur meine ehrliche Meinung gesagt, weiter nichts.«

»Und damit ihre Gefühle verletzt.« Ich legte meine Tasche ab und schlenderte zu einem Karton neben einem der Regale hinüber, der voll mit brandneuen, eingeschweißten Comics war. Mit einem Stapel in der Hand ging ich die einzelnen Auslagen und Vitrinen ab und begann, sie einzusortieren. »Außerdem mag Mariella die Muffins dieses Jahr besonders gern«, ließ ich ganz nebenbei fallen.

»Wirklich?« Barry zog seine buschigen Augenbrauen zusammen. »Das sagst du doch nur, damit ich bei Mrs Bowens zu Kreuze krieche.«

»Stimmt.« Ich platzierte die Ausgaben der *Justice League* prominent in einer Vitrine neben einigen Funko-Pop-Figuren.

Er murmelte etwas in seinen Bart und folgte jeder meiner Bewegungen mit Argusaugen. Ich war mir ziemlich sicher, dass er, sobald ich weg war, alles noch einmal geraderücken und um ein paar Zentimeter verschieben würde. Nur damit es perfekt war.

Als ich fertig war, schnappte ich mir wieder meine Tasche. »Bis morgen!«

»Sei vorsichtig, Rayne«, rief Barry, bevor ich die Tür erreicht hatte. »Heute Abend ist es besonders dunkel.«

Bevor ich nachfragen konnte, was genau er damit meinte, wandte er sich schon wieder ab. Stirnrunzelnd musterte ich ihn, wie er seelenruhig in einem Comic blätterte. Er hatte mich schon einmal gewarnt, aber wie viel wusste er wirklich von den Dingen, die um uns herum passierten? Ahnte er etwas von den Licht- und Dunkelseelen dort draußen? Oder würde er sie für die Charaktere eines neuen Comics halten?

Plötzlich überkam mich der Drang, ihm die Wahrheit zu sagen, ihm von all den verrückten Dingen zu berichten, die praktisch vor unseren Augen geschahen, ohne dass wir es wahrnahmen. Bisher hatte ich noch niemandem davon erzählt, nicht einmal Gray, aber der war auch ständig auf der Feuerwache gewesen. Trotzdem. Das Bedürfnis, mit jemandem darüber zu reden, der kein Teil dieser übernatürlichen Welt war, wurde in diesem Moment beinahe übermächtig.

»Barry?«

»Ja?« Er hob den Kopf und musterte mich über den Rand seiner halbmondförmigen Brille.

»Ich …« In diesem Moment nahm ich etwas aus dem Augenwinkel wahr. Ein Schatten, eine kurze Bewegung in der Dunkelheit. Mit hämmerndem Herzen starrte ich durch das Schaufenster nach draußen, doch da war nichts. Nur eine leere Straße mit parkenden Autos und Straßenlaternen, die flackernd den Weg erhellten.

»Alles klar, Rayne?« Barry richtete sich wieder auf.

»Ja, ja«, murmelte ich abgelenkt und warf ihm ein schnelles Lächeln zu. »Bis morgen.«

Ich verließ seinen Laden und zog die Tür, begleitet von dem gewohnten *Nananana*, hinter mir zu. Die Melodie klang verzerrt und blechern in meinen Ohren, übertönt vom Rauschen des Bluts in meinen Ohren. Ich wusste genau, dass ich etwas gesehen hatte. Oder vielmehr *jemanden.*

Mein erster Impuls war es, Colt anzurufen und ihm Bescheid zu geben, dass sich eine Dunkelseele hier herumtrieb. Aber angesichts der Tatsache, wie die Dinge momentan zwischen uns standen, verwarf ich die Idee sofort wieder. Unschlüssig biss ich mir auf die Unterlippe und unterdrückte nur mit Mühe ein frustriertes Stöhnen. Selbst jetzt, Tage später, glaubte ich, ihn auf meinen Lippen schmecken zu können. Würde ich jemals vergessen können, was geschehen war?

Ich versuchte, diese Gedanken zu ignorieren und meine Konzentration wieder auf die Gegenwart zu lenken. War es wirklich eine Dunkelseele, die ich gesehen hatte? Gut möglich, dass es nur der Schatten eines Passanten gewesen war, vom Schein der Straßenlampen an die Wand geworfen. Vielleicht auch eine herumstreunende Katze oder eine Ratte, die in die Gasse zwischen den Häusern geflitzt war.

Aber ich musste sichergehen. Ich könnte es mir niemals verzeihen, wenn ich die Sache einfach abtat, nur um später herauszufinden, dass erneut ein unschuldiger Mensch diesen Wesen zum Opfer gefallen war.

Ich kramte in meiner Tasche, bis ich sowohl mein Smartphone als auch eines meiner Wurfmesser in den Händen hielt. Colt anzurufen kam zwar nicht infrage, aber ich war nicht so dumm, abends unvorbereitet in eine Gasse hineinzustolpern. Nicht mehr.

Ich hielt mir das Handy ans Ohr und wartete.

»Hi, Rayne«, erklang Miles' Stimme wenige Sekunden später.

»Hey.« Ich räusperte mich. »Sorry, wenn ich störe. Ich wollte nur jemanden in der Leitung haben«, murmelte ich und betrat die Gasse mit angehaltenem Atem. Sie war etwas besser ausgeleuchtet als die neben dem *Butterfly Books*, dennoch war ich mir der Dunkelheit überdeutlich bewusst. Sie kroch die Hauswände hinauf, während das Licht der Straßenlampen mit jedem meiner Schritte schwächer wurde.

»Wieso? Wo bist du?«

»In der Nähe der Buchhandlung. Ich dachte, ich hätte etwas gesehen, bin mir aber nicht ganz sicher.«

Miles fluchte unterdrückt. »Und da fällt dir nichts Besseres ein, als nachzuschauen? *Allein*?«

»Ich bin nicht allein, ich rede gerade mit dir«, widersprach ich und ließ meinen Blick von links nach rechts wandern. Rote Backsteinmauern, ein verblasstes Graffiti und ein paar Mülltonnen. Mehr war nicht zu sehen.

»Toll. Wenn dir etwas zustößt, dreht Colt mir den Hals um.«

Irgendwie bezweifelte ich nach unserem letzten Zusammentreffen, dass es Colt so viel ausmachen würde, wenn ich plötzlich wie vom Erdboden verschwand. Aber diesen Gedanken behielt ich für mich.

Ein Rascheln war im Hintergrund zu hören. »Sag mir genau, wo du bist, Rayne. Ich mache mich auf den Weg.«

»Nicht nötig.«

Als ich am dunkelsten Punkt angekommen war, blieb ich stehen und drehte mich langsam im Kreis. Da waren Schatten, aber sie bewegten sich nicht oder griffen mich plötzlich an. Ein Klirren hinter mir ließ mich zusammenzucken. Ich wirbelte herum, gerade rechtzeitig, um eine schwarzweiße Katze hinter einer Mülltonne verschwinden zu sehen. Meine Schultern sackten herab. Die Gasse war leer. Ich atmete erleichtert auf, kurz davor, leise aufzulachen. Natürlich war da nichts gewesen. Würde sich hier tatsächlich eine Dunkelseele herumtreiben, wären Colt und die anderen ihr längst auf der Spur, genau wie an jenem Abend, als sie die Dunkelseele direkt vor meinen Augen ausgeschaltet hatten.

»Rayne?«

»Alles in Ordnung. War nur ein Fehlalarm.«

»Bist du sicher?«

»Ja. Es war eine Katze, mehr nicht.«

Er zögerte, dann seufzte er. »Okay. Aber sieh trotzdem zu, dass du dort weg und nach Hause kommst.«

In diesem Moment klang er so sehr wie Gray, dass ich unwillkürlich lächeln musste. »Versprochen. Danke für die Rückendeckung, Miles.«

»Jederzeit.«

Wir verabschiedeten uns voneinander und ich ließ das Handy zurück in meine Tasche gleiten. Dann kam es mir tatsächlich über die Lippen – das erleichterte Lachen, das ich bisher zurückgehalten hatte. Nicht alles, was dunkel war, war böse. Nicht jede Bewegung war ein potenzieller Angriff. Und nicht in allen Schatten lauerte eine Dunkelseele.

Ich drehte mich um, bereit, endlich nach Hause zu fahren – und erstarrte. Hinter mir stand eine junge Frau, die ich nie zuvor gesehen hatte. Sie schien nur ein paar Jahre älter als ich zu sein, mit kurzen braunen Haaren, einem eng anliegenden Trägertop, für das es viel zu kalt war, dunkler Jeans und Boots.

Ihre Mundwinkel verzogen sich zu einem gefährlichen Lächeln. »Hallo, Lichtseele.« Sie legte den Kopf schief. »Oder sollte ich besser *Unentschlossene* sagen?«

Meine Augen weiteten sich und ich wich vor ihr zurück.

Einen Schritt.

Zwei Schritte.

Bis ich unerwartet gegen etwas Hartes in meinem Rücken stieß. Ich wirbelte herum und mein Herzschlag setzte aus, nur um einen Moment später umso schneller weiterzupochen. Vor mir stand ein Hüne von einem Mann. Nur mit dem Kopf im Nacken konnte ich sein Gesicht erkennen. Auch er hatte ein selbstsicheres Lächeln aufgesetzt, als wüsste er genau, wie dieses Zusammentreffen für mich enden würde.

Mein erster Impuls war es, in Gedanken nach Colt zu rufen, aber ich erinnerte mich zu gut an das, was er mir beim Training entgegengeschleudert hatte. Verdammt, warum musste mein Stolz auch immer größer sein als alle Vernunft? Langsam trat ich einen Schritt zurück, ohne den Kerl vor mir aus den Augen zu lassen, und wurde mir dabei wieder der Frau hinter mir bewusst. Die Härchen in meinem Nacken stellten sich auf und ich spähte über meine Schulter.

»Ihr könnt mir nichts anhaben«, behauptete ich und versuchte, mir nichts von dem anmerken zu lassen, was wirklich in mir vorging. Hinter meinem Rücken drehte ich die schmale Klinge meines Wurfmessers zwischen den Fingern. Bisher hatten sie die Waffe nicht bemerkt.

»Wirklich nicht? Mach keine Dummheiten«, warnte die Frau und hob provozierend eine Augenbraue. »Sonst knöpfen wir uns den alten Kerl mit den Comics als Erstes vor. Und danach den Rest der Straße. Einen nach dem anderen.«

Mir wurde eiskalt. Innerlich betete ich, dass die Lichtseelen bereits auf dem Weg waren. Oder wenigstens Miles. Vielleicht ließ ihm mein Anruf keine Ruhe und er kam vorbei, um nachzusehen, ob alles in Ordnung war.

Ich war nicht allein. Zumindest versuchte ich mir das verzweifelt einzureden, auch wenn mein Puls raste und ich die Zähne vor Anspannung so fest aufeinanderbiss, dass mein Kiefer schmerzte.

Ich passte den richtigen Augenblick ab, dann holte ich aus. Lautlos zerschnitt das Messer die Luft und bohrte sich geradewegs in ihren Hals.

Das war meine Chance.

Ich rannte los, doch schon im nächsten Moment tauchte der Mann vor mir aus den Schatten auf. Grob packte er mich am Arm und stieß mich zurück. Ich strauchelte, kämpfte um mein Gleichgewicht und wich vor ihm zurück. Fieberhaft versuchte ich, mir das ins Gedächtnis zu rufen, was Jeff mir beigebracht hatte. Im Club hatte er die Dunkelseelen mit Feuer bekämpft – oder zumindest mit der Illusion von Feuer. Ich konnte das auch. Ich hatte es schon einmal geschafft.

Langsam kam der Mann auf mich zu, während ich mir einen Ring aus Feuer vorzustellen versuchte, der mich von allen Seiten umgab. Ich prallte gegen eine Hauswand, klammerte mich aber noch immer an diese Vorstellung. In Gedanken malte ich mir die rotgoldenen Flammen aus, hörte das Knistern, wenn sie sich durch Holz und Kleidung fraßen, und spürte ihre Hitze auf meiner Haut. Doch als ich die Augen wieder öffnete, konnte ich nur ein Flackern sehen. Ich hatte gerade mal ein paar Funken zustande gebracht. Verdammt.

Die Faust der Dunkelseele raste so schnell auf mich zu, dass ich nur noch reflexartig reagieren konnte. Ich duckte mich, schob mich an der Wand entlang weg von den beiden Angreifern und rannte los. Als ich einen kurzen Blick zurück wagte, merkte ich, dass sie mich nicht verfolgten. Ein verwirrter Ausdruck lag auf ihren Gesichtern und sie sahen sich hektisch um.

Mein Herz setzte einen Schlag lang aus. Die Feuerillusion mochte nicht geklappt haben, aber ich konnte mich noch immer auf das verlassen, was mir schon früher das Leben gerettet hatte. Ich konnte eine Illusion heraufbeschwören, die mich mit der Umgebung verschmelzen ließ, als wäre ich gar nicht da. Zumindest, solange ich keine Geräusche machte.

Ich ging in die Hocke, presste mir die Hand auf den Mund und zwang mich dazu, leise und flach zu atmen. Die Dunkelseelen waren abgelenkt. Das war meine Chance.

»Netter Trick«, raunte eine tiefe Stimme plötzlich neben mir.

Ich wirbelte herum, bereit, einer dritten Dunkelseele in die Augen zu blicken. Doch vor mir lag nur die leere Straße, die ganz in Finsternis getaucht war. Ich sah zu den beiden anderen Dunkelseelen zurück, die jetzt zögerten. Aber ihre Blicke wanderten nicht in meine Richtung, sondern zu der dichter werdenden Dunkelheit. Hatten sie die Stimme ebenfalls gehört?

Ich schluckte hart und es fiel mir zunehmend schwerer, die Illusion aufrechtzuerhalten. Hatte ich mir diese Stimme nur eingebildet? Doch dann bemerkte ich, wie sich die Schatten um uns herum auf einmal zu bewegen begannen. Wie lebendige Wesen waberten sie über den Boden, krochen die Hauswände entlang, bis eine Gestalt aus der Dunkelheit heraustrat. Zuerst erkannte ich den Mann nicht, doch dann zeichneten sich seine Gesichtszüge schärfer ab und mir wurde bewusst, dass ich ihn schon einmal gesehen hatte. Im *Black & White.* Das war die Dunkelseele, die Colt tot sehen wollte – und vielleicht auch mich.

»Hat dir niemand gesagt, dass das bei Leuten wie dir und mir nicht funktioniert?« Sein Blick jagte mir einen eisigen Schauder den Rücken hinunter.

Ein Bewahrer. Er musste einer sein. Verdammt.

Instinktiv tastete ich nach den restlichen Wurfmessern in meiner Handtasche. Mit jedem Schritt, den er auf mich zumachte, wich ich vor ihm zurück, bis ich mit dem Rücken gegen eine Steinmauer prallte. Meine Hand zitterte, so sehr umklammerte ich mein Wurfmesser.

»Na los«, forderte er mich auf. Die anderen Dunkelseelen ignorierte er, als wären sie keine Sekunde seiner Aufmerksamkeit wert. »Ruf nach ihm. Ruf nach Colt. Ich weiß genau, dass du es willst. Und damit wären wir schon zu zweit.«

Er packte mich an den Schultern, als wollte er mich durchschütteln. Alles in mir krampfte sich zusammen. Ich versuchte, seine Hände wegzuschieben, doch dann legte sich eine andere Empfindung über die Angst. Ein Bild kristallisierte sich vor meinem inneren Auge heraus. Zuerst hielt ich es für eine Horrorvision davon, wie ich hier enden würde. Allein, zurückgelassen in einer dunklen Gasse. Doch dann wurde das Bild schärfer. Die Frau auf dem Boden hatte blondes Haar. Blut sickerte aus einer Wunde in ihrer Brust und breitete sich wie ein grotesker roter Heiligenschein um ihren Körper aus. Ich hatte sie nie zuvor gesehen und gleichzeitig das Gefühl, sie schon ewig zu kennen. Nur das erklärte den Schmerz, den ich in diesem Moment empfand. Als würde jemand mit einem Messer auf mein Herz einstechen, nur um es mir im gleichen Atemzug herauszureißen.

Ich hörte einen Schrei, tief und laut und so verzweifelt, dass ich nicht begriff, warum die Welt nicht davon erzitterte. Warum sie nicht stehen blieb, wo doch meine mit *ihrem* Tod stehen geblieben war.

Die Dunkelseele ließ mich los und stieß mich von sich.

Abrupt brach das Bild, die Erinnerung, ab. Keuchend stolperte ich nach vorne und schaffte es gerade so, mich auf den Beinen zu halten, obwohl ich von Kopf bis Fuß zitterte.

»Ruf ihn!«

Ich zuckte zusammen. Einen Teufel würde ich tun. Die Dinge zwischen Colt und mir mochten gerade alles andere als einfach sein, aber das hieß noch lange nicht, dass ich ihn einfach ausliefern würde. Schon gar nicht an eine Dunkelseele, die so darauf versessen war, dass er hier auftauchte.

»Nein.« Meine Stimme war heiser, aber entschlossen. Doch die Antwort in seinem Blick drehte mir den Magen um. Das hier war nur der Anfang gewesen. Was mir bevorstand, wenn ich Colt nicht herbeirief, würde wesentlich schmerzhafter werden. Langsam wich ich vor ihm zurück, stieß gegen eine Eisentreppe in meinem Rücken und schob mich daran entlang, aber er folgte jeder meiner Bewegungen und ließ nicht zu, dass mehr als zwei Meter Abstand zwischen uns entstanden.

»Du wirst es bereuen, wenn du ihn nicht rufst, das verspreche ich dir«, knurrte er und hob die Hand. Instinktiv duckte ich mich, aber statt zu einem Schlag auszuholen, spreizte er die Finger – und wartete.

Auf mich. Auf meine Entscheidung. Was auch immer gleich passieren würde, es würde wehtun. Ich wusste es, konnte es in seiner Miene lesen. Seltsamerweise attackierten mich die anderen Dunkelseelen nicht. Wer auch immer dieser Typ war, sie schienen Respekt vor ihm zu haben. Oder Angst.

Ein Gefühl, das ich sehr gut nachempfinden konnte, wurde es doch mit jedem einzelnen Herzschlag durch meinen Körper gepumpt.

»Letzte Chance …«, knurrte er.

Ich holte aus und warf ein weiteres Messer auf die fremde Frau, das nächste auf den Kerl. Dann wirbelte ich herum und sprintete los.

Jeder Atemzug brannte in meiner Brust. Ich erreichte das Ende der Gasse, doch als ich einen Schritt auf den Gehweg machen wollte, wurde das Brennen mit einem Mal unerträglich.

»Was …« Ich legte mir die Hand auf die Brust, versuchte, das Gefühl zu ignorieren, aber es verstärkte sich mit jedem weiteren Atemzug, als würde sich Gift durch meine Adern fressen.

Panik setzte ein und lähmte meine Bewegungen. Ich konnte mich gerade noch mit der Hand an der feuchten Hausmauer abstützen, dann gaben meine Knie unter mir nach.

In der einen Sekunde stand ich noch gekrümmt neben der Hauswand, in der nächsten bohrten sich die Steine in meine Hände und Knie, während ein unregelmäßiges Pfeifen an mein Ohr drang. Es dauerte einen Moment, bis ich realisierte, dass das Geräusch aus meiner Lunge kam, weil ich kaum noch Luft bekam.

»Unangenehm, nicht wahr?«, erklang die Stimme der Dunkelseele hinter mir. »Als würdest du von innen heraus verbrennen.« Er stieß mit dem Fuß gegen meine Arme und Beine, bis ich der Länge nach auf dem Boden lag, dann ging er neben mir in die Hocke. Widerliche Zufriedenheit schwang in jedem seiner Worte mit. »Wie Säure, die jede Faser deines Körpers verätzt. Willst du deinen Seelenpartner immer noch nicht rufen? Ich würde wirklich gerne sehen, was er dazu zu sagen hat.«

»Ver-vergiss … es«, keuchte ich. Doch jede einzelne Silbe kostete mich so viel Kraft, dass mir kurzzeitig schwarz vor Augen wurde.

Kalter Schweiß bedeckte meine Haut. Ich rang nach Luft, obwohl sich jeder einzelne Atemzug anfühlte, als würde ich Giftgas schlucken. Trotzdem schaffte ich es irgendwie, jeden Impuls in mir zu unterdrücken, der mich dazu bringen wollte, um Hilfe zu schreien.

»Komm schon …« Seine leise Stimme war viel zu nahe. Hörte ich sie bereits in meinen Gedanken? Oder beugte er sich so tief über mich, dass er fast mein Ohr berührte? »Hast du etwa noch nicht genug?«

»Du hast ja … keine … Ahnung«, presste ich hervor und rollte mich auf den Rücken.

Sein Gesicht verschwamm vor meinen Augen, dafür konnte ich die Sterne am Nachthimmel umso deutlicher erkennen. Sie funkelten über mir und erinnerten mich an etwas, was Colt einmal zu mir gesagt hatte: *Egal wie dunkel es sein mag, einen Funken Licht findest du überall. Und wo Licht ist, da sind auch wir.*

Ich versuchte, mich an diesen Worten festzuhalten, versuchte, mich an den Glauben zu klammern, dass die Lichtseelen überall waren. Dass *er* überall war.

Doch dann verschlang mich die Dunkelheit.

# Kapitel 16

Stimmen drangen wie das Rauschen von Wellen an mein Ohr, mal ganz nah und dann so weit entfernt, dass ich nicht sicher war, ob ich sie tatsächlich hörte. Ein Mann und eine … nein, zwei Frauen. Sie kamen wieder näher, wurden klarer, und ich brauchte einen Moment, um zu realisieren, dass ich sie mir nicht nur einbildete. Dass sie keine Opferstimmen, sondern real waren.

Ich versuchte, die Augen zu öffnen, brachte aber nur ein schwaches Blinzeln zustande. Ein pochender Schmerz breitete sich in meinem Körper aus, angefangen bei meinem Kopf und von dort langsam abwärts wandernd, über meinen Nacken und meine Schultern bis in meine Fingerspitzen, über meinen Brustkorb und immer weiter, bis ich das Gefühl hatte, jeden einzelnen Muskel in meinem Körper spüren zu können. Ein Stöhnen kam mir über die Lippen.

»Ganz ruhig …«, sagte eine der beiden Frauen. »Gleich wird es besser.«

Eine kühle Hand legte sich an mein Gesicht, eine andere auf Höhe meines Brustbeins. Ich wollte mich instinktiv gegen die Berührung wehren, besonders dann, als ich die Kälte spürte, die davon ausging. Sie durchdrang alles in mir, ließ mich von innen heraus erzittern und nach Luft schnappen. Ich verkrampfte mich in einem plötzlichen Schmerz – dann war es vorbei.

Mein Körper begann sich zu entspannen. Die Fremde zog ihre Hände zurück, und ich fühlte der Berührung einige Sekunden lang nach, bevor ich die Augen öffnete. Diesmal ging es problemlos. Aber statt in den Nachthimmel über mir zu blicken, starrte ich an eine weiße Zimmerdecke, die von schwarzen Balken durchzogen war.

»Wie fühlst du dich?«, fragte eine andere Frau. »Zane war nicht besonders nett zu dir. Das tut mir leid. Sein Temperament geht manchmal mit ihm durch.«

Das war die Untertreibung des Jahrhunderts angesichts dessen, was dieser Kerl mit mir angestellt hatte. Es hatte sich angefühlt, als würde ich von innen heraus verbrennen. Langsam und qualvoll.

Schritte entfernten sich von mir. Als ich den Kopf drehte, erhaschte ich gerade noch den Blick auf langes blondes Haar, dann wurde die Tür geschlossen.

Mein Blick richtete sich auf die zweite Frau, die mit rotblonden Haaren neben dem Sofa stand. Sie war schmal, fast schon zierlich, und trug einen cremefarbenen Pullover, der so weich zu sein schien, dass ich am liebsten die Hand ausgestreckt hätte, um herauszufinden, ob er tatsächlich so kuschelig war, wie er aussah. Dazu trug sie eine hautenge schwarze Hose und kniehohe Stiefel. Als sie einen halben Schritt näher kam, klimperten die Armreifen an ihrem Handgelenk.

»Willkommen.«

»Wo … wo bin ich?« Mühsam setzte ich mich auf dem Sofa auf. Der Schmerz mochte zwar aus meinem Körper verschwunden sein, aber ich fühlte mich noch immer erschreckend schwach. Jede Bewegung war ein einziger Kraftakt. »Was ist passiert?«

»Du wurdest geheilt. Es kann ein wenig dauern, bis du wieder ganz bei dir bist. Jeder Heiler arbeitet anders und unsere Heilerin ist ein wenig … grob. Komm.«

Sie deutete auf einen kleinen Tisch, der von viereckigen Sitzkissen umgeben war. Darauf standen eine Kanne und zwei Teebecher im japanischen Stil. Ansonsten war der Raum – abgesehen von einer Trennwand und dem Sofa – leer. Keine Regale, Schränke oder Kommoden. Keine Dekoration an den Wänden. Ich könnte genauso gut in einem Hotelzimmer sein wie in einem buddhistischen Kloster mitten im Himalaya. Wie viel Uhr war es? Ich konnte nicht einschätzen, ob ich nur kurz bewusstlos gewesen war oder ob inzwischen Stunden, vielleicht sogar Tage vergangen waren.

Ich hievte mich auf die Beine und biss die Zähne zusammen, als sie unter mir nachgeben wollten, als wären sie aus Gummi. Ohne die fremde Frau aus den Augen zu lassen, bewegte ich mich langsam auf den niedrigen Tisch zu und ließ mich auf eines der Sitzkissen sinken.

»Wer sind Sie?« Ich ahnte die Antwort darauf bereits – oder befürchtete sie eher.

»Ich bin Lauren.« Die Frau setzte sich mir gegenüber und begann, uns Tee einzuschenken. Sekunden später breitete sich der aromatische Geruch von Schwarztee in dem kleinen Raum aus.

Die ganze Zeit über konnte ich sie nur anstarren. Das war die Frau, vor der alle Angst hatten? Die Anführerin der Dunkelseelen? Der einzige Mensch mit derselben Kraft wie ich?

Sie schob mir einen Becher entgegen und nahm ihren eigenen in beide Hände. Über den Rand ihrer Tasse hinweg betrachtete sie mich. Nicht argwöhnisch oder feindselig, sondern aufmerksam. Dann trank sie einen vorsichtigen Schluck von ihrem Tee, stellte den Becher wieder ab und schenkte mir ein Lächeln, das überraschend warm war. »Schön, dich wiederzusehen, Rayne.«

Aus irgendeinem Grund begann mein Herz, schneller zu pochen. »Wir sind uns nie zuvor begegnet.«

»Ich kann es dir nicht verübeln, dass du dich nicht mehr daran erinnerst. Es ist lange her.«

Ich runzelte die Stirn und versuchte, mir den Moment ins Gedächtnis zu rufen, an dem ich diese Frau schon einmal gesehen hatte. Das runde Gesicht mit den hohen Wangenknochen und dem spitz zulaufenden Kinn, die schmale Nase und leuchtend grünen Augen. Dazu das Haar, dessen Farbe mich an einen Sonnenaufgang im Winter denken ließ und das ihr wasserfallartig über die Schultern auf den Rücken fiel.

Ich wusste nicht, wo ich sie schon einmal getroffen haben könnte, aber sie kam mir nicht völlig fremd vor.

»Ich gebe dir einen Tipp.« Sie fuhr mit dem Finger über den Rand ihres Bechers. Einmal, dann noch einmal, bis ich blinzeln musste, damit sie mich mit dieser gleichmäßigen Bewegung nicht völlig einlullte. »Es war an deinem zwölften Geburtstag.«

»Aber …« Das Pochen in meinem Brustkorb steigerte sich zu einem Hämmern, so laut, dass ich es beinahe hören konnte.

»Der Tag, an dem du von Ed und … wie heißt sie doch gleich?« Lauren legte den Kopf schief und blickte in die Ferne, als würde sie einem Geräusch lauschen. Oder in meinen Erinnerungen lesen. »Martha. Als du von den beiden abgehauen bist. Du bist auf die Straße gelaufen. Ein Taxifahrer konnte gerade rechtzeitig bremsen, sonst hätte er dich angefahren. Du hast ihn nicht einmal fluchen gehört, oder? Du bist auf die andere Straßenseite gerannt, als wäre der Teufel hinter dir her. Und vielleicht war das auch so.«

»Hören Sie auf damit …« Ich ballte die Hände in meinem Schoß zu Fäusten. »Hören Sie auf, in mir zu lesen, als wäre ich ein verdammtes Buch.«

Lauren lachte auf. »Oh, aber du machst es mir auch zu einfach, Rayne. Vielleicht sollte Colt dir beibringen, wie er es geschafft hat, dass weder du noch ich eine einzige seiner Erinnerungen lesen können.«

Das stimmte nicht. Ich hatte gesehen, wie Colt den Abend im Club erlebt und was er dabei empfunden hatte. Ich konnte seine Erinnerungen lesen – wenn er es zuließ. Aber woher wusste Lauren das?

»Ja, ich weiß, dass er dein Seelenpartner ist«, beantwortete sie meine unausgesprochene Frage. »Aber das wusste ich schon, bevor ich in deinen Erinnerungen gesehen habe, wie du einen Teil seiner Verletzungen auf dich genommen hast. Eine noble Geste. Wahrscheinlich hätte er das ohne dich nicht überlebt.«

*Aufhören.*

Inzwischen grub ich die Fingernägel so fest in meine Handflächen, dass meine Muskeln zu zittern begannen. Ich fühlte mich schutzlos, bloßgestellt und völlig nackt einer Frau gegenüber, der ich nichts über mich preisgeben wollte und die dennoch mein ganzes Leben zu kennen schien. Und meine Erinnerungen ließen sie nicht mal mit der Wimper zucken.

Ein Teil von mir hasste sie dafür, dass sie die schönsten und schmerzhaftesten Momente meines Lebens einfach so betrachten konnte, als wäre ich irgendein Versuchsobjekt. Aber ein anderer, schrecklicher Teil von mir war wider Willen fasziniert. Wie konnte es sie kaltlassen, was sie sah? Wie hielt sie es aus, die Erinnerungen anderer Menschen zu sehen, als wären es ihre eigenen, ohne dass es sie in irgendeiner Form traf? Wie lebte man mit dieser Kraft, ohne den Verstand zu verlieren?

»Du hast denselben Gesichtsausdruck wie damals«, stellte sie jetzt fest. Ihre Stimme war leise und samtig. »Du hattest eine Jeans an, die dir viel zu klein war. Dein T-Shirt war weiß, an der Schulter zerrissen und hatte ein paar kleine Blutflecken.«

Ich konnte nicht anders, als sie anzustarren. Selbst wenn ich gewusst hätte, wie ich mich vor ihrer Kraft hätte verschließen können, wäre ich in diesem Moment nicht mehr dazu in der Lage gewesen. Denn ich erinnerte mich nicht einmal selbst an das, was ich an jenem Tag angehabt hatte. All die Stunden, die zwischen dem Moment lagen, in dem ich Ed von mir gestoßen hatte und in dem Nora plötzlich mit einer heißen Schokolade vor mir kniete, waren von Nebel überzogen. Als hätte ich nichts davon selbst erlebt.

»Du bist mit einer Frau zusammengestoßen, weil du gerannt bist, ohne nach links und rechts zu sehen. Aber vor ihr bist du nicht weggelaufen. Du hast sie angefleht, dich mitzunehmen, dich nicht zu ihm zurückzuschicken.«

Ich schüttelte den Kopf, versuchte, mich ihrer Stimme und dem hypnotisierenden Effekt ihrer kreisenden Finger auf dem Becherrand zu entziehen. Ich wollte, dass sie aufhörte, meine schlimmsten Erinnerungen auszugraben und sie mir vor Augen zu halten.

»Du weißt es wirklich nicht mehr, oder?« Sie wartete ab, betrachtete mich dabei ruhig, fast schon mitfühlend, obwohl Mitgefühl das Letzte war, das ich von dieser Frau haben wollte.

»Ich wusste sofort, dass dir etwas Schreckliches zugestoßen ist, denn bevor ich es in deinen Erinnerungen gelesen habe, konnte ich es bereits in deinen Augen sehen. Und als *er* dann aufgetaucht ist, habe ich dich bei der Hand genommen und weggebracht.«

»Nein …« Ich schüttelte den Kopf, als könnte ich mit dieser Bewegung all das beiseitewischen, was sie gerade gesagt hatte. Als könnte ich meine Erinnerungen wieder in Nebel tauchen und einfach nur vergessen.

»Wir sind zusammen vor ihm weggerannt. Ich habe dich mit in einen Laden gezogen, wo wir uns zwischen den Süßigkeitenregalen versteckt und darauf gewartet haben, dass er vorbeigeht.«

Ich blinzelte heftig. »Marzipan«, murmelte ich, noch bevor sich die Erinnerung vollständig geformt hatte. »Es hat nach Marzipan gerochen.« Was der Grund dafür sein könnte, dass ich das Zeug bis heute nicht ausstehen konnte. Ich hatte mich nie an das Gesicht der Frau erinnern können, die mich zum Jugendamt gebracht hatte, wusste es nur aus Noras Erzählungen. Doch jetzt kristallisierten sich immer mehr Details heraus.

Der Laden, in dem es so viel wärmer gewesen war als draußen, obwohl ich weiterhin gezittert hatte. Seit jenem Tag war ich die Kälte nie mehr richtig losgeworden.

Der Geruch von Süßigkeiten. Die Hand der Frau, die ich so fest gedrückt hatte. Ich hatte nicht geweint, hatte nur stumm abgewartet, bis mich mein Schicksal ereilte. In welcher Form auch immer. Damals war ich zu jung gewesen, um mir ein Leben außerhalb von Eds und Marthas Haus vorstellen zu können. Ich hatte nicht gewusst, dass es Alternativen gab. Dass ich eine Wahl hatte. Dass ich etwas Besseres verdient hatte.

»Irgendwann wollte ich nach vorne gehen, um nachzusehen, ob er noch da ist«, sprach Lauren weiter. Auch sie wirkte in Gedanken verloren. »Ich wäre sofort zu dir zurückgekommen, aber du wolltest mich nicht loslassen und hast dich an mein Kleid geklammert. Erinnerst du dich?«

Es war blassgelb mit weißen Punkten gewesen. Ein hübsches Kleid und eine hübsche Frau. Auf einmal wusste ich genau, was ich in jenem Moment gedacht hatte. Ich hatte mir gewünscht, einmal so zu werden wie sie. So schön und unbeschwert und frei.

»Du warst es«, flüsterte ich. Als sich unsere Blicke diesmal trafen, erkannte ich sie wieder. Dasselbe leuchtende Haar, dieselben Gesichtszüge. Sie wirkte kaum einen Tag älter, und das, obwohl inzwischen über sechs Jahre vergangen waren.

Lauren lächelte nachdenklich. »Das Schicksal geht manchmal seltsame Wege. Wenn ich schon damals erkannt hätte, wer du bist und welche Fähigkeiten in dir schlummern, hätte ich dich nicht zum Jugendamt gebracht. Du hättest bei mir bleiben können.«

Dann hätte ich Nora, Emma und auch Gray niemals kennengelernt. Allein der Gedanke daran jagte mir einen Schauder über den Rücken. Sie waren meine Familie. Ich konnte und wollte nicht ohne sie leben.

»Ich kann dir helfen, wenn du willst. Ich bin die Einzige, die weiß, wie unsere Kraft funktioniert und wie du sie steuern kannst. Oder ausschalten.«

»Das geht?« Die Frage war mir entschlüpft, bevor ich sie aufhalten konnte.

»Jede Fähigkeit lässt sich bewusst einsetzen, aber auch zurückschrauben. Ich sehe nur die Erinnerungen, die ich sehen will, und das auch nur, wenn ich explizit danach suche. Sie überfallen mich nicht.«

Hatte Liv nicht erst vor Kurzem etwas Ähnliches zu mir gesagt? Dass William ihr beigebracht hatte, ihre Kraft zu steuern, damit sie nicht ständig von den Emotionen anderer übermannt wurde?

»Und wie?« Ich befeuchtete mir die spröden Lippen und zwang

mich dazu, meine Fäuste zu lösen. Kurzzeitig verstärkte sich das Brennen in meinen Handflächen, doch dann ließ der Schmerz nach, genau wie etwas von meiner Anspannung.

»Indem du dir dieser Fähigkeit bewusst wirst und sie trainierst.« Sie trank noch einen Schluck von ihrem Tee. »Zuerst siehst du Erinnerungen nur, wenn du jemanden berührst. Das ist die erste Stufe. Später tauchen sie sogar dann in deinem Kopf auf, wenn du an einem Ort bist, wo sich ein anderer Mensch lange Zeit aufgehalten hat.«

Unwillkürlich musste ich an Grays Mom denken. Die Alkoholvorräte in ihrem Haus zu finden, war nie ein Problem gewesen. Ich hatte ihre Verstecke immer besser gekannt als Gray. Weil ich unbewusst in Mrs Altmans Erinnerungen gelesen hatte.

Lauren hielt mir ihre Hand hin, aber ich zögerte. Sekundenlang starrte ich nur auf die feinen Linien in ihrer Handinnenfläche und fragte mich, woher sie die Narbe hatte, die wie ein weißer Strich beinahe waagrecht über ihre Haut verlief. Ich könnte es herausfinden, könnte es mit eigenen Augen sehen, wenn ich es wollte.

»Berührungen sind ein zweischneidiges Schwert für Menschen wie uns«, sagte Lauren sanft. »Wir erhalten die Wärme und Nähe, nach der wir uns sehnen, aber wir bekommen noch mehr. Bilder, Gedanken und Relikte alter Gefühle, die wir manchmal nicht sehen oder fühlen wollen.«

Ich schluckte hart. Nie zuvor hatte jemand es geschafft, meine Empfindungen so gut auf den Punkt zu bringen. Meine Therapeutin war immer der Ansicht gewesen, es läge an Ed und daran, was an meinem zwölften Geburtstag passiert war, dass ich ungern angefasst wurde. Vielleicht hatte sie teilweise recht, aber ich litt nicht unter Berührungsängsten. Ich wollte nur selbst entscheiden, wen ich anfasste und wie lange.

Lauren hielt mir noch immer die Hand hin. In ihren Augen lag eine angenehme Ruhe. Sie drängte mich nicht, sondern ließ mir alle Zeit, die ich brauchte. Denn sie wusste, wie es war, in die Köpfe anderer Menschen hineinschauen zu können, ob man es wollte oder nicht. Sie wusste, wie es sich anfühlte, Dinge zu sehen, die man niemals hatte sehen wollen.

So wie bei Gray. Als er mir davon erzählt hatte, wie sein Vater die Familie verlassen hatte, war ich nicht überrascht gewesen. Ich hörte das Klicken, wenn eine Haustür für immer hinter einer Person ins Schloss fiel. Ich kannte die Dunkelheit und hatte das Bild vor Augen, wie sich der damals vierzehnjährige Gray in seinem Zimmer eingeschlossen hatte. Wie er in jener Nacht den Alkoholvorrat seiner Mom geplündert und sich betrunken hatte, bis er irgendwann auf den kalten Fliesen im Badezimmer eingeschlafen war – nachdem er einen gehörigen Teil des Alkohols wieder von sich gegeben hatte. Letzteres hatte er mir nie erzählt, aber das musste er auch nicht. Ich wusste es.

»Ich verspreche dir, dass du nur eine einzige Erinnerung von mir sehen wirst, Rayne. Eine positive. Du hast schon genug Schreckliches erlebt.«

Ich zögerte, doch dann legte ich meine Hand in ihre. Sofort umgab mich der Duft von frisch gebackenem Brot, von Kuchen und mit Zuckerguss überzogenen Törtchen. Laurens Erinnerung schien vor allem aus Geschmäckern, Gerüchen und Empfindungen zu bestehen, weniger aus deutlichen Bildern. Ich schmeckte das noch warme Croissant auf meiner Zunge und hätte fast zufrieden aufgeseufzt. Das Gefühl, endlich etwas im leeren Magen zu haben, diese tiefe Dankbarkeit, grub sich in mein Gedächtnis ein. Ja, Dankbarkeit war die vorherrschende Empfindung. Dankbarkeit für dieses Essen, für die Wärme der Bäckerei, den Stuhl, auf dem ich saß, und das Gebäck, das meinen Bauch füllte. Als ich aufschaute, bemerkte ich einen Mann, der mir gegenüber am Tisch saß und einen Kaffee trank. Sein Gesicht wirkte verschwommen, aber sein Lächeln ließ mein Herz höher schlagen.

Blinzelnd kehrte ich aus der Erinnerung zurück. Lauren hatte meine Hand losgelassen und beobachtete mich, während ich langsam wieder zurück in die Gegenwart fand.

»Ich kann dir beibringen, diese Fähigkeit zu kontrollieren.« Lauren warf mir ein Lächeln zu. »Wenn du hierbleibst, kann ich dir alles zeigen, was du wissen möchtest.«

Hierbleiben? In diesem Haus, das ich nicht kannte? Bei Menschen, die mir fremd waren? Bei den Dunkelseelen, die mich gegen meinen Willen hierher verschleppt hatten? Selbst wenn sie sich als doch nicht so böse herausstellten, wie Colt und die anderen behaupteten, könnte ich niemals meine Familie zurücklassen. Nicht einmal dann, wenn sich alles in mir danach sehnte, diese Kraft zu verstehen. Sie beherrschen zu lernen – um sie dann niemals wieder einzusetzen. Ich wollte nicht in die Leben anderer Menschen blicken und erst recht nicht ihre Erinnerungen beeinflussen oder verändern.

Langsam, aber bestimmt schüttelte ich den Kopf. »Selbst, wenn ich es wollte – das kann ich nicht.«

»Vielleicht jetzt noch nicht. Aber eines Tages wirst du hierbleiben – und das sogar freiwillig. Mehr oder weniger zumindest.«

Ich runzelte die Stirn. »Kannst du etwa auch in die Zukunft schauen?«

Laurens Lächeln wurde breiter und ließ sie dadurch noch jünger wirken. Zuerst hatte ich sie auf Mitte dreißig geschätzt, jetzt wirkte sie beinahe wie eine Zwanzigjährige. »Zum Glück nicht. Aber ich habe deine Vergangenheit gesehen. In dir steckt so viel Potenzial, Rayne. Es wäre eine Schande, wenn du es bei den Lichtseelen vergeudest. Glaub mir, ich weiß, wovon ich rede«, fügte sie hinzu und führte den Becher an ihre Lippen, um einen letzten Schluck zu trinken. »Vor langer Zeit war ich selbst eine Lichtseele.«

Bisher hatte ich meinen Tee nicht angerührt, doch als ich jetzt danach greifen wollte, erstarrte meine Hand mitten in der Luft. Die angenehme Ruhe, die mich ergriffen hatte, war mit einem Schlag verschwunden. Meine Muskeln spannten sich an und mein Herz begann zu rasen.

»Du glaubst mir nicht.« Behutsam stellte sie den Becher ab und goss sich frischen Tee ein. »Das nehme ich dir nicht übel. Ich an deiner Stelle würde es auch nicht glauben. Aber es ist die Wahrheit. Als ich meine Kräfte entdeckte, war ich fast noch ein Kind. Lange Zeit habe ich nicht einmal bemerkt, dass ich die Erinnerungen anderer Menschen lese. Kommt dir das bekannt vor?«

Ich wollte den Kopf schütteln, aber das wäre gelogen. In Wahrheit verband mich mehr mit Lauren als mit irgendeiner Lichtseele. Was sagte das über mich aus?

»Irgendwann habe ich herausgefunden, wozu ich imstande bin, und habe meine Kräfte eingesetzt, um anderen zu helfen. Zumindest, so weit das möglich war. Ich konnte mir ja kaum selbst helfen.« Sie stieß ein bitteres Lachen aus und blickte zu der Trennwand. Auf dem weißen Vlies zwischen den Holzstreben war ein Baum abgedruckt, an dessen weitverzweigten Ästen Kirschblüten hingen. Ich sah zurück zu Lauren. In Gedanken schien sie weit weg zu sein. »Und dann ist *er* aufgetaucht.«

»Dein Seelenpartner …«, flüsterte ich.

Lauren hob den Blick und nickte langsam. »Er war wie der Ritter auf dem weißen Pferd. Er hat mich in diese neue Welt eingeführt, hat mir alles beigebracht und mich in eine Gruppe von Lichtseelen aufgenommen, die seine Familie war. Und bald auch meine.«

Auch das kam mir erschreckend bekannt vor. Ich nippte an meinem Tee und versuchte, das Zittern meiner Hände zu unterdrücken. Warum erzählte sie mir das? Wollte Lauren mich mit dieser Geschichte nur um den Finger wickeln, mich weich kochen, damit ich hierblieb? Oder sagte sie die Wahrheit?

»Kannst du dir denken, wie die Geschichte weitergeht?« Laurens Stimme war nur ein sanfter Hauch.

Ich schluckte hart. »Du hast dich in ihn verliebt.«

»Richtig.« Sie lächelte, aber es war kein glückliches Lächeln. In ihrem Gesicht konnte ich so viel Trauer und Bitterkeit lesen, dass sich etwas in meiner Brust zusammenzog. »Über die Jahrtausende haben Seelenpartner immer wieder nacheinander gesucht, in der Hoffnung, endlich wieder eins zu sein. So viele von ihnen haben versucht, ihre Seelenhälften miteinander zu verschmelzen. Ohne Erfolg. Die meisten von ihnen starben bei dem Versuch, einige wurden wahnsinnig und bei anderen passten die beiden Hälften schlichtweg nicht mehr zueinander. Irgendwann wollte niemand mehr dieses Risiko eingehen, und es zu versuchen, wurde verboten und bestraft. Früher waren Liebesbeziehungen zwischen Seelenpartnern das Natürlichste der Welt, doch inzwischen werden sie nicht gern gesehen. Sie sind zu gefährlich. Sie scheitern. Und zurück bleibt nur ein gebrochenes Herz.«

*Das die Seiten wechselt.*

Ich wollte kein Mitgefühl für die Frau empfinden, vor der sich alle zu fürchten schienen. Die mich gegen meinen Willen hierher hatte bringen lassen. Trotzdem verspürte ich eine gewisse Sympathie für sie. Sie hatte sich verliebt und mit ziemlicher Sicherheit ihren Seelenpartner verloren.

Auf einmal war die Welt nicht mehr in Schwarz und Weiß, Gut und Böse, Licht- und Dunkelseelen geteilt. Es gab Grauzonen. Es gab viel zu viele Grauzonen – und Lauren war eine davon.

Ich atmete tief durch und trank meinen Tee aus. Das Bedürfnis, von hier wegzukommen, wurde übermächtig. Das hier war kein gemütliches Teetrinken. Ich wollte nach Hause, zurück in die Sicherheit meines Zimmers und mit Emma kuscheln, während Nora in der Küche heiße Schokolade mit Marshmallows für uns zubereitete.

Behutsam stellte ich den Becher ab und musterte Lauren einen Moment lang. Ihre Züge waren weich, die Haut ebenmäßig und fast schon elfenbeinfarben. Sie hatte eine ganz eigene Schönheit an sich, die beinahe schon überirdisch wirkte. Als wäre sie ein Teil einer anderen Welt – und in gewisser Weise stimmte das sogar.

»Bin ich eine Gefangene?«

Lauren zog die Brauen hoch, die ebenfalls rotblond, aber eine Nuance dunkler waren als ihre Haare. »Natürlich nicht. Alles, was ich wollte, war, mit dir zu reden. Du kannst gehen, wann immer du möchtest.«

*Tatsächlich?*

»Lass mich dir nur noch eine Geschichte erzählen. Die Geschichte der Dunkelseelen.«

*Ah ja.*

»Was haben sie dir über uns gesagt?« Fragend legte Lauren den Kopf schief, wodurch ihr das lange Haar über die Schulter nach vorn fiel. »Dass wir die Bösen sind, weil wir uns in der Dunkelheit bewegen? Dass wir Menschen jagen und töten?«

Ich biss die Zähne zusammen, hielt ihrem bohrenden Blick aber stand. »Stimmt das etwa nicht?«

»Wir sind so viel mehr als das. Unsere Vorfahren waren dieselben wie die der Licht- und Nebelseelen. Wir haben dieselbe traurige Geschichte, tragen dieselbe Macht in uns. Wir sind die flüchtige Bewegung, die du aus dem Augenwinkel wahrnimmst. Das Licht, das an dir vorbeizuckt und in der Ferne aufblitzt. Die Schatten, die sich hinter deinem Spiegelbild verstecken und nachts an den Wänden entlangkriechen.«

»Wie poetisch.«

Lauren lachte auf. »Ich mag dich, Rayne. Du hast keine Angst vor mir.«

Was nicht besonders klug war angesichts der Tatsache, dass alle anderen sie zu fürchten schienen. Aber ich kannte meine größte Angst, und das war weder Lauren noch die Dunkelseelen, auch wenn sie mir wahrscheinlich sehr viel Schlimmeres antun konnten als Ed. Zumindest körperlich.

»Das ist ungewöhnlich, in gewisser Weise aber auch erfrischend«, fuhr sie fort und schüttelte dabei langsam den Kopf. »Andererseits bin ich nicht überrascht, schließlich bist du Colts Seelenpartnerin. Das Mindeste, was ich von ihr erwartet habe, ist ein Rückgrat.«

Das war schon das zweite Mal, dass sie Colt ebenso wie die Tatsache erwähnte, dass wir Seelenpartner waren. Aber vielleicht kannte sie ihn von früher, als sie selbst noch eine Lichtseele gewesen war.

Ich versuchte, keine Regung zu zeigen. Doch was auch immer Lauren in diesem Moment in meinem Gesicht las, es schien sie zufrieden zu stimmen.

»Haben sie dir von der Legende erzählt?«, fragte Lauren. Als ich den Kopf schüttelte, seufzte sie tief. »Natürlich nicht. Die Lichtseelen tun alles, um sie zu ignorieren. Sie hoffen, dass sich die Prophezeiung nie erfüllen wird und sie weiter die Retter der Menschheit spielen können.«

Ich sollte ihr nicht länger zuhören, sollte keine einzige weitere Sekunde hier sitzen bleiben. Aber irgendetwas hielt mich fest. »Was für eine Legende?«

»Um sie zu verstehen, musst du die Vorgeschichte kennen. Einst lebten zwei Seelen in einem Körper, die sich perfekt ergänzten. Sie waren schnell, stark und hatten vor nichts Angst. Sie waren mächtig. So mächtig, dass die Götter sie zu fürchten begannen, also spalteten sie die Seelen in zwei Hälften. Seitdem sind die Menschen dazu verflucht, allein durchs Leben zu wandeln, ständig auf der Suche nach der einen Person, die sie wieder vervollständigt.« Lauren sah mich prüfend an, als wollte sie herausfinden, ob ich all das bereits wusste oder ob es neu für mich war. Dann fuhr sie fort: »Aber die Götter hatten einen entscheidenden Fehler gemacht. Während der Spaltung ging ein kleiner Teil ihrer Macht auf die Menschen über, göttliche Funken, die über die Generationen hinweg erhalten blieben und sich in den unterschiedlichsten Fähigkeiten manifestierten. Aus ihnen wurden Krieger, Bewahrer, Einflüsterer, Heiler, Anführer, Fährten- und Seelenleser. Sie lernten, sich im Licht, im Nebel und in der Dunkelheit fortzubewegen, und forderten die Götter heraus.«

Das war in der Tat neu für mich.

»Es gab Kriege und Seuchen, die die Götter auf uns hetzten, sodass heute nur noch wenige Menschen diesen göttlichen Funken in sich tragen und bei noch weniger tritt er in Form von einer oder sogar zwei Kräften zutage. Du siehst also, wir sind etwas Besonderes.«

»Und das ist Grund genug, um alle, die anders sind, zu jagen und zu töten?«

»Wenn es unserem Überleben dient …« Lauren hielt meinen Blick fest. »Es geht schon lange nicht mehr um den Kampf zwischen Licht- und Dunkelseelen. Es geht ums Überleben. Darum, unsere alte Macht zurückzuerlangen und unsere Seelenpartner zu finden. Um endlich wieder ganz zu sein. Hattest du nie das Gefühl, etwas würde in deinem Leben fehlen? Dass da eine Leere ist, die nichts und niemand füllen kann, ganz egal, was du tust?«

Ich kannte dieses Gefühl. Aber ich hatte auch erlebt, wie es sich anfühlte, sich nicht mehr leer und rastlos zu fühlen. Ich wusste, wie es war, wenn Colts Nähe und Wärme mich umhüllten und das Tosen in meinem Kopf genau wie die Welt um mich herum zum Stillstand brachten. Ich kannte diese innere Ruhe und würde alles darum geben, sie wieder zu empfinden. Aber nicht auf Kosten anderer. Niemals, wenn Unschuldige dafür leiden mussten.

»Wir töten nicht zum Spaß. Wir sterben, wenn wir es nicht tun. Wir wollen die Lichtseelen nicht bekämpfen, sondern versuchen lediglich, die Prophezeiung zu erfüllen. *Sie* sind diejenigen, die uns jagen. Aber wenn es nur einem einzigen willigen Seelenpaar gelingt, seine Seelenhälften miteinander zu vereinen, ist der Fluch der Götter gebrochen. Niemand müsste mehr nach seiner zweiten Hälfte suchen, denn alle würden zueinanderfinden, so wie es schon immer sein sollte. Niemand müsste mehr leiden.«

»Was ist mit den Leuten, die in Chicago und Umgebung verschwunden sind? Die von den Dunkelseelen getötet wurden?« Ich versuchte krampfhaft, weiterhin logisch zu denken und mich nicht von ihrer Stimme einlullen zu lassen. »Musste da auch niemand leiden? Hat das nur eurem höheren Ziel gedient?«

Lauren winkte ab, als würde es sich dabei um einen Nebeneffekt handeln, der zu vernachlässigen war. Aber Menschen starben, wurden ermordet. Und sie tat das einfach ab, als wäre es nichts?

»Nur die Stärksten überleben, so war es schon immer. Darwin hat diese natürliche Selektion erkannt. Er war einer von uns. Wenn du dir Sorgen machen willst, dann denk lieber über die Leute nach, die die Lichtseelen am Leben lassen.«

»Was ...?«

Sie lächelte, aber es war nicht länger warm oder mitfühlend. Ihr Lächeln war so kalt, dass ich eine Gänsehaut davon bekam. »Verbrecher, Mörder, Vergewaltiger. Was meinst du, wer etwas gegen diesen Abschaum unternimmt? Die Lichtseelen?« Sie schnaubte abfällig. »Wohl kaum. Sie tun so, als wären sie die großen Retter, aber sie würden einen Massenmörder genauso beschützen wie ein Kleinkind. *Wir* sind es, die für Ordnung sorgen. Und wir sind auch diejenigen, die dir deinen ehemaligen Pflegevater vom Hals schaffen können.«

Alles in mir erstarrte. Ein, zwei Sekunden lang war ich zu keiner Bewegung, zu keiner Reaktion, nicht einmal zu einem Atemzug fähig. Dann überschlugen sich die Gedanken in meinem Kopf, und mit ihnen kam eine Welle an Gefühlen, die mich unter sich zu begraben drohte. Ich sah das Zusammentreffen mit Ed in Chicago so deutlich vor mir, als wäre ich wieder dort. Ich hörte seine Worte so dicht an meinem Ohr und spürte seinen Atem auf meiner Haut, als würde er direkt vor mir stehen. Ich verschränkte die Finger in meinem Schoß miteinander, kam aber nicht gegen mein Zittern an.

»Ist er eine Dunkelseele?«

Er musste eine sein. Nur das würde die Opferschreie erklären, die ich immer wieder hörte. Und wenn er eine Dunkelseele war, konnten die Lichtseelen ihn ausschalten oder wenigstens fortschaffen. So weit weg wie möglich.

»Vielleicht.« Scheinbar nachdenklich wiegte Lauren den Kopf hin und her. »Wenn ja, dann gehört er nicht zu meinen Leuten. Das würde ich niemals zulassen. Aber was tust du, wenn er keine Dunkelseele ist? Siehst du dabei zu, wie deine geliebten Lichtseelen ihn laufen und weiter kleine Mädchen belästigen lassen? Denkst du wirklich, er wird eines Tages damit aufhören? Dass er plötzlich zur Besinnung kommt und …«

»Hör auf.« Ich sprang so schnell auf, dass ich dabei fast den Tisch umwarf.

»Warum?« Auch Lauren stand auf. »Weil du es nicht hören willst? Tut mir leid, Rayne, aber hier wird niemand die Wahrheit für dich beschönigen. Wir können garantieren, dass Ed weder dir noch sonst jemandem etwas tut.«

»Indem ihr ihn umbringt?«

»Indem wir – im Gegensatz zu den Lichtseelen – das tun, was nötig ist.«

Ich schüttelte den Kopf, weigerte mich, dieser verdrehten Version der Wahrheit zu glauben, aber ich konnte nicht verhindern, dass ihre Worte in mein Bewusstsein eindrangen und sich dort festsetzten. Was würde Colt tun, wenn sich Ed als ganz normaler Mensch herausstellte? Und wie weit war ich bereit zu gehen, damit er sich für immer von mir fernhielt? Damit er Emmas Namen nie wieder in den Mund nahm und sich ihr nicht mal auf hundert Meter näherte?

»Ich möchte nach Hause.«

Lange Zeit betrachtete Lauren mich nur mit nachdenklichem Blick, dann nickte sie knapp. »Wie du willst.« Sie deutete auf das Paravent.

Ich zögerte. Würde sie mich wirklich so einfach gehen lassen? Ich konnte mir nicht vorstellen, dass sie all die Mühen auf sich genommen hatte, mich hierher zu schaffen, nur um mich dann nach einer kleinen Plauderstunde wieder nach Hause gehen zu lassen. Aber Lauren machte keine Anstalten, mich aufzuhalten, als ich mich der Trennwand näherte. Sie begleitete mich sogar auf den Flur hinaus.

»Dieser Ort ist etwas abgelegen«, sagte sie, während wir dem Gang folgten und an mehreren Türen vorbeigingen. Hinter allen war es völlig ruhig. »Ich nehme nicht an, dass du möchtest, dass ich oder eine andere Dunkelseele dich in die Stadt zurück begleiten.«

Ich schüttelte den Kopf. Wenn es nach mir ging, wollte ich so schnell wie möglich fort. Raus aus diesem Haus und weg von diesen Wesen. Lauren hatte es geschafft, alles zu verdrehen, was ich über Licht- und Dunkelseelen wusste. Ich musste in Ruhe nachdenken, aber dazu musste ich erst mal fort von hier.

»Ich fürchte, dann haben wir ein Problem.« Sie öffnete die Tür und ich trat ins Freie.

Lauren hatte nicht übertrieben. Das Erste, was ich sah, waren Bäume. So viele, dass wir inmitten eines riesigen Anwesens oder noch eher in einem Wald sein mussten. Möglicherweise sogar in einem anderen Bundesstaat. Sterne funkelten über uns am schwarzen Nachthimmel und in der Ferne war nichts auszumachen. Keine Lichter einer Stadt, nicht einmal Straßenlampen oder die beleuchteten Fenster eines anderen Hauses. Wir waren mitten im Nirgendwo.

»Ich kann nicht erlauben, dass du eine Lichtseele an diesen Ort führst«, sagte Lauren hinter mir. »Ich schlage vor, du rufst jemand anderes an, der dich abholen kommt. Und versuch gar nicht erst, irgendwie einer Lichtseele Bescheid zu geben. Das hier mag nicht unser Hauptstützpunkt sein, aber es sind genug Leute da, um uns zu verteidigen.«

Mein erster Impuls war es, Colt zu rufen. Aber wenn er hier auftauchte, würde ich ihn ins offene Messer laufen lassen, in einen Kampf, den er allein unmöglich gewinnen konnte. Wenn ich ihn schon nicht Zane hatte ausliefern wollen, dann erst recht keinen Dunkelseelen, die sich auf ihn stürzen würden, noch bevor er überhaupt einen Fuß in dieses Haus gesetzt hatte.

Ich zog mein Handy aus der Hosentasche. Zum Glück hatte es durch meinen Sturz keinen Schaden genommen, aber der Akku war wieder mal so gut wie leer. Und ich hatte fünf verpasste Anrufe von Nora. Mist.

Es gab nur eine Person, die ich in einer Situation wie dieser um Hilfe bitten konnte. Widerwillig wandte ich mich an Lauren. »Du wirst ihm nichts tun?«

Gray würde sofort alles stehen und liegen lassen, um mich abzuholen, aber ich musste absolut sicher sein, dass ihm nichts geschah. Ich würde es mir nie verzeihen, wenn er meinetwegen in Gefahr geriet.

Lauren hielt meinen Blick fest. »Darauf gebe ich dir mein Wort.«

Ich nickte langsam. Auch wenn sich alles in mir dagegen sträubte, blieb mir nichts anderes übrig, als ihr zu vertrauen. Ich atmete tief durch, dann scrollte ich durch meine Kontakte und rief Gray an.

Es klingelte dreimal, bevor er abhob. »Rayne?« Er klang so verschlafen, dass ich sofort wieder ein schlechtes Gewissen bekam. Ich hatte nicht die geringste Ahnung, wie spät es war, und jetzt brachte ich ihn auch noch um seinen ohnehin schon viel zu knappen Schlaf.

»Tut mir leid. Hab ich dich geweckt?«

Ein Brummen war die Antwort, dicht gefolgt von einem leisen Quietschen. Er musste aufgestanden sein, denn gleich darauf klang er etwas frischer. Noch immer müde, aber wenigstens war er jetzt wach. »Was ist los?«

»Ich … Kannst du mich abholen? Ich bin bei … Freunden«, fügte ich etwas unschlüssig hinzu und warf einen kurzen Blick in Laurens Richtung. »Ich habe die Zeit vergessen und komme jetzt nicht mehr weg.«

Die Lüge brannte auf meinen Lippen, genau wie jene, die ich Nora erzählt hatte, als ich über Nacht bei Colt geblieben war. Wann hatte ich es mir zur Angewohnheit gemacht, die Menschen, die mir am nächsten standen, zu belügen?

»Könntest du vielleicht …?«

»Klar.« Ich meinte, ein Seufzen zu hören. »Sag mir, wo du steckst, und ich hole dich ab.«

Fragend sah ich zu Lauren, die mir bereits einen Zettel mit der Adresse entgegenstreckte. Der Name der Stadt sagte mir überhaupt nichts. Wo war ich hier bloß gelandet?

»Ich bin unterwegs«, sagte Gray und legte einfach auf.

Ich starrte auf das Smartphone, bis das Display dunkel wurde und der Akku im selben Moment den Geist aufgab. Jetzt war ich wirklich von der Außenwelt abgeschnitten.

»Wie lange wird es dauern, bis er hier ist?«

»Ungefähr zwei Stunden. Möchtest du noch einen Tee oder willst du hier draußen auf ihn warten?«

Am liebsten wäre ich Gray entgegengelaufen und hätte so viel Abstand zwischen Lauren und mich gebracht, wie nur möglich. Aber es war dunkel, der schmale Weg, der vom Haus wegführte, verlief sich schon nach wenigen Metern zwischen den Bäumen, und ich war mir sicher, dass ich mich nur verirren würde, wenn ich auf eigene Faust loszog. Außerdem konnte ich Gray nicht mehr kontaktieren und ihm von unterwegs Bescheid geben, wo ich mich gerade befand.

Ich unterdrückte ein Seufzen. Seit dem Moment, in dem ich aufgewacht war, hatte Lauren mir gegenüber nichts als Gastfreundschaft bewiesen. Und doch spürte ich die unterschwellige Gefahr, die von ihr ausging.

»Ist Zane noch hier?«

Sie schüttelte den Kopf. »Ich habe ihn weggeschickt, nachdem er dich hergebracht hat. Solange du in diesem Haus bist, stehst du unter meinem Schutz. Er wird dir kein zweites Mal wehtun.«

*Und wenn ich nicht mehr in diesem Haus bin?*

Trotzdem zwang ich mich zu einem Lächeln. »Ein Tee wäre nett.«

# Kapitel 17

Tatsächlich hielt zwei Stunden später Grays Wagen vor der Tür. Ich riss die Haustür in dem Moment auf, in dem Gray den Motor ausschaltete. Er ließ das Licht jedoch an und stieg aus.

Bevor ich ihn davon abhalten konnte, kam er die Stufen zur Veranda hinauf. Noch im Gehen musterte er mich besorgt von Kopf bis Fuß. »Alles okay bei dir?«

Ich nickte stumm. Am liebsten hätte ich ihn sofort an seinem blauen Kapuzenpullover gepackt und zum Auto gezogen, bevor Lauren auch nur einen Blick auf ihn erhaschen, geschweige denn, ihm die Hand geben konnte.

»Hi. Ich bin Gray«, stellte er sich vor, gab sich jedoch keine Mühe, die Skepsis aus seiner Stimme zu verbannen.

»Lauren.« Lächelnd schüttelte sie seine Hand. Eine Sekunde lang erstarrte sie und Überraschung flackerte über ihr Gesicht, dann hatte sie sich wieder im Griff.

Ich biss die Zähne zusammen, denn ich wusste nur zu gut, was da gerade passiert war. Aber zum ersten Mal hatte ich es nicht selbst erlebt, sondern nur beobachtet. Lauren hatte eine Erinnerung von Gray gesehen. Offensichtlich etwas, auf das sie nicht vorbereitet gewesen war.

Waren es die endlosen Nächte, die er von Sorgen und Schuldgefühlen geplagt auf der Feuerwache verbrachte? Das Loch, in das seine Mom immer tiefer hineinfiel, ohne dass Gray etwas dagegen unternehmen konnte, obwohl er so sehr dafür kämpfte? Oder war es dieser eine Moment, der ihn für immer verändert hatte?

Als Gray mir davon erzählt hatte, war es, als wäre ich selbst dabei gewesen. Manchmal träumte ich sogar davon. Das brennende Hochhaus. Rauch, der aus den Fenstern quoll. Schreie. Sirenen. Zersplitterndes Glas. Und Gray bei einem seiner ersten Einsätze. Seine Gedanken. Angst. Die unendliche Schuld, als er erkannte, dass sein Zögern Menschen das Leben gekostet hatte.

Andere hätten nach einem solchen Erlebnis vielleicht den Job hingeschmissen, aber nicht Gray. Er kämpfte weiter, absolvierte eine Weiterbildung nach der anderen, trainierte und tat alles, um ein besserer Feuerwehrmann zu werden. Um beim nächsten Einsatz, bei dem Menschenleben auf dem Spiel standen, alles zu geben. Um es wiedergutzumachen. Doch die Schuldgefühle verfolgten ihn bis heute.

Ich schob mich zwischen die beiden und unterbrach die Verbindung. »Wir müssen los.«

Laurens Gesichtsausdruck hatte sich in den letzten Sekunden weiter verändert. Statt Verblüffung zeigte sich eine seltsame Art von … Zufriedenheit?

»Auf Wiedersehen, Rayne«, sagte sie jetzt. »Du bist jederzeit willkommen.«

Wenn es nach mir ginge, würde es kein nächstes Mal geben, aber ich ahnte schon, dass nicht ich das zu bestimmen hatte. Wenn Lauren mich sehen wollte, konnte sie mich jederzeit holen lassen. Der Gedanke an Zane ließ mich schaudern.

Ich wandte mich zum Gehen.

»Eins noch, Rayne. Wenn du herausfinden willst, ob die Lichtseelen wirklich die sind, für die sie sich ausgeben, frag Colt nach Alicia.«

*Alicia?* Ich hatte keine Ahnung, wer das sein sollte, doch ich wollte Lauren meine Verwirrung auf keinen Fall spüren lassen. Ruhig erwiderte ich ihren Blick und folgte dann Gray zum Wagen, wo ich mich auf den Beifahrersitz fallen ließ. Während er wendete, fixierte ich das Haus der Dunkelseelen im Seitenspiegel, bis es zwischen den dichten Bäumen verschwand und von der Dunkelheit geschluckt wurde. Erst dann wagte ich es, aufzuatmen.

»Danke, dass du extra hergefahren bist, um mich abzuholen.«

Gray nickte knapp, ohne den Blick von dem schmalen Weg vor uns zu nehmen. »Kein Problem.«

Da war ich mir nicht so sicher. Ich hatte ihn mitten in der Nacht aus dem Bett geholt und zu einer insgesamt vierstündigen Fahrt gezwungen, von der uns die Hälfte noch bevorstand. Und das ohne jede Erklärung. Weil ich ihm keine geben konnte.

Schweigen breitete sich zwischen uns aus. Gray stellte keine Fragen, fuhr einfach nur geradeaus, bis wir wieder eine Hauptstraße erreichten und er abbog. Ich schaltete das Radio ein, aber es liefen nur kitschige Oldies und die üblichen Popsongs, die ich nicht mehr hören konnte, also schaltete ich es wieder aus.

Gray schwieg beharrlich, so lange, bis mir vor Erschöpfung fast die Augen zufielen. Erst als wir schon fast eine Stunde unterwegs waren, ergriff er endlich das Wort. »Willst du mir erklären, wer diese Frau war? Und was du dort gemacht hast?«

So sehr ich es ihm sagen, ihm die Wahrheit erzählen wollte, ich konnte es nicht. Nicht, wenn ich ihn dadurch in Gefahr brachte. Schlimm genug, dass er Lauren begegnet war. Ich würde nicht zulassen, dass er meinetwegen noch tiefer in diese Welt hineingezogen wurde. Dafür war er mir zu wichtig.

»Das kann ich nicht.«

Er nickte und starrte weiter geradeaus. Seine Lippen waren zu einer Linie zusammengepresst und seine Fingerknöchel traten weiß hervor, so fest umklammerte er das Lenkrad.

»Es tut mir leid …«

»Verdammt, Rayne!« Ich zuckte zusammen, als Gray mit der flachen Hand aufs Lenkrad schlug. »Es gab mal eine Zeit, da haben wir uns alles erzählt. Was ist seitdem passiert?«

Ich wusste, dass er recht hatte, und mein Herz zog sich zusammen. Aber das war, bevor es Licht- und Dunkelseelen in meinem Leben gegeben hatte. Bevor ich wusste, dass die Schreie, die ich hörte, keine natürliche Ursache hatten. Bevor ich meinen Seelenpartner gefunden hatte.

Der Gedanke an Colt schnürte mir die Kehle zu. Ich versuchte, ihn zu vertreiben, versuchte, nicht an all das zu denken, was passiert war und zwischen uns stand, aber es gelang mir einfach nicht. Und ich wusste, dass ich die Zweifel, die nicht erst Lauren gesät hatte, nicht so schnell wieder loswerden würde.

»Ich weiß es nicht«, murmelte ich schließlich.

Gray sah mich nicht einmal an. Wir wussten beide, dass es eine Ausrede war. Eine weitere Lüge, die nun zwischen uns stand. Und es würden weitere hinzukommen. Eines Tages würde uns dieses Konstrukt aus Lügen und Geheimnissen zerstören. Wir würden uns voneinander entfremden – und ich fürchtete mich jetzt schon davor.

»Steckst du in Schwierigkeiten?« Selbst jetzt, da er sauer auf mich war, konnte ich den besorgten Unterton in seiner Stimme hören.

»Was? Nein. Natürlich nicht.«

Aber ehrlich gesagt war ich mir da nicht so sicher.

Grays skeptischer Seitenblick bestätigte mir das nur noch. »Du weißt, dass du mir alles erzählen kannst, oder? Ganz egal, was los ist, ich bin immer für dich da.«

Meine Augen begannen zu brennen, und ich zwang mich dazu, wieder nach vorne zu schauen. Ich wollte es ihm sagen. Ich wollte es so sehr, dass ich die Hände zu Fäusten ballen musste, um sie nicht nach ihm auszustrecken und mich an ihn zu lehnen. Seit wir uns kannten, waren wir uns gegenseitig immer eine Stütze gewesen. Er für mich, wann immer mich die Opferschreie überkamen oder ich einen Freund brauchte, und ich für ihn, wann immer ihm die Sache mit seiner Mom und seiner Arbeit den Boden unter den Füßen wegzureißen drohte. Es hatte eine Zeit gegeben, da hatten wir uns nachts ins Zimmer des anderen geschlichen, nur um zu reden. Um nicht allein zu sein.

»Ach, Rayne …«, murmelte er nach einer Weile leise.

Ich atmete tief durch und schob all meine Zweifel und Gewissensbisse zur Seite. »Es ist alles okay.« Meine Stimme klang so überzeugt, dass ich es mir beinahe selbst abgekauft hätte. Beinahe. »Du kennst mich doch, Gray. Ich würde nie irgendetwas tun, um euch Sorgen zu bereiten.«

Wortlos setzte er den Blinker und bog ein weiteres Mal ab. Er schwieg so lange, bis ich den Kopf zu ihm drehte und ihn von der Seite musterte. Seine Stirn war gerunzelt und seine Schultern hochgezogen.

»Genau das ist es ja«, sagte er nach einer halben Ewigkeit, ohne mich anzusehen. »Ich kenne dich nicht mehr. Das Mädchen, das die letzten vier Jahre neben mir gewohnt hat, das Mädchen, das meine beste Freundin ist, würde mit mir reden, statt mich auszuschließen.«

»Nein, ich …« Aber er hatte recht. Ich wollte ihn ausschließen. Ich *musste* ihn ausschließen. Denn wenn es nach mir ging, würde ich ihn, Nora und Emma so weit von dieser übernatürlichen Welt fernhalten wie möglich. Auch wenn es bedeutete, sie zu verlieren.

Gray und ich entfremdeten uns schon jetzt. Es fühlte sich an, als würde er mir entgleiten, als gäbe es immer mehr Dinge in meinem Leben, von denen ich ihm nicht erzählen konnte, als Dinge, die ich mit ihm teilte.

Aber ihm von den Licht- und Dunkelseelen zu erzählen, wäre selbstsüchtig gewesen. Selbst wenn er mir glauben würde, ja, selbst wenn er den Beweis dafür mit eigenen Augen sehen würde … Was hatte Jeff an jenem Abend im *Black & White* gesagt? Keine Seite wollte, dass die Menschen von ihnen erfuhren. Was sie mit jemandem taten, der über sie Bescheid wusste, wollte ich mir gar nicht erst ausmalen.

Wir verbrachten die restliche Fahrt in angespannter Stille. Gray konzentrierte sich auf die menschenleere Straße, während ich aus dem Fenster in die Dunkelheit starrte. Ob sie dort draußen waren? Ob uns eine Dunkelseele in eben diesem Moment folgte? Ob die Lichtseelen mein Fehlen überhaupt bemerkt hatten? Ich musste an die verpassten Anrufe auf meinem Handy denken. Sie waren von Nora, nicht von Colt. Er hätte längst per Gedankenkraft mit mir Kontakt aufgenommen, wenn er mich hätte erreichen wollen. Aber er hatte es nicht getan, also schien er nichts von meinem kleinen *Ausflug* mitbekommen zu haben. Wie stark konnte unsere Verbindung als Seelenpartner wirklich sein?

Der Morgen graute bereits, als wir Divine Creek endlich erreichten und Gray den Wagen in der Einfahrt parkte. Im beginnenden Tageslicht registrierte ich die dunklen Ringe unter seinen Augen und die Erschöpfung in seinem Gesicht. Ich öffnete bereits den Mund, aber er kam mir zuvor.

»Sag es nicht«, warnte er und schaltete den Motor aus. »Ich habe es gern getan, auch wenn du mir nicht verraten willst, bei wem du warst oder was du dort getrieben hast. Ich werde Nora nichts davon erzählen.« Er löste seinen Sicherheitsgurt und öffnete die Tür. Bevor er ausstieg, warf er noch einen letzten Blick in meine Richtung. »Weil es das ist, was Freunde tun.«

Ich sah ihm mit brennenden Augen nach, bis er in seinem Elternhaus verschwand. Erst dann stieg ich selbst aus und drückte die Tür zu.

Er hatte recht. Er hatte absolut recht. In den letzten Wochen war ich ihm keine besonders gute Freundin gewesen. Aber wenn ich vor der Entscheidung stand, Gray als Freund zu behalten und ihn dabei einer tödlichen Gefahr auszusetzen oder ihn für immer zu verlieren, dann wählte ich Letzteres. Auch wenn er es nicht verstand, war es besser für ihn, wenn er sich von nun an von mir fernhielt.

Meine Beine zitterten, als ich auf unser Haus zuging. Noras Wagen stand noch immer am Straßenrand und, zu meiner Überraschung, auch meiner, obwohl ich ihn beim *Butterfly Books* zurückgelassen hatte. Hatte Nora ihn vor der Buchhandlung entdeckt und hergefahren? Oder hatte Lauren eine der Dunkelseelen damit beauftragt, ihn hierher zu bringen? Ein Schauder kroch mein Rückgrat hinab. Sie waren hier gewesen. So nah an meinem Zuhause. Dort, wo Emma und Nora jede Nacht schliefen, ohne auch nur die geringste Ahnung zu haben, was da draußen wirklich lauerte.

Wem wollte ich hier eigentlich etwas vormachen? Durch mich waren meine Familie, meine Freunde längst in diese Welt aus Licht und Schatten hineingeschlittert. Das Einzige, was ich noch tun konnte, war, dafür zu sorgen, dass sie in Sicherheit waren. Und es auch blieben.

Ich öffnete die Haustür so lautlos wie möglich und schloss sie leise hinter mir. Mit etwas Glück war Nora noch nicht aufgestanden und ich könnte einfach nach oben in mein …

»Wo warst du?«

Noras Stimme ließ mich zusammenzucken. Sie stand im Eingangsbereich, die Arme vor der Brust verschränkt, als hätte sie nur darauf gewartet, dass ich endlich hereinkam. Ihr Gesicht war blass, Ringe lagen unter ihren Augen, ihr Haar löste sich bereits aus dem Zopf und sie trug noch dieselbe Kleidung wie gestern.

»Ich war mit …«

»Erzähl mir ja nicht, du warst mit Gray unterwegs«, schnitt sie mir das Wort ab. »Erstens wäre er nie so unverantwortlich, mir nicht Bescheid zu geben, wenn es so spät wird, und zweitens habe ich ihn vor Stunden wegfahren sehen. Mitten in der Nacht, Rayne! Hast du überhaupt eine Ahnung, wie spät es ist?«

Nein, die hatte ich nicht. Aber ich brachte die Worte nicht hervor, weil ich Nora nur anstarren konnte. So hatte sie nie zuvor mit mir gesprochen. Wenn einer der Jugendlichen, die sie als Sozialarbeiterin betreute, wieder mal Ärger machte, konnte sie ungeduldig und, wenn nötig, auch laut und eindringlich werden. Doch nie mir gegenüber.

Weil ich ihr bisher keinen Grund dazu gegeben hatte. Aber jetzt? Ich blieb über Nacht weg, ohne Bescheid zu sagen, trieb mich mit Leuten herum, die Nora nicht kannte, und hatte Geheimnisse vor ihr. Irgendwie konnte ich ihre Wut sogar verstehen, auch wenn ich nicht freiwillig bei Lauren und den Dunkelseelen gelandet war.

»Es tut mir leid.«

Sie hob die Brauen. »Das ist alles? Was ist mit deinem Handy? Ich habe mehrmals versucht, dich zu erreichen, und wäre vor Sorge fast durchgedreht, wenn Gray mir nicht von unterwegs Bescheid gesagt hätte, dass er dich abholen fährt.«

Oh Gott. Ich schloss die Augen, zwang mich dazu, weiterhin ruhig und gleichmäßig zu atmen.

»Es tut mir …«

»Jetzt erzähl mir doch nichts!«

Ich zuckte zusammen.

Nora sah mich kopfschüttelnd an. »Rede mit mir, Rayne. Was ist los? Hast du Probleme? Liegt es an diesem … diesem Colt?« Sie seufzte tief. »Ich weiß, dass du jetzt volljährig bist, aber dieses Verhalten passt einfach nicht zu dir. Ich erkenne dich gar nicht wieder.«

*Genau das ist es ja. Ich kenne dich nicht mehr.*

Grays Worte hallten in meinem Kopf wider – und jetzt hatte es auch Nora gesagt. Hatte ich mich wirklich so sehr verändert?

»Ich wollte dir keine Sorgen bereiten.« Selbst in meinen eigenen Ohren klangen diese Worte kläglich.

Nora machte einen Schritt auf mich zu und legte mir die Hände auf die Schultern. »Du machst mir Angst, Rayne. Bitte sag mir, was los ist und wie ich dir helfen kann.«

Ich lächelte, aber es fühlte sich bitter an und trieb mir die Tränen in die Augen. »Du kannst mir nicht helfen«, flüsterte ich. »Es ist …« Ich atmete tief durch, versuchte, mich zu beruhigen und das Chaos in meinem Kopf zu ordnen. »Tut mir leid.«

Und dann tat ich etwas, das ich nie zuvor getan hatte: Ich ließ Nora stehen. Ich machte einfach auf dem Absatz kehrt und nahm die Stufen nach oben, bis ich mein Zimmer erreicht hatte und die Tür hinter mir zudrückte. Mein Herz raste und Tränen brannten in meinen Augen, als ich mich dagegenlehnte.

Ich konnte nur hoffen, die richtige Entscheidung getroffen zu haben. Nora die Wahrheit zu erzählen, würde sie in Gefahr bringen. Oder war sie in noch viel größerer Gefahr, wenn sie nicht wusste, welche Wesen dort draußen lauerten? Lauren mochte andere mit ihrem Tee, den weichen Sitzkissen und ihrem einnehmenden Wesen einlullen, aber sie war auch gefürchtet. Sie war … Ich runzelte die Stirn. Der Raum mit den Kissen, dem Tisch und der Trennwand mit den Kirschblüten. Ich konnte mich genau an diesen Raum erinnern, genauso wie an das Gespräch mit Lauren. Aber alles andere war so verschwommen und grau wie das dreckige Wasser, in dem Emma beim Malen mit Wasserfarben ihre Pinsel auswusch.

Ich versuchte, mich daran zu erinnern. An den Ort, an dem Gray mich abgeholt und dem ich im Rückspiegel nachgesehen hatte, aber da war … nichts. Nicht einmal das Gefühl, etwas vergessen zu haben, das einem hoffentlich bald wieder einfiel. Da war überhaupt nichts. Lauren hatte mir meine Erinnerung an das Haus und seine Umgebung genommen. Und ich hatte es nicht einmal gemerkt.

»Rayne«, ertönte Noras Stimme plötzlich von der anderen Seite der Tür, dicht gefolgt von einem sanften Klopfen. »Rayne, bitte lass mich rein.«

»Mach dir keine Sorgen, bitte«, rief ich zurück. »Ich will nur schlafen.«

Schlafen und vergessen, was in dieser Nacht passiert war. Vielleicht würde mein Leben ja wieder normal sein, wenn ich morgen die Augen aufschlug?

»Rayne …«

Ich schüttelte den Kopf, auch wenn Nora es nicht sehen konnte. Sekunden vergingen, in denen ich nichts mehr von ihr hörte.

»Na gut«, sagte sie, begleitet von einem tiefen Seufzen. »Wir sprechen später noch mal ganz in Ruhe darüber. Versuch, ein bisschen zu schlafen, ja? Ich hab dich lieb.«

Ich schloss die Augen und wischte mir über die feuchten Wangen. Es war nicht fair, mir das zu sagen, denn es erinnerte mich nur zu deutlich daran, wie viel diese Frau für mich getan hatte. Wie viel sie mir bedeutete. Ich hatte sie zwar nie *Mom* genannt, aber sie war in jeder erdenklichen Form wie eine Mutter für mich. Sogar jetzt, als ich die Tür anstarrte, bis ich ihre leisen Schritte und das Knarren der Treppenstufen hörte.

»Ich hab dich auch lieb«, flüsterte ich in die Stille meines Zimmers hinein.

Dann rieb ich mir über die Augen und wandte mich von der verschlossenen Tür ab. Mein erster Impuls war es, unter meine Decke zu schlüpfen und mich in meinem Bett zu verkriechen, doch jetzt zog es mich zum Fenster.

Das erste Sonnenlicht fiel ins Zimmer und hinterließ einen dünnen Streifen auf meinem Teppichboden. Ich setzte mich auf die gepolsterte Bank, zog die Knie an meine Brust und starrte in den beginnenden Tag hinaus.

Dort draußen gab es Licht- und Dunkelseelen, die einen ewigen Kampf gegeneinander ausfochten, doch so langsam war ich mir nicht mehr sicher, auf welcher Seite ich eigentlich stand. Die Lichtseelen hatten von Anfang an versucht, mir zu helfen, mich zu beschützen und zu trainieren. Aber die Dinge, die Lauren heute gesagt hatte … Die Grenzen zwischen Gut und Böse verschwammen immer mehr, bis ich nicht mehr wusste, wem ich noch glauben sollte.

Ich wusste nur eine Sache mit absoluter Sicherheit: Colt war mein Seelenpartner. Ob es uns gefiel oder nicht, ob wir damit zurechtkamen oder uns gegenseitig in den Untergang stürzten. Wir waren miteinander verbunden.

Genau wie Lauren und ihr Seelenpartner.

Nein. Ich schüttelte den Kopf, um diese Gedanken aus meinem Bewusstsein zu vertreiben. Sie und ich mochten über die gleiche Kraft verfügen, aber wir ähnelten uns kein bisschen. Unsere Geschichten waren nicht dieselben. Colt und ich waren anders. Wir waren stärker als das, was Lauren mit ihrem Seelenpartner durchgemacht hatte.

*Colt …*

Den Blick in die Ferne gerichtet, zog ich die Kette unter meinem Pullover hervor und schloss die Faust darum. Der Ring erwärmte sich umgehend in meiner Hand und erinnerte mich an den Moment, in dem Nora ihn mir geschenkt hatte. Aber er erinnerte mich auch daran, wie Colt mir das Schmuckstück zurückgebracht hatte. Wie ich in der Absicht, mich bei ihm zu bedanken, zu ihm gefahren war und ihn geküsst hatte. War das wirklich erst wenige Tage her? Es fühlte sich so viel länger an – und gleichzeitig noch so frisch, als wäre es erst vor wenigen Minuten passiert.

Der Kuss hatte sich in allen Details in mein Gedächtnis gebrannt, und selbst wenn ich es gewollt hätte, hätte ich diese Erinnerung nicht aus meinem Kopf verbannen können. Leider genauso wenig die an die junge Frau, die am selben Morgen in Colts Wohnung gestanden hatte.

Wie zum Teufel machte er das? Wie konnte er mir vor dem Club als Anführer Befehle erteilen, anschließend selbst noch mal in das Gebäude zurückkehren und mir meinen Kettenanhänger zurückbringen? Wie konnte er die Nacht danach mit irgendeiner Fremden verbringen und mich am nächsten Morgen auf eine Weise küssen, als hätte er genau das schon vom ersten Moment an tun wollen?

Seufzend ließ ich den Blick durch mein Zimmer wandern, auf der Suche nach Ablenkung, bis er bei den Briefen auf dem Schreibtisch landete. Immer, wenn Nora vor mir zu Hause war und das Sortieren der Post übernahm, stapelte sie hier die Briefe, die an mich adressiert waren. Jetzt lag dort ein dicker Umschlag, den ich bisher nicht bemerkt hatte.

Ich ließ den Anhänger los und streckte mich nach dem Brief, bis ich ihn zwischen die Finger bekam. Auf der Vorderseite war ein Aufkleber mit meiner Adresse. Ich drehte den Umschlag in den Händen. Kein Absender.

Ein ungutes Gefühl begann sich in meinem Magen auszubreiten. Wahrscheinlich war es nur Werbung, vielleicht auch die Leseproben, die ich für die Buchhandlung bestellt hatte, und sie hatten die Adressen durcheinandergebracht. Mit zitternden Fingern öffnete ich den Brief und griff hinein. Keine Leseproben. Natürlich nicht. Und auch keine Werbung. Der Umschlag fiel zu Boden und am liebsten hätte ich auch die Fotos fallen gelassen, sie zerrissen, verbrannt und tief unter der Erde vergraben, aber meine Hände umklammerten sie so fest, dass ein kleiner Knick zurückblieb. Denn auf den Bildern war ich zu sehen. Wie ich morgens das Haus verließ und zu meinem Wagen lief. Wie ich in der Buchhandlung Bücher verkaufte und die Regale neu befüllte. Wie ich Barry abends seinen Kaffee brachte. Wie ich Emma von der Schule abholte und sie in meine Arme schloss.

Mit jedem Foto zog sich meine Brust ein Stückchen mehr zusammen, bis ich das Gefühl hatte, keine Luft mehr zu bekommen. Kälte legte sich wie ein eisiger Schleier auf mich und ließ mich von Kopf bis Fuß zittern, obwohl meine Handflächen feucht waren. Ich wollte das hier nicht sehen und konnte dennoch nicht wegschauen. Ein Foto nach dem anderen landete vor mir auf dem Fenstersims wie eine Serie von Schnappschüssen eines Paparazzos. Nur dass dies nicht die Bilder eines Paparazzos waren, sondern des Mannes, der mein Leben schon einmal in die Hölle auf Erden verwandelt hatte. Des Mannes, der es wieder tun würde. Und er hatte gerade erst angefangen.

Als ich das letzte Foto erreichte und es umdrehte, kam mir ein ersticktes Schluchzen über die Lippen. *Damit du mich nicht vergisst* stand in seiner Handschrift auf der Rückseite geschrieben. Tränen traten mir in die Augen und meine Sicht verschwamm. Er hatte mich gefunden. Egal, wie sehr ich es verdrängt und wie sehr ich mir gewünscht hatte, dass es nur ein dummer Zufall gewesen war – jetzt gab es keinen Zweifel mehr daran. Ed wusste, wo ich war, wo und mit wem ich lebte. Er beobachtete mich, beobachtete jeden meiner Schritte und geilte sich vermutlich auch noch daran auf. Übelkeit zog meinen Magen so heftig zusammen, dass ich mir die Hand vor die Lippen pressen musste. Sekundenlang konnte ich mich nur auf meine Atmung konzentrieren, um den eisigen Brechreiz, der mir die Kehle zuschnürte, zu unterdrücken.

Ich musste nachdenken. Ich musste einen klaren Kopf behalten.

Was für eine Ironie, dass mir ausgerechnet jetzt wieder Laurens Worte einfielen. Die Dunkelseelen mochten die gefährlichsten Wesen auf dieser Welt sein, aber es gab niemanden, vor dem ich mehr Angst hatte als vor Ed. Vor dem, was er getan hatte, aber noch viel mehr vor dem, wozu er imstande war, wenn ich nicht kooperierte.

Ich musste es Nora sagen. Wenn sie die Fotos sah, würde sie mir glauben. Sie würde die Behörden einschalten und die Polizei und … Meine Gedanken kamen zu einem abrupten Halt. Nora würde die Gefahr, die von Ed ausging, zwar anerkennen, aber was, wenn er eine Dunkelseele war? Wenn er der Grund dafür war, dass ich die Schreie wieder hörte? Zweimal waren sie bereits aufgetaucht, kurz nachdem ich ihn gesehen hatte. Wenn er tatsächlich zu den Dunkelseelen gehörte, konnten weder Nora noch die Polizei etwas gegen ihn ausrichten. Dazu waren nur die Lichtseelen in der Lage. Nur Colt.

Oder Lauren.

# Kapitel 18

In dieser Nacht kehrten die Stimmen zurück. Diesmal tauchte Colt nicht wie aus dem Nichts auf, um die Schreie mit mir zu teilen, um mich zu beruhigen und fest in seine Arme zu nehmen. Ich blieb allein. Allein mit dem Kreischen in meinem Kopf. Allein mit dem Schmerz, der sich sengend durch meinen gesamten Körper zog.

Ein Schmerz, der nicht einmal dann völlig abgeebbt war, als ich am nächsten Tag das Fenster in meinem Zimmer öffnete.

Kalter Wind peitschte mir ins Gesicht und verfing sich in meinen Haaren. Der Himmel war so dunkel und wolkenverhangen, dass es auch schon Abend hätte sein können, obwohl es gerade mal früher Nachmittag war. Mit etwas Glück merkte Nora nicht, dass ich weg war. Und wenn doch, konnte ich mich vermutlich auf Hausarrest einstellen. Lebenslänglich.

Es war Monate her, seit ich das letzte Mal hier rausgeklettert war, und da hatte ich mich nur zu Gray ins Nachbarhaus geschlichen. Als ich jetzt einen Fuß auf den äußeren Fenstersims setzte, rutschte ich aus und schaffte es gerade noch, mich festzuhalten. Verdammt. Ich wusste, dass ungefähr drei Meter zwischen mir und dem Boden lagen. Das war nicht allzu hoch, aber wenn ich abglitt und ungünstig fiel, könnte es ziemlich wehtun.

Ich schob das Fenster hinter mir zu, dann zog ich mich an dem dicken Ast hoch, der direkt vor meinem Zimmer endete. Innerhalb von Sekunden war ich zwar total nass, landete aber zumindest sicher neben dem Baum im weichen Gras.

Ich richtete mich auf – und erstarrte, als ich das Wispern wahrnahm. Oh nein. Nicht jetzt. Bitte nicht jetzt. Nicht schon wieder.

Ich versuchte, das Flüstern auszublenden, und lief los. Bei meinem Wagen angekommen, war mein Haar völlig durchnässt und die Jeans klebte an meiner Haut. Kalte Regentropfen liefen mir trotz Jacke den Nacken hinab und fanden einen Weg unter meinen Pullover.

Zitternd schaltete ich die Heizung ein, während das Wispern in meinem Kopf zu einem Stimmenchor anschwoll. Ich streckte die Hand nach dem Zündschlüssel aus, um den Motor zu starten, als ich die dunkelroten Flecken auf meiner Haut bemerkte. Automatisch fasste ich mir an die Nase, auch wenn ich mich nicht daran erinnern konnte, wann ich das letzte Mal Nasenbluten gehabt hatte, aber sie fühlte sich völlig normal an.

Irgendwo ganz in der Nähe hupte ein Auto und ich zuckte vor Schmerz zusammen. Ich fasste mir an die Ohren und sah dann auf meine Finger hinab. Blut klebte daran.

Mein Herz begann zu hämmern. Was zum Teufel …? Was passierte mit mir? Ich streckte mich, um mich besser im Rückspiegel sehen zu können. Ein blasses Gesicht blickte mir entgegen. Bleich und erschöpft, mit fahlen Lippen und Schatten unter den Augen. Ich drehte den Kopf etwas zur Seite. Blut schimmerte an meinem linken Ohr. Bei dem Anblick drehte sich mir der Magen um. War das ein Nachhall meines unfreiwilligen Besuchs bei Lauren?

Ich wandte meinen Blick vom Spiegel ab und startete den Motor. Zum Glück hatte ich aufgepasst, als Jeff mich zu meiner ersten Trainingseinheit mit ihm und Miles abgeholt hatte. Inzwischen kannte ich den Weg zur Kathedrale schon fast auswendig. Nur dass er mir jetzt wesentlich länger vorkam.

Ein Blick auf die Uhr verriet mir, dass es kurz nach zwei Uhr nachmittags war. Vielleicht würde Nora mein Verschwinden tatsächlich nicht bemerken, wenn ich mich beeilte. Eine schwache Hoffnung, aber eine, an die ich mich klammerte, während ich etwas mehr aufs Gas drückte.

Fast wäre ich an der Kathedrale vorbeigefahren, weil sie von einer von Jeffs Illusionen geschützt wurde. Im ersten Moment sah ich nur das heruntergekommene Farmhaus, ein Blinzeln später kristallisierten sich die grauen Mauern und spitz zulaufenden Bleiglasfenster der Kirche heraus.

Ich parkte den Wagen davor und stieg aus. Es regnete noch immer und der Wind hatte an Stärke nur noch zugenommen. Ich stemmte mich gegen die Böen und lief zur Tür, die sich mit einem lauten Knarren öffnete.

Stille empfing mich. Keine dröhnende Musik, kein plötzliches Aufblitzen, während die Lichtseelen miteinander trainierten. Der Boden war noch immer mit Matten ausgelegt, aber ein paar waren zur Seite geschoben worden, wodurch ein schmaler Gang durch das Mittelschiff entstand. Ansonsten war die Kirche leer. Nichts war zu hören, und durch die Mosaikfenster drang das Tageslicht nur grau und dumpf herein.

Ich kämpfte gegen die Enttäuschung in mir an. Was hatte ich denn erwartet? Dass sie alle hier sein, trainieren und nur darauf warten würden, dass ich zufällig vorbeischaute? Dass sie sich Sorgen gemacht hatten, weil ich mehrere Stunden lang verschwunden und bei den Dunkelseelen gewesen war? Ja, verdammt. Genau damit hatte ich gerechnet.

Meine Schritte hallten von den hohen Wänden wider, während ich das Mittelschiff langsam durchquerte. Auf dem Parkplatz hatten keine Autos gestanden, aber mittlerweile wusste ich, dass das kein Indiz dafür war, ob jemand da war oder nicht. Die Lichtseelen konnten binnen Sekunden von einem Ort zum anderen wechseln, solange ihnen genügend Licht zur Verfügung stand.

Vor der halbmondförmigen Apsis blieb ich stehen. Der Platz, wo einst ein Altar gestanden haben musste, war jetzt leer. Umso mehr fielen die drei großen Fenster am Ende des Kirchenschiffs auf. Sie erhoben sich zwischen den Rippen des Gemäuers, eins in Tiefblau, das mittlere in einem blutigen Rot und das letzte in einem strahlenden Gelb. Selbst jetzt, da es draußen düster war und regnete, schimmerten die Fenster. Ich konnte verstehen, warum die Lichtseelen diesen Ort als neuen Stützpunkt ausgewählt hatten. Selbst nur hier zu stehen und auf die Stille um mich herum zu lauschen, hatte etwas Beruhigendes.

»Rayne.«

Ich drehte den Kopf zur Seite und erkannte Colt in der Tür zur Sakristei.

Sein Blick wanderte von meinem Gesicht abwärts, nahm die feuchten Haare, die Regenjacke und die klamme Jeans in sich auf, bevor er wieder nach oben glitt und mir in die Augen sah. »Was machst du hier?«

Ich mochte die Tür nicht gehört haben, dafür nahm ich meinen Herzschlag nun überdeutlich wahr. Er trommelte in meinen Ohren und übertönte beinahe die Regentropfen, die weiter gegen das Dach und die Fenster der Kirche prasselten.

Keiner von uns schien vergessen zu haben, wie wir das letzte Mal auseinandergegangen waren. Colts Worte und meine Reaktion schwebten noch immer zwischen uns und schienen einen immer tieferen Graben zu schlagen, je länger wir schwiegen.

Ich befeuchtete mir die Lippen. Es gab unzählige Dinge, die ich jetzt sagen und von denen ich ihm erzählen könnte. Von meiner Begegnung mit den Dunkelseelen, von Lauren und Zane, der noch immer hinter Colt her war. Von den Fotos, die in meiner Handtasche lagen und sich so schwer wie ein ganzer Haufen Steine anfühlten. Stattdessen kam mir nur eine Frage über die Lippen. »Wer ist Alicia?«

»Was?« Zum ersten Mal, seit ich ihn kannte, wirkte Colt ehrlich überrascht. Fast schon bestürzt. Unvermittelt trat er aus dem Schatten der Tür hinaus und machte einen Schritt auf mich zu.

»Wer ist Alicia?«, wiederholte ich, diesmal eine Spur leiser, dafür mit hämmerndem Puls. Weil ich mir wünschte, dass es eine Lüge war. Dass Lauren nur versuchte, einen Keil zwischen uns zu treiben. Aber Colts Reaktion zerstörte jede noch so winzig kleine Hoffnung.

»Wer hat dir von ihr erzählt?«

Es gab keinen Grund, ihm etwas vorzumachen. Früher oder später würde er es ja doch herausfinden. »Lauren.«

Colts Miene verhärtete sich. »Du hast mit Lauren gesprochen?«

Ich hob eine Schulter. »Es war nicht so, als hätte sie mir eine Wahl gelassen. Aber ja, ich war bei ihr. Und ich habe es überlebt. Überrascht?«

»Nein.« Colt trat auf mich zu, bis er nur noch einen Schritt von mir entfernt war. Seine Stirn war gerunzelt, und ich glaubte, so etwas wie Sorge in seinen Augen lesen zu können. »Lauren ist die Königin der Manipulation. Sie sucht so lange in deinem Gedächtnis, bis sie gefunden hat, was sie braucht. Und dann setzt sie es gegen dich ein und verdreht die Wirklichkeit, bis du so weit bist, alles zu glauben, was sie sagt.«

»Ich glaube ihr nicht.« Zumindest nicht alles, fügte ich in Gedanken hinzu. »Ich will nur eins wissen: Wer ist Alicia? Was ist mit ihr passiert?«

Brüsk wandte er sich ab und starrte zu den drei bunt verglasten Fenstern. »Das geht dich nichts an.«

»Colt.« Ich betrachtete sein Profil, aber er sah nicht mehr zu mir zurück. Die Enttäuschung, die ich gespürt hatte, als ich die Kirche betreten und leer vorgefunden hatte, war wieder da. Doch diesmal war sie um so vieles stärker. »Ich dachte, wir wären Seelenpartner …«, flüsterte ich, aber in Wirklichkeit wollte ich etwas ganz anderes sagen.

Ich hatte gedacht, wir würden einander vertrauen. Mich nicht zu wollen, wenn ich ihn küsste, war die eine Sache. Schmerzhaft, aber ich konnte damit leben. Doch mir nicht genug zu vertrauen, um mir die Wahrheit zu sagen? Ich hatte ihm von Ed erzählt, als wir uns gerade mal zwei Wochen gekannt hatten. Zwei Wochen. Ich hatte ihm von Dingen erzählt, von denen nicht einmal Nora oder Gray wussten, weil meine Therapeutin der einzige Mensch gewesen war, dem ich davon berichtet hatte. Bis Colt aufgetaucht war. Ich hatte mich ihm geöffnet – und ich hatte gedacht, dass er dasselbe tat. Aber jetzt verschloss er sich vor mir. Warum?

»Sind wir auch«, bestätigte er rau. »Aber diese Sache betrifft dich nicht.«

»Du …« Ich konnte meinen Satz nicht zu Ende bringen, denn Colt trat in den schwachen Lichtschein, der durch die Fenster hereindrang, und war gleich darauf verschwunden.

Er war einfach gegangen. Wieder mal.

»Nimm es ihm nicht übel.«

Ich wirbelte herum. William stand im Mittelgang und hob beschwichtigend die Hände, als hätte er Angst, mich zu verschrecken. Er wirkte älter als beim letzten Mal, ganz so, als hätten ihn die Reise und die Suche nach Hendrik mehr Kraft gekostet als alles andere.

»Du bist zurück …«

Er kam lächelnd auf mich zu. »Gerade rechtzeitig, wie es scheint. Tut mir leid, aber ihr wart nicht zu überhören.«

Ich schnaubte leise. »Schon gut«, murmelte ich.

William ging zu der Tür, durch die Colt zuvor gekommen war, und deutete mir an, ihm zu folgen.

Ich tat es zögernd.

Was früher einmal eine Sakristei gewesen war, war jetzt zu einem gemütlichen Raum mit langen Sofas, Sesseln, einem Schreibtisch neben dem Fenster und einigen Bücherregalen umgebaut worden. Bei näherem Hinsehen erkannte ich die Möbel aus der Hütte wieder. Würden die Spitzbogenfenster es nicht verraten, hätte man meinen können, nicht mehr in einer Kirche zu sein.

Ich blieb neben einem der Regale stehen und betrachtete die Bücher darin, ohne wirklich etwas wahrzunehmen. »Das mit Colt gerade … Ich dachte … Ich weiß nicht mal, was ich erwartet habe.«

William legte seine Reisetasche auf einem der Sofas ab. »Dass er ehrlich zu dir ist?«

Ja, das auf jeden Fall. Aber vor allem hatte ich darauf gebaut, dass Colt mir genauso vertraute, wie ich ihm vertraut hatte. Doch offenbar hatte ich mich geirrt.

»Du weißt, was es mit dieser Alicia auf sich hat, oder?«

»Ja.« William ging zu einem Beistelltisch an der Wand hinüber und goss sich ein Glas Wasser aus einer Karaffe ein. Fragend hielt er mir ein Glas hin, doch ich schüttelte den Kopf. »Aber ich bin nicht derjenige, der dir davon erzählen sollte.«

Seufzend ließ ich mich auf das Sofa sinken. Meine Hose war noch immer klamm. Vereinzelte Haarsträhnen klebten mir kalt im Nacken und ich konnte nur mit Mühe ein Frösteln unterdrücken. Doch am meisten machte sich die Erschöpfung in mir bemerkbar. In meinem Kopf herrschte ein einziges Chaos. Ich wusste nicht mal, was ich zuerst ansprechen sollte. Es gab so vieles, das ich wissen wollte – und genauso vieles, das ich niemals hätte erfahren wollen. Also konzentrierte ich mich auf das Naheliegendste.

»War eure Suche erfolgreich?«, fragte ich. »Gibt es etwas Neues von Hendrik?«

Williams Miene verdüsterte sich. »Nein. Wir konnten ihn nirgendwo aufspüren, nicht einmal mit den Fährtenlesern aus seinem Land, die ihn am besten kennen. Wenn er nicht tot ist, haben die Dunkelseelen ihn.«

Gänsehaut breitete sich auf meinen Armen aus. »Was werden sie mit ihm machen?«

Ein Teil von mir wollte die Antwort darauf gar nicht wissen, aber ich musste alle Seiten kennen, bevor ich … was? Mich für eine davon entscheiden konnte? Nein, denn tief in meinem Inneren hatte ich das bereits. Ich mochte mich noch immer nicht wie die anderen im Licht bewegen können, aber ich würde mich niemals Lauren und ihren Leuten anschließen. Ich wollte nicht zu denen gehören, die andere Menschen, andere Wesen jagten und töteten, ganz egal wie edel ihre Ziele auch sein mochten. Morden konnte nicht die Lösung sein. Das konnte niemals die Lösung sein.

»Ihn foltern«, erwiderte William tonlos. »Versuchen, ihn umzukrempeln. Du weißt, dass jeder von uns die Seiten wechseln kann, und Heiler sind wichtig.«

»Aber wenn er bei ihnen ist, wird er dann nicht wegen den ganzen Dunkelseelen um ihn herum Opferschreie hören?«

Er nickte. »Aber sie werden ihm nicht sofort schaden. Es ist ein schleichender Prozess.«

»Was heißt das?«

»Stell dir die Opferstimmen wie etwas Gemeines vor, das jemand zu dir sagt. Wenn es nur ein Fremder ist, kümmert es dich nicht besonders. Wenn der Fremde es aber immer wieder zu dir sagt, beginnen seine Worte Wirkung zu zeigen. Und wenn es viele Fremde sind, die dir tagein, tagaus schreckliche Dinge an den Kopf werfen, fängst du irgendwann an, ihnen zu glauben. So wird es für Hendrik sein«, erklärte William und bedachte mich mit einem nachdenklichen Blick. »Bei dir scheinen die Stimmen von Anfang an so gewaltig gewesen zu sein, dass sie nicht von einem Fremden kommen können. Es muss jemand sein, der dir nahesteht. Jemand, zu dem du eine enge Verbindung hast.«

Jemand wie Ed. Der Gedanke tauchte in meinem Kopf auf, aber ich sprach ihn nicht aus. Stattdessen versuchte ich, mich auf Hendrik zu konzentrieren. »Was passiert, wenn wir ihn nicht rechtzeitig dort rausholen können?«

William starrte in sein halb volles Glas, als könnte er in dem klaren Wasser alle Antworten lesen. »Wenn er nicht freiwillig die Seiten wechselt … wird er den Opferstimmen nicht allzu lange standhalten können.« Er hob den Kopf und sah mich direkt an, als wüsste er genau, dass wir hier nicht mehr nur über Hendrik, sondern auch über mich redeten. »Er wird an ihnen zugrunde gehen.«

Mein Magen krampfte sich vor Angst und Mitgefühl zusammen. »Können wir nichts tun?«

William lächelte, doch diesmal erreichte das Lächeln seine Augen nicht. Es lagen so viel Sorge und Schmerz darin, dass es mir kurzzeitig den Atem raubte. Colt mochte sich mir gegenüber nicht öffnen wollen, aber William ließ mich für einen winzigen Moment hinter seine Maske blicken und die Bürde sehen, die er als Anführer trug. Die Verantwortung für all diese Menschen. Die Schuldgefühle, wenn einem davon unter seiner Obhut etwas geschah. Der Schmerz war so offensichtlich, so real, dass es sich anfühlte, als würde mir jemand die Luft abdrücken.

»Es tut mir leid …«, flüsterte ich.

Er nickte stumm.

»Ich war bei Lauren«, gab ich nach einem Moment leise zu.

»Ich weiß.« William trank sein Glas aus und stellte es zurück. »Ich habe gehört, wie du es Colt erzählt hast.«

»Bist du nicht wütend? Enttäuscht?«

Langsam schüttelte er den Kopf. »Es ist nur natürlich, dass du alle Seiten kennenlernen willst.«

Aus irgendeinem Grund trieb mir sein Verständnis die Tränen in die Augen. Ich blinzelte sie rasch weg, doch als ich weitersprach, klang meine Stimme gebrochen. »Lauren, sie … Ich kenne sie von früher. Als ich vor meinem Pflegevater weggelaufen bin, war sie diejenige, die mich vor ihm versteckt und dann zum Jugendamt gebracht hat.«

Nur wegen ihr hatte ich die Chance auf ein neues Leben bekommen. Wer wusste schon, was passiert wäre, wenn ich an jenem Tag nicht ausgerechnet Lauren in die Arme gelaufen wäre? Allein hätte ich mich nicht durchschlagen können, andere Leute hätten mich vielleicht zu Ed zurückgebracht oder die Polizei gerufen. Und ich wusste, wie die mit weggelaufenen Pflegekindern umgingen. Im besten Fall wäre ich wieder im Heim gelandet, im schlechtesten geradewegs wieder in meinem alten Zimmer bei Ed und Martha. Vielleicht hätten sie das Jugendamt eingeschaltet und vielleicht wäre ausgerechnet Nora meine Ansprechpartnerin geworden, aber das würde ich nie herausfinden, weil ich von allen Menschen auf den Straßen Chicagos ausgerechnet in Lauren reingelaufen war. Weil sie den Schrecken und den Terror in meinen Erinnerungen gelesen und das einzig Richtige getan hatte.

»Verstehe ...«, murmelte William. »Wann war das, wenn ich fragen darf?«

Ich schluckte die Übelkeit hinunter, die bei der Erinnerung wie ein Reflex in mir aufstieg. »An meinem zwölften Geburtstag. Vor sechs Jahren.«

William lehnte sich gegen den Schreibtisch, den Blick weiterhin ruhig und gefasst auf mich gerichtet. »Du musst verstehen, dass Lauren nicht immer so war wie heute. Bis vor anderthalb Jahren war sie eine von uns. Eine Lichtseele. Die Frau, die dich damals gerettet und zum Jugendamt gebracht hat, ist nicht dieselbe wie die, die du nun kennengelernt hast.«

Weil ihr etwas Schreckliches zugestoßen war und sie die Seiten gewechselt hatte. Trotzdem war sie noch immer die Frau, die mir damals das Leben gerettet hatte.

»Du bist misstrauisch«, stellte er ruhig fest. »Behalte dir dieses Misstrauen bei, Rayne. Es wird dich auch in Zukunft beschützen. Aber versuch, hinter das Offensichtliche zu sehen. Du selbst kannst andere mit deinen Illusionen täuschen, jetzt musst du nur noch lernen, hinter die Masken anderer zu blicken.«

Ich nickte langsam, unsicher, auf wen genau er damit anspielte. Nur auf Lauren und die Dinge, die sie mir erzählt hatte? Oder auch auf die Lichtseelen? Auf Colt?

»Das ist nicht das Einzige, was dich belastet, oder?« William betrachtete mich mit der gleichen Geduld, wie Dr. Hawthorn sie mir gegenüber auch immer an den Tag legte. »Willst du mir davon erzählen?«

»Jetzt? Bist du nicht müde von der Reise oder musst mit den anderen sprechen?«

Er breitete die Arme aus. »Es ist sonst niemand hier. Abgesehen davon: Wenn du reden willst, habe ich immer Zeit.«

Ich zögerte. Ich zögerte so lange, bis ich fast schon glaubte, er würde es dabei bewenden lassen und mich sanft, aber bestimmt wieder nach Hause schicken.

»Ich hätte es ihr fast erzählt.«

Fragend zog er die Augenbrauen hoch. »Wem?«

»Nora. Meiner Adoptivmom.« Ich wandte den Blick ab, senkte ihn auf meine kalten Finger, die ich unbewusst zu kneten begonnen hatte. »Ich weiß, dass ich ihr nichts sagen darf, aber ich … ich musste so dringend mit jemandem darüber reden. Jemand, der nicht Teil dieser Welt ist«, fügte ich hinzu und wagte es, ihn wieder anzusehen.

William hatte sich nicht von der Stelle gerührt. »Weißt du, was ich schon immer für die größte Schwäche der Menschen gehalten habe?«

»Dass sie sich für nichts und wieder nichts bekriegen und töten?«

»Dass sie Angst vor den Dingen haben, die sie nicht kennen oder nicht sofort begreifen.« Er richtete sich auf und ging zielstrebig zu einem der Bücherregale hinüber, als würde er nach etwas ganz Bestimmtem suchen. »Nora kennt unsere Welt nicht, sie hat nie etwas davon gesehen oder gehört. Und ohne Beweise wird es ihr schwerfallen, dir zu glauben. Aber wenn du ihr je die Wahrheit sagen solltest, musst du ihre Erinnerungen an dieses Gespräch sofort wieder löschen. Niemand, der nicht Teil dieser Welt ist, darf etwas von uns oder von deinen Kräften erfahren.«

»Wie bitte?« Ich starrte ihn an, absolut sicher, mich gerade verhört zu haben. »Ich kann … Wenn ich Nora irgendwann die Wahrheit sage, dann ganz sicher nicht, um danach in ihrem Kopf herumzupfuschen. Erstens weiß ich nicht einmal, wie man Erinnerungen löscht, und zweitens … nein. Einfach nein.«

Und ich wusste, dass ich Nora irgendwann alles erzählen würde. Sobald die Dunkelseele, die für die Opferstimmen verantwortlich war, verschwunden, und meine Familie außer Gefahr war. Sie hatte ein Recht darauf, es zu erfahren. Und ich, ich konnte sie nicht noch länger anlügen.

»Ich verstehe deine Gründe, aber hier geht es nicht nur um dich.« William hob eine Hand und brachte mich so zum Schweigen, bevor ich ihm widersprechen konnte. »Sie ist Sozialarbeiterin, richtig? Was wird passieren, wenn sie dir tatsächlich glaubt? Sie wird von jedem, mit dem sie zusammenarbeitet, vermuten, er könnte eine Licht- oder Dunkelseele sein. Sie wird sich bedroht fühlen und sie wird ihre Tochter schützen wollen, also geht sie zur Polizei. Die Beamten werden ihrer Geschichte natürlich keinen Glauben schenken, aber sie kann sie beweisen – mit deiner Hilfe. Und weil du sie liebst, wirst du ihr diesen Wunsch erfüllen. Als Nächstes erfahren die Behörden von uns, die Medien und dann dauert es nur noch ein paar Klicks im Internet, bis die gesamte Welt von unserer Existenz erfährt. Das darf nicht passieren.«

»Nora würde das nie tun. Sie würde uns, sie würde *mich* niemals verraten.«

»Wirklich nicht? Nicht einmal, wenn sie glaubt, dich und ihre Tochter damit beschützen zu können? Sie ist eine Mutter, Rayne. Sie würde alles dafür tun, um euch in Sicherheit zu wissen. Außerdem hätte sie Angst, und Menschen, die Angst haben, sind zu schrecklichen Dingen in der Lage. Dingen, die sie unter anderen Umständen niemals in Betracht ziehen würden.«

Ich schüttelte den Kopf, wieder und wieder, aber das änderte nichts an Williams Meinung. Nichts an dem Körnchen Wahrheit, das möglicherweise in seinen Worten steckte.

»Ich werde ihr nichts davon erzählen«, brachte ich schließlich hervor. »Aber wenn sie es irgendwann herausfindet … dann kann und werde ich nicht in ihrem Gedächtnis herumpfuschen.«

William betrachtete mich still. Dann kam er auf mich zu und legte ein braunes, in Leder gebundenes Buch neben mich auf die Sofalehne. »In dem Fall wird Lauren es tun, sobald sie davon erfährt, dass ein ganz normaler Mensch von unserer Existenz weiß. Ich weiß, du willst deine Familie beschützen, Rayne. Aber ihr Unwissen beschützt sie mehr als alles andere.«

Ich biss die Zähne zusammen. Die nächsten Worte brachte ich nur gepresst hervor. »Ist das eine Drohung?«

»Es ist eine Warnung.« Er deutete auf das Buch. »Darin hat Lauren alles über ihre Gabe, ihre Fortschritte und Rückschläge notiert, bevor sie uns verlassen hat. Denk noch einmal darüber nach, bevor du eine Entscheidung fällst, die du später bereuen könntest.«

Damit griff er nach seiner Reisetasche und ging zur Tür. Ein letztes ermutigendes Nicken – dann ließ er mich allein zurück. Allein mit Fragen, auf die ich keinerlei Antworten hatte.

# Kapitel 19

Mein Ausflug am Samstag hatte Konsequenzen gehabt. Natürlich hatte Nora mein Fehlen bemerkt, sodass ich mich nicht einfach wieder in mein Zimmer schleichen und so tun konnte, als hätte ich den ganzen Tag geschlafen. Sie hatte mich zu weiteren Terminen mit Dr. Hawthorn verdonnert, zweimal die Woche, um genau zu sein, bis die Therapeutin etwas anderes vorschlug. Wenigstens war mir der Hausarrest erspart geblieben – aber sie konnte mir sehr wohl die Autoschlüssel wegnehmen. Ich durfte nur zur Arbeit und wieder zurück fahren. Nicht einmal Emma von der Schule abzuholen, erlaubte sie mir noch. Das traf mich am meisten. Nicht das Auto oder die verdammten Therapiestunden, sondern dass Nora der Meinung zu sein schien, ich würde einen schlechten Einfluss für Emma darstellen.

Der vernünftige Teil in mir wusste, dass es so besser war. Nach den Fotos, die Ed mir geschickt hatte, wäre es am besten, ich hielt mich so weit wie möglich von meiner kleinen Schwester fern. Zwar wollte er *mich* – das hatte er sehr deutlich gemacht. Und solange ich tat, was er wollte, würde er Emma in Ruhe lassen. Aber sicher war sicher. In der Zwischenzeit musste ich herausfinden, wo er sich aufhielt und warum er viel zu oft in meiner Nähe war, ohne dass ich ihn bemerkte.

Allein die Vorstellung, dass er auch jetzt gerade irgendwo dort draußen sein und Fotos von mir schießen könnte, während ich an der Kasse des *Butterfly Books* stand, schnürte mir die Kehle zu. Trotzdem zwang ich ein Lächeln auf mein Gesicht, während ich ein Backbuch für Mrs Bowens in Geschenkpapier einpackte. Barry wollte es ihr als Wiedergutmachung für seine harsche Reaktion auf ihr Gebäck schenken, allerdings war ich mir nicht sicher, ob er mit einem Rezeptbuch die richtige Botschaft vermittelte. Ich konnte ihn allerdings nicht darauf hinweisen, denn er stand etwas abseits vom Verkaufstresen und unterhielt sich mit meiner Chefin.

Ich unterdrückte ein Grinsen, als ich Barry lachen hörte. Mit einem Stück Tesafilm am Finger sah ich zu ihm rüber. Er sagte etwas, das Mariella zum Strahlen brachte. Die beiden waren wirklich süß zusammen. Ich wünschte nur, einer von ihnen würde endlich den nächsten Schritt tun.

Ich beeilte mich nicht mit dem Verpacken und suchte noch eine Weile nach einer schönen Geschenktüte, um Barry und Mariella etwas mehr Zeit zu geben. Vielleicht würde ich ihm heute Abend keinen Kaffee vorbeibringen, weil sie diese Aufgabe übernahm. Oder weil sie zusammen etwas trinken gingen.

Ein Mädchen in meinem Alter trat an den Verkaufstisch und lächelte mich an. »Hi. Ich suche nach einem Buch. Kannst du mir vielleicht helfen?«

Sie war hübsch, das fiel mir als Erstes auf. Strahlend blondes Haar, das ihr in weichen Wellen bis auf die Schultern fiel, blaue Augen und ein etwas eckiges Gesicht. Sie war zierlich und in dem weißen Sommerkleid, das viel zu dünn für diese Jahreszeit war, wirkte sie geradezu zerbrechlich. An diesem Eindruck änderte auch die lange Strickjacke nichts, die sie darüber trug.

»Natürlich.« Ich schob das Geschenk in die Tasche und legte sie auf die Theke, damit Barry es beim Gehen direkt mitnehmen konnte, dann wandte ich mich wieder dem Mädchen zu. »Wonach suchst du denn?«

»Ich weiß nicht. Es soll ein Geschenk für eine Bekannte sein, aber ich weiß nicht, was sie gerne liest.« Sie wirkte beschämt. »Hast du trotzdem einen Tipp?«

»Hm …« Nachdenklich spitzte ich die Lippen und ging um den Verkaufstisch herum. »Wie wäre es damit?«, fragte ich und hielt einen Thriller mit einem düsteren Cover in die Höhe. Ich hatte ihn noch nicht gelesen, aber die Kritiken waren sehr positiv.

Das Mädchen wiegte den Kopf etwas hin und her. »Ich glaube nicht, dass ein Thriller das Richtige ist.« Langsam umrundete sie den Tisch, nahm hin und wieder ein Buch in die Hand, warf aber immer nur einen flüchtigen Blick auf den Klappentext auf der Rückseite und legte es zurück. Am anderen Ende blieb sie stehen und hielt ein Buch hoch. »Vielleicht das hier?«

Ich ging zu ihr hinüber und sie reichte mir ein Taschenbuch, das auch schon auf meiner Leseliste stand. Ich hatte es bei den Bestellungen für die Buchhandlung extra markiert, war aber noch nicht dazugekommen, es zu lesen. Aber als neuster Band meiner Lieblingsautorin gehörte es sowieso zum Pflichtprogramm. Außerdem war das Cover ein Traum.

»Gute Wahl«, lobte ich und gab ihr das Buch zurück. »Es ist gerade erst erschienen und die Autorin schreibt fantastisch. Damit kannst du gar nichts falsch machen.«

Ihr Gesicht hellte sich auf und in ihre blauen Augen trat ein Leuchten, das mich überraschte. Es musste ein Geschenk für jemand ganz Besonderes sein.

»Soll ich es für dich einpacken?«, fragte ich auf dem Weg zurück zur Kasse.

Sie schüttelte den Kopf. »Nicht nötig.«

Während ich abkassierte, konnte ich ein Lächeln nicht unterdrücken. Diese stille Freude, die von dem Mädchen ausging, erinnerte mich an den Moment, an dem ich Emma ihr erstes Buch geschenkt hatte, damals noch ein Bilderbuch, weil sie noch nicht lesen konnte. Aber sie hatte sich so sehr darüber gefreut, als hätte ich ihr die Welt zu Füßen gelegt. Und in gewisser Weise hatte ich das auch. Eine ganze Welt in einem Buch.

»Hier, bitte.« Ich verstaute das Buch in einer Tüte und hielt sie ihr hin.

»Danke.« Als sie danach griff, streiften ihre Finger flüchtig meine.

Helles Kinderlachen. Ich erstarrte. Das Geräusch kam nicht aus der Spielecke im Laden und auch nicht von draußen. Bevor ich es aufhalten konnte, kristallisierte sich ein Bild vor meinem inneren Auge heraus.

Ein strahlend blauer Himmel. Der Geruch von Sommergras, und Halme, die mich an den Knöcheln kitzelten. Ich rannte ihr nach, den Blick ständig auf das Wippen ihrer goldblonden Locken gerichtet.

»Komm schon!«, rief sie kichernd und rannte auf den Zaun zu.

Dahinter befand sich ein Baum. Er war gigantisch, seine Äste reckten sich in alle Richtungen und die Blätter verdeckten fast den Himmel über uns. Dazwischen entdeckte ich die Äpfel. Rot und rund und köstlich. Mein Magen begann zu knurren.

»Ich helfe dir über den Zaun«, sagte sie und formte mit den Händen eine Räuberleiter.

Mit einem Kopfschütteln riss ich mich aus den Gedanken. Als ich wieder in der Gegenwart ankam, starrte ich die Fremde noch immer an.

»Alles in Ordnung?« Fragend legte die junge Frau den Kopf schief und eine goldblonde Strähne fiel ihr über die Schulter.

Mit einem Mal kam sie mir so bekannt vor, dass sich alles in mir zusammenzog. Ich brachte kaum ein Wort hervor. »J-ja …«, murmelte ich. »Bis bald.«

Ich sah ihr nach, wie sie die Buchhandlung verließ. Beim Hinausgehen stieß sie fast mit Gray zusammen, der in diesem Moment die Ladentüre öffnete. Ich hörte nicht, was sie sagten, aber ich registrierte ihr helles Lachen, das fast genauso klang wie das des kleinen Mädchens in der Erinnerung. Gray lächelte sie an und hielt ihr die Tür auf, dann betrat er den Laden, während ich der blonden Frau so lange nachschaute, bis sie aus meinem Blickfeld verschwand.

Ich war mir absolut sicher, sie nie zuvor gesehen zu haben, weder hier noch sonst irgendwo in der Stadt. Und doch kam sie mir aus irgendeinem Grund vertraut vor. So sehr, dass ich mir über das Brustbein rieb, weil sich ein brennender Schmerz dort festgesetzt hatte. Es fühlte sich an, als wäre etwas Wichtiges in meiner unmittelbaren Reichweite gewesen und als hätte ich es in derselben Sekunde wieder verloren.

»Rayne?« Gray trat an den Verkaufstresen und betrachtete mich mit besorgt gerunzelter Stirn. »Geht's dir gut? Du bist ziemlich blass.«

»Ja. Alles okay«, sagte ich, obwohl ich nicht einmal selbst wusste, ob das der Wahrheit entsprach. Inzwischen sollte ich mich daran gewöhnt haben, die Erinnerungen anderer Menschen zu lesen.

Aber normalerweise sah ich die Bilder aus der Perspektive der Person, deren Erinnerung ich las. Diesmal war das anders gewesen. Ich hatte das kleine Mädchen gesehen, als würde *ich* hinter ihr laufen. Als hätte ich nicht *ihre* Erinnerungen gesehen … sondern meine eigene.

Gray räusperte sich. »Hast du einen Moment Zeit?«

»Na klar.« Ich gab Mariella ein Zeichen, dass ich kurz nach hinten ging, dann führte ich Gray durch den Korridor ins Hinterzimmer, wo es neben einer Kaffeemaschine auch ein Sofa gab. Wie selbstverständlich machte ich für uns beide einen Kaffee.

»Wegen neulich in meinem Wagen …« Er seufzte tief. Aus dem Augenwinkel sah ich, wie er sich durch das hellbraune Haar fuhr. »Tut mir leid, was ich da gesagt habe. Es war eine harte Woche, ich war übermüdet und … frustriert, weil ich das Gefühl hatte, dass du mir nicht mehr vertraust.«

Ich hielt inne, die Hand auf dem Weg zu dem Regalfach mit den Tassen, und schloss die Augen für einen Moment. Er hatte nicht die geringste Ahnung, wie sehr ich mir wünschte, ihn nicht so enttäuschen zu müssen. Langsam drehte ich mich zu ihm um. »Ich vertraue dir, Gray.«

»Wirklich?« Sein Lächeln wirkte müde und abgespannt. »Davon war in letzter Zeit nicht viel zu spüren.«

Ein Stich in meiner Brust, schnell und hart, aber ich hatte es verdient. Und er hatte recht. Dabei wusste ich genau, wie sich das anfühlte. Ich verschloss mich vor ihm, so wie sich Colt vor mir verschloss.

»Nicht weil ich dir nicht mehr vertraue.« Die Kaffeemaschine brodelte hinter mir, und ich beeilte mich, eine Tasse darunter zu stellen.

»Warum dann?«

*Um dich zu beschützen.* Jetzt mehr denn je, nachdem William mir gesagt hatte, was Dunkelseelen mit Menschen taten, die von uns wussten.

»Ich würde es dir gerne sagen, aber ich kann nicht. Es ist nicht mein Geheimnis.«

»Sondern seins?«

Unsere Blicke kreuzten sich, als ich ihm seinen Becher überreichte.

»Zum Teil«, gab ich ehrlich zu und machte mich daran, meinen eigenen Kaffee zuzubereiten. »Aber es betrifft auch andere Leute, die es nicht verdient haben, in Schwierigkeiten zu geraten, weil ich ihre Geschichte erzähle.«

»Rayne …« Er stellte seine Tasse beiseite und griff nach meiner Hand. »Ich bin's. Gray. Ich würde nie irgendetwas weitererzählen, was du mir anvertraut hast.«

»Ich weiß.« Ich drückte seine Hand. »Bitte zwing mich nicht dazu, dir etwas zu sagen, was ich nicht sagen darf.«

*Bitte zwing mich nicht dazu, dich und alle anderen dadurch in Gefahr zu bringen. Schon wieder.*

Sekundenlang hielt er meinen Blick fest, dann nickte er langsam und ließ meine Finger seufzend los.

»Danke«, flüsterte ich. »Ich will nicht, dass diese Sache zwischen uns steht. Du bist immer noch mein bester Freund.«

»Gut.« Seine Mundwinkel wanderten in die Höhe, als er an seinem Kaffee nippte. »Du bist nämlich auch noch meine beste Freundin.«

Einem plötzlichen Impuls folgend, trat ich einen Schritt auf ihn zu und schlang die Arme um ihn.

Im ersten Moment schien er genauso überrascht zu sein wie ich selbst, dann erwiderte er die Geste und drückte mich fest an sich. Als er sprach, klang es gepresst, weil er die Wange gegen meinen Kopf drückte. »Ich hoffe, du weißt, was du tust. Aber noch mehr hoffe ich, dass du weißt, dass ich immer für dich da bin. Egal, was passiert.«

Etwas in mir schmolz. Und vielleicht umarmte ich ihn noch ein bisschen fester.

»Ich weiß«, murmelte ich an seiner Brust und schloss die Augen, um seinen vertrauten Geruch einzuatmen. »Ich auch für dich.«

Ich schloss die Tür hinter Mariella. Gerade noch rechtzeitig hatte ich mir auf die Zunge gebissen, um mir ein »Viel Spaß« zu verkneifen, als sie mit einem dampfenden Kaffeebecher in der Hand zu Barry hinüberging. Endlich. Ich hatte die Hoffnung schon fast aufgegeben, aber nach ihrem Gespräch hatte Barry ungewöhnlich gut gelaunt gewirkt und Mariella hatte den ganzen restlichen Tag vor sich hin gesummt.

Lächelnd ordnete ich die Stapel auf dem Tisch mit den Taschenbüchern und machte dann die Kasse. Sobald ich fertig war, räumte ich Verpackungen und leere Kaffeetassen weg, die sich hinter dem Verkaufstisch angesammelt hatten, und schaltete das Licht im Hauptraum aus. Ich war gerade im Hinterzimmer und wusch das Geschirr, als ich einen dumpfen Laut hörte. Ich drehte den Wasserhahn zu und trocknete mir die Hände mit einem Küchentuch, während ich in den Verkaufsraum zurückkehrte.

Bestimmt war nur ein wackliger Bücherstapel umgefallen. Oder eines der Fenster war nicht richtig geschlossen gewesen. Mir fielen zig mögliche Szenarien ein, die ich mir alle vor Augen führte, um nicht an das Offensichtliche zu denken. An die Person, deren Name allein schon ausreichte, um mir die Kehle zuzuschnüren. Er konnte nicht hier sein. Er konnte unmöglich hier sein.

Als ich den Durchgang zum Hauptraum erreichte, verfluchte ich mich innerlich dafür, meine Wurfmesser nicht dabei oder wenigstens ein Küchenmesser mitgenommen zu haben. Erstere lagen unangetastet in meiner Handtasche und die hing über dem Stuhl hinter der Theke.

Gänsehaut breitete sich auf meinen Armen aus. Mein Puls beschleunigte sich. Zögerlich machte ich einen Schritt nach vorn, in die Buchhandlung hinein. Mein Blick zuckte von einer Ecke zur anderen. In der Dunkelheit wirkten die Regale geradezu bedrohlich und die Sitzecke plötzlich mit Schatten gefüllt. Für einen kurzen Moment blieb mir das Herz stehen, nur um dann noch schneller weiterzupochen.

Es war nichts zu hören, abgesehen vom Motor eines Autos, das sich näherte. Als es am Schaufenster vorbeifuhr, streifte das Licht durch den Laden, glitt über die Wände … und über eine zusammengekauerte Gestalt neben der Tür.

»Colt?« In wenigen Schritten war ich bei ihm. »Was ist passiert?« Vorsichtig strich ich mit den Fingerspitzen über seine Stirn. »Du blutest.«

Er schloss die Augen bei der Berührung und verzog die Mundwinkel zu einem erschöpften Lächeln. »Nur ein Kratzer. Er wird schneller heilen, als du ein Pflaster holen kannst.«

»Hast du sonst noch Verletzungen?« Es war zu dunkel, um etwas zu erkennen, aber die Tatsache, dass er auf dem Boden saß und sich schwerfällig gegen die Wand lehnte, sprach Bände. »Kannst du aufstehen?«

»In einem Moment, ja.«

Ich starrte ihn an. Was war passiert? So hatte ich ihn nie zuvor gesehen, mit Ausnahme von diesem schrecklichen Moment im Wald, als er fast verblutet wäre. Allein bei der Erinnerung daran zog sich alles in mir zusammen. Bevor ich genauer darüber nachdenken konnte, griff ich genau wie damals nach seiner Hand.

»Nicht.« Er zog seine Finger ruckartig zurück.

Blinzelnd öffnete ich die Augen und erwiderte seinen durchdringenden Blick. »Warum nicht?«

»Deswegen bin ich nicht hergekommen.« Ächzend stand er auf, die andere Hand gegen die Wand gestützt, den Oberkörper erschreckend gekrümmt. Ein Riss zog sich über die linke Seite seines T-Shirts und offenbarte eine lange Schnittwunde. Allerdings schien sie nicht allzu tief zu sein … Zumindest hoffte ich das.

»Warum bist du dann hier?« Ich stützte ihn und führte ihn an den Regalen vorbei in die Leseecke. Colt protestierte nicht, was mir mehr über seinen Zustand verriet als alles andere.

»Weil ich dich sehen wollte.« Er verzog das Gesicht, als er sich auf das Sofa setzte und zurücklehnte. »Weil ich … Keine Ahnung. Ich habe das Gefühl, ich bin stärker in deiner Nähe. Ruhiger. Mehr ich selbst.«

Und ich begriff. Er war aus demselben Grund zu mir gekommen, wie ich damals in Chicago seine Nähe gesucht hatte, nachdem ich Ed getroffen hatte. Keiner von uns hatte eine Entscheidungsgewalt in dieser Sache, wir folgten lediglich einem Instinkt, der uns unweigerlich zueinander hinzog.

Vielleicht war es das, was Seelenpartner füreinander taten. Sie gaben einander allein durch ihre Gegenwart Kraft und Halt. Aber sie forderten einander auch heraus. Wenn ich an das Mädchen zurückdachte, das ich gewesen war, bevor wir uns begegnet waren, erkannte ich sie kaum wieder.

»Dann lass mich dir helfen«, bat ich und sah von seinem Gesicht hinunter auf die Schnittwunde an seiner Seite. Gut möglich, dass er auch innere Verletzungen und gebrochene Rippen hatte, gegen die ich nichts tun konnte. Aber ich konnte mich nicht einfach zurücklehnen und dabei zuschauen, wie er litt.

Colt zögerte, nickte dann jedoch. Ich atmete erleichtert auf und machte mich auf den Weg ins Hinterzimmer. Von dort führte eine Tür in ein kleines Badezimmer samt Erste-Hilfe-Kasten. Ich hielt einen sauberen Waschlappen unter das warme Wasser und nahm mir das Nötigste aus dem Metallschränkchen. Dann kehrte ich zu Colt zurück.

In der Zwischenzeit war er noch tiefer in die Polster gesunken, bis sein Kopf an der Lehne lag. Er hielt die Augen geschlossen, als ich mich neben ihn setzte und sein graues T-Shirt langsam hochschob. Meine Finger prickelten unter der Berührung mit seiner warmen Haut, aber ich ignorierte diese Empfindung und konzentrierte mich darauf, seine Wunde mit dem Waschlappen zu säubern.

»Muss ich raten oder erzählst du mir, wer das war?«, fragte ich leise und sah hoch in sein Gesicht.

Unsere Blicke trafen sich und für einen winzigen Moment fühlte ich mich an die Nacht im *Black & White* zurückversetzt, als wir miteinander getanzt hatten und ich das Gefühl hatte, es gäbe nur noch uns beide auf der Welt.

»Zane«, erwiderte Colt genauso leise und ohne mich aus den Augen zu lassen.

Ein Schauder kroch über meine Haut bei der Erinnerung daran, wozu dieser Mann in der Lage war. Ich wischte noch einmal über die Schnittwunde, die inzwischen aufgehört hatte zu bluten. Er würde nicht mal einen Verband oder ein Pflaster brauchen, wenn er in dieser Geschwindigkeit weiterheilte.

»Wer ist Alicia?« Mein Herz hämmerte so stark, als ich diese Frage aussprach, dass es ein Wunder war, dass Colt es nicht hören konnte.

Er zögerte, wandte den Blick jedoch nicht ab. Und als er antwortete, sah er mir geradewegs in die Augen. »Alicia ist die Frau, die Zane geliebt hat. Und die ich getötet habe.«

Ein Teil von mir hatte es bereits geahnt. Das kurze Aufblitzen dieser Erinnerung, als Zane mich angegriffen hatte. Der Schmerz über den Verlust der Frau, die ihm alles bedeutet hatte. Die Tatsache, dass er Colt tot sehen wollte und nun bereits zum zweiten Mal angegriffen hatte. Aber ein noch viel größerer Teil von mir wollte es nicht wahrhaben, wollte sich nicht eingestehen, dass Lauren die Wahrheit gesagt hatte. Dass sie recht hatte.

Ich presste die Lippen aufeinander und kämpfte gegen das Brennen in meinen Augen an. »Warum …?«

»Sie war mit Zane zusammen«, erwiderte Colt leise. »Sie war ein ganz normaler Mensch, aber seine Energie war übermächtig, hat ihre überschattet und sie eingehüllt, bis ich sicher war, dass sie genau wie er eine Dunkelseele ist.«

»Also hast du sie angegriffen?«

»Ja.« Seine Stimme war tonlos. »Ich hatte dir ja gesagt, dass ich Energien wahrnehmen, mich aber auch irren kann. Und bei Alicia habe ich mich geirrt.«

»Sie war allein, als du sie angegriffen hast, oder? Du hast sie in der Gasse zurückgelassen«, murmelte ich.

Er setzte sich abrupt auf. »Woher weißt du das?«

Diesmal zögerte ich nicht, die Worte auszusprechen. »Zane hat mich zu Lauren gebracht. Dabei habe ich eine Erinnerung von ihm aufgeschnappt.«

»Hat er dir wehgetan?«

Ich schwieg, denn wir kannten beide die Antwort darauf. Colt stieß einen Fluch aus, und ich konnte ihn gerade noch davon abhalten, aufzuspringen und auf der Suche nach Zane wieder im Licht zu verschwinden.

»Was hast du noch in seinen Erinnerungen gesehen?« Die Worte kamen ihm nur mühsam beherrscht über die Lippen. »Hast du auch gesehen, wie er kurz vorher versucht hat, Liv zu erwürgen? Wie er ihr mit seiner Kraft Höllenqualen bereitet und Jeff dazu gezwungen hat, dabei zuzusehen?«

»Nein«, wisperte ich. »Das habe ich nicht gesehen.« Ich nahm seine Hand in meine. Seine Knöchel waren aufgeschrammt und blutig. Einen Moment lang starrte ich nur darauf, während es in mir arbeitete und ich eine Entscheidung fällte. »Es war ein Unfall, ein schrecklicher Fehler. Ich mache dir keine Vorwürfe deswegen.«

»Musst du nicht. Die mache ich mir schon selbst.«

»Du wusstest nicht, dass sie keine Dunkelseele ist.«

»Als Fährtenleser ist es meine Aufgabe, die Energien von Dunkel- und Lichtseelen zu erkennen. Sie von denen gewöhnlicher Menschen zu unterscheiden. Ich konnte es nicht. Ich habe versagt und eine Unschuldige musste den Preis dafür bezahlen.« Sekundenlang sagte er nichts, starrte nur auf unsere miteinander verschränkten Finger hinab und dann wieder in mein Gesicht. »Willst du wissen, warum ich die Opferstimmen sofort bei dir erkannt habe?«

Die Antwort darauf brach mir das Herz, aber ich sprach sie dennoch aus. »Du hast sie früher schon mal gehört.«

Wieder ein Nicken. »Wir alle haben Dinge getan, auf die wir nicht stolz sind. Aber als Lichtseelen müssen wir mit den Konsequenzen leben. Wir hören nicht nur die Schreie der Opfer der Dunkelseelen, wenn sie in der Nähe sind, wir hören auch die Schreie unserer eigenen Opfer. Dunkelseelen nicht. Sie empfinden keine Reue, haben kein Gewissen. Das macht sie so gefährlich.«

Ich atmete tief durch und nickte langsam. Einige Dinge waren gerade klarer geworden, auch wenn es noch immer ein ganzes Sammelsurium unbeantworteter Fragen gab. Aber dafür war ein anderes Mal Zeit. Jetzt war ich einfach nur erleichtert, dass Colt mir endlich die Wahrheit gesagt hatte. Dass er mir genug vertraute, um das auszusprechen, was ihn vor Schuldgefühlen fast zerfraß.

»Danke«, sagte ich und begann seine aufgeschrammten Knöchel mit dem Waschlappen zu säubern.

Er zuckte kurz zusammen, entzog mir seine Hände aber nicht. »Wofür?«

Ich sah auf. »Dafür, dass du es mir erzählt hast.«

Er sah mich so erstaunt an, als hätte sich nie jemand für etwas so Simples und doch so Wichtiges bei ihm bedankt. Ein letztes Mal wischte ich über seine Knöchel, dann sprühte ich etwas Desinfektionsspray darauf. Colt gab keinen Laut von sich.

Ich wusste nicht, ob Wesen wie er überhaupt so etwas wie Wundversorgung benötigten, wo sie doch über kurz oder lang von allein heilten. Aber die Tätigkeit beschäftigte meine Hände und Gedanken. Und wenn ich damit den Heilungsprozess auch nur ein kleines bisschen beschleunigen konnte, reichte mir das schon.

Schweigend desinfizierte ich auch die Schnittwunde an seiner

Seite und wischte einen Tropfen Desinfektionsmittel von seiner Haut, bevor er bis zu seinem Hosenbund laufen konnte.

»Was hat es zu bedeuten?« Auf seinen fragenden Blick hin strich ich mit den Fingerkuppen über die schwarzen Linien auf seiner Haut. »Das Tattoo.«

Colt ließ mich nicht aus den Augen. »Woher willst du wissen, dass es überhaupt etwas bedeutet?«

»Weil ich langsam das Gefühl habe, dass alles mit dir eine Bedeutung hat.«

Sein Blick veränderte sich, wurde intensiver, aber es dauerte noch ein paar quälend lange Sekunden, bevor Colt sein Shirt weiter hochzog, damit ich mehr von dem Tattoo sehen konnte.

»Es soll mich an etwas erinnern«, gab er zu.

Ich konnte der Versuchung nicht widerstehen und fuhr die schwarze Tinte erneut mit den Fingerspitzen nach. Colt hielt den Atem an.

»Daran, dass wir alle Dunkles in uns tragen. Dass auch Lichtseelen jederzeit der dunklen Seite verfallen können. Ich habe es mir kurz nach dem, was mit Alicia passiert ist, stechen lassen. Und jedes Mal, wenn ich merke, dass ich abgleite, lasse ich mir mehr Linien stechen. Es ist eine Erinnerung, aber auch eine Warnung, niemals der Dunkelheit nachzugeben. Nicht der im Inneren und nicht der dort draußen.«

Nells Worte fielen mir wieder ein. In der Fabrikhalle hatte sie ihm vorgeworfen, genauso nahe am Abgrund zu stehen wie sie. Wenn das stimmte, dann war dieses Tattoo etwas, das ihn davon abhielt, endgültig abzugleiten.

Ich riss meinen Blick von dem verschlungenen schwarzen Muster los und richtete ihn wieder auf Colts Gesicht. Er sah mich direkt an. Obwohl er mich vor Kurzem erst in der Kathedrale stehen gelassen hatte, war er heute Abend hergekommen und hatte mir sein Vertrauen geschenkt. Vielleicht war ich jetzt wieder an der Reihe, dasselbe zu tun.

Unter Colts Blicken räumte ich Waschlappen, Spray und Verbandszeug beiseite und ging zu meiner Tasche, die hinter dem Verkaufstisch lag. Seit ich den Umschlag dort hineingesteckt hatte, hatte ich versucht, ihn zu vergessen. Nun zog ich ihn hervor, ging zu Colt hinüber und gab ihm die Fotos.

Ein harter Ausdruck legte sich auf sein Gesicht, als er eines nach dem anderen hervorzog. Seine Finger begannen zu zittern, bis er die Bilder zur Seite legen musste und die Hände zu Fäusten ballte.

»Ich bringe ihn um.« Seine Stimme hatte jede Wärme eingebüßt, war jetzt so scharf und kalt wie eine Messerklinge. »Wir werden ihn finden. Das verspreche ich dir. Und dann wird er dir nie wieder zu nahe kommen.«

Ich schluckte schwer und grub meine Fingernägel in die Handinnenflächen. Obwohl ich die Frage nicht aussprechen wollte, zwang ich mich dazu, es trotzdem zu tun. »Was, wenn er keine Dunkelseele ist? Wenn er nur ein ganz normaler Mensch ist?«

»Er hat es nicht verdient zu leben. Mensch oder Dunkelseele spielt dabei keine Rolle.«

Ich setzte mich neben ihn. »Vielleicht hast du recht«, gab ich widerwillig zu. »Ich bin die Letzte, die ihn irgendwo in Emmas oder meiner Nähe wissen will, aber du kannst ihn nicht töten, wenn er nur ein Mensch ist. Lass nicht zu, dass er eine zweite Alicia wird.«

Colt biss die Zähne so fest zusammen, dass ich erkennen konnte, wie die Muskeln in seinem Kiefer arbeiteten. »Weißt du überhaupt, was du da verlangst?«

»Ja. Ich will, dass Ed von der Bildfläche verschwindet, dass er nie mehr hier auftaucht und seine gerechte Strafe bekommt. Aber nicht so. Nicht, wenn sein Blut an deinen Händen klebt und du seine Opferschreie hören wirst.«

Er zögerte. Er zögerte so lange, bis ich die Hand auf seinen Arm legte und ihn dazu zwang, mich wieder anzusehen. »Versprich mir, dass du ihn nicht töten wirst, wenn er sich als keine Dunkelseele herausstellt.«

»Rayne.«

»Versprich es.«

Mehrere Sekunden lang starrte er mich nur an, dann nickte er knapp. »Wie du willst.«

Ich atmete tief durch, während sich Erleichterung in mir breitmachte. »Danke.« Ich drückte seinen Arm, dann ließ ich ihn los.

Colt erwiderte nichts darauf, sondern stand so schnell auf, als wäre er nicht erst vor wenigen Minuten schwer verletzt hier aufgetaucht. »Ich sollte jetzt besser gehen.«

Ich starrte ihm nach. Wie oft hatte er mich jetzt schon einfach so, mitten in einem Gespräch stehen gelassen? Ich kniff die Lippen zusammen. Erst als er schon fast bei der Tür war, kam wieder Leben in mich.

»Warum?«, fragte ich und griff im selben Moment nach dem Türknauf wie er. Hitze schoss durch meinen Körper, als sich unsere Finger berührten. Ich wollte meine Hand instinktiv zurückziehen, aber Colt hielt sie fest.

Quälend langsam wanderte sein Blick von unseren Händen an mir hinauf, bis er bei meinen Augen angekommen war. Und als er mich diesmal ansah, verheimlichte er nichts. Nicht die Schuldgefühle, nicht die innere Stärke, die ihn zu dem gemacht hatte, der er heute war. Und nicht das Verlangen, das so tief zu sein schien, dass ich es fast schon körperlich spüren konnte.

»Weil ich sonst etwas tue, was wir beide bereuen werden. Es ist besser, wenn sich Seelenpartner nicht zu nahe kommen.«

»Also sollten wir uns voneinander fernhalten?« Ohne nachzudenken, machte ich einen halben Schritt auf ihn zu.

»Das sollten wir …« Entgegen seinen Worten hob Colt die freie Hand an meine Wange und strich über meine Haut.

Die Geste war so selbstverständlich und gleichzeitig so zärtlich, dass sich alles in mir zusammenzog. Ich wollte mich in die Berührung lehnen, das Gesicht an seine Hand schmiegen, um dieses Gefühl tief in mir einzuschließen und für immer zu bewahren, aber ich konnte mich nicht rühren, war wie erstarrt. Mit dem Daumen strich er über meine Unterlippe.

Einmal.

Dann noch einmal.

*Rayne …*

Mein Name war nicht mehr als ein Flüstern auf seinen Lippen, vielleicht aber auch nur ein Hauch in meinen Gedanken. Darin schwang all das mit, was ich jetzt in seinen Augen lesen konnte.

Und dann konnte ich überhaupt nicht mehr denken.

Colt senkte den Kopf und strich mit seinen Lippen über meine. Hauchzart, kaum als Kuss zu bezeichnen und dennoch so viel mehr. Ich atmete zittrig aus, wagte es nicht, mich zu bewegen, aus Angst, der Moment könnte gleich wieder vorbei sein. Ein letztes Streicheln, ein letztes, fast schon schmerzvolles Ziehen in meiner Brust, dann ließ Colt mich wieder los.

Mein Puls raste, als ich die Augen öffnete und seinem Blick begegnete. Eine stumme Frage lag darin, verwoben in dem Wissen, dass es falsch war, was wir hier taten. Dass es uns nur Schmerz bringen würde. Was hatte Lauren gesagt? Liebesbeziehungen zwischen Seelenpartnern wurden nicht gern gesehen. Sie scheiterten.

Und vielleicht hatte sie recht. Vielleicht wären wir besser dran, wenn wir uns darauf konzentrierten, eine Freundschaft aufzubauen. Ein starkes Band, das nichts und niemand, nicht einmal die Anziehungskraft zwischen uns, zerreißen konnte.

Colt schien das Gleiche zu denken, denn er machte einen Schritt zurück, weg von mir. Zumindest versuchte er es. Meine Finger gruben sich in den Stoff seines T-Shirts, bevor ich überhaupt begriffen hatte, was ich da tat. Überraschung flackerte über Colts Gesicht und wurde dann von einer wilden Entschlossenheit ersetzt.

Bevor ich einen klaren Gedanken fassen konnte, war er wieder bei mir, legte die Hände an mein Gesicht und presste seinen Mund auf meinen.

Ich reagierte instinktiv und zog ihn näher, bis mich die Wärme, die sein Körper ausstrahlte, vollkommen einhüllte. Ich merkte nicht, wie er mich drehte und zurückdrängte, bis ich mit dem Rücken gegen die Wand neben der Ladentür prallte und er sich gegen mich drückte.

Hitze strömte durch mich hindurch, verbrannte mich von innen heraus, bis ich nur noch an Colt denken konnte und daran, wie sich sein Mund auf meinem anfühlte. Wie *er* sich anfühlte, wenn er sich so gegen mich presste wie jetzt.

Seine Finger fanden einen Weg unter mein Oberteil und ich fuhr langsam unter den Saum seines T-Shirts, um ihn genauso zu spüren, um seine Haut direkt auf meiner zu spüren. Allein das Gefühl seiner Hand auf meiner bloßen Haut, wie sie langsam an meiner Seite aufwärts wanderte, entlockte mir ein ersticktes Stöhnen.

Aber es war dieser Kuss, der mich alles um mich herum vergessen ließ.

Mit der Zunge strich Colt über meine Unterlippe, wie eine stumme Frage, ein Versprechen auf das, was folgen würde. Ich öffnete die Lippen unter seinen. Als sich unsere Zungen trafen, kam ein tiefer Laut aus seiner Kehle, halb Stöhnen, halb Seufzen.

Colt erkundete meinen Mund, als wollte er dafür sorgen, dass ich niemals vergaß, wie er sich anfühlte. Wie er schmeckte.

Seine Hände glitten zu meinen Hüften, schlossen sich darum, aber er hob mich nicht hoch. Langsam, ganz langsam zog er sich zurück, hauchte noch einen Kuss auf meinen Mund und suchte dann meinen Blick.

»Du glaubst gar nicht, wie sehr ich das will«, flüsterte er dicht vor meinen Lippen. »Aber du und ich … wir können niemals zusammen sein.«

Bis zu diesem Moment hatte ich nicht geahnt, dass Schmerz und Verlangen so nahe beieinanderliegen konnten.

»Ich weiß …«

Ein letzter Kuss, ein letztes Streichen von Lippen über Lippen, dann riss er sich von mir los und trat einen Schritt zurück. Und noch einen, bis er im Licht der hereinscheinenden Straßenlampe stand und damit verschmolz. Einen Herzschlag später war er verschwunden.

# Kapitel 20

Ich wusste nicht, was ich mir dabei gedacht hatte. Ich hatte nicht die geringste Ahnung, welcher Teufel mich geritten hatte, wieder mit dem Joggen anzufangen, obwohl ich das mit meiner letzten Sportstunde in der Highschool liebend gern aufgegeben hatte.

Der Wind schnitt mir ins Gesicht, doch inzwischen war meine Haut beinahe taub, sodass ich kaum noch etwas davon spürte. Links von mir lag Divine Creek und wirkte dabei wie eine pittoreske Kleinstadt, die in der Zeit stehen geblieben war. Rechts von mir saßen Angler am Fluss, in der Hoffnung auf einen guten Fang. Musik dröhnte aus meinen Kopfhörern, ein gleichmäßiger Beat, der jeden meiner Schritte begleitete. Ein Stechen machte sich in meiner Seite bemerkbar und zwang mich dazu, mich auf eine gleichmäßige Atmung zu konzentrieren. Würde mir gerade nicht irgendein Kerl ins Ohr rappen, könnte ich in Gedanken sogar die Stimme meines früheren Sportlehrers hören, wenn er uns auf den Laufbahnen drangsalierte.

Ich musste den Verstand verloren haben, mir das freiwillig wieder anzutun. Und es war ja auch nur halb freiwillig. Schuld waren: Colt. Und Miles. Und Keira. Im Grunde jede Lichtseele, mit der ich im Laufe der Woche trainiert hatte. Die Kraft und Schnelligkeit eines Kriegers konnte ich mir von Colt ausborgen, wenn er es zuließ, aber meine Kondition? Daran musste ich arbeiten. Also hatte ich wieder mit dem Laufen angefangen, morgens vor der Arbeit und an diesem Nachmittag nach meiner Schicht im *Butterfly Books*.

Seit jenem Abend, an dem Colt verwundet dort aufgetaucht war, seit unserem Kuss, waren fünf Tage vergangen. Wir hatten uns mehrmals gesehen, hatten trainiert und miteinander geredet – aber den Abend mit keinem Wort erwähnt. Es gab nichts mehr dazu zu sagen. Wir wussten beide, dass es so besser war, allerdings hatte mich niemand davor gewarnt, dass es so wehtun würde. Dass sich jeder Atemzug so anfühlen würde, als würde zersplittertes Glas in meine Kehle dringen.

Mein Smartphone vibrierte in der Halterung an meinem Oberarm und erinnerte mich daran, dass ich die Hälfte der Strecke geschafft hatte und endlich umdrehen durfte. Ich lief einen kleinen Halbkreis, dann joggte ich zurück.

Bei meinem Wagen angekommen, zog ich mir die Stöpsel aus den Ohren und stürzte mich auf die Flasche, die ich auf dem Beifahrersitz zurückgelassen hatte. Das kühle Wasser linderte das Brennen in meinem Hals und langsam beruhigte sich mein Puls. Erst als ich die Flasche zur Hälfte geleert hatte, setzte ich sie wieder ab, wischte mir über den Mund – und bemerkte den Mann neben den Gebäuden, der mich beobachtete.

Mein Herzschlag beschleunigte sich wieder. Ich konnte den Mann nicht erkennen, dafür war er zu weit weg. Nicht einmal, wenn ich die Augen zusammenkniff, konnte ich sein Gesicht ausmachen. Aber ich hatte eine Ahnung. Und diese Ahnung legte sich wie ein Stein in meine Magengrube. Ich versuchte, meine Atmung und meinen Puls unter Kontrolle zu bekommen, während ich gleichzeitig nach den Schlüsseln griff, die ich auf dem Autodach abgelegt hatte.

Ich wusste, dass Colt und die anderen auf der Suche nach Ed waren. Bisher jedoch ohne Erfolg. Um seine Fähigkeiten als Fährtenleser einzusetzen, brauchte Colt etwas Persönliches von dem Gesuchten. Einen Gegenstand oder auch eine besondere Beziehung. Nicht den Hass, die Abscheu und Angst, die ich Ed entgegenbrachte.

Und jetzt war er hier. Und beobachtete mich wieder. Es konnte nur er sein. Als er hinter dem Gebäude verschwand, verschwendete ich keine Zeit. Ich glitt auf den Fahrersitz, startete den Motor und wendete den Wagen. Wir hatten ihn bisher nicht gefunden, aber jetzt hatte ich eine reelle Chance. Eine Chance, das hier ein für alle Mal zu beenden. Wenn er eine Dunkelseele war, würden sich die Lichtseelen um ihn kümmern und dafür sorgen, dass er nie wieder jemandem etwas antun konnte. Und wenn er ein Mensch war … dann musste ich Nora die Fotos zeigen, wir mussten die Polizei einschalten und … ich würde ihnen alles erzählen. Damals hatte ich keine Aussage gemacht, weil ich zu verängstigt gewesen war. Heute sah das anders aus, denn heute ging es nicht mehr nur um mich. Es ging auch darum, meine kleine Schwester vor den kranken Fantasien dieses Bastards zu schützen.

Ich fuhr in Richtung Stadt, nahm aber den Fuß vom Gas, als ich die ersten Gebäude erreicht hatte. Mit klopfendem Herzen ließ ich meinen Blick über die Häuser und Passanten auf den Gehwegen gleiten. Mütter mit Kinderwagen, Schulkinder, Familien, die einen Spaziergang miteinander machten. Nirgendwo war Ed zu sehen.

Hatte ich es mir nur eingebildet?

Eine Hand noch immer am Lenkrad, zog ich mit der anderen das Handy aus der Halterung an meinem Oberarm und schaltete die Musik aus. Vielleicht sah ich Gespenster, aber ich hatte schon einmal den Fehler begangen, nicht rechtzeitig um Verstärkung zu bitten, und war anschließend bei den Dunkelseelen aufgewacht. Was mir in so einem Fall mit Ed bevorstünde, wollte ich mir nicht ausmalen.

Gerade als ich meine Kontakte antippen wollte, entdeckte ich den Mann mit dem grauen Mantel. Er fiel weniger durch seine Kleidung als vielmehr dadurch auf, dass er mir so schrecklich vertraut war. Als hätte sich Eds Statur in mein Bewusstsein eingebrannt. Als hätte sich ein Teil von ihm für immer in mir verankert.

Ich kämpfte gegen die beginnende Übelkeit an und parkte den Wagen am Straßenrand. Dafür musste ich Ed kurz aus den Augen lassen. Ich stieg aus, drückte die Tür leise zu, überquerte die Straße und entdeckte ihn eine Querstraße weiter. Noch immer in Sportsachen, verschwitzt und nur mit Handy, Autoschlüssel und Wurfmessern bewaffnet, begann ich, ihm zu folgen. Ich musste herausfinden, ob er es wirklich war. Ich musste sein Gesicht sehen, um absolut sicherzugehen.

Als ich um die Ecke bog, erhaschte ich einen Blick auf sein Profil – und erstarrte. Er war es. Er war hier und hatte mich beim Joggen beobachtet. Aber jetzt schien er nicht zu merken, dass er verfolgt wurde. Wahrscheinlich war er zu sehr in seinen eigenen Fantasien vertieft.

Ich biss die Zähne zusammen und ignorierte das widerliche Gefühl in meiner Magengegend. Das hier war *meine* Chance, vielleicht die einzige, um herauszufinden, was Ed wirklich war – eine Dunkelseele oder einfach nur ein krankes Schwein ohne übernatürliche Fähigkeiten.

Während ich ihm die Seitenstraße hinunter folgte und mich in

Hauseingängen versteckte, damit er mich nicht sah, zog ich mein Handy hervor. Ich musste Colt und den anderen Bescheid geben. Vielleicht war Ed tatsächlich nur ein Mensch, trotzdem wollte ich nicht mit ihm allein sein.

Nicht noch mal.

Ich tippte das Handy an, aber das Display blieb schwarz. Stirnrunzelnd blieb ich stehen, drückte mich gegen eine Eingangstür und starrte auf das Smartphone in meinen Händen. Ich probierte es noch einmal, drückte alle Knöpfe, aber es reagierte nicht. Mein Handy war tot.

»Ernsthaft?«, fauchte ich und stopfte es zurück in meine Tasche. Ich brauchte ein neues Handy. Besser noch, ich gewöhnte mir endlich an, dieses verdammte Ding aufzuladen.

Ich stieß mich von der Tür ab und lief weiter. Ed war inzwischen ein ganzes Stück vor mir. Seine breiten Schultern und der graue Mantel verschwanden immer wieder zwischen den anderen Passanten. Ich zögerte. Es wäre sicherer, jetzt umzudrehen und so viel Abstand wie möglich zwischen diesen Mann und mich zu bringen. Aber ich hatte es satt, nur die willenlose Puppe in Eds krankem Spielchen zu sein. Vielleicht konnte ich herausfinden, welchen Wagen er fuhr, und mir das Kennzeichen merken, oder in Erfahrung bringen, wo er wohnte. Unter keinen Umständen würde ich ihn direkt konfrontieren, aber ich konnte auch nicht zurückkehren. Nicht jetzt. Nicht nach allem, was dieser Mann mir angetan hatte.

Zur Sicherheit tastete ich nach den Wurfmessern in meiner Hosentasche, dann ging ich weiter, folgte ihm so unauffällig wie möglich, bis er vor einem kleinen, familiengeführten Hotel stehen blieb und das Foyer betrat. Ich kannte die Besitzer, sie waren regelmäßig

Kunden im *Butterfly Books* und gute Freunde von Mariella. Und sie hatten nicht die geringste Ahnung, wem sie da ein Zimmer vermietet hatten.

Von der gegenüberliegenden Straßenseite, hinter einem Baum versteckt, beobachtete ich, wie Ed die Außentreppe nach oben nahm und eine Tür im ersten Stock ansteuerte. Von hier aus konnte ich die Nummer nicht sehen, speicherte die Position aber in Gedanken ab.

Fünf Minuten vergingen. Sieben. Zehn. Meine Muskeln begannen sich zu verkrampfen, weil ich so lange bewegungslos hier stand und … worauf wartete? Ich hatte herausgefunden, wo er wohnte. Den Rest sollten Colt und William übernehmen. Ich hätte sofort losgehen sollen, um sie zu alarmieren, dennoch rührte ich mich nicht von der Stelle. Mein Verstand brüllte mich an, endlich von hier zu verschwinden, bevor Ed mich doch noch entdeckte, aber meine Beine wollten nicht gehorchen. Ich war wie festgefroren, unfähig, jetzt aufzugeben.

Die Tür zu Eds Zimmer öffnete sich wieder, und Ed kam heraus, steckte sich den Geldbeutel in den Mantel und tippte auf seinem Handy herum. Die Tür fiel hinter ihm zu, aber er schloss sie nicht ab.

Mein Puls schoss in die Höhe. Vielleicht ließ sich in seinem Zimmer ein Indiz dafür finden, ob er eine Dunkelseele oder nur ein Mensch war. Zumindest aber könnte ich ein Kleidungsstück oder etwas anderes mitgehen lassen, das Colt zum Spurenlesen benutzen konnte, für den Fall, dass Ed wieder abtauchte.

Ich biss mir auf die Unterlippe. Sollte ich das wirklich durchziehen? Vielleicht. War es lebensmüde? Auf jeden Fall. Aber es war auch eine Chance, wie ich sie nie wieder bekommen würde.

Ein letztes Mal sah ich mich um, dann hastete ich über die Straße und schlug dabei einen großen Bogen um Ed, der denselben Weg zurückging, den er zuvor genommen hatte.

Vielleicht blieben mir nur zwei Minuten, vielleicht auch zwei Stunden. So oder so musste ich es riskieren. Ich musste mir selbst beweisen, dass ich nicht länger das kleine Mädchen war, das sich im Schrank vor ihm versteckte. Das darauf hoffte, dass jemand auftauchen und es retten würde, aber es war nie jemand aufgetaucht. Ich war immer auf mich allein gestellt gewesen.

Vorsichtig nahm ich die Stufen nach oben und blieb vor der dunkelgrünen Tür stehen. Ein prüfender Blick nach links, nach rechts, dann drehte ich den Knauf um und drückte die Tür auf.

Im Zimmer roch es muffig, aber auf den ersten Blick war es recht ordentlich. Keine herumliegenden Pizzaschachteln, keine leeren Bierdosen oder Whiskeyflaschen, keine Kleidung. Gut, in der Ecke hinter der Tür sammelten sich ein paar Staubflusen und bei näherem Hinsehen wies der Teppich kleine Brandlöcher von Zigaretten auf. Doch abgesehen davon war alles sauber.

Die Vorhänge waren zugezogen und ließen nur einen schmalen Spalt offen, durch den graues Tageslicht hereindrang. In der Mitte des Zimmers stand ein Doppelbett mit zerwühlter Bettwäsche, daneben ein Nachtschränkchen mit Lampe, ein Tisch und ein Stuhl, ein Schrank und ein Fernseher. Mehr nicht.

Behutsam drückte ich die Tür hinter mir zu. Lauren zufolge schnappte ich Erinnerungen anderer nicht nur durch eine Berührung auf, sondern auch, wenn ich in ihrer Nähe war oder mich in Räumen aufhielt, in denen die Person gewesen war. Ich konnte nur hoffen, dass das hier nicht der Fall war. Denn so sehr ich herausfinden wollte, was es mit Ed auf sich hatte, ich wollte auf gar keinen Fall etwas aus seinen Erinnerungen sehen. Meine eigenen reichten mir schon.

Als Erstes ging ich zu dem Tisch, auf dem auch der Fernseher stand, und zog die Schubladen auf, ohne zu wissen, wonach genau ich suchte. Würde eine Tankrechnung beweisen, dass er nur ein Mensch war, weil er sich mit einem Auto fortbewegte statt in den Schatten? Es wäre zumindest ein Hinweis.

Die erste Schublade war bis auf einen unbeschriebenen Block und einen Stift leer. In der zweiten lagen Rechnungen des Hotels, von Lieferdiensten und einem Waschsalon. Nichts, was darauf hindeuten würde, dass er eine Dunkelseele war – aber auch nichts, was das Gegenteil bewies.

Die Nachtschränkchen folgten als Nächstes. Taschentücher, Zigaretten. Nichts, das mich in irgendeiner Form weiterbrachte.

Inzwischen schlug mir das Herz bis zum Hals. Ich schob die Schublade des Nachttisches zu und wischte mir die feuchten Hände an der Sporthose ab. Ich musste hier raus. Jede Minute, die ich hier verbrachte, atmete ich dieselbe Luft wie dieser Mann, und es fühlte sich so an, als würden sich dabei immer mehr Erinnerungssplitter wie Glasscherben in meine Haut bohren.

Nur noch der Kleiderschrank und das Badezimmer, dann würde ich gehen. Irgendwo würde ich sicher ein getragenes Hemd oder anderes Kleidungsstück finden, das Colt später nutzen konnte, um Eds Fährte aufzunehmen.

Als ich mich dem Kleiderschrank näherte, ließ mich ein leises Geräusch innehalten. Ich erstarrte mitten in der Bewegung. War das ein Knarren gewesen? Von draußen? Von den Zimmernachbarn? Ich sah zu den Fenstern, erkannte aber wegen der Vorhänge nicht einmal, ob sie geöffnet waren oder nicht. Wahrscheinlich war es nichts gewesen, trotzdem schrie alles in mir danach, die Flucht zu ergreifen.

Und dann waren Schritte zu hören. Ich wirbelte im selben Moment herum, in dem der Türknauf umgedreht wurde.

»Sieh mal einer an, wer sich in meine bescheidenen vier Wände verirrt hat.« Ed drückte die Tür hinter sich zu und obwohl das Klicken so leise war, schien es endlos in meinem Kopf widerzuhallen. Weil es mir so vertraut war. Weil es mich an dunkle Abende, an Nächte ohne jede Hoffnung zurückdenken ließ, als ich unter dem Bett oder im Schrank zusammengekauert war und stundenlang auf genau diesen Laut gelauscht hatte.

Sein Blick glitt an mir auf und ab, tastete mein enges Sporttop genauso ab wie den dünnen Schweißfilm auf meiner Haut. Ich schluckte hart, kämpfte gegen die Übelkeit und den Instinkt an, vor ihm zurückzuweichen.

»Lass. Mich. Vorbei.« Irgendwie presste ich die Worte hervor, jedes davon mit ein bisschen mehr Nachdruck.

Scheinbar überrascht zog er die Brauen in die Höhe. »Aber du bist hier eingebrochen, kleine Rayne. Was meinst du, wem die Cops eher glauben werden? Dir oder mir?«

Ich kannte diese Spielchen, wusste, wie gut er darin war, die Wahrheit so zu verdrehen, bis ich selbst glaubte, dass mir niemand zuhören würde. Dass ich niemanden hatte. Aber das war eine Lüge. Es gab Menschen da draußen, denen ich wichtig war. Menschen, die ihn umbringen würden, sollte er auch nur die Hand nach mir ausstrecken.

Aber sie würden nicht rechtzeitig hier sein, selbst wenn sie wüssten, wo ich steckte. Niemand würde kommen, um mich zu retten. Nicht damals. Nicht heute.

Ich machte einen Schritt nach vorne, wollte an ihm vorbei und zur Tür, aber Ed war nicht mehr der betrunkene Pflegevater von früher, dem ich entwischen konnte. Er packte meinen Arm und zog mich mit einem Ruck an sich heran. Sein warmer Atem strich über mein Gesicht, der Pfefferminzkaugummi übertünchte den Alkoholgeruch nur oberflächlich. Er drang ihm aus jeder Pore, auch wenn sein Blick noch so klar war.

Ich stemmte die Hände gegen seine Brust, bereit loszuschreien, wenn er mich nicht gehen ließ. In diesem Moment flackerte ein Bild vor meinen Augen auf. Ich blinzelte schnell. *Nein. Nicht jetzt. Bitte nicht.* Aber das Bild ließ sich nicht vertreiben. Zuerst war es nur verschwommen, ohne Konturen und mit Farben, die ineinander überliefen, aber nach und nach wurde es klarer.

Die viel zu kalte Klimaanlage. Die Stimmen der anderen Kinder. Schwere Schritte. Eine Frauenstimme. Das Quietschen einer Tür und dann der Blick auf ein Kind mit dunklen Haaren und großen braunen Augen.

Ich stolperte so plötzlich zurück, dass ich Eds Umklammerung entkam. Hart prallte ich mit dem Rücken gegen die Wand und schnappte nach Luft, obwohl nichts davon in meine Lunge zu dringen schien. In meinen Ohren rauschte es und mein Magen krampfte sich so fest zusammen, dass ich würgen musste.

Das war ich gewesen. Das kleine Mädchen in Eds Erinnerungen war ich. Bis heute hatte ich geglaubt, mich nicht mehr an diesen Tag erinnern zu können, an dem ich zu Ed gekommen war, aber jetzt war alles wieder da. Die Marshalls, die einfach nicht mit meiner verschlossenen Art klargekommen waren. Die Fahrt zurück ins Heim. Die Einsamkeit. Die Leere in mir. Und dann waren auf einmal Ed und Martha aufgetaucht. Martha hatte mir immer über das

Haar gestreichelt und Ed hatte mir mein erstes Kartenspiel beigebracht. Stundenlang waren sie bei mir gewesen, hatten mich immer wieder besucht und mich eines Tages mit zu sich nach Hause genommen. Ich bekam ein eigenes Zimmer, durfte in eine öffentliche Schule ganz in der Nähe gehen und hatte richtige Eltern.

Damals war es mir wie ein Geschenk des Himmels vorgekommen, doch in Wahrheit war es nur der Beginn meiner ganz persönlichen Hölle gewesen.

»Rayne … oh Rayne.« Seine Stimme war wie das Schnurren einer Raubkatze und in seinen Augen lag derselbe lauernde Ausdruck. Diesmal packte er meine beiden Arme, schloss seine schwitzigen Hände darum und zog mich Zentimeter für Zentimeter näher.

Ich wollte schreien, schnappte bereits nach Luft, doch diesmal tauchten die Bilder schneller auf, sickerten in mein Bewusstsein ein, setzten sich dort fest und breiteten sich aus wie die Zellen eines Tumors, den ich niemals aus mir herausschneiden konnte.

Erinnerungen an Martha, daran, wie sie sich auf der Highschool ineinander verliebt hatten. Und dann – zu meinem Entsetzen musste ich erkennen, dass auch Martha an den Schmerzen meiner Vergangenheit nicht unschuldig gewesen war. Denn sie hatte es gewusst. Sie hatte davon gewusst und es zugelassen.

Ich kniff die Augen zusammen, strampelte, schlug um mich, tat alles, um die Bilder, Gedanken und Gefühle aus meinem Kopf zu vertreiben. Sie waren schlimmer als alles, was Ed mir antun konnte, denn sie waren ein Teil von ihm, der sich für immer in meine Seele einbrannte.

Ich sah mich selbst auf dem Boden liegend und lesend, während Ed das Footballspiel im Fernsehen anschaute – zumindest hatte ich das zu jener Zeit geglaubt. In Wirklichkeit hatte er mich beobachtet, war jede Linie meines Körpers, jede Falte meiner Kleidung mit seinen Blicken nachgefahren. Damals war ich elf gewesen.

Die Erinnerungen gingen weiter, brachen mit einer Heftigkeit über mich herein, bis ich das Gefühl hatte, mich übergeben zu müssen. Ich konnte die Bilder nicht steuern und genauso wenig die Verbindung unterbrechen, denn Ed hielt mich gnadenlos fest. Seine Finger gruben sich in meinen Arm, die Nägel schnitten in meine Haut. Sein Atem strich über meinen Hals. Stockend. Keuchend.

Wahllos tauchten Szenen aus Eds Vergangenheit in meinem Kopf auf. Momente, die einen frustrierten Jungen zeigten und Jahre später einen aggressiven Ehemann. Er hasste und genoss es gleichermaßen, wenn seine Faust Martha oder mich traf. Bei ihr überwog sein Hass auf sie und die ganze Situation – arbeitslos und ohne Geld. Ich hingegen wirkte wie eine Droge auf ihn. Je mehr Angst ich hatte, desto mehr erregte es ihn.

Würgend versuchte ich, nach Luft zu schnappen. Ich hatte mich geirrt. Hierher zu kommen, war ein Fehler gewesen. Ein riesiger Fehler, den ich für den Rest meines Lebens bereuen würde. Die ganzen Bilder in meinem Kopf, Eds Erinnerungen und was er dabei empfunden hatte … Ich musste weg. Ich musste sofort hier raus.

Ich riss die Augen auf und starrte über Eds Schulter an die gegenüberliegende Wand. Er hatte mich mit sich gezogen, ohne dass ich es gemerkt hatte, weil ich so in seinen Erinnerungen gefangen gewesen war. Hatte ich mich überhaupt gegen ihn zur Wehr gesetzt? Konnte ich es?

Ich war wie erstarrt, meine Arme und Beine reagierten nicht auf den Befehl meines Gehirns, sich freizukämpfen. Alles, was die

Lichtseelen mir beigebracht hatten, war umsonst gewesen. Ich war allein. Ich war hilflos. Genau wie damals.

Ed zog mich grob näher, bis ich beinahe gegen ihn stieß. Ich ließ es geschehen. Es war, als würde sich mein Kopf ausklinken, als würde ich mich wegdenken und an einem sicheren Ort verstecken, wo Ed niemals hinkam.

Tränen füllten meine Augen, als er noch näher kam und sein schwerer Atem in jede meiner Poren drang. Etwas in mir schrie auf, aber mein Körper gehörte nicht länger mir. Ich war nur noch eine willenlose Puppe, mit der Ed nach Belieben spielen konnte. Eine heiße Träne rann mir über die Wange und tropfte auf meinen Hals. Tadelnd schnalzte Ed mit der Zunge und packte mein Kinn.

Panik brandete in mir auf, so schnell, so plötzlich, dass mir schwindelig wurde. »Nicht …«, brachte ich hervor und versuchte, meinen Kopf in einem letzten Aufbegehren wegzudrehen, aber seine Finger hielten mein Kinn so fest, dass Spuren davon zurückbleiben würden.

Ich hätte auf Colt hören und zulassen sollen, dass er Ed tötete. In diesem Augenblick wollte ich lieber mit der Schuld an einem Mord leben als damit, dass der Albtraum von damals erneut grausame Realität wurde. Dass die Ängste, die Ed jahrelang in mir geschürt hatte, nun wahr wurden und er das beendete, was er vor so vielen Jahren begonnen hatte.

Ein lautes Krachen. Schnelle Schritte. Ed stieß mich zu Boden, um sich dem Eindringling entgegenzustellen.

Ich hoffte, *betete*, dass es Colt war. Ich wollte, dass er es war, der Ed an Ort und Stelle umbrachte. Vor meinen Augen. Der Hass auf diesen Mann war so tief in mir verankert, dass ich mich vor mir selbst erschreckte.

Aber es war nicht Colt. Ich erkannte lange Haare in den Farben der untergehenden Sonne. Eine Frau überwältigte Ed und warf ihn zu Boden, presste ein Knie auf seine Brust und drückte ihm mit der Hand die Luft ab, bis er röchelnd um sich schlug.

Lauren.

Fassungslos setzte ich mich auf. Mein Herz raste. Mein Blut rauschte mir in den Ohren und meine Muskeln zitterten unkontrolliert. Was machte ausgerechnet Lauren hier? Wie hatte sie mich gefunden? Und warum tauchte sie genau in dem Moment auf, als ich so dringend Hilfe gebraucht hatte?

»Alles okay?« Sie wandte den Blick nicht von Ed ab, während sie mit mir sprach. Sein Gesicht begann sich bereits blau zu verfärben.

Ich nickte langsam und zwang den Hass in mir zurück.

»Bitte …«, flüsterte ich heiser. Ein Teil von mir wusste, dass ich das Richtige tat, und an diesen Gedanken klammerte ich mich. Denn sobald ich auch nur eine Sekunde lang zuließ, dass der Hass mich überwältigte und die Kontrolle über meine Handlungen übernahm, wäre ich nicht besser als Ed. »Bring ihn nicht um.«

»Keine Sorge.« Lauren knallte Eds Kopf so heftig gegen den Boden, dass er auf der Stelle das Bewusstsein verlor. Dann sah sie mich zum ersten Mal an. »Das wirst du eines Tages tun.«

Sie stand auf und hielt mir die Hand hin. Trotz der Rangelei war sie kaum außer Atem – ganz im Gegensatz zu mir, die am ganzen Körper zitterte. Ich zögerte einen Herzschlag lang, schaute zwischen dem bewusstlosen Ed und Lauren hin und her, dann legte ich meine Hand in ihre und ließ mich von ihr auf die Beine ziehen.

»Wir sollten von hier verschwinden.« Ohne meine Antwort abzuwarten, zog Lauren mich mit sich. An der Tür sah sie sich prüfend um, dann deutete sie den Gang entlang und mir blieb keine andere Wahl, als ihr die Treppe hinunter zu folgen. Erst dann ließ sie meine Hand los.

Inzwischen hatte leichter Regen eingesetzt. Tropfen benetzten meine nackten Arme und meine Kleidung. Ich fröstelte, blieb aber nicht stehen. Die kühle Luft ließ mich von Sekunde zu Sekunde mehr zu mir selbst zurückfinden.

Zusammen mit Lauren überquerte ich die Straße und ging weiter. Sie bog nach rechts in einen kleinen Park ab, den ich gerne mit Emma besuchte. Jetzt nicht mehr. Denn ich würde nie wieder hierherkommen. Nicht, wenn Ed direkt gegenüber in seinem Hotelzimmer saß.

»Woher wusstest du, wo ich bin?«, fragte ich, nachdem wir an zurechtgestutzten Sträuchern und ein paar Holzbänken vorbeigelaufen waren, denen Wind und Wetter bereits deutlich zugesetzt hatten.

»Ein Dankeschön hätte es auch getan.« Lauren drehte sich zu mir um. Umringt von den bunt gefärbten Blättern an den Bäumen und den Laubhaufen am Boden, fügte sie sich perfekt in dieses herbstliche Bild ein. Ihre rotblonde Mähne, der kastanienbraune Trenchcoat und die farblich abgestimmten Stiefel ließen sie wie aus einem Modemagazin entsprungen wirken. Nicht wie eine gefürchtete Dunkelseele. »Oder hätte ich euch zwei lieber nicht stören sollen?«

Ein eisiger Klumpen sammelte sich in meiner Magengegend. Schnell schüttelte ich den Kopf. »Danke«, murmelte ich widerstrebend. Denn egal, zu welcher Seite sie gehörte, sie hatte mich soeben gerettet. Zum zweiten Mal. Ich hätte mich nicht gegen Ed verteidigt, dafür hatte er mir viel zu lange beigebracht, dass jegliche

Gegenwehr meinerseits zwecklos war. Und wie es aussah, war diese Lektion noch immer tief in mir verankert.

»Keine Angst, er ist nur bewusstlos und wird mit höllischen Kopfschmerzen aufwachen. Er wird sich nicht an diesen kleinen Zwischenfall erinnern.«

»Du …?«

»Genau.« Lauren tippte sich mit dem Zeigefinger an die Schläfe, als wäre es das Selbstverständlichste, die Erinnerungen anderer zu manipulieren. Als ich darauf nichts erwiderte, runzelte sie die Stirn. »Weißt du, Rayne, hier geht es nicht darum, wer recht und wer unrecht hat.« Lauren kam einen Schritt auf mich zu. »Du kannst nicht ernsthaft immer noch glauben, dass die Lichtseelen die Guten und wir die Bösen sind. So einfach ist das nicht.«

»Wirklich?« Ich blickte sie mit erhobenem Kinn an, denn in einem Punkt lag sie richtig: Ich sah in ihr nicht das personifizierte Böse. Ich hatte keine Angst vor ihr. Einen gesunden Respekt, ja, aber keine Angst. Nicht, wenn ich vor ein paar Minuten meinem schlimmsten Albtraum begegnet war. »Wie kannst du behaupten, dass ihr nicht die Bösen seid, wenn du Ed und andere Menschen ohne zu zögern töten würdest?«

»Du etwa nicht?« Lauren musterte mich genau. »Willst du mir allen Ernstes weismachen, dass es keinen Moment, nicht mal eine Sekunde gab, in der du ihn tot sehen wolltest? In der du nicht dabei zusehen wolltest, wie jedes bisschen Leben aus seinen Augen verschwindet?«

Ich presste die Lippen aufeinander, ohne etwas darauf zu erwidern. Doch das schien ihr als Antwort zu genügen.

»Willst du nicht etwas Gutes mit deinen Fähigkeiten tun?« Sie senkte die Stimme und machte einen Schritt auf mich zu. »Hast du dir nie gewünscht, ewig leben und deine Kräfte für alles nutzen zu können, was du dir erträumst?«

»Ihr tut doch nichts Gutes damit!«, widersprach ich ihr harsch.

»Woher willst du das wissen?« Laurens unnachgiebiger Blick bohrte sich in mich hinein. So langsam begann ich zu begreifen, warum die anderen sie fürchteten. »Entgegen der allseits beliebten Meinung sind wir nicht auf Chaos und Zerstörung aus. Wir wollen die Prophezeiung erfüllen. Wenn wir zwei Seelenpartner dazu bringen, ihre Seelenhälften erfolgreich miteinander zu verschmelzen, wären wir unsterblich und jeder von uns würde seinen Seelenpartner finden, statt ihn für den Rest seines Lebens suchen zu müssen. Kannst du dir das überhaupt vorstellen? Niemand könnte uns dann noch aufhalten.«

Ich starrte sie an. Lauren war nicht bloß überzeugt von dem, was sie da sagte und wofür sie kämpfte – sie war eine Fanatikerin.

»Du bist verrückt …«, flüsterte ich.

»Nein, Rayne. Ich sehe nur das große Ganze, während die Welt für Leute wie William und die anderen Lichtseelen nur aus Schwarz und Weiß besteht. Wenn wir die Prophezeiung erfüllen, können wir Gutes tun. Wir könnten alles tun!« Als ich schwieg, neigte sie den Kopf zur Seite und betrachtete mich stirnrunzelnd. »Ich sehe schon … William hat dich bearbeitet. Warum vertraust du seinem Wort mehr als meinem? Mehr als dir selbst?«

»Ich …«, begann ich und schüttelte im selben Atemzug den Kopf. Verdammt. Lauren stellte alles infrage, was ich bisher über Licht- und Dunkelseelen erfahren hatte. Und nach der Begegnung mit Ed hatte ich keine Kraft mehr, mich gegen sie zu wehren. Sie war zu einnehmend, sagte zu viel Wahres. Über die Lichtseelen, diese übernatürliche Welt, in der wir lebten. Über Colt.

»Warum, Rayne?«

Inzwischen stand sie so dicht vor mir, dass ich zu ihr hochschauen musste.

»Weil ich … ich …« Händeringend suchte ich nach den richtigen Worten, ohne zu wissen, was ich überhaupt sagen sollte. Doch in Wirklichkeit gab es nur eine Antwort auf ihre Frage. Nur eine Möglichkeit. »Ich vertraue ihm, weil Colt es tut!«, stieß ich hervor, überrascht über meine eigenen Worte, die sich so richtig anfühlten, dass ich es noch einmal aussprechen musste. »Weil Colt ihm vertraut.«

»Ah, Colt also.« Sie neigte den Kopf, als würde sie das amüsieren. »Dann lass uns doch ihn fragen, was er davon hält.«

In der einen Sekunde sah ich nur Lauren vor mir, dann trat sie zur Seite. Hinter ihr, neben einer Holzbank mit abblätternder Farbe, die Stirn in tiefe Falten gezogen, stand Colt.

Wann war er hier aufgetaucht? Wie? Und woher wusste er, dass ich hier war?

*Was ist passiert?*, erklang seine Stimme tief und klar in meinem Kopf. *Geht's dir gut? Bist du verletzt?*

Ich nickte, nur um dann den Kopf zu schütteln. Mein Puls dröhnte in meinen Ohren. Ich konnte kaum einen klaren Gedanken fassen, geschweige denn, ihm in Gedanken auf seine Fragen antworten. Erleichterung mischte sich mit Verwirrung, erneut aufsteigende Panik mit dem Bedürfnis, mich in Colts Armen zu vergraben und alles andere zu vergessen.

»So schweigsam?« Lauren sah von mir zu Colt und wieder zurück, dann wandte sie sich erneut mir zu. »Ich weiß, du glaubst mir nicht, und das ist in Ordnung. Aber ich kann dir etwas bieten, das die Lichtseelen nicht können.« Eine kurze Pause. »Eine Familie.«

Bestehend aus Dunkelseelen, die nicht einmal die Bedeutung von Wörtern wie Gnade und Mitgefühl kannten? Ganz sicher nicht.

»Ich habe schon eine Familie.«

Und niemand, absolut niemand auf der Welt konnte Nora und Emma ersetzen.

»Du hast eine Adoptivmutter und eine Adoptivschwester«, sinnierte Lauren. »Aber was ist mit deiner echten Familie? Was ist mit Blutsverwandtschaft?«

»Ich …«

»Sie lügt.« Colt machte einen drohenden Schritt auf Lauren zu. »Familie bedeutet ihr nicht das Geringste.«

»Oh, aber das ist nicht wahr« Sie drehte sich mit einem mörderischen Lächeln zu ihm um. »Familie bedeutet mir sehr viel. Das wüsstest du, wenn du mit mir gekommen wärst, mein lieber Sohn.«

*Was?*

Ich starrte Colt an, wartete darauf, dass er irgendetwas sagte, dass er eine Reaktion zeigte, aber er widersprach ihr nicht. *Er widersprach nicht.* Stattdessen lag ein bittender, fast schon entschuldigender Ausdruck in seinen Augen, als versuchte er, mir stumm zu erklären, warum er diese Sache vor mir geheim gehalten hatte.

Wie konnte der stellvertretende Anführer der Lichtseelen gleichzeitig der Sohn der Anführerin der Dunkelseelen sein? Wie war das möglich? Colt war nur ein paar Jahre älter als ich und Lauren wirkte so … jung. Sogar jünger als Nora.

»Er hat es dir nicht gesagt, oder?« Lauren lachte leise auf. »Natürlich nicht. Vielleicht ist es an der Zeit, dir Gedanken darüber zu machen, warum dein Seelenpartner seine Erinnerungen so gut vor dir verbirgt.«

Okay, das reichte. Ich hatte genug von Lauren, von Ed, von Colt und von allen, die mir nur etwas vormachten und mich belogen.

»Vielleicht, um zu vergessen, wer seine Mutter ist?«, schoss ich zurück.

Lauren zuckte zusammen, als hätte ich ihr eine Ohrfeige verpasst. Sie kniff die Augen zusammen und ein gefährliches Zittern wanderte durch ihren Körper. In diesem Moment war ich mir sicher, dass sie ausholen und mir eine wirkliche Ohrfeige geben würde. Dass ich endlich ihr wahres Gesicht hinter all dieser aufgesetzten Freundlichkeit sehen würde.

Doch stattdessen schleuderte Lauren mir eine Erinnerung entgegen, die eine viel schmerzhaftere Wirkung hatte als ein Schlag ins Gesicht.

Ich strauchelte, als sich das Bild vor meinem inneren Auge kristallisierte und mir in aller Deutlichkeit zeigte, wie sie einen Dolch in die Brust einer Frau rammte. Schnell und ohne zu zögern. Ich erkannte den geschockten Ausdruck im Gesicht der anderen und fühlte den Schmerz in Laurens Handgelenk, als wäre es mein eigener. Ebenso die Genugtuung, die sich wie ein tödliches Gift in ihrem Körper ausbreitete. Das Leuchten in den Augen der jungen Frau verschwand, bis nur noch ein leerer Blick übrig blieb. Erst als alles Leben aus ihren Gliedern gewichen war, zog Lauren den Dolch aus ihrer Brust. Die Frau sackte zu Boden wie eine Marionette, deren Fäden man soeben zerschnitten hatte. Aber statt sich umzudrehen und zu gehen, blieb Lauren, wo sie war, und streckte die linke Hand aus. Gleißendes Licht drang aus dem leblosen Körper und formte sich zu einer Kugel, die einen Moment lang schwerelos in der Luft schwebte. Dann griff Lauren danach. Und noch während das Blut von der Dolchklinge auf die Leiche tropfte, wusste ich, dass Lauren lächelte.

Ich blinzelte heftig, bis die Erinnerung verblasste und ich wieder in diesem Park stand. Der Geruch von Wald und Regen war das Erste, was in mein Bewusstsein strömte und mich wieder in der Gegenwart verankerte. Dann spürte ich Colts Arm an meiner Taille. Ich schloss die Augen für einen Moment und versuchte, die Gefühle von Genugtuung und Zufriedenheit aus meinem Inneren zu verbannen, weil es nicht meine eigenen, sondern Laurens waren. Dann richtete ich mich wieder auf und begegnete ihrem Blick.

»Wenn du glaubst, dass ich mich dir jetzt noch anschließe …« Ich schüttelte den Kopf, unterdrückte aber den Drang, vor ihr zurückzuweichen. Colt verstärkte den Griff um meine Taille. »Ich werde niemals zulassen, dass ihr das anderen Lebewesen antut. Nicht einmal Ed, völlig egal, ob er eine Dunkelseele ist oder nicht.«

»Er ist keine, Rayne.« Colts Stimme war tonlos und drang wie ein eisiger Lufthauch an mein Ohr. »Er ist keine Dunkelseele.«

Ich riss mich von ihm los, wirbelte zu ihm herum. Mein Herz hämmerte so schnell und hart in meiner Brust, dass ich meine Frage kaum hervorbrachte. »Was?«

Er wirkte geschlagen. Gefasst. Auch er war absolut sicher gewesen, dass Ed der Grund für die Opferschreie war. »William ist mit mir ins Hotel gekommen und hat ihn überprüft. Er trägt keine Kräfte in sich.«

Aber das würde ja bedeuten …

»Er ist nur ein Mensch …«, flüsterte ich. Ein perverses, krankes Schwein, aber nur ein Mensch. Und die Lichtseelen würden ihn weitermachen lassen. Sie würden ihn nicht aufhalten. Weil ich Colt das Versprechen abgenommen hatte, Ed am Leben zu lassen.

»Und nun, Rayne?« Laurens Stimme schnitt durch die Stille. Sie hatte die Arme vor der Brust verschränkt, die Brauen herausfordernd gehoben. »Lässt du ihn weiter frei herumlaufen? Oder tust du das Richtige und überlässt ihn uns?«

# Kapitel 21

Der Duft von Kaffee hing schwer in der Luft und vermischte sich mit einem eher angebrannten Geruch, der aus der Küche des Cafés strömte. Doch nicht einmal die Musik im Hintergrund oder die Stimmen der anderen Gäste konnten die Stille vertreiben, die sich seit dem Moment im Park zwischen Colt und mir ausgebreitet hatte.

Rückblickend wusste ich nicht mehr, wie wir hierhergekommen waren. Ich hatte keine Antwort auf Laurens Frage gehabt und war völlig überfordert von der Situation. Von dem Erlebnis mit Ed, Laurens Auftauchen, dieser neuen Wahrheit über Colt – und der Tatsache, dass Ed keine Dunkelseele war. Denn in einem Punkt hatte Lauren recht: Wenn Ed keiner von ihnen war, würden die Lichtseelen nichts gegen ihn unternehmen, völlig egal, was er tat oder wen er bedrohte. Die einzige Ausnahme bildete Colt. Ihm traute ich es zu, dass er Ed zur Strecke brachte, wenn er erfuhr, was in seinem Hotelzimmer geschehen war, aber was würde das mit ihm selbst machen? Er quälte sich bereits wegen Alicias Tod. Wie weit würde es ihn von den Lichtseelen entfernen und zu den Dunkelseelen treiben, wenn er jetzt auch noch einem zweiten Menschen das Leben nahm?

Ich starrte in meinen Kaffee, als könnte ich dort die Antworten auf all meine Fragen finden. Bisher hatte ich die Tasse jedoch nicht angerührt.

»Rede mit mir.« Colts leise Stimme ließ mich den Kopf heben.

»Worüber?«

»Keine Ahnung. Irgendwas.« Er wirkte verzweifelt. »Sag irgendetwas.«

»Lauren ist deine Mutter.«

Er zuckte zusammen. »Ja«, erwiderte er tonlos.

Sollte ich noch einen Funken Hoffnung in mir gehabt haben, dass Lauren gelogen hatte, löste er sich in diesem Moment auf.

»Kennst du die Opferschreie ihretwegen? Hast du …«

»Nein«, unterbrach er mich und griff nach seiner eigenen Tasse. »Nur wegen Alicia. Bis heute versucht Lauren, mich auf ihre Seite zu ziehen. Als sie damals zur Dunkelseele wurde, hat sie uns vor die Wahl gestellt. Entweder wir kommen mit ihr oder wir machen sie uns zum Feind.«

»Du bist nicht mit ihr gegangen …«, sinnierte ich leise und trank den ersten Schluck von meinem Kaffee. »Warum nicht?«

Colt sah mir geradewegs in die Augen. »Weil es das einzig Richtige war. Keiner von uns ist fehlerlos und manche von uns stehen näher am Abgrund als andere. Ein falscher Schritt, eine falsche Entscheidung und es gibt kein Zurück mehr. Entweder du wirst zur Dunkelseele oder die Opferstimmen treiben dich in den Wahnsinn. Oder Schlimmeres.«

Ich nickte langsam. Eine Kellnerin lief an uns vorbei, und ich wartete, bis sie außer Hörweite war, um weiterzusprechen. »Ich kann verstehen, dass du es mir nicht gesagt hast.« Obwohl es wehtat. Ich hatte ihm als einzigem Menschen, abgesehen von Nora und Dr. Hawthorn, von Ed erzählt, und er vertraute mir nicht genug, um mir zu sagen, dass die Anführerin der Dunkelseelen, vor der sich alle fürchteten, seine Mutter war.

»Ich hätte es dir sagen sollen«, gab er nach einem Moment zu. Wieder lag da dieser bittende Ausdruck in seinen Augen. »Aber wir hatten uns gerade erst kennengelernt, und du hattest noch nicht akzeptiert, dass wir Seelenpartner sind, da wollte ich nicht …«.

»*Ich* hatte es nicht akzeptiert?«, wiederholte ich ungläubig und stellte den Kaffee mit mehr Vorsicht als nötig auf den Tisch. Nur um sicherzugehen, dass ich nichts anderes damit tat. Ihn Colt ins Gesicht schütten zum Beispiel. »Ich habe gehört, was du auf dem Fabrikgelände zu William und Nell gesagt hast.«

»Scheiße. Rayne, das war nicht …«

Ich hob die Hand. »Schon gut. Jetzt verstehe ich die beschissene Ironie ja.«

Colts Mutter und seine Seelenpartnerin trugen die gleiche Kraft in sich. Eine davon war eine Dunkelseele, die andere unentschlossen. Kein Wunder, dass er nicht gerade begeistert gewesen war.

»Damals haben wir uns kaum gekannt.« Colt stützte sich auf die Ellbogen und kam mir so unweigerlich näher. »Wir haben uns nicht …«

Geküsst. Er sprach es nicht aus, aber ich konnte es in seinem Blick ablesen, bei dem mir unweigerlich wärmer wurde. Ich räusperte mich.

Um uns beide von den Gedanken und Erinnerungen abzulenken, die plötzlich zwischen uns schwelten, wechselte ich abrupt das Thema. »William hat mir Laurens Tagebuch gegeben.«

»Gut.« Colt lehnte sich zurück und trank einen Schluck von seinem Kaffee. »Du solltest es lesen. Aber … Rayne?«

»Ich werde nicht wie sie«, sagte ich bestimmt. »Mach dir keine Sorgen.«

»Emma«, tadelte ich Tage später, konnte aber nichts gegen das verräterische Zucken in meinen Mundwinkeln tun. »Wenn du weiter so zappelst, werden wir nie fertig.«

»Aber draußen ist es schon dunkel!«, protestierte sie und zog einen Schmollmund. Wenn es nach ihr ging, wären wir schon vor Stunden losgelaufen.

Ich biss mir auf die Unterlippe, um mein Grinsen zu unterdrücken, und tunkte den schmalen Pinsel in das Döschen mit der roten Farbe. »Ich bin gleich fertig«, murmelte ich, aufs Höchste darauf konzentriert, Emma den perfekten Hexenlook für Halloween zu verpassen. Schon vor Monaten hatte sie verkündet, dass sie als Hexe gehen wollte. Nora und ich waren uns sicher gewesen, dass sie ihre Meinung noch zehnmal ändern würde – spätestens sobald der nächste Disneyfilm mit einer neuen Heldin erschien. Aber Emma war standhaft geblieben, also malte ich jetzt zu dem Spinnennetz auf ihrer Wange eine kleine rote Spinne, die sich Richtung Mund abseilte.

Nach einem Moment lehnte ich mich auf den Fersen zurück und betrachtete mein Werk. Mit dem spitzen Hut und dem schwarzen Kleid war Emma viel zu niedlich, um irgendjemanden zu erschrecken, aber ihre Gesichtsbemalung war mir gelungen. Zufrieden schraubte ich die kleinen Döschen zu und stand auf, um die Pinsel auszuwaschen.

»Können wir gehen?«, rief Emma und hüpfte von einem Bein aufs andere. »Können wir jetzt los? Ja? Jaaa?«

Nora kam aus dem Schlafzimmer. Sie trug ein weites schwarzes Kleid, mit roten und weißen Akzenten und einem hohen Kragen. Die Haare waren kunstvoll aufgetürmt, ihr Make-up dramatisch dunkel, wie es sich für eine *Evil Queen* gehörte. Lächelnd griff sie nach Emmas Hand. »Immer mit der Ruhe, Liebes. Wir gehen ja gleich.«

Emma nickte begeistert. »Sonst bleiben keine Süßigkeiten mehr übrig!«

»Du hast doch sowieso schon bei den Nachbarn geklingelt.« Ich drehte den Wasserhahn zu und legte die Pinsel zum Trocknen auf ein Küchentuch.

Emma streckte mir die Zunge raus. »Das war vorher, das zählt nicht. Jetzt bin ich eine richtige Hexe!« Sie rannte zur Haustür, wo sie ihren kleinen Besen abgestellt hatte.

Nora und ich wechselten einen amüsierten Blick und folgten ihr. Auf halbem Weg klingelte Noras Handy und sie blieb stehen, um es unter ihrem Kleid hervorzuziehen. Aber Emma konnte nun nichts mehr aufhalten und sie lief bereits die Stufen vor unserem Haus hinunter. Kaum aus der Tür, schauderte ich in der kühlen Abendluft und setzte mir die Kapuze meines Umhangs auf.

»Wir können lohoooos!« Quietschend rannte Emma auf Gray zu, der schon auf uns gewartet hatte, ließ sich von ihm hochheben und herumwirbeln, bevor sie zappelnd verlangte, wieder runtergelassen zu werden.

»Hey, das steht dir.« Ich lachte auf, als wir ihm zu seinem Wagen folgten. »Aber wolltest du nicht als Feuerwehrmann gehen?«

Obwohl die schwarzrote Maske sein komplettes Gesicht verdeckte, hörte ich das Grinsen in seiner Stimme. »Feuerwehrmann bin ich jeden Tag. Deadpool kann ich nur einmal im Jahr sein.«

»Das stimmt allerdings.« Ich betrachtete ihn von Kopf bis Fuß. Zugegeben, er machte in dem Kostüm tatsächlich einiges her. Die Shirts und Hosen, die er sonst trug, ließen seinen durchtrainierten Körper selten so gut zur Geltung kommen.

»Du hättest dir aber auch etwas Cooleres aussuchen können.« Er zupfte an meinem roten Umhang, der mir gerade mal bis zum unteren Rücken reichte und damit sogar noch kürzer war als das Kleid, das knapp über meinen Knien endete. »Rotkäppchen.«

»Hey.« Ich schlug seine Hand beiseite. »Nicht jeder kann ein Superheld sein.«

Colt hatte ja den unglaublich hilfreichen Vorschlag gemacht, mich als Lichtseele zu verkleiden. Wenigstens besaß mein Seelenpartner Humor, wenn wir schon auf ewig miteinander verbunden waren.

»Da ist deine Mom, Gray!« Emma wetzte davon, bevor ich sie aufhalten konnte.

Ich hatte Mrs Altman seit Tagen nicht mehr gesehen, außer ganz kurz, wenn sie am Fenster vorbeiging oder einem Lieferanten die Tür öffnete. Mir war nicht wohl dabei, dass Emma sie nach Süßigkeiten fragte, auch wenn heute Halloween war. Doch als ich eingreifen wollte, hielt Gray mich zurück.

Emmas Hexenhut wackelte, als sie schlitternd vor der Haustür der Altmans zum Stehen kam. Grays Mom ging vor ihr in die Hocke. Sie redeten miteinander, aber ich konnte die Worte auf die Entfernung nicht verstehen.

»Sie sieht besser aus«, stellte ich leise fest.

Und das tat sie wirklich. Ihre Haut wirkte nicht mehr so fahl, ihre Augen weniger blutunterlaufen und ihre Bewegungen waren sicherer.

»Es geht ihr auch besser.« Seine Erleichterung war deutlich zu hören, aber in seinem Lächeln lag auch etwas Nachdenkliches.

»Wie schön. Das freut mich so, Gray.«

Er nickte dankbar und schloss mich in eine kurze Umarmung.

Ich sah zurück zu Emma und Mrs Altman, gerade rechtzeitig, um mitzubekommen, dass meine kleine Schwester ihr nicht mit »*Trick or Treat*« drohte, sondern ihr stattdessen eine Handvoll von ihren eigenen Süßigkeiten schenkte.

Etwas in mir schmolz bei dem Anblick. Gleichzeitig schien meine Brust vor Stolz anzuschwellen. Dieses Mädchen war einmalig.

Sie verabschiedete sich mit einem Knicks von Grays Mom, dann rannte sie mit wehendem Umhang zu uns zurück und stolperte dabei fast über ihr Kleid.

»Immer langsam.« Lächelnd ging ich in die Hocke und breitete die Arme aus. Emma warf sich hinein. Ich schob die Nase in ihr Haar und atmete tief den vertrauten Duft nach Pfirsichen und purem Sonnenschein ein. Darunter hatte sich der Geruch der Kinderschminke vermischt und … »Emma?« Ich lehnte mich zurück, suchte ihren Blick. »Hast du etwa von den Cookies genascht?«

Sie erwiderte meinen Blick aus großen blauen Augen. »Nein …?«

Ich konnte nicht anders, als zu lachen.

»Los geht's! Seid ihr bereit?« Nora kam aus dem Haus und schob ihr Handy in eine Tasche ihres weiten Rocks.

Ich hob Emma hoch, die die Arme in die Luft reckte und mir ein begeistertes »Jaaaaaa!« ins Ohr brüllte.

Wir fuhren in die Innenstadt und parkten den Wagen bei der Buchhandlung. Auf den Straßen war schon viel los. Eine Schar Kinder rannte an uns vorbei, als wir ausstiegen. Sie waren als Minions, Superman, Batman, Skelette, Häschen in Polizeiuniform, Deadpools und Hogwarts-Schüler verkleidet.

Emma lief voraus und wir folgten ihr in gemächlichem Tempo. Als sie ihre Schulfreunde und deren Eltern in der Menge entdeckte, schlossen wir uns ihnen an. Während Gray ein paar seiner Kollegen von der Feuerwache begrüßte, nahm Nora mich beiseite.

»Der Anruf vorhin. Das war der befreundete Detective vom Chicago Police Department, von dem ich dir erzählt habe.« Sie zögerte einen Atemzug lang, dann senkte sie die Stimme. »Sie haben ihn noch nicht gefunden, Liebes. Aber sie sind weiterhin auf der Suche«, fügte sie hastig hinzu, als sie meinen Gesichtsausdruck bemerkte.

Seit jenem Samstagnachmittag schaute ich dreimal über meine Schulter, bevor ich irgendwohin ging, das Haus verließ oder auch nur aus meinem Wagen stieg. Ich hatte lange gezögert, aber nachdem Nora mich mehrere Nächte hintereinander geweckt hatte, weil ich von Albträumen geplagt geschrien hatte, war mir keine andere Wahl mehr geblieben. Ed war ein Mensch, das bedeutete, dass auch Menschen dafür sorgen mussten, dass er seine gerechte Strafe bekam. Außerdem ging es nicht mehr nur um mich, sondern auch um Emma. Ich würde nicht zulassen, dass Ed auch nur in ihre Nähe kam.

Also hatte ich Nora alles erzählt. Ich hatte ihr die Fotos gezeigt, ihr gestanden, dass ich Ed auf eigene Faust gefolgt war, und in ihren Armen geweint, bis ich keine Tränen mehr hatte. Nur ein einziges Detail verschwieg ich: wie ich tatsächlich aus dem Hotelzimmer entkommen war. Behutsam hatte Nora mir die letzten Spuren von den Wangen gewischt und mir versprochen, dass sie sich darum kümmern würde. Dass sie dafür sorgen würde, dass Ed nie wieder in meine Nähe kam. Sie hatte die Polizei informiert und all ihre Kontakte spielen lassen. Aber nicht einmal die Cops konnten Wunder vollbringen.

»Können sie nicht … keine Ahnung.« Ich fuhr mir durch das

Haar, ballte die Hand zur Faust, um mein Zittern zu unterdrücken. »Können sie nicht die Medien einschalten? Eine offizielle Fahndung starten?«

»Du weißt doch, dass das nicht geht.« Bedauernd schüttelte Nora den Kopf. »Solange wir keine Beweise gegen ihn haben, gibt es auch keine Fahndung. Die Fotos reichen nicht aus, und er ist nicht so dumm, sich anderweitig strafbar zu machen.«

Weil ich ihn nie angezeigt hatte. Weil ich den Mund gehalten hatte, konnte er tun und lassen, was er wollte.

Beruhigend strich Nora mir über die Arme. »Sie sind sicher, dass er sich in Chicago aufhält.«

Ich schluckte hart, zwang mich zu einem Nicken. Lauren hatte mir angeboten, ihn aus dem Weg zu räumen, dafür zu sorgen, dass er niemandem mehr zu nahe kam. Ich hatte abgelehnt … nur um ihn jetzt frei herumlaufen zu lassen, bis er sich das nächste Opfer suchte? Bis das nächste kleine Mädchen den gleichen Albtraum durchleben musste wie ich vier unendliche Jahre lang?

Noras Hand an meiner Wange riss mich aus meinen Gedanken. »Möchtest du dich kurz irgendwo hinsetzen? Oder zurück nach Hause?«

Ich schüttelte den Kopf. Emma hatte sich so auf Halloween gefreut, das wollte ich ihr nicht verderben. Und auch ich hatte mich darauf gefreut. Auf einen ganz normalen Abend mit meinen Freunden und meiner Familie.

»Hast du schon einen neuen Termin mit Dr. Hawthorn ausgemacht?«

»Noch nicht«, gab ich zu. »Aber ich kümmere mich so schnell wie möglich darum.«

»Gut.« Nora ließ mich los, lächelte aber. Es war kein frohes oder stolzes Lächeln, sondern traurig. Besorgt. »Pass auf dich auf, Rayne, ja? Bitte.«

Ich nickte, nicht nur, um sie zu beruhigen, sondern weil ich nicht vorhatte, auch nur eine Sekunde ohne Begleitung unterwegs zu sein. Nicht, solange Ed noch immer irgendwo dort draußen war und nur darauf wartete, dass ich einen Fehler machte.

Inzwischen waren wir einen kleinen Halbkreis gelaufen und wieder in der Nähe des *Butterfly Books*. Aus der Ferne bemerkte ich die Lichter im Schaufenster des Comicshops. Auch drinnen war es noch hell.

»Ich schaue kurz bei Barry vorbei«, informierte ich Nora. Gray war noch ein Stück hinter uns und unterhielt sich mit dem Feuerwehrchef, während Emma mit ihren Freunden ein paar Schritte voraus über den Gehweg hüpfte.

»Okay. Bis gleich.«

Ich sah mich um, dann überquerte ich die Straße und steuerte den Laden direkt an. Erst als ich das blecherne *Nananana* hörte, das mein Eintreten verkündete, wagte ich es aufzuatmen.

Mein Blick wanderte durch den Laden und blieb am Verkaufstisch hängen. Zu den üblichen Comicfiguren hatten sich geschnitzte Kürbisse gesellt, die Barry nicht nur in seinem Schaufenster, sondern auch neben der Kasse aufgestellt hatte. Die Kerzenflammen hinter den Fratzen tanzten im Luftzug.

»Barry?«, rief ich.

»Komme!« Die Antwort kam aus dem Lager.

Ich ging durch den Laden, schob hier und da etwas zurecht und bemerkte ein neues Regal in der hintersten Ecke. Ganz von allein verzogen sich meine Lippen zu einem Lächeln. Wie es aussah, war Barry auf Mariellas und meinen Vorschlag eingegangen und hatte sein Sortiment um Mangas erweitert. Nicht viele, aber ich entdeckte zwei beliebte Reihen, die sich in dem erst zur Hälfte befüllten Regal stapelten.

»Na endlich«, murmelte ich und holte ein paar weitere Ausgaben aus einem Karton, um sie einzusortieren.

Es begann mit einem Wispern, so leise wie ein Windhauch, der meinen Geist streifte. Ich erstarrte. *Nein. Bitte nicht jetzt. Nicht schon wieder.* Die Angst vor den Schreien packte mich mit voller Wucht und wandelte sich in eiskalte Panik, bei dem Gedanken, dass Ed in der Nähe sein könnte. Ich wusste, dass er keine Dunkelseele war, also konnte er auch nicht die Ursache für die Opferstimmen sein. Aber ich hatte sie so lange mit ihm in Verbindung gebracht, war so darauf fixiert gewesen, dass er die Ursache dafür war, dass die Stimmen und Ed unzertrennlich miteinander verbunden waren.

Als die ersten Schreie über mich hereinbrachen, glitten mir die Mangas aus den Fingern und landeten mit einem dumpfen Laut auf dem Boden. Ich sank daneben. Jeder Muskel in meinem Körper wehrte sich gegen die Invasion der Stimmen. Ich zog die Beine an die Brust, drückte die Stirn gegen die Knie, um mich an etwas zu klammern, an irgendetwas, um das Kreischen in meinem Kopf auszublenden.

Aber es gab kein Entkommen.

Der Stimmenchor tobte wie ein Gewitter über mich hinweg. Kälte überzog meine Haut, während sich gleichzeitig jeder einzelne Schrei glühend heiß in mein Bewusstsein bohrte. Ich wollte brüllen, wollte die Stimmen mit meinem eigenen Schrei übertönen, aber mir kam kein Ton über die Lippen.

Plötzlich spürte ich warme Hände, die mich in eine aufrechte

Position zogen und an eine breite Brust drückten. Jemand strich mir über den Kopf und murmelte etwas an meinem Ohr.

»Ganz ruhig, Rayne.« Barrys Worte drangen nur verzerrt zu mir durch, aber sie waren ganz nah. Als ich die Augen wieder öffnen konnte und mich ein Stück zurücklehnte, sah ich in Barrys Gesicht. Er hockte vor mir und studierte mich mit einer Eindringlichkeit, die ich nie zuvor an ihm gesehen hatte. Er war besorgt … aber nicht überrascht.

Wie konnte … Ein erneuter Schrei ließ mich zusammenzucken, bevor ich den Gedanken zu Ende bringen konnte. Ich grub die Finger in mein Haar, presste die Handflächen gegen meinen Kopf, als könnte ich das Kreischen so irgendwie vertreiben.

Es tat weh. Hitze drang in meine Ohren, legte sich auf meine Haut, umgab mich wie alles erstickender Rauch, bis ich das Gefühl hatte, keine Luft mehr zu bekommen.

»Schh …« Väterlich rieb er mir über die Arme. »Es ist gleich wieder vorbei.«

Nein. Es würde niemals vorbei sein. Jedes Mal wurden die Schreie lauter, die Symptome heftiger. Es würde erst vorbei sein, wenn ich tot war. Keine Sekunde vorher. Und jetzt, da wir wussten, dass Ed nicht der Grund dafür war, standen wir wieder ganz am Anfang …

»Hier.« Barry drückte mir ein Glas in die Hand. »Trink einen Schluck.«

Meine Finger zitterten so sehr, dass ich etwas verschüttete, bevor ich einen Schluck davon trinken konnte. Ich hatte mit Wasser gerechnet, aber nicht mit dem bitteren Geschmack, der alles in meinem Mund zusammenzog.

Ich wollte das Zeug ausspucken und das Glas abstellen, doch

Barry war schneller. Er legte seine Hand um meine und die andere um mein Kinn. »Schlucken. Und trinken. Es hilft, glaub mir.«

Ein schrilles Kreischen trieb mir die Tränen in die Augen. Ich hielt mich an Barrys Gegenwart, an seinem Blick fest und als er das Glas erneut zu meinem Mund führte, trank ich es aus.

»Braves Mädchen.« Er nahm es mir aus der Hand, stellte es beiseite, dann legte er die Finger an mein Handgelenk und sah auf seine Armbanduhr, um meinen Puls zu prüfen. »Es sollte gleich vorbei sein.«

»Danke.« Irgendwie brachte ich das Wort hervor, auch wenn es in dem Stimmenchor in meinem Kopf unterging.

Doch dann, beinahe unmerklich, ließ die Hitze Stück für Stück nach. Die Schreie wurden leiser. Der Schmerz erträglicher. Er verschwand nicht vollständig, aber ich konnte endlich wieder frei atmen.

»Seit wann hörst du sie?«

Ich blinzelte, zu überrascht, um sofort eine Antwort darauf zu haben.

Barry musterte mich besorgt. »Seit wann hörst du die Opferstimmen, Rayne?«

Wie bitte? Woher …?

Bevor ich reagieren konnte, schien das Licht um mich herum geradezu zu explodieren. Ich musste die Augen vor der Helligkeit verschließen und als ich sie wieder öffnete, stand Colt da. Mit zwei Schritten war er bei mir und legte seine Hand an meine Wange. Er schien etwas sagen zu wollen, erstarrte jedoch im selben Moment. Als er seine Hand zurückzog, klebte Blut an seinen Fingerspitzen.

Sein Blick wurde mörderisch. Schneller als menschenmöglich sprang er auf die Beine und hielt einen Dolch in der Hand. Ohne ihn aus den Augen zu lassen, stand Barry langsam auf und hob beschwichtigend die Hände.

»Colt.« Ächzend hievte ich mich hoch und unterdrückte die Übelkeit, die meinen Magen zusammenkrampfte. »Nicht.« Mit ausgestreckter Hand ging ich langsam um ihn herum, bis ich zwischen den beiden Männern stand. Erst als ich sicher war, dass er nichts tun würde, wandte ich mich an Barry. »Du weißt von den Opferstimmen?«

Er ließ Colt keine Sekunde aus den Augen. »Ja.«

»Bist du ...« Ein Zittern wanderte durch meinen Körper. Nie im Leben hätte ich gedacht, Barry einmal diese Frage stellen zu müssen. Oder diese Zweifel in seiner Gegenwart zu empfinden. »Bist du eine Dunkelseele?«

»Nein«, antwortete er und richtete seinen Blick wieder auf mich. In seinen Augen lag nichts als Ehrlichkeit. »Nicht mehr.«

Colt hatte alle Menschen in meiner Umgebung überprüft. Er hatte mit Emma und Nora gesprochen und sichergestellt, dass sich auch in ihrem Umfeld keine Dunkelseele befand. Er hatte sogar Gray und seine Mom überprüft, genau wie Mariella und meine Therapeutin. Doch keiner von uns hatte an Barry gedacht.

»Also bist du eine Lichtseele?«

Sein Schweigen war Antwort genug. Er ließ die Hände wieder sinken.

Colt beobachtete jede seiner Bewegungen. »Du bist der Grund dafür, dass sie die Opferstimmen hört.«

»Nein.« Barry stand aufrecht und breitbeinig da. Die Haltung eines Kriegers. »Ich habe immer darauf geachtet, niemanden so nahe an mich heranzulassen, dass derjenige eines Tages unter meinen Taten leiden könnte.«

»Und was ist mit Mariella?«, warf ich leise ein.

Er zögerte, schüttelte dann jedoch den Kopf. »Sie ist keine von uns.«

»Hast du das auch von mir gedacht?«

»Nein. Ich wusste vom ersten Moment an, dass du kein gewöhnliches Mädchen bist, Rayne. Aber erst, als ich eine deiner Illusionen gesehen habe, wusste ich, *was* du bist.«

Trotzdem hatte er mir nichts getan, hatte mich nicht angegriffen oder in irgendeiner Form zu beeinflussen versucht. Er hatte mich sogar gewarnt, als andere Dunkelseelen in der Nähe gewesen waren.

»Ich bin schon lange kein Teil dieses Konflikts mehr«, sprach er weiter, während sein Blick dabei immer wieder zwischen Colt und mir hin und her wanderte. »Was die anderen tun, interessiert mich nicht. Ich mische mich nicht in ihre Angelegenheiten ein und dafür lassen sie mich in Ruhe.«

»Du mischst dich nicht ein?«, wiederholte Colt und schnaubte ungläubig. »Was ist mit den Menschen, die verschwunden sind? Du hast es zugelassen.«

Barry schwieg, wehrte sich nicht gegen die Vorwürfe, aber ich konnte die tiefe Trauer in seinen Augen lesen. Die Schuld.

Colt machte einen Schritt nach vorn, den Dolch noch immer in der Hand und auf Barry gerichtet. »Warum sollten wir dir irgendetwas glauben?«

»Ich bin nicht stolz auf das, was ich einmal war, oder auf die Dinge, die ich getan habe. Aber das war in einem anderen Leben. Es ist Jahre her, dass ich meine Kraft zum letzten Mal eingesetzt habe.« Noch während er sprach, ging Barry um den Verkaufstisch herum und zog ein Taschentuch hervor, das er mir wortlos hinhielt.

»Danke.« Ich wischte mir das Blut von den Ohren. Die Stimmen waren verschwunden, aber ein nerviges Piepen war zurückgeblieben.

Colt steckte seine Waffe weg. »Was ist passiert?« Seine Frage war nicht angriffslustig – aber auch nicht gerade freundlich.

Ein wehmütiges Lächeln glitt über Barrys Gesicht und ließ ihn um Jahrzehnte jünger wirken. »Ich habe Elaine kennengelernt. Wir haben uns verliebt und sie hat mir ordentlich den Kopf gewaschen. Ich wollte ein besserer Mensch für sie sein. Auch nach ihrem Tod. Ich würde niemals zulassen, dass Rayne meinetwegen Opferstimmen hört.«

Ich glaubte ihm. Vielleicht war es voreilig, aber wenn ich ihn jetzt so sah, dann sah ich keine Dunkelseele in ihm, sondern Barry. Barry, dem ich regelmäßig nach Arbeitsschluss Kaffee vorbeibrachte, in dessen Laden ich mich immer sicher und wohl gefühlt hatte, mit dem ich über Bücher und Comics diskutiert und der mich immer dazu angehalten hatte, auf mich achtzugeben.

»Wenn er es nicht ist …«, begann Colt, und man merkte ihm an, dass er nach wie vor an Barrys Worten zweifelte. »Wer ist es dann?«

Barrys Antwort ging im Klingeln meines Handys unter. Ich zog es aus der Tasche meines Umhangs und sah auf das Display. »Das ist Nora«, murmelte ich und hielt mir das Handy ans Ohr. »Hey, was …«

»Rayne!« Ihre Stimme klang gehetzt. Panisch.

Mir wurde eiskalt. »Was ist passiert?«

»Emma ist verschwunden.«

# Kapitel 22

Ich stürmte aus dem Comicladen auf die offene Straße, das Handy noch immer am Ohr. »Wo bist du?«

»In der Nähe der Schule. Nachdem du zu Barry bist, sind wir alle weitergegangen und dann war sie einfach weg.«

»Okay.« Ich atmete tief durch. »Ihr sucht dort, ich sehe mich hier um. Vielleicht ist sie zurück zum *Butterfly Books* gelaufen.«

»Oder sie sitzt wieder mit ihrem Süßigkeitenkorb bei den Bowens im Vorgarten und hat die Zeit beim Naschen vergessen.«

Ich hörte, wie Nora bei der Erinnerung an den Vorfall von vor zwei Jahren lächeln musste, aber es konnte ihre Sorge nicht übertünchen.

»Genau. Wir finden sie. Ich melde mich, sobald ich etwas weiß.« Damit verabschiedete ich mich von ihr, und hoffte, dass sie nichts von meiner eigenen Angst gespürt hatte.

Emma könnte überall sein. Sie könnte wieder fröhlich Süßigkeiten mampfend die Zeit vergessen oder vielleicht eine andere Freundin getroffen haben. Aber sie könnte auch eine ihrer Abkürzungen genommen und sich dabei verletzt haben. Vielleicht war sie umgeknickt, über ihr Kleid gestolpert … oder den falschen Leuten in die Arme gelaufen. Es war Halloween. Hinter all den Masken und Verkleidungen waren Freund und Feind nicht mehr zu unterscheiden.

Ich rieb mir über das Gesicht, versuchte, mich zu konzentrieren. Als Erstes bei der Buchhandlung schauen, dann würde ich den Kreis erweitern. Ich sollte auch Barry Bescheid geben, damit er nach ihr Ausschau hielt, falls sie hierher kam und …

Jemand berührte meine Schulter. Ich zuckte zusammen, wirbelte herum, den Arm bereit zur Verteidigung gehoben. Aber es war Colt, der mir aus dem Comicshop gefolgt war und jetzt hinter mir stand.

Mein erster Impuls war es, mich in seine Arme zu stürzen, die Kontrolle nur für ein paar Momente abzugeben und mir zu erlauben, schwach zu sein. Aber ich tat es nicht.

»Emma ist verschwunden.« Meine Stimme klang fremd in meinen eigenen Ohren.

Colt wirkte nicht überrascht, wahrscheinlich hatte er anhand meiner Reaktionen bereits so etwas vermutet.

»Ich muss sie finden. Kannst du Barry Bescheid geben, während ich …«

»Rayne.« Er griff nach meinem Handgelenk und zog sanft daran, damit ich nicht sofort losstürmte. Die Berührung, und mochte sie auch noch so klein sein, ließ Wärme über meine kalte Haut gleiten und mich ruhiger werden. Ich wusste nicht, wie er das machte, da er keine Gefühle beeinflussen konnte wie Liv, aber ich war dankbar dafür. »Ich bin ein Fährtenleser. Ich kann sie finden.«

Erleichterung brach über mich herein, so stark, dass ich mich für einen Moment an ihm festhalten musste, um den Boden nicht unter den Füßen zu verlieren.

»Wie?«, brachte ich hervor.

»Hast du etwas, das ihr gehört? Ein Kleidungsstück oder etwas anderes, das sie längere Zeit bei sich getragen hat?«

Ich zögerte, grübelte fieberhaft. Ich hatte keinen Pullover und auch keine Jacke oder etwas anderes von ihr bei mir. Höchstens den Ring, den Nora mir geschenkt hatte, aber soweit ich wusste, hatte Emma ihn nie angefasst. Da gab es höchstens noch …

Ich tastete in den Taschen meines Mantels nach dem Geldbeutel und durchsuchte die einzelnen Fächer. Dann zog ich ein zusammengefaltetes Stück Papier heraus und hielt es Colt hin.

»Das ist das erste Bild, das sie mir gemalt hat. Ich durfte ihr Zimmer stundenlang nicht betreten, weil sie es mir zum Geburtstag schenken wollte.«

Colt faltete es auf. Die Zeichnung war mit den Jahren verblasst, die Knicke hatten sich tief ins Papier gegraben. Vielleicht hätte ich es längst wegwerfen sollen, weil Emma mir inzwischen so viele neue Bilder geschenkt hatte, aber ich konnte mich nicht davon trennen. Es war nun mal das allererste Bild, das sie für mich gemalt hatte. Darauf war eine Wiese voller Blumen zu sehen, und in der Mitte standen wir als Strichmännchen – Emma, Nora und ich – und hielten uns an den Händen.

»Das dürfte gehen.« Colt faltete die Zeichnung wieder zusammen und nahm sie zwischen seine Hände, dann schloss er die Augen.

Ich beobachtete ihn, während er sich konzentrierte, hier draußen, mitten auf der Straße. Zum Glück war nicht mehr viel los. Die meisten Geschäfte hatten schon geschlossen und die Bewohner waren entweder bereits zu Hause oder spazierten mit ihren Kindern durch die Nachbarschaft. Kaum noch ein Auto fuhr um diese Zeit hier vorbei.

Colt hatte die Stirn in angestrengte Falten gelegt und bewegte die Lippen in einem lautlosen Murmeln. Ein dunkler Bartschatten zeichnete sein Gesicht. Er trug kein Kostüm, aber das überraschte mich nicht einmal. Colt ging so sehr in dem auf, was er tat, wofür er lebte und kämpfte, dass er niemals etwas anderes sein könnte als ganz er selbst.

Als er die Augen öffnete, trafen sich unsere Blicke. »Ich hab sie.«

Mein Herz setzte einen Schlag lang aus. »Wo?«

»Nicht wo, sondern wann.« Er drehte sich um, deutete auf die Richtung, aus der ich gekommen war. »Dort war sie noch mit euch zusammen unterwegs. Ich kann ihre Energie ganz deutlich spüren, aber auch deine und noch ein paar andere.«

Bevor ich darauf reagieren konnte, packte er meine Hand und lief los. Ich stellte keine Fragen, hielt nicht inne, um Barry Bescheid zu geben oder Nora noch mal anzurufen. Ich vertraute ganz auf Colts Fähigkeiten.

Er führte mich weiter die Hauptstraße entlang, hielt nach wenigen Minuten jedoch inne, den Kopf gehoben, die Augen geschlossen, als würde er auf etwas lauschen. Dann zog er mich nach links, in einen Vorgarten und von dort aus weiter, schneller, immer schneller, bis ich rennen musste, um mit ihm Schritt zu halten.

Ich konnte mir nicht vorstellen, dass Emma so schnell unterwegs gewesen war. Außer sie war ebenfalls gerannt. Aber warum? Jede mögliche Antwort darauf verstärkte das Hämmern in meiner Brust.

Das Klingeln meines Handys ließ mich so abrupt innehalten, dass auch Colt ins Straucheln geriet. Er drehte sich zu mir um, die Frage deutlich ins Gesicht geschrieben. Gleichzeitig fielen unsere Blicke auf das Display, auf dem das Bild meiner kleinen Schwester aufleuchtete.

»Emma!« Mit beiden Händen klammerte ich mich an mein Smartphone und führte es zum Ohr. »Wo bist du?«

*Bitte lass sie einfach wieder zu Hause sein.* Bestimmt hatte Nora ihr befohlen, mich anzurufen, und sich zu entschuldigen, weil sie uns mit ihrem kleinen Abenteuer so einen Schrecken eingejagt hatte.

»Ich weiß nicht«, schluchzte sie und zog die Nase hoch. »Er hat es mir nicht gesagt.«

*»Er?«* Meine Stimme war schrill. Colt legte seine Hand auf meinen unteren Rücken. Ich suchte seinen Blick und hielt mich daran fest, während ich die Frage hervorpresste. »Wer ist *er*, Emma?«

Stille. Ein Rascheln in der Leitung. Und dann eine viel zu bekannte Stimme: »Hallo, Rayne.«

Meine Knie drohten nachzugeben, aber ich schaffte es, auf den Beinen zu bleiben, ohne dass Colt mich stützen musste. Ich atmete mehrmals tief durch.

»Ed?«

Bitte nicht. Bitte, bitte nicht.

»Kluges Mädchen«, kam es heiser vom anderen Ende der Leitung. »Wir zwei sind noch nicht fertig miteinander.«

Oh doch, das waren wir. Er mochte keine Dunkelseele sein, und ich Colt das Versprechen abgenommen haben, ihn am Leben zu lassen, wenn er sich als ganz normaler Mensch herausstellen sollte. Aber wenn er Emma auch nur ein Haar krümmte, wenn er sie auch nur ein einziges Mal auf seine falsche, kranke Art ansah … dann würde ich persönlich dafür sorgen, dass wir ein für alle Mal fertig miteinander waren.

»Lass sie gehen, Ed.« Die Worte klangen mehr wie ein wütender Befehl als eine Bitte. »Du willst sie doch gar nicht. Du willst mich.«

»Oh, da wäre ich mir nicht so sicher.« Eine Pause. »Sie ist schon ein sehr hübsches kleines Ding.«

In Gedanken stellte ich mir vor, wie er meiner verängstigten Schwester über das Haar strich, nur um dann fest zuzupacken und daran zu ziehen, wie er es so oft bei mir gemacht hatte. Zitternd drückte ich mir das Handy noch fester ans Ohr und versuchte, jedes Geräusch im Hintergrund wahrzunehmen. Aber bis auf Eds schwere Atemzüge war nichts zu hören.

»Was willst du?« Ich spie ihm diese Frage entgegen, obwohl ich die Antwort darauf längst kannte. Ich hatte sie immer gekannt.

»Komm vorbei und leiste uns etwas Gesellschaft. Allein, versteht sich. Dann können wir darüber reden, was mit deiner süßen Schwester geschieht. Viel Spaß bei der Suche, kleine Rayne.«

Er legte auf, ohne mir die Gelegenheit für eine Antwort zu lassen. Oder mir zu sagen, wo genau er Emma hingebracht hatte. Eine gefühlte Ewigkeit starrte ich nur auf das Smartphone, bis Colt es mir behutsam abnahm und zurück in meine Manteltasche schob.

»Komm.« Er griff nach meiner Hand. Wieder übernahm er die Führung, doch diesmal lief ich nicht hinter ihm her, sondern regelrecht voraus. Denn jede Sekunde, die Emma in der Gegenwart dieses Mannes verbringen musste, war eine zu viel.

Wir verließen den historischen Stadtkern und liefen in die äußeren Bezirke der Stadt, wo sich die Neubauten tummelten. Vor ein paar Jahren hatte ein Bauunternehmen hier viele Grundstücke aufgekauft und hässliche mehrstöckige Bürokomplexe und Familienhäuser daraufgestellt. Letztes Jahr waren die Baumaßnahmen ohne Vorwarnung zu einem abrupten Halt gekommen, weil der Unternehmer pleite gegangen war. Nun gab es hier einen Vorort voller halb fertiger Neubauten. Wind und Wetter hatten sie bereits so sehr mitgenommen, dass sie sicherlich niemand mehr fertigstellen würde.

Colt führte mich an den wenigen Gebäuden vorbei, die noch fertig gebaut worden und bereits bewohnt waren. Hinter den Fenstern brannte Licht. Nicht allzu weit entfernt hörte ich Kinderlachen, unterbrochen von dem typischen »*Trick or Treat!*«. Aber es wurde mit jedem Schritt leiser.

Es folgten drei leer stehende Häuser. Colt hielt nicht mehr inne, um sich zu orientieren. Er schien genau zu wissen, wohin wir gehen mussten. Seite an Seite folgten wir der Straße, bis diese einfach aufhörte und sich in einer Wiese verlor.

Das hohe Gras dämpfte unsere Schritte, während Colt eines der verlassenen Häuser ansteuerte. Sein Blick war starr geradeaus gerichtet, die Lippen zu einer Linie zusammengepresst. Irgendwo dort drinnen war Emma. Er musste es nicht aussprechen, ich spürte es mit jedem Meter, den wir uns näherten, als würde sich meine eigene Fähigkeit ausdehnen und ich bereits die ersten Erinnerungen meiner Schwester spüren können. Colt schien es ebenfalls zu bemerken, denn er drückte meine Hand, wie um mich zu beruhigen. Oder mir Kraft zu schenken.

Wir gingen nicht zur Haustür, sondern schlichen geduckt um das Gebäude herum. Die Fenster waren offene Löcher in der Mauer, ohne Scheiben, die vor den Wettereinflüssen und Eindringlingen schützten. Im Haus brannte kein einziges Licht, aber ich zweifelte nicht daran, dass wir hier richtig waren.

An der Hintertür angekommen, legte ich die Hand an den Türknauf, zögerte dann jedoch. Eds Worte wollten mir nicht aus dem Sinn gehen. Ich sah zu Colt, aber der schüttelte bereits den Kopf.

*Nein.*

*Ich muss allein da reingehen. Er darf nicht wissen, dass du hier bist.*

Und ich wollte mir nicht einmal vorstellen, was er Emma antun könnte, wenn er merkte, dass ich Verstärkung mitgebracht hatte. Wir mussten Eds Forderung nachkommen, ob es Colt gefiel oder nicht.

Seine Kiefermuskeln spannten sich an und zwischen seinen Augenbrauen erschien eine tiefe Falte. *Du hast keine Ahnung, was dich da drin erwartet.*

*Ich habe dich als Rückendeckung.*

Colt kam einen Schritt näher und hob mein Kinn an. Einen winzigen Moment lang glaubte ich, dass er mich küssen würde, aber er sah mich nur an, bohrte seinen Blick in mich hinein. *Wenn er irgendetwas tut oder du unsicher bist, rufst du mich, verstanden? Ich bin in einer Sekunde bei dir.*

Ich nickte atemlos. Kurz hielt er mich noch fest, als müsste er sich von meiner Antwort überzeugen, dann gab er mich frei und bezog neben dem Eingang Position.

Ich holte tief Luft … dann öffnete ich die Tür und betrat das Haus.

Finsternis erwartete mich im Inneren. Staub lag in der Luft und ich musste ein Niesen unterdrücken, als ich die Tür leise hinter mir zudrückte. Mit heftig klopfendem Herzen lauschte ich in die Dunkelheit.

Nichts. Keine Stimmen. Keine Schritte. Kein einziges verdammtes Geräusch.

Sollten wir uns doch geirrt haben? Nein, Colt hatte Emmas Energie bis hierher zurückverfolgt. Sie musste irgendwo in diesem Gebäude sein.

Mit einer Hand an der Wand tastete ich mich durch den Raum. Von draußen drang kaum Licht herein, nur der fahle Schein des Halbmonds und einer Straßenlampe, die zu weit weg war, um Genaueres hier drinnen erkennen zu können.

Steine und Glassplitter knirschten unter meinen Stiefeln, während ich mich vorarbeitete und in einen fensterlosen Flur trat, der so dunkel war, dass ich nicht einmal die Hand vor Augen sehen konnte.

Meine Finger zitterten, als ich das Smartphone aus meiner Tasche holte und die Taschenlampenfunktion einschaltete.

Ich durchquerte den Flur und betrat einen riesigen Raum, der vermutlich das Wohnzimmer hätte werden sollen. Eine Treppe an der Wand führte nach oben. Sie hatte kein Geländer, also drückte ich mich beim Hinaufsteigen gegen die Wand und das Handy an meine Brust, um mich nicht durch das Licht zu verraten.

Auch im ersten Stock war es so still, dass ich nur meine eigenen gepressten Atemzüge wahrnahm. Ich machte einen Schritt nach vorne, eine Hand noch an der Wand – als ich auf einmal ein leises Wimmern hörte.

Emma.

Ich rannte los, lief einen Raum nach dem anderen ab und klammerte mich dabei nur an dieses winzige Geräusch, um sie hier oben zu finden.

»Emma!«

Meine Stimme hallte von den kahlen Wänden wider. Und dann sah ich sie – in einem kleinen Raum, vielleicht als Kinderzimmer gedacht, saß sie in einer Ecke auf einem Stuhl. Neben ihr lag eine eingeschaltete Taschenlampe auf dem Boden.

Mit wenigen Schritten war ich bei ihr und nahm ihr den Knebel aus dem Mund, der von ihren Tränen bereits ganz feucht war. Sie schrie auf, den Blick auf etwas hinter mir gerichtet.

Ich sprang auf die Beine, aber es war zu spät. Jemand packte mich von hinten, umschlang meinen Körper mit einem Arm und drückte etwas Kaltes, Scharfes an meine Kehle.

»Das ging ja schnell«, raunte Ed. Beim Sprechen streiften seine Lippen mein Ohr.

Ich schauderte, versuchte, den Kopf wegzudrehen, doch dadurch bohrte sich die Messerklinge nur tiefer in meine Haut.

»Ich bin hier«, brachte ich hervor, alle Muskeln in meinem Körper so fest angespannt, dass sie vor Anstrengung zitterten. »Lass Emma gehen.«

»Damit sie losläuft und allen Leuten von mir erzählt?« Grob stieß er mich zu Boden. »Ganz sicher nicht.«

»Das wird sie nicht. Nicht wahr, Emma?« Ich setzte mich auf, wich aber nicht vor ihm zurück, als er neben mir in die Hocke ging. »Du willst mich. Emma hat nichts damit zu tun.«

Das genüssliche Lächeln auf Eds Gesicht löste eine Welle von Übelkeit in mir aus. »Aber du hast sie da reingezogen, kleine Rayne. Wärst du damals doch nur bei mir geblieben …« Spielerisch drehte er das Messer zwischen seinen Fingern. »Wir hätten so viel Spaß miteinander haben können.«

Er griff nach meinem Arm, was unweigerlich Erinnerungen in meinem Kopf hervorrief. Seine. Und doch meine eigenen. Mein gehetzter Blick, die schwachen Schläge meiner Fäuste gegen seine Brust, das T-Shirt, das durch sein gieriges Ziehen einen Riss bekommen hatte.

Ich schrie auf, trat mit Armen und Beinen um mich. Alles, um diese Bilder aus meinem Kopf zu verbannen.

*Nicht! Noch nicht!*

Ich wusste nicht, ob Colt diese Worte hörte, aber ich musste ihn aufhalten, bevor er hereinstürmte und Ed, ohne zu zögern, umbrachte.

»Halt die Klappe!« Er packte mein Haar und zerrte mich brutal in die Höhe. Seine Augen funkelten vor Wut und ein feines Rinnsal Blut lief von seiner Unterlippe auf sein Kinn. Anscheinend hatte ich ihn getroffen. Eine widerliche Genugtuung regte sich in mir.

»Du kranker Mistkerl«, stieß ich zwischen zusammengebissenen Zähnen hervor, den Blick fest auf ihn gerichtet.

Eine schallende Ohrfeige war die Antwort darauf. Gleich darauf lag ich wieder auf dem Boden. Meine Wange brannte wie Feuer, mein Knie schmerzte von dem Aufprall und meine linke Handfläche war aufgeschürft. Aber es hatte sich noch nie so gut, so richtig angefühlt, für das einzustehen, woran ich glaubte. Für die Menschen, die mir wichtig waren. Und für mich selbst.

Ich hatte keine Angst vor Schmerz, denn bei Ed hatte ich gelernt, ihn zu erwarten, mit ihm zu leben – und ihn zu überwinden. Ich stand wieder auf und stellte mich zwischen Ed und Emma, die das Ganze mit leisen Schluchzern beobachtete.

»Du kannst dich vielleicht an Leuten vergreifen, die schwächer sind als du, aber weißt du, was das aus dir macht, Ed?« Provozierend reckte ich das Kinn vor. »Es macht dich zu einem armseligen Feigling.«

Er brüllte vor Wut und verpasste dabei den richtigen Moment für den Angriff. Ich nutzte meine Chance, packte seine Hand mit dem Messer, bückte mich darunter hindurch, bis ich hinter ihm stand und seinen Arm verdrehen konnte.

»Du kleine Schlampe!«, knurrte er. »Dich wollte doch kein

Schwein haben. Du solltest dankbar sein, dass wir dich aufgenommen haben!«

Dankbar? *Dankbar?!* Ich stieß ihm das Messer aus der Hand, riss ihn an der Schulter zurück und schlug ihm mit der Faust ins Gesicht. Er hatte mein Leben zerstört, hatte nur eine Hülle meiner selbst zurückgelassen und jetzt verlangte er auch noch Dankbarkeit dafür?

Mein Knie folgte als nächstes, aber Ed war schnell genug, es zu packen, bevor es seine Weichteile traf. Brutal griff er nach meinem Haar und riss mich mit sich zu Boden. Hinter uns schrie Emma aus Leibeskräften. Ich schlug um mich, bohrte meine Fingernägel in seinen Arm und hörte Knochen knacken, als mein Ellenbogen seine Nase traf, dann lag plötzlich Eds massiger Körper auf mir.

Panik explodierte in meinem Inneren. Ich konnte nicht anders, ich reagierte instinktiv.

*Colt …*

Mit einer Hand hielt ich Ed so gut es ging auf Abstand, mit der anderen tastete ich nach dem Messer neben uns auf dem staubigen Boden.

»Was glaubst du denn, wer du bist, hm?«, keuchte Ed über mir und drückte meinen Arm zu Boden. »Diese Lauren hält dich für etwas Besonderes, aber du bist nichts weiter als ein Stück Dreck!«

Ich bekam die Klinge zu fassen, das Brennen in meinen Fingern blendete ich aus. Es gab nur noch ein Ziel, nur noch eine Möglichkeit zu handeln.

»Du kleine …« Ed erstarrte, als ich das Messer in seine Seite stieß.

Einen Sekundenbruchteil starrte er mich aus geweiteten Augen an, dann riss ihn etwas von mir runter. Im nächsten Moment krachte Ed gegen die Wand.

Steine lösten sich. Staub fiel auf uns herab. Ich musste husten, konnte kaum etwas sehen, denn die Taschenlampe war in eine Ecke gerollt. Emma schrie noch immer.

»Colt …« Schwer atmend rappelte ich mich auf, doch er schien mich nicht zu hören. Grob riss er Ed am Kragen in die Höhe und rammte die Faust in sein Gesicht. Wieder und wieder. »Colt!«

Ich rannte zu ihm, packte ihn am Arm, aber er reagierte immer noch nicht. Wie besessen schlug er auf Ed ein, dessen Gesicht schon fast zur Unkenntlichkeit entstellt war.

»Colt, hör auf! Du bringst ihn um!«

Er ignorierte mich. Obwohl es eine erschreckende Genugtuung in mir auslöste, Ed blutend und so verängstigt zu sehen, musste ich Colt aufhalten. Als er erneut ausholte, fing ich seine Faust mit meiner Hand ab und hielt sie fest. Colt erstarrte mitten in der Bewegung. Die Kraft, mit der ich seinen Schlag stoppte, überraschte mich selbst – weil es nicht meine Kraft war, sondern seine.

»Das reicht.« Behutsam legte ich meine andere Hand an seine Wange und zwang ihn dazu, mich anzusehen, bis sein Blick sich wieder klärte, bis der rasende Zorn aus seinen Augen verschwand und er mich wieder wahrnahm.

Ed stieß ein heiseres Wimmern aus. Bevor ich eingreifen konnte, löste Colt sich von mir und ließ Ed ein weiteres Mal gegen die Wand krachen. Als er ihn losließ, rutschte er bewusstlos daran hinab und blieb auf dem staubigen Boden liegen.

Schwer atmend starrte Colt auf die Stelle, die Hände noch immer zu zornigen, zittrigen Fäusten geballt. Zwar klebte nun doch Eds Blut an seinen Fingern, genau wie an meinen, aber keiner von uns würde seine Opferschreie hören müssen. Obwohl Colts Anspannung deutlich spürbar war, nahm ich seine Faust in meine und löste sachte seine Finger. Für einen kurzen Moment trafen sich unsere Blicke und ich nickte ihm zu.

Dann ging ich zu Emma hinüber und befreite sie von den Fesseln, die sie an den Stuhl banden. Sobald ihre Arme wieder frei waren, schlang sie sie um meinen Hals und vergrub ihr Gesicht an meiner Schulter.

»Es ist vorbei«, flüsterte ich und streichelte ihr beruhigend über den bebenden Rücken. »Alles wird gut.«

Doch noch während ich die Worte aussprach, kam mir ein schrecklicher Gedanke. Sanft drückte ich Emma ein Stück von mir weg und musterte sie. Von dem aufgemalten Spinnennetz waren nur noch verschmierte Spuren auf ihrem kleinen Gesicht. Die Augen waren riesig und schimmerten feucht, weil ihr noch immer unentwegt Tränen über die Wangen liefen.

»Emma, du musst ganz ehrlich sein.« Sie zog die Nase hoch und nickte schnell. »Hat er dir wehgetan? Hat er irgendetwas mit dir gemacht?«

*Bitte nicht.* Wenn Ed sich an Emma vergriffen hatte, würde ich ihn eigenhändig umbringen. Völlig egal, ob mich seine Schreie dann für den Rest meines Lebens verfolgen würden.

Einige bange Sekunden lang starrte ich Emma an, bis sie den Kopf schüttelte. Aus ihrer von Schluchzern durchzogenen Erzählung konnte ich schließen, dass Ed sie gepackt, geknebelt und mitgenommen hatte. Dann hatte er sie in diesem Haus an einen Stuhl gefesselt, mit ihr gesprochen und ihr ein paar Mal über den Kopf gestreichelt. Mehr war nicht geschehen.

Erleichtert stieß ich die Luft aus und drückte Emma wieder an mich. Mit meiner Schwester im Arm stand ich auf und begegnete Colts Blick. Er hatte sich noch immer nicht von der Stelle gerührt.

»Danke.« Ich formte das Wort lautlos mit den Lippen, obwohl ich mir sicher war, dass er es nicht einmal hören wollte, aber ich musste es einfach sagen. Zumal es so viel mehr war als nur der Dank dafür, dass er mir zu Hilfe gekommen war. Ich bedankte mich dafür, dass er Emma gefunden hatte, dass er meine Entscheidung akzeptiert und zugelassen hatte, dass ich mich meiner größten Angst allein entgegenstellte. Und nicht zuletzt bedankte ich mich dafür, dass er da gewesen war, als ich ihn am meisten gebraucht hatte.

»Ich möchte, dass sie es vergisst«, sagte ich, als wir das Haus verließen. Meine Stimme war ganz leise, in der Hoffnung, dass Emma, die sich noch immer an mich klammerte, es nicht mitbekam.

Colts Blick war nicht zu deuten. »Bist du sicher?«

Nein. Ich war mir überhaupt nicht sicher. Weder darüber, ob das die richtige Entscheidung war, noch darüber, ob ich meine Kräfte ausgerechnet bei meiner kleinen Schwester anwenden wollte. Aber ich wusste, wie es war, mit solchen Erinnerungen leben zu müssen. Ich wusste, wie tief sie sich einbrennen und jemanden für immer verändern konnten. Und ich konnte nicht zulassen, dass Emma das gleiche Schicksal erlitt. Das hatte sie nicht verdient. Das hatte keine von uns verdient.

»Was ist mit *ihm*?« Mit einem Kopfnicken deutete Colt auf das Haus, in dem wir Ed zurückgelassen hatten. Blutend. Schwer verletzt. »Wenn du ihn der Polizei überstellen willst, wirst du ihre Aussage brauchen.«

Er hatte recht. Meine Anzeige bezog sich auf Stalking und etwas, das er vor sechs Jahren getan hatte. Dafür gab es keine Beweise, es stand Aussage gegen Aussage. Aber diese Sache, die Entführung, der Kampf, das Messer … all das waren handfeste Beweise. Doch wenn Emma aussagte, würde sie das zu Opfer und Zeugin gleichermaßen machen. Sie müsste mit Polizisten und Psychologen reden, jedes einzelne Detail schildern, sich untersuchen lassen und vor Gericht aussagen. Vielleicht würden meine Anzeige und ihre Aussage reichen, um Ed für lange Zeit ins Gefängnis zu bringen, aber für Emma hätte der Albtraum gerade erst begonnen.

Das konnte ich ihr nicht antun. Es war meine Schuld, dass Ed sie mitgenommen hatte, also war es auch meine Aufgabe, dafür zu sorgen, dass all das ein Ende hatte. Für immer.

Ich schluckte hart, dann traf ich eine Entscheidung. »Ich werde gegen ihn aussagen.«

Colt hielt meinem Blick unentwegt stand.

»Ed hat mich mitgenommen und hier eingesperrt«, begann ich zögerlich, doch meine Stimme wurde mit jedem Wort fester. »Ich konnte mich befreien, ihn k. o. schlagen und fliehen. Dann habe ich die Polizei gerufen.«

»Und Emma?«

»Hat vor lauter Süßigkeiten den Anschluss zur Gruppe verloren«, erwiderte ich tonlos. »Das ist vor zwei Jahren schon mal passiert. Nora und ich mussten sie fast eine Stunde lang suchen, bis wir sie im Vorgarten der Bowens gefunden haben, das Gesicht mit Schokolade verschmiert.«

Ich wusste nicht, warum mir bei dieser Erinnerung die Tränen in die Augen traten.

Vielleicht, weil sie so unschuldig war, so normal.

Colt legte seine Hand an meine Wange und wischte eine Träne mit dem Daumen weg. »Weißt du, was du zu tun hast?«

»Ich habe Laurens Tagebuch gelesen.«

Im Grunde musste ich nur ihrer Anleitung folgen – und hoffen, dass ich dadurch keinen Schaden anrichtete. Obwohl ich mir geschworen hatte, diese Kraft niemals einzusetzen, um die Erinnerungen eines anderen Menschen zu manipulieren, musste ich es jetzt tun. Weil es um Emma ging. Weil ich ihr diese Erlebnisse und die damit verbundene Angst ersparen wollte. Sie sollte weiter das glückliche Kind bleiben können. Das Mädchen, das Blumen malte, Pink liebte und Rosa nicht mochte. Das Mädchen, das nicht von einem Psychopathen entführt worden war.

Alles in mir wehrte sich dagegen, diese Fähigkeit ausgerechnet bei meiner kleinen Schwester einzusetzen, aber ich musste es versuchen. Behutsam stellte ich Emma auf die Füße und ging vor ihr in die Hocke.

Sie blinzelte erschöpft. Mit der Faust rieb sie sich über die müden Augen.

»Hey, Kleines.« Ich strich ihr über die gerötete Wange. »Hab keine Angst, ja? Ich möchte etwas ausprobieren. Du musst dafür nur deine Augen zumachen.«

Zwar sah sie mich ängstlich an, tat aber, was ich von ihr verlangte, ohne es zu hinterfragen. Ihr Vertrauen brach mir das Herz.

Vor ihr kniend legte ich die Fingerspitzen an ihre Schläfen und schloss ebenfalls die Augen. Eine ganze Flut an Bildern, Geräuschen und Empfindungen erreichte mich, aber es gelang mir, sie abzublocken und einzelne Momente darin zu erkennen.

Der erste Teddybär, den Emma von Nora bekommen hatte …

Weihnachten vor zwei Jahren, als sie im Schneeflockenschlafanzug durch das Wohnzimmer gehüpft war und lauthals *We Wish You A Merry Christmas* gesungen hatte …

Ich merkte, wie ich lächelte, obwohl mir nach Weinen zumute war. Aber ich hörte nicht auf, sondern griff nach der letzten Erinnerung und sah sie mir genauer an. Flackernde Lichter in Kürbissen. Bunte Bonbons. Noras weites Kleid, das so schön im Licht glänzte. Als jemand Emma von hinten packte und seine Hand auf ihren Mund presste, hätte ich beinahe selbst aufgeschrien. Mein Körper spannte sich an, während ich dieser Erinnerungsspur bis zu dem Moment folgte, an dem Emma sich an mich geklammert hatte und an meiner Schulter eingedöst war. Sie hatte nicht gelogen, als sie gesagt hatte, dass Ed ihr nichts getan hätte. Einerseits beruhigte mich das, andererseits weckte es nur wieder meinen Hass auf diesen Mann. Ich zwang mich, das Gefühl zurückzuschieben und mich allein auf Emma zu konzentrieren.

Sobald ich alle Erinnerungen der letzten Stunden erfasst hatte, stellte ich mir ein strahlendes Licht vor, so hell und leuchtend, wie ich es bei den Lichtseelen gesehen hatte. Nach und nach verschwanden die Bilder und Gefühle in diesem Licht und damit hoffentlich auch aus Emmas Kopf.

Es konnten nur wenige Sekunden vergangen sein, aber es fühlte sich so an, als hätte es Stunden gedauert. Ich öffnete die Augen fast im selben Moment wie Emma. Sie wirkte noch immer müde, aber in ihrem Gesicht war keine Angst mehr zu sehen. Sie war wieder so unbekümmert wie eh und je.

»Alles gut?«, flüsterte ich heiser und erhielt sofort ein Nicken darauf. Emma schlang ihre kleinen Arme so stürmisch um mich, dass sie mich beinahe umwarf. Es hatte funktioniert. Ich musste die Tränen zurückhalten, die vor lauter Erleichterung und Erschöpfung in meinen Augen brannten. Lächelnd schaute ich zu Colt hoch.

»Wartet kurz.« Er ging zurück ins Haus und kehrte nach wenigen Minuten wieder zurück, in denen ich mit Emma auf dem Arm auf und ab gelaufen war. Inzwischen war sie an meiner Schulter eingeschlafen. »Jetzt wird er nicht mehr abhauen können.«

»Danke.«

»Komm.« Er hielt mir die Hand hin. »Ich bringe euch nach Hause.«

Es gab kein Zögern, kein Überlegen. Wie selbstverständlich legte ich meine Hand in seine und ließ mich von ihm in die Höhe ziehen.

Auf dem Weg zurück rief ich Nora an und gab Entwarnung, aber ich erzählte ihr auch von Ed und dass er hier war. Sie versprach, sofort das Chicago Police Department zu kontaktieren. Nicht mehr lang und bald würde es hier von Streifenwagen und Blaulichtern nur so wimmeln. Bis es so weit war, würde Ed sich keinen Millimeter rühren können.

Wir nahmen den kürzesten Weg zurück und erreichten die Hauptstraße mit den bunt dekorierten Schaufenstern. Ich beschleunigte die Schritte, sobald das vertraute Logo des *Butterfly Books* in meinem Blickfeld auftauchte. Emma war inzwischen wieder aufgewacht und strampelte, damit ich sie runterließ. Kaum, dass ich sie abgesetzt hatte, rannte sie los und flog in Noras Arme.

Ich sah mich nach Colt um, aber der war urplötzlich stehen geblieben. »Colt?«

Breitbeinig stand er da, die Stirn gerunzelt, ein alarmierter Ausdruck im Gesicht.

»Was ist los?«, fragte ich.

»Ich kann die anderen nicht kontaktieren.«

Etwas Kaltes, Hartes legte sich schwer in meine Magengrube. »Wie kann das sein? Ist das überhaupt möglich?«

»Nein«, erwiderte er abgelenkt, zog sein Handy hervor, scrollte kurz durch seine Telefonbucheinträge und hielt es sich gleich darauf ans Ohr. Den Blick auf etwas hinter mir gerichtet, legte er die Hand an meinen Ellbogen und zog mich behutsam von Nora und Emma fort. »Bisher wissen wir nur, dass Opferstimmen die Verbindung stören können.«

»Aber sie können nicht alle plötzlich Schreie hören«, warf ich ein. »Was ist mit William? Kannst du ihn erreichen?«

Colt schüttelte den Kopf. »Den letzten Kontakt hatte ich mit ihm, kurz bevor du und ich die Opferstimmen in Barrys Laden gehört haben.« Mit einem lautlosen Fluchen senkte er das Handy und wählte erneut Miles' Nummer.

»Da muss etwas passiert sein …« Noch während ich die Worte aussprach, drehte sich mir der Magen um. Nein … Das konnte nicht sein. »Ed kennt Lauren. Sie hat ihn gesehen, als sie mich damals zum Jugendamt gebracht hat, und dann noch mal in dem Hotel, als sie mir geholfen hat. Vorhin hat er etwas gesagt, dem ich keine Beachtung geschenkt habe. Er meinte, Lauren würde mich für etwas Besonderes halten.«

Colt stieß einen Fluch aus. »Natürlich steckt sie dahinter. Ed war die perfekte Ablenkung für uns beide. Und während wir ihm nachjagen, kann sie zuschlagen. Ein Angriff ist die einzige logische Erklärung, warum ich niemanden kontaktieren kann.«

Nicht die einzige, aber keiner von uns sprach die andere Möglichkeit aus. Dennoch konnte ich sie in seinen Augen lesen. Wenn die anderen Lichtseelen nicht gerade angegriffen wurden, waren sie bereits tot.

Ungläubig schüttelte Colt den Kopf und lief los. »Ich hätte es wissen müssen. Er war schon immer ihr Ziel.«

»Er?«

»William«, erwiderte Colt tonlos. »Ihr Seelenpartner.«

## Kapitel 23

»William ist Laurens Seelenpartner?«, rief ich noch im Laufen und riss die Beifahrertür meines Wagens auf. Colt hatte mir die Schlüssel bereits abgenommen und glitt auf den Fahrersitz. »Warum wusste ich nichts davon?«

Er legte den Rückwärtsgang ein und fuhr aus der Einfahrt. »Das ist nichts, womit er gerne prahlt.«

Genauso wenig wie Colt, der der Sohn dieser Frau war. Das Einzige, was ich jetzt wusste und was oberste Priorität hatte, war, dass die anderen in Schwierigkeiten steckten. Liv, Miles, Keira, Jeff und William. Ich dachte an sie nicht als Lichtseelen, sondern als meine Freunde.

Colt überfuhr eine rote Ampel und musste im nächsten Augenblick scharf bremsen.

Der Laster rauschte hupend an uns vorbei.

Ich musterte Colt von der Seite. Jeder einzelne seiner Muskeln schien angespannt zu sein. Seine Finger tippten nervös auf dem Lenkrad herum. Sobald wir wieder freie Fahrt hatten, drückte er das Gaspedal durch, bis der Motor protestierend aufjaulte.

»Fahr rechts ran.«

»Was?« Er warf mir einen verständnislosen Seitenblick zu.

»Halt an. Du bist schneller bei ihnen, wenn du das Licht nutzt. Ich komme nach.«

Noch während ich sprach, schüttelte er den Kopf. »Auf keinen Fall.«

»Colt …«

»Nein.« Er umklammerte das Lenkrad fester. »Lauren hat uns heute schon mal in die Falle gelockt. Ich werde dich jetzt nicht allein lassen.«

»Aber …«

Ein einziger Blick genügte und jeder Protest erstarb auf meinen Lippen. Sein Blick drückte mehr aus, als Worte es je gekonnt hätten. Er würde mich genauso wenig zurücklassen, wie ich ihn zurücklassen würde, selbst wenn die Welt um uns herum in Flammen stünde. Ich konnte nur hoffen, dass wir beide mit den Konsequenzen dieser Entscheidung leben konnten.

Die Fahrt dauerte viel zu lange. Immer wieder versuchte ich, die anderen Lichtseelen zu erreichen, aber keiner ging an sein Handy. Bei Miles und Jeff wurde ich sofort zur Mailbox weitergeleitet, bei William klingelte es wenigstens lange genug, um uns Hoffnungen zu machen. Umsonst.

Colt fuhr in einem so halsbrecherischen Tempo, dass es an ein Wunder grenzte, dass wir unversehrt vor der Kathedrale ankamen. Inzwischen war es noch kälter geworden, ein eisiger Wind schlug mir beim Aussteigen entgegen und blies mir das Haar ins Gesicht.

Colt steuerte direkt auf das Gebäude zu. Noch im Laufen machte er eine Handbewegung und aus seinen Ärmeln schossen zwei schmale Klingen. »Lass dich auf keine Zweikämpfe ein. Halt dich am Rand und nutz deine Illusionen.«

Der Befehl war klar und deutlich. Ich nickte hastig, auch wenn er es nicht sehen konnte, weil er vor mir lief. Aber für Diskussionen blieb keine Zeit.

Mein Herz schlug mir bis zum Hals, als wir die breite Doppeltür erreichten. Ich versuchte, meine verkrampften Finger etwas zu lockern, bevor ich mich noch an meinen eigenen Wurfmessern schnitt.

Colt blieb vor der Eingangstür stehen. Sein Blick war ernst und durchdringend. Er war nicht länger der Kerl, der mich im *Butterfly Books* geküsst hatte. Er war ganz der Anführer, der er einmal sein würde. Ein Krieger und Beschützer der Lichtseelen. »Kannst du uns eine Weile vor den anderen verbergen?«

»Ich kann es versuchen.« Ich hielt ihm die linke Hand hin und er legte seine ohne das geringste Zögern hinein. »Aber Lauren wird unsere Erinnerungen auffangen, sobald wir in ihre Nähe kommen«, warnte ich ihn.

»Das macht nichts«, erwiderte er grimmig. »Wenn es so weit ist, wird es schon zu spät für sie sein.«

Ein letzter Blick, ein kurzes Nicken, dann riss Colt die Tür auf und ich gab mein Bestes, uns mit dem Hintergrund verschmelzen zu lassen und damit für alle anderen unsichtbar zu machen. Colt schloss die schwere Tür lautlos hinter uns und schob sich schützend vor mich.

Meine letzte Hoffnung, eine harmlose Erklärung für den fehlenden Kontakt zu finden, löste sich augenblicklich in Luft auf. Das Hauptquartier der Lichtseelen war angegriffen worden.

Ich erhaschte einen kurzen Blick auf Keira, bevor sie so heftig gegen eine Säule geschleudert wurde, dass ich unwillkürlich zusammenzuckte. Nur wenige Meter entfernt rammte Miles einen Kerl von seiner Größe und Statur in den Boden. Das Vibrieren in der Erde breitete sich von der Stelle bis zu meinen Füßen aus.

Ich blinzelte, kämpfte um mein Gleichgewicht, während ich

gleichzeitig versuchte, meine Umgebung im Auge zu behalten und die Illusion um Colt und mich aufrechtzuerhalten.

Wir gingen an der Wand entlang durch das Mittelschiff der Kirche. Staub lag in der Luft und erschwerte die Sicht.

Ein Armbrustbolzen raste haarscharf an mir vorbei. Ich hörte nur das Pfeifen und spürte den Luftzug, ohne etwas erkennen zu können.

Colt hielt meine Hand noch immer fest. Instinktiv wusste ich, dass er sich zuerst einen Überblick verschaffte, bevor er einschritt. Und er suchte nach Lauren.

Mein Blick kreuzte den von Jeff, der genau wie Nell und Fernando in einen Zweikampf verwickelt war. Irritiert runzelte er die Stirn, dann durchschaute er meine Illusion und seine Augen weiteten sich vor Überraschung. Ein kurzer Moment der Unaufmerksamkeit, der ihn teuer zu stehen kam. Die Faust seines Gegners traf ihn mitten ins Gesicht und warf ihn mehrere Meter zurück.

»Verdammter Idiot!« Colt ließ meine Hand los und entzog sich damit dem Trugbild. Schneller als ich reagieren konnte, war er bei Jeffs Angreifer, riss ihn zu Boden und bewahrte Jeff so vor einer weiteren Attacke.

Obwohl es mein erster Impuls war, ihm zu folgen und meinem Seelenpartner zur Seite zu stehen, hielt ich inne. Colt hatte recht. Mit den Illusionen konnte ich ihnen besser helfen, statt mich blindlings ins Gefecht zu stürzen.

Ich lief an den Kämpfenden vorbei und fand einige Meter weiter Schutz hinter einer breiten Säule. Einen Moment lang lehnte ich mich dagegen und wagte es, die Illusion verschwinden zu lassen. Ich hatte keine Ahnung, wie lange ich diese Fähigkeit benötigen würde oder aufrechterhalten konnte. Colt und mich zu tarnen, hatte mich bereits einiges an Kraft gekostet. Ich atmete tief ein, dann spähte ich an der Säule vorbei und suchte zwischen all dem Staub, Ächzen und Waffengeklirr nach den Lichtseelen.

Links von mir, nicht weit entfernt, kämpfte Liv und zwang ihren Gegner mit einer einzigen Berührung in die Knie. Ihr Gesicht war leichenblass, aber sie wirkte fest entschlossen – und absolut fähig, sich allein gegen die Dunkelseele durchzusetzen.

Auf der anderen Seite, im Mittelgang der Kirche, standen Colt und Jeff Rücken an Rücken. Ihnen gegenüber vier Gegner. Ich hielt den Atem an, als Colt blitzschnell zwei davon ausschaltete. Dann tauchte ein dritter hinter ihm auf. Ich drückte die Finger auf den kühlen Marmor und zwang mich dazu, nicht einzugreifen. Er und Jeff schienen die Sache unter Kontrolle zu haben.

Fieberhaft ließ ich meinen Blick über die Anwesenden gleiten und suchte nach den anderen Lichtseelen. Ich fand sie im hinteren Bereich, in der Apsis. Keira schlug sich atemberaubend, sie war unglaublich schnell und ihre Kampfschreie drangen bis zu mir herüber. Als eine Dunkelseele sich ihr unbemerkt von hinten näherte, tauchte Nell mit einem Aufblitzen hinter ihr auf und wehrte die Attacke ab. Doch die Dunkelseele erholte sich schnell wieder. Reflexartig streckte ich die Hand aus, um den beiden zu helfen. Flammen flackerten zwischen ihnen und ihrem Angreifer auf, nicht so beeindruckend wie die von Jeff, aber sie erfüllten ihren Zweck. Keira wirbelte herum und erkannte die Gefahr. Sie schickte die Dunkelseele mit einem gekonnten Tritt auf die andere Seite des Gebäudes, anschließend glitt ihr Blick suchend durch die Kirche, bis sie mich gefunden hatte. Ein kurzes dankbares Nicken, dann schob Keira Nell hinter sich und stürzte sich mit einem wütenden Schrei auf die nächsten Angreifer.

Miles setzte sich gerade gegen zwei Gegner zur Wehr, die genauso groß und breit gebaut waren wie er. Einer von ihnen schien sogar noch größer zu sein. Sie bewegten sich in den Schatten, versuchten, eine Schwachstelle zu finden, und, dem Blut an Miles' Kleidung nach zu urteilen, war ihnen das bereits gelungen.

Ich stieß mich von der Säule ab, bereit, einzugreifen, doch dann bemerkte ich die beiden Schatten im Augenwinkel. Jeff stand inzwischen allein im Mittelgang, ein Kampfstab in den Händen, die Lippen zu einem grimmigen Lächeln verzogen. Die beiden Dunkelseelen nutzten seine fehlende Rückendeckung aus und umkreisten ihn.

Ich schaltete jedes Denken aus und rannte los. Auf halbem Weg hob ich ein Messer vom Boden auf und rammte es der Dunkelseele vor mir in die Schulter. Der Mann brüllte vor Schmerz. Ich stellte mich mit dem Rücken zu Jeff und nahm Kampfhaltung ein. Vor dem ersten Hieb konnte ich mich wegducken, der zweite … erstarrte mitten in der Luft.

Ein Krachen, lauter als ein Donnerschlag, ließ die Wände der Kirche erzittern und Putz von der Gewölbedecke rieseln. Funken sprühten, als ein Schatten, dunkler als die tiefste Nacht, und strahlendes Licht aufeinanderprallten.

Reflexartig ging ich in Deckung, aber Jeff zerrte mich mit sich. Wieder und wieder stießen Licht und Dunkelheit unter dem Kirchendach aufeinander, ohne dass eine Seite die Überhand zu gewinnen schien. Lauren und William. Menschliche Umrisse waren keine zu erkennen, aber außer ihnen verfügte niemand über so viel Macht.

Der Boden begann zu beben und ich erkannte die ersten Risse in den Wänden und Säulen des Kirchenraumes. Wenn sie so weitermachten, würde das keiner von ihnen überleben. Und wir auch nicht.

»Wir müssen ihm irgendwie helfen!«, rief ich, auch wenn ich noch keine Vorstellung davon hatte, wie diese Hilfe aussehen konnte, und meine Stimme in dem Chaos völlig unterging.

Mein Blick wanderte über die Köpfe hinweg, glitt an den erstarrten Licht- und Dunkelseelen vorbei, bis er zu einem plötzlichen Halt kam. Colt stand auf der gegenüberliegenden Seite des Kirchenschiffs, das bunt gefärbte Licht der Bogenfenster strömte auf ihn herab. Er war völlig ruhig, bewegte sich nicht, bis auf das schnelle Heben und Senken seines Brustkorbs.

Und dann sah ich ihn. Zane war nur wenige Schritte von ihm entfernt. Staubig, mit einer blutenden Wunde über der Augenbraue. Auch er atmete heftig. In seiner Hand hielt er ein Messer. Es war leicht gebogen und länger als ein gewöhnlicher Dolch, aber nicht lang genug, um als Schwert durchzugehen.

Einen Wimpernschlag später waren sie verschwunden, verschmolzen mit dem hereinströmenden Licht von der Straße und den Schatten an den Wänden.

Wieder peitschte der Donner über unseren Köpfen. Jeff drückte sich neben mir gegen die Säule. »Colt wird mich dafür umbringen, aber … du kannst seine Kraft anzapfen. Du bist stärker als ich. Ich versuche, Lauren mit einer Illusion abzulenken, dann kannst du William helfen.«

Der Plan war überstürzt und völlig wahnsinnig, trotzdem nickte ich. »Gib mir ein Zeichen, wenn du so weit bist.«

Jeff passte den richtigen Moment ab, als niemand in unsere Richtung sah, dann trat er aus dem Versteck und rannte los. Ich versuchte, ihn im Auge zu behalten und gleichzeitig die Verbindung zu Colt herzustellen. Die letzten Male hatte er seine Kraft bewusst oder mittels einer Berührung mit mir geteilt. Ich konnte nur beten, dass das auch auf die Entfernung klappte.

Ich suchte in Gedanken nach ihm, als könnte ich ihn spüren, ohne ihn zu sehen. Das vertraute Prickeln in meinem Nacken setzte wieder ein, weitete sich aus, bis es warm über meine Haut tanzte.

Ich atmete tief ein – und spürte plötzlich einen Luftzug in meinem Gesicht. Reflexartig ging ich in Deckung und presste mich mit dem Rücken gegen die Säule, aber mein Angreifer verschmolz mit den Schatten, bevor ich sein Gesicht erkennen konnte. Einen Atemzug später wurde ich von der Seite gepackt. Ich rammte ihm meinen Ellenbogen in die Magengrube und warf ihn über die Schulter zu Boden, wie Colt, Miles und Keira es mir im Training beigebracht hatten.

Jetzt erkannte ich auch meinen Angreifer. Es war dieselbe Frau, die mich in der Gasse zusammen mit Zane angegriffen hatte. Die Frau, der ich ein Wurfmesser in den Hals gerammt hatte. Die Wunde war inzwischen verheilt, aber das konnten wir ändern.

Ich zog das erste Wurfmesser aus der Lederscheide, holte aus und warf. Diesmal war sie schneller und stieß das Geschoss noch im Flug beiseite. Im selben Moment warf ich das nächste Messer und dann das dritte. Das zweite traf sie in der Brust, das dritte hinterließ eine blutige Spur auf ihrem nackten Oberarm. Ich ließ mir keine Zeit zum Nachdenken. Drei schnelle Schritte, dann war der Abstand zwischen uns verschwunden. Mit einer Kraft, die nicht allein meine war, trat ich ihr die Beine weg und schickte sie zu Boden.

Als ich den Kopf hob, entdeckte ich Colt nur ein paar Meter entfernt. Für einen atemlosen Moment trafen sich unsere Blicke und ich glaubte, die Andeutung eines Lächelns in seinem Gesicht zu erkennen. Dann musste er sich um den nächsten Angreifer kümmern. Er duckte sich unter einem mörderischen Schlag und kickte ihm die Beine weg. Zane tauchte hinter ihm auf, das Messer in seiner Hand und …

»Rayne!« Jeffs Schrei hallte zu mir herüber.

Aus dem Augenwinkel bemerkte ich, wie Colt die Attacke in letzter Sekunde abwehrte, dann wandte ich mich um. Von Lauren und William waren nicht länger nur Licht und Schatten zu sehen, jetzt kämpften sie im hinteren Bereich der Kirche – oder dem, was noch davon übrig geblieben war.

»Du musst das nicht tun«, hörte ich William gerade keuchend zu Lauren sagen. Er richtete sich auf den Knien auf und hielt sich die Seite.

Ich sprintete los, bewegte mich dank Colts Kräften schneller, als ich es je zuvor getan hatte. Adrenalin rauschte durch meine Adern und vertrieb jeden einzelnen Gedanken aus meinem Kopf, bis ich nur noch auf ein Ziel fokussiert war. Lauren machte einen halben Schritt zurück, holte aus, um William mit einem mörderischen Tritt ganz zu Boden zu schicken. In letzter Sekunde warf ich mich dazwischen und blockte den Kick ab.

Schmerz explodierte in meinen Armen wie ein Feuer, das auf meiner Haut entfacht war, aber ich hielt der Wucht ihres Angriffs stand. Als ich die Arme wieder senkte, begegnete ich Laurens ungläubigem Blick.

»Du hast dich also entschieden.«

»Es gab nie etwas zu entscheiden.« Meine Wahl war bereits auf Colt gefallen, lange bevor ich mir dessen überhaupt bewusst gewesen war.

Ohne Lauren aus den Augen zu lassen, stand ich auf und half

auch William wieder auf die Beine. Die linke Seite seines Gesichts war blutüberströmt und er blutete auch aus zahlreichen anderen Wunden. Ein normaler Mensch wäre längst unter der Last der Verletzungen zusammengebrochen, aber keine Lichtseele. Nicht William. Er ließ sich zwar von mir hochhelfen, stellte sich dann jedoch sofort schützend vor mich.

Lauren presste die Lippen aufeinander. Auch sie wirkte mitgenommen. Blut klebte an ihrer Schläfe und verdunkelte ihr rotblondes Haar. Ihre Brust hob und senkte sich schnell, und an ihrem Oberschenkel wies sie einen tiefen Schnitt auf. Auch bei ihr grenzte es an ein Wunder, dass sie sich überhaupt noch auf den Beinen halten konnte.

»Du wirst es noch bereuen, nicht auf mich gehört zu haben«, zischte sie. Dann griff sie erneut an.

William reagierte schneller, als ich blinzeln konnte. Er stellte sich Lauren entgegen, wehrte ihre Attacke ab und schleuderte sie gegen die gegenüberliegende Wand. Mörtel und Putz lösten sich und landeten auf der bewegungslosen Lauren auf dem Boden.

»Danke, Rayne.« William drehte sich um und legte mir seine Hand auf die Schulter. »Und jetzt geh in Deckung.«

Ich nickte atemlos. Aus dem Augenwinkel bemerkte ich, wie sich Lauren bereits wieder bewegte. Sie würde sich nicht so einfach geschlagen geben – aber wir auch nicht.

Ich hielt nach den anderen Ausschau und entdeckte Liv als Erstes. Fast hätte ich sie nicht wiedererkannt, so blass war sie, das blonde Haar zerzaust, die Kleidung staubig und von dunklen Flecken gezeichnet. Sie drückte sich gegen die Wand, aber auch wenn ich die Angst in ihren Augen lesen konnte, zeigte sie sie nicht, sondern hielt die Fäuste kampfbereit gehoben.

Die Dunkelseele vor ihr entpuppte sich als die Frau, die auch mich vorhin angegriffen hatte. Gaben diese Wesen eigentlich nie auf? Ich lief los, bereit, Liv mit einer Illusion zu schützen, um mich ihrer Angreiferin selbst entgegenzustellen.

Ich kam gerade mal drei Schritte weit. Ein dicker Arm schlang sich von hinten um meinen Hals und ich verlor den Bodenkontakt. Röchelnd griff ich nach dem Arm, versuchte, der Dunkelseele meinen Ellbogen in die Rippen zu rammen, aber sein Griff lockerte sich keine Sekunde lang. Mein Herzschlag explodierte in meiner Brust, wurde mit jedem Japsen nach Luft immer schneller, immer drängender.

»Dachtest du, du würdest noch mal so leicht davonkommen?«, raunte eine bekannte Stimme an meinem Ohr.

Im selben Atemzug schoss ein brennender Schmerz durch mich hindurch.

Ich schrie auf. Mein Körper krümmte sich, ich zog die Beine an, warf den Kopf zurück, tat alles, um mich aus Zanes Griff zu befreien. Vergeblich. Das Einzige, was ich damit bewirkte, war, dass er mich kurzzeitig losließ, nur um mich im nächsten Moment gegen eine Wand zu rammen. Irgendwo hörte ich etwas in mir knacken, aber der Schmerz verschmolz mit dem säureartigen Brennen in meinen Adern.

Zane hatte die Finger um meinen Hals geschlungen, hielt mich mit einer Hand oben. In seinem Gesicht kämpften Zorn und eine Genugtuung miteinander, die mich bis ins Mark traf. Es war nicht Colt, den er tot sehen wollte – sondern mich. Er wollte Colt dasselbe Leid zufügen, ihn dieselben Qualen leiden lassen, die er selbst durchgemacht hatte. Und das gelang ihm nur, indem er Colts Seelenpartnerin tötete.

»Ni-nicht …«, brachte ich hervor, aber mein Keuchen ging im Kampfgetümmel unter.

Eine Bewegung links von mir. Schatten, die über die Mauer krochen. Das Aufleuchten und Erlöschen eines Lichts. Dann standen da plötzlich Colt und zwei Dunkelseelen, die ihn festhielten. Sie waren riesig, noch größer als Miles, und in ihren Gesichtern war kein Funke Gnade zu erkennen.

»Sieh es dir an!«, knurrte Zane in Colts Richtung. »Sieh genau hin. Wenn ich mit ihr fertig bin, wird es nicht mal mehr Überreste geben, die du begraben kannst.«

Colt riss sich von der einen Dunkelseele los, wollte sich auf Zane stürzen, aber der andere Mann hielt ihn noch immer fest und riss ihn zurück. Für einen Sekundenbruchteil trafen sich unsere Blicke, dann stürzte sich Colt mit einem Brüllen auf seine Gegner.

Eisige Kälte kroch mein Rückgrat hinab.

Ich packte Zanes Arm mit beiden Händen, versuchte, ihn mit einer Illusion lange genug abzulenken, dass er von mir abließ. Aber als Bewahrer durchschaute er sie sofort und meine Versuche entlockten ihm nur ein müdes Lächeln.

Panik breitete sich mit dem Prickeln Tausender Nadeln in mir aus. Ich bekam keine Luft mehr. Jede Sekunde brachte mich näher an die Bewusstlosigkeit. An den sicheren Tod.

Hektisch zuckte mein Blick durch die Kirche. Miles war viel zu weit entfernt, genau wie Keira und Fernando. Nur ein paar Schritte von uns entfernt kämpften William und Lauren noch immer gegeneinander und bewegten sich dabei so schnell, dass ich ihren Attacken kaum mit den Augen folgen konnte. Jeff schlich sich von hinten an, aber Lauren musste seine Erinnerungen aufgefangen und ihn dadurch bemerkt haben. In der einen Sekunde verpasste sie William einen Kick in die Magengrube, dann wirbelte sie herum und schleuderte pure Dunkelheit aus ihrer Hand auf Jeff. Die Wucht der Attacke beförderte ihn ans andere Ende der Kirche.

Keuchend schnappte ich nach Luft. Meine Sicht verschwamm, meine Bewegungen wurden langsamer, Arme und Beine immer schwerer.

Vor meinen Augen zog Lauren den blutverschmierten William an seinem Hemd wieder auf die Knie, holte aus und rammte ihre Hand in seine Brust hinein.

Eine Schockwelle ging durch den Kirchenraum. Jeder erstarrte. Sogar Colt, der gerade einer Dunkelseele das Genick gebrochen hatte. Alle Blicke richteten sich auf Lauren und William. Ich konnte sein Gesicht nicht erkennen, da er mit dem Rücken zu mir kniete, aber ich sah ihres. Tränen benetzten ihre Wangen, und in ihren Augen erlosch ein Leuchten, das ich bisher nicht wahrgenommen hatte. Als wäre in diesem Moment der letzte Funken Menschlichkeit, der noch in ihr geschlummert hatte, entwichen.

Ihre Lippen bewegten sich, formten eine stumme Entschuldigung, dann zog sie ihre Hand zurück – und riss ihrem Seelenpartner das Herz heraus.

Ich schrie, schrie, so laut ich konnte, und brachte dennoch nur ein Krächzen hervor, während mir zunehmend die Sicht verschwamm. Wie in der Erinnerung, die Lauren mir im Park entgegengeschleudert hatte, war William für einen kurzen Moment in strahlendes Licht getaucht. Dann bündelte sich dieses Licht und verließ mit seiner Seele seinen Körper.

Und auf einmal ergab jedes einzelne von Laurens Worten einen zweiten, einen neuen Sinn. Alles, was sie mir erzählt hatte, führte uns zu diesem Moment.

Die Legende der Seelenpartner. Der Versuch all dieser Paare, ihre Seelen wieder miteinander zu vereinen. Ihr Scheitern. Und was es für uns alle bedeuten würde, sollten sie es dennoch schaffen.

Lauren wollte nicht nur Zeugin eines solchen Ereignisses sein. Sie wollte diejenige sein, die die Prophezeiung erfüllte und streckte bereits die Hände nach Williams Seele aus. Sobald ihre Seelen eins miteinander wurden, wäre Lauren nicht mehr aufzuhalten. Sie wäre unsterblich – und mächtiger als wir alle zusammen.

»Nein!«, krächzte ich und bohrte die Fingernägel in Zanes Arm.

Das durfte nicht passieren. Das konnten wir nicht zulassen. Vor meinem inneren Auge erschien eine schützende Illusion, die sich wie ein Schild um Williams Seele schloss. Einen Wimpernschlag später sah ich sie vor mir, schillernd und so real, als wäre sie echt.

Auch Lauren nahm sie wahr – und zögerte.

Das war unsere Chance.

*Colt …*

Mit einem zornigen Schrei rammte er die zweite Dunkelseele gegen eine Säule. Dann rannte er los, bereit, sich auf Lauren zu stürzen.

Ich sah ihm nach, auch wenn mein Sichtfeld immer dunkler wurde. Ich mochte mein Schicksal und meine Fähigkeiten noch immer nicht wirklich akzeptiert haben. Ich mochte nicht an die Lichtseelen und ihre Ziele glauben. Aber ich glaubte an *ihn.* Ich glaubte an Colt und die Verbindung, die zwischen uns bestand.

Die Bewusstlosigkeit griff nach mir. Ich ließ es geschehen, ließ meine Augen zufallen und stellte mir ein unsichtbares Band vor, das von mir zu Colt reichte. Und mit jeder Sekunde, die mir noch blieb, schickte ich Colt etwas mehr von meiner Kraft. Ich sandte ihm meine Fähigkeiten und jedes bisschen Energie, das in meinem Körper noch übrig war. Jeden Funken Hoffnung und alles, was mich ausmachte. Als Bewahrerin. Als Einflüsterin. Als Mensch. Und als Seelenpartnerin.

Ein letztes Mal riss ich die Augen auf. Die Illusion um Williams Seele hatte sich verändert, schien massiver zu sein. Stark. Real. Aber nicht genug. Wir waren nicht stark genug. Williams Seele verschmolz mit Laurens Körper. Einen Herzschlag lang schien sie von innen heraus aufzuleuchten, dann erlosch Williams Licht für immer.

Und auf einmal war da nur noch Stille.

# Kapitel 24

Ich spürte keinen Schmerz. Genau genommen fühlte ich gar nichts. Keine Angst, keinen Zorn, keine Trauer, keine Bitterkeit. Es war, als hätte mich jede Empfindung in dem Moment verlassen, in dem Colt Lauren aus der Kirche gefolgt war.

Ich lag noch immer auf dem Boden, auf einem Ellenbogen aufgerichtet, während ich das Geschehen vor meinen Augen beobachtete, als wäre ich eine Fremde. Eine Außenstehende, die das Ganze durch die sichere Entfernung auf der anderen Seite einer Glasscheibe betrachtete.

Die Dunkelseelen zogen sich eine nach der anderen zurück, bis nur noch wir übrig waren.

Allein. Gebrochen. Zerstört.

William lag bewegungslos im Chorraum. Miles und Nell erreichten ihn als Erste, fielen auf die Knie und legten die Hände auf das klaffende Loch in Williams Brust. Doch für Heilung war es längst zu spät. Als Liv auftauchte, sprang Miles sofort auf und zog sie weg. Sie wehrte sich, strampelte und schrie, aber er führte sie mit ruhiger Geduld fort, schloss sie in seine Arme und drückte ihr Gesicht gegen seine Brust, um ihr den Anblick zu ersparen. Er selbst sah unentwegt zu dem Anführer der Lichtseelen, und seine Miene wurde immer grimmiger, bis ein mörderischer Ausdruck in seine Augen trat.

Der gleiche Ausdruck, den ich vor wenigen Minuten schon einmal gesehen hatte. Bei Colt.

Irgendwie schaffte ich es aufzustehen, aber meine Knie gaben nach, sobald ich einen Schritt nach vorne machte. Ich stützte mich an der Wand ab, versuchte, mein Gleichgewicht wiederzufinden – und mein Gefühl. Denn in mir herrschte noch immer nichts als Leere. Meine Ohren waren wie mit Watte gefüllt, sodass ich die Stimmen der anderen nur gedämpft hörte.

Bis Colt in der Tür erschien. Sein Auftauchen zerriss den Schleier zwischen mir und der Außenwelt, als würde seine Anwesenheit einen Teil von mir selbst zurückbringen. Mit steinerner Miene betrat er die Kirche.

Lauren war entkommen. Ich musste die Frage nicht aussprechen oder in meinen Gedanken formen, ich konnte es in seinem Gesicht ablesen. An dem verzweifelten Ausdruck in seinen Augen.

Ohne jemanden anzusehen, marschierte er durch den Mittelgang und durch die Tür, die zur Sakristei führte. Einen Moment später kam er mit einem weißen Laken zurück, das er wortlos über William ausbreitete. Sekundenlang blieb er neben ihm knien, den Kopf gesenkt, während sich Schweigen um uns herum ausbreitete, nur durchbrochen von Livs unterdrückten Schluchzern. Jeff und Keira traten hinter ihn und legten ihm je eine Hand auf die Schulter, als wollten sie ihn trösten, obwohl ihre eigenen Gesichter von Tränen und Entsetzen gezeichnet waren.

In diesem Moment lösten sich Williams sterblichen Überreste auf und das Laken schwebte zu Boden. Vom einstigen Anführer der Lichtseelen war nichts mehr übrig geblieben.

Ich merkte nicht einmal, wie ich mich bewegte, bis ich plötzlich bei ihnen stand. Blinzelnd, weil mir die Sicht immer wieder vor

Augen verschwamm. Ich nickte Miles zu und zog Liv in meine Arme, die noch immer hemmungslos weinte. Ich konnte mir nicht einmal vorstellen, wie das für sie sein musste. Sie hatte nicht nur ihre Vaterfigur verloren, den Mann, zu dem sie aufgeschaut hatte, sondern spürte auch noch den Schmerz aller Anwesenden.

Behutsam strich ich ihr über den Rücken und führte sie weg. Am Anfang wehrte sie sich dagegen, stemmte die Fersen in den Boden, als würde sie William für immer verlieren, wenn sie jetzt ging. Aber ich brachte sie mit sanfter Bestimmtheit dazu, mit mir zu kommen.

Erst als wir durch die schwere Eingangstür nach draußen traten, löste sie sich von mir, stolperte ein paar Schritte nach vorn und fiel auf die Knie. Ihr Schrei zerriss die nächtliche Stille und ließ etwas in mir zerbrechen. Ich sank neben ihr ins Gras und zog sie an mich. Und während sie an meiner Schulter weinte und ich ihr immer wieder über den Kopf strich, liefen mir selbst die Tränen über die Wangen.

Später, sehr viel später hatten Miles und Jeff die völlig aufgelöste Liv nach Hause gebracht. Auch Keira war verschwunden, mit einem mörderischen Ausdruck auf ihrem Gesicht, aber unbewaffnet. Ich hatte noch gehört, wie Colt leise mit ihr gesprochen und ihr befohlen hatte, nichts Unüberlegtes zu tun. Sie schien nicht damit einverstanden zu sein, hatte aber widerwillig genickt und ihre Waffen hier gelassen.

Als sich die ersten Sonnenstrahlen einen Weg durch die dichte Wolkendecke brachen und der neue Tag begann, waren wir allein. Das Laken lag noch immer dort, wo William gestorben war. Der dunkelrote Fleck darauf wie ein Mahnmal.

Colt stand an der Eingangstür, das Gesicht dem aufkommenden

Wind entgegengerichtet. Seit die anderen gegangen waren, hatte er kein Wort mehr gesagt und davor wie danach keine einzige Träne vergossen, obwohl ich ahnte, wie viel William ihm bedeutet haben musste.

Leise trat ich neben ihn und folgte seinem Blick auf das weite Feld hinaus. Minutenlang lauschten wir nur dem Wind und dem sanften Prasseln von Regentropfen gegen die Kirchenmauern.

»Wie geht es jetzt weiter?«, fragte ich schließlich leise.

»Wir werden Jagd auf sie machen«, antwortete Colt tonlos. »Sie wird für ihre Taten bezahlen.«

Ich spürte, dass ihn nichts und niemand würde aufhalten können, Lauren zu töten. Nicht einmal die Tatsache, dass sie seine Mutter war.

»Was ist mit der Prophezeiung?«

Er schüttelte den Kopf. Wie konnte diese knappe Bewegung so viel Wut und gleichzeitig so viel Erschöpfung ausdrücken? Ich wollte die Arme um ihn schlingen, ihm sagen, dass alles wieder gut werden würde, aber wir wussten beide, dass das eine Lüge gewesen wäre.

»Sie hat sich nicht erfüllt. Dazu müssten …« Er räusperte sich, trotzdem klang seine Stimme belegt, als er weitersprach. »Dazu müssten beide Seelenpartner willig und … am Leben sein. Lauren hat es trotzdem versucht, aber sie ist gescheitert. Wenn sich die Prophezeiung erfüllt hätte, hätten wir es längst gemerkt.«

Ich betrachtete ihn von der Seite, da er mich noch immer nicht ansehen wollte, sondern weiterhin in die Ferne starrte. »Du bist jetzt der neue Anführer, nicht wahr?«

Colt zögerte, dann nickte er einmal knapp – und schwieg. Er schwieg so lange, bis ich glaubte, er würde nie wieder ein Wort sagen. Doch dann seufzte er tief und schloss die Augen für einen kurzen Moment. »Ich wusste immer, dass es eines Tages so weit sein würde. Aber nicht so. So wollte ich niemals der neue Anführer werden.«

»Ich weiß«, flüsterte ich und nahm seine Hand in meine. Zum ersten Mal sah er mich an, und ich konnte so viel Schmerz, so viel Verzweiflung in seinen Augen lesen, dass es auch mich entzweiriss. »Es tut mir so leid … Ich weiß, wie viel William dir bedeutet hat und …« Meine Worte wurden erstickt, als Colt mich wortlos in seine Arme zog.

Im ersten Moment war ich zu überrascht, um zu reagieren, doch dann erwiderte ich die Umarmung und ließ zu, dass er sein Gesicht an meinem Hals vergrub. Sein Atem strich warm und zittrig über meine Haut, und sein ganzer Körper war so angespannt, als würde er noch immer einen Kampf ausfechten. Nur waren seine Gegner diesmal keine Dunkelseelen, sondern er selbst.

»Ich kann gar nicht mehr zählen, wie viele Menschen ich schon verloren habe«, flüsterte er rau und hob den Kopf, um mich anzusehen. »Ich kann dich nicht auch noch verlieren.«

»Das wirst du nicht. Ich gehe nirgendwohin.«

»Versprochen?«

Die Antwort war schon immer da gewesen. Es hatte nur eine Weile gedauert, bis ich sie vollständig akzeptiert hatte. »Versprochen.«

Vorsichtig balancierte ich zwei Kaffeebecher in der Hand und zog gleichzeitig die Tür des *Butterfly Books* hinter mir zu. Der prüfende Blick über die Schulter war mir in Fleisch und Blut übergegangen – und das nicht erst, seit ich von den Licht- und Dunkelseelen wusste. Seit dem Kampf in der Kathedrale war eine Woche vergangen. Zu wenig Zeit, um zu trauern oder auch nur zu begreifen, was in jener Nacht vorgefallen war. Aber immerhin war seitdem alles ruhig geblieben.

Ich hatte Williams Trauerfeier beigewohnt, mich jedoch im Hintergrund gehalten, da ich ihn bei Weitem nicht so gut gekannt hatte wie Colt, Miles, Keira, Liv und Jeff. Die Zeremonie war wunderschön gewesen. Sie hatte mitten in einem Wald stattgefunden, direkt neben einem klaren See. Anscheinend war das einer von Williams Lieblingsplätzen gewesen. Lichtseelen aus der ganzen Welt waren herbeigeströmt, um an der Zeremonie teilzunehmen und ihr Beileid auszudrücken. Trauer und Fassungslosigkeit zeichneten die Gesichter der Anwesenden, aber da war noch etwas anderes. Ich las Respekt, Ehrfurcht und Bewunderung in den Augen dieser Leute. Sie hatten nicht nur einen großen Anführer verloren, sondern auch ein Vorbild. Einen Krieger. Einen Freund.

Im Anschluss daran hatte Colt mich nach Hause begleitet. Er hatte darauf bestanden, obwohl ich immer wieder beteuert hatte, dass es nicht nötig wäre und er sich lieber um seine neuen Pflichten kümmern sollte. Aber Colt war stur geblieben. Nach Williams Tod sollte, abgesehen von den Kriegern, keine Lichtseele mehr allein unterwegs sein. Und auch jetzt, als ich die Straße überquerte und wie jeden Abend nach einem langen Arbeitstag den Comicladen ansteuerte, waren Colt oder Miles mit Sicherheit irgendwo ganz in meiner Nähe.

Lauren würde zurückkehren, daran bestand kein Zweifel. Insbesondere jetzt, da sich bestätigt hatte, dass ihre Pläne gescheitert waren. Ihre Vision einer Zukunft, in der sie unsterblich wurde, war zerbrochen. Damit würde sie sich nicht zufriedengeben. Doch wenn sie wieder zuschlug, würden wir vorbereitet sein. Der kleinen Gruppe aus Lichtseelen rund um Chicago hatten sich weitere aus dem ganzen Land angeschlossen. Die Jagd auf Lauren war eröffnet. Es war nur eine Frage der Zeit, bis Colt sie aufspüren würde, und dann gnade ihr Gott.

Fröstelnd zog ich die Schultern hoch. Wenigstens war Ed für immer von der Bildfläche verschwunden. Die Polizei hatte ihn verhaftet und Nora zufolge standen die Chancen gut. Die Anhörung würde in drei Wochen stattfinden. Bis dahin sammelte der zuständige Detective weitere Beweise und versuchte, auch Eds Exfrau Martha zu einer Aussage zu bewegen. Das Urteil mochte noch nicht gefallen sein, aber Ed war fürs Erste weggesperrt und konnte weder Emma noch mir oder sonst irgendjemandem etwas anhaben.

Der kalte Novemberwind drang durch meinen Mantel und stemmte sich wie eine unsichtbare Kraft gegen mich. Ich schauderte. Nichts war mehr wie zuvor, und doch hatte ich das Gefühl, heute viel mehr ich selbst zu sein als bis zu jenem Abend, an dem ich Colt das erste Mal getroffen hatte.

Ich konnte mich noch immer nicht im Licht bewegen. Aber das war in Ordnung.

Etwas Kaltes berührte meine Nasenspitze. Ich blieb stehen und legte den Kopf in den Nacken. Winzig kleine Schneeflocken fielen auf mich herab und begannen die Häuserdächer bereits mit einer dünnen Schicht zu bedecken. Zum ersten Mal seit jener Halloweennacht hatte ich das Gefühl, wieder lächeln zu können. Es tat weh, aber es war auch ein Schritt nach vorn. Außerdem würde Emma morgen vor Freude ganz aus dem Häuschen sein, wenn der Schnee über Nacht liegen blieb.

Ich trank einen Schluck von meinem Kaffee und stieß die Tür zum Comicladen mit dem Ellbogen auf. »Hallo Barry! Hast du schon geseh…«

Die Becher fielen zu Boden. Kaffee spritzte auf und verteilte sich in einer braunen Lache auf dem Boden, genau wie das Blut, das sich neben Barrys bewegungslosem Körper ausgebreitet hatte.

Ich merkte nicht einmal, wie ich losrannte, bis ich neben ihm kniete. Ich drehte seinen Kopf zu mir, versuchte, seinen Puls zu ertasten, aber meine Hände zitterten so sehr und sein Hals war genauso blutverschmiert wie seine ganze rechte Körperhälfte, dass ich immer wieder abrutschte.

»Nein«, flüsterte ich. »Nein, nein, nein.«

Er musste noch am Leben sein. Wir konnten ihn heilen. Die Lichtseelen. Miles. Irgendwer. Irgendjemand musste ihn heilen. Er konnte nicht tot sein. Nicht so.

Aber ich hörte keinen Herzschlag, als ich mein Ohr auf seine Brust drückte. Kein Atemzug, der mein Haar streifte. Nicht mal ein winziges Muskelzucken, das mir verriet, dass es noch Hoffnung gab.

Meine Hände zitterten unkontrolliert, als ich mein Smartphone aus der Tasche zerrte und Miles anrief. Ich drückte hastig auf den Lautsprecher und legte das Handy ab. Dann versuchte ich, den richtigen Punkt auf seiner Brust zu ertasten, und begann mit der Herz-Lungen-Wiederbelebung.

Einmal. Zweimal. Dreimal. Ich zählte in Gedanken mit, während das Klingeln durch den Laden hallte. Warum zum Teufel hob Miles nicht ab?

»Dreißig«, keuchte ich, dann überstreckte ich seinen Kopf und begann mit der Beatmung. Einmal. Zweimal. Wieder Druckmassage. Verdammt. Wenn Miles nicht sofort hier auftauchte, musste ich den Notarzt rufen. Aber mit Miles würden Barrys Chancen besser stehen. Er könnte ihn wieder heilen, ganz so, als wäre nie etwas passiert. Als wäre er nicht beinahe in meinen Armen gestorben.

Es begann mit einem Wispern im hintersten Winkel meines Kopfes. Mein Herzschlag beschleunigte sich. Ich kniff die Augen zusammen, versuchte, mich nur aufs Zählen und die Wiederbelebung zu konzentrieren.

Aber nichts passierte. Weder eine Antwort von Miles noch ein Lebenszeichen von Barry.

Er blieb bewegungslos unter mir liegen.

Einen winzigen Moment lang rührte ich mich nicht. Wenn ich die Augen geschlossen hielt, wäre das hier nicht real. Ich würde nicht neben Barrys leblosem Körper knien, sondern wäre woanders, an einem anderen Ort, zu einer anderen Zeit, zu der ich ihm noch immer jeden Abend seinen Kaffee vorbeibrachte. Wir würden über Bücher und Mrs Bowens' neueste Kuchen reden, und zum Abschied würde er mir wie so oft raten, auf mich aufzupassen.

Aber ich war nicht woanders, ich war hier. Ich zwang mich dazu, wieder aufzusehen und gegen die Tränen anzukämpfen, die mir die Sicht zu rauben drohten. Zum ersten Mal sah ich ihn richtig an, bemerkte den starren Blick aus seinen Augen. Augen, die zwar immer grummelig geschaut, aber auch vor Lebensfreude gesprüht hatten. Er war eine ehemalige Dunkelseele gewesen, ja. Aber vor allem war er mein Freund gewesen.

Doch jetzt schienen seine Konturen zu verschwimmen, als wollten sie sich auflösen und für immer verschwinden. Ich griff nach seiner Hand, um irgendeinen Kontakt zu Barry herzustellen, aber er löste sich in meinen Armen auf, als hätte es ihn nie gegeben.

Das Wispern in meinem Kopf nahm zu, ganz so, als würden die Opferstimmen mit mir um Barry klagen, als wollten sie meinen Schmerz in die Welt hinausbrüllen, wenn ich selbst keinen Ton über die Lippen brachte. Diesmal begrüßte ich sie und ließ mich von ihnen mitreißen, völlig egal, was das mit mir machte.

»Rayne.«

Im selben Moment, in dem ich die vertraute Stimme erkannte, wurden die Schreie lauter. Mein Herz raste. Ein Brennen begann sich auf meiner Haut auszubreiten, als würden Flammen darüber tanzen.

Ich hatte das Gefühl, kaum noch Luft zu bekommen.

»Hey …« Gray ging vor mir in die Hocke, aber als er die Hand nach mir ausstreckte, zuckte ich vor ihm zurück. »Bist du in Ordnung?«

Das Kreischen wurde lauter. Husten kitzelte in meinem Hals, als würde ich statt Sauerstoff nur Rauch einatmen.

Weil die Opfer verbrannt waren. Sie waren im Feuer gestorben. Jetzt spürte ich es so deutlich, als würden sich die Flammen durch meine Haut fressen, um sich für immer dort zu verewigen.

»Du warst es …« Die Worte fühlten sich fremd auf meinen Lippen an, trotzdem presste ich sie hervor. Wochenlang hatte ich Ed für eine Dunkelseele gehalten, weil die Schreie fast immer dann aufgetaucht waren, wenn ich in irgendeiner Form Kontakt mit ihm gehabt hatte. Aber auch mit Gray. Er war immer da gewesen, direkt vor meinen Augen. »Du warst es die ganze Zeit.«

»Es ist nicht so, wie du denkst. Nicht so, wie sie es dir erzählt haben.« Wieder streckte er die Hand nach mir aus.

Ich wich aus, kam auf die Beine und stolperte zurück, bis ich mit dem Rücken gegen eines der Regale stieß.

»Lass es mich erklären.« Gray folgte mir langsam und griff nach meinen Fingern, als wüsste er genau, was diese Berührung in mir auslösen würde.

»Du kannst ihr helfen.« Die leise Stimme eines Mädchens mischte sich unter die Opferschreie und hallte in meinen Ohren wider. »Aber es wird wehtun.«

»Ich weiß.« Das war Gray. *»Tu es trotzdem.«*

Ich schüttelte den Kopf, versuchte, den Kontakt zu unterbrechen, die Erinnerung aufzuhalten, bevor sie sich richtig gebildet hatte. Ich riss die Hand zurück – aber es war bereits zu spät.

Bilder rauschten durch meinen Kopf, angefangen, als Gray und ich uns zum ersten Mal sahen und er sich als Nachbar vorstellte, über unsere langen Serienabende und den Abschlussball hinweg bis hin zu dem Moment, in dem Grays Zögern den Tod dieser fünf Menschen in dem brennenden Haus bedeutet hatte. Ich sah Lauren vor mir, wie sie ihm die Hand gab, als er mich abgeholt hatte, und wie er wenige Tage später diesem blonden Mädchen in der Buchhandlung die Tür aufhielt.

Die Bilderflut stoppte und vor meinem inneren Auge kristallisierte sich eine einzige Szene, ein einziger Moment heraus. Ein vertrautes Plätschern erfüllte die Luft. Ein kühler Wind zog an Kleidung und Haaren. Ich wusste, wo das war, noch bevor ich das Flussufer neben der Stadt richtig erkannte.

Das blonde Mädchen ging neben Gray her, mit strahlend blauen Augen und doch einem ernsten Ausdruck im Gesicht. Es musste direkt nach ihrer Begegnung vor dem *Butterfly Books* sein, denn sie trug noch dasselbe Kleid und schien zu frösteln.

»Wer ist sie? Was hat sie dir angetan?«, stieß ich hervor und zwang mich mit purer Willenskraft in die Gegenwart zurück.

»Sie hat mir die Wahrheit gezeigt.« Gray blieb ruhig stehen, beobachtete aber jede meiner Bewegungen. »Die Wahrheit, vor der du mich beschützen wolltest. Dass es andere Mächte auf dieser Welt gibt. Licht- und Dunkel- und Nebelseelen.«

»Du gehörst zu ihnen.« Alles in mir wehrte sich dagegen, wollte es nicht aussprechen, denn wenn ich es tat, wäre es zu real. Dennoch zwang ich mich dazu, die Worte zu sagen, auch wenn sie mir nur in einem Flüstern über die Lippen kamen. »Du bist eine Dunkelseele.«

»Nein, Rayne. Ich bin eine Nebelseele. Das war ich schon immer, ohne auch nur irgendetwas davon zu ahnen. Aber vor allem bin ich immer noch derselbe Gray. Dein bester Freund, der stundenlang mit dir Serien geschaut, der mit Emma gespielt und dich zum Abschlussball begleitet hat. Ich bin immer noch derselbe. Nur bin ich jetzt damit an der Reihe, dich zu beschützen, statt andersherum.«

»Beschützen?«, wiederholte ich verständnislos. »Vor wem?«

»Vor den Lichtseelen.«

Ich starrte ihn an. Das konnte nicht wahr sein. Das hier passierte nicht wirklich. Ich versuchte, tief durchzuatmen, versuchte, mich zu beruhigen – und scheiterte.

»Was ist mit ihm?« Ohne hinzusehen, deutete ich auf die Stelle, an der ich Barry gefunden hatte. Jetzt war dort nichts mehr von ihm übrig. Keine Leiche, kein Blut, nichts. Er war für immer fort. »Was ist mit Barry? Das waren Dunkelseelen. Sie haben ihn getötet! Sie haben …«

Bevor Lauren William getötet hatte und geflohen war, hatte sie mir versprochen, dass ich meine Entscheidung noch bereuen würde. Ich hatte nichts darauf gegeben, auch wenn es als stille Warnung weiterhin in meinem Hinterkopf geblieben war. Und jetzt … Das hier war Laurens Werk.

Doch Gray schüttelte den Kopf. »Er war eine Dunkelseele. Nicht mehr aktiv, aber trotzdem. Und wer tötet Dunkelseelen?«

»Nein«, stieß ich hervor. Colt war bei mir gewesen, als Barry uns von seiner Vergangenheit erzählt hatte. Ich hatte ihn gesehen, hatte seine Reaktion mitbekommen und beobachtet, wie er den Dolch weggesteckt hatte. Colt oder eine andere Lichtseele würde niemals einen meiner Freunde hinter meinem Rücken umbringen. Auch wenn er einst eine Dunkelseele gewesen war.

»Was ist hier los?« Auf einmal stand Miles in der Tür und ließ seinen Blick erst durch den Raum, dann zwischen Gray und mir hin und her wandern.

Jetzt erst fiel mir die Verwüstung auf. Barry mochte verschwunden sein, aber die Spuren seines Kampfes ums Überleben waren es nicht. Ein Regal war umgestürzt, Comichefte säumten den Boden, genau wie Glassplitter, die einst zum Verkaufstisch gehört hatten. Neben der Tür lagen noch die beiden Kaffeebecher, die ich fallen gelassen hatte.

Ich öffnete den Mund, fand aber keine Erklärung, weil ich selbst nicht begreifen konnte, was hier passiert war. Doch sogar wenn ich das gekonnt hätte, wäre es zu spät gewesen. In diesem Moment tauchte ein Schatten hinter Miles auf.

Wir zuckten gleichzeitig zusammen, obwohl es nicht meine Brust war, aus der plötzlich eine Klinge herausragte.

»Miles!« Ich wollte zu ihm rennen, wollte ihm helfen, aber zwei Hände schlangen sich von hinten um meine Taille und hielten mich fest. »Lass mich los! Lass mich los! *Miles*!«

Er schien mich nicht zu hören. Seine Augen waren schreckgeweitet, während sein Gesicht von Sekunde zu Sekunde blasser wurde. Langsam sah er an sich hinunter, als könnte er es selbst nicht glauben, dass es so enden würde. Bevor er sein Leben überhaupt richtig gelebt hatte. Bevor er und Liv herausfinden konnten, was da zwischen ihnen war. Der starke und freundliche Krieger, der Heiler, der allen anderen das Leben rettete, verlor sein eigenes nicht in einer Schlacht, sondern hier, hinterrücks ermordet mit einer Klinge im Rücken.

»Das ist zwar nicht die Lichtseele, die ich erwartet habe, aber ich schätze, der hier geht auch in Ordnung.« Zane gab ihm einen Stoß nach vorn.

Und während ich hilflos dabei zusehen musste, wie Miles auf die Knie sackte und dann zur Seite fiel, drang mir Grays warmer Geruch aus Holz und Feuer in die Nase. Er hielt mich unnachgiebig fest und flüsterte mir leise ins Ohr: »Es ist okay, Rayne. Alles ist okay.«

Ich schüttelte den Kopf, begann zu schreien und nach ihm zu treten, aber er hielt mich weiter eisern fest, zwang mich dazu, mit anzusehen, wie ein weiterer Freund vor meinen Augen starb.

»Tu das nicht …«, flehte ich. »Bitte, Gray! Tu das nicht! Lass mich zu ihm! Lass mich …«

»Schh …« Ein sanftes Murmeln, das mich beruhigen sollte, das Grauen in mir jedoch nur noch verstärkte.

»Warum?«, flüsterte ich immer wieder. Meine Knie gaben nach, aber Gray hielt mich weiter aufrecht. »Warum tust du das?«

Gray zögerte, schien mit sich zu ringen, doch als er antwortete, erkannte ich die Wahrheit in seiner Stimme. »Sie haben meine Mom geheilt.«

Tränen strömten mir über die Wangen, während mich gleichzeitig jedes bisschen Kraft verließ. Ich kämpfte nicht länger gegen Gray an, war zu keiner Bewegung mehr fähig.

»Es ist okay«, wisperte er an meinem Ohr. »Du wirst sehen. Alles wird gut.«

Ich starrte auf Miles, der neben der Tür lag. Bewegungslos, geschlagen und bald würde er genauso verschwinden wie Barry.

Nichts würde je wieder gut sein.

Sie brachten mich in einen Raum ohne Fenster. Ich wusste nicht, wie lange wir unterwegs gewesen waren, da ich jedes Zeitgefühl verloren hatte. Zane hatte mich bewusstlos schlagen wollen, aber Gray war eingeschritten. Überraschenderweise hatte Zane nachgegeben, doch sein mörderischer Blick versprach mir, dass er noch nicht fertig mit mir war.

Jetzt befand ich mich an einem fremden Ort, in einem Zimmer, das kleiner war als mein eigenes zu Hause bei Nora. Das einzige Licht kam von einer kugelförmigen Lampe auf einem Tisch in der Ecke.

Kälte kroch mit eisigen Fingern über meine Haut, als ich das Wispern in der hintersten Ecke meines Bewusstseins wahrnahm.

»Nein …«, flüsterte ich, als es mir dämmerte, wo ich mich befand.

Meine Hände zitterten und meine Gedanken rasten. Ich musste mich beruhigen, aber vor meinem inneren Auge spielte sich die immer gleiche Szene ab. Barry, der tot im Comicshop lag und sich dann in meinen Armen auflöste, als hätte es ihn nie gegeben.

Und Miles. Ich konnte seinen überraschten, geradezu fassungslosen Gesichtsausdruck noch immer vor mir sehen, genau wie die

Klinge, die aus seiner Brust herausragte. Und das Blut … da war so viel Blut gewesen.

Er durfte nicht tot sein. Er durfte einfach nicht tot sein. Nicht Miles. Sein Tod so kurz nach Williams würde die Lichtseelen zerstören.

Ich riss mich aus der Erinnerung und begann in dem kleinen Raum herumzulaufen. Ich musste nachdenken – und Hilfe holen.

*Colt?*, versuchte ich es in Gedanken. Dann noch einmal: *Colt!*

Stille. Wenn er mich hören konnte, reagierte er nicht. Und wenn nicht … Ich biss mir so fest auf die Unterlippe, dass der Schmerz meine Gedanken übertünchte. Aber es funktionierte nur kurzzeitig.

Was war mit Colt passiert? Zane hatte Miles vor meinen Augen erdolcht. Hatte er dasselbe auch mit Colt getan? Müsste ich es nicht irgendwie spüren, wenn mein Seelenpartner verletzt wurde – oder Schlimmeres? Andererseits hatte auch Colt nichts gemerkt, als ich das letzte Mal bei den Dunkelseelen gelandet war.

Ich schluckte hart und blieb stehen. In Panik auszubrechen, würde mir jetzt nicht helfen. Ich musste hier raus, musste zu den Lichtseelen und zu Colt. Aber statt mich gegen meine Angreifer zur Wehr zu setzen, hatte ich zugelassen, dass Gray mich mitnahm. Weil ein Teil von mir ihm noch immer vertraute. Und weil ich gegen ihn und Zane keine Chance hatte.

In zwei Schritten war ich beim Tisch. Abgesehen von der Lampe lag darauf nur ein einziger Gegenstand: ein Buch. Mein Herz begann zu rasen, als ich es vorsichtig aufhob. War das ein Zufall oder ein makabrer Scherz? Genau dieses Buch hatte das blonde Mädchen im *Butterfly Books* gekauft.

»Hallo, Rayne.«

Ich zuckte zusammen und drehte mich zu der Stimme um. Lauren stand in der Tür. Das lange Haar fiel ihr wie ein Flammenmeer über die Schultern. Der dramatische Effekt wurde durch ihren schwarzen Rollkragenpullover und die dunkle Jeans zusätzlich verstärkt.

»Ich habe dir doch gesagt, dass du eines Tages hierbleiben würdest.« Als sich unsere Blicke begegneten, lächelte sie. »Willkommen bei den Dunkelseelen.«

# Danksagung

Diese Geschichte begleitet mich seit Herbst 2012 und ich sende sie mit einem lachenden und einem weinenden Auge in die Welt hinaus. Lachend, weil ich unheimlich froh bin, sie mit euch teilen zu können, und hoffe, dass ihr genauso mit Rayne und Colt mitfiebern werdet wie ich. Und weinend, weil mir der Abschied so unheimlich schwerfällt, da sie schon so lange in meinem Kopf herumspuken.

Es gibt eine Menge Leute, denen ich es zu verdanken habe, dass ihr heute diese Geschichte als Buch oder E-Book in den Händen halten könnt. Darum von Herzen ein Dankeschön an:

Rebecca – dafür, dass du die richtigen Worte im richtigen Moment findest. Ohne deine Motivation würde ich heute noch grübeln, ob ich diese Geschichte wirklich schreiben oder andere Projekte vorziehen soll. Danke für alles.

Melanie – für das superschnelle Betalesen und deine Liebe zu Colt, Rayne – und sogar Lauren! Wenn die kritischste Betaleserin der Welt an diese Geschichte glaubt und Band 2 kaum erwarten kann, scheine ich etwas richtig gemacht zu haben.

Yvonne – die immer eine Lösung findet, selbst wenn ich ohne jede Erklärung ankomme, weil meine Geschichte zu glatt läuft. Du verstehst es, ihr Konflikte zu geben. Danke für das Betalesen, deine begeisterten Reaktionen und dass du Colt am liebsten für dich hättest. Mal ehrlich, wer nicht!?

Rike – du warst von Anfang an dabei und ein Teil dieser Geschichte. Dieses Buch ist auch für dich. Du hast gesehen, was aus der ersten Idee wurde, hast Fassung um Fassung gelesen und sogar Nachtschichten geschoben, um mir dabei zu helfen, das Beste aus diesem Manuskript herauszuholen. Ich wüsste nicht, was ich ohne dich tun würde.

Verena – die „Soul Mates" im Schnelldurchlauf gelesen hat. Deine Anmerkungen und dein Enthusiasmus haben mir sehr weitergeholfen.

Mona – ohne dich würde Colt heute nicht nach Wald und Regen bzw. Meer riechen. Rayne und ich danken dir!

Caro – für deinen unerschütterlichen Glauben an mich. Du findest immer die richtigen Worte.

Thorben – wegen deiner Begeisterung für Colt und dass er dir selbst nach fast fünf Jahren noch immer im Gedächtnis geblieben ist.

Anja und Nadine – die nicht mal mit der Wimper zucken, wenn ich mitten in Skype-Gesprächen Sätze aus dem Manuskript einwerfe, mit der Bitte, eine Wortwiederholung zu streichen, oder nach Vorschlägen für andere Formulierungen frage.

Meine Eskalationsmädels – ihr rockt! Bleibt weiter so großartig und inspirierend.

Dass ihr dieses Buch lesen konntet, haben wir meinen fantastischen Agentinnen Gesa Weiß und Kristina Langenbuch zu verdanken. Insbesondere Kristina, die meiner Lektorin diese Geschichte gepitcht hat. Hätte ich das selbst gemacht, würde ich heute nicht diese Danksagung schreiben, denn ich bin furchtbar darin, mich kurzzufassen. Danke für alles!

Ein riesiges Dankeschön geht an meine großartige Lektorin

Nadja Korthals, die an diese Geschichte geglaubt und sich genau wie ich sofort in Colt verliebt hat. Danke auch an das tolle Team vom Ravensburger Buchverlag für diese Chance, für eure Begeisterung und euren Glauben an dieses Buch und an mich als Autorin.

Ein besonderes Dankeschön geht an die junge Frau im Zug von Stuttgart nach Hannover im November 2013. Ich hoffe, eines Tages wirst du dieses Buch in den Händen halten und dich an diesen Moment zurückerinnern.

Zu guter Letzt danke ich meinen LeserInnen und hoffe, dass ihr mich nach dem Ende von Band 1 nicht hassen werdet, sondern Band 2 genauso entgegenfiebert wie ich.

## LESEPROBE aus Band 2

*Soul Mates*
*Ruf der Dunkelheit*
von Bianca Iosivoni
ISBN 978-3-473-58520-5

Als Kind hatte ich Angst vor den Ungeheuern, die in der Dunkelheit lauerten. Doch was, wenn sich die Dunkelheit in Wahrheit vor mir fürchten musste? Zumindest mieden die Männer und Frauen, die jetzt aus den Schatten traten, meinen Blick und kamen mir keinen Schritt zu nahe. Diese Reaktion hatte ich in den letzten Wochen im Hauptquartier der Dunkelseelen öfters erlebt.

Der kühle Nachtwind wehte mir ein paar Haarsträhnen ins Gesicht. Trotz meiner Nervosität zitterte meine Hand nicht, als ich sie mir hinters Ohr schob. Nach außen hin wirkte ich völlig ruhig, auch wenn mein Herz so laut hämmerte, dass ich sicher war, jeder könnte es hören.

Vor uns erstreckte sich das Fabrikgelände am Rande Chicagos, das die Lichtseelen als Notfallstützpunkt nutzten, wie nach dem Angriff bei der Hütte im Wald. Grau und düster erhob das Gebäude sich in den Nachthimmel. Scheiben waren eingeschlagen, Efeu rankte sich an den Steinen empor und Unkraut wucherte in jeder Ecke. An den Wänden prangten Graffiti. Bunte Schmierereien, die kaum noch zu entziffern waren, weil Regen und Wind ebenfalls ihre Spuren an den Mauern hinterlassen hatten. Selbst im Licht des Mondes wirkte es verlassen – zumindest für die Dunkelseelen und Gray, der jetzt an meine Seite trat. Sein hellbraunes

Haar war in den letzten Wochen länger geworden. Wie die Männer und Frauen um uns herum war er in Schwarz gekleidet, nur trug er zu seinem Langarmshirt eine Jeans, die genau wie meine eigene schon bessere Zeiten erlebt hatte. Als er den Kopf drehte und mich ansah, wirkten seine grauen Augen beinahe so dunkel wie die Wolken, die sich hin und wieder vor den Mond schoben.

»Bist du sicher, dass wir hier richtig sind?«, fragte er skeptisch. Er sah wieder nach vorne und ich folgte seinem Blick.

Ich wusste, was er wahrnahm – die Illusion, die Jeff und ich damals erschaffen und mit unserem Blut hier verankert hatten. Es war eine Art Momentaufnahme des Fabrikgeländes: leer, verlassen und dunkel. In der nächsten Sekunde erkannte ich das Gebäude hinter dem Trugbild ebenso wie die Lichter im obersten Stockwerk und die Bewegungen, wenn jemand an den Fenstern vorbeiging.

»Sie sind hier«, erwiderte ich knapp. Ich konnte nur hoffen, dass auch meine Zielperson anwesend war – oder schleunigst hier auftauchen würde, damit diese ganze Aktion nicht umsonst gewesen war. »Geht durch die Illusion hindurch, dann seht ihr es.«

Gray nickte der Dunkelseele zu, die ihm am nächsten stand. Der Mann gab den anderen ein Zeichen, dann verschmolzen sie wieder mit der Finsternis. Für einen kurzen Augenblick waren Gray und ich allein. »Alles in Ordnung?«, fragte er leise.

Ich presste die Lippen aufeinander und nickte, ohne ihn anzusehen. Aber ich hätte wissen müssen, dass er mich besser kannte.

Behutsam legte er seine Hand an mein Gesicht und drehte es so zu sich, dass ich seinem Blick nicht länger ausweichen konnte. »Sicher?«

Wieder ein Nicken.

»Du weißt, was du zu tun hast?«

Diesmal zwang ich mich zu einer Antwort: »Ja.«

»Gut.« Er strich mir über die Wange, dann ließ er seine Hand sinken. »Halte dich an den Plan und keiner wird verletzt. Wir wollen niemandem schaden, wir brauchen nur diese Information.«

Er hatte leicht reden, er musste ja nicht im Kopf eines anderen herumwühlen. Und trotz aller Trainingsstunden mit Lauren fiel es mir nach wie vor schwer ... Sie hatte es mich wieder und wieder üben lassen, bis ich so viele Erinnerungen der Dunkelseelen gesehen hatte, dass ich mich erbrach. Sie hätte weitermachen können, mich dazu zwingen können, mit meinem Training fortzufahren. Stattdessen hatte sie mich beiseitegenommen und die fremden Erinnerungen aus meinem Kopf gelöscht, damit ich wieder frei atmen konnte, ohne das Gefühl zu haben, an der Last der Bilder zu ersticken. Wie sie selbst mit all den Erinnerungen von anderen Leuten leben konnte, würde ich nie begreifen.

»Es ist so weit«, murmelte Gray und sah von seinem Handy auf. »Wir lenken sie ab und geben dir Rückendeckung.«

Wir waren den Plan so oft durchgegangen, bis ich ihn im Schlaf aufsagen konnte. In der Theorie war alles klar. Es war die Praxis, die mir Sorgen bereitete. Beinahe gleichzeitig setzten Gray und ich uns in Bewegung und durchbrachen die Illusion, die das Gebäude schützte, während ich eine neue aufbaute, die uns mit unserer Umgebung verschmelzen ließ. Wir kamen gerade mal ein paar Schritte weit, als die Tür im Erdgeschoss aufging und eine junge Frau heraustrat. Mit ihrer dunklen Haut und der schwarzen Kleidung war sie im ersten Moment kaum auszumachen. Nur das Blitzen der beiden Klingen in ihren Händen verriet sie.

Augenblicklich setzten sich die Schatten in Bewegung und stürzten auf sie zu. Gray verschwand von meiner Seite, und einen Moment lang sah ich dem Nebel nach, der über den Boden Richtung Eingang kroch. Ich folgte ihm langsam, nutzte meine Illusionen, um mich vor den Blicken aller zu verbergen, und schlich an der Hauswand entlang, bis ich die Tür ebenfalls erreicht hatte.

Ein feuchter, modriger Geruch schlug mir entgegen und weckte längst vergessene Erinnerungen in mir. Der Moment, in dem ich hier aufgewacht war, orientierungslos und verletzt, nachdem ich einen Teil von Colts Wunden auf mich genommen hatte, um ihm das Leben zu retten. *Colt …*

Licht blitzte auf und riss mich aus meinen Gedanken. Schatten wirbelten herum. Kampfgeräusche drangen an mein Ohr. Aber ich konnte mich nicht umsehen, da ich meine ganze Konzentration benötigte, um meine Illusion aufrechtzuerhalten und vorwärtszukommen. Ohne Zeit darauf zu verschwenden, die ersten Etagen abzusuchen, nahm ich die Treppe nach oben. Nach dem, was ich von draußen gesehen hatte, hielten sich die Lichtseelen hauptsächlich im obersten Stockwerk auf. Als ich dort ankam, ließ ich meine Illusion verschwinden und rannte den Gang hinunter. Ab jetzt zählte jede Minute. Mein Brustkorb schmerzte von den schnellen Atemzügen, aber darauf konnte ich keine Rücksicht nehmen. Diese Mission in die Länge zu ziehen, würde unweigerlich Verletzte auf beiden Seiten bedeuten.

Als ich Jeff endlich entdeckte, seufzte ich erleichtert. Er stand am Rande des Gefechts in der großen Halle, in der ich einst verwundet aufgewacht war. Sein Haar war verstrubbelt, er hatte die Stirn in Falten gelegt, die Arme gehoben und versuchte, die Gegner mithilfe von Illusionen zu verwirren. Erstaunlich, dass niemandem auffiel, dass die Dunkelseelen Jeff mieden. Stattdessen griffen sie alle anderen an, vor allem die Krieger der Lichtseelen.

Ich blendete meine Gedanken aus, bevor sie zu Colt wandern konnten, bevor ich meinen Blick durch den Raum schweifen lassen und nach ihm suchen konnte. Obwohl sich alles in mir dagegen wehrte, wandte ich mich ab. Meine Aufgabe war es lediglich, Lauren die Information zu beschaffen, die sie benötigte. Nicht mehr und nicht weniger.

Leise schlich ich in einem großen Bogen um Jeff herum. Er war zu beschäftigt damit, den Lichtseelen zu helfen, um mich zu bemerken, denn die Sicherheit seiner Freunde war ihm wichtiger als seine eigene. Und diese Loyalität sollte ihm jetzt zum Verhängnis werden.

Ich trat hinter Jeff und legte die Fingerspitzen an seine Schläfen. Er versteifte sich im selben Moment, in dem ich in seinen Geist eindrang. Bilder zuckten an mir vorbei. Ich versuchte, sie zu ignorieren und so vorzugehen, wie Lauren es mir beigebracht hatte. Zuerst suchte ich nach der betreffenden Person in seinem Gedächtnis, dann folgte ich dieser Erinnerungsspur wie einem roten Faden. Leider hegte Jeff eine Menge Erinnerungen an William, den ehemaligen Anführer der Lichtseelen, aber ich hatte lange genug trainiert, um sie eine nach der anderen mit derselben Gelassenheit fortzuwischen, als würde ich auf einem iPad die Seiten eines Buches weiterblättern.

Meine Fingerspitzen begannen zu kribbeln. Mein Herzschlag beschleunigte sich. Ich hatte es fast geschafft. Obwohl ich spürte, wie sich uns jemand näherte, wagte ich es nicht, die Augen zu öffnen. Die Verbindung zu unterbrechen, bevor ich fertig war, konnte großen Schaden anrichten. Ich hatte es gesehen, hatte es selbst getan. Lauren zufolge lernte man nur aus Fehlern.

Ich ging weiter, grub noch tiefer. Erinnerung um Erinnerung

zog vor meinem inneren Auge vorbei. Ich sah, wie Jeff mit William sprach, wie er seine Sorgen über Livs Zustand in der Anfangszeit bei den Lichtseelen mit ihm teilte, wie er von ihm unterrichtet wurde und sich gemeinsam mit William, Colt und den anderen Jungs ein Spiel der Chicago Bulls anschaute. Ich prüfte jede einzelne Szene kurz und ließ sie dann über mich hinwegspülen wie die Wellen eines Ozeans, die ich genauso wenig festhalten konnte wie diese Bilder. Doch der frische Geruch des Meeres blieb bestehen und wurde von einem holzigen Duft ergänzt, der nicht so recht ins Bild passte. Bevor ich einen klaren Gedanken fassen konnte, packte mich jemand an der Taille und riss mich mit sich.

Ich landete hart auf dem Boden. Ellbogen und Rippen schmerzten, meine Handkante wurde aufgeschürft, aber ich nahm all das nur als dumpfes Pochen wahr. Viel stärker war das plötzliche Hämmern in meiner Brust, denn ich wusste instinktiv, wer mich von Jeff weggerissen hatte. Ich spürte seine Präsenz, noch bevor ich die Augen öffnete und ihn neben mir liegen sah.

*Colt*. Er wirkte noch genau so, wie ich ihn in Erinnerung behalten hatte – und doch verändert. Die Ringe unter seinen grünbraunen Augen waren neu und aus den Stoppeln in seinem Gesicht war ein Dreitagebart geworden. Oder eher ein Fünftagebart. Auf seinem Oberarm, knapp unterhalb des Ärmels seines T-Shirts, zeichnete sich ein langer Schnitt ab und mein Blick zuckte automatisch an die Stelle. Etwas regte sich in mir, wollte aus meinem Unterbewusstsein hervorbrechen, aber ich unterdrückte es mit aller Macht.

»Was soll das?«, zischte ich und rollte mich zur Seite weg, dann sprang ich auf und sah zu Jeff, der wenige Meter entfernt bewegungslos am Boden lag. Oh Gott. Atmete er überhaupt noch?

Ein Aufleuchten später war Colt bei ihm. Er drehte ihn auf den

Rücken und prüfte seinen Puls und seine Atmung. »Er lebt. Aber du hast ihm fast das Gehirn verschmort.«

»Nur, weil du mich unterbrochen hast.« Unbewusst ballte ich die Hände zu Fäusten. Vielleicht nicht nur aus Wut und Trotz, sondern auch, um mein Zittern vor ihm zu verbergen. »Wenn ich fertig geworden wäre, wäre niemand zu Schaden gekommen.«

»Niemand?« In einer geschmeidigen Bewegung richtete sich Colt auf. War er schon immer so groß gewesen? Seine ganze Art so einnehmend? So gefährlich? »Was zum Teufel ist mit dir passiert? Was haben sie mit dir gemacht?«

Zu viel. Zu viel, um darüber zu sprechen, zu viel, um ihn daran teilhaben zu lassen. Statt einer Antwort versuchte ich, an ihm vorbeizugehen, aber er stellte sich mir in den Weg.

»Die Rayne, die ich kenne, hätte niemals einen ihrer Freunde angegriffen.«

»Ich habe ihn nicht angegriffen.«

»Ach nein? Wie willst du es sonst nennen?« Er ließ mich keinen Moment aus den Augen, obwohl hinter uns noch immer der Kampf tobte.

Ich schüttelte den Kopf. Das hier war verrückt. »Lass mich durch.«

Meine Worte entlockten ihm nur ein abfälliges Schnauben. »Ganz sicher nicht.«

Ich biss die Zähne zusammen. »Wie du willst.«

Colt anzugreifen wäre genauso sinnlos, wie gegen einen Sturm anzukämpfen. Also tat ich das einzig Vernünftige, machte einen Schritt nach hinten und setzte meine Illusionen ein, um mich vor seinen Blicken zu verbergen.

Allerdings hatte ich nicht mit Colts rasend schneller Reaktion gerechnet. Bevor ich mittels einer Illusion mit der Fensterfront in meinem Rücken verschmelzen konnte, packte er meine Handgelenke und zog mich ruckartig an sich.

»Keine Chance«, knurrte er. »Ich habe dich schon mal verloren, ich werde dich jetzt nicht wieder verschwinden lassen.«

Mein Herz setzte einen Schlag lang aus, nur um dann noch schneller weiter zu pochen. Ich schleuderte Colt eine Erinnerung entgegen, um ihn abzulenken, dann befreite ich mich aus seinem Griff – so, wie er es mir selbst beigebracht hatte. Bevor er mich wieder zu fassen kriegen konnte, warf ich mich auf den Steinboden, rollte mich weg und stand wenige Schritte weiter wieder auf.

»Du willst also unfair kämpfen?« Colt warf mir einen wütenden Blick zu. »Das kannst du haben.« Einen Wimpernschlag später leuchtete es auf, und ich spürte einen Tritt gegen die Kniekehlen, der mich zu Boden schickte. Schmerz zuckte durch meine bereits lädierten Rippen, doch mir blieb keine Zeit, mich darum zu kümmern. Ich hievte mich wieder hoch und ging auf Colt los.

Hieb um Hieb wehrte er ab oder wich in Lichtgeschwindigkeit aus. Nur einmal schaffte ich es, ihn mithilfe einer Illusion aus dem Konzept zu bringen und selbst einen Treffer zu landen. Eine Sekunde später fand ich mich mit dem Rücken an der Wand wieder, während Colt seinen Unterarm gegen meine Kehle drückte wie bei unserem allerersten Treffen. »Ich will dir nicht wehtun, Rayne.« Mit der freien Hand wischte er sich das Blut aus dem Mundwinkel.

»Aber vielleicht will ich dir wehtun«, brachte ich hervor und schleuderte ihm eine Erinnerung entgegen, von der ich wusste, dass er darunter leiden würde. Ich zeigte ihm den Moment, in dem Zane Alicia tot aufgefunden hatte. Ich ließ ihn den Schmerz, die Verzweiflung und all den Hass spüren, die Zane damals empfunden und die er selbst verursacht hatte.

Colt ließ mich abrupt los und wich zurück. Er war blass geworden, seine Stirn war gerunzelt und in seinen Augen spiegelte sich so viel wider, dass es unmöglich war, alles darin zu lesen. Überraschung, Verwirrung, Zweifel, Schmerz – und so viel Hoffnung, dass etwas in mir zu zerbrechen drohte.

Wie konnte er noch immer hoffen? Wie konnte er glauben, dass nach allem, was geschehen war, auch nur irgendetwas wieder wie früher werden könnte? Nachdem wir alle mit angesehen hatten, wie William gestorben war. Nachdem sich Barry in meinen Armen aufgelöst hatte. Nachdem ich viel mehr Zeit bei den Dunkelseelen verbracht hatte als bei den Lichtseelen. Nein. Es konnte nicht wieder so werden wie zuvor, weil wir nicht mehr dieselben Menschen waren. Weil ich aufgegeben hatte. Ich hatte aufgeben müssen, sonst wäre ich an der Sehnsucht nach ihm, nach meiner Familie und meinem alten Leben zugrunde gegangen. Selbst jetzt spürte ich sie noch, merkte, wie sie sich einen Weg durch die Schutzmauern zu bahnen versuchte, die ich um mich herum errichtet hatte. Ich verdrängte das Gefühl und vergrub es so tief wie möglich in mir. Ich hatte einen Auftrag zu erledigen. Ich musste …

Eine plötzliche Ruhe legte sich auf mich, als würde mich jemand in eine flauschige Wolldecke einhüllen und mir eine heiße Schokolade in die Hand drücken. Ich schüttelte den Kopf, versuchte, diese Empfindung zu vertreiben, aber sie blieb hartnäckig bestehen. Gelassenheit sickerte durch meine Poren, bis ich daran zu ersticken drohte. »Halt dich aus meinen Gefühlen raus!« Ich wirbelte zu Liv herum und schleuderte ihr eine Illusion entgegen, die sie zurückzucken ließ. Sofort verschwand die Ruhe in mir, als hätte jemand die warme Decke weggerissen. Diesmal war ich diejenige, die zusammenzuckte. »Das ist meine einzige Warnung.«

Liv starrte mich aus geweiteten Augen an, das Gesicht beinahe so blass wie ihr hellblondes Haar, wagte jedoch keinen neuen Versuch, mir ihre Emotionen aufzuzwingen.

»Rayne …«, setzte Colt an.

»Nein.« Je länger ich hier war, je länger ich ihre besorgten Blicke auf mir spürte, desto mehr begannen meine sorgfältig errichteten Mauern zu bröckeln. »Lass mich freiwillig zu Jeff oder ich sorge dafür, dass dir gar nichts anderes übrig bleibt.«

Ein Muskel begann in Colts Kiefer zu zucken, aber er wich nicht zurück. Jede andere Reaktion hätte mich überrascht.

»Wie du willst.« Ich riss meinen Blick von ihm los und suchte in der Halle nach Gray oder nach einer Dunkelseele, nach irgendjemand, der Colt lange genug beschäftigte, damit ich meinen Job zu Ende bringen konnte.

Doch gerade als ich Gray entdeckte und ihm ein Zeichen geben wollte, schritt Colt ein. Blitzschnell verschmolz er mit dem Licht der Deckenlampen und tauchte direkt vor mir wieder auf. Ich riss die Arme hoch und konnte seinen Schlag gerade noch abwehren, aber es kostete mich mehr Kraft, als ich für möglich gehalten hätte. Ich strauchelte, stolperte, aber Colt gab mir keine Sekunde Zeit, um mich von der plötzlichen Attacke zu erholen.

Schritt für Schritt drängte er mich zurück, und ich wusste, dass ich seinen Angriffen nur deshalb ausweichen konnte, weil er nicht mit ganzem Herzen bei der Sache war. Ich wusste es, weil es mir genauso ging. Völlig egal, welche Erinnerung und welche Illusion ich ihm entgegenschleuderte, völlig egal, wie oft ich zum Gegenangriff überging – ich konnte ihm nicht wehtun. Nicht wirklich.

Mit einer gezielten Trittkombination schickte er mich zu Boden. Schwer atmend rollte ich mich weg, doch da war Colt schon bei mir. Bevor ich mich versah, kniete er über mir und drückte meine Handgelenke neben meinem Kopf zu Boden.

Einen Moment lang starrten wir einander nur an, während die Bilder vor meinem inneren Auge überhandzunehmen drohten. Erinnerungen an unser gemeinsames Training, wie er mich wieder und wieder an meine Grenzen gebracht hatte, damit ich besser, schneller und stärker wurde. Aber es war nicht Colt, dem ich meine Kampffähigkeiten zu verdanken hatte. Nicht mehr. Ich winkelte die Knie an, klemmte seine Beine zwischen meine Fersen und Oberschenkel, damit er sich nicht befreien konnte, und schob meinen rechten Arm ruckartig nach links oben. Die Bewegung brachte ihn aus dem Gleichgewicht, und ich nutzte das Überraschungsmoment, um mich mit der Hüfte vom Boden abzustoßen und uns beide herumzurollen. Dann sprang ich auf und wich vor ihm zurück.

»Das ist Miles' Trick …« Livs Stimme drang wie ein Windhauch an mein Ohr, und auch Colt musste sie gehört haben, denn er hielt mitten in der Bewegung inne. Seine Augen weiteten sich. Ein Aufblitzen später lag er nicht mehr auf dem Boden, sondern hatte mich gepackt und erneut gegen die Wand gedrängt. »Woher kennst du diese Technik?«

Ich lächelte nur, auch wenn es sich kalt und bitter anfühlte. Erwartete er wirklich eine Antwort darauf?

»Woher, Rayne?« Als ich noch immer schwieg, veränderte sich etwas in seinem Blick, wurde weicher, fast schon mitfühlend. »Tut mir leid.« Er schob seine Finger in mein Haar – und dann ging alles so schnell, dass mir keine Zeit zum Reagieren blieb.

Aus dem Augenwinkel sah ich die Mauer auf mich zurasen.

Ein stechender Schmerz an meiner Schläfe.

Dunkelheit und Stille.